民国武侠小说典藏文库·还珠楼主卷

青城十九侠

还珠楼主◎著

（第二卷）

中国文史出版社

目　录

第十五回

两探妖窟　雷雨窜荒山
载访仙娃　愿言申宿契

话说这段山路本来不近,极为险峻难行。纪光脚程虽快,到底不如纪异天生夜眼,纵跃如飞,由亥初走起,直到丑止,才抵墨蜂坪。耳听崖下群燕飞鸣腾掷之声闹成一片。跑到崖前一看,暗谷之中甚是昏黑,只见千百银燕的雪羽闪动。纪异还能略辨景物,纪光简直什么都看不见。忙将带去的火种取出,拾了许多枯枝老藤,扎成两个大如人臂的火把,一人持着一个,下崖过坪,同往谷中走去。

燕群见主人擎了火把入谷,俱都纷纷飞起。只剩为首双燕,各站在一块断石笋上,剔羽梳翎,顾盼颇是神骏。纪光见所有震塌的碎石块,大小都差不了多少,俱堆在一处,知是银燕所为。平日虽知此鸟灵慧,尚不料爪喙这等锐利多力,好生惊讶。纪光便问妖人伏卧之处。纪异领去一看,地下尽是死墨蜂,污血狼藉。那妖人存身的石穴,业被群燕掘有丈许深浅,穴中爪痕犹新,还有银燕脱落下的毛羽,妖人尸首却不知何往。

纪光情知晚来一步,出了差错。纪异却不在意,心中还惦记着搜寻别的宝物和那剩下的蜂蜜。拿着火把一阵乱找,不但蜂蜜一些无存,连那死蜂王和蜂房,俱都不见踪迹。

找来找去,找到暗谷深处未塌倒的地方。用火一照,灰尘中似有人卧过的痕迹,妖人尸首终未寻到。偶抬头往壁上一看,一片平整的石壁上面,也隐隐现出一个人影,满身血污,形象与日间所见妖人一般无二。不由脱口喊了一声:"在这里了!"纪光闻声,追将过去一看,不由大惊。便问:"妖人可是这等模样?"纪异答称:"正是。"纪光顿足悔恨道:"都是孙儿年幼识浅,当时得了革囊,不曾细看,随后又要吃了晚饭才来。这壁上人影,明明是祝由科中能手,来此用挪移禁制之法,将妖人救走。我祖孙二人此后不能安枕了。"纪异道:"那妖人也无甚出奇之处,他如寻仇,自己找死,怕他何来?"

1

纪光笑道："江湖上异人甚多,孙儿你哪里知道?我虽不会什么法术,这近一二十年来,常与高人会晤,也颇知一点生克。这厮如此狠毒,必然防你再来窥探,说不定留下什么害人东西。这壁上人影,切莫用手去动,且待我仔细寻找一回,便知就里。"

说罢,祖孙二人重又由里到外再行搜查,并无什么可疑之处。快近妖人卧处,纪光方以为所料不中。纪异目光灵敏,猛一眼看到穴旁一块八九尺高的断石上面,有几根细松枝削成的木钉,钉着一个泥捏的蜜蜂,形象毕肖,神态如生,蜂身犹湿,仿佛捏成不久。木钉竟能钉入石内,觉着稀奇,无心中用手一碰,木钉就坠落地上。正要拾起细看,纪光在前闻声回视,看出蹊跷,刚喊得一声:"孙儿不可妄动!"忽然一阵邪风从谷顶吹来,手中火把顿成碧绿,光焰摇摇欲灭,转眼被邪风吹灭。

纪光闯荡江湖多年,见多识广,情知不妙。就这惊惶却步之间,猛听嗡的一声悲鸣,接着便听双燕齐声长鸣,展翼飞起,往谷顶冲去。纪异也听出银燕报警,循着怪声,往谷顶一看,只见一团绿茸茸的怪物,大若盆碗的两只怪眼发出白光,口中嗡嗡怪叫,正往下面扑来,同时双燕也迎上前去,与那东西斗在一处。那谷本来幽暗,仅适才被霹雳震塌之处可见星光。偏偏山崖之上又起了云雾,更加昏黑。再加上阴风四起,怪物鸣声凄厉,山石摇摇,似要二次崩裂,越显得形势危急,阴森可怖,纪光连催快走,纪异深恐双燕为怪物所伤,哪里肯退。

纪异在黑暗中望见那燕和怪物的两团白影与一团绿影互相腾扑不休,就在离地十余丈高下,纠结一起。欲待纵身上去,给那怪物一剑,一则谷太黑暗,地下乱石密积,犀利如刃;二则两下飞斗迅速,唯恐一个不留神,误伤双燕,反而不美。几番作势欲上,俱都中止。耳听双燕鸣声渐急,知道不是怪物对手。纪异正自焦急,猛一眼看见怪物那双眼睛虽有茶杯大小,光华并不流转,也不能射到远处,死呆呆的,如嵌在头上一般,只管随着飞扑迎拒之势上下起落。不由暗骂自己:"真个蠢材,放着这么好的一个目标竟不会用,枉自着急。"想到这里,更不怠慢,脚一点处,早长啸一声,拔地十余丈,朝空纵起,一剑对准放白光的怪物头上挥去。

那怪物受了妖法禁制,甚是灵活,本难一击便中。偏巧纪光知道妖人既有埋伏,说不定还有别的花样;双燕飞翔迅速,铁爪钢喙,正好借它抵御怪物,抽空逃去,只一走远,双燕自会跟踪飞回,岂不可以免害?一见连催纪异不走,谷黑路险,自己没有那样好的目力,休说不放心纪异一人独留,自己想走也是势所不能。正在惊忧胆寒,也是看出怪物头上放光,猜是它的二目,便将毒药连珠弩取出,觑准白光,一连就是几箭。这时双燕连中毒刺,已是不支,知道主人警觉发动,便飞退下来。怪物正追之际,一见箭到,刚一避过,恰值纪异纵起,当头就是一剑,寒光过处,怪物立时身首两断。

纪异脚刚落地,猛觉脑后风生,似有东西扑来。仗着目光敏锐,身手矫捷,缩颈藏头,回身举剑一挥。这一下,又砍了个正着,将那东西分成两半。定睛一看,仿佛仍是那团绿影,只是没有头。就在这微一迟疑的当儿,又似有东西打来。纪异喊声:"不好!"忙使剑护住侧面,往外一挡。刚刚挡过右面,左面又有东西打来,耳中又听双燕飞鸣之声甚急,黑暗中也不知怪物有多少。

纪异正自惊慌,纪光早从纪异的剑光映照处,看出一些破绽,忙喊道:"孙儿留神,这定是妖人邪法,且莫乱砍。你只将我传你的剑法拖展出来,护住全身,往谷外逃出便了。"纪异闻言,便将一口宝剑上下挥动,立时寒光凛凛,遍体生辉,连点水都泼不进。只是那些怪物被剑光扫过,虽然裂体分尸,并不落地,渐渐越变越小,也分出头尾身体,俱变成百团的绿影,只管围着纪异飞扑追逐,不休不舍。

纪光只见剑光闪动,双燕连鸣,看出怪物专攻纪异,情势危急,反正自己不能先退出去,为救爱孙,一时情急,见阴风已止,便摸黑寻了一个壁缝,将火把插了进去,取出火种点燃,同时,手持苗刀准备。一则看看是些什么东西;二则想将妖物引开,以免纪异受伤。及至纪光将火把点起一看,那怪物有的是些血肉块子,有的是些墨绿色的毛团,仍是飞扑纪异一人,仓促中看不出是什么东西变化。却料定怪物已为纪异所斩,因受了妖法禁制,就是将他斩成灰星,仍是追逐不舍,自己上前也是无用。

纪光正在着急无计,猛听纪异长啸了两声,复又说道:"公公且莫管我。双燕还在那边叫,不知为何喊它不来,恐怕有鬼,快去帮它们。只需将它们的子孙唤来,不就将这些小的怪物啄完了么?"一句话把纪光提醒,顺着声一找,那双燕正用全力抓紧适才被纪异用剑斩落下来的怪头,在断石下面死挣。纪光连忙赶了过去,从双燕爪缝中,对准怪头一苗刀砍了下去。双燕原本累得力竭,见主人刀下,爪刚一松,怪头立时迎刃蹦起。纪光业已看出那怪头形象,明白了大半,如若放起,纪异又遇劲敌,忙就势将刀背一偏,紧紧按住。同时双燕略缓了口气,二次又飞扑下来,各伸双爪,将怪头抓住,按在地下不放。怪头坚硬,不比怪物身躯,纪光先那一刀虽然砍中,并未裂成两半。防它还会分化，不敢再砍。知道这种左道禁法，不将它发动根本所在毁去，即使将它斩成灰屑，一样纠缠不舍。适才纪异碰落的泥蜂，必然与此有关。

纪光便趁双燕抓住怪头不放之际，舞起一片刀花，护住头面，闯近纪异身侧不远，将他遗落的那根火把抢拾过来，匆匆取火点燃。回向断石下面仔细一寻，那泥蜂还在地上，只是钉蜂的三根松木钉俱被纪异碰落。坐在一旁拾起一看，不但钉尖带血，泥蜂身上三个钉孔也很透明，血痕如新，料是妖人禁法本源。急迫无奈，不问能破与否，径将木钉拾起，对准蜂身钉孔钉去。说也奇怪，头一钉还不怎样灵效；第二钉下去，那些围绕纪异的绿团已威势大减，飞舞缓慢；及至三钉刚一钉完，沙沙连声，火光影里那成千成万的大小绿团忽然全数失了生机，自空坠下，乱落如雨。同时双燕也飞鸣而起，翔集断石之上。地下怪头动也不动。

纪光祖孙拿火往地下一照，原来那怪物正是日间被妖人害死的那个蜂王。一双怪眼已被人挖去，换了两块白的石卵嵌在里面。禁法一破，光华全失，滚了出来，露出一对鲜血淋漓的眶子，地下尽是蜂身上的残肢断皮，血肉狼藉。蜂身已被纪异宝剑斩成粉碎，还是这等飞扑，活跃如生，祖孙俱暗惊妖法厉害不置。

依了纪异，妖法已破，不足为害，还想搜寻一回，看看有无别的宝物。纪光终觉这里不是善地，妖人分明重生，为人救走，留此无益有害，祖孙二人还在争执去留，那石上双燕忽然连声长鸣，先自冲霄而起。纪异又听出鸣声示警，才歇了妄想，与纪光各持一根火把照路，匆匆退出。行经谷口，已觉脚底发软，地皮似有摇动下沉之势。好在二人一个练过多年武功，一个天生身轻力健，见势不佳，将气一提，慌不迭地接连几纵，逃出谷来。刚刚纵到坪上，猛听身后轰的一声巨响，回望暗谷，黑沉沉地起了一团烟雾，沙尘飞翻瞧不见物，也不知二次震塌与否。不敢停留，便往回路赶走。

这一带山径崎岖曲折，本极难行。来时天色原就阴晦有风，二人回走没有多远，那风更是越来越大，两支火把全都被风吹灭。顷刻之间，雷声殷殷，电光闪闪，倾盆大雨跟着降下。山径奇险，夜黑天阴，又有狂风大雨，纪光纵然练就一身本领，到底上了几岁年纪，不比壮年，哪里行走得了。先时凭着纪异一双神眼，搀扶照应，蹿高纵矮，纪光还可走一节是一节。后来那雨越下越大，使得山洪暴发，与雷鸣风吼之声汇成一片。宛如石破天惊，洪涛怒吼，千军万马，金鼓交鸣。真是声势骇人，震耳欲聋。再加上沿路岩石不时崩坠，一个不小心，便被压成肉泥。几次遇着奇危绝险，方侥幸避过，倏地雷雨声中，又是震天价一声巨响，前面不远的路上，一座极高危岩忽然倾倒，把路隔断。虽然人走得慢了几步，未被压在下面，可是要想越过，却是万难，仅能顺着断崖绕将过去。

这一带偏都是些绝涧深壑，微一失足，便落无底深壑。低处是大水弥漫，高处是危崖窄径，鸟道羊肠，想要觅地避雨，又恐立处山石崩坠，被它压伤，只得勉强行走。休说纪光，便是纪异，又要留神自己，又要照顾纪光，也有行不得之叹。

起初是受尽艰危，高一脚低一脚地冒险前行，也不知费了多少冤枉气力。后来纪异因闻雨中兽吼，恐暗中窜出来伤人，拔剑出匣，以作预防，不料剑光居然能照见数尺以内。这一来，无异地狱明灯。虽然略微觉得好一些，无奈走过的熟路已被崩崖堵断；绕行之处，都未曾经过，中间还隔着许多广阔溪涧。如在平时白天，纪异本不难越过。这时两岸都为水淹，黑暗中望去，统统都是千百道银蛇一般的水影，乱闪乱窜，怎知哪里是下脚之处。又还要照护着上年纪的外祖父，哪敢丝毫疏忽。及至看出越走越远，猛想起空中燕群可以领路时，抬头一看，这般大的狂风雷雨，那些银燕虽是灵慧，也一样禁受不住，早不知飞避何处，不见一点影子。急得纪异朝天长啸，喊不几声，已吞了两口雨水，忙吐不迭。

纪光知道这般风雨雷电，声势浩大，燕群不说，即使为首双燕仍在空中，也听不见，便将纪异止住。

又走了两三里路，二人俱是鞋破足穿。纪光渐觉周身寒冷，力已用尽，实难再走。恰巧无心中发现路旁有一石洞，便拉住纪异，一同钻了进去。纪异借着剑光一照，地势甚好，除洞壁上面的雨水像瀑布一般倒挂下来，将洞口遮住外，洞中倒还干燥洁净。二人在大雨中行了多时，冷气侵骨，一旦有了栖身之所，便觉温暖如春，喜出望外。那雨兀自下个不止，风雷中不时闻得岩石崩塌之声，甚是惊人。

二人相依，倚壁而坐，哪敢合眼。身上火种全都湿透，只凭那口宝剑的光芒照着防备。

好容易耗到天明，雨势才觉渐止。出洞一看，湖山到处尽是飞瀑流泉。被迅雷风雨击倒的断木残枝，被水冲着，夹着泥沙碎石，纷纷由高就下之势，直往低处飞舞而下。头上是满天红霞，一轮晓日刚从东方升起，新雨之后，越显光芒万丈，晴辉照眼，真是生平第一次见到的奇观。

二人也不知存身所在离家多远，急于择路回去，哪有心肠仔细赏玩。略一辨别方向，便往回走。走不数十步，纪光便见昨晚攀越藤蔓经行的那条窄径，有一节竟深藏在危崖之下。上面怪石低覆，不可仰立，下面断崖数千尺，深不可测。也不知昨晚雷雨狂风中，是怎生过来的。纪光不禁对纪异吐了吐舌头，连称："好险!"纪异道："这有什么? 昨晚天黑雨大，老怕外祖跌在山沟里。若像今早这般晴天，无论这山路多难走，孙儿也不怕。"说时，已将那窄路走完，来到一个斜坡之下。

二人见满山流水，千百股银泉同时往下飞注。且行且玩，甚觉有趣。忽听山头上有人高声疾喊道："老头儿，快躲开，看石头打着你。"言还未了，纪异眼快，已然看见离上面数十丈高处，一团亩许大的黑影疾如奔马，激起数丈高的水花，直朝二人面前飞滚下来。喊声："不好!"一时急不暇择，一把抱住纪光的腰，用足平生之力，脚一点，平地纵起十余丈高下，直往左侧一块突出的崖石飞跃上去。

说时迟，那时快，就在纪异抱起纪光飞纵之间，那从上面崩落下来小山也似的一块大石，恰巧从二人脚底丈许之处滚过，直落溪涧之中。约有半盏茶时，才听见石落深壑，轰的响了一声，余音隆隆，半晌方绝。坠石从脚底滚过时，激溅起千百道水和泥浆，闹得二人满身满脸皆是。

祖孙二人惊魂乍定，往山头之上一看，见一所矮屋，万竿修篁，业被风雨打得七零八落。竹林处立着两个头梳丫角的红裳少女，正指着二人拍手欢笑。纪光心中一动，暗忖："这种深山穷岭，怎有女子在此? 又不是苗人打扮。目前正在饥渴迷路，何不向她们讨问一声?"便命纪异随了一同上去问路，就便讨些饮食。

纪异素来不喜女人，因为有些饥饿，闻言无奈，只得随了纪光同上。还未走到山头，看出那两个穿红的少女正指着自己窃窃笑语，心中老大不快。如非恐纪光腹饥难忍，自己拼着挨饿，也绝不上去。仗着脚程迅速，不消片刻，已到山顶。

二人见那所矮屋只有两间，位置在山头上一块突出的大石之下，外面是人工搭成的屋宇，里面是一个很深的洞穴。屋外万竿修篁，虽被昨夜风雨刮得七歪八倒，东断西折，两间矮屋依然稳稳的，看不出一丝残破之象。纪光在前刚要开言，二女已揖客入内。纪光、纪异随定二女到了屋内，年长的一个指着一条长的青石说道："家师昨晚出外，还未回来，不便请二尊客进洞，就在外屋坐谈吧。"

纪光见二女中年大的十七八岁,小的才十二三岁,俱都生得十分秀美,眉目之间英气勃勃,音声清脆,谈吐从容,知非寻常女子。便躬身答道:"在下纪光,这是我孙儿纪异。昨晚入山,为大雷风雨所阻,迷了路径,今日天晴,方得觅路回家。适才如非姑娘大声提醒,险被坠石压伤。此来一为道谢,二为竟夜跋涉,饥渴交加,意欲求赐一些饮食。并请见示姓名,以图后报。"那年小的一个闻言抢答道:"我看你这老头倒是个好人。饮食现成,只是我姊妹的名字向不告诉人,也不要哪个图报。"言还未了,长女微嗔道:"雪妹怎的见人一些礼貌都没有?还不快取吃的去。"

少女走后,长女便对纪氏祖孙说道:"我名吴玖,她乃我的师妹杨映雪,家师大颠上人。昨晚愚姊妹随着家师在此观赏雷雨,忽见一道妖气由西北飞来,直往东南万花坪那一带飞落。接着又有千百成群的银燕跟着飞去。家师素来心慈,因为这些银燕乃是雪山神禽,性最灵慧,这般大的迅雷风雨,数目又那般多法,恐是妖人从雪山顶上摄来,准备祭炼什么邪法,一时动了恻隐之心,连忙追去,至今尚未回来。

"这里梅坳,乃本山最险僻之处,四外大壑围绕,无路可通。适才我见老先生同令孙行经此间,先以为是家师朋友,来此见访。刚看出不是时,恰巧这半山崖上有一块断石奔坠,恐伤人命,一时不及救援,着了急,出声惊叫。不想令孙小小年纪,竟有如此轻身神力,居然避过。愚姊妹见人危难,未得效劳,反承道谢,怎敢当呢?"

说时杨映雪已端了一盘蒸的熟鹅脯、一盘野山芹和许多煨芋、大壶山茶出来,放在石桌上面,请纪光祖孙食用。二人饥渴交加,略一称谢,坐下便吃。纪异见映雪不住拿眼看他,刚要张口,映雪笑问道:"你学了几年功夫了,居然跳得那般高法?"纪光知纪异不喜女子,恐他说话莽撞,便抢答道:"舍孙不过生有几斤蛮力,虽有名师,因为在下孤身一人,独处荒山,无人作陪,并未得过师传,哪有什么真实本领。"映雪答道:"适才我见他身轻力大,颇似内功已有根底。只是他脚底却是飘的,纵得快,落得也快,并不能看准地方下落,又不似得过玄门真传。这一说,就难怪了。"吴玖道:"雪妹你有多大本领,也敢批评人?这位小朋友,休看他未得真传,似他这等骨格清奇,神光饱满,资禀之佳,实少比伦。如果遇名师高人指点,不消多年,正不知要高出我们多少倍呢。"纪光闻言,逊谢不置。纪异见映雪言语中有藐视之意,心中好生不服。只是碍着纪光,不便发话,暗自存在心里。

二人吃饱喝足,便向二女道谢问路,又说了自己的住处。吴玖道:"原来万花坪湖心沙洲,便是老先生隐居之所。前两年曾随家师路过几次,久欲奉访,不想却在此无心相遇。真乃幸会,此地离贵居约有百十里远近。这梅坳孤峙深壑之中,常人本难到此。昨晚山侧塌了一座孤峰,定是那峰倒下来,将壑填满,将二位从昏黑中引渡过来,如今还得退向前路,仍由倒峰脊上渡过,再行绕路回去,才可到达尊居呢。"

正说之间,忽听空中银燕鸣声。纪异连忙跑出去,抬头一看,正是为首双燕。心中大喜,忙拍手欢笑道:"外祖,燕儿们寻来,不必再打听路了。"说罢,嘬口一声长啸,将臂往腰间一叉,双燕翩然而下,飞集在纪异双臂之上,不住拿头在纪异脸上挨擦,口中低鸣不已,神态甚是亲密。吴玖、映雪也相继出来,见了双燕,赞不绝口。映雪更是欢喜异常,便问纪异道:"这两个燕儿,是你喂熟的么?怎的这般驯善?"

纪异没好气答道:"这有什么稀罕,我家里多着呢。"映雪喜道:"这燕儿真是可爱。你既有很多,如肯送我两只,包管有你的好处,你可愿么?"纪光知那些银燕善知人意,最听纪异的话,见纪异辞色不愿,忙插话说:"姑娘如喜此鸟,我回家之后,命小孙挑取两只神骏一点的,送上就是。"

吴玖拦道:"君子不夺人所好。此鸟心灵,善于择主,你使它离群索居,岂所甘愿?老先生虽然盛意,还以璧谢为是。"映雪忿道:"我正因此鸟灵慧,能知择主,我才心爱索讨,你当我是要强逼它来此么?目前峨眉门人弟子,有好几位俱养有仙禽灵兽,听师父说,异日青城姜师伯门下十九弟子当中,也有两位养有这类仙禽神虎的。我们养两只,打什么紧?"

纪光劝道:"二位姑娘不必争论。此鸟寒舍养有甚多,得蒙留养仙山,正是它的缘分,决无不愿之理。只惜这两只略大一点,小孙豢养时久,又是燕群之首,和愚祖孙出力不少,不便相赠。往日小孙出门,燕群千百相随,飞满空中。偏巧昨日风雨中失散,今日又不曾寻来,否则当时便可相奉。愚祖孙暂且告别回去,明早先着小孙将两只燕儿送来。等到令师回山,再同小孙斋戒沐浴,前来拜望吧。"

纪异素来孝顺,见纪光如此说,不便再说违抗的话。暗忖:"这些燕儿,我与它们情同骨肉,爱如性命,便是我叫它们在此,也未必能够,何况我还恨你。现在祖父之命不能违抗,到了明日,我送燕儿来时,却暗中嘱咐,叫它们一落此女之手,便即飞回,看你有甚法想。那时我再拿话激她,看她本领如何。如是不行,我念在今日吃了她一顿,她又是个女流之辈,好男不和女斗,也不伤她,只羞辱这丫头几句,出出今天小看我的闷气。"

8

纪异只管胡思乱想，纪光已向二女辞谢起程。当下祖孙二人便照着二女所指说的途径走去。绕了老远，走了不少险道，好容易才寻着归路。经这一整夜的惊恐劳顿，风雨饥寒，总算还未生病。及至到了湖边，纪异连声长啸，只是双燕在空中飞鸣应和，不见燕群来迎，以为是昨晚被雷雨所伤，狂风吹散。双燕鸣声又不甚哀楚，好生不解。

　　纪光想起二女之言，却料是昨晚受了妖人之害。心中虽是痛惜，因为是乃孙最爱之物，恐他忧急，也没说破。匆匆过湖，到了沙洲之上，船一拢岸，纪异先往燕栖的树林之中奔去。抬头一看，那千百银燕俱是好好地栖息在树上，瞑目缩颈而眠。仔细一点数目，并不短少，只是不飞不鸣罢了，这才放了心。骂这些燕儿道："这般娇嫩，昨夜稍微受了点风吹雨打，便没精打采地装死，我给你们拿盐去，看是吃与不吃？"如在往日，纪异每早起床出院，一说拿盐，群燕定要纷纷飞鸣翔集，取悦主人。这时纪异骂了两句，竟都头也未抬，只把两只眼睛眨了两下，重又闭上。纪异看出不妙，忙朝外喊道："外祖快来，这些燕儿全都病了，快想法医它们吧。"

　　说时，纪光也已走到，先见满树银羽，群燕俱在，暗喜所料不中。及听纪异这等说法，心里一惊。猛一眼又看到屋外一角，有好几面黑旗上画着白骨骷髅和符咒一般的字样，散置地上，有的折断，有的烧焦，不是原有之物，情知有变，不暇答言，忙往屋中跑去，进门便见一个长才七八寸，周身血迹，满画符篆的泥人，头已粉碎，连同两半截素帛散在门旁桌上，破台下面压着一张纸条。

　　纪光取到手中一看，大意说：留纸人往日经过此地，见湖心沙洲竹屋幽林，知非俗土。昨晚迅雷风雨，山头闲眺，偶见妖气飞过，后随千百银燕。恐妖人多害灵禽，便即跟踪追来，才知妖人下落之处正是此地。想是与屋主有仇，一到便用极恶毒妖法，想将主人全数置于死地，恰值燕群赶回，见有外人侵犯，由两个为首的银燕率领，与妖人拼命恶斗，因为来势猛烈，千百成群，妖人先时骤不及防，颇为吃亏。后来妖人激怒，咬破舌尖，行使妖法。除为首两燕见机逃去外，其余银燕俱被打伤甚重，妖人正要拘役群燕生灵，以备回山祭炼魔法之际，留纸人正好赶到，破了妖人邪法，将他逐走。只惜缓了一步，千百只银燕中了妖法，业已奄奄待死。

　　见为首双燕不住哀鸣求救，因此动了恻隐，取出灵药，逐个解救医喂，直到天明，方始毕事，将群燕一一救转。只是元气大伤，还得养些日，任其栖息树枝，不得劳顿，才可复原。妖人虽然逃去，日后终必重来。屋主返家，可至后山梅坳一带相访,当有指示预防之法。书末写着"大颠"二字。

纪光看完,递与纪异看了,说道:"幸是昨晚为雷雨所阻,未遭妖人毒手。此事多亏大颠上人仗义相助,适才又蒙那两位姑娘饮食款待。我们受她师徒三人恩礼,无以为报,难得杨姑娘要那银燕,我看你却不甚愿意,实是不对。我也知你常素不喜女子,她那几句话说得也太直,使你不高兴;那银燕又是你心爱之物,不舍送她。你明日前去送燕,那燕素来听你的话,你定要弄些花巧,等你转身,便即飞回,往常我俱由你,此事万万不可。那杨姑娘是仙人门下,定有惊人本领,决非常人可比。必是看出你的根基虽好,所学还差,见你年幼,所以说话不作客套,并非存心轻慢。你如再不晓事,大亏虽不致吃,定然闹个无趣。须知千百银燕俱是她师所救,纵然送她几只,也是应该。这些灵禽,只要你不从中作梗,去受仙人豢养,绝无不愿之理。起初原打算只命你一人前去,如今受了人家大恩,我不能不去叩谢。明早你可挑上两只大而雄健的,恭恭敬敬随我奉往,拜山送燕,千万不可再像今日这等神气。再违我命,我就不喜欢你了。"

纪异不是不明理,也知燕群是大颠上人所救,送两只与她门徒,理所应该。偏与杨映雪原有一番因果,当时心中虽去了芥蒂,及至次日见了映雪,微一交谈,不知怎的,仍是气不打一处来,以致闹出许多事故。直到后来,杨映雪约同吕灵姑瑶宫盗灵药,两番救纪异,才得化嫌释怨,成了同门至好。不提。

到了第二日一早,纪光草草进了点饮食,带了纪异,便往梅坳走去。那些银燕,十九尚未复原。只有为首双燕,带了纪异挑出的两只小燕,在空中随行。一路无话。

行近梅坳一看,前晚倒塌的断峰已然移去。纪光知是大颠上人所为,好生骇然。这四面绝壑围绕孤峰,最近处相隔也有二三十丈,纪异尚可奋力跃过,纪光简直是无法飞渡。二人正顺着绝壑绕行,忽听对面有一女子高呼道:"你们送燕来了么? 家师出去了。峰背后有一处相隔更近些,我在那里设有索桥,快到那处去,我好接引你们过来。"

纪光、纪异见是杨映雪,便照她所说,奔往峰后。果然有一个所在,一块奇石从峰腰突出,其大可容千人。石边挺生着几根石笋,两岸相隔只有十六七丈远近。那杨映雪已在石上相候,身前盘着一堆麻索。见二人行近,喊一声:"接着。"手扬处,那盘麻索便凭空飞出,像箭一般直往二人存身的对崖射来。

二人用手一捞，觉出颇有分量，再一看绳头上并无什么重的东西。纪光见这般头轻尾重的东西，竟能随手笔直发出，如非内功练到绝顶，纵有千斤神力，也难办到。越知不但大颠上人是仙侠一流人物，连二女也非常人。正悄悄嘱咐纪异言语举止放恭敬些，杨映雪已在对崖说道："你们可将此索系在那株大黄楠树上面，看能从索上渡过不能？如果不能，我再过来背你们。"

纪异先听大颠上人不在家，心里便不愿过去。只因纪光来时再三嘱咐，银燕尚在空中，不曾交与。见纪光已然前走，甚是诚敬，不便说"回家"二字。这时一听映雪又说出这等轻视人的话来，心中气愤，想要还她几句，当着纪光又不敢。便一声不发，将索头系住。心想："相隔才这一点远，谁稀罕你帮忙？我偏要跳过去给你看看。"

纪异一面寻思，一面暗中早将气力运足，走向崖边，两足尖一挺劲，竟然飞身纵过。心中正在得意，还未张口，映雪已看出他心意，微嗔道："你这两跳，昨日我又不是没有见过。你还当这飞索是为你设的么？看你年岁也不算小啦，怎连一点规矩都没有？还不快纵回去，将你外祖渡了过来。"纪异闻言，猛想起只顾自己逞能，一时疏忽，忘了先背送外祖，白白被她嘲笑，自然无言可答，不禁把一张黑脸羞得通红，只得转身重又纵了回来，要背纪光过去。

纪光见他仍是倔强，不听来时嘱咐，未免也有些生气。瞪了他一眼道："你那么矮小，不比昨日是个急劲，仗着你身轻，纵得它过。须知这飞索渡人，快有快法，慢有慢法，非内功有了极深根底不行。快走似难实易，慢走似易实难，手上得持有东西。你虽常练道家吐纳功夫，一则为日尚浅，二则门径不同，既未习练，仅仗力大身轻，如何能背得我过，这么大山风，难道我这么大年岁，陪你跳崖么？你如不信，也无须背我，你试空身一人走一回试试看。"

纪异自信从小就能穿枝踏叶，纵跃如飞，哪里肯服，便单身往索上走去。起初提着满身勇气，走得飞快，还不怎觉难。及至离崖三四丈，忽然一阵大风吹来，一个不留神，身子往旁一偏，竟往侧面壁底翻落下去，再想稳住脚步，已然不能。还算他身子矫健，落时两脚交叉，钩着长索，身子往上一挺，双手将索握住，身子被风吹得晃了好几晃，才行停止。

纪光知他平日轻灵敏捷，虽难稳渡，却不至于出错，到此也代他暗捏冷汗。便高叫道："孙儿，你已输了，就是过去，也不算了。不必站起来，仍照你平时穿跃树枝之法回来吧。"纪异仍不甘服，还想立起试试。好容易才得稳住身形，站在索上，起初不大留心，还可凭着那股子勇气，走得远些。这一格外留神，唯恐二次失足，反倒更难走远，不是偏东，便是偏西。再加山风时来，无法使左右轻重匀称，依旧手忙足乱，翻落下去。不过事前多加一分防备，没有第一次惊惶而已。纪异见实不能立起飞渡，才知天分是天分，学问是学问，没有练过，仅凭天资，终是不行。又听映雪笑声不绝，真是悔恨气恼。没奈何，只得遵照纪光所说，攀索回到原处。

纪光已折了一枝长竹竿，持在手内。低声说道："孙儿，下次万万不可如此自恃。其实这飞索渡人，如有凭借，毫无难处。我虽不如你的天资禀赋远甚，到底练过数十年武功，且待我走给你看。少时你仍纵过去便了。"说罢，将长竹竿往两臂一斜，端平捧起，径往索上纵去。走十几步，缓一缓，将气匀住，又走。有时遇见大风，人便停住，与风相战，身子竟歪斜在向风来的那一边，却不翻倒，像粘在索上似的。这样时停时进，时缓时速，点水蜻蜓一般，转眼到了对崖。纪异也跟着纵身越过。

纪光先向映雪行礼，述了来意，便命纪异将空中银燕招下。映雪接在手中，见这银燕动也不动，好似喂养熟了的，好生高兴。说道："家师昨早回来，言说前晚追赶妖人，在万花坪旧址湖心沙洲一所竹屋之内破了邪法，救了许多银燕，代屋主将妖人逐走。吴师姊又谈起你二人遇险路过之事，才知你们便是那沙洲主人。这里原是家师修道之所，自从移居莽苍山大熊岭后，每年只有春秋两季来住两个月。去年冬天，侠僧轶凡引荐了一个女弟子，名叫吕灵姑，是个孝女。家师对她十分怜爱，老恐她一人在山中孤单，这两次来了，均未住多日，总是略微指点便走。昨晚你们如来，还可相遇，今日已回大熊岭去了。行时留话，说你们这几天必来看望，命我转告，你那沙洲上产有一种蛇菌，大是有用。只是如今还未生出，须等明春大雷雨后才有。到时请你务必留下几个，用盐水泡起。明春家师回山，亲自去取。你送我这两只燕儿，倒真灵巧。再经我一训练，明年今日你们再来看时，便两个样儿了。只不知它们离了群，养在我这里，心中愿不？"说时，那两个小燕竟似懂得人意，不住曼声长鸣，拿头在映雪掌上挨擦。映雪见状，越发爱极。纪光应了留菌之事，又把银燕的好恶和喜盐如命一一说了。

纪异见小燕依恋映雪，心中好生不快。正想朝乃祖示意别去，忽听山脚后面有两个女子说笑之声。映雪一听，丢下二人，口中唤一声："是玉姊来了么？"便往山脚后跑去。一会儿工夫，从山脚转出两个女子，一个便是那日所见的吴玖，另一个白衣如雪，背插双剑，生得身长玉立，英姿飒爽，却是初见。

吴玖一见纪光带了纪异在前恭候,便抢步上前,答礼道:"承蒙再顾,又赠愚姊妹灵禽,足见盛意。家师离山他去,雪妹想已告知。这位乃武当派名宿半边大师门下弟子女昆仑石玉珠姊姊。那日老先生驾临,因时太仓促,又未奉有家师之命,不敢多留。今日并无外人,同往洞中小坐叙谈如何?"纪光自是愿意。纪异也动了好奇之想,便将回意打消。

祖孙二人向石玉珠见礼通诚之后,便由映雪在前领路,峰回路转,往前山洞府之中走去。那日纪光祖孙惊恐饥疲之余,来去匆匆,虽觉山势奇秀,并未识得庐山真面目。这时过心闲,又是由后山转到前山,一路留意观赏领略,方看出山的妙处,真个是雄深险峻,秀丽清奇,兼而有之。

走了一半路程,快到前山,按理,那日所见矮屋和洞府位置在山顶之上,原应折向高处才对,而且已然望见左侧山顶便是洞府。不料映雪忽然领了众人向右侧一条通往下面的窄径走去。那窄径藏在茂林嘉木之中,不到近前,简直看不出有路。人行其中,映得眉发皆青。再加上细草蒙茸,秋葩竞艳,草气花香,沁人心脾。越显幽绝。

绕行有里许之遥,越走地势越低。纪异看出与洞府有点背道而驰,忍不住道:"适才若往上走便是山洞,却引我们到此则甚?"纪光方以目示意,前面映雪已然听见,回身笑嗔道:"你这孩子,懂得什么?前日你们所见,乃是后洞,平时我们炼气观星之所。这里才是正门户呢。你嫌远,我们抄点近路吧。"说时,又引了众人从一个危崖夹壁之中穿行过去。那夹壁曲曲弯弯,长有百丈,两边危壁如削,仅露一线天光。最窄之处,人不能并肩而行,甚是幽暗。

夹壁走完,豁然开朗,面前现出一片极大的山坳,三面清水围着一片平地。到处都是千百年以上的老梅花树,有的雄根虎踞,繁枝怒发;有的老干龙伸,铁柯虬舞;有的轮圆盘郁,磅礴屈伸,自成异态;有的疏影横斜,清丽绝伦。俱都疏疏密密,散置其间,千形百状,图画难描。如在花时,这一片香雪,更不知还有多少妙处。纪光到此,方知梅坳得名之由。

另一面却是一座危崖,大小奇石恍如飞来,高低错落,附崖挺出。上面建了好些亭台楼阁,式样奇古。又就着崖形,凿了许多磴道飞桥,盘绕其上,以相通连。正当中是一座高大洞府,上有碧苔拼成的"香雪洞天"四个古篆。崖底下,一边一个丈许高的大洞,里面碧水潆洄,其深无际。左洞乃是溪流发源之所,水从洞口夺门而出,绕溪而流,直投右洞。水声淙淙,清泉潺潺,泉韵山光,相映成趣,令人耳目皆清,如入山阴道上,应接不暇。

纪光祖孙正在四面赏玩，映雪已走向当中大洞下面石级之上，揖客入洞。纪光不说，便是纪异从小生长荒山，也曾见过不少洞穴，以为里面未必还胜外面。谁知到了洞中一看，竟是珠缨金珞，晶屏玉障，不但全洞通明，亮如白昼，而且玉床碧几，不染纤尘。尤其石室修整，门户井然，到处光华灿烂，目迷五色。纪异越看越爱，暗忖："修道人竟有这些好处。他年母亲复生，自己去师父苍须客的洞府之中，不知能否和这里一样？可惜洞中主人是个女的，否则时常来此玩玩多好。"

　　纪异只顾寻思，不觉随了众人走向吴、杨二女修道室中，见陈设愈加精美。吴玖请众落座，说道："此洞乃前百十年前家师修道常居之所。家师曾说，当时道尚未成，喜事好胜，把这座洞府布置得和仙宫相似。除洞前三千株老梅外，余者连洞泉溪水，尽出人为。真个是匠心独运，巧夺天工。后来道成，深觉此事无聊，实非修道人居处参修之所，便要将此洞封闭。经愚姊妹再三求说，才未废弃。近年移居莽苍山大熊岭，苦修未完功果，将此洞赐予愚姊妹居住，只石师姊和二三相知女道友来过。因家师不许招纳外人，今日尚是第一次呢。"纪光闻言，忙起立称谢。

　　吴玖还要往下说时，映雪已将手中两只小燕放在玉几之上，走向隔室，捧了一大盘异果、一大盘腊脯与一瓶子酒出来饷客，二女俱都殷勤劝用。纪异见那些果子有好几种都未曾见过，吃到口中，甘美非常。那些腊脯名色繁多，虽然一样香味扑鼻，因为自己家中腌腊之物甚多，便不甚在意。只管取那果子吃个不休，一些也不作客套。

　　女昆仑石玉珠一见纪异，本就喜欢他资禀过人。见他爱吃那果子，笑道："昨日我往凝碧崖，访看秦家姊妹不遇，得见李英琼、余英男二位道友。畅聚了半日，才知峨眉自从掌教真人开辟五府以后，除各派仙人所赠的各种奇花异卉不算，长幼两辈同门，到处搜求瑶草琪花、仙木异果移植在内。近两年不知从哪里又移植了二十四株琼木朱果，行时承李道友赠了十枚。此果颇有轻身延年之功，本想给舍妹等带去尝新。行经此间，承玖姊相招款留，又与纪老先生贤祖孙相遇。今日之会，总算前缘，待我每位奉送一枚，略表微意如何？"说罢，从怀中取出四枚朱果，分给四人。

　　纪异见那朱果红得爱人，还未到手，便已闻见一股子清香。看形式、香味以及皮色上的光泽，均颇与前数年求仙涉险，在危崖绝壁上所得那枚千年兰实相类，知道果是仙果，暗忖："母亲还有几年便可回生，再吃这样好的仙果，定然大有益处。自己吃了，岂不可惜？祖父又学会收藏灵药，无论相隔

14

多年,俱仍新鲜。何不收藏起来,孝敬母亲?"想到这里,不忍进口,略闻了闻,趁大家说笑之际,藏入袋中。恰被映雪看在眼里,笑对他道:"这里果子要吃尽有,却不许往家里带呢。"

纪异本来拙于口舌,又厌恶映雪,重拿出来既非所愿,仓促之间,又说不出理由来。只气愤愤地答道:"这朱果是石姑娘给我的,我给母亲带回家去留着,与你何干?你恐我多吃你的果子,我这就不吃,明日我也去采些来还你便了。"纪光见他说话僵硬,不禁着急;石玉珠、吴玖却见他认了真,满脸稚气,又怜他的孝思,三人俱要发言。映雪先抢着答道:"你这孩子太不晓事。你打量我请客不诚,怕你吃多了么?这朱果乃天材地宝,千百年才一开花结果,不采不落,可在树上延至百年之久。乃天地间的灵物,服了可以长生。二十年前,才被峨眉门下李英琼道友在莽苍山发现,又为妖尸谷辰倒转玉灵岩所毁。近年峨眉诸位长老方从海外仙山觅到了二十株,移植在凝碧崖。想是恰值结果之期,树上朱果没有采尽,石道友才得了几个。凡人得此,真乃旷世仙缘。我见你贪食果子,石道友给你仙果,却拿来藏起,恐你不知轻重,好意提醒,你却出言侮慢。休说我给你吃这些果子,俱是家师月前带来,大半尘世间稀有之物;便连这几块腊脯和那一瓶子赛玉酿,也非寻常之物。你从何处去采来相偿?"

言还未了,吴玖见纪异已羞得面红颈粗,十分窘状,忙喝映雪道:"雪妹便是这等稚气,你自家说话不庄重,却和他一个小孩子争长论短。你虽无心取笑,他却有意地听。师父行时所言前生那段因果,还须你自己化解,难道竟忘怀了么?"映雪愤然道:"各凭道法,胜者为强。要叫我不论人儿,俱都低首下心服输,宁遭劫报,也是不能。"说罢,拂袖而去。

纪光先见纪异出言无状,好生惶愧,只是插不下嘴去。这时正待道歉,映雪业已愤愤走去,老大不是意思。只得向吴玖赔话道:"小孙年幼无知,开罪杨仙姑,少时回去,定加责罚。还望代为劝解才好。"吴玖道:"雪妹幼遭孤露,家师见她身世可怜,未免宽容了些。再加年幼道浅,遇事有些任性。令孙纵有稍许失言之处,其咎也是由雪妹自取,无须理她。令孙藏果怀母,足见孝思,我索性成全于他。这里有两粒仙丹,乃是家师所炼,有起死长生之功。可与令孙拿了回去,以备他母亲服用。我起初令雪妹延宾,原想因家师行时一番言语,借今日之聚,捐弃前嫌。适才见他二人俱是蕴积太深,终是未能化解,想是一切注定。好在虽有波折,终于无碍。此番回去,须嘱令孙,此地不可再来,以免再生嫌隙,反而不美。石姊姊见访,尚有他事相商,请老

15

先生带了令孙回去吧。"女昆仑石玉珠也接口道:"令孙我也听人说过,孝行实是可嘉。这朱果还可分给他一枚,就此一并携回吧。"纪光见主人大有逐客之意,只得率了纪异,起身道谢告辞。

吴玖便领二人,由那日所见山顶矮屋的后洞口内出去。纪光在归途暗思:"吴玖所说之言,暗含深意。纪异不过是年幼无知,一时失礼,对于映雪,并无多大嫌隙,怎便说出不能化解的话来?并且又拒绝二次前去。"越想越不得其解。再见纪异神色,二目暗露凶光,虽然无心中得了灵药仙果,并掩不住心内愤恨。益发诧异,便不再深说。祖孙二人,各有各的心事,连一句话也未说,俱都闷闷地走回家去。要知后事如何,且看下回分解。

第十六回

银燕盘空　幽壑森森逢禁侣

铁链曳地　清琴泠泠喜知音

祖孙二人回家之后，一晃半年多，纪光因吴玖的话说得郑重，恐去了不利，再三告诫，不许纪异往梅坳去。起初纪异虽厌恶映雪，有寻衅比斗之心，一则因外祖坚嘱，二则回想吴玖、石玉珠赠送仙果灵药，恩德深重，映雪只奚落抢白过两次，纵然可恶，也应看在吴、石二人面上，况非深仇大恨，何必这般耿耿在怀？再加上梅坳地势僻远，又非常去之地，不易走到。他与映雪本是紫云旧侣，原有一番因果，虽有时想起前隙，不无气愤，因有这两三则缘故，总是欲行辄止，日子一多，就逐渐淡忘了。

这日也是合该有事。纪光又应苗人之聘，往远道行医，去了已好几天，没有回来。纪异一人在家，清晨起身做完了早课，忽然心情烦躁，不知如何才好。他秉着先天遗性，最喜花果。想起墨蜂坪那一带行猎之区，业有两三个月未去。现值春夏之交，正是花开季节，何不前去采集些来移植在这沙洲之上？就便遇见什么肥美的山禽野兽，也好打它一两只回家下酒，岂不是好？

纪异想到这里，便即起身。因为今日出猎，不似往日贪多；再加上半年多工夫，燕群益发听话，着实训练出几对灵慧的银燕来；用几个随去，尽可足用，燕群无须全数带了同往。这时凡是大而灵慧的银燕，都是由纪异起了名字。除为首的双燕大白、二白照例随身不离外，又挑了丹顶、玄儿、铁翅子三只最矫健的银燕带去，其余燕群全都留守。

这五只银燕，大白、二白领袖群燕，自不必说。另三只燕儿，也是个个猛烈灵警。尤以玄儿最为厉害刁猾，专与猛兽虫豸之类为难，只要遇上，从不轻易放过，每出门一次，从不空回。身体也与别的银燕不同，栖息之时，看去仍是一身雪羽，其白如银；一飞起来，两肋下便露出一团乌油油发光的黑毛。其势疾如星流，迅捷非常。目力更敏锐到黑夜凭空能辨针芥的地步。纪异最是喜它，几乎驾于双白之上。

当下纪异带了这五只银燕走向湖边，去了衣履，交与双白先行衔飞过去，自己赤身踏水而渡。其余燕群仍然跟着飞送，直到纪异上了对岸，再三喝止，五燕也跟着连声齐鸣，不许同往，燕群才行振羽飞回。纪异匆匆穿好衣履，忙即施展本能，如飞前进，不消多时，便行近墨蜂坪。那坪自经前番谷陷峰塌，大雷雨后，凭空又添了好些景致。加以连阴新雾，瀑肥溪涨，水声淙淙，与满山松涛交奏，花木繁茂，山花乱开，妍紫嫣红，争奇斗艳，令人到此，耳目清娱，涤烦蠲虑，心神为之一爽。纪异穿山渡涧，且行且玩，美景当前，虽觉心中减了许多烦躁，但那些野花俱是常见之物，不堪移植回去。除去鸳鸣翠鸟等中看中听不中吃的细禽，仅有时遇见几只野禽，并无可吃的野味。独个儿玩了一阵，忽又无聊起来。纪异正打不出什么好的主意，忽然一阵微风吹过，从坪后崖那边传来一片铿锵之音，空中回响，逸韵悠然，甚是清泠悦耳。纪异生长苗疆，虽从乃祖读书时节，得知琴瑟形式，并未亲眼见过。暗忖："墨蜂坪除相去还有数十里山路的梅坳外，从未见过人迹，怎的有此？"越觉好听，便循声走去。那声音因风吹送，若断若续，仿佛在前面不远，可是纪异下坪之后，连越过了好几处危崖绝涧，仍未到达。计算路程，竟走出了三十余里，正是走向梅坳那条路上。已然相隔不远，刚以为是吴、杨二女所为，及至留神静心一听，那声音又发自身后来路，才知走过了头。忙即回身再找时，那声音竟是忽前忽后，忽近忽远，不可捉摸。听去明明只在近处，只是找它不到。

纪异性拗，凡事但一起头，不办到决不罢休，哪里肯舍。又找了一阵找不到，猛想起现放着善于搜寻的银燕，如何不用？忙嘬一声长啸，手挥处两臂往外一伸，五只银燕立即联翩飞下，落在上面候命。纪异喝道："你们这几个笨东西，只会跟着我在空中乱飞乱转则甚，这声音是在什么地方发出来的，你们在天上看底下容易，到底是人是鬼？藏在何处？还不快给我找去。"纪异先疑五燕在空中盘旋不下，是帮着自己寻找鸟兽花草，不知自己来回奔跑，为的是那铿锵之声，所以没有往那发声之处去找。只要喊下来一嘱咐，怕不立时寻到。谁知今日大出意料之外，纪异把话说完，五燕只互相低鸣了几声，竟是一动也不动。纪异恐五燕还没听懂，又喝道："笨东西，你们听呀，这声音铿铿锵锵，比苗人弹那大月弦子还好听得多呢。我们找到人家，向他们请教，学上一学。回去仿做一个，我每日弄给你们听多好。"说罢，大白、二白便朝着纪异长鸣了两声，接着便用口衔着纪异的衣袖连扯。

纪异原知鸟意，看出是要他回去。惊问道："你们不代我找，却还要我回去，莫非又和上次一样，那发声音的不是好人么？"大白、二白摇了摇头。纪异不由性起道："你们既不让我去，又说不是妖人。我此去不过看看是什么东西，至多学他样仿做，教否随意，并不勉强，又无招惹之处，难道有什么祸事？"

正说之间，大白、二白还在紧扯衣袖不放，玄儿倏地长啸，竟然冲霄直上。丹顶、铁翅子、大白、二白也依次飞鸣而起。五只银燕在高空鸣和相应，只是回旋不下。纪异听那铿锵之声，突然如万珠齐落玉盘，隐似杂有金铁之音，越发比前好听。见五燕尽自围着当头数百丈方圆地方盘空飞鸣，不见飞落，心中有些不耐。正要高声呼叱，其中玄儿忽将双翼一收，急如弹丸飞坠，流星下驰，直往北面山凹之中投去。大白、二白跟在后面。眼看三燕一前两后，将要落地，大白、二白忽又同声长啸，振翼高鸣，凌云直上。

纪异一心想寻那声音来源，别的均未暇计及。一见玄儿飞落，知已寻到地方，不问三七二十一，连忙飞步跟踪追去。那北面山凹，两面高崖，中藏广壑，壑底云气溟濛，其深无际。崖壁中间横着几条羊肠野径，素无人踪。全崖壁上满生丛草藤蔓，野花如绣，红紫相间，地势异常险峻。因为僻处墨蜂坪北面山后，相隔稍远，又无路径，鸟兽俱不往那一带去。只在暗谷未崩倒以前，纪异同纪光去过一次，也仅在崖顶登眺，从未下去。

今日追寻琴声，无心中行近此地，始终没想到琴声发自壑底。及至纪异追到一看，玄儿已然不见，那铿锵之声竟发自壑中。身临切近，益发洋洋盈耳，听得越真。方自侧耳搜寻，忽听铮的一声，音声顿止。只剩壑底回音，余韵瞬息消歇。危崖大壑静荡荡的，草花繁茂，苍藤虬结，荒径荆榛，亘古无有人踪，更无余响遗痕可以寻觅。纪异深悔自己来迟一步。暗骂："玄儿忒也着急，既然领我到来，怎不等我一等？如今不知飞落何方，教我乱找。"

纪异正在四处留神观望玄儿踪迹，猛听有两个说话声音发自脚底，仿佛相隔甚深，好似在那里争论。一个道："一只鸟儿，有甚稀罕。它自来送死，又非我等造孽，管它呢？姊姊偏发什么慈悲，差点闯出大乱子来。这东西如果和当年一样野性发作，我们一个制它不住，被它逃走，他年师父回来，怎生交代？"另一个道："师妹还是这等心狠。我这多年幽壑潜修，功行大进，岂是昔比？如觉制不住它时，还敢如此大意？如今它吃我用定法制住，业已睡去。倒是这只可爱的灵鸟，险些被它吸入腹内，又受惊，又受了点毒。我看此鸟必非无因而至，医好之后，放它出去，如是有人豢养，又恐招了外人来给我们生事,岂非讨厌?"先一个答道:"我们这天琴壑,多少年来从无人踪。此鸟就算有人豢养,也是常人。我们如不愿留它,可命洞奴喷云将洞封锁,难道还怕它硬闯进来不成?"

纪异还未听出那只儿膏怪吻的鸟便是银燕玄儿,正觉稀奇,猛听玄儿也在地底微微哀鸣了两声,不由大吃一惊。忙将丛草用剑扫削,去查那声音的来源。又听先说话的那一个女子,低低说道:"姊姊,上面有人。"说完,便没了声息。纪异明明听出那说话声音出自地底,只是脚下石土深厚,草深没膝,再也找不着一丝响影。更不暇再寻那音声所在,也不问地底是人是怪,只关心玄儿安危下落,急得手持宝剑,不住在草丛中乱拨乱砍,恨不能把那片山石攻穿,将玄儿救出,才称心意。似这样胡乱砍削拨刺了一阵,耳听空中四只银燕只管盘空高飞,却哀鸣不下,大有失群丧偶之状,越猜玄儿凶多吉少。妖人深藏地底,宝剑虽利,其势难以攻透。

纪异正自焦急无计,蓦然一眼看见身侧不远老树浓荫之下的断草根际隐隐放光。近前寻视,乃是七个碗口大小的深穴直通地底,光华就从下面透出。先原被丛草泥石遮没,这时方得发现。再俯身仔细一看,那穴口距离地底深约百丈。下面乃是一个极广大的山洞,丹炉药灶、石床几案、琴棋书卷,陈列井然,虽无梅坳仙府富丽,却是古意悠然。

当中还悬着一个磨盘大小的青玉油盆,共有七根灯稔,分悬在油盆的边沿上,每个火头大如人臂,光焰亭亭,照得全洞通明。地底站着两个布衣修整、略似道家装束的女子,身材也一高一矮,矮的一个相貌生得奇丑,手中拿着一把晶光闪闪的宝剑,正对上面注视,却不见玄儿踪迹。

纪异惊诧之余,刚要张口询问,那矮女已在下面喝道:"你是何人?擅窥仙府,敢莫是欺我姊妹飞剑不利么?"言还未了,那年长貌美的一个忙止丑女道:"我看此人颇似山中樵牧之童,迷路经此,有类刘、阮误入天台,师妹不值与他计较。只是恐他出山饶舌,我们索性唤他入洞,与他一点甜头,嘱咐几句,以免传扬出去生事如何?"

丑女正要答话,纪异已忍不住答道:"我不是牧童,你们不要胡猜。适才因乐声好听,寻踪不见,我命一只家养的燕儿来找,亲眼见它飞落此地,追来却无踪影。忽闻地底有人说话,听出我那燕儿在此,我才拨草寻找,不想发现洞穴。想彼此素无仇怨,我也不是存心窥探你们踪迹。我不问你是人是怪,只求将燕儿好好还我,立即就去,绝不相扰,也不向外人说出半句。还有适才音乐之声,不知你们弄的是什么东西?可惜你们俱是女子,不便求你们

20

教我。如能将那乐器与我看上一眼,使我能回去仿做一个,无事时弄来玩玩,那就更感谢了。"

那长女闻言,对丑女道:"原来我救的那只灵鸟,果有主人。此子颇有根器,决非庸流。今日不期而遇,也算有缘。我将灯光掩了,你从前洞去将他接引下来。我有话说。"丑女闻言,便朝上说:"你这人看似聪明,怎连琴音俱听不出?愚姊妹奉有师命,在此潜修已历多年。今日你的燕儿为我守洞神物所伤几死,多亏我姊妹将它救下,但已中了我们洞奴的毒气,暂时不能飞翔。上面穴口过小,相隔又高,你无法下来。我姊妹二人奉有师命,在此潜修,不能擅自离开。你走向崖边壁中间有一块平伸出去的大石,上有藤草掩覆,便是我们的门户。你到了那里,可拉着盘壁老藤,攀缘下来,我去那里等候,将你接引入洞,还你燕儿,就便将琴与你看。如你胆小力弱,不敢攀缘,那只好等燕儿好了相还了。"

纪异一心想着玄儿忧危,立即应允。正在答话之间,洞中央所悬的那盏长明灯忽然灭去,又听下面丑女连声催走。纪异走时,仿佛听见铁链曳地之声,当时也未注意。匆匆往崖边跑去,探头一看,果见一块危石大有丈许,孤悬崖壁中腰,上下相隔约有四五十丈。从上到下虽有老藤盘结,因为相隔太远,并无一根可以直达石上。所幸崖边突出,崖壁中凹,平跳下去,正好落到石上,中间尚无阻碍。因丑女恐他胆小力弱,下不去,成心卖弄,先向崖下喊道:"你说的地方是这里么?我要下去了。"下面丑女应声道:"你这人倒有胆子。正是这块大石,可惜我不能上来帮忙。上面的藤接不到石上,援到梢上,还有七八丈高下。你援到那里,缓一缓气,再松手,扑向旁边那一根,将它抓住,便援下来了。"纪异笑答道:"这点点高矮,哪有这么费事?你躲开,看我跳下来将你撞倒。"说罢,站起身来,提匀了气,觑准下面那块危石,喊一声:"我下来了。"便朝下面危石上纵去。

丑女先从下面略看出他身相清奇,不过具有异禀,仍是一个质美未学的常人,没料到如此身轻力健,好生欢喜。纪异见那丑女真长得和自己像姊弟一般,再也没有那般相似,也是说不出来的喜欢。不觉脱口叫了一声:"姊姊,我的燕儿呢?"丑女龇牙笑道:"我虽比你高不了许多,一定比你年长。我不知是什么缘故,怪喜欢你的,当我兄弟,倒也不错。你姓什么?"纪异道了名姓,丑女便在头前领路。

纪异随在她的身后,见丑女回身回得异常之快,仿佛还伸手从地下捞起一件东西,微微响了一下。这时洞中漆黑,纪异初来,洞径由高往低,迂回奇险，只管专心辨路，也未怎样留神。

一会儿到了洞底，丑女道："你先坐下，待我将灯燃起，请姊姊与你相见。"纪异刚刚坐好，忽然眼前一亮，全洞光明。对面石案后坐着适才所见年长的一个女子，手中托着玄儿，正在抚弄。丑女立在身边，满脸含笑道："这人名叫纪异。姊姊你看事情多么奇怪。"长女回眸瞪了她一眼道："你就是这般多嘴，锦囊尚未到开视日期呢。"

这时三人对面，灯光之下看得甚清。见那长女面如白玉，星眸炯炯，眉间生着一点朱砂红痣，甚是鲜明。上半身青衣短装，下半身被石条案挡住。见了人来，并未起立。

纪异重又说了来意。长女笑道："我姊姊二人，以前本不在此修道。只因年轻气盛，误伤许多生命，犯了师门家法，受了重谴，被师父罚在这天琴壑地洞之内，负罪虔修，杜门思过，不履尘世，不见外人，已是好些年了。这琴原是洞中故物，还有两个玉连环、一面铁琵琶，同挂壁间，也不知是哪位前辈高人所遗。每当芳日嘉辰，月白风清之夜，琵琶必定互响，自为应和。因有幽壑回音，声出地下，其声若近若远，无可根寻。天琴壑之得名，便由于此。自我姊妹幽居到此，才得发现。唯恐外人发觉，轻易不曾在日里拨弄。今日做完功课，忽觉无聊，又经师妹再三催促，才取将出来，随意抚弄，不想将你引来。我这洞中还有一洞奴，乃是神物，善于喷吐云雾，更会放出毒烟，无论人畜，当之必死。你那燕儿想是奉你之命，寻找琴音到此。据师妹在外所见，你那燕儿共是五只，看神气早就知道这里。想是识得洞奴厉害，只管在空中盘旋不下，飞了好一阵。就中一只竟欺洞奴假睡，突然比箭还快飞将下来。被洞奴张口一喷一吸，几乎吞了下去。幸我发觉得早，才行夺过，忙喂了它一粒丹药，方保住性命。我本不知它志在夺琴，正奇怪它冒着奇险飞来则甚，你已到来说起。要我还鸟、传琴不难，但是我姊妹有一事相烦，不知允否。"

纪异恨不得急速将玄儿要过，忙问："何事？"长女闻言，立时脸泛红霞，欲言又止。纪异还要追问时，丑女已代答道："事并不难，只是有些费时费手。如能应允，方可告知哩。"纪异一则急于得燕，二则和那丑女旧有渊源，一见如故，不由脱口应了。

二女知他诚实，不会反悔，好生欣喜。长女答道："既承相助，愚姊妹感德匪浅。不过事情只是难料，是否有此巧遇，尚属未定。这燕儿中毒虽深，服了家师灵丹，已无妨碍，一日夜后便可痊愈，定比先时还要神骏。抚琴之法虽可传授，但你并无佳琴，传也无用，我索性传后将琴借你携去。从今以后，你每隔三日便来这里一次，不但指点你抚琴之法，我见你身佩宝剑绝佳，愚姊妹素精此道，你如愿学，也可一并相传。等愚姊妹时机到来，看了家师锦囊，是否相烦，便知道了。"

说罢，招呼纪异近前，先将玄儿隔案递过。然后命丑女取来一张冰纹古琴，先传了定音之法，再把适才所奏那一段曲传与。纪异绝顶聪明，自是一学便会。这一两个时辰工夫，竟和二女处得如家人骨肉一般，把平日厌恶女子之心打消了个净尽。渐觉天色已晚，携了琴、燕，便与二女订了后会，起身告辞。猛想起还忘了问二女的名姓，重新请问。二女道："我姊妹负罪避祸，出处、姓名，暂时不愿告知。总算比你年长几岁，不妨以姊弟相称。且等时机到来，再行详说吧。"纪异心直，便不再问。长女便命丑女送出。

这次是纪异在前，行有数十步，不见丑女跟来。刚待回头去看，那盏长明灯忽又熄灭。隐隐又闻铁链曳地之声响了两下。纪异好生奇怪，随口问是什么响声。丑女拉了他一下，悄声说道："这里的故事甚多，你不许多问。到时用你得着，自会知道。我姊姊外表看似好说话，她脾气比我还要暴躁十倍，轻易不发，发了便不可收拾。被罚在此幽闭多年，也因如此。我本无罪，只因当时代她苦苦求情，愿以身代，才同受责罚，来此苦熬。如果今日所料不差，出困之期当不在远。你时常来此，大有好处。要是胡乱问话，触了我姊姊的忌讳，好便罢，一个不巧，连我也救不了你。"纪异因燕儿得救，又学了古琴，已是心满意足，闻言丝毫不以为忤，便答道："你和那位姊姊这么大本事，住在洞中又无人管，怎说幽闭多年，不能出困呢？"丑女答道："才叫你不要问，又问。我师父现在隐居岷山白犀潭底，人虽不在此地，却有通天彻地之能，鬼神莫测之妙。不到她老人家所说日限，我等怎敢擅越雷池一步呢？"

说时二人业已行近洞口，忽闻身后丁宁宁之声。丑女大惊失色道："洞奴醒了，时机未到，恐被它追来，误伤了你，大是不便。我去拦它，你快些上去吧。再来时，仍和今日一样，先在上面穴口招呼了我们，再行相见，不可轻易下来。那七个穴口也须代我们用石头堵好。"正说之间，又闻洞底呼呼兽喘。丑女不及再说，一面挥手，催纪异急速攀纵上去；一面早回身去截。因为举动匆忙，返身时节脚底下响了一下。纪异闻声注视，见她脚底竟拖着一条细长链子。丑女已慌不迭地低身拾起，往洞后飞跑下去。要知后事如何，且看下回分解。

第十七回

韩仙子幽壑绾双姝
纪良童深宵惊异兽

话说纪异估量那洞奴是个奇怪的猛兽,还想看个仔细时,隐隐听得长女在洞底呼叱之声,接着又丁宁宁响了一阵,便即不闻声息。仰视天空,四燕飞鸣甚急,日已向暮。因为一手抱琴,一手托燕,攀纵不便,连向天长啸了两声,才见大白飞了下来,先在离头数十丈处盘飞了两转,倏地急如脱弹,飞射下来,纪异刚将琴一比,大白已舒开双爪,抱琴飞起。其余三燕想是看出无碍,也相继飞落。纪异将玄儿交与二白抱去,手挥处,三燕先自腾空。然后将身纵起十余丈,抓住上面老藤,攀缘而上。照丑女所说,将崖下七个孔洞用石块掩覆,连适才用剑斫乱的草树都一一搬弄完好,才行高高兴兴回家。

当晚纪异胡乱吃了一些东西,便去调弄那张古琴,仗着绝顶聪明,居然入奏。直抚到天明,才行就卧。睡不多时,醒来又抚。一连二日,长女所教的手法业已纯熟。

趁着纪光未回,纪异便常往天琴壑寻找二女授琴。每次前往,俱照二女嘱咐,先在上面洞穴招呼,然后由丑女在崖腰危石上接引下去。到了洞中,再由长女操琴,尽心传授。似这样接连去了好几次。纪异因为丑女接时,总是拿面向着自己,退后引路;送时又叫自己先行,好像她身后有甚怕人看见的东西,不愿人见似的。纪异想起头一次来此曾闻铁链拖地之声,后来告辞回去,仿佛见丑女脚下带着一段链子,再加长女和自己相见,不特从未起立,而且总是坐在那青石案后,看不见下半身,丑女又再三叮嘱,如见可疑,不许发问,好生令人不解,渐渐起了好奇之想,打算探查一个明白。可是教琴时,二女只许他在石案前立定传授,稍一绕越,便被止住,老是不得其便。不但二人隐秘不能窥见,竟连号称洞奴的怪兽和那铁链拖地之声,俱似事前藏起,不再闻见。

纪异年幼喜事,哪里忍耐得住。这一日又到二女洞中,照例传完了琴,

24

便告辞回去。

长女见他聪明，学未多日，已传了十之三四，一时高兴，要传纪异剑法。因纪异曾说受过名师传授，便命他先将平日所学练习出来，以便指点门路。纪异心想："今日正好借着舞剑为名，给她一个冷不防，袭向二女身后，到要看看她是什么缘故。"当下纪异便将无名钓叟所传剑法施展开来，暗偷觑二女，脸上俱带不满之色，心中有些不服，益发卖弄精神，将新得那口仙剑舞了个风雨不入。二女刚赞他所学虽然不高，天资绝美。纪异忽然使了一个解数，两足一点劲，便想往二女后窜去。身子刚起在空中，猛得听耳旁一声娇叱道："好个不知死活的孩子，要找死么？"纪异知道长女发怒，心刚一慌，眼前倏地一片白影飞来，脚还未曾落地，身子已被人拦腰抓住。正待挣扎，觉着鼻孔中一股腥气袭来，心头一闷，神志便即昏迷，不省人事了。

过了一阵，纪异略微清醒，仿佛听见二女在那里争论。长女道："我好心好意教他，他自己找死，怨着谁来？本来再过三天，就可拆开师父锦囊。自从他来到这里，已有半月工夫，并无第二人来此，不是他，还有谁？他偏这等性急。休说洞奴恼他，便是我，如非受了这几年活罪，将气养平了些，似他这等专喜探人阴私，我就不要他命，也得给他一个厉害。我早就料到你性情鲁莽，平时接进送出，容易现出马脚，时常对他留神，防他近前。今日也是我见他有点鬼聪明，一时高兴，传他剑法，以致闹出事故。锦囊所说不是他还好，如是他时，他不比鸟儿灵敏，禀赋虽好，既未得过仙传，想必没有服过灵丹仙药，洗髓伐骨，哪能经得起洞奴这口毒气？他虽然年轻，总是个男孩子，怎能和救鸟儿一般去救他？师父灵丹服后，至少三日方醒，七日才能复原，岂不错过天地交泰的时候，误了我们正事？"

丑女道："姊姊不必着急，看他那等禀赋聪明，定是我等救星无疑。姊姊如不救他，转眼三日期满，又须再等十二年才有出头之望了。"长女道："我此时已不似先前性子急躁，在此静养，有益无损。死活由他，难道叫我屈身丑鬼不成？"丑女争说："在此静修，原本无碍，但这每日两次磨难，实在难受。只惜我道力浅薄，不能救他，否则暂时受多大的委屈，也只一次，有何不可？姊姊不过与他略沾皮肉，他一个孩子，有什么污辱，何必如此固执？"

纪异闻言，偷偷睁眼一看，自己身卧靠壁石榻之上，别无苦痛。离榻不远站着二女，俱都侧面向着自己。二女因为不知纪异服过千年兰实，当时只被毒气闷晕过去，并未身死。以为他绝不会即日醒转，只管在那里谈话，一些也没有注目在榻上，恰被纪异看了个清楚。原来二女脚下均带有镣锁，用一根细长铁链一头系住一个。长女平日坐的青石案后短石柱上有一玉环，铁链便由此穿过，二女行动可以随意长短。这才明白丑女每次接送自己，长女总是坐在那里不动的缘故来。心想："二女曾说因受师父责罚，幽闭在此，纵被锁住，也不打紧，如何这等怕人知道？"想到这里，不由"咦"了一声。

二女听出纪异醒转，长女先慌不止的脚一顿，便往青石案后飞去。丑女却往纪异榻前跑来，见纪异张着一双怪眼，还在东张西望，轻声低喝道："你不把眼闭上，还要找死么？"纪异闭眼答道："我都看见了，这有什么要紧？"言还未了，便听青石案后起了丁宁丁宁之声，长女正在低声呼叱。丑女悄喝道："你快不要说话，此事非同儿戏，一个不好，连我都要受责，还不住口。"纪异素敬爱丑女，闻言虽不再说，仍不住偷眼往那发声之处去看。只见长女俯身石柱后面，在那里口说手指，别的一无所见。正自奇怪，丑女已附耳低声说："你此时吉凶尚未可知，人已中了洞奴喷的毒气。虽仗天赋深厚，当日醒转，复原总还须一二日。如果后日开拆锦囊，你不是解救我们之人，不特洞奴不能容你，我姊姊也未必放得你过。此时你凡事不闻不见为妙。"

纪异性子倔强，哪里肯服，一用劲，打算挺身坐起。谁知身软如泥，连手都举不起来。刚有些害怕着急，猛想那口宝剑，不由大声道："姊姊，我的剑呢？"丑女忙用手捂他嘴时，话已说出了口。急得丑女顿足低语道："剑我早替你藏好，谁还要它不成？"

说时，丁宁宁之声忽又越响越急。猛听长女喝道："这东西不听话，奇妹妹快将师父镇尺取来。"一言刚毕，又听长女哎呀了一声。丑女慌忙从壁间取下一物，赶走过去，长女已跌了一跤。这时，从石柱后面纵起一物，纪异未曾看到那东西的形象，先见两点银光在壁间闪了两闪。及至定晴一看，那东西生得只有猫大，周身雪白，目似朱砂，狮鼻阔口，满头银发披拂。顶生三角，乌光明洁，犀利如锥。四条肥壮小腿前高后矮，颇像狮子。如非生相太小，看去倒也凶猛。一出现便伏地作势，待要往榻前扑来。纪异哪知厉害，只听二女腿间铁链乱响，又见丑女手中拿着从壁上摘下来的镇尺，拦在那东西的头前，只管呼叱，却不将尺打下去，那东西张着一双朱目，发出两道奇亮的银光，伏身地上，对着丑女作那发威之势，喉间不住发出丁宁丁宁之声。两下形势都做得颇为紧急，丑女手颤身摇，大有制它不住之势。

纪异正暗暗好笑："小猫狗一般的东西，也值得姊妹二人这般大惊小怪？"那长女已从地上狼狈爬起，绕向丑女身后，倏地接过那一柄八九寸长的短尺，抢向前面，怒声叱道："大胆洞奴，我引人入洞，也是奉有师命，非出于我二人私意。他不过听见铁链声音奇怪，想看个究竟，并非窥探师父的玉匣。你不奉我命，即喷毒伤人，已是欠责，还敢二次侵害他么？"说时，那东西喉间丁宁宁之声越响越急，猛然呼的一下，身子顿时暴胀起来，比水牛还大。想是长女已有防备，早将那柄尺对准它头面按了下去。那东西胀得也快，消得也快，经那尺一按，便即随手暴缩回原来形相，并不像先前威猛。睁眼望着长女，似有乞怜之态，垂头搭尾，懒洋洋地回身往石柱走去。

丑女手中尺刚被长女接过，便纵避一旁。纪异见她累得满头是汗，面容铁青，不住望着那东西怒视。及见那东西被长女制住，才往回退走，忽然取了一条软鞭，跑向那东西身旁，没头没脸乱打。口里骂道："你这不听人话的该死东西，竟敢将姊姊撞倒。还想欺我么？都是这些年师父不在跟前，惯容了你。再不打你，少不得胆子越来越大，日后出困闯了祸，我们还得为你所累。今日不重责你一顿，此恨难消。"一边说骂，鞭如雨下。起初那东西看去凶恶，这时竟非常驯顺，由丑女一直把它打到石柱后面，长女才行喝止。那东西始终低首贴耳，毫不反抗。

丑女道："纪弟中毒，未满一日即行醒转，锦囊所说定无他人。洞奴凶横，这三两日内，姊姊还是用禁法将它制住，以免生事。"长女面带愁容道："我如非料到此子与我二人有关，岂能如此容让？但是石柱秘宝，关系重大，胜于出困。我二人又须常日用功，权禁片时还可，长日禁制，万一在这三天内被仇人知道赶来，乘机盗取，那还了得？"丑女道："我等在此防守已有多年，均无变故，怎会在这短短三日内出事？姊姊无须多虑。"长女道："你哪里知道，天下事往往变生不测。何况目前正逢群仙劫数，正邪各派能手三次峨眉斗剑，期限越近；师父在岷山避劫，功行也将圆满，我等出困不久，她老人家便与神驼乙真人重聚，正是要紧时候。再加以前仇家又多，万一疏忽，铸成大错，纵死也不足以抵罪，岂可大意？"

丑女道："洞奴不过比我等灵警，能听于无声，视于无形，稍有动静，老早便能警觉罢了。如果真有厉害敌人前来侵犯，岂是它那一点丹毒和利爪所能阻得住的？依我的话，还是用法术将它禁住为是。等到后日开视锦囊，看是如何，再行定夺，纪弟便留在这里，一则便于调治，二则相助我等脱离，岂不一举两得？"长女想了想，答道："可恨洞奴天生倔强凶横，除非见了师父法谕，对谁都不肯一丝容让。为期只有三日，禁了它，叫人悬心；不禁，又必乘机生事。为今之计，只可将它暂行禁住。到我二人做功课时，再将纪弟移往我昔年封闭的石室之内，将他放起，把守洞门便了。"丑女闻言，喜道："我早想到此。因为内洞壁间石室是姊姊昔年第一次受责之所，休说外人，便是你也多年不曾轻易走进室中，又有你甚多紧要物事在内，怕你不肯，没敢出口。好在纪弟一两日内不能下床行动，洞奴胆子虽大，室里面有师父昔日制它的东西，绝不敢轻易进去。如能这样，再妙不过。"

姊妹二人商议停妥，经此一来，长女对纪异忽然芥蒂全消，行动也不再避讳，殷勤如昔。除给纪异服了两粒丹药外，丑女又取了一些干粮、干果与他吃。说道："你此时中毒身软，不能行动。我姊妹二人自从幽闭此洞十多年来，不特未准进食人间烟火食物，因有师父法链锁足，至多只能飞到崖边，尚不能二人同往，每日还得受好些活罪。连一枚新鲜山果都吃不到，吃的只有在事前置备的干粮、干果。总算藏留得好，没有腐败。这两三日内，你先以此充饥。少时我再将师父赐下的猴儿酒取来你用。三日后拆视锦囊，我姊妹二人如能仗你相助脱难，彼此都好了。"

纪异屡次用力挣扎，果不能动。想起诸燕尚在空中相候，不敢飞下；又恐乃祖回来，见自己失踪忧急，一时好生愁虑。便和丑女说了，意欲写一封信，命诸燕回家带去。这时长女正在洞的深处有事，不在跟前。丑女不假思索，便即应了。匆匆取来一片薄绢，代纪异写了家书。走到洞外危石之上，照纪异平日呼燕之法，唤了两声，仍是玄儿飞下。

丑女嘱咐了两句，吩咐诸燕回去看家，第三日再来，然后将绢书与它带回。进洞只对纪异说了，当是寻常，也未告知长女。

当日无话。将近夜中子时，丑女忽至榻前对纪异道："现在我姊妹的行藏，大半被你识透，从今以后，无殊家人骨肉。姊姊因见你禀赋异常，料准是我们救星，已不再怪你。不过未满三日，你仍须守我前诫。少时我等做功课受磨折，姊姊必要放开洞奴，防守门户。特地将你移入洞间石室之内，万一你能行动，如闻外面有甚响动，不可出来，以防洞奴伤你，大家有害。室中之物，也不可以擅自移动。"

说罢，便将纪异托起，正要往洞的深处走去。纪异一眼望见自己那口宝剑悬挂壁上，便请丑女给他带上。丑女一面取剑与他佩上，一面微嗔道："你这口剑，固然是个宝物，放在我们这里，难道还怕失了？老不放心则甚？"纪异强笑道："不是不放心，我实是爱它不过。"二人正自问答，长女已在青石案前催唤。丑女忙往尽里面石壁之下跑去。到了用手一推，壁上便现出一座石门。当下捧定纪异入内，安放在石榻之上。只嘱咐了一声："谨记适才之言，放小心些。"便即匆匆走出。

纪异见那石室甚是宽大，除了一些修道人用的炉鼎用具外，一面壁上满挂着许多整张千奇百怪的猛兽虫蟒的皮骨，另一面却挂着数十个死人的骷髅。室当中也和室外一样，悬着一个贮满清油的灯盘，火光荧荧，配上当前景物，越显得阴森凄厉。暗思："长女人极秀气。便是丑女，除了矮丑外，人性也是非常和善。怎的这间室内的陈设，却处处带有凶恶气象？"正在越看越觉奇怪之际，偶一侧转头，看见身后壁上挂着十几件乐器，俱是一向不曾见过的东西。心想取下抚弄，无奈身子动转不得。猛想起："昔日无名钓叟传授自己运气之法时，曾说那不但是学道入门根基，如有时生了疾病，只需如法静坐，便可将受的风寒暑湿去除净尽。今日中毒不能起坐，在就闲中无事，何不睡在这里，运一回气试试，看是有效没有？"想到这里，便将心一静，存神反视，默运气功，就在榻上卧着，入起定来。

纪异生具凤根异禀，又服过灵药，虽然中了毒气，并无大害，便是不运气，再过些时，渐渐也会复原。经这一来，自然好得更快，不消半个时辰，气机运行，居然透过了十二重关。张眼一舒手足，俱能微微动转，心中大喜。又复冥心静神，再来一次。等到一套气功运完，虽未其病若失，却也觉得差不了许多。

当他第一次功夫做完，已微闻室外丑女呻吟之声，因为守着前诫，又急于想身体复原，没作理会。及至二次功夫做完，刚刚坐起，忽闻室外不但丑女喘声甚惨，连长女也在那里呻吟不已，好似受着极大苦痛，又恐人知，竭力强忍之状。纪异正准备下榻去看，谁知上半身虽好，两足仍是和死了一般，仅能动弹，不能举步。用尽心力，也是无用。

一赌气，只得重又卧倒，又去做那第三次功夫。这次心里念着外室悲呻，心便不能静得下去。正在强按心神，忽又听丑女在室外带哭带笑地说道："师父也真心狠，幸而这活罪只有两三日便可受完，还可勉强熬过。休说多，如再一年，我便宁被师父飞剑腰斩，也不再受这罪了。"长女悲声道："奇妹妹休如此说。一则咎由自取，是我连累了你；二则饱尝苦毒，也未始不是师父想玉我们于成，怨她怎的？如被师父知道，那还了得？"

丑女愤愤道："听见我也不怕。同是一样人，同是一样罪，他俩就侍随师父无事。偏我二人在这里，多年活受罪。"说时，又闻外室起了一阵轻微的异声，二女便不再言语。

一会儿，丑女先进室来，看出纪异已能转动，又惊又喜，忙问如何。纪异说了。丑女道："照你这样，明晚必可复原。只要守着我的话不要乱动，定有你的好处。"纪异悄问适才受甚苦处，如此哀呻。丑女道："那便是我姊妹每日所受磨折。你明日痊愈，再留一夜，看了师父锦囊，便可相助我二人脱难了。"纪异闻言，义形于色，答道："为了二位姊姊，休说帮忙，去死也干。只是你们受罪之时，可容我偷偷看上一眼？"丑女想了想，答道："偷看无妨，但是你明晚已能行动，到时不可出去，以防洞奴还是不听我们劝解，又来伤你，误了我们大事。"纪异笑着应了。

转眼天明，长女也进来陪他谈说，俱都无关宏旨。傍晚，纪异请丑女出洞去看，不见诸燕飞来，知道纪光未回，家中无事，越发心安，任凭二女安排。无人时，便运用内功去毒炼神。一日无事，又到夜间，病体居然复了原状，行动自如，好生心喜。

交子以后，纪异又听二女呻吟之声，忍不住走下榻来。探头往外一看，二女各自披发，紧闭二目，背抵背盘膝坐在青石案侧一个大石墩上。面前不远，悬空竖着一面令牌，上绘符篆古篆，闪闪放光，时明时灭。每灭一次，二女必发呻吟之声，面容甚是凄楚，好似有极大的苦痛，难以禁受一般。再往二女脚下一看，俱都赤着欺霜赛雪的双脚，脚腕上的两个铁环和那根细长链子，好似新从炉中取出，烧得通红。二女均似在那里强自镇定。等到面容稍一平静，令牌便放光明，链子也由红转黑，呻吟即止。可是不多一会儿，又复常态，悲声继起。而且每隔一次，呻吟之声越发凄厉。到了后来，二女面上热汗都如豆大，不住皱眉蹙额，好似再也忍受不住。这次时候稍久，竟有好半晌没有宁息。忽然轰的一声，石榻旁四面火发，烈焰熊熊，把二女围绕在内。先时火势虽大，离石还有丈许。渐渐越烧越近，快要烧到二女身旁。

纪异猜是那令牌作怪，如换平时性情，早已纵身出去抢救，将那令牌一剑斫倒。一则因为丑女再三告诫，不许妄动；二则昨日已曾听过二女受苦受难之声，后来见面，人仍是好好的。虽还料二女不致被火烧死，终是代她们焦急。眼看火势越盛，二女眉发皆赤，就要烧上身去。纪异正自爱莫能助，心中难受万分，忽见长女秀眉倒竖，挣扎着强呻了一下，猛地将嘴往外一喷，喷出几点鲜红的火星，射向火中，那么强烈的火势立刻熄灭。二女面容始渐渐宁静，不再呻吟。

又待了一会儿，令牌上大放光明，一片金霞结为异彩。二女才睁开双眼，缓缓起立，带着十分委顿的神气，狼狼狈狈地走下石来，跪倒在令牌前面，低声默祝了一番，各举双手膜拜顶礼。那令牌渐渐降下，往那矮石柱后飘去，转眼不见。

长女起身埋怨丑女道："我们已有好几年未受像今日这等大罪了，那邪火比起以前初受罪罚时的各种心刑还要厉害得多。适才入定时，如非我二人近来定力坚定的话，岂不将真元耗散，吃了大亏？后来我觉得难以支持，心身如焚，再也宁静不住。万般无奈，方始冒着大险，运用本身真灵之气将它喷灭，又不知要费我多少天苦修，才能复原。定是你昨日出言怨望，几乎惹出大祸。"

丑女抢答道："姊姊休如此说。就算我出言怨望，应当有罪我受，怎会连累到你？再者我的道行法力均不如你，按说不等你将火喷熄，便受伤害，怎的我也能勉强忍受？我素来性直，有口无心，即使把话说错，师父也能宽容。今日之事，依我想，不是你暗中腹诽，招了师父嗔怪；便是我二人灾难将满，内丹将成，这末两日应有的现象吧。"长女道："事已过去，无须再说。只剩一天多的期限，务要谨慎些吧。"

丑女道："这个自然。纪弟想已复原，你将洞奴制住，让他出来学琴解闷如何？"

长女点头，噏口一声低啸。先是两点星光，在壁间闪了几闪。接着又听丁宁丁宁之声，从洞外走进昨日所见的猛兽洞奴。纪异心想："这东西不发威时，才只猫大，她们说得那般厉害，难道比起昔日采朱兰时所见怪物还凶么？"正自寻思，二女已然口诵真言，对准洞奴不住用手比画。洞奴先时伏在地，目光射定二女，丁宁丁宁的响声发自喉间，密如串珠，好似不服气之状。倏地身子又和昨日一般，暴胀起来，作势待向二女扑去。二女大喝道："你屡次无故闯祸，谁再信你？明日便可出见天日，暂时叫你安静一些，又不伤你一根毛发，还敢不服么？"喝罢，猛将手中戒尺一举。洞奴立时萎缩下去，回复原状，懒洋洋的，除目光依旧炯若寒星外，恍如昏睡过去，不再动弹。丑女便跑过去，将它抱起，走向石柱后放下。然后回头，朝着后壁唤道："洞奴已收，你出来吧。"

纪异应声走出，见了二女，各叫一声姊姊，大家落座。长女凄然道："适才我等受难，你已看见。自从犯了师门教规，谪居受罪，已十多年了。起初数年，神驼乙真人知我等可怜，曾命苦孩儿司徒平往岷山投简，代我二人说情，命归峨眉门下，戴罪积功，未获允准。这长年苦痛，虽然因之道行稍进，却也够受。明日方有脱困之机，照乙真人前年传话，期前应有异人来此相助脱难。可是除你以外，直到今日，不见一人。虽猜是你，你又无甚道行，不知怎样解困脱难。只好一切谨慎，听诸天命。且等明晚子时过后，开视师父所留锦囊,方知就里。如有差池,不特多年妄想付诸流水,出困更是无期了。"

纪异闻言,义形于色道:"二位姊姊休得忧虑。莫看我没有道行,如论本领,我小时便斗过怪物,前年又在墨蜂坪暗中除去妖人。如今有了这口宝剑,更是什么都不怕。只要用得着我,无不尽心尽力,连死了全不在心上的。"

长女道:"适才洞奴呼声中,已表示出对你不再仇视。我总怕它天生野性难驯,又来侵害,这两日除我姊妹入定时怕有异派妖人乘机盗宝,将它放出守洞外,总将它用法术管制,以免伤你误事。我自这些年受苦修炼,心甚宁静,今日不知怎的,仿佛有什么不吉之兆,神志老是不宁。奇妹适才之言,使我想起今日几为邪火所伤,许是一个预兆,并非师父见怪呢。"

丑女插口道:"姊姊受了这多年的罪,起初因为出困期远,无可奈何,只管忍受,凡事不去想它,故觉宁静。现因出困在即,唯恐守了这多年俱无事故,万一就在这一半天中来了对头,盗走师父重宝,岂不功败垂成,万劫不复?由来相由心生,亦由心灭。我看这魔头还是姊姊自己招的。你不去想它,自然无事。我道行法力俱都不及姊姊,自来无甚思虑,所以仍和无事的人一般。凭我二人本领,又有洞奴守洞,这地方如此隐僻,多年并无人知,怎会只剩一天就出了事?"长女闻言默然。

纪异脱口问道:"二位姊姊所说的对头是什么样儿,有甚本领,这样的怕他?"丑女道:"师父当年学道初成,疾恶如仇,只是夫妻二人游戏人间,纵横宇内,既不依傍他人门户,也极少与同道交往,只是我行我素,结怨甚多,俱无足虑,虽说师父深隐岷山,现时绝不会顾到别的,他们就明知我姊妹在此,也绝不敢轻易侵犯。内中只有一个异派妖人的门徒,因他师父师叔为恶太多,死在我师父之手,他立志在青羚峡一千尺寒穴之内发奋苦修。虽然所学不正,本领不济,却是发下重誓,定要乘隙报那当年之仇,这人生相与你我一般丑怪,却比我高得多。不过他只知我师徒在岷山潭底潜修,定然不会知道在这里,否则早就寻上门来暗害了,还等今日?"

二女无心谈说,纪异却记在心里。暗忖:"这里除她姊妹二人外,并无一个外人,如有便是仇敌。那对头长得又高又丑,更易辨认。明晚他不来便罢,他如来时,偏要会他一会,看看到底有什么大不了的本领。"心中胡想,并未说出。

当下三人谈了一会儿,二女又将琴法指点了些,便各分头打坐。又是一日无事。

到了第二日夜间,二女因为过了当晚,便是出困之期,入定以前再三叮嘱纪异小心,只要熬过子时,便可开视锦囊。当时俱以为纪异无甚法力道行,并未想到用他相助防护。纪异却十分自恃,因人已痊愈,二女现在紧要关头,自己不能白受人家好处,少时无事便罢,如有事时,定要拔剑。一则显显本领,二则答报人家相待美意。

纪异心中虽如此想,表面上并未说出。进了壁洞,算计子时已到,尚未听见二女呻吟之声。正想探头去看,刚到门侧,忽听脚畔丁宁宁地响了一下,低头一看,正是洞奴。

纪异虽然胆大,毕竟连日耳闻目见,颇知洞奴厉害,这般突如其来,不由也吓了一大跳,疑心洞奴要和自己为难。正要伸手拔剑,洞奴似有觉察,往后退了数步。纪异见它神态甚善,便按剑低问道:"你又要朝我喷毒么?快给我离开。我如不看在你主人面上,便一剑杀了你。"洞奴睁着一双星光电射的眸子望定纪异,将头连摇,又缓缓地走了过来。纪异看出它实无恶意,又对它道:"今晚这般要紧,你不守洞,来此则甚?"说时,洞奴已走近身侧,衔着纪异的衣角,往外便扯。

纪异本爱洞奴生相好看,再知它不来害人,益发喜它。被这一拉,觉出力量甚大,恐将衣扯破,不觉随了它走出室来。一眼望见二女仍和昨日一样,坐在石墩上面,面前悬着那面法牌已是大放光明,二女面容也丝毫不现苦痛。当时福至心灵,猛地一动,暗忖:"洞奴昨晚守洞回来,何等威武壮大,今日为何恢复原状?二位姊姊说它通灵无比,多远都能听见,又说解困之人是我,它强拖我出来,莫非真有仇人前来暗算,要我相助么?"

正自寻思,猛听远远传来一种极尖锐凄厉的啸声。再看洞奴,已是浑身抖颤,口衔衣角,眼看自己,大有乞怜之状。纪异更料出了两三分,恐惊二女,妨她们功课,又听出那啸声越来越近,便不再言语,信步随了洞奴,看它引向何处。洞奴似知纪异晓悟,竟口扯住他的衣角,往那在平常视为禁地的石柱后面跑去。

到了一看,石柱后空空的,并无一物。只见石地平洁,绘有一个三尺大小的四方细纹,圭角整齐,中间还有不少符篆。正猜不出是何用意,心中奇怪。那外面的啸声已越来越近,相隔洞顶不远。夜静荒山,空谷应声,更觉凄厉非常,令人听了心悸。洞奴神态顿现惶急,突然人立起来,用两只前爪扳着纪异肩头,意思似要他伏下来。

纪异觉出洞奴这一推力量绝大。刚依它伏下身子,洞奴又拿口去拱他的剑柄。纪异又把剑拔了出来，洞奴才朝着他将头连点，做出欢跃之状。纪异越看越爱，便伸出左手抚摸了两下。洞奴侧耳听了听，猛地朝柱外跃去，其疾若箭，一跃数十丈，已达洞口，虎伏在一根石笋后面，睁着一双寒光炯炯的眼睛注定洞口，大有待敌而动神气。这时纪异已猜透洞奴心意，是要自己埋伏柱后，助它抗敌。便右手紧握剑柄，屏气凝神，静观其变。

待了不大一会儿，洞外啸声忽止。纪异耳聪，本异常人，渐渐听得洞顶石崖上有极轻微的兽足扒动石土之声。转眼工夫，便从洞顶小穴中射下四点比豆略大的碧光，满洞闪射。再看洞奴，周身银毛根根直竖，小雪狮子也似，业已转过身来。接着便见洞顶一团黑影飞坠，石地上轻轻一响，落下一个怪物。那东西生得通体漆黑，乌光滑亮，项生双头，形如野猪，大有二尺。长鬃披拂中隐现着两只碧眼，时睁时闭，闪动不停。四只赤红色的獠牙露在翻唇之外，又长又锐，看去甚是犀利。前面生着四条精瘦如铁的怪脚，并排立着，爪似钢钩，平铺地上。后腿却只两条，形如牛蹄。长尾倒竖，尾尖乱毛如球。身子前高后矮，从头到尾约有九尺长短，却不甚高，形态狞恶已极。一落地，引颈四望略微闻嗅了两下，先往二女身前那面法牌纵去。

纪异恐伤二女，刚待出去给它一剑，那怪物前面四只钢爪还未抓到牌上，已似被甚东西撞了一下，跌落地下。二次又待作势欲起，洞奴早从石笋后蹿出，喉间丁宁宁响了一下，就乘怪物将起未起之际，从斜刺里飞将过去，两只前爪抓向怪物的怪眼，紧接着便是一口毒气喷向怪物脸上。等到怪物举起四爪来抓，洞奴业已纵出老远，回过身来伏地上，喉间丁宁宁响个不已。那怪物出其不意，突受侵袭，四只怪眼竟被洞奴一边抓瞎了一只，自是十分暴怒。也将身对着洞奴蹲伏下来，那一条又细又长的尾巴尖上的乱毛如刺猬一般，针也似竖将起来。两下里相持只一晃眼之间，猛地同时飞起。洞奴好似有些怕那怪物，身子始终没有动，眼看两下里悬空纵起，就要扑到一处，洞奴竟不敢和它相撞，忽往旁边飞去。那怪物好似预知它要逃开，连头也不回，只将尾一摆。洞奴飞纵何等神速，竟会着了一下，立时雪白的细毛上便是一片鲜红。

纪异看出洞奴为怪物尾上硬毛所伤，勃然大怒，不问三七二十一，一按手中宝剑，便往柱外纵去。说时迟，那时快，就在纪异将出未出之际，洞奴、怪物也俱落地回身，又和头一次一样，对面蹲伏。怪物正在颈项伸缩之际，作势欲起。纪异眼尖，适才怪物纵起时，已觉它颈子长而异样，因是侧面，没有看真。这次正当怪物前面，猛然一眼看到怪物那么大两颗头，颈上竟和螺旋相似,在项上盘作一团,仅有两寸多粗细。刚觉奇怪,身已纵出。同时怪物和洞奴也是双双纵起。那石柱施有禁法,无论人物,一到柱后,身便隐住。

那怪物虽然凶猛通灵,因和洞奴有天然生克关系,同是两间奇戾之气所钟,双方相遇,不是我死,便是你亡,比遇见什么大仇敌还要厉害。洞奴原敌它不过,只因相随高人门下修炼多年,本身戾煞之气化去不少,越发灵异机警。预先埋伏洞僻之处,出其不意,将怪物两双怪眼抓瞎了一对,侥幸得了便宜。可是腿股上也着了一下重的。这一来,双方仇恨更深。

洞奴知道,再用暗算去伤怪物,已是不能;而且怪物主人就要寻来,事机紧迫。这次纵起,本是虚势,拼着再挨一下,引它入伏,好由纪异相助除它。恰好纪异正当其时飞纵出来。怪物生性凶暴残忍,出世以来,不知伤过多少生灵,从未遇见过对头。不想今日吃了这般大亏,万分愤怒之余,算计洞奴怕它身后长尾,睁着两只幸免于瞎的怪眼,正觑定仇敌动静,以便打去。

不想洞奴身刚纵起,忽往后一仰,竟然翻身倒落下去。怪物急怒攻心,只顾拼命寻仇,猛然怪啸一声,四只前爪朝前一扑,一个用力太过,竟连忌讳也都忘记,两颗怪头不知不觉朝前一伸,螺旋般的长颈突起尺许,把要害所在显了出来。凑巧纪异纵出,见了怪头,心中一动,顺手使剑一挥。两下里全是一个猛劲。那怪物原未看见柱后埋伏有人,纪异身手何等矫捷,手持又是一口仙剑,等到怪物觉出不妙,想缩颈逃避,已经不及,剑光绕处,血花四溅,两个怪头连同怪物尸身相继落地。

纪异方要近看,洞奴忽然身子暴胀,比牛还大,上前用口衔起怪物尸首,两只前爪,一爪抓定一颗怪头,飞也似往洞的深处跑去。一会儿回来,张口将地上血迹舔个净尽。纪异知它决无敌意,见它后腿上尽是怪物刺伤的小孔,血痕在白毛上似胭脂一般,甚是怜惜。刚想伸手抚摸,洞奴倏地避开,低头衔了纪异衣角,又往柱后拖去。纪异知还有变,见二女端坐石墩之上,面容庄静,似无所觉。便依它照样蹲伏在地,手持宝剑,觑定外面,暗做准备。

纪异刚站好,便闻崖顶脚步之声时发时止。忽听一人低语道:"那日我在白岳路遇晓月禅师,明明从卦象上占出两个贱婢被老乞婆囚禁在此,应在今晚子时有难,怎的这里并无洞穴?莫非她们藏在山石里面不成?"另一人道:"都是你疏忽。我说双头灵螈新收不久,野性未驯,虽有法术禁制,不到地头,仍是松放不得。你偏说是它耳鼻闻嗅灵敏,已经试过两次,俱是随放随归;它又是老乞婆守洞恶兽丁宁的克星,相隔百里之内,便能闻着气味寻去,硬要老早放开。我见它未去锁链时已发野性,不住乱蹦乱挣,这一放,果然晃眼便跑没了影子。"先一人道："我原因它耳鼻最灵，放它在前，以便跟踪寻找仇人下落。谁料黑夜之间会遇见那牛鼻子，耽延了一会儿。适才我还听到它的啸声就在这里，说不定已然找到仇人，与恶兽斗了起来，我看这地方虽无洞穴，真是幽僻。上面是平地，出口在此，易被外人看破，两个贱婢本领有限，决无这样大胆。那洞必在前面壑底悬崖半中腰上，我等试找一找看。如真找不到，再用法术将神螈唤回，便知就里，好歹今晚也要成功。你看如何？"

正说之际，忽又听"咦"了一声。一会儿便听一个道："果然两个贱婢在此人定。看恶兽丁宁不在她们身旁，必在下面隐僻之处，与神螈拼命相持。此时她们全神内视，无法和我们抵敌，正好下去。只是这些洞穴开在明处，毫无遮拦，下面除了老乞婆禁制贱婢的法牌，别无准备，这等大意，好生令人不解。老乞婆诡计多端，说不定这里设有圈套，我们还须放仔细些。"另一人大怒道："怕者不来，来者不怕。好容易才找得到，子时一过，又费手脚。本人尚且不惧，何惧两个贱婢？她那紧要之物，俱在石柱后面地下埋藏。你如多疑，我当先下去，杀了贱婢，再从从容容取她那几件本命东西便了。"说罢，便听一声巨响，上面洞穴碎石纷落。两道黄光闪处，飞下两个道装妖人，一个生得粉面朱唇，鹰鼻鸷目，身着羽衣星冠，年纪不过三十岁左右；另一个身材又高又瘦，两臂特长，额下长须披拂过腹，猴脸黄发，一双三角红眼闪放凶光，形状甚是丑怪。

纪异知是二女仇人，必定暗下毒手，暗道声："不好！"刚要飞身纵出救护，猛觉两脚被束奇紧，力量绝大。低头一看，正是洞奴用两只前爪抱紧自己双脚。适才明明见它跑向柱外，不知何时又回到身旁。只见它将头连摇，意思是不要自己纵出，恐惊敌人。不便出声喝问，强挣了两下无用，方自不解。就这一迟疑间，两个妖人已然发话。白脸的对那长人道："这两个贱婢交给我，你去柱后取老乞婆藏的宝物。"长人说道："忙什么？除了贱婢，同去不迟。"

言还未了，那白脸的仿佛急于见功似的，一拔腰间宝剑，便往二女坐的石墩前纵去。身刚纵到石墩前令牌侧面，正待下落，忽然身子悬空吊起，手舞足挣，再也上下不得。那长人手扬处，手中宝剑化成一道黄光，朝着二女飞去，眼看飞到临头。忽从二女身旁飞起一片银光，迎着黄光只一绞，那光仍还了原状，当的一声落在地上，那银光也不知去向。急得那白脸的直喊："丑道友救我，那宝物到手全都归你，决不索取了。"

那长人先似打算跟踪上去，忽见同伴身子悬空，中了人家道儿，面容顿现惊异，立即停步不进。又见黄光被银光破去，更加识得厉害。听见同伴呼救，只朝他看了一看，冷笑道："那日初见，你是何等自负？谁想除了借给我的那只双头神蜮外，竟是这等脓包。我知老乞婆心肠狠毒，人如犯她，至少得有一个流血的才肯罢手。论我本领，破她擒你的禁法原不甚难。无奈此法一破，我取宝之后，你必向我讨谢惹厌。两个贱婢已由老乞婆用下金刚护身之法，我等今日已伤她们不得。你借给我的神蜮，也未见它有什么实用。少时取走宝物，你是它的旧主人，少不得会寻来将你救走。再不两个贱婢入定回来，必将你放下拷问，你素精于地遁，一落地便可遁走，何须我救？"

说着，长人便往柱前走来。因为同伴遭殃，未免也有戒心，一面走，一面手中掐诀，口中喃喃不绝，满身俱是黄光围绕，睁着那双三角怪眼，注视前进。那白脸的见自己被困，他不但不加援手，反倒出言奚落，又将自己精于遁法说出，好似存心要敌人知道防备，以便置己于死地，不由气得破口大骂。

纪异先见二妖欲刺二女，好生担心。及见内中一个无端悬空吊起，几乎笑出声来。眼看长人越走越近，快要转到柱后，自己身子被洞奴抱住，不能动转。一着急，正要举剑威吓，忽觉两腿一松，如释重负。这时那长人已快和纪异对面，纪异早就跃跃欲试，身子一活动，就势往上跃起，朝着长人当头一剑砍去。

柱后那一片地方原有法术，人由外来，非转过柱后，不能见物。那长人行近柱前，见柱后面空空的，只顾注目观察有无法术埋伏，并未看见纪异。猛觉金刃劈空之声，带着一阵风当头吹到，刚知有变，一则纪异身轻力大，动作迅速；二则那长人自从乃师死后苦修多年，练会了不少邪法异宝，更仗着有飞剑护身前进，料无他虞，自恃之心太盛。再加变生仓促，祸起无形，纪异使的又是一口仙剑，虽然不会驾驭飞驰，却比他的飞剑要强得多。等到长人有了觉察，一条黑影挟着一片寒辉，已破光而下。纪异天生神力，来势更猛，这一下竟将长人护身黄光斩断，连肩带臂劈了个正着。长人见眼前一亮，耳中又听咔嚓的一声，愈知来了劲敌。才想起抽身避开，再行迎敌时，已经无及，只觉左臂肩一凉，血花飞处，已被敌人斩落。

当时长人惊惧交集，一纵遁光，待要冲出洞顶逃走，耳听有人喝骂。百忙中回头一看，那斩伤自己的仇人竟是一个面容奇丑的小孩子，手持一柄寒光凛凛的宝剑，正从下面飞纵追来。那剑并未离手，看神气不似有甚道行之人，柱后也不见有甚法术埋伏。分明自己不小心，吃他暗算。自己枉费了许多心力炼成许多法术和法宝,一些未曾施展,万不想会在阴沟中翻船,败在一个小孩手内。差点还送了性命,不由急怒攻心,胆气一壮,一面行法止血止痛,一面伸右手往怀中取宝。

待要按落遁光,将仇敌置于死地,猛觉腿上奇痛入骨,好似被人抓住,往下一沉。低头一看,乃是一只怪兽,其大如狮,已将自己左腿咬住。二次心刚一惊,忽然一股子烟雾从怪兽口鼻间朝上喷来。长人闻得奇腥之中略带一股子香味,知是洞中守洞神兽丁宁。只要被它喷上,这股子毒气,便是不死,也得昏迷半日。自己身居险地,如被喷倒,焉能幸免? 立时吓了个亡魂皆冒,只顾拼命脱身,连手中法宝也未及施为。急忙运用玄功,施那脱骨卸体之法,一挣一甩之间,半截长腿齐脚腕往下断落。惊慌迷惘中,屏着气息,一纵遁光,冲顶而出,直往归途逃去。

飞行没有多远,神志逐渐昏迷,再加身受重伤,一个支持不住,就此晕死过去,跌入一个峡谷之中,暂且不提。要知后事如何,且看下回分解。

第十八回

挥慧剑　心断七情索
觅沉竹　力诛三脚怪

话说纪异见洞奴忽然身躯暴胀，纵上去咬住妖人的脚，往下扯落，心中大喜，一纵身形，举剑往上便劈。还没够着，妖人已驾遁光飞走。洞奴只咬落他半截长腿。纪异正要回身去杀同来妖党，二女已经醒转。见悬空禁着一个妖人，面带惊恐，神情甚是狼狈；洞奴又衔着半截人腿过来。喊住纪异一问，纪异说了前事。二女大为惊讶。

长女道："果然这厮勾结妖人，前来盗宝行刺。这厮年来苦修，曾炼了不少邪法异宝，加以天生狠毒诡诈，宝物有师父法术封锁，虽未必为他盗去，那两样重要东西，必定被他毁损无疑。我等先还以为纪弟无甚道行法力，想助我等脱困，必要开读师父法谕之后。不料却在事前，会代我等驱除难星，真是万幸。否则洞奴纵然通灵，能预知警兆，引了纪弟暗中埋伏，依仗神柱隐身，出其不意，使敌人身受重创，但是那双头神蝠，乃世间极稀见的恶兽，凶狠异常，正是洞奴的克星。如在事前为其所伤，妖人何等厉害，纪弟仅凭一口剑，绝非其敌。那时不但宝物被盗被污，妖人见同党被陷，我等有师父禁法防卫，近身不得，势必变计，用妖法将此洞崩陷，使我姊妹葬身地底。若非纪弟胆力过人，冒险相助，休说脱困，连我等性命都难保了。"

丑女道："我昨日已看出洞奴不再和纪弟作对，你偏不叫它出来，差点误了大事。这里还有师父仙法禁制着一个妖人，该是如何发落？或杀或放，快些做了，也该办我们的正事了。"长女忽然满脸堆欢，笑答道："奇妹，如今仇人受了重伤，又被洞奴喷了一口毒气，逃出不远，必难活命。今日入定，一些苦痛全无，牌上大放光明，分明师父开恩。只须开视法谕，照他行事，便可脱困。已然在此活受了多年，何必在此一时？留下这个妖人，正可拷问他的来意，有无别的余党。你忙些什么？"说罢，回转身笑对那空中悬着的妖人道："我的话你已听见。你既然来此，我的为人想已知道。此时落在我手，还不实说,要想多吃苦么?"

　　那妖人先见同党昧良,好生气愤,不住破口大骂。及见妖人连番受创,只觉称心快意,竟忘了自己处境之险,色欲蒙心,还在暗中赏鉴长女的姿容。直到二女问答,提到了他,才吃了惊。嗣见长女含笑相询,语气虽然不佳,脸上却无恶意,猛的心中一动,顿生诡计。便装着一脸诚实答道:"我名鄢明,在本山太乙庙出家,与仙姑素无嫌隙,也无侵害之意。只为我师弟兄三人,只我道行最低,家师坐化时节,特地将新收异兽双头灵螈赐我,以为守庙防身之助。谁知三月前遇着适才逃走的恶道苇丑。他和令师徒有杀师大仇,不知从何处打听到令师自往岷山寒潭隐居,将二位仙姑幽闭在这一带山谷之中,唯恐外人侵犯,留有神兽丁宁守洞。日前又查知本年今日便是出困之期,意欲乘二位入定之时行刺。只因守洞神兽丁宁口喷毒气,中人必死,又能见于无声,听于无形,数十里内俱能听出警兆。恐事先觉察防备,知道双头灵螈是丁宁的克星,再三和我结纳,许在事成之后以重宝相谢,将它借去教练了些日,定在今晚交子,放出神螈,一则探查实在地点;二则好仗着它那一条毒尾将丁宁打死,以免到时碍手。谁知今晚一到,我便受仙法禁制。他见我一被困,不但不援救,反加奚落,悔了前言,令我速死。我正恨他切骨,谁知他已遭了恶报,柱后盗宝时,被这位仙童和神兽丁宁连使他受了重伤,又中了毒气,纵然拼命逃走,决难活命。我二人并无别的余党。他纵不死,我与他已成仇敌,绝不敢再来侵犯。望求二位仙姑念我修道不易,一时受人愚弄,恩加宽免,饶恕一命。不特永感大恩,庙中现有先师遗留千年独活灵草两株,情愿回去取来,献上一株,以赎前罪。"

　　言还未了,长女哈哈笑道:"不想你如此脓包,这等向人摇尾乞怜,连一丝骨气都没有。也不怕把师门脸面给丢尽?"说到这里,倏地秀眉一竖,手扬处,三点寒星分上中下三处直往鄢明射去。鄢明见长女笑骂,以为当时绝不致便下毒手。还想故意把话拖长,说个不休,先将二女稳住,出其不意,等地下敌人只要同时发声说话,便乘机暗使传音迷神邪法,将三人迷倒。操纵她撤了禁法,放下自己,然后杀了丑女、纪异,将长女摄回山去享乐。万没想到长女是多年有名的笑脸罗刹,对待敌人一有笑容,便起杀机。刚见三点寒星一闪,道家三处要穴便被长女的飞针打入,死于非命。

　　丑女见妖人身死,面带愁容道:"姊姊你身未出困,又起杀心。妖人固是该杀,怎连他魂魄都不放逃脱呢?"长女怒道:"这厮后来鬼眼乱转,两手暗中掐诀,定是想乘我不意下那毒手。他却不知师父禁法神奇,被困的人微微举

40

动,便有感应,早已被我看破。敌人的虚实、巢穴已得,留他则甚?"说罢,便命丑女同向法牌跪倒,默祝了几句。那法牌便冉冉往柱后飞去,空中悬的妖人尸首便即落下。

纪异因此时二女对他已无禁忌,法牌屡次飞向柱后,便即不见,心中奇怪,也不及看长女怎生发付那具妖人尸首,跟着法牌后面一看,光华闪处,那法牌正好落在柱后地下方圈之中嵌住,仍和画的相似,全没一些走样。正想伸手去摸,忽闻丑女相唤,只得走出,忍不住问道:"二位姊姊就要出困,你们的姓名来历,师父是谁,总可以告诉我了吧?"长女道:"你先莫忙,等一切事儿都弄妥了,再细说。"

说时洞奴丁宁早将那头灵螈的一尸双头,抓衔了来到二女面前。身上伤处,也由丑女取了灵丹给它敷上。长女先从怀中取出一个羊脂玉的小瓶,用指甲挑出少许粉红色药末,弹在死兽腔、项等处。仍由洞奴衔抓了,跑向洞外危石上面,掷落山涧之中。再把妖人尸首也如法弹了些,由洞奴抓出扔掉。然后同了丑女、纪异走向柱后,重行伏地跪祝,地面上所画的方圈立时隆起。二女连忙扶住,往上一捧,唑的一声,地下光华亮处,一块数尺见方、四面如切的整齐玉石便自离地而起。适才纪异所见石上画的法牌,也由有迹变作无迹。二女恭恭敬敬地将玉石捧开,现出下面地穴,彩光灿烂,照眼生花。

纪异定睛一看,穴中放有一个锦囊、一柄法尺,另外还立着一个尺许大小、六尺来长的细鱼鳞皮袋。长女放开那块玉石,便纵身下去,先将那皮袋捧了上来,放在原来那块玉石上面,二次回身取了法尺、锦囊出来,与丑女互相交替地捧着锦囊跪拜默祝了一番。然后打开锦囊一看,里面俱是刀剑针叉等宝器,还有一封柬帖,系在三寸来长、金光灿烂的小剑上面。

丑女又喜又悔道:"当初师父用这条七情索镇心柱将我二人镇在这里,曾说她老人家到时不亲身来放,仍须假手外人。我便猜想此索非慧光剑不能斩断,来人决无这大法力。后见纪弟来到,我们总疑不是他。谁知这柄慧光剑,连我二人飞剑、飞针等法宝俱在锦囊之内。早知如此,那年我二人为七魔所困,差一点走火入魔,坏了道基,依我脾气,早早开视锦囊,取剑断索,先出了困,仍在这里戴罪苦修,师父也不见得那么狠心,用飞剑将我二人杀死,岂少受许多活罪,九死一生?"长女冷笑道:"你倒想得好。师父向来说一不二,有那么便宜的事,由你性儿去做?先看看这封法谕,看是如何吧。"纪异偷眼看那柬帖上竟写有自己名字,正在惊异,长女已持简朗诵起

41

来。大意说:长女杀孽太重,灾劫过多;丑女灾难未满。自己脱体化身,寒潭苦修,多年不能出世。一则不愿二女受外人欺侮,有损师门威望;二则借此略加惩戒,因丑女代长女求情,愿以身代,故此一同降罚,幽闭灵山地穴,使二女得以避劫修道;并可看守法体,以免外人侵害。到日来救之人,名唤纪异,乃丑女同父异母兄弟,同是天赋奇禀,生有自来。

二女在脱劫前一夜,关系最为重要,心灵稍失定静,立时邪火内焚,化为灰烬。所幸有这些年勤苦修持,到时当可渡却难关。不过长女杀孽独重,多受苦痛,在所难免。出困之前,必有仇敌妖人前来侵害。此时纪异已来洞中,仗着他心性灵慧,力猛身轻,又有洞奴丁宁警悉机微,从旁相助,虽然不会法术,仗着仙遗宝剑,又能临机应变,必可斩妖逐邪,弭祸俄顷。三人开视锦囊之后,纪异虽尚凡人,一则身具仙根仙骨,加以服过兰实灵药,真灵莹澈,具大智慧;又是事外之人,不似二女有那切身厉害,二女断缚脱困,还须仗他,方为稳妥。可将慧剑交他,传与运用之法。二女端坐于前,静俟施为,断去缠锁,然后用降魔戒尺击那石柱,便成粉碎,即用余砾填满藏宝地穴。从此便可任意所如了。

逃去妖人虽然断了腿臂,命数未终,逃出不远,便即遇救。他为报前仇,炼有两件法宝,势必再来侵害。二女脱困,便即无妨。纪异并非我门中弟子,乃母未重生,仅凭天赋,毫无法力。现在湖心沙洲侍奉祖父,早晚妖人寻去,定遭毒手。二女受他相助脱难之恩,不可不报;再者此仇因二女而结,岂能置身事外,可奉了皮囊重宝,随他往沙洲同住。便中也可出游积修外功,唯逢双日,不准擅离一步。候至纪母重生,纪异仙缘业有遇合。他埋母之处乃本山灵穴,二女可将那皮囊重宝埋在其内。然后将鱼鳞革囊内藏的一面灵符取出,用本身真火焚化,自有妙用,彼时三人方可各适其适。

三人读完了那封柬帖,长女笑对丑女道:"我说如何?你只以前听师父说过慧光剑的妙用,便以为有了它,即能断链出困,可知难呢。"说罢,长女先从锦囊内取出一方薄如蝉翼的白纱,往上掷去。立时便有一片白色轻烟升起,直升洞顶,将洞穴封住,随后又取了几件法宝,乍看俱似小儿用的零星玩物,如小刀、小叉之类。及至一出手,俱都有一溜光华闪过,往崖腰洞口飞去。

长女布置齐备,对纪异道:"我已在这两个出口用了法宝埋伏,纵使敌人再来,也不怕他了。"当下便将那柄小剑递给纪异看了,传了运用之法。又吩咐道:"少时我将慧剑往起一掷,便有一道数寸长、透明晶莹的寒光悬在空中,形与此剑相似,那便是此剑的精灵。你须即时闭目入定,照我所传运用。等到真气凝炼,剑与心合,觉出它可以随你意思动转,方可睁开眼。那时我姊妹二人都朝你坐定,双足跷起,上身衣服也俱脱掉,少不得还有些许丑态,切莫见笑,以致分心。你只要全神一贯注视那剑,以意运转,使其缓缓下落,将我二人身上链索一一断去,我二人便可脱困了。只是你炼气凝神之时,最易起魔,无论有甚念头,俱要使其宁息,一心只寄托在离头三尺这点神光上面。我三人坐处连同洞外,已有几层法术法宝防御,敌人决走不进。如见有甚稀奇物事,便是魔头,不可理睬,由其自生自灭,方可无害。一个疏忽,轻举妄动,我二人固然身受其害,连你也难幸免。此虽是玄门后天御魔着相之法,不比佛家反虚生明,无碍无着,即不必假手他人,亦无须自斩束缚,说解便解,还大自在,却也不是容易,千万谨慎行事,庶免功亏一篑。"

纪异这时竟甚虚心,一一静听谨记。坐好后,长女便将那口小剑恭恭敬敬往上一举。那剑化成一道数寸长寒光,晶明透澈,升向纪异头顶三尺高下,停住不动。纪异忙将双目垂帘,冥心内视,照长女所传之法入定。初坐时难免不生杂念,几经澄神定虑,仗着凤根深厚,居然炼气归一。等到运转了一周之后,果觉心神与外面悬的那口小剑可以相吸相引。纪异这才睁眼一看,二女不知何时上身衣服已然脱去。一个是玉手蒙脸,只露半身,真个肤如白脂,胸乳隆起,柔肌玉骨,莹滑光融,美艳到了极处;一个是黄毛遍体,肌若敷漆,瘦骨如铁,根银鳞露,再衬着那一张怪脸,其丑也是到了极处。二女的玉足、泥腿同时双跷,这才看清那一根细链子不但横锁二女足腕之上,竟从腿裤中盘了上去,长蛟也似纠结全身,凡是关节处全都盘有一匝。

纪异在洞中住了几日,见闻较多,已不似前此轻率,哪敢大意。早以全神去注定那道寒光,以意运转。过有顿饭光景,耳边似闻喊杀之声,杂着猛兽怒吼由远而近。知道无论是听的还是见的,只一分神,便于二女有害。也不管它是幻象,是真事,恐乱心神,一着急,连五官都寄在那口剑上。也是他天生异禀,这一来,无形中竟收奇效,不但一时万响俱寂,而且那口剑竟忽然随着他的心意,缓缓往二女脚前降落,纪异早经长女嘱咐,益发不敢怠慢,谨谨慎慎,稳住心神,以意运转着。那道神光飞向长女双脚之间,朝那细铁链上往下沉落,脚上锁链立时断为两截,连一点声响全无。接着,断处便发出五颜六色的火花,顺着长女两腿腕缠绕处,往裤管中烧去,那细链竟随烧随尽,毫无痕迹。

过了一阵,不见动静,细一看,见长女胸臂、雪腕、酥胸、纤腰、玉颈之间,共围有五条锁链。纪异因为这些锁链俱都贴肤绕骨，不比腿间那条有空隙，便于下手，唯恐剑光落下去时伤了她的皮肉，长女事前也未说到这点，好生踌躇。那剑光原停在长女胸前，待下不下，纪异这念头只一动，心神便与那道寒光立即往上升起，回了原处，再也不动。不由大吃一惊，连忙收摄心神，沉住气，二次再以意运转。过了一会儿，好容易那剑光才有些运转，渐渐往下沉落。

当下纪异再也不敢起甚杂念，全神贯注在那剑上，先往长女臂腕上择那一根比较不致命的所在落下。这时纪异真是兢兢业业，轻也不敢，重也不敢。他却不知慧光以意运转，自己不起杀心，怎会伤人？剑光才挨在锁链上，便即断落，又冒起五色火光，顺气流走。且喜长女不曾受伤，只胸前起伏不停，这才放心。念头微动，那剑光又似要升起，纪异有这一番经验，便不再有顾虑，只把心神一定，那剑光仍然随意而转，也不再似以前费力，竟随着他的心意往下沉落。

顷刻之间，长女身上剩的四条锁链一齐断化净尽。胸前也已平息，微微呻吟了一下，一道光华闪过，长女忽然不见。纪异抱定主意，任什么都不再理睬，又将剑光运向丑女脚间，依次把周身六根锁链如法断尽。丑女也是一道光华，不知去向。

纪异知道二女脱困，大功已成，好生心喜。目注剑光飞悬原处，正想不起应如何发付，忽闻二女互贺笑语及洞奴丁宁之声。忍不住回身一看，长女已换了一身华美的装束，云鬟仙裳，满面喜容，与丑女从后洞并肩行来。洞奴丁宁早回了原状，不住在二女腿间往来驰逐欢跃，意似庆贺，丁宁之声响个不已。夜静空山，幽洞回音，又在大家喜气洋溢之际，越显得清脆娱耳。纪异方要迎上前去称贺，忽然想起那口慧光剑尚悬空际，再回头一看，已无踪迹。刚在惊疑，丑女已舍了长女，首先跑近身来，欢笑道："兄弟，多谢你相助我们脱了困。你事已办完，这剑已为姊姊收去，还只管在这里发呆些什么？"

说时长女也已走来。纪异见她这时容光焕发，星眸炯炯，云鬟低垂，笑靥生春。再衬着新换的霞裳罗裙，满身光彩，越显得亭亭玉立，仪态万方。刚到跟前，便朝纪异敛衽，谢相助之德。纪异一面躬身还礼，忍不住笑道："二姊脱困，还是原来打扮。大姊这打扮倒像是新姑娘（川滇土语：谓新娘为新姑娘）呢。"长女闻言，立时敛了笑容，两道修眉一耸，满脸俱是忧苦之色，回身缓步便往后壁洞室走去。纪异疑心把话说错，好生惊恐，说："我见大姊打扮好看,说错了话,叫大姊害羞,大姊莫怪我。"

丑女咧着一张血口,露出白生生的獠牙,哈哈大笑道:"弟弟你当她还会害羞么,邪人怪物也不知被她杀了多少,什么怪事没见过?今日落个眼前报,在你面前现出她那从无人见的细皮嫩肉,她还害什么羞呢。师父曾说她世缘未尽,她受了多少年活罪,今天好容易师父开恩,借你的手,把我两个放出来,头一句话说她像新姑娘,正犯了她的心病,所以难过。我就没有这些忌讳,师父也曾说我在青城七丑之列,一样也是世缘不易解脱,我却没去理会。常言说'人定胜天',我自有我的主意,管它则甚?再者,我这般丑八戒似的,就算我动了凡心,谁来要我?姊姊自来爱好,又大有名头,各派妖人都称她美魔女辣手仙娘。

"以前无论在家在外,总是打扮得和月里嫦娥一样。论她的身材容貌,也真不枉她打扮,要像我这样,不打扮,人家至多叫我一声丑女、丑丫头。若也和她学,岂不是丑字之下还得添个怪字么?果真如此,遇见妖人,不必和他飞剑相持,就这一副嘴脸,也把他惊跑了。说也稀奇,我不爱打扮,也不怕世缘纠缠,累我功行,她道行法力俱比我高,却常恐世缘牵扰,万一摆脱不了,坏了她的道基,却又偏爱打扮。她长得那么美秀,不打扮,已容易叫人爱多看上几眼,再这么一打扮,你想人家放得过她么,岂不是有些自找麻烦?"

"就拿受这多年罪的起祸根由来说,还不是因为那年峨眉派开府群仙盛会,掌教妙一真人飞剑传柬,请师公神驼乙真人与师父前去赴会。师父正值岷山解体,不能前往,又愿打发一个得意徒弟代她前往,便打发她代师父前去送礼祝贺。没想到她在会上遇见一个散仙的弟子名叫虞重的,只知她美,不知她是杀人不眨眼的女魔王,老朝她看个不休。她已然怀恨在心,当着许多前辈,又是来宾,不好发作。偏巧冤家路窄,前生孽障,又在归途相遇,还同了两个南海散仙骑鲸客的弟子勾显、崔树,不知怎的言语失和,争斗起来,被她用火月叉、西神剑杀死了虞重,断了勾、崔二人手臂。

"不久三人的师父告到师父那里,彼时恰巧她又刚刚约我同往成都,做了一件错事。师父本恨她平日杀心太重,这一来,新罪旧罪一齐发作,才闹到这步田地。自从在此幽闭,从没打扮过一次,以为是换了脾气。谁想她爱好天然,生性难改,一出困,便仍是打扮得和天仙相似。你对她只有好意,一句无心戏言,怎会怪你?她本要朝你道谢,收了慧光剑,到室中携取许多带走的东西,只因你这句话触了忌讳,不愿再往下听,走得快一些罢了。"

言还未了,招得纪异哈哈大笑。长女行至中途,闻得笑声,妙目含嗔,瞪了丑女一眼，仍自姗姗走去。纪异方知长女果未见怪。

纪异又见洞奴丁宁只管在丑女脚旁挨挤徘徊，身上伤痕虽然敷了丹药，仍未全好。适才看它御敌恶斗时那般威猛雄壮，这时却变得这般玲珑娇小，和养驯了的猫犬相似。便问丑女道："那双头怪物既是它的克星，为何它两个才一照面，便被洞奴抓瞎了它两只眼睛呢？"丑女道："这两个俱是天生神物。洞奴其名自呼，所以叫作丁宁。身子能大能小，除了双头神兽是它克星外，无论多么厉害的猛兽虫豸，遇上时除了它不想伤害，否则决无生理。它不但脚上钢爪能够穿铜裂铁，而且耳目最聪，能听于无声，视于无形，略有些微警兆，便能预先觉察。心性尤为灵巧。修道人如收服这么一个，用来守洞出行，再好不过。更能吐雾成云，口喷毒气，致人死命。真是厉害非常。可是那双头螈比它还狠，除了不能喷云放毒而外，别的本领都和它差不多。所有各种猛兽中，独它不怕丁宁内丹中发散出来的毒气。如果侥幸生裂了一个丁宁，将那团腹中的内丹吞吃了去，不消一昼夜，肋下便生出四片蝙蝠般的翅膀，飞行绝迹，专吃人兽脑髓，更难制死它了。

"它那条尾巴像个毛球，发威时比钢针还硬还锋利的硬毛，便根根竖将起来。每根毛孔里都有极毒的毒水，无论人畜，打上早晚烂死。这两种东西都是天地间最猛恶的异兽。不过先天禀赋各有不同。丁宁不能肉食，遇见正人，虽然暴性难改，犹能驯养，使其归善。

"那双头螈却是非脑、血两样不餍所欲，死东西还不吃，终日以杀生害命为能事。除了左道妖邪喜欢养它，遇见正派仙人剑侠，决不使其幸免，为害生灵。最奇怪的是这两种异兽俱不常见，如果有了一对丁宁，相隔五千里外必产一对双头螈。母螈和母丁宁偏又都是喜欢水中居住，前半身生相一样，多有鳞甲，后半身似龙非龙，比公的还恶。当初师父收这一对来驯养，颇费了一些事。知道有了它，必产双头螈，后来才知太行山烂泥潭里果产了一对，已为赤身教主鸠盘婆收去，只得作罢。

"因我姊妹幽闭在此，将这只公的赐给我们作守洞御敌之用，多年无事，今晚方得到它的大助。死的这只双头螈，听妖人口气，并非从鸠盘婆那里转借而来，好生叫人不解。如非丁宁相随师父多年，长了道行本领，休说还敢出其不意，抓瞎它一对怪眼，见面时早魂不附体了。就这样还挨了它一尾巴，如无师父留赐的灵药，此时便就烂起，两三天后烂到皮骨无存，露出脏腑而死，焉有命在？

"这只丁宁素来忠心，性又好动，自经师父收服，永远没离开过我姊姊。

因为我姊妹遭这十年多的难，是由姊姊所交时常见面的几个男女道友而起，此时这些人俱是昆仑派钟真人放逐出来的门徒，我姊妹被困，它也跟着受了许多年的幽闭，又知我师徒仇敌众多，所以恨忌生人。你初来学琴时，虽经我姊妹再三和它说，你也许是锦囊中所说助我们脱困的人，它见你没有道行，并不大相信，但是尚无仇视之心。偏你好奇妄动，总想偷看我们的隐事。你想那石柱后面乃是我们藏放重宝和师父法体的要地，我姊妹因每晚入定受罪，时候往往很久，恐怕出事，曾经叮嘱它，不论何时何人，只要敢去窥探柱后，随它性儿处置。我们虽也见你时常想往石柱后走去，因已止过你几次，俱未想到你会那般固执，不看个明白不休，竟乘学剑之际，往后纵将过去。它本就不喜欢你，这一来更把你当作仇敌看待，如何容得？当然要将你置于死地了。

"当时连大姊都动了真气，如非我手脚快，赶紧将你从爪牙下抢出，那毒气便是它多年炼就的内丹，一经被它喷上，即行倒地不省人事，再有十个你这样的，也被它抓裂成为粉碎了。后来我姊妹见你禀赋异乎寻常，又有那口宝剑；并且日限已届，更无第二人前来，才断定脱困之人必定是你无疑，便对它又说又吓。它虽首肯，我仍不放心，还恐在我们入定时又和你为难。谁知它因听出它的克星将至，情急无计，竟会求救于你呢。这回事，如非样样凑巧，我二人法宝俱被师父幽闭我们时装入锦囊之内，事前毫无所觉，单凭我三人，真未必是那两个妖人、一个怪兽之敌呢。"

说时，纪异见丁宁旋绕脚下，两只怪眼星光电射，神骏之中，弥觉温驯。如非两次身历其境，几乎不信它会那等凶恶。不由越看越爱，试伸手一抱，它竟向怀中扑来，纪异便将它一把抱起，不住用手去抚摸它身上雪也似白的柔毛，并和丑女对答，却不敢和它对脸，以防又为毒气所中。丑女见纪异躲闪，笑道："丁宁这东西虽是猛恶，却是有恩必报，你早晚必得它的帮助。它那毒气因人而施，不是遇敌发威时不会喷出。这时你就亲它的嘴，也不妨事。"

纪异正要答话，长女已提了三个大麻袋出来。掷向地上，朝丑女微嗔道："我们就要移居，放着许多东西，也不帮我收拾，却在这里与纪弟谈闲天。还不找那根挑竹去。"

丑女答道："我这些年服侍你，也算尽了心吧？偏我姊弟相逢，就不许说几句话？这些东西又不是我的，你走到哪里，都是牵牵缠缠。像我这样孑然一身，来去都无牵连多好。再说那根挑竹并不是什么宝贝，自从那年挑东西到此,我便将它随手扔入洞底了,想必早已腐烂,还会有么?"

长女微哂道:"你真是不知轻重贵贱。这些东西虽然多是我的,难道就真没有你一点。再说师父的法体和这些宝物重器呢,莫非也没有你的事,至于说那根竹子,乃是岷山白犀潭底所产的阴沉竹,我费了好些心力挖掘,一共才只得六根,三根孝顺师父,二根送人,就剩这一根,准备他日将它炼成降龙宝杖。因为这东西也是天材地宝,人间稀见之物,而其性又喜阴恶阳,越是放在卑湿阴暗之处越相宜。来的那一天虽是气极,也未舍得将它抛弃,才叫你将它抛落洞底深水之中。你怎的还看不起它? 你如不信,这时去取出来看,不但那竹还在原处,比起以前,只恐还要光泽坚固呢,寻常竹子挑这么重的东西,不怕折了么?"

丑女笑道:"你的东西都是宝贝。照你这样见一样留一样,到哪里去都舍不得丢,总得带着,知道的说你藏有珍奇,准备炼宝,不知道的还当你是搬嫁妆呢。"长女闻言,刚将秀眉一竖,丑女已吓得回身往洞外便跑,口里央告道:"好姊姊,莫怪我。今天因为刚脱了困,一时喜极忘形,满口说胡话哩。叫纪弟勿来,我这就替你取那根竹子去。"一路说,人已跑向洞外。长女也未追赶。

待了一会儿,纪异忽觉长女容色骤变,刚想张口问时,先是洞奴口中丁宁了一声,猛从自己手中挣脱,弩箭脱弦一般往洞外飞纵出去。接着便听长女一声呼叱,一道光华闪过,往洞外飞去。纪异料是又有变动,连忙拔出宝剑,追出洞去。到了危石之上,并不见二女和洞奴丁宁的影子。这时天色正是将明之际,遥望高空微云淡抹,碧天澄净,东方几颗疏星低悬若坠,晨光渐吐,愈显清幽。只是四外静荡荡的,悄没一点声响。因为洞谷深险,两崖尖石犬牙相错,高低交覆,上面天光虽已透下,洞腰又有云气弥漫,从洞口奇石下望壑底,黑沉沉地不见一物。纪异心中纳闷,正在上下左右张望,忽听壑底隐隐传上来呼喝之声,入耳甚是深远,好似二女口音。他耳目本比常人敏锐得多,算计自己都听不清楚,上下相隔至少也有数百丈左右。再加下面云层甚厚,看不出落脚之所,不敢冒昧纵落。伏在石上,朝下面连喊数声,未见答应,索性连二女呼声也都寂然,只剩幽壑回声,嗡嗡不已。

纪异猛想起:"长女只顾随了洞奴往壑底去,洞中现放有她师父的法体和许多宝物,那都是拿辛苦性命保持下来的重要东西。洞顶上还有七个小洞可以下人,适才长女虽然放了一团光华上去,并说行法将洞封锁,不知有用无用。妖人虽负伤中毒逃走,据说尚未曾死,万一逃出,去找两个妖党前来偷盗,岂不被他得个现成?"想到这里,灵机一动,拔脚往洞中便跑。到了一看,革囊麻袋等物仍是好好的,心刚一放。

待未半盏茶时,忽听洞顶有一个小孩口音低语道:"小道友,救我一救。"纪异闻言大惊,按剑往洞顶一看,那一团青滟滟的光华倏又重现,内中裹着一个手足俱带金环。约有七八岁大小的幼童。生得粉妆玉琢,齿白唇红,和苗神庙中所塑的红孩儿相似。穿着雪也似白的短衣短裤,大红兜肚,手中拿着一对小叉。不知怎的,会被洞顶光华裹住,左右挣乱,不能脱身。灯光照处,已吓得泪流满面,浑身抖战不已。纪异生性恶强服善,疾恶心慈。明知深山荒崖,天甫黎明,来人决无善意。不过见他年幼,洞中又未丢甚东西,不由动了恻隐之心,只是自己不会解那光华,无法救他。想问明来意,是否妖人所差,准备向二女求情,饶他一死。便喝问道:"你是人是怪?可是逃走妖人打发来的?快些说出,等两个姊姊到来说情,饶你一条小命;不然,叫你和那妖人、双头蜥一般,死了连尸骨都化成脓血,那时再后悔就来不及了。"

那小孩含泪说道:"我并未奉甚妖人所差。我从小没有父母,我父母在明朝做官,明亡隐居太行山,死在一个恶贼手里。现今仇人还在清朝做大官。我父母死时,写了血书,连我包好,放在山谷之中,多亏被我师父救到离此不远的舞凤崖夹壁潜龙洞中。我一心打算学成飞剑,去报父仇。偏生师父说,因为寻觅不着好剑,只炼了两柄小飞叉与我,而仇人有一妹子也晓剑术,并有一口腾蛟剑,我不是她的对手。漫说我年纪还小,剑术仅仅略知门径,就算再过数年,尽得师父真传,如无上等宝剑,也是不准前去,以免给他老人家丢丑。师父自己又因走火入魔,数年之内不能动转。大师兄、二师兄倒有本领,一个要朝夕不离,服侍师父;一个又云游在外,久无音信。我知仇人年老,恐他死去,此仇不报,怎对得起死后的爹娘?每日甚是愁苦。

"昨晚丑初时分,刚用完了子午功,忽听洞外夹壁底响了一下,好似有什么东西坠地。出去一看,乃是一个新被人断去一臂一腿的残废道人,已然身死,大师兄摸他胸前尚温。那地方休说空中跌落,便是那夹壁层由上到下,少说也有百十丈,常人如是失足,岂不跌成粉碎?他却身上并未有别的跌断破裂之处,知非常人,便抬去问师父可能救转。

"师父一见,说他不但受伤,而且中毒。我师父原是有名的天医真人,当时便给他服了一粒新炼成的夺命灵丹,又用法术除去所中的毒气。过了半个时辰,人虽醒转,仍难行动。我师兄弟请求师父,将他交给我调养,原是一时无心之善。谁想到了我的房中,他的神志渐渐清醒。我一问他来历,才知因往这里盗宝，报那杀师之仇，致遭此祸。

"他那仇人便是四川岷山白犀潭底老剑仙神驼乙休的老婆韩仙子的两个女徒弟，一个叫毕真真；一个叫花奇，生的奇丑无比。二人带着一个神兽，名叫丁宁，在此看守她师父的躯壳和许多法宝飞剑。可是这两个女子俱犯了教规，身遭锁禁，每晚子时还要入定，受一次罪。

"他可惜得信太晚，前不久才知道。因为神兽有毒，甚是厉害，还请了一个帮手，借了那同伴一个双头神蟒，前来盗宝报仇。他们来到时，毕、花二女俱在入定，下手正是时候，没想到那同伴一下去，先吃了人家埋伏困住。他知有了防备，心想杀害仇人已是不能。

"老仇人躯壳、法宝藏在一根石柱后面，他又预先向高人学晓了开取之法，如能盗走，仇便算报了一半。万没料到，眼看成功，一时不留神，会被一个小道友所算，想必那人便是你了。他先被砍断了一条臂膀，彼时如驾遁光逃走，也不致那么糟。偏生逃到洞顶，心中气愤不过，想用法宝伤你。又万没想到，守洞神兽并未被双头蟒毒尾打死，不知从何处飞来，咬住他的脚腕子，又喷了他一口毒。才知再不逃走，休说活命，连尸骨灵魂都保不住。不顾报仇，自己用解体法断了半条腿，勉强逃出了洞。飞没多远，神志一昏，便落下深谷，不省人事了。

"我因想报父仇心切，是人就打听哪里有法宝、仙剑可得。一听这里法宝、仙剑甚多，地方以前又来过两次，只不知下面有这么大的洞和出入的门户。明知事情太险，也不顾了，便再三强他说那上下出入之法。他先时连劝我，说这里不好惹。又有桃花锁魂散，如被擒住，弹上一点，全身化为血水，连神魂都一齐消灭。二位女道友又是心辣手狠，决不轻饶。切莫要自己找死。我正有些害怕，打算到底来是不来，他忽然把脸色一变，不但指明我出入的道路，并说洞顶如果封闭，看不出那七个下来的小洞，他可传我破法，还转劝我此机不可错过，二位女道友必当他已死，不作防备，大可一试。否则仇人灾难已满，少时就要离去，或是返回岷山复命，以后无法再遇了。

"我也看出他先劝我不来，倒是好意。随后又劝我来，明明想我万一盗走你们师父的躯壳、宝物，固然可以代他出气；否则我死在此地，师父必不忘杀徒之恨，数年后功行圆满，必寻你们报仇，岂不正合他的心意？我一则因话已说满，面上再下不来；二则实在是起了贪心，想盗得一两件法宝、仙剑，炼成了去杀仇人。也不管他存心怎样，连夜赶来。寻到他所说的地方，照他教的法儿一试，果然出现洞穴。探头往下一看，果有他所说的法宝革囊，只是未见有剑,洞中却没一人。我猜你们必已安息,或往后洞隐处打坐,因为洞顶已然行法封锁,所以没有防备。见洞的上下四外全没一点可疑之处,满想一纵下来,就可取到手里,逃了回去。谁知青光一闪,便将我裹了个紧,用尽方法不能脱身。

"我明知无故侵犯,罪大该死。怎奈我死并不足惜,可怜我父母全家,因不做异族的官,被恶贼陷害,说是著书诽谤,大逆不道,拿进京去一齐杀死。血海深仇,只留给我一人去报。如若死在这里,怎好见我死去的父母兄嫂?我只求你将我暂时放了回去,只一寻着好剑,炼成以后,报了父母之仇,我必束手前来,任凭你将我千刀万剑杀死,皱一皱眉头都不是人。如有虚言,永世不得超生。"说罢,竟痛哭起来。

纪异见他出语真诚,谈吐伶俐,年纪虽小,却是那般悲壮沉着,不禁恻然道:"听你说得很苦,我倒是极愿放你。无奈我也是新来不久,并不会什么道法。你说的那个花奇是我亲姊,还好商量。你说的那毕姊姊,我也刚知道她的名姓,人长得善良,心肠却狠,笑着脸杀人,神色不动。杀了还弹什么药粉,化成脓血,我们未必准能劝得她听。这些都还在其次。那洞奴丁宁,平时乖得和小花狗一样,却是一发威,见了敌人,比什么都凶恶。又得过毕姊姊的吩咐,只要外人上这来,随它毒死抓死咬死全不问。你想我以前还和她们是朋友,因为走错一点,都让它喷毒,死过一回,如若见你,怎能容你活着回去,这事只好看你点子高不高了。"

那小孩先听纪异说,只要说明来历,便给他说情,以为有了生路。一听仍是悬乎,不由心惊胆战,连满腔痛哭都吓了回去。战兢兢说道:"恩人如肯救我一条小命,我虽年幼,师父曾传我不少小法术,知道各家法宝的用法。你不会解法无妨,我知道这困住我的东西定是有相有质之物,并非什么禁法。只问那二位女道友施展此宝时,可曾念什么咒语?如果只是掐诀,我便有脱身之法了。"

纪异闻言,暗忖:"这小孩甚是可怜可爱,尝过了二女的厉害,就便放了他,也未必敢于忘恩负义。"便想了一套话答道:"你这小娃娃真呆。我们这洞中到处有法宝埋伏,你竟敢这样大胆,前来盗宝。如非遇见我,看你孝心可怜,要是早来一步,不论遇上二位姊姊和洞奴丁宁,都早没了命了。你且将放你的法儿说出,看若行得,我便担点不是,将你放走吧。"

小孩见纪异沉吟不语,好生焦急。听出有了允意,不由惊喜交集,忙即答道:"小道友你如肯放我不难。她洞顶封锁,已为我来时破去。此宝操纵的一头,就悬在那盏青玉油盆的铁链上面。适才我见你从洞外进来时纵得甚高,身子甚是轻灵,你只须纵上去,左手攀着盆沿,链上有几丝极细的五色光华,可用右手捞着,一抖一扯。我这里再用脱身之法,但有点空隙,我便可以脱身下来。"

说时,纪异已闻得洞奴丁宁叫声从洞外壑底传来,恐二女来了不许,忙照小孩所说,脚底下一垫劲,凭空数十丈纵将上去,左手一把攀紧盆沿。再定睛仔细一看,灯盆链上果有几丝细的彩光,时隐时现。先时只见二女取了个网形的东西,化成一片华光,撒向上面,转眼不见。自己目光专注洞顶,又有那么大青玉盆挡住,没有看出。知道小孩所说不错,身微向上一起,用手一捞,入手柔软,和新抽出的蚕丝一般。当时纪异也不假思索,就势一抖一扯,刚觉出那东西甚是沾手,一溜青烟飞坠,小孩业已落下地来。

纪异见小孩脱了险,心方高兴,欲待松手下落,手已被那几根彩丝粘住,身子悬在空中,休想甩脱,才知是上了小孩的当。猛想起下面还有宝物等重要东西,不由又惊又怒,一面手拔宝剑,准备斩断彩丝,一面口中正要喝骂。小孩已在下面说道:"恩人千万不可乱动,休要惊疑。我知二位女道友出洞有事去了,你如不代我暂时受点委屈,二位女道友和守洞神兽回来,性命难保,逼得我无法,不得不出此下策。但我决不能昧却天良,再盗走这里的法宝革囊,使你受她们的责罚。此宝想是网罗之类,洞顶上面法术为我破去,二位女道友回来,必放你下来。但是她们见你如此,难免生疑。你可说是回洞时看见洞顶光华中裹住一人,持剑纵身去砍,忽然冒了一道青烟,手上却触着几根彩丝,不知怎的,被它粘住。你那口剑仍是神物,千万不可去砍,以免伤了她的法宝。我已在脱身时留了一件师父当年给我的玩意,做了替身。照我的话说,她们定然相信。我受你救命之恩,来日必当图报,后会有期。"说罢,又是一道青烟,直朝洞外飞去,晃眼不见。

纪异见小孩果未动那下面宝物,而且所说话句句至诚,怒气为之一减。想用剑斩断彩丝下来,恐毁了毕真真的法宝,就这样悬着,又恐万一此时有人乘隙入洞,将革囊等重要宝物盗走。只得全神注定洞口,以备不虞。想起小孩那等灵活狡狯,又好气,又好笑。忽听洞奴啸声越来越近,算计二女将回,才略微安心点。待了一会儿,正在悬念,先是洞奴跃入,一进来向先前小孩落脚之处略一闻嗅,便往洞外纵去。纪异刚喊了一声:"丁宁快回来!"二女已同时从洞外走进。丑女花奇在前,手中拿着一根乌黑光亮的竹竿,恰与洞奴撞了个正着。花奇不知它是寻踪追敌,便一把抱住喝道:"刚回来,又往外跑,还没累够么?"说罢,将洞奴朝着洞中一掷。洞奴落地,又往那放麻袋革裹的地方跑去,围着急走了一转,好似看出洞中无甚损失,这才放了心似的,甚是欢跃。刚一立定,猛朝上连声吼啸,丁宁之声响彻四壁。

这时二女业已近前,听得纪异唤声,抬头一看,不由大吃一惊。长女毕真真忙看宝物法体,并未移动。将手向上一指,纪异觉着手上似揭膏药一般,微微扯了一下,空中彩丝不见,脱身而下。毕真真看出洞顶埋伏的禁法为人破去,光华中还裹着一个怪物,也不暇再问别的,二次将手向洞顶一招,便有一团光华由洞顶飞坠,上面七孔重又现出。

毕真真定睛一看,跌足道:"可恨壑底孽畜作怪,来晚一步,妖人业已逃走,只留下一个替身在此,怪不得洞奴适才连声催我们回来呢。"说罢,收了法宝,光华敛处,落下一个泥制的刍灵,眉目如画,甚是灵活。毕真真秀眉一耸,手一扬,一团火光,将那刍灵炸成粉碎。纪异好生代那逃走的小孩庆幸,此时如若成擒,焉有命在?

花奇在旁,便问纪异:"妖人可曾下来? 你是怎么上去的?"毕真真含怒道:"事情明摆在这里,还用问么? 定是我二人去后,妖人破了上边禁法,乘隙而下,打算偷盗宝物、法体,被我宝网困住。纪弟看见网中有仇人,想砍他一剑,无意中扯动宝网。来的妖人必会七煞代身之法,乘着宝网扯动之际,用一个替身,李代桃僵逃走。也是我一时大意,事前忘了嘱咐纪弟。以为你往壑底取阴沉竹,手到拿来,我又亲身在此,片刻就要起身,还怕谁来? 谁知你会和那三足怪蟾恶斗,一听丁宁急叫示警,便一同忙着赶去接应,耽延了多少时候,几乎闯出大乱子来。"说罢,又问纪异可见妖人形象。纪异虽受小孩嘱咐,因为素来不曾说过诳语,正发愁无法答应,不料毕真真所料竟与小孩之言相似,难关已过,好不心喜。便说:"只见光中有个妖人,并没有看清。刚纵上去,被彩丝粘住,二位姊姊就回来了。"

毕真真道:"先前妖人受伤逃走不久,又有妖人来此窥伺,这里隐秘已被仇敌窥破,留此无益。我等事已办完,又因取竹,无心中得了三粒稀世奇珍,总算转祸为福。此非善地,不可久延。待我再施挪移之法,索性将上下的洞穴一齐堵死,急速移往纪弟家中去吧。"说罢,便命丑女花奇,用那根细竹挑了革囊麻袋诸物,带了纪异和洞奴丁宁,走往洞顶危岩之上相候。由她在洞内行法,封堵入口。

花、纪二人如言,飞纵上岩。等有顿饭光景,渐听地底起了风雷之声。响了一阵,一道青光由下而上,毕真真现身说道:"两处出入洞穴俱已封好,这崖上原有的七个洞穴也都经我移石禁锢。天幸大功告成，诸事已毕，我们即时移往纪弟家中去吧。"花奇道："我们和纪弟相处已有多日，如今情同骨肉，还要住到他家中去，连我们的来历姓名全未说及，此时如果他祖父回来，他怎么好引见，那不是笑话么？我们先对他说了，再走如何？"纪异刚想说我已知道，猛又想起那是逃走小孩之言，话到舌边，又复止住，只将嘴皮动了动。花奇刚要问他想说什么，毕真真已道："到家再说，也是一样，忙些什么？他家我还没去过，看他身健骨轻，你仍挑着东西，我背了他飞走，好让他指路。"

纪异正说之间，忽听银燕鸣声，抬头一看，正是大白、二白等四燕飞来。后面还跟着一只小银燕，颇似前赠梅坳杨映雪的那只。到了三人头上，盘飞了一周，同时一片连鸣。小的那只竟自离群，往梅坳那一面飞去，更知所料不差。纪异见四燕只管高翔，却不下来，知是害怕洞奴，便笑对毕真真道："姊姊用不着我带领，跟着这四只燕儿走，便到家了。"说罢，指着洞奴，朝天喝道："你们莫怕，如今都是一家人，它不会再喷毒伤害你们了。你们在前引路，往家里飞吧。"说时，毕真真已将上身微蹲，唤纪异上去。纪异知她要背了自己在空中飞，好生高兴。刚说的一声："洞奴呢？"花奇道："它会跟着来的。"言还未了，二女已凌空而起，跟着银燕朝前飞去。

纪异凭虚御风，目视下界，见那山石林泉俱都小了不知多少倍，像微波起伏一般，直往脚底下溜了过去。碧空浩浩，漫无际涯，顿觉神清气爽，眼界大宽。想起异日母亲脱难重生，早晚也是此中之人；自己时常只影荒洲，忽然得了这么两个神仙般的佳客来共晨夕，真是说不出的满心欢喜。再一看那洞奴丁宁紧随足下跳跃山原绿野之间，相隔既高，看去越小，再加飞纵极快，真似一条银箭朝前飞射，饶是上面飞行迅速，一点也没有落后。不消片刻，业已飞近湖心。纪异存心卖弄，一声长啸。沙洲上燕群见四燕飞来，又闻得主人呼啸，纷纷振翼飞翔，鸣和而起，银羽蔽空，满天一白，迎上前来。这么多灵禽，二女虽学道多年，尚系初见，俱都赞羡不置。俄顷抵家下落，纪光尚未回转。

那些银燕见了洞奴，仍是害怕，不肯飞落。纪异故意将洞奴抱起，先将为首四燕招了下来，使知无害。后又连声呼喝，燕群这才渐渐下落翔集。

纪异看视完了乃母埋骨之所，然后延宾入室。先捧了许多盐出去，喂了燕群。又进来张罗饮食，款待二女。毕真真拦道："我等此来，还要久居，你无须张罗，同坐下谈谈话吧。"纪异敬完了茶水，一同落座，二女才将姓名来历一一告知，俱和逃走的小孩所说相差不多。花奇又谈起壑底诛怪之事。

原来那阴沉竹乃天材地宝，千百年才能长成。力能载重，坚逾精钢，溺水不沉。毕真真自从谪禁天琴壑，因此竹性喜阴寒，知道天琴壑内尽是无底淤泥，卑湿污秽之区；又极隐僻，人兽均不能到，便命花奇掷在壑底，准备难满时再行携走。谁知壑底深泥内潜伏着一个怪物，这东西秉着污秽恶毒之气而生，在壑底潜伏已有千年以上。生得似蟾非蟾，三足无翼，背上有两个透明血红的肉翅膀，却不能飞。两只碧绿眼睛大如海碗。足如人手，一前两后，可以人立而走，在污泥中上下游行，甚是迅速。额上两个两寸粗细、三丈长短的软角，满生钩刺。阔口连腮，锐齿密排，神态甚是凶猛。这东西终年在污泥中栖息饮食，不见天日。

花奇下去时，因为壑底幽暗，那根阴沉竹虽然不会沉陷泥中，毕竟事隔多年，深泥污秽，不易看见。先用两粒灵丹塞着鼻孔，以防御壑底秽恶之气。再取一面古铜镜照着飞下，准备一到，拾了竹就上来。谁知那三足怪蟾常年无事，性好嬉弄。阴沉竹落下去不久，便被它得了去，日日用前足拿着舞弄，片刻不离。那竹经它这多年的精气浸润，益发加了功用。怪蟾颇通灵性，也知此竹是个宝物，日子一久，爱如性命。

这日怪蟾正拿着竹，将身浸入污泥中假寐，只双角露出在上面。花奇下去四处一找，镜光照处，一眼看到那竹植立前面污泥之中，比起以前还要光泽得多，只是相隔原处已然甚远。当时不假思索，上前便要拔取。手刚挨近，忽然嗖嗖连声，那竹似活的一般，倏地往前弯弯曲曲地游走开去。心中好生奇怪，暗忖："这东西年深日久，莫非成了精么？"正待赶上前去，竹的四旁忽又泥波高涌，竹往上升。接着竹底两点斗大碧光一闪，还未看清是什么东西，两条黑影已是一高一低，当头打到。

花奇猝不及防，大吃一惊。忙纵遁光飞避，叭叭连声，那黑影已打在污泥之上，带起无数泥点，飞舞如雨。那两点绿光行动飞快，花奇这里刚一避过，它那里已追将过来，二次又是两条鞭影打到。花奇还以为阴沉竹成了精怪，只想收它回去，不想用飞剑将它斩断。及至二次避过长鞭，才看出那长鞭便是怪物额上的软角，阴沉竹却在怪物手里。不由又好气，又好笑，大喝一声，飞剑迎上前去。那三足蟾竟然不畏，见剑光飞到，头摇处，先将软角缩回，睁定那一双怪眼，发出斗大的碧光，注定当头剑光，瞬也不瞬。

那飞剑将飞到怪蟾头上，竟吃它目光阻住，不往下落。花奇这时才知并非易与，算计生在这种污秽阴湿之所的怪物，其毒必重，不得不加一分小心。

正想另取别的宝物，那怪物目光想是抵敌剑光不过，倏地身子往下一沉，没入深泥之中。花奇收回剑光细看一番，哪里还有踪迹。急得连声喝叱，拿着镜光四面寻照，无计可施。

过了好一会儿，才见远远泥面略略往上坟起，露出尺许竹尖。花奇这次有了准备，满想飞身上去，先把竹抢到了手，再打除怪主意。身子刚一近前，泥波蜿蜒，一阵乱动，怪物又窜向老远，现身出来，猛朝花奇穿到，挥鞭便打。花奇剑光飞起，怪物仍和上次一样收回软角，用那一双怪眼抵御，斗不多时，又复潜入泥里。花奇在自焦急，奈何它不得。总算怪蟾并不知道敌人厉害，毫无躲藏之意，稍一喘息，便即出现。两三次过去，洞奴已听出有警，首先跑出。

毕真真见花奇去了许久还未回，早疑有变。这一来，越发不放心，连忙跟踪同下。一到便看出怪蟾内丹藏在目中，定是两粒宝珠，哪肯放手，二人一齐上前夹攻。那怪蟾大限难逃，始终不知隐藏起来，只管东驰西逐。真真恐它潜入深泥之内，不好诛除，故意使洞奴上前引逗，令它发怒；暗中施展禁法，将那片泥沼化为坚石，使它无法遁走。这才施展辣手，先命花奇飞剑分去它的目光，再乘它全神贯注之际，飞剑、雷火同时施为。怪蟾怎能禁受，剑光落处，腰斩成了两截。

二女先取了阴沉竹，再去取那两粒眼珠时。却非易事，又恐将珠弄毁。只得命洞奴用两只钢爪抓开怪蟾眼皮，真真用宝剑顺着眶上筋脉细纹慢割，费了好些手，才将两粒目珠取了出来。两粒都鹅卵大小，碧光荧荧，照得壑底通明，入眼皆青，二女大喜。正要飞身上去，忽见洞奴口中连叫，两只前爪抱定蟾头乱抓，知有缘故。用剑劈开额骨一看，脑海里还藏有一粒长圆形的红珠，只是光华稍逊而已。无心中连得奇宝，自是高兴。二女还觉因为取珠，上来晚了，致被妖人逃走，有些可惜。却没料到那粒红珠，日后关系着真真的成败不小。此是后话不提。

由此二女便在纪异家中暂住。过不多日，纪光回来，纪异引见二女，说明经过。纪光自是高兴，又见花奇生相，长得与纪异竟是一般无二，宛如同胞双生的姊弟一般。算计她母氏的遭遇，也必和自己女儿相似，只是不便出口动问，也就罢了。月余无话。

二女闲来无事，便和纪异带了洞奴、银燕遍山闲游，始终也未发现妖人踪迹。这日二女和纪异又往附近闲游。花奇笑道："这座山，哪里我们没有去过，有甚意思？日前纪爷爷谈起这里地气温和，不常见雪，就是下雪，也随下随化。听说雪山景致甚好,早就想去看看。今日左右无事,又逢单日,我们何不带了纪弟,往雪山顶上走走?那里黄羊、雪鸡等异味甚多,我已多年不曾到嘴,就便捉些回来,大家下酒岂不有趣?"真真笑道:"没见你枉自幽闭多年,还这样思恋烟火。洞奴带去太累赘,道途又远,若要前去,可命它看家,只带上这四只燕儿同往。此时方在辰初,黄昏时便可赶回来了。"花奇鼓掌称善。

纪异连日抚琴,大有进境,出外总把琴带着,遇有泉石优胜、水木清华之处,便要抚上一曲。花奇屡阻不听,只得由他。这时又要将真真所赠古琴带去。花奇道:"雪山乃人间奥区灵域,地广数万里,仙凡不到之处甚多,时有怪物、妖人潜伏。我等虽然不怕,你连剑术才只入门,未到精彻地步。你到了好地方,定要抚弄,那些东西闻得琴声,难免来犯,我们又要应敌,又要顾你,岂不麻烦死人?还是交给洞奴带回家去吧。"纪异仍是不舍。姊弟二人正在争论,真真不耐烦道:"你两个出来总要拌嘴。他要带就让他带去,这有什么稀罕?我近日正嫌闷得慌呢,能引逗一些妖物出来,借以解闷,也是好的。纪弟又非平常凡人,我姊妹保他一个,再保不回来,那也就不必再在世上现眼了。"花奇知真真性情奇特古怪,闻言便不再说。当下便命洞奴、燕群回去看家,三人带了四燕,一同往雪山进发。要知后事如何,且看下回分解。

第十九回

飞霜掣电　雪魅伏辜
旨酒佳肴　殃神借洞

话说纪异由真真、花奇一边一个夹住臂膀，起身空中，御风而行。这日天气晴朗，不消多时，已望见那座亘古长存、雄奇险峻的大雪山横在前面。飞至午未之交，方行到达。只见下面冈岭杂沓，绵延万里，寒日无光，冷雾沉沉。休说人家，连草木鸟兽都绝迹。又飞行了片时，才达雪山主峰。

依了花奇，原想直飞峰顶，寻到惯产雪鸡的冰窟中，捉了雪鸡，再略微观赏雪山景，便即回去。纪异初历胜地，处处都觉神奇，本就如入山阴道上，应接不暇，再加从小生长苗疆和暖之区，几曾见过这般伟大的雪景，恨不能把全山踏遍，才称心意，执意要由峰麓攀行上去。真真便命一同降落。

花奇道："姊姊，你只顾依他，可知我们在空中已觉这峰如此大法，如若步行，我们纵比旁人走得快，不怕罡风奇寒，可是要攀越峰顶，至少也得一个整天，中途还须没有耽搁；否则休说当日，便是明后日也回不去，雪鸡更是吃不成了。"真真道："你总忘不了口腹之欲。我等乘兴即来，尽兴则返。如见天色不早，当时便可回去，下次再来。风景好的地方，便多留些时，如觉无甚意思，尽可飞行上去，当真要一步一步爬么？纪弟头回到此，正该随他心意而行，拦他高兴怎的？"说时，那降落之处，恰巧是腰峰上一片二三百丈高的冰雪凝成的峭壁之下，一面是山，一面是极深的冰壑。

纪异脚踏实地，目睹万山都如银装，雪光耀眼，弥望皆白，只顾东张西望，也不管二女争论。越看越高兴，忽然一时忘形，发了先天野性，抖丹田便是一声长啸，拔步往峰上跑去。二女来时忘了嘱咐，猛听纪异大声长啸，震得万山都起了回音，花奇忙去止他时，已往峰上如飞跑去。空际雷声震荡，愈来愈盛，轰隆之声四起。暗道一声："不好！"脚一点，飞身追去，手刚拉住纪异的臂膀，耳听真真喝道："峭壁裂了，你两个还不快往左面空处躲开？"花奇知道危机一瞬，不及说话，忙拉纪异飞起。

纪异正跑之间，耳听自己才啸一声，万山齐应，觉得有趣。刚想再啸两声，左臂已被花奇抓住。还不知道这一啸闯了大祸，正要回问，忽见前面那座参天峭壁似欲晃动，身子已随花奇凌空往左侧面飞去。刚刚起在空中，那座参天峭壁已然裂断，倒了下来。侧面一角，正从花、纪二人脚底擦过，相去不过尺许。避时稍慢一点，那重有数千万斤的坚冰，怕不正压在二人的身上。

纪异先仍不觉害怕，及至定睛往下一看，那雪峰已齐中腰裂断成了三截。中间一截约有五十多丈长大，最先裂断，往前突飞出去。还未落底，上半截壁尖又紧跟着裂断，正压在中截上面，一撞一压之下，那亘古不化的坚冰纷纷爆散。这一来益发添了威势，无数残冰断雪拥着两片大冰壁，往壑底飞舞凌空而下，爆音如雷，万山响应，令人见了目眩心惊。说时迟，那时快，不消片时，又听天崩地裂一声大震过处，这两片断壁已直落底。立时便有万丈雪尘涌起，漫天匝地，如雾如烟，再衬着到处都是冰裂峰倒之音，汇为繁喧，比起万马冲锋、海涛怒吼还胜过十倍，更显声势骇人，世上奇观。

二女知道这个乱子闯得太大，这一带的冰山雪壁不知要崩裂多少，不敢再带纪异往底处去，以免变生不测，只得向峰顶飞去。雪峰高大，向来阴寒，极少见着阳光，况又在这午后未申之交。但是有那雪光反映，在下面看去虽是雾沉沉的，到了峰顶上面却很光明，哪里都看得见。这等罡风寒冷的雪山绝顶，如换常人至此，哪里能够久停，早已鼻血喷溅，坠指裂肤，在死亡途中挣扎。三人中，两个是修道多年，一个是生具异禀，一些也不畏那罡风凛冽、寒冷逼人之苦。

花奇一到峰顶，便去峰后避风处寻那雪鸡藏身的冰窟雪洞。真真凭凌绝顶，古意苍茫，尽自凝眉不语，似有所思。只忙坏了一个纪异，在峰顶上不住跑来跑去，东瞧瞧，西看看。这时万山千岭都在脚底，犹如无边银海，雪浪起伏，前后相连，绵延不断。再加上一啸之威犹未消歇，不时看见白岳崩颓，花霰腾飞，更好似鲸戏银涛，奇波突坠，益觉相映成趣，伟丽无与伦比。

纪异正看得有兴，回顾不见花奇，忙即反身寻找。走向峰后一看，花奇俯身峰后冰壁之间，似在寻觅什么东西，便跟踪追下去。花奇摇手低语道："记得前些年这里雪鸡甚多，怎的今日不见一只？"纪异道："姊姊莫是记错了地方吧？"花奇道："地方怎会记错？你看这雪里头不是鸡毛？"纪异低头一看，果然有好些比雪还白的毛羽。猛想起适才雪崩山倒时，还见四燕在空中高飞，自到了峰顶，四处都曾看过，好似不见四燕影子。心中奇怪，忙一寻视,哪里还有踪迹。便问花奇可见。花奇也答没有。不由着了急。因峰后只能看一面,不顾得再找雪鸡,回身跑上峰顶,四看没有。见真真对着前面一座刚倒的雪崖注视,上前张口便要问时,真真低喝嗓声。

纪异顺着真真注目处一看,一座奇险的雪崖底下,似有几缕青烟袅袅升起,过一会儿,真真低语道:"你那四只银燕,定被这里隐修的人擒去了。看神气好似和我们开玩笑,还不至于伤害。我已在此观察了好些时候,她无故如此,必是因我们刚才啸声扰了她的清修,特地和我们过不去。我看出她那里防备甚严,不易进去,对头深浅也难测。且喜你今日将琴带来,正好派上用处。快去峰后将奇妹唤来,我先斗她一斗,看她到底是否厉害。"

纪异一听银燕被陷,早惊怒交集,刚要回身,花奇已从峰后走上,见面悄向真真道:"果不出我所料,出了事吧?"真真道:"这东西太可恶,既要无故招惹人,又要藏头露尾,躲在洞里,不敢出来。她用的乃是奇门五禽遁法封锁门户,因为对头不似寻常,我虽知破法,却不知里面藏着什么把戏。我们刚刚脱困出来,不能丢脸。少时我如行法引她不出,你可紧紧守护纪弟,由他抚起琴来,我用师父传音入密之法进去。琴音不可停歇,事如不济,也不致中她埋伏。当时制伏了她更好,如不能制,索性给她来个绝手,叫她尝尝厉害。"

说罢,她命纪异面向前坐好,横琴膝下备用;花奇持剑在纪异身后保护,以防不测。然后自己随手取了一块拳大的冰雪,略一捏弄,心中默念几句,对准前面崖下打去。两处相隔有数里远近,那雪块打将出去,并无异状,飞丸脱弩一般,眼看就要打到崖下。

忽然一团青烟像开了锅的热气一般冒起,将雪块包住,转眼之间,倏地青烟敛去,雪块爆散开来。说也奇怪,那么小块的冰雪,竟会化成数亩大小的一片雪花,纷飞舞散。真真见状,眉头一耸,将手朝前一指,那片雪块忽又由散而聚,变成一个小山大的雪块,二次往崖下打落。还未及底,青烟又起,将雪块裹住,缓缓上升。真真又将手一指,那雪块便在青烟环绕中缓缓压下,崖下青烟也不住咕突突往上冒起,雪块重又被托上升。

似这样三起三落。猛听一声炸雷,夹着一串炸音过处,那雪块立时炸开,化成一片白云似的尘雾。真真见法术被人破去,未及施为,崖下面又冲起一股子火花,只一闪便将雪尘冲散消灭,无影无踪。那青烟火花也都同时敛去,只剩那座危崖,静荡荡地矗立在那里,一丝也未受着损害。

真真知道遇见强敌,不由大怒,忙命纪异将琴抚起。纪异近来对于抚琴,虽未尽得真真秘奥,却也深入藩篱,再加雪山顶上天风泠泠,千山万壑都起回音,益发觉得声韵洋洋,节拍佳妙。纪异抚时,真真只管慢步念咒,围着纪异画了一个大圆圈,前后左右手指比画不休。过了一会儿,琴音正抚到好处,忽然花奇在身后说道:"姊姊要会敌人去了,你千万沉住心神不可停歇。"音还未了,琴弦上忽起战音,面前人影一晃,真真不知去向。纪异知真真用了传音入密之法,身随音去,哪敢丝毫怠慢,把全副精神注到琴上,静心屏气抚奏。花奇在纪异身后护法,听那琴中虽是一片杀伐之声,并无衰败景象,知道真真和对头正在交手,并未失利,只是对崖雪影沉沉,外观尚无动静。

约有半个时辰光景,正在凝神注视,偶一回顾,忽见雪峰侧面相隔十多里外一座较矮的雪山头上,有许多白东西闪动。定睛一看,乃是许多矮人,通体都是白色毛羽包没,微微露出一点面目,动作介乎人与猿猴之间,各持弓矢器械,连跳带跃,其行若飞,正从山顶岩洞中纷纷跑出,其数何止千百。先疑是山中土著,继而一想:"这里乃是大雪山的最高处,拔地数万丈,常人行至半山已难立足,连气都喘不过来,再加冰层积雪大逾峰峦,随时崩坠,罡风寒烈,吹人欲化。土著纵然力健耐寒,但是上面草木不生,绝少食物,冰雪更硬,不宜饮用,怎会有这么多的人寄居在此?再加身体又生得那般矮小,如是山精野怪之类,不应这样多法。"

越看越觉奇怪,正自狐疑不定,那一群白矮人已从对山跑下,四面八方散开,接着又起一阵尖锐的啸声。再顺啸声一看,对面山腰一个大洞穴中出来一个白人,身材竟比常人还要高大得多。手持两面赤红如火的长幡,就在穴前冰崖上跳跃叫啸,做出许多怪状。音细而长,听去甚是凄厉刺耳,仿佛天阴鬼哭一般。手中长幡连连展动,便有无数火球从幡脚下冒起,满空飞舞,随消随长,越聚越多。好似万盏天灯上下流走,明灭不定,附近冰雪都映成一片殷红,煞是奇观。

花奇虽知不是好路道,无奈自己要护持纪异,人不来犯,不便招惹。只得忍住,且看闹些什么把戏,等他近前,再作计较。尽自看得有趣,猛想起适才还有千百矮人,定是妖党,下山时节似向主峰四面围来,怎的未见?忙低头四外一看,哪里还有影子。花奇也是久经大敌的人,知道这座主峰上下笔立,远看清楚,近看下面颇多掩蔽。算计那些矮人如果来犯,必已从峰脚、峰后悄悄袭来,不到身临切近,看他不见。自己和纪异存身所在虽有真真法术封锁,无奈看不出对山妖人的深浅,手下这些矮子是人是怪,好生拿不稳。

正打不出主意,猛听四外万珠迸落般一片轻喧,先从主峰下面翻上来二三百个矮子,各持木刀竹矢之类,一拥而上。这般突如其来,花奇未免吃了一惊。百忙中更恐纪异分了心神,琴音停歇,万一断了真真归路。忙喝道:"纪弟你只抚琴,不要理他,自有我来发付。"言还未了,那些矮人已然奔到面前不远,离身只有三数丈,当头一二十个忽然跌倒,挣扎不起。前面的吃了亏,后面的便有些逡巡,不敢妄进。花奇料知这些东西已为禁法阻住,伎俩有限,方略放了点心。猛听身后又有纷纷倒地之声,回头一看,那些矮人竟分四面袭来,身前身后,身左身右,到处都是,为数在一千以上。

这时相隔既近,花奇方才看清这些矮子虽具人形,俱是一般狰狞可怕。除周身穿戴着白色鸟兽毛羽制成的帽兜和短衣套履,看不见发肤外,那一张张怪脸竟似被人早先连皮揭去一层一般:圆眼黄睛,凹鼻凸唇,白牙暴露;满脸上红烂糟糟,东挂一块肉条,西搭几条肉丝,一些也不平整。

这些怪人见前锋倒了两排,便有些欲前又却,没有来时大胆。可是个个眼泛凶光,似要攫人而噬。倏地对山啸声又起,那些矮子好似发了急,异口同声,一片轻微怪啸过处,各把手中竹木制成的弓矢刀矛纷纷脱手,朝花、纪二人打来。

花奇以为这些东西未成气候,无甚本领,那竹木之物,漫说有法术禁住,打不到身上,就被打中也无妨碍,未免有些托大。纪异虽然手不停抚,却看得清楚。见这么多的小怪人同时来犯,其长还不及三尺,比自己还要生得矮小,枉自叫嚣嘈乱,却跳不进圈子里来。又见地下倒了几十个,被真真法术禁制,好容易挣扎爬起,重又跌倒,狼狈得有趣。不由动了童心,一面抚着琴,一面口里喊道:"哪里来这许多矮子?奇姊姊,快代我捉两个活的回去养着玩,教他们代我们烧水煮饭,这有多好。"

花奇本极爱这同父异母兄弟,闻言一想,果然不差。暗忖:"这跌倒的一些,已然中了禁法,真真法术厉害,不死必伤。反正这些东西伤不了自己。"便想在圈外矮子群中挑选两个生相比较好一点的,擒了进来,等回时带走。因为两下相隔甚近,伸手便可捞着。再看对山为首妖人,只管尖声尖气地怒啸,并未过来。又有禁法围护,不怕生变。心里一高兴,不假思索,敌人木制弓刀无用,自己动作迅速,一点也未防备。略朝左右一看,一眼选中两个生得最为矮小的矮子,脚一点处,飞到真真所画的圈子外面,伸手便捞。

谁知那些矮子手脚灵活非凡,竟比她还快,一见有人飞出,各持弓刀乱劈乱射,花奇身上竟连着了好几下。刚觉被劈射处身子微微一麻,一手一个,已将那两个矮人夹颈皮抓住。待要飞回时,猛又觉手抓处奇凉彻骨,浑身抖颤。暗道一声："不好!"气得顺手用力往峰上一掷,飞起剑光,护身回去。见那些矮子挨着一点剑光,纷纷伤亡倒地。暗忖:"这些东西触手奇寒,决非人类,定是山魈木客一流。留他在这里终是有害,不如杀死一些,吓退一些,省得惹厌。"花奇正将剑光放出追杀,觉着刚才那股奇冷之气已然侵入骨里,浑身抖颤起来;而被矮子斫射之处又是麻痒难禁,不知如何是好。只得盘膝坐地,运用玄功,辟邪驱寒,哪还顾得再杀敌人。刚一坐定,身上越来越冷,上下牙齿震震有声。

正在难受难熬之际,眼前火花一亮,对山妖人似知纪异护法人已然受伤中邪,忽然飞到。这时花奇人已不支,倒于就地。那妖人长幡上火珠像花炮也似乱发如雨,在外绕行了两周。一见走不进圈子里来,忽然口中怪叫了两声。那些矮人全都聚集在前面,两个一行,鱼贯排好。倏地一声呼啸,第二个便纵上去,蹲在前一个的肩上,前一个便用两手抓紧他的双足。第三个又蹲在第二个人的肩上,如法办理。似这般一个接一个,顷刻之间,二三百个矮人搭成了一座人梯,有百十丈高下。为首妖人又叫了一声,那些矮人朝前倒去,变成一座拱圆形的长桥,横卧在真真所画的圈子上面。那妖人转身一纵,正要往桥顶上走去,谁知真真所施禁法凡在百十丈方圆高下以内,敌人只一闯入,便受克制,桥的两头近圈子处离地较低,自然中伏。一边十几个矮人一失了知觉,这座长桥如何钩连得住,立时瓦解散塌下来,大半倒入圈子里,挣扎不起。为首妖人飞起,未曾被陷,仍是一味蛮干,口里喑喑咭咭叫器不已,显出又情急,又愤怒的神气。手下矮人在他威迫之下,明知上前是死,也不敢不从,二次又将人桥搭起,往前倒去。

纪异因真真未回,忽然来了许多妖人,先还不以为意。及见花奇倒地,面如死灰,通身抖颤,又不敢停下救援,不由着急万分。忽见妖人搭了一座人桥倒下,那为首妖人试探着往桥上走来,意思是打算从当中下来侵犯。万般无奈,正待一手理弦,一手拔剑,准备万一不济,说不得只好暂顾花奇,抱了她逃出重围。猛听叭叭连声,人桥散塌,妖人跌了一地,只有为首妖人未曾落网,才知真真禁法果然神妙非常。心刚略放,妖人二次又搭了一座人桥倒下。暗忖:"妖人真蠢,这圈子既进不来,凭高下犯,还不是一样的此道不通。"

纪异一手抚琴,一手紧握宝剑,正想人桥如和上次一样散塌更好,如真是妖人身临切近,给他一剑,不料这次人桥竟未倒塌。定睛一看,那人桥已换了方式,不但比前还要高长出数倍,而且把圆形改作方形,两头桥柱凭空直上,离地数十丈突然折转,与一座方门框相似。想是已避出禁法之外,一些也未摇动。相隔既高,纪异又不能舍琴跃起。

眼看妖人飞身上了桥顶,走到自己头顶,却不往下降落。先朝下面狞笑了两声,然后盘膝坐定,从身旁取出一串灰白色透明晶丸,大如雀卵,全都吞入口内,再朝下喷来。纪异恐被打中,准备用剑去撩时,那晶丸离头十丈左近便即爆裂,化成一片白烟,弥漫四散。一会儿工夫,越喷越多,将纪异存身周围一丈左右全都包没,成了一座大烟幕。如换别人,早已不能辨物,纪异原是天生慧眼,早看出妖人脸皮连动了几动,面目益发狰狞。一只怪手立时长大了数倍,比血还红,在烟雾掩护之中往下抓来。待了一会儿,纪异渐渐觉得奇冷难耐,手僵无力,抚琴几不成声,知是妖人邪法。

正在无计可施之际,忽听空中一声大喝道:"大胆老鬼魅,竟敢在我面前侵害好人么?"语声清脆朗润,却非真真口音。来人刚一喝完,便听得"哇"的一声极凄厉的怪啸。抬头一看,一溜灰白色的火光过处,那座人桥从中自断,却不散落,似剪夹一般往两面分开。转瞬之间,满地叭叭之声与矮人坠地奔逃呼啸嘈杂之声响成一片。只那浓雾白烟尚未消退,雾烟影里渐见一团栲栳大的银光荧荧下沉,四外流走,所到之处,烟消雾散。不消片刻,那么浓厚的烟雾竟消灭了个干干净净。那团银光越显光明,寒光照处,左近峰峦岩岫都成银色。

纪异身上奇寒未减,抖着一手抚琴,已是不成节奏。正在咬牙忍受,那团银光忽往右侧飞去。定睛一看,雪崖上站定一个手执拂尘、骨瘦如柴的黑衣道姑。银光已逐渐收小,飞至道姑面前,道姑袍袖一展,便即不见。离她身侧不远,躺着那为首妖人,业已腰斩成了两截。其面容装束虽然诡异,既来解困除妖,当非恶人。

纪异刚要张口问讯,道姑已先指着妖人发话道:"此乃雪魅,非我不能除他,前些年曾被我禁闭在对面冰窟之内,今日定是乘我云游未归,招来昔日手下孽党,掘通冰窟逃了出来。你们虽有禁法防卫,也挡不住他那千百年炼成的阴毒奇寒之气,我如来迟一步,你二人必遭毒手。你那同伴已中寒毒,尚不甚重。令师何人?如何先前不知抵御,一味抚琴?想是另有用意,相借琴音求援么?"

纪异觉得道姑语气诚挚,益料是仙人一流。一面仍抚着琴,一面将身微躬,脱口答道:"我名纪异,有一个仙师,尚未去拜。两个姊姊,一个叫毕真真,一个叫花奇,她二人俱是四川岷山白犀潭韩仙子的门徒。今日无事,同来此地游玩，不想对崖有人无故和我们作对。毕姊姊用传音入密仙法前去会她，她走不久，便来了这伙妖怪。我让花姊妹捉两个矮人回去代我们烧火煮饭，人已被她捉到，不知如何又松手丢了。回来便倒在地下，晕死过去。我因毕姊姊行时嘱咐不可停手，以免断了她的归路；她又下有禁法，妖人近不了身，所以不到紧急时，不敢和妖人动手，也不能起身向你道谢。她至今没有回转，不知胜败如何。你有这么大本领，何不到对崖去帮她一帮？她带有灵丹，来了便可将花姊姊救转，那时再一总向你叩谢如何？"

道姑一听说到韩仙子，便吃了一惊。再一听完纪异之言，匆匆答道："你那受伤的姊姊，非我雪魂珠不救。只是韩仙子素不喜人解破她传授的禁法，暂时我不便近前。对崖的人并非妖邪，与我甚是相熟，我今日如在家，绝无此事。我一到此，便见老魅作怪，只顾驱除，尚未回家，不知还有这些事。且喜不曾冒昧。你也略受寒毒，所幸本质甚好，妨无妨害。我一去，必能好好地同了你的毕姊姊回到此地，无须再抚琴了。"说罢，不俟纪异答言，将身一纵，一道白光往对崖飞去。

约有顿饭光景，果见真真同了一个红裳少女飞回，那道姑却未同来。近前先收了禁法，向纪异道："这位乃玄冰凹女殃神邓八姑得意弟子华珩姊姊，入门才十多年，已深得八姑传授。因见我等在此狂啸，震塌雪峰，心中不服，特意引我前去斗法。正在相持不下，恰值八姑回山，才知你和奇妹受了雪魅侵害，多蒙八姑解围相救。我和华妹打成了相识，甚是投契。你那四只银燕现在洞中吃食。少时我等便要结为异姓姊妹了。"

纪异已冷得面容铁青，通身抖战，连话都说不出来。勉强站起，与华珩彼此见了一礼。真真一面引见，早把花奇交与华珩抱住。自己收了琴，夹了纪异，同往对崖飞去。

纪异到了一看，冰壁千仞，壁脚直凹进去。里面不但光明如昼，而且到处都是琪花瑶草，斗艳争丽。气候也比外面温和得多，宛然别有天地。八姑正在靠壁石台之侧含笑相迎，见众人来到，便说道："毕道友，我们下洞去吧。"说时，石台忽然自行移开，现出一座洞穴。八姑师徒揖客入内，里面更四壁通明，冰室雪屏，掩映流光，似入水晶宫殿。

八姑先请真真、纪异落座，将花奇放在一个玉榻之上。然后将袍袖往上一扬，一团栲栳大的银光飞将起来，悬在室中不动，寒芒四射，映得满室冰墙雪柱俱生异彩。八姑取了两粒丹药，塞入纪异、花奇口内。再命华珩托了花奇，真真托了纪异，走到银光之下，将脸朝上。八姑用手朝银光一指，银光中忽似破裂了一般，放出两道直长的光华，大约碗口，分射在二人身上，便见光射处有几缕白烟被光吸起。纪异受毒不深，先觉身上有了暖意，一会儿工夫由暖到热，布满全身，立时复原痊愈。跳下地来，朝着八姑称谢，连喊好宝贝不置。

八姑等纪异、花奇先后复原醒转，便收了雪魂珠，引了真真等三人往后洞走进。那后洞比起前洞还要富丽得多，满室珠光宝气，掩映流辉。三人见了，俱都称奇。真真更是投其夙好，赞羡不已。

八姑一面命毕珩去取佳果仙酿，款待佳客。一面对真真道：“贫道昔年误入歧途，又不肯降心归善，先师遭劫以后，几经奇险，均得幸免。满拟长隐雪山，照着本门心法勤苦修炼，但获长生，于愿已足。谁知中途坐功不慎，走火入魔，幸仗觉察得早，元神未丧，躯壳已死，多亏昔日的同门神尼优昙大师门下的玉罗刹玉清师姊时来看顾，好容易熬到难满，不久即可复原回生，又遭两次魔火之难。如非峨眉门下几位先后进同门代守雪魂珠，优昙大师、玉清师姊两番解救，几乎形神俱灭，万劫不复。自从那年拜在妙一夫人门下，本拟弃此而去，只因这洞中布置俱是贫道昔年苦心经营，并非容易，当时颇为爱好，就此舍去实为可惜，恰巧出困未久，便收了小徒华珩，留作她的修炼之所，刚刚合适。加上这里离青螺谷不远，云南派祖师凌真人与峨眉原是至交，门下知友颇多，又承他赠了贫道一束信香，以备贫道出外云游时，小徒有甚缓急，可以焚香求救。除那年收闭适才所诛的雪魅外，一直至今从未生事。

“前些日还想将这冰雪凹留作贫道别居，上月在峨眉听训，面聆掌教师法谕，说自开府以来，仙府石室何止千间，而有好些仍居自己原来洞府。一则听训、用功均有不便；二则三次峨眉斗剑，群仙劫数在迩，各异派妖邪处心积虑，专与小辈门人为难，难免不受侵害。自下月初一日起，除时常奉命出外积修外功者外，对小辈的门人悉降殊恩，准其移入仙府，俾得时常躬聆法诲，领受仙传。只留下秦紫玲、齐灵云、周轻云所居的海底仙阙紫云宫和九华镇云洞妙一夫人别府等三四处，其余各地洞府可加封闭或赐赠别派中知交。贫道因这里诸般点缀半出人工，赠既不得其人，如加封闭，必然荒废，枉费了当年许多心力。适才听道友说起，令师韩仙子出世尚须时日，道友一时难觅良好的洞府。万花坪湖心沙洲密迩苗族，离世较近。为防妖人报复，暂时寄居则可，长住终非修道人所宜，何况二位道友又奉有令师法体和许多宝物重器。贫道不久便赴峨眉，迁入凝碧仙府。

"今日相晤,总算前缘,如蒙不弃,意欲将这雪窟陋居相赠。二位道友暂时仍遵令师之命,寄寓纪家,只将令师法体重器移藏此间。或隔日来此,或是二位道友轮流往来,出去时有道友和贫道的禁法封锁,决无差池。而贫道苦心经营的旧居得二位在此做主人,也不至于荒废。静候纪道友令堂满劫重生,再照令师所说行事。从此这里长为二位道友修道之所,贫道师徒也可不时过访,重寻旧游,岂非快事?"

真真生性最喜布置起居服饰,见洞中如此奇丽,歆羡已极,她哪识邓八姑别有一番用意,闻言喜出望外。略一寻思,便即答道:"我等三人误入宝山,得罪华姊姊,八姑乃前辈尊仙,不但不加怪罪;反助我等除妖解难,相待又如此谦诚,本已问心难安;复承以仙府相赠,越发令人感激无地。不过冰窟仙府全仗八姑仙法,始能有此清奇美丽。我等法力有限,只恐异日支持不住,贻笑事小,岂不有负盛情?"

八姑笑道:"此洞当初只一深穴,所有冰房雪室,均系贫道采取千万载玄冰筑成。内外奇花异草,俱都采诸本山亘古以来仙凡难到的奥区,大半秉着冰雪之精英而生。下面有灵丹护根,不便移植,十之三四均可炼为灵药。一则凝碧诸师长颇有相需之处,如无人在此守护培植,难免不为异派中人窃夺,日后无法觅取;二则这里乃大雪山最高处,相离山顶只数十丈,虽然玄冰坚固,冰崖雪峰时常崩裂,受不到影响,可是每当一年一次天地交泰之时,地里受了绝大震动,地形必起变化。如无人事先行法预防,难免波及,使全洞沉坠倾欹。二位道友在韩仙子门下多年,道法高深,以上两节均优为之,故此谨此奉赠。虽说为人,一半还是为己,道友何必太谦呢?"真真含笑起身谢了。

这时华珩已从别室取了两大冰盘,一盘盛了许多雪山名产雪莲、紫藕、冰桃、寒实之类的仙果;一盘盛了腊脯、风干雪鸡以及各种人世间常见的干果。另外还有一瓶子寒碧松罗酒。

花奇久闻八姑得道多年,见了许多风腊肉食,好生奇怪。及一动问,才知华珩是一个富贵人家小姐,随了父母入藏朝佛还愿,行至望川坝,忽遭盗匪之难,匪首爱她美貌,竟欲掳去奸淫,华珩在中途行诈,刺杀匪首,报了亲仇。弱质伶仃,从半夜风雪中逃出。

逃到天明,后面匪众已然觉察追来。正要跳崖自杀,多亏一群野驴漫山盖地而来,将匪党冲踏成了肉泥,无一幸免。华珩也被野驴撞跌,滑落绝壑之中,眼看粉身碎骨。因她素来爱红,从小就着红衣,加上雪地黑驴成了红白黑三色相映,分外鲜明。恰值八姑往峨眉受业,路过那里,无心中看见,忙施仙法,在一发千钧中将她救起。她质地本来极好,一时福至心灵,向八姑哭诉遭遇,苦求拜师。八姑见她智勇灵慧,处境极惨,不由又怜又爱。只是自己甫蒙玉清大师等援救,复体脱困,拜在峨眉门下不久,怎敢随意收徒?便带了她前往峨眉,暂寄在李英琼门人米鼌、刘裕安二人的洞中,打算托几位先进同门代向妙一夫人恳求开恩收容。妙一夫人说华珏资质虽好,世缘未尽,尚不足与诸弟子齿为雁行。只准八姑收她为徒,在未将剑术学成以前,毋庸进见。八姑自是心喜,便将她带回山来,尽心传授。

冰山雪窟,无论景致多好,也非凝碧仙府之比。八姑早想请求移居仙府,也是为了她一人寂寞,迟迟至今。八姑以前孤寂多年,忽然收了这么好一个弟子,不由怜爱逾恒,因她造诣虽深,毕竟年浅,尚未能尽绝烟火食。除了本山有的果实外,每次出外积修外功,总给她带些食物归来。好在八姑复体之后,虽不常食,也不禁绝烟火,偶尔又喜和爱徒对酌。以前青螺谷破八魔时,那酒只取来款待过峨眉诸小辈同门一次,贮藏颇多,所以洞中各物均备。花奇这才明白。

真真、花奇有无均可,纪异忙了一日,早已饥饿,也不作客套,一路连吃带喝,口里更赞不绝口。花奇忽又想起本山的雪鸡,便问华珏道:"华姊姊,记得小妹前几年来此,峰后雪鸡很多,怎的适才寻不到一只?"华珏道:"这多是那雪魅闹的,几乎被他弄绝了种。师父从不许为了口腹之欲无故杀生,这些风腊的野味,俱是那年随了师父扫荡雪魅和他手下的寒魔,从妖窟中得来的。因为洞中气候宜于贮藏,隔了多年,还是不减鲜美。"

说罢,真真便请八姑允许,与华珏结为姊妹。八姑笑道:"我也不作客套。以前我在旁门,与令师韩仙子原只是道行的高下,未曾叙过尊卑。如今身归正教,在妙一真人门下,令师公神驼乙真人与家师俱是平辈,小徒怎敢妄僭呢?"真真不知怎的,与华珏虽是初见,非常投契。推说师门与峨眉诸尊长只是道友,师公乙真人就素来是长幼两辈各交各的,不论什么辈分尊卑。苦苦向八姑求说,执意非结拜不可。八姑师徒几经逊谢不从,只得依允。

当下真真等四人序龄结拜:真真为长,花奇为次,华珏居三,纪异最小。真真又要向八姑行拜见礼,八姑也以礼相还,哪肯领受,只得罢了。彼此畅谈了一阵,不觉已是第二天的早上。那些雪魅、寒魔,原秉雪山阴郁森寒之戾气而生,早经八姑在隔夜里命华珏用药化去。

纪异因这次纪光出门为日较久,毕真真、花奇二人自从移居沙洲,尚未见过①,恐回来不见自己挂念,几次催促起身回去,这才与八姑师徒殷勤订了后会和接受洞府的日期,作别起身。仍由四燕前导,毕、花二女双夹纪异御风飞行,傍午时到了沙洲。纪异忙奔进屋一看,祖父仍未回转。匆匆吃完午饭,一个人跑出山外,向苗寨中人一打听,俱说未见。最后走到江边茶棚,遇见一个相熟的苗人,笑问纪异:"幺公昨日回家,可曾给你带甚好东西来么?"这才说起昨日黄昏时分,曾见纪光一个人坐在玉花、榴花门前石上歇脚等语。

纪异生长苗疆,知道玉花家养有恶蛊,外公素不喜她,时常告诫自己,不准在沿江茶棚之中饮食。万没想到外公会和玉花姊妹生了嫌隙,还以为外公贩货行医回来,在山外被苗人延去,医甚急症。估量当时已该回去,闻言回头便往家跑。回到沙洲,见着二女一问,仍未回转。纪异因纪光和苗人情感极好,到处受人敬爱,虽然孺慕情殷,渴思一见,也未疑他有甚别的。再去寻找,又恐中道相左。

直到晚间不见回来,毕、花二女细问纪光平日行径,无心中听纪异谈起玉花姊妹为人,却料出有了变故。否则出门日久,就说是在苗人家中耽搁,离家这等近法,人不能回,也该着人送个信儿,为甚回来两天,音信全无?连见到他的人也只一个?二女因恐纪异着急,当时并未说破。先问明了玉花姊妹住处,到了半夜,由花奇飞往玉花茶棚之中仔细探查。只听玉花嘤嘤啜泣,一会儿榴花起来安慰,玉花神态甚是幽怨。除屋中异常整洁外,连纪异所说的恶蛊俱无踪影。直听到二女沉沉睡去,毫无可疑之状,只得回转。

天已大明,真真正想约了花、纪二人假作饮茶,前往玉花茶棚,当面以言语试探。忽听银燕欢叫振羽之声,成群往对湖飞去。纪异喜道:"姊姊,我外公回来了。"说罢,便往洲侧傍湖树荫之下跑去。二女跟出一看,果有一个身背货箱的老者站立隔湖岸上,正在高声相唤呢。纪异已从树荫中驾起一条小舟,舞动铁桨,飞也似的冲波驶去。不消片刻,祖孙二人在百只银羽盘空飞鸣之下,同舟而回。二女忙即上前拜见。纪光在舟中已听纪异说了大概,自己昨日刚闯了祸,方虑异日玉花姊妹知道敌人底细,迁怒为仇,无法应付,不想家中住有两位仙宾,好生心喜。

纪光正和二女叙话,纪异一眼看见洞奴丁宁蹲在近侧,睁着一双炯如寒星的眸子,正对纪光注视。想起它素厌生人,自己以前尚且吃过它的苦头,

---

① 原文如此,与前文不符,当为还珠楼主误记之故。

恐忽然冲起,伤了外公,不由大吃一惊,噫的一声飞纵过去,将丁宁抱住不放。口中直喊:"花姊姊快来!"花奇看出他的心意,笑道:"你休害怕。我姊妹业已出困,不比从前,它没有我们的话,不会无故伤人的。如其不然,我们到雪山去,岂不怕外公无意中回来,被它无知侵害,那还了得,敢随便将它留在家么?我早已嘱咐过,如等你这时才想起,那就晚了。"纪异闻言,才放了心,松手立起身来。

纪光便请二女入室,落座后,互谈以往之事。二女和纪异听到纪光救人一节,俱猜玉花姊妹不肯善罢甘休,必来寻仇,防备了好些日。

直到半个月光景,有一天晚上,纪异和花奇正在室中谈笑,忽闻银燕飞鸣之声,料是有警。出去一看,两三点金黄色的光华疾如流星,在谷口那一边的云空里闪了一下,便即不见。接着便见大白等四燕为首,领着一群银燕,从隔湖飞回。这晚恰巧真真带了丁宁往雪山玄冰凹去会华玙,未在家中。花奇、纪异算计流星过渡,银燕不会鸣叫追逐,疑是玉花弄鬼。因纪光再三叮嘱,只可小心防备,等她来犯再行相机处置,不可寻上门去;又见纪光已然熟睡,恐跟踪追寻,敌人乘虚而入,当时并未追赶。第二日纪光得信,遍查附近,并无可异之状。

真真回来听二人谈起,觉得玉花不除,终是后患,再三和纪光说要亲自前往,为纪光祖孙除害。纪光力说:"苗人使蛊,差不多是家常便饭,虽不说家家都有,总占十之二三。多半是为防身、御敌、复仇之用,无故也不害人。专炼来为恶的,百人中难得遇到一个。你不忤犯他,他决不加害于你。尤其玉花姊妹平常最为安分,此次衅自我开,即使她来复仇,仗二位仙姑之力,将她擒住,也不忍伤她性命。昨晚就算她起心不善,业已知难而退,何必寻上门去,致她于死?"

真真终不放心,夜晚背了纪异前去探看。见玉花果然绝色天姿,容光照人,加上秀眉颦蹙,若有幽怨,越显楚楚可怜,来时杀机顿减了一半。再一查看她的言语动作,也与花奇上次所见大同小异,并未露出有半点复仇之意,不忍心遽然下手。随后又和花奇夜探了几次,仍是毫无动静。银燕也不再惊鸣。直到真真、花奇移居雪山,按单双月往来两地,始终太太平平,别无一事发生。大家俱以为玉花姊妹不知人是纪光所救,渐渐丢开一旁。

过了些日,纪光仍旧应请出外行医,贩货往来,不把此事放在心上。约有两三年过去,这日无心中又在玉花姊妹茶棚外石上小憩。一眼看到两个外乡少年男女在棚内饮茶,看出榴花又在施展故技,不知元儿、南绮俱受仙传,并非常人。以为本月正该是真真、花奇回来的月份,不惜冒险得罪榴花,将元儿、南绮引了回来。

元儿、南绮听了纪光以上的讲述,方知就里。

纪异虽与真真、花奇二女处了这么长久的时候,仍是改不了那恶见妇女的天性。先见南绮吹船如飞,略改了点轻视的念头,心里只可惜毕、花二女恰巧不在家中。暗忖:"你不要在我面前卖弄,休说我两个姊姊飞行绝迹,出入青冥,你们不是对手;便是我们的神兽丁宁在此,你们也惹它不了。"纪异只管胡思乱想,巴不得毕、花二女立时回来,叫来人看看才好。后来听乃祖说起在江边茶棚与丑女榴花公然争执之事,双方又叙出元儿与长人纪登同在矮叟朱真人门下,想起真真以前所说之言,玉花姊妹如知乃祖坏事,必来侵害。一则同仇敌忾,二则矮叟朱真人是青城派鼻祖,前辈有名剑仙,曾听无名钓叟和乃祖说过,元儿既是他的门徒,剑法一定高强,这才对来客起了敬意。

因为玉花姊妹既然屡次结仇,势必目前就要赶来侵害。纪异先前的意思,因雪山相隔太远,无人能去,欲待势急往无名钓叟处求救,比较要近得多。后来心想:"雪山玄冰凹,四只大银燕俱曾去过,来往也就不过几个时辰。何不此时就命四燕前往,将毕、花二人请回?"当下他也没和乃祖明说,径自借故走向隔室,匆匆写了一个纸条,到院中用手一招,四燕便即飞落。纪异将纸条绑在大白爪上,悄声说道:"你们快往雪山,去把我两个姊姊接了回来。快去!"说罢,眼看四燕冲霄飞起,方行回屋。元儿爱他天真,彼此言谈甚为投契。

过了一阵,元儿忽然觉得心里有些烦恶,因为不甚厉害,并未向众人说起。约有半个时辰过去,方觉好些。过不多时,又犯,并且较前略微加重。一问南绮,也是如此。

纪光闻言惊问,二人说是尚能忍受。纪光又仔细看了二人的脉象道:"好一个狠毒的丫头,想是看出二位不是寻常之人,连她本命的恶蛊都施展出来了。幸而二位是仙人门下高徒,根基深厚,又服了灵丹,所以还不十分难耐;若换常人,早已腹痛欲裂了。就这样,她那蛊毒业已深入二位腹内,虽不一定便有大害,只是她那里行法一次,二位这里便要难受一回。如不向她降伏诚虔默视,除非到了天明,老朽取了后洞毒菌上的朝涎,制成新药与二位服下去,将毒化解,永无休歇,真乃可恶已极。"

元儿、南绮闻言,发了怒,每人各服了两粒丹药,又要寻上门去。纪光再三拦阻道："我起初以为二位服了丹药，其毒已解。现在一看，才知并未除根。她又是别有用意，成心使二位时发时止。那蛊毒与她心灵相通，二位这里能否忍受，她那里已知梗概。现在子时已过，如不驱遣恶蛊前来，必然另有阴谋。说不定又向她师父金蚕仙娘哭诉，这事就闹大了。好在这围着沙洲十丈方圆以内，早经我布下奇门遁法，事急之际，还可焚香求救。似这样以逸待劳，胜固可喜，败亦有救，岂不是好？即使真的要去，也等到了天明，我将新药制成，将二位所中蛊毒化尽，再去不迟。"元儿、南绮闻言，只得作罢。

纪异又将从墨蜂坪暗谷蜂巢之内得来的那口宝剑取出来，与二人观看。元儿拿在手里，方自赞赏，纪异忽想起近日忙着迎客，还忘了给银燕盐吃，匆匆和二人一说，捧了一大包盐粒便跑出去。元儿、南绮对于那些银燕，原本一见就爱，见纪异奔出，推开窗户一看，室外那些嘉木繁枝上面，满都是白羽仙禽栖止。纪异一出去，刚抓起一把雪白的盐粒往上一洒，那些千百成群的银燕声如笙簧，齐声鸣啸，纷纷飞了起来，就在空中盘旋啄食。落光之下，红星闪闪，银羽翻飞。树头碧荫，如绿波起状，分外显得夜色幽清，景物奇丽，令人目快心怡。

南绮正看得出神，不住口地夸好，忽听元儿道："南姊，你看那是什么？"这时云净天空，月轮高挂，光辉皎洁，照得对岸山石林木清澈如画。南绮顺元儿手指处往前一看，两道红线长约数尺，一前一后，像火蛇一般，正从山口那一面蜿蜒飞来，似要越湖而过，业已飞达湖面之上。料是玉花姊妹放出的恶蛊，便对元儿道："这定是苗女妖法，我们还不将她除了？"说罢，二人刚要动手，忽听身后纪光拦道："此乃玉花姊妹真灵，二位且慢。近沙洲处已下埋伏，她未必能到跟前，等到事真不济，动手不迟。且留着她与二位看个奇景。"二人依言，暂行住手。

自从这两道红线发现，千百银燕齐回树上，立时万噪俱息。纪异也被纪光唤进屋来，手握宝剑，准备迎敌。除了湖面上千顷碧波被山风吹动，闪起万片金鳞，微有汩汩之声外，四下里都是静荡荡的。眼看那两条红线飞近沙洲，约有十丈远近，先似被什么东西阻住，不得近前。一会儿又听发出两声极惨厉的叫声，在空中一阵急掣乱动。展眼工夫，由少而多，分化成了四五十条，俱是一般长短粗细，纷纷往沙洲这一面分头乱钻，只是钻不进来。那近沙洲的湖面上变幻了无数红影，其线上下飞舞，果然好看已极。

约有半盏茶时，纪光笑对元儿等三人道："我起初看她姊妹身世可怜，只

72

打算使其知难而退，她们却执意和我拼命。且容她入伏，取笑一回。"说罢，回手将架上一个满注清水的木盆微微转动了一下，取下了一根木针，转手又复插上。南绮这时才看出纪光竟会五行生克太虚遁法，无怪他适才夸口自负知道门户变动，知道恶蛊入伏无疑。忙回头一看，那数十条红线果又近前数丈，仍是飞舞盘旋，不得上岸。只不过这次与先前不同，仿佛暗中有了门户道路阻隔一般，不容混淆，只管在那里穿梭般循环交织，毫不休歇。过了一会儿，好似知道上当，发起急来，两种怪啸，一递一声，哀鸣了一阵。不知怎的一来，又由分而合，变为两条，益发窜逐不休。

大家正看得有趣，忽听身后一声炸响。纪光连忙回身，架上木盆正自晃动，盆沿一物裂断坠地，不由吓了一跳，忙即掐诀行法整理。这里一声响过，同时湖面上也轰的一声，一根水柱凭空涌起百十丈高下，立时狂风大作，骇浪横飞。就在这风起涛飞之中，那两条红线竟自冲破埋伏，往空中飞去。南绮知道有人破了埋伏，一个不好，还要伤及行法之人。不及追敌，连忙回身看时，纪光已将木盆上面放置的禁物摆好，然后一一取下，这才放了点心。再看元儿因见敌人逃走，业将剑光放出追去。谁知那红线来时不快，去时却速，只在空中略一掣动，便即隐去。元儿只得将剑光收回。

纪光出乎意外，变起仓促，虽然仗着传授高明，应变沉稳，对方当时尚无伤人之心，没有发生祸害，这一惊也是非同小可，口里只称："好险！"元儿尚不明就里，问道："恶蛊无非逃走，没有擒着罢了，何故如此胆小？"南绮笑道："你枉是朱真人门下，会说出这样话来。纪老先生所施埋伏乃是玄门秘传太虚遁法，与昔日诸葛孔明在鱼腹浦所设的八阵图虽是一般运用，却有不同。如遇见对方敌人道力太高，便能以子之矛，攻子之盾，使你身受其害。适才敌人已然走入休门，眼看成擒在即，忽然来了他一个厉害党羽。以那人的本领，尽可更进一步将我们的阵法全部破坏，那架上便即散裂，立时湖水倒灌，这座沙洲怕不崩塌淹没。他既与我们为敌，却只将入陷的人救走，并无过分举动，好生令人不解。"

说时，见纪光满脸焦急之状，正要取火焚香求救。南绮拦道："来人虽然厉害，不过略精旁门禁法，尚未与他交手。再者老先生禁法已撤，不怕反制，何必如此急急？少时她如来犯，我等抵御不住，求救不迟。"纪光明知破法之人，除玉花姊妹的师父天蚕仙娘外，没有别个。心中忧急，想将无名钓叟请来，好早为防备。闻言虽不知南绮、元儿二人深浅，但是不好不依，只得停手。说道："玉花姊妹的师父天蚕仙娘，号称苗疆蛊仙，厉害无比。人却极讲信义,曲直分明。"

好些时过去,东方有了鱼肚色,并无动静。纪异道:"外公,我看他们不敢来了。天已快亮,等我去往后岸洞内,将菌毒涎取来,和上药,与裴叔叔去了蛊毒吧。"纪光摇头道:"说她不来,却还未必。今年正月,还听无名钓叟说,天蚕仙娘近得妖书,本领迥非昔比,连他本人也未必是她对手。并说她虽是百蛊之王,与人为仇,从不暗中行事。多半避开正午,在黎明后和黄昏以前出现。适才破我奇门埋伏,不为已甚,也许因此之故。这时事难逆料,你且将菌涎取来,治了蛊毒,再打主意。"

纪异取了一个玉匙,提剑自去。一会儿工夫,取来菌涎。纪光先取出两丸丹药,请南绮、元儿二人服下。然后从药锅中取了些膏子,摊在布上,剪成四张圆的,请二人贴在前胸和尾脊之上。吩咐盘膝坐定,不要动转。这时二人刚觉腹痛、烦恶渐渐发作,比起先前还要厉害一些。及至贴了膏药以后,又觉心腹、脊骨等处麻痒,加以疼痛、烦恶交作,甚是难耐,便和纪光说了。

纪光道:"天蚕仙娘既是玉花姊妹恩师,又是她们的义母,如被她们请动前来,必用妖法加重恶蛊之力。幸是二位受有仙传,多服灵药;如换旁人,此时纵然苟延喘息,不久仍要腹裂而死。现在我的丹药之力俱以发动,务请忍耐片时,便可化毒除根了。"二人只得强忍。

约有半盏茶时,东方渐明,二人觉要方便。纪光大喜道:"恭喜二位,少时便可无恙了。但盼此时不要出事才好。"说罢,忙命纪异领了南绮,自己领了元儿,分别走向隔室,安置好了便盆,即行退出。元儿、南绮到了室中,才一蹲下,便觉两股奇热之气,分由腹、脊等处直灌下来,烧得生痛。顷刻之间,满盆俱是淤血,奇臭无比。解完起身,烦痛、麻痒若失。刚刚互相穿好出室,纪光祖孙已在外相候。

纪光刚说了句:"这就好了。"忽听一个极娇嫩柔脆的女子声音说道:"大胆老鬼,我儿与你两不相犯,你为何数次上门欺人? 她们寻你评理,全无恶意,竟敢使用妖法害她们性命。如非义儿通灵求救,岂不死在你手? 本当将你祖孙嚼成粉碎,因榴花儿要个丈夫,晓事的,快教那一双童男女到湖这边来见我,男的与榴花儿成亲,童女嫁给我一个仙童。不但饶你不死,你四人与我成了亲眷,都有好处。如待我亲自动手,悔之晚矣! 过一个时辰不过湖这边来,等我亲临,那时死无葬身之地,休怨我狠毒。"说时语声若近若远,又似说话的人就在室内一般。再往湖对岸一看,晨光朗润,林石如沐,全无敌踪。

元儿初生之犊，无所畏怯。纪异素不服低，听了虽有些惊异，并未放在心上。只纪光一人闻言大惊，二次又把向无名钓叟求救的信香拿起，往药灶中去点。南绮先只在旁冷笑，见纪光慌急神气，一手把香夺过，说道："老先生休得惊忧。我们起初中毒，只因不知就里。如今鬼蜮伎俩业已看破，这妖女仅会了一点千里传声之法，便来此卖弄吓人。你求的这位无名钓叟邱杨，虽未见过，他那故去的师父麻老僧，却曾听舜华家姊说起，尽管能在苗疆称雄，结果仍死在一个异派无名后辈手里，固然算是应劫兵解，也并无什么出奇之处。我如胜不得这妖女，你再求他不迟。如怕我抵敌不住妖女邪法恶蛊侵害，这里有一件法宝，乃是我长春仙府开山之宝，我将它施展开来，便有一团仙云将这沙洲罩住，休说妖女难以侵入，便是真正神仙，也未必能够冲破。"

说罢，从身取出一个薄如蝉翼、霞光灿烂的袋儿，交与元儿道："此宝你原懂得用法，你可守在这里，由我一人前去除那妖女。如听我传言报警，你速将此宝放起，再由主人焚香乞援。见我不是妖女对手，便用梯云链遁回。我真个事急，也另有脱身之法，无须顾虑。"元儿哪里肯依，便答道："我两人原是好歹都在一处，南姊去除妖女，怎留我一人在此？要去都去。"纪异以为说得有理，方在拍手称善，南绮已妙目含瞋，怒对元儿道："这不比我们诛蟒容易，你晓得什么，妖人口出狂言，所会邪法必然不少。我一人出战，还可随意施为，进退无碍；你不过凭着那两口仙剑，一个不巧打败，是顾你，还是顾我？况且你在这里紧握梯云链，我如遇险，还多上一条退路，岂不是好？"

元儿仍是不依，一再央求。南绮无法，只得接过法宝，对纪光道："妖人此时不再发话，必在对岸等那时辰到来，我们不降，再行下手，此时还可出其不意。只是令孙虽有一口仙剑，并不会用，不可让他同往。我二人去时，便将尊居封锁，放心勿虑。"说罢，略一准备应用法宝，嘱咐元儿紧随自己动手，多加小心。然后把梯云链交了一副与纪光，传了用法，以备退身之用。纪光情知事情太险，自然力禁纪异不许同行。

纪异好容易盼到能与敌人交手，一见祖父听南绮之言，再三严嘱不许前往，好生不乐。满想二人走后，再行溜出，踏波飞越对岸，赶去接应。谁知南绮到了室外，拉了元儿，刚驾遁光飞起空中，便有一片白云飞下，全沙洲都被遮没。几次偷偷向前跳入湖内，竟似被一种绝大的力量阻住，再也不能前进，连对岸景物都看不见，急得只是顿足。不提。

且说元儿随定南绮，飞身到了对岸一看，石润苔浓，林花肥艳，穿枝小鸟上下飞鸣。再加上云静风和，旷宇天开，近巘萦青，越显得晨光韶美，景色宜人。哪里寻得见敌人丝毫影子。便对南绮道："妖女口出狂言，怎的我们过来，她却躲了？"南绮算计敌人定在隔湖相候，此时不见，必有缘故。唯恐隐在一旁，中了她的暗算；又恐元儿口无遮拦，被敌人见笑轻视。一面暗中准备应变，一面忙使了个眼色，故使诈语道："你怎知她未来？我们既是和她为敌，前来驱除，她不到约定时辰，岂能出现？你道行浅薄，少说废话，看我少时捉她便了。"

元儿随着南绮四处乱看，仍是不见一些影踪，还想动问，南绮含瞋瞪了他一眼，才行止住。其实南绮心中也未免惊疑，暗忖："敌人定是隐身近侧，这般说法，为何不见应声出现？想用法术将她惊动，又恐万一真个不在近侧，反倒贻笑示弱。还是不去理她，且耐满一个时辰，再作计较。"

南绮想到这里，故示镇静，略一端详地势，打算寻一块适当的山石坐下等待。猛一眼看到身侧危崖上有一块奇石孤悬，上端平坦，日光照在上面，仿佛颜色略黄，与别处有异。心中一动，当时醒悟，深幸站立的地方和适才一番话尚无失检之处。已然发现敌人隐身之所，仍是故作不理，从从容容寻了一块相对山石，拉了元儿，并肩坐定。然后朝着对面冷笑了两声，说道："你的意思，既把这一个时辰以内留我们思量余地，虽然有些想昏了心，也足见盛情。况你远来是客，只得让你三分。那我也给你一点面子，等过了这一个时辰，再相见吧。"说罢，暗中戒备益严，准备敌人一现身，便给她一个辣手。

元儿见对面只是一片空地，并无一人，却未想到崖上。知道南绮法术高强，必有所见，屡受瞋视，不便再问。只得暗运玄功，把目光注定前面，准备挥剑杀敌。

时光易过，已是辰巳之交。时辰的期限将到，眼看敌人就要出现，事机紧急，南绮益发聚精会神，二目注定前面崖石之上，看那妖女天蚕仙娘怎生出现。说时迟，那时快，南绮正在注视之际，刚见崖石上面有两三个女子人影一晃，还未看清，忽听元儿大喝一声，接着便听一个女子轻喝："且慢动手，听我一言。"音声娇细，甚是悦耳。

南绮忙即回眸一看，面前不远站着一个女子，生得仙姿替月，粉靥羞花，目妙波澄，眉同黛远，一头秀发披拂两肩，纤腰约素，长身玉立，花冠云裳，金霞灿烂。前半衣服短及膝盖，露出雪也似白的双足，细腻柔嫩，粉光致致。后半烟笼雾约，宛若围着一层冰纨轻绡，越显得姿采明艳，容光照人。南绮生长仙乡,同道姊妹中尽多佳丽,竟不曾见过这等绝色,不禁吃了一惊。

元儿最先发现前面忽然来了一个女子,知是仇敌,忙将聚萤剑飞起。那女子只将长袖一舞,便有一团烟雾笼身。飞剑上前,只在四面飞舞疾转,攻不进去。那女子这才从从容容,娇声发话。元儿方要再使那口铸雪剑助战时,南绮见了这般景象,知道来人不是易与,忙喝:"元弟暂缓动手,且听她说些什么。"暗中留神观察。见那女子站在当地,欲前又却,微微升沉不定,仿佛提偶人似的,举动甚是轻飘。南绮猛想起崖石上面还有几个人出现,再定睛往上一看,崖石上正当中坐定一女,端容正坐。旁边侍立着两个女子,如双生姊妹,生得一般美秀。左侧一个,满脸俱是愁容。各持两柄长叉,身后还插有不少短叉,神态甚是恭谨。三女身后立着一个童儿,粉面朱唇,短衣赤足,生得娃娃也似。手中持着一根两头有刃、似棍非棍的兵器,身后高背着一个比他人还大的竹篓。时闻"唼唼"之声,篓缝中透出丝丝金光,映日生辉。四人形态甚是诡异,尤其那中坐一个,生相装束竟与面前答话的女子一般无二。南绮想了一想,不由恍然大悟,料是妖女用元神幻化惑人。恐元儿不察,吃了苦头,忙拉了元儿一把,暗嘱不可妄动。同时早把应用的法宝、飞剑准备停当。

只听那女子说道:"起初我听榴花说要嫁你,并说你还同有一个少女,像是你的妻子,但为老鬼破坏引走,求我做主。我本不愿管这闲事。一则因为纪家祖孙两次三番上门欺负我的女儿;二则榴花向我哭诉,非嫁你不可。

"在茶棚时,义儿已给你们下了蛊。后来你们逃至纪家,正在发作之际,却被纪光老鬼破了法术。他气愤不过,强拉了他姊姊玉花,亲自来和老鬼辩理。不想老鬼竟敢用道家奇门遁法,诱他姊妹入伏,不得脱身。不但未给我少留一点情面,还打算置诸死地。幸而我知道老鬼近年仗着无名钓叟之力,狐假虎威,专与我们为难,预先嘱咐义儿,到时不归,便发信求救。

"我做事素来公平,不问明是非,从不轻下毒手。否则适才我须以法制法,你等数人,早不死即伤了,岂能活到现在?我将她姊妹救出,问明情由,知非玉花姊妹之过。我先派我门下九蛊仙童,去寻那无名钓叟算账。然后亲来问罪,榴花又说你不要她,或许那少女是你妻子,故此不肯。要我施展法力,逼男的娶了榴花,女的不管是男的甚人,嫁给我义儿白云仙童。

"我只说你们只是个寻常人家子女,不过生得秀美些罢了。此时一见,才知榴花眼力不差,你二人果有些根器来历,与我义儿、义女为配,正好是天生两双佳偶。适才我因所限时辰未到,不曾现出法身。你二人所说言语和行径,分明不肯悔过降伏,意欲仗着萤火微光,与皓月争辉,岂非梦想?你看你放出来的飞剑,我还未行法,便不能沾我的身,还能胜得过我么?依我相劝,趁早跪下降伏,跟了我儿女回去成亲。由我过湖收拾老鬼。以后有无穷受用,还可长生不老。莫要将我招恼了,少时放出天蚕,将尔等嚼成粉碎,那就悔之无及了。"

那女子不但语言柔婉,声如莺簧,而且说话之际妙目流波,隐含荡意,不住朝元儿逞娇送媚。这原是一种极厉害的妖术,一个把握不住,元神便被摄去。幸而元儿凤根深厚,虽觉心情有一种说不出来的况味,尚能自持,并不为其所动。

那女子还要往下说时,南绮一面暗中准备那几样应用的法宝,等机缘一到,给她同时发动,好使她措手不及;一面留神观察,见前面妖女只管行使邪术,卖弄风情,口中刺刺不休,那危崖大石上的一个,却是瞑目端坐不动,看出面前女子是天蚕仙娘的元神。自己虽是头一次遇见这等妖术,却常听舜华等同道姊妹说起,无心中早间过抵御之法。

南绮正想等妖女把话说完,还问她几句,再出其不意,骤然下手。猛一眼看见那面前妖女忽然一个眼风朝自己抛将过来,顿觉心神一荡,不禁大惊。忙按定心神,侧面一看元儿,除脸上神色稍觉有异外,尚未为妖女邪媚所惑。

天蚕仙娘见邪法不能蛊惑这一对少年男女,心中也甚惊异,益发把很多淫情荡意做个不已。南绮渐觉心旌摇摇,有些难制。又见元儿先因自己喝止,虽未动手,却是跃跃欲试之态,这时面上神色也有些异样,恐再不动手,中了道儿。倏伸左手,朝元儿背上用力一拍,猛朝前大喝道:"大胆妖孽,我当你有什么话说,却原来想借此行使邪法害人。你也不想想,我二人俱是青城朱真人门下,岂能为你所惑?"说时,见那妖人丝毫不作理会,身摇处,身上衣服忽然缓缓褪了下来。南绮见势不佳,不等把话说完,右手一扬,先将飞剑连同七根火龙须朝前飞去。同时左手一拉元儿,喊声:"元弟,还不动手,等待何时!"紧跟着回手一拍,葫芦里所藏的太阳真火早化成十数丈红云,夹着无数火弹,疾如奔马飞出。那火却不去烧那妖女,竟朝危崖石上坐定的天蚕仙娘飞去。这一个两下齐攻,果然奏效。

那妖女先见剑光飞来,还恃着有妖法护身,没有在意。及见南绮发出七根火龙须,变成七道火光,火头如长蛇口中红信,吞吐闪烁不定,知是克星,妖法已然无效。刚刚破脸大骂:"不识抬举的孽障!"准备迎敌时,不料南绮法宝层出不穷，又放起一团火星红云，朝自己原身飞去。旁边虽有玉花、榴花、白云童子等三人，俱非烈火之敌，不由吓了个亡魂皆冒，暗悔自己不该小觑敌人，中了暗算。一个曼声长啸，便朝危崖上飞去。饶是逃跑得快，原身已被太阳神火中暗藏的火弹打中了两下。妖女一见情势不佳，玉花姊妹还在飞叉抵御，恐烧了白云童子竹篓内所藏的至宝，身一复体，忍着烧痛，娇喝一声："速退！"一道黄光闪过，空中金蛇乱窜，一行四人忽然不见。等到南绮、元儿法宝、飞剑、烈火、红云先后赶到，将危崖罩住时，天蚕仙娘等已然负伤逃走，无影无踪。

南绮收了法宝，见那石上遗下两个茶杯大小极薄的铜镜，并无光泽。试令元儿坐在当中，将两镜相对一照，身便隐去不见。知是妖女仗着隐身之物，收入法宝囊内。虽然侥幸获胜，自己还是发动迟了一些，未将妖女烧死，终留后患。方在悔恨，忽听银燕飞鸣与破空之声。抬头一看，大白等四只银燕，还有两道光华，正在沙洲之上盘空飞舞，因为下面有了云雾阻隔，不能飞下，知那两道光华是纪家的友人。妖女已去，无处追寻，便同元儿飞向沙洲，收了云幛。那两道光华也跟着飞落，现出一美一丑两个女子。方一及地，纪异已纵上前来，欢呼道："毕姊姊与花姊姊回来了。"又忙着问："裴叔叔可将天蚕仙娘和玉花姊妹等杀死？"元儿拉了他的手，刚在回答，纪光也赶了过来，忙着将双方引见，彼此各道倾慕，相见恨晚。

南绮看出妖女厉害，不比寻常，暂时获胜，乃是出于侥幸。况且她既以恶蛊著名，岂能一些没有施展，便即罢休？意欲仍将沙洲用法宝掩护，免得中她暗算。真真闻言，大不为然道："小小妖魔，有何伎俩？来便送死；不来我们还要寻上门去，除恶务尽。这等小心则甚？"

纪光祖孙素重二女，见她们回来，自然胆壮。南绮久闻岷山白犀潭韩仙子的威名，听说是她门下得意弟子，料必道法高强，也不便再说。大家欢叙了一阵，纪异见洞奴丁宁不曾带来，一问花奇，才知是留在雪山玄冰凹守洞。因毕真真这一拦，只是留神静待妖女二次来犯，并未有别的布置。

这时正值中午，纪光便去取了些冷饮食出来，与大家同享。南绮命将座席设在湖滨空旷之处，以便瞭望。大家言笑晏晏，约有两个时辰过去，已是未末申初，尚未见有动静，俱觉奇怪。元儿道："南姊太阳真火何等厉害。当初我为仙鹤愚弄，误飞到万花山，得罪南绮姊，舜华大姊如晚来片刻，我虽有那两口仙剑护身，尚且要化为灰烬。就那样，还仗着舜姊、南姊用许多仙露、灵丹相救，才得重生。现时想起，还在胆寒。何况那天蚕妖女只管用元神卖

79

弄妖法,原身端坐石上,丝毫没有防备,只一受伤,哪里禁受得了?我眼看她中了一火弹,才行遁去,这一下纵不烧死,也带了重伤。就要复仇,也必等痊愈之后才来,哪有这等快法?"

南绮道:"可惜母亲留给我那太阳真火葫芦,已在恶鬼峡烧死妖妇胡三娥时,被我无心中勾动地火失去,想已炸成灰烟。这葫芦中的太阳真火,乃是当初随侍母亲在长春仙府中,见母亲收炼太阳真火时,偶然见猎心喜,舜姊照母亲所行之法,也收炼了一葫芦送给我,并传了收用之法。原是拿来好玩的,不但功效火力俱没有母亲给我的神妙,而且用一次便要消耗一些,不能全数收回。因你屡向我说此火厉害,看出有些心喜,这次一同下山,想得便传给你,以备万一分开时,你也拿着它去应用,这葫芦比失去的一个又小得多,便随手放在囊内,一直也没有闲工夫来传授。今天见那妖女鬼鬼祟祟,想起这类妖物必定怕火,又恐被她警觉,乘她向我们捣鬼之际,我早暗中准备好了几件法宝,出其不意,给她来一个两下夹攻。如真换了那失去的太阳真火,只一罩住,她师徒不消多时,全成了灰烬,还能任她受了伤从容逃去么?我这火虽然也能将妖邪烧死,但是她只中了一火弹,如有灵效的丹药,痊愈甚快。久候不来,来必不善,不要小看了她。"

元儿笑道:"我先见你发出烈火,还以为这个葫芦和那失去的一个是一样功用呢。怪不得这个火发出去。只是一片红云夹着无数火弹,不似那一个有各色彩丝与晶明透亮的彩弹呢。"

花奇生性好奇,听二人对谈,料南绮、元儿身藏法宝必多,便要请看。南绮因真真、花奇是韩仙子门徒,哪肯人前卖弄,只以谦辞婉谢。元儿因花奇虽丑,人却和易,还不怎样;真真言语动作皆有自高自恃之概,心中有些不服,巴不得南绮取出炫耀,也帮着劝说怂恿。南绮仍是执意不肯。元儿见她已然面带娇嗔,只好作罢。

似这样闲谈,又过有半个时辰,大家谈得正在兴头上,忽听一个女子声音说道:"大胆贱婢,竟敢用魔火暗伤你仙娘。我此时已将无名老鬼困住,本当此时便来取尔等的狗命,只因我的儿女们再三哀求,给你们留点活路。我现在已返仙山,特用千里传音之法先行传谕,少时便施仙法警告你们。如若知道厉害,只须在湖边立一长竿,上面挂上一面白的麻布,再画上一个八卦,我遣出来的蚕神自会回去。然后你二人再行过湖,跪在适才我坐的大石之下,我便饶你二人不死。到了子时,自有人来将你二人带回仙山,与我儿女成亲。老鬼祖孙二人乃起祸根苗,本难宽容,也可免其一死。否则我定驱遣蚕神,大展仙法,将你家所有的人都化为肉泥。你们不要以为先前侥幸,心中自恃,须知我乃苗疆蚕神之祖,要放明白些。"说罢,声响寂然,只是口音没有头一次来得娇婉好听。

真真笑道:"这便是那天蚕仙娘么? 好一个不识羞的贱婢,明明人在对岸,捣的是什么鬼? 你们看我去擒了她来。"说罢,一道光华闪过,往对岸飞去。南绮方要答言,真真已然起身。

南绮便笑向众人道:"你们可听出这声音与先前妖女不一样么?"除花奇未听过外,其余三人俱道不一样。南绮笑道:"我看这声音决非本人,许就是她旁边站的那两个小妖女装的。她如此假作,总有缘故。毕姊姊说她人在对岸,一点也不差。我们且等她擒来之后,问明再说。"花奇、纪异深知真真习性,只一说独自上前,不愿人帮。又看出南绮嘴里谦逊,脸上颇有怀疑之态,成心要看看真真那本领。所以俱未跟去。

大家目光都注定对岸,以观动静。只见那道光华围着那一片山石电闪星驰,盘飞不歇,始终也未见有敌人踪迹。南绮方在腹笑,忽听对岸真真一声娇叱,接着便见那道光华带着一条黑影,飞将回来。南绮才有些佩服,刚说了句:"毕姊姊已将妖女擒来了。"一言甫毕,光华敛处,扑的一声,黑影掷落地上。真真现身说道:"这等小妖魔,也配称为蚕神鼻祖。"要知后事如何,且看下回分解。

第二十回

柔情似水　苗女传音
邪火弥空　仙娘失计

话说众人定睛一看，一个浑身黑衣裳的赤足女子，生得容颜美秀，体格苗条。横卧在地面上婉转呻吟，花憔人弱，越显可怜。只管睁着那一双剪水双瞳，望着元儿，大有乞哀之容。南绮气不过，上去踢了她一脚。那女子哪经得起这一下，只疼得玉容无色，清泪珠垂，不禁哀啼起来，声音甚是娇嫩，直觉巫峡猿啼无比凄楚，越发动人怜惜。休说纪光，连真真都动了恻隐之心，不忍心当时将她处死。纪光见南绮兀自玉颊红生，凤目含怒，深知苗疆习俗，恐将此女杀死，事情闹大，自己不能在此立足不要紧，爱女回生，必受影响。忙抢上去，拦在那女子前头说道："诸位不要动怒。这便是聂家的榴花姑娘，诸位仙姑法力无边，也不怕她逃走，且容她起身，问明来意，再行处置如何？"

说罢，南绮尚未答言，榴花忽然戟指怒骂道："都是你这老鬼屡次坏人好事。我姊姊玉花，为了那薄情郎，如今已是常年悲苦，生趣毫无。如今又坏了我的事。当我约了玉花姊姊寻你评理时，你如不将我姊妹久困不放，略开一条路，我师父近两年正在修炼天蚕，不能分身，我姊妹因自己给她丢丑，也无颜前去求诉，纵然与你不共戴天，也莫奈你何。偏你得了便宜，还要赶尽杀绝，想置我姊妹于死。

"幸得三妹义儿刺血焚香求救，恰巧正是师父天蚕成道之日，得信即来，将我姊妹救出。本不能轻饶你的，经我再三苦求，才行应允先礼后兵。用两面灵铜隐住法身，试试你们的目力，及见他二人过湖，先时并未看出，后来也只是心中揣测，故意装模作样。

"其实灵铜折光，乃是苗疆天生异宝。只须在天光之下，用两片斜对，便能将身隐去，并非法术。因他二人所指之处不对，引起我们轻敌之心，这才中了暗算。我师娘自成道以来，从未受过挫折。虽然中了一火弹，她有灵药万全回生散,一擦便愈,并无妨害。不过恐我义弟受伤,还有一件事儿未了,只得暂行回山。我知此仇一结,你们万无幸免之理,必在今晚子时放出天蚕,将你们嚼成粉碎。那天蚕数有万千,只要蚕娘不死,水火兵刃俱难伤它。即使燃化成灰,也能复体还原,由大而小,化身千万。唯有我们自己人略知避免之法。"

说着,她又指着元儿道:"我因贪恋着与他成为夫妇,二次赶到这里,见你们人多,不敢过来,才在对岸用灵铜隐了身形,假装我师父口气,劝你们投顺,引他二人逃走,再给老鬼祖孙二人也留一条活路。我想他二人纵无知逞强,老鬼在此多年,我师父的法力威名,不会不晓得。谁想我法力稍差,那千里传音之法不能及远,又忘了口音与师娘不似,被你们识破。一则逃避就要现出身形,容易被来人追上;二则痴心,不舍就走。正在打算想用什么言语对付,便被来人擒捉。这也是我的劫数,我落你们手内,也不想活。我死之后,你们所受报应定比我还惨十倍。他如能和我稍微亲热亲热,你们虽死,仍能救他一人活命。而且如得应允,我死也甘心。"说罢,泪如泉涌,哀泣不止。

南绮见她连诉带哭,好似受了多少委屈冤枉。再衬着那样美妙娇柔的容貌身体,直似一枝带雨梨花。暗忖:"这苗女虽然无耻,竟会这等情痴,叫人看了,又怜又恨。"

南绮正看着元儿怎么答话,真真早喝道:"几曾见过你这等不知羞耻的贱婢?偏不能顺你心意。此时杀你,反道我倚强欺弱。你不是说那师娘厉害,今晚子时要来吗?且容你再活半日,等我今晚擒到天蚕仙娘师徒,再行一并处死你便了。"

纪光本恐众人将榴花杀死,事情闹大,益发不可收拾,闻言才略放了点心。暗忖:"这几个少年男女虽都是仙人门下,毕竟仍有些气盛。听榴花之言,天蚕仙娘今晚必定大举来犯,万一有个闪失,那还了得?"想了想,事在紧急,从权为是。一面用眼色授意纪异不可多嘴;一面暗将那块信香取在手里,抽空趱向后屋,放在檀香炉内。少时无名钓叟前来,众人若问,只好撒个谎,说是在众人未回以前点的。等到点燃出来,真真已然有了觉察,便问道:"老先生焚香求救么?听适才贱婢之言,只恐无名钓叟也未必能分身来此呢。"

纪光闻言,脸上一红,还未及回话,忽听榴花狂呼道:"我已被恶人捉住,你千万来不得。我也不愿活了,你快去求仙娘给我报仇。你怎么还不听我的话呀,你千万来不得呀。"说罢,她又朝着真真哭求道:"我姊姊玉花自从那瞿商被老鬼引走,坏了婚姻,终年以泪洗面,苦已受尽。她本来不见生人,不问世事,这次都是我连累了她,早晨差点被火烧死。后来逃了回去,说天下男子十九薄情寡义,既不相爱,何苦勉强学她的样,自寻苦恼?再三劝我死了这条心,不可前来涉险。是我不听,自取其辱。她现在知我被困,要赶来替我一死,如今人在路上,已快来到。她本领虽比我大,也不是你们的对手。她今此来原无恶意,无奈你们都是心辣手狠,无情无义,她来正好送死。我连用传音之法,拦她不住。我死不足惜,只不愿无故又害了她。我也不稀罕你们放我,只求你们快快下手将我杀死,断了我姊姊舍身相代的念头。我就做鬼,也得闭眼。"说时急泪交流,恨不能当时寻一自尽才称心意,偏是身子受了真真的法术禁制,动转不得。

待不一会儿,果见对湖岸山道中,飞也似跑来一个苗女。到了湖边,高喊了一声:"妹娃子,莫伤心,姊姊替你来了。"说罢,一条红线隔湖飞来。到了众人面前落下,现出身形,正是玉花。仍和先前南绮所见的装束一般,只没带着兵器。一见榴花被法术禁倒在地,神情狼狈已极,忍不住一阵心酸,飞扑上去,抱头痛哭道:"妹娃子,我娘死时再三嘱咐我,说你人好,容易受骗,叫我好生照看着你。你如死去,我怎对得住娘呢,汉人多没天良,我自那姓瞿的被老鬼引去,活着也无甚意味。不如由我和他们商量,替你一死,我姊妹两个都好。你如执意不肯,那我只得陪你同死了。"榴花闻言,又哀声哭劝玉花。两人只管哭诉不休,也忘了身当险地,仇敌在侧。

众人俱不料苗女竟有如此至性,见她们这等同胞情深,骨肉义重,不由动容,起了怜悯之心。正不知如何发付才妥,猛见真真倏地秀眉一耸,怒叱道:"两个丫头既然甘为情死,用不着你推我让。待我来打发你们一同上枉死城去。"说罢,手指处,一道剑光直往二女头上飞到。榴花原是躺在地上,不能站立。见敌人翻脸,径下毒手,便高声大叫道:"要杀杀我,放我姊姊回去,等她取了法宝兵器前来。"言还未了,玉花一见飞剑临头,只喊得一声:"饶我妹子。"早纵身迎上前去,面无惧色,大有视死如归之概。

这里元儿、南绮见真真忽然飞剑出手,俱觉心中不忍。猛又听一声:"姊姊且慢。"一道寒光带起一条人影,直向真真的飞剑迎去,一看那人正是纪异。这一来把两人提醒,元儿首先飞剑上前,南绮也跟着飞剑出去拦截。只花奇一人在旁憨笑道:"今日两个丫头得活命了。"声甫歇,真真剑光已自撤回,指着玉花姊妹说道:"看你二人虽然无耻,却也有几分义气。我今放你二人回去,叫那天蚕妖女速来纳命。如果过了今晚天明不敢前来,明早我便寻上门去。"

玉花惊魂乍定,看出禁法已撤,忙扶榴花起立。当时并不逃走,略微定了定神,慷慨说道:"我死活本没放在心上,你休以此吓我。只是你放了我妹子,有些感激罢了。我们虽是苗人,最重信义,尤其是恩怨二字看得分明。我们不过情爱比你们汉人专一,怎叫没有羞耻?我此来本打的是毁身报仇主意,满想拿话激你们,将我妹子放脱了身。等你们一杀我,便中了我的道儿。

"实不瞒你说,我家中已设下蛊坛,由我刺了心血,喂了蛊神,交三妹义儿代为主持。我自己带了一身恶蛊前来,早在过湖之际下在水里,不消多时,这沙洲上便到处密布。我只一死,义儿那里便即知晓,蛊神立时发动。这蛊不比平日误服之蛊,一经发动,如影随形,并且不易被人发觉。此乃我仙娘秘传最恶毒的大法,专在人睡眠、入定和不知不觉之际乘隙而动。只要被它钻入骨髓,便是神仙也难得救。我这人此时生趣已绝,原不愿活,怎奈死后妹子不肯独生,只得陪她受些年罪。

"偏偏我们已落你手,又肯轻放,总算于我姊妹有恩,怎能再下此毒手?再者你们俱会法术,我如不死,少时蛊一现形,易为你们觉察,未必能伤着你们。不如仍由我收了去,以报不杀之恩,也省却你们许多手脚。至于传话给仙娘一层,一则她今晚子时前后必来报仇无疑,无须前去招呼;二则到此为救妹子;再则又是行那毁身报仇之计,尚还有话可说。说我妹子只是一念情痴,背了她来约你们逃避,又为你们所擒,更丢了她的颜面,已然犯了百死难赎之罪。怎敢再去相见?我姊妹一回去便须设法避祸,连夜逃出千三百里外,觅地潜伏,方能活命了。"

说时,那榴花只管拉着她的手臂,依依哀哭,一言不发。一双泪眼不住向元儿瞟去,好似情热犹炽。众人只顾听玉花说话,元儿倒被她看得不好意思起来,又不便喝破,只得拉了纪异,假装取物,走向室内。

真真却把双目注定玉花,不住冷笑。等她把话说完,正要禹步行法,将所放恶蛊收走之际,猛喝道:"且慢动手。你以为你那恶蛊厉害么?你先站过一旁,我让它先现出形来你看。"玉花闻言,便停了手,面现惊疑之容。

真真便请众人稍微退后,说道:"昔日随侍家师,曾说生平各异派中能人俱都会过,只未和养蛊的人打过交道。我一时无心中问起恶蛊怎样制法,家师便教我炼了几样法宝,一直未曾用过。今趁妖女未来以前,且拿它试手,看看有效与否。"说罢，便从囊中抓了一把似针非针之物往前掷去，手扬处便有千万道银雨直射湖中。那湖水先似开了锅一般飞珠溶沫，波涛飞涌。

正在这时，耳边似听玉花失惊，噫了一声。纪异被元儿拉进室去，纪光、花奇俱都面向湖中，不曾在意。只南绮心细，时刻注意玉花举动，见银光飞去湖中波涛飞涌之际，玉花伸手入怀摸索了一下，又用拇指和中指弹向空中。虽不见有什么东西，知是弄鬼无疑。因真真辞色甚是自满，只得静以观变，并未给她叫破。

约有半刻工夫，真真忽大喝一声，将手一招。湖中浪花开处，千万丝银光忽又贴波飞起。每一根银丝上，大都钩着一条赤红晶亮，似蚕非蚕，细才如指，长有三尺的恶虫，朝岸前直驶过来。下映湖波，幻成一片异彩。真真回头向玉花道："我知此蛊与你生命关联，要死要活，快快说来。"说时心中得意，以为玉花必要哀声求告。谁知玉花答道："此蛊均系化身，死活随你的便。我的本命元神已在你行法时遁走，你虽有法力，也未必能擒得它住。只是我仙娘已派人出来寻我，恐半途撞见不便，尚未离开这里罢了。"

真真见她神色自如，料是所言不差，方才惊愧。玉花忽然狂叫一声，口吐鲜血，晕倒在地。榴花忙伏身看了一看，大哭道："你们既然放我姊妹，如何又下此毒手，用法宝把她元神禁住？索性连我杀死，也倒痛快。"说罢，抱着玉花尸身痛哭起来，真真好生不解，喝问道："我既允放你们，岂能失信？她不是说元神已然遁走了么？怎的又会如此？"榴花哭诉道："你们害了人，还要装模作样么？她因见你们用法宝去拘金蚕，恐遭毒手，元神本已遁走。不知哪个用甚法儿，又将她元神捉了来。此时如能饶她，放了还好，再过一个时辰，便七窍流血而死了。"说时，哭得甚是凄惨。

纪光忙问众人可有什么作为，俱答无有，好生惊讶，方疑是无名钓叟暗中前来将她元神收禁。榴花猛一眼看见元儿、纪异自室中走出，手里持着一个网兜，里面隐隐放光，狂喊一声："你这狠心肠的小鬼，连我也一起杀死了吧。"一面哭说，忽然从地上纵起身来，朝元儿飞扑过去。南绮见她拼命，恐有差池，一纵遁光，追上去拦在前头，迎个正着。喝一声："休得无礼！"手起一掌，便将榴花打倒在地。榴花还要挣扎上前时，真真已赶过去，一把将她拦住。榴花哪里敌得过真真的神力，急得双足乱蹦，哭喊道："你们还赖，你看我姊姊的元神不是在小鬼的网里面么？"

这时南绮方才看清元儿手中所持，乃是那面千年金蛛丝结成的网兜，内中网着一条金红色似蚕非蚕的长虫，便问元儿是哪里网来的？元儿道："我两人去到室中闲谈，纪弟见我们行装上插着这个网兜，无意之间取将下来，问有何用。我便对他说起遇见长人兄妹，怪蟒报仇，吐丹敌剑，全仗此网获胜之事。话还没有说完，纪弟拿着它一舞，忽见金红光华一亮，便网住这么一条怪虫。适才我看那苗女说湖中下蛊，少时上岸，到处密布，便猜是那话儿。刚接过来看了看，闻得外面苗女哭声，正出来想问个明白，给你们看呢。"众人方才恍然大悟。

真真笑道："难怪榴花说我背信食言，杀她姊姊。原来是她自投罗网，这也怪人不得。此网非丝非麻，如此厉害，想是多年蛛精吐丝所结的了。"南绮道："妹子也不知它的来历用处，只在得它之时，曾听一异派中人说此网乃千年金蛛之丝结成。有一次我和元弟遇一怪蟒，口喷丹元，我二人法宝飞剑俱难伤它，多亏此网网去它的丹元，才行伏诛，想必有些用处。"真真道："这两个苗女倒也同胞情长。但是此网并无收口，为何玉花元神一进去，便难逃出，二位道友可有甚解法么？"南绮道："此网粘腻坚韧，飞剑难断。遥网空中飞鸟，无论多高，百不失一。也用不着什么收放之法，每次网到禽鸟，只须里面倒转，便可脱落。且看此女命运如何。"说罢，从元儿手中要过网兜，翻过来，一口真气喷去，那网便倒了过来，那蚕已是奄奄一息，兀自粘在网上，半晌方行缓缓脱落，蟠伏在地。

榴花忙跑过去，口里也不知念甚咒语，又不住连连嘘气。又过有半盏茶时，那蚕才一闪一闪地放着光华，蠕蠕蠢动，往玉花身旁爬行过去。榴花忙又跑向玉花身旁，解开她的衣服，露出欺霜赛雪、嫩生生的酥胸，口里念咒愈急。不消片刻，那蚕爬上身去，蟠在玉肌上面，将头昂起，便有七根细如游丝的红线喷将出来，射入玉花七窍之中。榴花方住口，转悲为喜，伏在玉花耳边喊了两声姊姊。又从怀中取了一块丹药，塞入口内，接着便听玉花声呻吟了两声，拉着榴花的手，怯生生坐将起来。

玉花一睁眼，看见那条本命蚕，刚失惊噫了一声，榴花偷眼看着纪光，忙用苗语咭咭呱呱说了几句。纪光听出是那蚕已受了重伤，须借人精血培养，在腹中修养数日，方能复原。这种修炼成形的恶蛊，最耗损人的精血，轻易也不放入腹内。玉花因是死里逃生，榴花怕她难以禁受，意欲代她吞入腹内。

正说之间，玉花更不答话，猛将樱桃小口一张，那蚕身子忽然暴缩，好似长蛇入洞一般，嗖的一声，径往玉花口中钻去。榴花哭道："姊姊你这样，师父定在路上，我们怎逃得脱呢？就逃出去还不是死么？我真害了你了。"说罢,又痛哭起来。

玉花虽然醒转,神气甚是委顿。见榴花悲哭,便也流泪说道:"妹儿你莫哭,这都是我两姊妹命苦,才都摊上这等事,说做甚子? 我们伎俩已穷,即承人家不杀之恩,总算暂时捡回了两条命。这里不是久待之所,丑媳妇难免不见公婆,这一耽搁,哪里还能逃得脱? 师娘想必还能恕我,且等见了面,我再代你苦苦求她,饶你一条活命吧。"

榴花哭道:"你难道不知师娘平日的心有多狠么? 一个说不好,连你也是难免一死。死倒不怕,要被她拿去祭了天蚕,休说永世不得超生,那么久的苦痛怎能忍受? 依我之见,还不如求那薄情小鬼,将我两姊妹用剑杀死,还少受许多罪呢。"

玉花略一沉吟道:"我两人虽然九死一生,难得幸免。三妹义儿如在此时逃走,还来得及。幸而我来时,指给她好几条路,叫她见机行事。最末一条路,便是如果我过时不回,堂前神灯不灭,便是敌人畏惧师娘,听了我们的话,相约同逃。只一听见我假装命她通灵求救的传音信号,即时收了法坛,带了我二人的神座,速往东北连夜遁走,投奔瞎婆婆那里,安身躲避,我们随后自会寻去。师娘即使听见我们传音,必要等义儿通灵告禀,万不料是缓兵之计,我们正可借此逃走。这原是行时偶然动念,明知决无这等便宜的事,不过稍作万一打算,不料居然用上。我两人命运难测,义儿当可活命。如今时机紧迫,且等我将她引走,保全一个是一个,再打主意。省得过湖一个不巧,遇上同门姊妹兄弟们,再想支她走,就来不及了。"说罢,披散秀发,两手撑地,倒立急转,口中喃喃不绝。

约有片刻工夫,忽然将嘴贴地咕咕呱呱几声,然后与榴花一同向地下偏头贴耳静听。又过有一顿饭光景,方行起来,互相低语了几句,愁眉泪眼地走向真真面前。方要张口道别,真真已抢口说道:"你两个想走哪里去? 过湖不远便是个死。你看你们的来路上,那是什么?"

玉花姊妹起初急于行法传音,使义儿遁走,等到用地听法一听,义儿已在如言办理。她们不知义儿另有能人解救,听时适逢其会,还以为义儿机警,动作神速。直听到她收法从容遁去,才放了点心。打算匆匆向真真等告别,过湖冒死逃命,没有注意到别处。闻言才往来路上定睛一看,入湖的那一座峡谷,连同其他两面,都远远有金星飞舞。知天蚕仙娘已然下了辣手,行使最恶毒的法术,刚好将这湖洲三面出路全都封锁。非是怨恨到了极点,不会这等施为。想起前年亲见恶蛊嚼吃生人惨毒之状,不由吓了个心胆皆裂，一同"哎"了一声，半晌说不出话来。隔了一会儿，玉花微一定神，眼含痛泪，抱着榴花说道："看神气，师娘已然怒发难解，我等生望已绝。好在法坛已撤，我们虽死，不会害人。且待我嘱咐他们几句，依你所说，一同死了倒也安心。"

众人先见她二人抱头痛哭，相依为命的苦态，早就动了怜悯。只因真真在前，又知事情须得由她发落，方免后患，不便开口。及见真真颇有相救之意，自是赞同。尤其南绮童心犹盛，先因榴花不顾羞耻，执意要嫁元儿，本甚厌恶；后见她姊妹同命惨状，渐渐转憎为爱。一听她们要寻自尽，忙拦道："你们不要惊慌寻死，这位毕仙姑的道法高深，必能救你二人活命。"真真也接口道："你二人一念情痴，却也可怜，我做好人做到底。你们过湖固然难于幸免，如若在此暂避，还怕怎的？休看天蚕妖女厉害，也未必能是我们对手；即使万一我们敌她不过，也带了你二人同走，如何？"

榴花闻言，自是惊喜交集。玉花却慨然道："我本不愿求活，实因我妹子惨死，无以对我死去的亲娘，不得不苟延残息。起初元神不伤，尚可逃走，此时过湖不远，定遭罗网。适才看出诸位仙姑法力，就以擒我元神的宝网来说，天娘虽然厉害，已难近身。明知只有留此不去，或能保全性命。但是以敌为友，从无此理，怎能启齿？这一来方看出你们汉人到底量大。

"我师娘平日为恶多端，我们每隔三年，便要与她献上一对童男女。先还不曾在意，自从前年亲见她用人喂蛊嚼啃惨状，已是惊心动魄。她还嫌我姊妹所养之蛊没有吸过童身之血，不如我们义弟厉害，将来遇见能手，必为门户之羞，屡次催我们害人，实非所愿。加以年贡繁苛，力又不足，既在门下，除死方休，无法摆脱。稍有违犯，便有粉身碎骨之祸，终日愁虑，莫可如何。此番蒙诸位仙姑相救，固是感激。幸得活命，情愿拜在仙姑门下，改邪归正，不知可能允否？"说着，早拉了榴花一同跪下，拜谢不已。

真真忙拉起道："只要你二人能改邪归正，不患不得善果。我们自己功行未完，怎能收徒？且等事完之后，遇机给你们引进便了。这半日工夫，你们已饱经忧患险难。桌上现有酒食，可随便饮用一些，到室中歇息歇息，再来相助我们除害吧。"玉花道："仙姑赐我们饮食，自然拜领。如与师娘为敌，休说不是对手，即便知道一些破解之法，她虽为恶，既是我姊妹义母，又是师父，宁死也难奉告，望仙姑宽恕才好。"真真道："这也难怪，随你们自便吧。"

玉花姊妹一些也不作客套，就桌上设的酒食用了些。便请纪光指一僻静所在，暂作隐身之用。众人俱不知何意，见隔岸金星飞舞，犹如繁星，渐飞渐近,相隔至多不过一二十里。算计强敌将临,一心观变,准备迎战,也未管她们,径由纪光领她们去了。

一会儿,纪光回来,说玉花姊妹神情很是害怕,连引她们走遍各室,都说不能作藏身之用。可是每去一间,必从身上抓一把洒向室内,只看不出是什么东西。若问她们,便满面惊慌,哀求勿问。自己虽然久居苗疆多年,颇知巫蛊之事,也不知是何用意。最后把她们引到那昔日藏纪异胞衣,曾被毒蛇盘踞,现已长满毒菌,潮湿黑暗,叫人无法存身的岩洞以内,才面有欢容,不住称谢地躲了进去。因她们举动诡异,不知她们居心好坏,意欲请大家去往各室查看有无奸谋。

真真笑道:"这两个丫头不但处境可怜,神态也甚光明。她们此时不过畏那妖女过甚,避祸心切,恐毒蛊厉害,我们防御不了,故布疑阵,以为免害之计,决无暗算之心,无须多虑。倒是她们已知我们能力,还要如此惊慌,其中必有缘故。她们尚念着母师之情,不肯泄露机密。闻得凡能通风之处,恶蛊便可侵入,无声无形,常人遇上,非到受了害才行知觉。尤以她本门中人心神相通,受害更甚。妖女到来,我们固然无妨,万一她姊妹二人已投在我们护翼之下,仍是受了侵害,不特这口气不出,岂不叫人笑话?"

南绮闻言,本想将那彩云仙幛放出,去将玉花姊妹存身的岩洞护住。因真真言语动作俱是独断独行,一点也不客气,安心要看看她的本领如何,只留神保住元儿一人,自问绰有余裕,懒得再管闲事,话到口边,又复忍住。

花奇也是早料出妖女来者不善,善者不来。真真道力高强,法宝厉害,素所深知。南绮、元儿既和妖女会过,也能应付。但是这里还有纪光、纪异祖孙,到底比平常人强不了许多,小有妨害,便首当其冲。纪异是骨肉之亲,平时情感极厚,比起寻常姊弟要胜得多。既然护他,势不能不管纪光。于是便打算动手之时,由真真、南绮、元儿三人前去应敌,自己保护纪光祖孙。她却未料到南绮存有私心,不到真正有了败意之时,决不认真上前。

以真真、南绮等四人的能力,合敌妖女本占上风,只缘真真遇事骄敌,目中无人,把四人分成三起,结果虽然获胜,可是出了好些乱子。如非吕灵姑和女昆仑石玉珠赶来解围,纪异必身受重伤,玉花姊妹几乎身遭惨死。真真闹了个没脸,看出南绮先时有些袖手旁观,直到恶蛊伤人,方才出力,分明要看自己的笑话。因此衔恨南绮切骨,成了不解之仇,终于误人误己,坠入情网,阻滞正果,皆缘当时一念之差,悔已无及了。

这里人各一心,玉花姊妹却在后岩洞中战战兢兢地受活罪,俱都放过一旁。且说真真因自从下山以来，除了犯规受禁外，仗着自己苦心修为和乃师韩仙子所赐法宝、飞剑，一直快心善恶，为所欲为，轻易不曾遇见对手。随师学道之时，偏又在无心中问起各种恶蛊，学了专门克制的法术、法宝，以前就想拿玉花姊妹试手，为纪光所力阻，这一来正可人前施为，智珠在握，可操必胜之券，不觉目中无人。眼看对岸恶蛊如繁星飞舞，万萤起落，仍是谈笑从容。满拟以逸待劳，恶蛊飞来时，一举手间便成齑粉。真真适才虽因玉花姊妹是妖女门下，难免心神相应，略有顾虑，也只口边一说，通没放在心上。

时光易过，不觉交了子时，对岸恶蛊放出来的星光越来越近。仿佛已离湖边不远。元儿早恨不得早些过湖迎敌，俱被南绮以目制止。这时再也忍耐不住，然道："妖人要来又不来，只管在我们面前闹鬼。今天早上也是坐在那里，装模作样，吃南姊一团火便即烧跑，有甚了不得的本领？似这样等到几时？难道要等她寻上门来才动手么？"真真笑道："你哪里知道，这蛊火妖光乃是幻影，看去虽近，相隔却远，因现时月被云遮，光更明显，格外觉得近些。其实她不过是在那里想下辣手的布置，准备大举而来，人还没有动身呢。这等虚张声势，适足示弱。家师曾命我姊妹二人脱困以后多建外功，以赎前愆。这金蚕恶蛊横行苗疆，为祸无穷。当初绿袍老祖所炼最为厉害，第一次被极乐真人李静虚在成都碧筠庵大施仙法，诛戮殆尽。第二次他又就当年遗留的一些蚕母重新祭炼，又经三仙二老和峨眉门下几个有名的后辈一同下手，火炼妖幡，才行消灭。闻得当时已然绝种，不知怎的又会在此出现。听家师所说，证以今日所见，这里恶蛊尚非绿袍老妖之比。定是种子不同，功候也必然未到。如不将它除尽，他日又是贻祸无穷。所以非等它全数飞临湖边，才能一网打尽。"

元儿自问目力迥异寻常，恶蛊妖光虽然时近时远，分明近在对湖岸边，真真却说是相隔甚远。正自心疑，猛听一个幼童的声音接口道："丫头少说大话，看我亲娘一会儿就来取你们的狗命！"言还未了，真真知道自己疏忽，敌人业已深入，尚未觉察，不由又惊又怒。早把左手一扬，一团清光皎同明月，疾同电闪，立时飞起，照得沙滩上人物林石清澈如画。接着右手中又是一条梭形的碧光，朝那发声之处打去。众人顺那发声之处一看，一个粉妆玉琢的小孩手持长叉，正从室中飞出。想是隐身而来，被真真光华一照，现了身形。南绮、元儿认得是早晨站在天蚕仙娘身后的幼童。真真碧光将要飞到他身前，忽听"哇"的一声长啸，响震林木，一团金光爆散开来，转瞬消灭，幼童业已不知去向。

真真见幼童漏网，未免羞惭，正待飞身追去，忽听纪异喊道："毕姊姊，你看那是什么东西？"这时对岸繁星业已全数隐去，天上阴云密布，星月之光全被遮去，四外黑沉沉的，只有湖面上的一片水光在暗影中闪动。仗着众人慧目能以及远，还看得出远近景物。如换常人，十步以外便难见物。众人顺着纪异手指处一看，来路谷口上飞来了一样东西，似蛇非蛇，长有丈许，周身通红，光焰闪闪，正凌空蜿蜒而来，只是飞得甚为迟缓。花奇道："这般蠢物也来现眼，待我给它一剑。"真真毕竟道力较高，忙拦道："奇妹且慢。你看这东西如此长大，可看得出它有口目头尾么？"一句话把众人提醒，定睛一看，果然那东西虽然长有丈许，却是无头无尾，通体俱有金碧星光闪动，直似一根能屈能伸的火棍一般。方在注视，那东西将近湖岸，未容众人动手，便即回身，绕着那一片林木缓缓飞舞起来。飞没多远，便从那东西身上流星也似落下三五点星光，色彩甚是奇丽。

　　真真到此，再也忍耐不住，大喝一声："妖女怎敢如此歹毒，今日叫你知道我的厉害。"说罢，左手一扬，一团青光立时升起天空，将湖洲一齐照得明如白昼。右手二指往外一弹，便是一个霹雳，夹着一大团雷火，照准那大蛇一般的妖物打去。声到雷到，迅疾非常，只一下便打个正着，立时震得爆散开来，化为千万点繁星，在对岸飞舞，又和先前所见一样。众人这时方才看清那妖物竟是成千累万的蛊光妖火凝聚而成。经了真真这一霹雳，除将它震散外，好似并未受着什么伤害，只管上下飞跃，疾如流星过渡，风卷残云，顷刻之间布满对岸，都不飞过湖来。

　　真真见一雷不曾奏效，连连把手连弹。那栲栳大一团团的雷火，夹着震天价的霹雳，只管打个不住，震得山摇地动，声势甚是浩大。似这样打了有好一会儿，对岸林木山石尽被震成粉碎，火光四起。可是那些蛊火妖光仍如无觉一般，一雷打过去，看似消灭了些，一会儿忽又繁盛起来。

　　真真满拟先用太乙清光照影之法将恶蛊照住，使其不能逃脱。再行使法力，一网打尽，独建奇功。一见神雷无用，才知不是易与，心中虽未着忙，已不似先时高兴。偶一回头，见南绮正与元儿并肩而立，朝着对岸观望，神甚暇逸。看出是观察自己能力，坐观成败，不禁怒从心起。一发狠，便将满头秀发披散开来，用手攒住发尖，含在口内，咬下寸许长一大把，一口真气朝对岸喷去。喷时在黑影中看去，只略微看见千万缕发亮的乌丝一瞥即逝。及至飞落在萤火丛中，红火光中黑光如雨，分外明显。这一来才见了功效，那千万萤火立时一阵大乱，纷纷蹿落，唧唧之声四起。

真真见法术奏效，方自有些心喜。忽又听对岸一声极清脆的长啸，适才逃去的那个小孩重又出现，身上背着一个大青竹篓。才一照面，便喝道："叫你在家，偏要跟来。如非我赶到，险些断送了娘的天蚕，这不是自找苦吃么？"

言还未了，红火乌光飞射中突现出一个赤着上身的妖人。那妖人身材甚是高大，头被一口小缸般的东西套住。下半截浓烟围绕，背朝着湖，看不出是男是女，才一出现，真真头发变成的飞针全部打中在他那白肉背上。同时千万萤火俱都争先恐后飞入小孩身背竹篓之中，转眼收尽。只剩一些受伤未死的恶蛊散落地上，一闪一闪，发着余光，啾啾唧唧，叫个不已。那小孩左手持叉，右手拿着一个革囊，口朝地下冒出一股子彩烟，正待收拾残蛊。

真真见天蚕仙娘仍还未到，那太乙清光照影之法并不能禁制敌人出入，一个小小妖童这般来去从容，早已又愧又怒，如何容得。左肩摇处，剑光先朝那小孩飞去。接着右手一弹，又是连珠也似的神雷打到。那小孩来时，仗有妖女准备，见了这等声势，却也惊心。先将手中飞叉一掷，化成一溜火光敌住，身形一晃，避开连珠神雷，手中革囊所发出来的彩烟早把残蛊吸收了去。就地一滚，拉了赤身妖人，一声长啸，清光之下只见一条白影往来路上飞去，转眼出了清光所照之处，依旧无影无踪。

这一次除恶蛊略有受伤以外，敌人并未有甚吃亏之处。尤其是首恶尚未露面，已这等猖獗，虽然真真仙法、异宝尚未尽数施为，敌人不是易与，已可概见。气得真真满腔愤怒，半晌作声不得。

又过有片刻工夫，已是子末丑初，天蚕仙娘才行来到。这回竟是明张旗鼓而来，声势比起日里要煊赫得多。先是谷口来路上冒起两股数十丈高的银花，满空飞洒。接着便听芦笙、皮鼓吹打之声响了一阵，那两股银花渐渐往前移动。等到转过山脚，才现出一队妖人。为首的是两个头戴银箍，耳坠金环，秀发披肩，赤臂赤足的苗女，手中各托一架莲花形的提炉，那银花便从炉口内喷射出来。喷出时只有碗口粗细，一过三尺以上，便和正月里的花炮相似，蓬蓬勃勃，直冲霄汉，银雨流天，更无休歇，把山石林木都幻成了一片银色，倒影入湖，奇丽无比。

托炉苗女身后，跟着一群彩衣赤足，头挽双髻，形状与画上哪吒装束相似的小童，各持着大小皮鼓、芦笙之类，吹打不停。小童身后是一匹川马，马上坐着适才逃去的小孩，仍背着那个青竹篓，手持长叉，一路抖得叉环当啷啷乱响，一团团的火焰围绕全身，上下飞舞。小孩身后，方是南绮、元儿日间所会的天蚕仙娘,赤足盘腿,周身烟笼雾罩,坐在一个竹辇之内。

那辇是用整株带叶绿竹编成,上有顶篷,左右方格栏杆,只空着正面。辇底和船一般平伸出七八尺长短。辇头上一边一个水晶灯,形式奇古,远远望去,微微有红影闪动。后左右三面俱是绿竹枝叶绕护,翠润欲滴,上面盘伏着许多红黄蓝白青黑色的虫蛇,蠕蠕蠢动。辇中心悬着一团银光,正照在天蚕仙娘的面上,越显得颜比桃秋,色同玉秀,芍药笼烟,美艳绝伦。众人大半俱是慧眼,又是光华照耀,看得甚是仔细。

这时真真已看出来者不善,不似以前自恃,未等敌人到来,早将太乙清光收回,行使师传禁法,又将身旁所带法宝一一准备停妥。直等谷口银花飞起,笙鼓交作,妖女大队缓缓行来,暗中虽恨得咬牙切齿,表面仍然不动声色,静待敌人来到湖边,便要给她一个冷不及防,猛然下手。虽未必一举歼灭,也决不致像适才那般任其来去从容。

她这里只管打着如意算盘,旁边南绮因见银花笙鼓一起,纪光便吓得容颜惨变,两手直抖,情知有异。一看真真手中掐诀,全神贯注对湖,不曾留意身后,便趱近纪光,悄声问道:"老前辈,何事如此惊慌?"纪光低声答道:"此乃妖女发动七恶神蛊,厉害无比,非有绝大深仇,不会如此。这七恶神蛊轻易不能同时发作,发将出来,不能害人,势必害己,轻则所来妖党无一可免,重则行法之人也要身受其蛊。敌与我已成势不两立,有敌无我,有我无敌。信香已焚,无名钓叟不至,我们生死存亡决于今晚了。"

南绮听出言中之意,好似不甚信任真真。纪光与别的常人不同,不特行走江湖多年,见多识广,所遇能人甚众,而且对苗疆蛊情更是熟悉。真真在此日久,能为不会不知,想是看出难操胜算。闻言不禁也有些惊心,益发注意元儿安危,阻止妄动。自己却在暗中准备,等真真一败,即行出手,免得贻误全局。

这里真真眼看对面妖人装模作样,慢慢行来,已离湖岸不远,心中虽然愤恨,算计她必定先要驱遣恶蛊,只得耐心等候。那托炉二苗女行离湖岸约有半里之遥,便即止步,连同身后持芦笙、皮鼓小童,分两行八字排开,露出天蚕仙娘坐的竹辇。起初众人只看辇动,不见抬辇之人,还以为行使妖法,凌空而行。辇停后,才看出辇下面有四只磨盘大小的大龟抬着,难怪行得那般迟缓,不禁好笑。

真真暗骂:"无知妖孽,这般虚张声势,原来只有驱遣虫介毒蛇的本领。适才稍不提防,被小妖逃走,今日如不将你全数杀尽,誓不甘休。"正自悬想,辇停后，天蚕仙娘娇声咦了一声。那骑着白马的妖童早将身后所背竹篓放在辇前，一抖手中长叉，带起满身火焰，红人也似飞马往湖边跑来。大喝道："纪光老鬼冒犯仙娘，已然罪该万死；还敢邀约一干小鬼放火行凶，藏匿玉花、榴花两个罪女。快快将清晨放火伤人的童男女连同玉花姊妹献出，过湖请罪，还可饶你孙儿一条活命，如若不然，休看你们施展禁法封锁全湖，须知我仙娘所炼天蚕七神厉害，无孔不入，稍一迟延，飞过湖去，叫你们一窝子都遭惨死。"

言还未了，真真因见来的正是适才漏网的妖童，早已按捺不住，不等话完，忙即发动埋伏，左手一指前面，那妖童存身的一片湖岸倏地裂开一大片，与岸分离，载着妖童，连人带马，疾如云飞，往湖这面驶来。真真更不怠慢，同时左手又复一扬，右手从怀中取出一物，紧接着打发了出去。妖童方在口发狂言，得意扬扬，猛觉身子略微一闪，坐下白马忽然长嘶跳了起来。低头一看，存身所在的石上忽然离岸崩裂，晃眼工夫，已驶出十丈远近。知道暗算，欲待逃遁，又舍不得坐下那匹白马。口叫一声："仙娘快来！"方要策马回头，往来岸纵去，真真的神雷、法宝已接连而至。

妖童只听霹雳之声大作，接着又是一片网状的碧云夹着刀一般的无数红白光华迎面飞来，危机一发，转眼便成齑粉，哪里还能顾得了那匹爱马。急中生智，用那柄火焰叉护住头面，身子往后一仰，两只白足一蹬，慌不择地化成一溜火光，斜退着往后逃去。

逃时雷火飞云均离面门不远，饶他能和先前一样能避过神雷，也避不过飞云中那件异宝，真个生死呼吸相去一线。妖童身才脱险，便听惊天动地连声大震，那匹心爱的灵马连同载马的一片湖岸，早已血肉横飞，泥石粉碎，晃眼沉落湖底，无影无踪。同时真真又从法宝囊内取了许多东西出来，四外往空中乱掷乱洒，手扬处，便有千万点青丝抛向空中，不消片刻，便织成了一张天网，青蒙蒙悬罩当空。算计封锁完密，已将妖盅全数笼罩，无法逃遁，这才对众说道："这一干妖孽已被我行法封锁，如今好似网中捞鱼。待我一人过湖，前去诛灭丑类，斩尽杀绝，免留后患。"说罢，一纵遁光，便往对岸飞去。

真真连施雷火、法宝，只伤了敌人一匹好马，那妖童并未受伤，又复逃去。她这里尽量施为，满天青丝交织如梭，顷刻之间布成密网，敌人方面竟如无觉。妖女端坐辇中，连身都未抬，只管搂着那逃回去的妖童亲嘴抚爱，满口苗语，黄莺噪晴也似，咭咭呱呱说个不住。

等到真真行法已毕，才从身上取出一物交与妖童，附耳说了几句。妖童跳下身来,转过辇后,便即不见。妖女见真真已然起身飞来,从从容容,将手一摆,身侧立的几名苗女便奔过来,各扳住竹辇一拉,那辇上半截立时拆去,像屏风一般拉开来。妖女仍然端坐位上不动,等到真真快要飞临湖岸,才从腰间系的一个紫丝囊内放出一条金光灿烂,状若轻绡的东西,拿在手里,往前一抖,立刻化作一片高约十丈,长约百丈的金丝透明彩幛,横亘面前。

真真眼看飞到,忽闻一股子奇腥之气,妖女放起一片金丝阻住去路。知道这东西便是金蚕恶蛊吐丝所结,不禁大吃一惊,忙将遁光按住,暗忖:"师父曾说,昔日三仙二老火炼绿袍老祖,不特能吐金丝的金蚕已然绝种,连用来喂蚕的几种毒草也都断绝根株。此蚕繁衍极速,所食毒草又须许多人兽虫蛇之血浇溉培养,才能生长。妖女所居虽称苗疆,仍算是已附内地,不是瘴岚浓匝、洪荒未辟之区。平时所闻,她除了命手下妖童妖女勒索苗人贡献珍奇牛羊好作威福外,不喜杀害生灵。即便当时金蚕诛戮未尽,犹是遗孽,照此说来,也无法豢养。并且真正金蚕,看似身形不大,两翼鼓动飞鸣起来,宛如疾风暴雨骤至,往往声震天地。适才所见萤火妖光,先是紧而不散,仿佛一条火蛇,已与师言不类。随后被自己用雷火震散,飞鸣之声并不甚巨,分明是另一种类,怎么这面丝幛却和绿袍老妖炼的恶蛊吐丝所结相同,还未近前,便闻着奇腥之味? 这东西如真是恶蛊吐丝所结,那便异常污秽恶毒,倒不可大意呢。"

就这一停顿寻思之际,妖女已娇声喝道:"贱丫头叫甚名字? 今日不将你们一齐杀死,喂我天蚕,誓不为人。那放火暗算仙娘的小狗男女,为何不敢前来?"

真真怒喝道:"你家仙姑我乃岷山白犀潭韩仙子门下毕真真。无知妖孽,昔日东海三仙、嵩山二老在苗疆火炼绿袍老妖,没将尔等这些小丑诛尽,侥幸漏网,不知隐迹改悔,竟敢在此害人。我奉师命积修外功,诛除妖孽,今日你大限已至,还敢口出狂言。适才用太阳真火烧你的,便是矮叟朱真人门下弟子,你试问可是对手? 如果见机,速将所养的恶蛊交出,将它火化,从此立誓洗心革面,念在你虽妖邪一流,平日恶行未著,还能饶你不死;否则,祸到临头,悔之无及了。"

妖女先听真真说出姓名来历,也颇动容。及至听到末几句,略一寻思,不禁勃然大怒,喝骂道:"我藤家在这苗疆为神,收服百蛊,已历五世。自从你仙娘得遇仙师,重立规条,炼成天蚕,为我苗族延福旺财,不受你们汉人欺负,也不许无故伤人,原是好意立教,几曾与绿袍老祖一党? 怎能诬蔑你仙娘是他的漏网余孽？那绿袍老祖是我仙师洞玄仙婆之友，虽是你仙娘的前辈长老，只是他所炼金蚕乃是百毒精魂，经八十一年苦炼之功，化育而成，惯食人兽之血，无恶不作。后为三仙、二老、红发老祖、天灵子等所灭，咎有应得。

"你仙娘虽受百人供奉，所炼天蚕乃是原生神物，经我修炼养育而成，从不轻易伤人害命。近来连每年春秋大祭，两次打食，如一时寻不到仇敌，都用牲畜替代。这几年你们汉人不问是医生行贩，或是客家寄户，只要不害我苗族，一任他山行野宿。除了遇见天灾和生番野猓、毒蛇猛兽外，绝少遇见蚕神蛊仙送了命的，都能安行乐业，所以你们汉人和这九百里方圆的数十种奉我教的子女们往来日多，彼此越发亲密，自问待你汉人不薄。

"尤其是纪老狗父女祖孙三人，在此寄居已有多年，因他会开些草药方，能贩些汉货，教内外的苗族对他是何等敬重，一遇有事，个个争先恐后奉承应役。因为有病求我，有许多规例要纳，不如找他省事，故你仙娘不知还少受了多少香烟供奉。念他境地可怜，又不好意思过分取利，白救人时多，总算为我子女好，俱不计较于他。

"玉花姊妹自幼族少人单，常受人欺，才行投到我的教下。你仙娘爱她们聪明，收为义女，哪个不看我的情面，对她们格外尊敬？老狗不是不知道来历，竟敢一而再再而三地上门欺人，破人家的婚姻。末了她二人上门辩理，又被用邪法困住，欲待害死。你仙娘得信，赶来兴师问罪，又遭出一对小狗男女，乘我不防，用邪火暗算。末后榴花私犯教规，来引那小狗男女，趁未到以前逃出境去。玉花也跟踪追到。

"老狗又不是不明白我教下规章和我的脾气，既然擒住，正是一个免死的良机，就该绑了两个贱婢，带了两个小狗男女，送上仙山跪门领罪。你仙娘见自己子女这等不孝，其势难怪外人，必将两个贱婢先正家法，稍微责罚来人，便罢了手，决不致再要他四人狗命。谁知他却鬼蒙了头，反劝两个贱婢叛教。

"你仙娘见两个贱婢说是在家设好了坛，再来仙山随侍同行，准备讨了仇人心血，祭奉坛神。因许久不来，派我儿仙童前来察看，正遇你们这伙孽障谈说此事。他算计贱婢必在室中，用本教隐身之法潜藏，必不敢出面见我。仗我教下仙法，入室查看，原想杀死贱婢，以消愤恨。谁知贱婢早料到此，故作隐身，暗用捉影代形之法，只略伤了几根头发。仙童虽受了一时蒙骗，却瞒不过我。少时你仙娘必叫两个贱婢身遭恶死，与你们看了，再报此仇。

"你们原不在劫内,偏偏仙童出来时,听见你们口出狂言,想给你们一点厉害。刚一出声,还未动手,便被你这贱丫头破了他的隐身仙法,并用雷火伤他。真是仇上加仇,恨上加恨。适才你说这些话,明明见我天丝宝幛,知是绿袍老祖金蚕吐丝所结,心中害怕,却拿三仙二老等人吓我们。连我来历都认不清,还敢逞能。闻得仙师说韩仙子颇有名头,你不是新收毛徒,便是冒名招牌,来此狐假虎威。

"实告你说,你仙娘已是九死不坏之身。这面天丝宝幛虽非我天蚕所结,却是当年仙师所赐,正是得自绿袍老祖未被极乐童子剑斩半身以前金蚕吐丝所结,比后来重炼金蚕所吐之丝厉害十倍。又经我们洞玄师炼过多年,能大能小。任你法宝飞剑,也奈何你仙娘不得。用此拦你上前,并非惧你,只因你仙娘要将尔等全数诛戮,使我所养各种蚕神蛊仙打个牙祭,不叫一人漏网。现已命我儿仙童持宝行法,片刻之内,叫你们这群孽障知你仙娘厉害。适才你用妖法将四外封锁,我也断了你们出路。今日之事,不是你死,便是我亡。我和你说这么多话,便是为了混乱你的耳目,分你的心神,使你不得觉察,我儿才好下手。"说罢,又复狞笑道:"我儿仙童真个乖巧。你那些狗党,已有一个中了我的道儿了,你听见吗?"

真真原因妖女放出的丝幛厉害,有的法宝不敢妄用。见妖女只管絮絮叨叨说个不休,正好表面上故作问答,暗把韩仙子所传厉害禁法施展出来,制敌人的死命。一经听到妖女所炼天蚕并非金蚕一类,方自快意。正待施为,闻言侧耳一听,身后湖洲上果有纪异喊痛与纪光惊呼之声。才知敌人也和自己一样,先用天丝幛防身阻敌,再借着说话缓兵,下手暗算。自己一时不察,反被她先占了上风,愤怒已极。恰好这时禁法已准备妥善,当下把心一横,怒喝道:"大胆妖孽,休得猖狂,看我飞剑诛你!"言还未毕,左肩摇处,一道光华飞将出去,越过那五色彩幛之上,再往下落,直取妖女。

天蚕仙娘见剑光飞来,疾如电掣,忙把手一招,面前彩幛如轻云舒卷,飞扬起来,罩向石上。然后仰面指剑笑骂道:"我只在此坐定,暂时不值与你动手,且看你有何伎俩,只管一一施展出来,叫你仙娘见识。"说时,甚是意得志满,以为真真法宝飞剑必怕邪污,绝不敢轻易下落,谁知也有失算之处。真真早知她必使妖幛护身,故作声东击西之计,见丝幛飞起,忙将剑光止住,手扬处又是连珠雷火打将出去。天蚕仙娘未始不知真真要上下夹攻,一见雷火打到,把手一招,那片五色彩幛便像帘幕一般,弯曲着垂了下来,雷火打到上面，立即消灭。

天蚕仙娘仗着后有竹屏，前有彩幛，甚是心安，全神只顾注视着当前敌人的动作。却没料到真真机智非常，看出劲敌那片彩丝难以攻破，特意舍近求远，一面手中神雷连珠也似发出；一面早用太乙分神之法，在雷火光中遁出了元神，绕向敌人身后，将乃师韩仙子所传异宝螯极五行珠掷到地下，然后飞神回转。

天蚕仙娘正在抵御雷火之际，似觉身后微有响动，连忙回头从竹屏孔中看去，仿佛似有五色微光一闪，猜是敌人暗算。心想："自己原无所畏。门下子女虽然力薄，不是来人对手，但有了这两样法宝护身，也不足为虑。"暗笑敌人枉用心机，静等仙童将玉花姊妹擒回，蛊阵排好，便即与敌人交手，一网打尽。

正打着如意算盘，真真元神业已遁回。大喝一声："妖邪贱婢，死在目前，还敢猖狂么？"随说，右手掐着灵诀，往前一指。左手扬处，早有千万丝数寸长短的红光飞起，散布空中，待要下落之状。天蚕仙娘哈哈笑道："我当你这丫头有何本领，原来力竭智穷，拿一些障眼法儿在你仙娘面前卖弄。任你使尽法宝，只要穿得过我这天丝宝幛，便服你本领高强。"言还未了，忽听地下炸音，轰轰响成一片。暗忖："这些小狗男女诡计多端，莫非真是韩仙子、矮叟朱梅等得了传授的门人？不要中了她的道儿。"

天蚕仙娘忙要行法防御时，真真禁法业已发动，存身之处那一片十多丈方圆的地方，四边已起了裂痕。被人占了头筹，仓促之间无法施为。心还不知真真另有辣手，以为情急无聊，和先前收拾仙童一般，打算将自己陷落地底，反倒放了点心。暗骂："无知贱婢，这等禁法，只能欺那法力较浅之人。你至多将这块土地陷落，难道我不会飞起身来？反正你法宝、飞剑俱都不能近身，索性卖一手，使你见识见识。"方想到这里，那一圈石土已齐着丝幛竹屏的边沿裂开，突的一声，便缓缓往下落去。那些随侍的苗女俱都是天蚕仙娘门下，个个都会邪法妖蛊，见状难免惊慌，只因平时规条严厉，不奉命，不敢妄动。想是劫运该当，天蚕仙娘见土往下沉陷，手取一方素帕，正要使用席云之法，将自己和一干手下托起，大祸业已临身。

真真在对面看得清楚，一见地层裂陷，妖女取出罗帕，待要往下抖去，知道分神之计已成。忙掐灵诀一弹，那一片地土如弹丸脱手，直落无底。天蚕仙娘手中席云帕还未及施展，一见敌人行法迅速，不由又好气又好笑。知道此时用席云帕脱身已经无及，刚发一声号令，吩咐随侍诸子女急速上升。自己也一展妖光，飞身而起。那块地土业已落下一二十丈。

天蚕仙娘二次拿着席云帕，正待施为，不料真真的法宝早从后面入土穿将过来，乘着她和一干门下子女仓促飞起之际，突然发动。只听叭的一声爆音，地底飞起一团银光，才一闪，便爆裂开来，声如地陷，万千银弹上下横飞，声如巨雷震得四外山岳一齐轰轰作响，半晌不歇。那些苗女妖童，连同竹屏上许多蟠伏的蛇虫恶蛊，以及那四只抬辇的大龟，俱都炸得断头裂肤，粉身碎骨，残血零肉，飞洒如雨。

只有天蚕仙娘一人仗着化身神妙，见机迅速，一见地裂以后，下面还有埋伏，银光乍现，便知中了敌人暗算，顾不得再救门下子女，忙即化身遁起空中，将手一抬，仍用那面天丝宝幛先护住全身，飞出险地。只因一念轻敌，想快心意，眼看带来的手下子女遭此浩劫，自是愤怒填胸，咬牙切齿。总算天蚕童子带着天蚕，偷偷过湖行法，不曾遭到惨祸。七神恶蛊也带在身旁，尚无受伤，还可和敌人拼个死活。

天蚕仙娘便在烟雾护拥之中，指着真真怒骂道："你这贱婢，胆敢下此毒手，少时擒到了你，如叫你好好地死，誓不为人！"真真见妖女仍是漏网，好生可惜。闻言方要回答，天蚕仙娘已恨到极处，顾不得等妖童布完妖阵发动回来，再行下手，好在带来子女死完，自问无须过分防护，打定了拼命主意，早一指那面天丝宝幛，一片轻云淡烟疾如飘风，朝真真飞来。

真真知道此物厉害，妖女有它护身，决难诛除。哪知妖女另有诡计，巴不得她离开此幛，才好下手。拼着损却一件法宝，喊一声："来得好！"从囊内取出七根细才如指，长约数寸的玉尺，往上掷去。一出手便化作七道白光，铮铮几下鸣玉之声，各自交叉，将那天丝幛撑起，落下地来。真真也不管它，接着身剑合一，连同手中雷火，连珠也似朝前飞去。天蚕仙娘势似不支，一晃身形，化作一溜金红色火花，绕湖而逃。

仓促中，真真不知适才封锁已为敌人暗中污毁，还当妖女在法网笼罩之下，无法往外逃窜，伎俩已穷，又敌不过自己的法宝、飞剑，故此沿湖上空飞逃，遁不出圈子外去，网中之鱼，不久就戮，好生欣喜。耳边虽不时还听到纪异呼痛，心想："南绮等纵然不帮自己，只作旁观，难道花奇也不知将护？且待除了妖妇，再去救他不迟。"

真真一面发着雷火加紧追赶，一面暗中行法将四外封锁收紧。两下飞行迅速，转眼工夫已在湖空追了两圈。真真眼看前面妖女越追越近，几次雷火打上身去，并不奏效。方在诧异妖女既然不畏雷火，何故逃走？百忙中猛觉封锁并未往中央收拢。抬头仔细一看,适才放出去那万道烟光,已不知何时被人破去,恰似残云断缕,袅荡空中,心中一惊。略停顿间,前面妖火倏地拨头,迎上前来。刚扬手雷火打去,猛又听脑后娇叱道:"狗丫头,死在目前,还敢行凶么?"

真真知道不好,连忙先用飞剑防身时,一片彩烟和先见一样,业已当头罩到,要躲已经无及。还算久经大敌,见机神速,觉出禁网已破,立起戒心。再一听妖女化身从后面袭来,益发知道不妙,连忙收转剑光,刚把身子护住,天丝宝幪业已当头罩到。明知毒幪污秽,飞剑必要受伤,但是实逼处此,纵有一身本领,无用武之地。一看被自己用法宝打落地上的那面毒幪受陷以后,便被妖女收去,才知那毒幪乃是双层,可分可合。自己一时大意,中了妖女暗算,枉自后悔发急。

正打算将剑光放大,使毒网罩不上身来,以便另用法宝,力图脱困,叵耐妖女甚是恶毒,早料到此,又将收去的另一面毒幪放将起来。双层毒幪,益发添了威力,不消一会儿,飞剑光芒渐有衰退之势。一任真真雷火连发如珠,剑光倏大倏小,上下左右,此冲彼突,那么细如游丝的毒幪,竟紧紧将剑光裹住,烧斩它不断。剑光呈现弱势,更不得不极力运用玄功支持,哪敢忙里偷闲,再有施为。

天蚕仙娘将真真困住以后,怒骂道:"你这狠心毒肠的狗贱婢,饶你诡计多端,今日也难逃活命。我且先弄一个榜样儿与你看。"说罢,又高声大喝道:"我儿何在?"连喊两次,不见应声,心里一惊。正要开口连喊,猛听对湖一声娇叱道:"烧不死的妖孽,竟敢在此猖獗。你那儿子连他那一篓子妖蚕,俱已被我弄死了,你还喊魂啥子?"

天蚕仙娘闻言,心还不信,连忙一按灵光,果然天蚕童子和那万千天蚕俱都入了敌人罗网。这一惊真是非同小可。平日纵横苗疆,自问无敌,不想一旦遇见能手,所带门下子女十九伤亡,仅剩下这么一个爱子,眼看成功顷刻,竟会人不知鬼不觉地被人擒去,真是痛心已极。

说时迟,那时快,话到人到,南绮已从对湖飞来,手一指,剑光当头飞到。天蚕仙娘忙取出一柄小叉掷向空中,化成一溜红光,敌住剑光。见来的正是日里发火伤人的少女,知道厉害。想了想,只得强忍急怒喝道:"那丫头且慢动手,容你仙娘一言,说完再比斗高下。"南绮喝道:"妖女又要使缓兵之计么?今番不容你了。"说罢,一指剑光,来势愈疾。

天蚕仙娘怒骂道:"我只投鼠忌器,你当我怕你么?如今我儿被你擒去,你那同伴姊妹也被我用天丝宝幛困住。你如放了我儿，我也放了姓毕的丫头。今日暂且罢休，改日再各报仇怨，拼个你死我活。你看如何？"南绮早见真真被困彩丝之中，不能脱身，心中暗笑。虽颇愿意彼此交换，又恐妖女无信。便喝骂道："毕仙姑妙法通神，变化无穷，不久便能破除你妖法。你如真个洗心革面，须先将你那个妖网撤去，当天立誓，从此永不出头，痛改前非。我便释放妖童。否则休想。"天蚕仙娘同众人已是仇深如海，所说并非出于真意。闻言越想越恨，不禁把心一横，怒喝道："我今日和你们拼了！"一言甫毕，倏地将头发披散开来，身子一摇，满身都是火烟红光围罩。吁的一声尖锐长啸过处，忽从身上飞起一条红蛇般的东西，直朝南绮穿来。

南绮估量妖女之伎已穷，将本命东西施展出来。心想："那怪网兜现在留给元儿护卫家人，不便取用。且放出神火试试，如若无效，再假作败回，将恶蛊诱往沙洲，用网兜收它。"当下手一按葫芦，便把神火放出。天蚕仙娘早接着放起许多恶蛊，有的像蛤蟆，有的像蜈蚣，有的像守宫蜥蝎之类，约有七八种之多，个个身带烈焰，金星乱迸。

最末后，将口一张一吐，吐出红光灿烂的一条蚕形恶蛊，初出现长才数寸，迎风暴长，长约丈许。十来条恶蛊同时身上一阵爆响，立即分化开来，其数何止千百，满天空俱是各种毒虫恶蛊，齐声怪叫，张牙舞爪，分作三路，一路向着南绮，一路向着沙洲，一路向着被困的真真，如飞蝗过境般飞涌而来。要知后事如何，且看下回分解。

第二十一回

彩雾笼沙洲　群丑弥天喧蛊语
流光照川峡　轻舟两岸渡猿声

　　话说这时南绮的神火已发将出去，一见妖女混入蛊火妖光之中不知去向，满空俱是蛊火金星，毒虫飞蛇，神火烧将上去，眼看烧化了些，叵耐恶蛊数目太多，分化又快，随消随长，越聚越众。又都不畏死伤，前仆后继，有的竟从神火中越过，直朝自己迎面飞来。若非葫芦在手，防卫得快，立即发火将它烧死，几乎受伤。那扑往真真的一路，已然密集在毒幡之上，只不知真真如何抵御。另一路也将飞达沙洲上空，就待下落，不由大吃一惊，恐元儿等在沙洲上有了差池，不敢恋战，径直舍了真真，一纵遁光，立即飞回。

　　到了一看，已有好些恶蛊飞到。元儿和花奇二人一个手持网兜，和先前一样往空便捞；一个等恶蛊坠落，不等入网，用剑光一绕便即杀死，正在起劲。南绮落地，见那些恶蛊落地以前还长有数尺，一经杀死，便只剩寸许长短。再往天空一看，想是那些恶蛊已知网兜厉害，离地有十丈高下，密密层层，简直断不出有多少数目，恰似一片火云，笼罩当空，将沙洲上石土林木俱映成了红色。

　　南绮估量妖女必有奸谋，方将身旁宝幡取出准备万一，忽听空中恶蛊叽咕怪叫之声如同潮涌，轰的一声，天塌一般往下压来。南绮见来势凶恶，那网兜虽然神异，到底未经法术炼过，不知妙用。妖女既敢驱蛊群拼命来袭，定有可胜之道。还是先护住了人，再打主意。于是南绮忙将葫芦往上一甩，放出一团烈焰火球，直往空中蛊群烧去。紧接着手扬处，一片五色烟云飞起，将沙洲罩了个严严密密，料无妨碍，才放了心。一问众人，除原受伤的纪异、花奇外，这一次尚未受着伤害。眼望空中，那团烈火飞上去时，虽将恶蛊烧化了许多，转眼便都飞落烟云之上，乱飞乱叫起来，叽咕之声震耳欲聋，甚是浩大。

　　约有半盏茶时，南绮看出恶蛊厉害，似这样相持下去，时候一久，万一仙幡为恶蛊损坏，飞了下来，自己和元儿虽有法脱身，岂不害了纪家祖孙的性命？有心想将身带的一件至宝取出一拼，又恐事如不济，白白丧失了一件至宝。而且恶蛊蔽空，本欲乘隙飞下，万不能收回仙幡，再行施为，势必由仙幡下朝上发出，一个弄巧成拙，不但二宝俱丧，还要引火烧身，自取灭亡。好生委决不下。

南绮正自愁思无计，忽见天空两道光华似闪电掣了两掣。接着便听霹雳般的炸音连珠爆发，与满空中恶蛊怒啸怪叫之声汇成一片。耳听元儿连喊："南姊快看！"南绮自过湖以来，因为自顾不暇，始终注视当头恶蛊动作，一直没有想到去看真真在困中能否脱险。及至闻声回头往对湖一看，适才真真被困的所在，不知何时已为百丈青蒙蒙的烟雾层层罩住。雾影中先只见两道白光，一团碧影，带着无数金星，在那万千蛊火妖光丛里飞舞起落，转眼间又多出一道剑光，颇似真真所为。

南绮忙问元儿："那青雾是何时降下来的？"元儿道："我本想和方才一样，拿网兜网那恶蛊。自你一回来，将仙幡放起，不多一会儿，便见对湖飞来两道白光，现出两个道装少女。内中一个手里捧着一个尺许大的红盒，一到便从盒里飞出一个浑身碧绿，满带金星，形如蜘蛛，两翼六脚的怪物。这时满空恶蛊俱密压压围在毕道姊身外那团彩烟上面，见有人来，刚飞了些上去，立刻炸声大作，从怪物口中喷出十七八个碗大的绿烟球，一晃眼爆散开来，化成绿色浓雾，将对湖罩住了。"

正数说间，忽又听花奇喊道："恶蛊怎都要飞去了？"言还未了，对湖那个绿蛛倏地冲雾而出，往沙洲上空飞来。后面紧跟着一个手持红盒的道装女子，仙幡上面群蛊刚刚飞起，两下里迎个正着，众人在下面看得甚是清楚，见那绿蛛只有栲栳般大小，一双碧眼，阔口血唇，满身都是金星，六只长脚，一双小翼，爪利如钩。顶上似系一根彩线，长约数十丈，一头在那道装女子手里。绿蛛口中怪啸连连，声如炸雷，与蛊群相隔约有十丈左右，怪口张处，又是十七八个绿烟球喷出，晃眼爆散，化成数十丈浓雾，崩雪飞洒一般自天直下，将所有恶蛊全数罩住。顷刻之间，那雾越布越远，与对湖连成一片。除了恶蛊悲惨怪叫之声外，只见一团碧影，几道光华，在万千蛊火妖光之中往来追逐，人的面目已难辨出。碧影所到之处，蛊火便似陨星一般纷纷坠灭。

约有刻许工夫，蛊火渐稀，想是知道厉害，几次三番似要冲突出来。叵耐在雾的中心还可往来飞扑，一经飞到边沿，便似昆虫入网，被雾粘住，停在那里动转不得。再被那团碧影飞将过来一扫,立即消灭无踪。似这样前后经过有个把时辰,适才那么凶恶繁密的满天蛊火,竟然消灭无踪。只剩下一条火龙般的东西,与七八个满身火焰金光、大小长圆不等、颇似妖女初放恶蛊时所见的妖物,在雾影中与那三道光华、一团碧影还在恶斗追逐。这时绿雾益发浓密,除那火龙敢于上前外,那蜈蚣、蛇、蟆等七八种恶蛊,俱围在那绿蛛的四面,欲前又却。末后一条蛇蛊忽然飞近绿蛛身侧,不知怎的一来,竟被打落下去。接着又将一条蚕形恶蛊打落,带着一溜火焰飞坠。

元儿见大小恶蛊纷纷伤亡,妖女已如网中之鱼,料来的两个道装少女必是真真好友,打算飞入雾中助战。南绮因不知绿蛛的来历,所喷之雾未必无毒,不但不许元儿妄动,连那仙幛俱不许撤去。元儿无事,见花奇跌坐在地,怀中伏着纪异,还在紧按着他的后背。纪光老泪盈盈,满脸犹带忧色。便问:"这会儿工夫可好些?"花奇答道:"他身上疼痛已止,虽比先时好些,仍是有些昏迷。好在毕姊姊已然脱困,妖女灭亡在即。只要她回来,有我师父的劫还丹,想必不妨事吧?"说时,又听纪异呻吟之声。纪光愀然道:"小孙之伤,如非天生异禀,换了常人,早已当时毒发身死。幸得二位灵丹与花姑冒险相救,为他拘住毒血,暂时虽只疼难忍,尚不致死。可是毕仙姑再不将妖女除去,时候一久,这左肩必废无疑了。"

元儿闻言,回看山石旁被南绮用禁索绑住的妖童紧闭双目,嘴皮兀自不住乱动,怒骂道:"你这不知死的妖孽,到了这时,还敢弄鬼么?"越说越有气,走上去照着妖童腮帮子就是一脚。妖童骤不及防,口里呼的一声,那白里透红的小嫩脸蛋,竟被元儿踢了个皮破血流,牙齿断落了七八个。纪光见元儿动武,尚存投鼠忌器之心,忙奔过来劝阻,已经无及。再看妖童,已然痛晕过去,口角血流,似有半截数寸长金黄东西颤动,低头一看,乃是一条天蚕蛊。想是衔在口中,欲出不出之际,吃元儿这一脚,被妖童咬成两段。纪光见妖童身上仍藏有蚕蛊,知有恶毒作用,心中大惊,忙看纪异,并无甚别的征兆。方在疑虑,忽闻女子呼救之声从屋后传来,听出是玉花姊妹,喊声:"不好!"忙请元儿拿了网兜,速去施救。南绮不甚放心,估量目前无事,便也相偕同往。

二人到了崖洞中一看,玉花姊妹俱都用几根头发悬身洞顶,地下屈伸着一条天蚕恶蛊,虽然断成两截,那上半截兀自几番作势,往上飞扑,相离玉花脚底不过尺许。元儿有了先前经历,上前举网便扑,一下罩住。再放出聚萤、铸雪双剑,在网中一转,立即粉碎。榴花喜道:"真好宝贝,这狠毒的小鬼,今番死也。"元儿问故,榴花道:"我二人自从知道师娘二次亲来,识破小鬼毒计,冒着大险,到前面送信。回来后仍恐小鬼放我二人不过,难保不在被擒之后,暗将本命蚕神放出,寻我二人晦气,时刻提心吊胆。果然他拼着两败俱伤,用了随影搜形之法,驱遣一条恶蛊搜遍沙洲,寻到此地。幸得我姊妹方一觉察,便被诸位将他本命蚕神斩为两截,法力消弱。我二人已然叛教,不敢和它为敌,出洞逃往前面,必被追上,咬上一口,必死无疑,只得悬身待救。二位恩人再如慢来一步,这东西势必越纵越高,也难幸免。这本命蚕神一经灭亡,妖童此时决难活命了。不过他敢拼死前来,定看师娘势败,不能救他生还,方会出此下策。毕仙姑想已转败为胜了。"

南绮此时对她姊妹早已转憎为怜,便把外面情势说了。并说妖女迥非适才得胜光景,已成网中之鱼,早晚伏诛,要她同出观看。玉花姊妹还是胆寒,禁不住南绮强劝,便一同出来。行至妖童被困之处,人已不见,只剩下禁索和一堆血肉留在地上。一问花奇,才知元儿、南绮去后,妖童便即回醒,满脸愤恨,咬着残牙,嘴皮刚动了两动,忽然惨叫了两声,身体立时肢解破碎,化为一摊血肉了。

原来天蚕童子先奉妖女之命,带了那一篓天蚕,由竹辇后潜隐身形,偷偷飞往沙洲,摆布毒阵,暗放恶蛊,准备将众人一网打尽。彼时真真刚过湖去,众人俱都注视对湖,谁也没看出妖女暗使声东击西的毒计,绕着远道由后面抄来。纪光虽知蛊情,毕竟还浅,明下手还可看出,似这等无声无形,隐秘险毒的邪法,休说看它不破,就是仍用先天易数,布设阵法,也防止不了。南绮又因真真一说,未将仙幛展开防护。所以天蚕童子一些没费力,便将恶蛊布散沙洲之上。等阵法布好,前去杀了玉花姊妹,便即发动。

也是纪光祖孙命不该绝。天蚕童子因为上一次前来被人看破,几乎受伤,来时颇知戒备,除带了随身法宝、飞叉外,还带了妖女的遁符。准备万一看出不济,一面放恶蛊飞回,自己先用本门灵感搜形之法,寻着玉花姊妹,将其害死,以免事急之时,泄漏本门许多禁忌,贻留隐患。及至他到了沙洲,见进行如此顺利,大出意料之外。但以为能人只有真真一个,余人无甚出奇,既然无觉,正好从从容容严密下手。左近方圆数十里均下有封锁,玉花姊妹无论藏在何处,均可按图索骥,不怕她们逃上天去。妖女原嘱他先杀玉花姊妹,他却报仇情急,以为玉花姊妹已成网中之鱼,不足重视,于是闹得一败涂地。

当他阵法尚未布完,正在暗中行法之际,南绮忽然想起玉花姊妹可怜,适才妖童从室内出来，必是寻她们为难。后来追逐妖童，一忙乱也无人提起，不知受伤也未。回顾元儿手持网兜，面向对湖来回走着，神态甚为无聊，大有英雄无地用武之状。暗忖："那榴花虽然脸厚，却也情痴，如叫元儿前去查看，必称心意。"便对元儿道："适才妖童想害玉花姊妹，这半天无人去看，你去看看受伤也未？"

元儿脸嫩，恐榴花纠缠，不愿前往。南绮童心未退，说了便要做，非叫元儿前去不可。元儿拗她不过，只得答应。还未行抵后面崖洞，便听路旁树上有一女子喊道："你身后有蛊，快使你那宝网啊。"元儿听出是那两个苗女的口音，料无差错，不问青红皂白，举网四面一阵乱扑乱捞。

网过处，竟有数十点蛊火妖光飞落网内。接着从树梢飞落两个女子，正是玉花姊妹，已吓得芳颜无色，浑身乱抖。悄声低语道："我师娘已命天蚕童子带了万千天蚕过湖布阵，只有此网可破。快到前面，迟恐众人受了暗算，来不及了。"元儿闻言，喊一声："我看不见这些妖蛊，你们快随我去指点。"慌不迭一按遁光，便往前边飞去。玉花姊妹也跟着飞起。相隔甚近，转眼到达。一落地，玉花姊妹便悄声说道："快使你那宝网，顺着众人身后网去，不可出声。此时妖童定在东北方震地上行法，尚未看见我姊妹，正好躲过一旁，免随在你身后累赘。等他来到，我们再指给你去擒他。"说罢，各人咬破中指，弹了两滴鲜血在地上，便往众人身侧一块磐石下钻去。

南绮见元儿同了二女飞回，满面惊惶，窃窃低语。刚近前去要问。元儿忽然纵起身来，举网往南绮身后一捞。悄喝道："妖童带了万千恶蛊来此暗下毒手，南姊不可出声，免得妖童惊走。"言还未了，南绮见元儿手起处，已有四五条周身火焰金星的妖蚕入网。

南绮悄问："你怎知破法，可是玉花姊妹对你说的？快说出来，我好准备，单擒是无用的。"元儿匆匆略说经过。心想："纪光有医病之德，这么大年纪，莫要将他伤了。"

想到这里，一纵身便往纪光身后飞去，一网捞去，又是几条恶蛊入网。紧接着飞到纪昇、花奇身前，把网一举。猛听纪异一声怪叫，便即倒地。同时元儿网过处，又网了十来条。南绮也已飞到，低喝道："大家快随我聚到那块磐石旁边，网只一面，恶蛊太多，一则便于防护，二则也可兼顾两个苗女。"

花奇一见有警，就地下抱起受伤的纪异，一同随了南绮往磐石旁飞去。刚一飞到，便听玉花在石下低语道："天蚕童子已知就里，正遣无数蛊群飞来。可用宝网四处乱舞，最好不使我师娘看出破绽才好。天蚕不能飞近十丈以内，决难伤人。但是你们看不见，也是无法。待我冒险，用化身引它前来杀害。你们如见附近有两团茶杯大小的血光出现，可用你们的法宝、飞剑照准当中，分上中下相隔五尺以内发去，必能见功。"众人依言，由花奇、纪光医治纪异，元儿举网四外乱舞。

南绮因二女说最好不令妖女看破，早在暗中行使禁法，将湖边一带掩盖。一面端整法索、宝物，静等血光一现，即行下手，刚刚准备妥当，忽见身侧有两团血光一上一下，并往一处，星光电驶，往左侧飞去。刚飞出不远，似被什么东西暗中阻住，倏又折转，变成一左一右平飞回来。南绮更不怠慢，手中法索、宝物、飞剑同时施为，照着预定计策，往两光之中发去。眼看数十道白光纷纷落地，知道法索业已见功。忙将法宝、飞剑收回，将手一招，白光便从地上滚来。耳听玉花道："妖童已然擒到，昏迷过去。趁他受伤未醒，天蚕无人驾驭，这位仙姑能发神火，只须用火从他身上烧过，人蛊立时便现形了。"

南绮刚要依言行事，纪光因这回事败了固是尸骨无存，即使大获全胜，也不好办；况加爱孙受伤甚重，一个医治不了，解铃还须系铃人，所以到了此时，仍不愿把事闹得太大，弄到无法收拾，伤了这附近千百里内苗人的情感，日后不好托足。正在为难，一听南绮要用火攻，连忙拭泪过来，再三拦阻，不到万分破裂，势难两立时，千万不可伤害妖童的性命。南绮见他老泪纵横，神情惶急，知道纪异身受蛊咬，他有些投鼠忌器，应道："恶妖四处密布，不使现形，隐患甚大。看在老先生份上，暂留妖童活命，等毕道友回来再行法处置便了。"说罢，先对那数十道白光组成的一团空圈施了禁法。然后将葫芦盖揭开，往外一甩，一团火光飞将上去，只绕了两绕，便即收回。火光中一片彩烟冒过，妖童立时现出身形，只胸背衣服被火烧焦，余者并无伤痕，口中微微呻吟，尚未醒转。

南绮再回头顺妖童来路一看，那万千天蚕恶蛊似飞蝗一般，成团成阵，在相隔十丈以外飞舞上下。每条俱长有数尺，金星闪闪，妖火焰焰，舞爪张牙，势甚凶恶，因被元儿网兜阻住，不得近前。南绮忙施禁法，暗中将蛊群围住，以免逸去。然后请花奇保着纪光祖孙，自己同了元儿手持网兜，飞身上前凭空便捞，相隔四五丈间，一捞就是一满网。二人再指着剑光飞入网中一绕，立时寸断粉碎。倒将出来，重又如法施为。那么厉害的恶蛊，似这样，不消片刻的工夫，便都化为乌有。

二人耳听玉花姊妹在石下说道："天蚕已全数除尽，此刻我师娘正用天丝宝幛将那一位仙姑困住。此宝厉害,专污法宝、飞剑,一被网住,便难脱身,快去接应才好。纪异虽受伤,服了你们丹药,命已保住。只须将他伤处的毒制住,不令化开,少时事完,我姊妹便能想法救他。只要师娘不胜,大家都不妨事。妖童因我泄机,益发恨如切骨,趁他未醒,我姊妹仍回原处暂避,以防他以死相拼。"说罢,只见两条红光隐现着两条人影,向后崖蜿蜒而去。

南绮再看对湖,真真果为一层五色彩丝罩住,暗自吃惊。心想:"真真如此,自己也未必能够取胜,幸得擒到妖女的爱子,毕竟总算有些可以挟制。"便嘱咐元儿好好防守妖童,自己飞身过湖,会那妖女。

这其间最难过的,就是花奇一个。因知真真性情古怪,本领高强,又得过师父制蛊的传授,先以为必能获胜。谁知真真过湖,起初还占着上风,后来被那一团彩丝围住,方觉不妙,不消一会儿,纪异便被恶蛊所啮。花奇和纪异虽然聚首无有多日,一则二人天性俱是极厚,二则又是骨肉之亲,休戚相关,不由心痛已极。慌急中,随定南绮、元儿飞身磐石下面,聚在一处。忙将身带灵丹咬碎了两粒,撬开纪异嘴唇,塞了进去。又照着玉花所说,两手紧紧按住伤处周围,运用真气阻住蛊毒行化全身。自知真真如果真败,自己过湖也是无用。一心只在救护纪异,不特未顾及真真,便是南绮过湖,身侧不远现倒着一个被擒未死的妖童,也还以为元儿既能擒住,有他在侧,想必无碍,未放在心上。结果几乎害了玉花姊妹性命。

南绮刚一过湖,天蚕童子便自醒转,知道功败垂成,身入陷阱,皆玉花姊妹泄机所致,气得满口的牙乱错,越想越恨,早打点好了与玉花姊妹拼命的主意。准备天蚕仙娘如能全胜,或将自己救出,固不与这些敌人甘休;如是败了,也决不容玉花姊妹活命。表面上装作重伤难支,呻吟不已,暗中却在运用邪法,将本命恶蛊驱遣出来,去害玉花姊妹。那蛊还未飞出,不料被元儿无心一脚,将妖童腮帮子踢碎,那条本命恶蛊恰在嘴里,妖童骤不及防,一护痛,将它咬作两段。两下里原是性命相连,当时妖童虽然疼晕过去,仗着平日修炼功深,一灵未泯,仍照原定主见,化身去寻玉花姊妹的晦气。

那本命恶蛊经炼的人心血培养,最为厉害,未出时甚是脆弱,只一出现,便能大能小,变化隐现。玉花姊妹原是此中人,早就防到此着,几经行法抵抗,怎奈妖童自知难活,存了两败俱伤之心。如非南绮一时动念,命元儿前去看视,再等片刻,玉花姊妹力既不敌,又无法逃出求救,势必也将本命蛊放出,与妖童同归于尽了。

南绮见地下血肉狼藉,甚是污秽,意欲行法将它化去,流入湖内。玉花忙拦道："这个万使不得。蛊虽死去,余毒犹重。便连适才死的那些蛊,也须等事完之后,由我姊妹将余烬收拾在一处,想法封藏,放在深山野谷幽僻之处,堆埋地底,方免害人;否则日久得着日月雨露滋润化育,其数太多,散布开来,不特纪家不能在此居住,附近数百里的人畜也无有生理了。"

南绮闻言大惊,忙命玉花姊妹急速行法集在一处,用瓦缸盛起,事完再去埋藏,免得随风吹散,遗祸无穷。玉花对榴花道："看神气,师娘纵能逃走,也无能为力了。此时我已悟出因果,索性就这样的做吧。"榴花犹自有些畏怯,迟迟不敢下手。南绮刚要催促,忽听远远一声惨呼。玉花流泪道："师娘死了。"

这时天空蛊火业已消灭净尽,只见碧森森的浓雾和海中波涛相似,齐往那绿蛛身边涌去,渐渐四外露出天光。不多一会儿,碧雾收尽,现出真真和那两个道装女子。托盒的一个早将盒盖揭开,眼看比栲栳还大形如蜘蛛的怪物倏地缩小,飞入盒内。众人见真真脸上似乎蒙着一层油光,等到碧蛛收后,真真和那两个女子俱伸手向脸上一揭,才知三人脸上俱蒙着一层薄如明绢的面网。这一现出原来形貌,南绮首先一看那两个女子,一个着黑衣的不认得,另一个正是乃姊舜华的好友缥缈儿石明珠。不禁大喜,不等近前,便飞身上去迎了下来,接了来人一同飞下。

南绮手拉着缥缈儿石明珠,正要和众人引见,石明珠忙道："南妹先不要忙,你们祸患尚未除尽呢。"说时目注玉花姊妹,似有疑异之容。南绮已猜知就里,便道："石姊姊是说这些妖蛊的劫灰么?"石明珠道："这些恶蛊虽然伏诛,但是它受过妖女多年心血祭炼,奇毒无比。如被风吹散去,得了日月培育,雨露灌润,变化出一种毒虫,虽不似以前通灵厉害,常人遇上,便即遭殃。且其为数甚多,不知化生几千万亿。此时不设法消灭,一旦蔓延,这附近千里以内生灵无噍类了。这两个苗女身上也蒙有这类恶蛊,怎会在此?"

言还未了,南绮抢答道："姊姊放心。这两个苗女姓聂,一名玉花,一名榴花,原是妖女的门人义女,被迫来投,如今已改邪归正。她们也说是恶蛊劫灰久必为害,正想法聚在一处,用坛子装好,寻一隐僻处所埋藏呢。"石明珠道："你将它埋藏地下,年代一久,纵不被人发现,倘如遇见地震山崩,陵谷变迁,仍要飞散为害,终是不妥。幸得带有金蛛在此,除它不难。只是收集这东西,却非她本门的人不易收得干净。可命她姊妹二人先助一臂之力,我自有用处。"玉花忙道："我姊妹劫后余生,此时正如大梦初觉,此事当得效劳。"

说罢,先在地下画上一个大圈,然后将头发披散,禹步立定,两手连招带舞,行起法来。只见四面八方那些五颜六色的灰星彩光耀日,齐往玉花姊妹所画的圈中飞落,不消顷刻,成了尺许方圆一堆,丈许以内,奇腥刺鼻欲呕,众人俱都掩鼻退避不迭。

玉花姊妹收蛊之际,众人已分别引见。那手持朱盒的女子,乃黔边卧牛峰苦竹庵郑颠仙的得意门徒吕灵姑,因奉师命,拿了朱盒中的神物金蛛,去往巫山牛肝峡下吸取金船。路遇缥纱儿石明珠,互说师门渊源,结了姊妹,相偕来此驱除恶蛊。

纪光见爱孙兀自呻吟未醒,知是两位仙人,忙上前伏地求救。吕灵姑忙将他搀起道:"我这盒中金蛛食量甚大,令孙所中蛊毒非它不救,但是用它一次,须给它一些吃的。难得有这一大堆恶蛊的尸屑,且等她们收集齐了再作计较。"纪光称谢不置。

一会儿,玉花姊妹说是蛊已聚齐,并无遗漏。石明珠和灵姑略一商量,从身上取出一叠薄如蝉翼,形似轻纱的面罩,分给众人,吩咐蒙在脸上避毒。众人才往脸上一蒙,便即贴皮粘住,和生成的一般。石明珠等众人蒙好,又给纪异蒙上一片,将余下的藏入怀中,才请吕灵姑行法施为。

灵姑先对玉花姊妹道:"你姊妹身藏有蛊,金蛛出来,大为不便。苗疆养蛊的人何止数十万,大都与命相连,诛不胜诛。我也许还要大用你们,不愿将你们所炼之蛊除去。欲教你们暂时避开,偏生这些蛊灰是你们行法聚拢,如由外人将禁法破了,你们也要受伤。说不得只好冒点危险,仍由你们自禁自开。少时见了金蛛不可害怕,有我们在此,决不伤及一根毫发。不过退身要快,只要我的剑光一经飞起,急速抽身,自无妨碍。"玉花姊妹慨然应允。

灵姑请花奇抱着纪异,相隔那一堆蛊灰十丈远近,寻一块山石坐下。又嘱咐纪光退往远处观看。真真、元儿、南绮、石明珠四人各自准备飞剑、法宝,等灵姑一声招呼,速将剑光飞上前去阻住金蛛,以防万一伤了玉花姊妹。

分配定后,灵姑一手持朱盒,一手掐诀,走向纪异身后。命花奇将手放开,头偏一旁,露出纪异受伤之处。灵姑将手一指盒盖,喝一声:"开!"盖略微升起,飞出适才所见浑身碧绿,满是金点,形似蜘蛛的怪物,大才如拳。一出盒,先在灵姑头上盘飞了两转。灵姑口诵咒语,一指纪异的伤处,那金蛛便落在纪异的背上,一口咬定受伤所在,略一吮噏。伤处原本紫肿,坟起如桃,立时消平下去。灵姑知道毒已被吸净,忙噏口一啸。金蛛闻声立即飞起。

花奇早有准备,更不怠慢,将口中嚼化好的丹药吐在手中,往纪异伤处一按。接着一纵遁光,抱了纪异便向真真等身旁飞去。那金蛛飞起,见灵姑手上并未备有它的食物,再见人已飞走,口里连连怒声怪啸,身子便长大了好几倍,张牙舞爪,待要往下扑去。灵姑早取出一根纤光射目的红针指着金蛛喝道:"前面那一堆,不是你的犒劳么?再向我发威,看我用火灵针刺你。"玉花姊妹闻言,忙将禁法一撤,那金蛛径随灵姑手指之处飞去。

禁法撤后,那堆蛊灰靠前的一面,被风一吹,刚刚有些荡漾散动。恰值金蛛飞到,相隔十丈以外,便即停飞不动,只把血红怪口一张,箭也似喷射出数十道绿气,将那堆蛊灰罩住。只数十道绿气,化成一条笔直斜长的浓烟,裹住那五颜六色发光的灰星,像雨雪一般,往怪物口里吸去,转眼净尽。玉花姊妹知道这东西是蛊的克星,厉害无比,再一亲见这等凶恶之状,益发有些胆怯。那金蛛一口气将蛊灰吸完,意犹未足,一声怪啸,便朝二女当头扑去。

二女喊声:"不好!"刚待逃命,灵姑早将剑光发出追来,众人的剑光也相继飞起,阻住金蛛去路。玉花姊妹惊魂乍定,耳听灵姑大喝道:"喂不饱的孽畜,难道今日你还不足意么?"随说,将手中火灵针一扬,针尖上便射出千百点火星,将金蛛裹住。吓得金蛛连声怪叫,电也似往灵姑手中朱盒飞来。灵姑连忙收针,将朱盒一举,盒盖微微升起。

灵姑等那金蛛飞入盒中,才行合拢朱盒,上前与众人相见。真真不意遭此挫败,来救的人又是南绮旧交,老大不是意思。南绮也未作理会。大家一同相率进屋落座。纪异人已醒转,伤愈肿消,只创口有些麻木。石明珠说:"再服一次丹药,便可痊愈。"大患已平,纪光从此可以高枕无忧,自是欣慰。

众人落座之后,玉花、榴花忽然双双走来,朝着明珠、灵姑、真真、南绮等跪下,含泪说道:"弟子幼丧父母,受人欺凌,一时气愤,投入旁门。虽然不曾居心为恶,却已造孽不少。此番自投罗网,多蒙诸位大仙不杀,又加护卫,才得免死,恩同再造。只是弟子等无心遭此大难,师娘和一干同门、许多后辈俱都遭了大劫,无一幸免。各地养蛊之人甚多,知道此事,必要为仇。弟子等力薄道浅,怎能抵御。现已迷途知返,务恳格外施恩,准许弟子等拜在诸位仙姑门下,有生之日,皆戴德之年。"说罢,痛哭起来。

石明珠道:"你姊妹两个起来,我有话说。"二女仍是哀求收容,坚执不起。石明珠道:"我等俱有师长,正在奉命下山积修外功之际,怎能妄自收徒?如向师长门下引见,又不敢冒昧请求。闻得苗疆百十种生熟苗人,养蛊之人甚多，一有不合，便用以害人。苗人任性，大抵无知，不教而诛，固是有伤天和；一一晓谕，非特难服其心，而且费时费事。唯有因势利导，使有一二人为其主宰，订立规章，监制恶行，以期一劳永逸，泯绝祸患，乃为上策。适才见你二人资质心地均属不恶，我已再四熟思，意欲令你姊妹继汝师娘，为苗疆百蛊掌教之主，仍用你法锄强扶弱，去恶济人，使养蛊之人有所归属，不敢胡作非为，多行恶事。好在你师娘和众同党已伏天诛，未必有人强似你们。只要好自修为，我等当从旁随时相助，料无妨碍。你们之意如何？"

二女闻言，惊喜交集道："诸位仙姑不肯收录，弟子等自知愚昧，想是无此仙缘，何敢再三琐渎。只是弟子等平日因不肯多杀生灵，虽得师娘真传，同门中炼蛊之人胜过弟子等的有四五个。除已死的天蚕童子等外，内中还有一个最厉害的，名叫火蜈蚣龙驹子，因奉师娘之命，领了七个道法高强的同门，用师娘新炼成的铁翅蜈蚣神蛊和四十九条天蚕蛊，前往竹龙山桐凤岭，去寻无名钓叟的晦气，一则为报师娘当年在八角冲牛眼坝一剑之仇；二则除却这里的救兵。也是无名钓叟合该有难，偏在这两日炼就婴儿，神游三岛，一些未有准备。龙驹子等一到，使用蛊将他困住。虽仗他几个门下弟子拼命支持，也非对手。弟子等来时，他师徒虽还未死，却也危急万分。师娘等一死，他已炼到心灵相通地步，自知不敌，不问是否将无名钓叟师徒害死，必然逃去。因弟子等是起祸根苗，日后定要前来报仇加害。死不足惜，如被此人夺了掌教，他比师娘为人还要狠毒上十倍，那时真贻祸无穷了。"

吕灵姑接口道："你说那个龙驹子，可是一个头大颈胖，面赤如火，发似朱砂，身背黑竹筒的矮子么？"榴花道："正是此人，仙姑怎得相遇？"灵姑微笑道："不但他一个，他还带有五高两矮，身背竹篓，手执火焰长叉，形容丑怪的七个赤足土著同党，俱都死在我火灵针下了。"

纪异忙抢问道："照此说来，你定是从桐凤岭来的了，但不知无名仙师可被恶蛊所伤了么？"灵姑道："我们如不打桐凤岭来，还不知你们在此有难呢。其实那无名钓叟也并非真敌妖孽不过，也非不知趋避，只因当婴儿炼成之时，数中该有此一劫。如真个事前毫无准备，不等我们去到，他师徒已早膏恶蛊馋吻了。如今八恶伏诛，他师徒俱都脱难无伤。玉花姊妹继为教主，决无人敢为难，多虑则甚？"石明珠又道："来日甚长，事固难料，只是我们还可为你二人布置好了再去，目前实无他虑。"说罢，便命玉花姊妹近前，指示机宜，吩咐急速回至天蚕仙娘巢穴，如法施为。等到布置已定，召集百人之后，再去暗中相助。玉花姊妹闻言大喜，感激自不必说。忙在地下朝上叩了几个头,匆匆起身而去。

玉花姊妹领命走后,缥缈儿石明珠和吕灵姑因为要暗助玉花姊妹为百蛊之长,使得养蛊的苗人有统率规条,以免恣意妄为,横行无忌,须得留住几日。大家说起来,又都有些师门渊源,虽是初见,颇为投契。真真与南绮有隙,并未形于颜色。故此谈笑甚欢。

纪光祖孙又去备办了极丰盛的酒食,出来款待。这时又当圆月初上之际,碧空云净,湖水波澄,比起前昨两晚月色还要皎洁清明。众人围坐在湖岸磐石旁边,对月飞觞,越说越高兴。南绮又是喜事好问,大家谈来谈去,渐渐谈到吕灵姑的身世。才知她也是一个先朝逸民之女,老父身遭仇家残害,身负戴天之仇,尚未得报。如今刚刚学成仙术,此番回山复命,便要去报父仇。众人听到她那凄苦悲惨的经历,俱都愤恨不置。

原来吕灵姑的父亲名叫吕伟,四川华阳人。自幼好武,内外功夫俱臻绝顶,尤其是打得一手好镖和家传的白猿剑法。当明末之际,真称得起威震江湖,天下无敌。因他生就虎背熊腰,紫面秀眉,专好行侠仗义,赈恤孤穷,不畏强暴,故此人送外号"紫面侠"。比时叙府有一张鸿,也是武艺高强,豪侠正直,与他齐名,江湖上又称他二人为四川双侠。张、吕二人中年以后,因为彼此倾慕,情感投契,便结为异姓兄弟。

当明亡前数年,官府暴征,税课繁重,豪绅恶吏互相勾结为好,民不聊生。二人屡次路见不平,在川西南一带连杀了好些贪官污吏、恶霸土豪,事情越闹越大。自知都存身不住,回转自己县内,定要祸及家小。双双避出川东,准备过上几年,事情平息了些,再行回来。先间关到了重庆,再雇上一只木船,由巫峡溯江而下,到了汉阳,再打主意。

谁想船行到了滟滪堆,那里有好些险滩,照例要请客人赶一截旱路,以免危险。依了张鸿,自己既是精通水性,天气又好,又是下水大船,可不必上去。吕伟却因连日在船上思念爱女灵姑,心中烦闷。再加舟中酒已饮罄,前面不远竹场坝,有着一著名卖酒人家,以前曾经过,欲待借着起早,绕路买它一醉,顺便带些好酒回船同饮。张鸿也是好酒的人,便依了他。

这时已当三月春暮,沿江两岸景物原本雄秀,再加上到处都是奇花乱开,红紫芳菲,越显得雄秀之中又添了几分奇丽。二人又是捷如猿猱,力逾虎豹,无险可畏。一时走高了兴,率性吩咐船夫子只管放船前行,无须等候,等兴尽时自会赶上前去。

二人除思家外别无甚事,船纵去远,也不愁赶它不上,只管赏景闲游,沿途流连。等到寻着那个酒家，已是日暮猿啼，东山月上了。仗着那开酒店的向幺毛是个熟人，叩门进去。二人素常慷慨好施，义声远播，认得与不认得的人，俱都异声尊敬。向幺毛见是他两个，不禁喜逐颜开，接进去，唤出家人店伙，争先恐后地承应。

二人道了来意，见店外高崖临江，月色甚美，便要幺毛将酒菜搬在江边危石之上，准备对月畅饮。荒山野店虽无什么佳肴，但是那时还是张献忠之乱以前，蜀中物产殷阜，人民都养有鸡豚，种有新鲜菜蔬。幺毛一面端整酒饭；一面令伙房蒸隔年存放的肥腊肉酿肠、血豆腐等类，做下酒菜；一面又命家人往菜圃里去采嫩豌豆，杀肥母鸡。忙乱了一阵，将酒菜先端上去。

吕、张二人高岸飞觞，豪吟赌酒。下面是江流有声，月光皎洁，滚滚银涛一泻千里。再加上野肴园蔬，无不可口，益发兴高采烈，忧虑全忘。迎风赌酒，酒到杯空，不觉饮醉。略吃了些饭食，便命撤去。给了加倍的钱，又买了几瓶好酒，准备少时带回船中去喝。因恋着月色波光，江景幽美，不舍上路。知道山中人起早，吩咐幺毛将酒搁下，自去关门安息，自己还要多坐一会儿才走。

幺毛屡受吕伟施与，哪里肯听，直说："想见二位还见不到，今日是哪阵风送来，怎舍得离去？已命屋里烧水泡山茶，与二位醒酒解渴。情愿陪着二位谈一阵天。山里人也好长长见识。"吕伟知他虽是乡民，人却很要好，又见其意甚诚，便依了他，命他同坐叙谈。幺毛知道二人俱都脱略形迹，告声得罪，便自坐下。

吕伟无心中问幺毛："近来各地盗贼蜂起，川江中行旅商船还有往时多么？"幺毛道："你老人家不提起，我还忘了说呢。自从湖广山陕到处有了流寇，川江中行旅商船，本就一天少似一天，前些日这里出了好几宗怪事呢。"张鸿忙问有甚怪事。

幺毛道："川峡中常年阴雾，极少天清气明。只我这里是个山缺口，江面又宽，得见天日。上月有一日，太阳正出得大大的，我下崖去网鱼，先见下流有两只大白木船往上走来，这是常见的事，没有在意。晚来收网回家，忽见那木船又随波逐浪漂了下来。春潮来时，水势正急，没法将它钩住。只见船上人七横八倒，俱已被杀死，箱柜全都被劈开。那船一会儿工夫便被浪催着，往下流漂去，知是江船遇见水贼。正要回去，忽又见上流头有一个凶神恶鬼般的道人，身披八卦，一手持剑，一手拿着一片桨，也没坐船，竟从水波上箭射一般飞来。先以为是妖怪，等到晃眼过去，才看出那道人脚下踏两片木跳板，身上还有血迹。喜得我捉鱼的地方有个崖窟窿，没被他看见，心里吓得直跳。由此每隔几日，常有死尸船只从上流漂来。事后必见那道士踏着木板，顺流而下。却未见他踏水往上流去过。我想那必是个有本领的强盗，在下流头假作路客。混上客船，等船到了上流头险僻去处，然后将人全都杀死，再踏木板随波往下流去，等候有钱的行舟，再去盗杀。这时已有四五日不见他走过，想必今日傍晚时节定要走过。二位这等英雄，何不将他杀死，也为江中行客除去一个大害。"

吕、张二人闻言，甚是愤怒，正要往下盘问，幺毛忽然一眼看向上流，低声疾语道："上流有点黑影，说不定便是他来了，二位快看。"不一会儿，便离岸下不远，果然是两片木板，上面站定一个道士，身材高大，容貌凶恶，头却不大。额前长有七个核桃大小的疙瘩，衬着一张黑脸、浓眉、鹰鼻、暴眼、阔口，愈加显得丑怪狰狞，令人厌恶。道人身上穿着一件大红平金八卦道衣，腰系葫芦兜囊，大约盛的是什么暗器之类。背后插着一口宝剑，空着两手。只见他两腿微微往下一顿，脚底下那两块木板便似脱了弦的弩箭一般，在骇浪奔涛之上，往下流头飞驶出去数十丈远近，展眼就没了影子。

吕伟正寻思这恶道曾在哪里见过，猛听张鸿道："原来是他。"吕伟忙问他是何人。张鸿道："这厮名叫毛霸，便是恶道陈惟良的心爱徒弟。大哥可还记得那年成都花会，恶道师徒自道姓名，掳掠孕妇，想探紫河车，炼迷魂散，遇见独霸川东李镇川，路见不平，打将起来。恶道一身妖法，李镇川一时仗义，哪里是他对手。我二人因他虽是绿林中人，平日却喜行侠仗义，正要上前相助，不料从碧筠庵内纵出一个小道姑，一照面便将毛霸打倒。陈惟良正取出法宝要放，忽又从人丛中跑来一个持红葫芦的穷道人。你我分明见他乘李镇川发镖之际，从手上飞出一道白光，刺中陈惟良的要害，陈便死于就地。

"旁观的人齐夸李侠客的神镖，没有把穷道人看在眼里。那穷道人笑了一笑就走。只我二人留神，去追了他一阵，也没追上。回来一打听，说毛霸见师父被人杀死，便朝那小道姑苦苦求命。那小道姑见地方过来，怕惹人命，踢了他一脚，径自回庵。李镇川先是不便上前，见小道姑回了庵，还想杀了他，再去投案。这厮腿快，业已溜走。你说斩草没有除根，小道姑庵中迟早难免生事，还约我多住几日，每晚去至庵前庵后守望，始终未见动静。直到有一晚，遇见一位老前辈，说出庵中人的来头甚大，一百个陈惟良师徒也非其敌，用不着我们操心，才行离去。这才不满十年的事，就不记得么？"

吕伟想了想，答道："我们快追上去，这厮定在前面劫杀行旅。适才过去时,仿佛还见他回过头来对我们怒目相视,颇似含有恶意。我因他头上七个肉包眼熟,正想是在哪里见过。那年我们虽未及上前,恶道便已伏诛,但已喊出声来,那位穷道人又从我二人身后闪出发的飞剑,说不定这厮把我们当作穷道人一党,记恨前仇。他劫了人回来,还许到此地来寻仇呢。"张鸿闻言,忙道:"大哥之言一些也不错,我也曾见他发觉我们在此,目露凶光。与其他来,不如我们迎头赶上,省得老幺他们见了害怕。"说罢,二人急忙起身,辞别老幺,又丢下一锭银子,便施展轻身功夫,步履如飞,顺山路往下流头赶了下去。

老幺拿起银子,还待谦逊几句,见石上的几瓶酒和一些瘦腊肉食在,二人尚忘记带去,连忙边追边喊道:"二位大爷快请停步,你老买的酒还没有带走呢。"吕伟高声答道:"暂存在你那里,我们有事,改日再取回吧。"说时脚步未停,未容老幺二次开口,人影越来越小,转眼变成两个黑点,疾如流星,没入丛莽林薄之中,依旧是荒崖寂寂,江声浩浩,哪里还看得见一丝踪影。老幺因以前屡受吕伟周济,苦难尽心,好容易盼他到来,本打算强留二人盘桓上一二日,多煮一点腌腊鸡肉,送给二人带往路上食用。不曾想走得这么快,好生后悔自己不该多嘴。当下唤出儿子向三毛,收拾安睡不提。要知后事如何,且看下回分解。

第二十二回

忧危难　千里走蛮荒
儆凶顽　三峡擒巨寇

　　且说巫峡沿岸除有的地方略有一点船夫子的纤路外，大半俱是陡壁绝巇，危崖峭坂。那极险的去处，便是飞鸟也难飞渡。二人因自己沿途耽延，舟行下水相隔已远；适才恶道踏波，其行甚疾，必有变故。明知这一带山径崎岖危峻，但是志在救人除害，刻不容缓，仗着一身内外功夫均臻绝顶，便不管三七二十一，径往下流头追去。走了约有三十里远近，行至一处，上面是绝崖参天，无可攀附；下面是江流百丈，滩声如雷，炫目惊心；仅半中腰上有一条极窄的天生石块，形如栈道，纤曲盘空，只起头埂路尚宽。

　　吕伟因是生路，又在夜间，恐行至半途石埂中断，折回头来反倒费事；不如攀崖直上，绕道而行，比较稳妥。张鸿性急，说："看前面石埂甚宽，定是舟人纤路，何必舍近求远？况且月色极佳，正照其上，即使万一中断，再行攀萝扪葛而上，也不妨事。万一真个失足，彼此俱都精通水性，难道还怕失事不成？"吕伟也是一心求速，便依了他。

　　谁想走了半里许，刚转过一处山脚，那石埂便窄了起来。渐渐擦壁贴崖，人不能并肩而行。所幸那条石埂绕着峡壁，上下盘旋，还未中断。吕伟怪张鸿说："这么提气贴壁走路，多么费劲。上面又陡又突，扬头仰望，看不到顶，无法攀缘。万一前途路断，纵不致折回原起脚处，也须退回老远，才可攀上崖顶。欲速反缓，有多冤枉？"

　　说着说着，张鸿在前，猛觉脚底一软，知道有异，欲待后退，吕伟紧随身后，势必双双一同撞落江中。急中生智，也顾不得细看脚下是什么东西，两腿一拳，往前直纵出去，落在石埂之上，脚踏实地。同时吕伟也觉脚底踏在软处，并非石埂，见张鸿忽然纵起，便跟着纵了过来。二人手挽着手，低头一看，经行之处石埂中断了五六尺，月光底下只见灰蒙蒙的一段东西，嵌在石埂中间，与埂相平，恰好不大不小，接住两头。细一看，颇似一大麻布口袋，包着一个似人非人的怪物,手脚俱被麻布包住,看不出真形来。

张鸿估量这等荒崖断径,定是山魈木客之类的怪物。也没和吕伟商量,忙取一支镖,从吕伟肩后,照准那怪物身上打去。镖才出手,还未打到,便听哈哈一笑,那怪物急往江中跃去。紧跟着从断石埂中间冲出一个怪物,碧目闪光,阔口喷血,似蟒非蟒,粗约水桶,长约四五尺,只有前足,身子齐腰中断,并无尾巴。那镖正中怪物前额,好似通未觉察。一声儿啼般的怪叫,也往江中跃去。不一会儿,便见下面水花四溅,水柱高约数十丈,声如雷轰,喧鸣不已。又听猿声四起,与之应和。

二人抬头一看,两岸崖上,也不知哪里来的千千万万的猿猴。有的纵跃崖岭,欢呼跳蹦,有的攀萝钩石,朝着江中长啸,作出奋身欲跳之势,意似与江中怪物助威一般。暗忖:"巫峡啼猿甚多,这一路上不见一只,这时怎的这般多法?"再看江心,先落下去的怪物已看不见。惊涛骇浪中,只见半段黑东西张着血盆大口,伸出两只鸟爪般的前足,不时隐现。

二人先当是二怪相争,这绝壁洪流,存身之处绝险,如果两败俱伤还好,要是一胜一败,胜者纵了上来,怎生应付?便是这么多猿猴,也惹它不得。二人俱都不敢逗留,略看了看,乘它们斗势方酣之际,沿埂走去。见江波渐平,虽仍汹涌,已不似初见时那般猛恶,飞涛中隐隐似有一道白光掣动。二人也不去管它,加紧脚步,不时回头,以防不虞。

刚走出去半里许光景,二人忽听两岸猿猴齐声欢鸣。江心波涛高出处,一道长虹般的白光飞出水面。一个矮老头,一手提着水淋淋的麻袋,一手夹着后落下去的怪物,一出水便往对崖顶上飞去。这时寒光朗朗,照得他须眉毕现。那里忽又现出一个中等身材的红脸道人,迎了上去,说了声:"多谢师兄,将它交与我吧。"声如洪钟,响应山峡。

两岸猿猴欢啸下拜中,道人早从矮叟手里接过怪物,两道长虹经天,一闪即逝。二人闯荡江湖已有二十多年,从未见过这般奇景。身在隔岸,无法飞渡,仙人咫尺,无缘一面,好生可惜不置。怪物就擒,仙踪已杳,两岸猿群亦自散去,二人便往下流头赶去。见前路渐宽,不时发现朽索断埂,这条石埂果是当年天然纤路。想因年久崩削,越来越窄,又出了怪物,渐渐便荒废了。

二人走不多远,忽见下流头有几只大小船只,船头俱有多人,篙撑橹摇,奋力逆流冲波而上。浪猛流急,看出甚艰,互相交头接耳,手忙脚乱。船舱中客人更不时探首舱外,询问催促,状甚惶速。川峡中水势猛激,险滩到处都是，上下行舟，大半都是早行夜宿，似这样黑夜行舟，极为少见。看船人来路，条条俱是正经商船，猜知下流头必出了事故。

二人正想高声询问，忽又有一只轻载的船撑来，近前细看，正是自己所雇的那只木船，二人便唤停船。偏生那一段水势太急，船夫略一缓手，便被浪打下去老远，无法抛纤。张鸿喝问："叫你们顺流而行，为何往回路走？"船夫子闻言，不敢高声答话，只把手连摆。吕伟见那船直往后退，船夫子个个累得气喘汗流，知道这般高声喝问，必定不敢回答，便从岸上往水边纵去。一落地，便喊船上人将纤绳放了过来。船夫子不知二人姓名来历，说水力太大，两个人绝拉不住纤，还在迟疑不肯。恼得张鸿性起，两足一点劲，凭空横飞十数丈，直往船头上纵去。落地捧起那一大圈重逾百斤的纤，喊声："大哥接住。"便似长虹一般，往岸上抛来，吕伟接住，两手交替着一收，那船冲波横渡，惊涛怒卷，船侧的浪都激起丈许高下。幸是川江船夫舵把得好，没有翻沉。等船拢岸，船上人已吓得目瞪口呆，向二人跪下，直喊菩萨。

吕伟问船人，何故半夜回舟，不在下流停靠。船老大道："下流头出了截江大盗了。二位尊客没见那些船都连夜往前赶么？"张鸿问："大盗今在何处？可是一个穿红八卦衣的道人？"船老大惊道："正是那红衣贼道。近半年来，原本川江生意清淡，行旅甚少。自从前月出了那个贼，他能踏住木板，飞渡长江，转眼工夫就是几十里水路。也不带伙伴，就凭着他一个人，在这川峡江中上下流截杀行舟过客。无论是哪路的船遇上他，便算晦气。但只一样，每次打抢，抢一不抢二。他必先在下流头船多的地方，择肥而取。那船只要被他挑中，就没有活路。有时候借附载为名，有时是在山崖上赶，直等船行到了上流滩多浪急之处，才行下手。

"船上人如容他附载，虽然被他抢去财物，还不致伤害人命；如若看出他不是好货，不允附载，下手时定杀个鸡犬不留。风声传播，渐渐知道的人多了。那看出他行径的客人，有的仗着带有保镖能手，和他动武，自然死得更快；有的胆小，一见不对，自然回船头想逃，任你船行多远，决走不掉；如以为往下游好逃得快，更是错了主意。近日，川江中船夫子差不多都知道他的脾气，又知他脚踏木板，并非什么法术，只能往下流走，不能冲波上行，所以遇见他时，便和客人说明，自认晦气，装作不知。等他要来附载，便恭恭敬敬请上船去，好好款待。虽说不能免祸，他也有个面子，看你款待得好，有时竟只取一半，人却不杀。

"这样过了十来天，有一次不知怎的，竟劫了两只船，这一来，船夫子益发害怕。因为顾着衣食，恐断了生计，不到事急临头，谁肯向客人说起？只得大家商量好，除了那被恶道相中的船，照例不敢离开，得装作没事人一般，迎合他的意思，任凭处置，以求一命外，别的船只他没打记号，便连夜往上流开行，须过了前面燕儿滩，方算是出险。

"今日傍晚黄昏时，我们不敢在他时常出现的羊角坝停靠，特意把船停在柿子滩。一共是三只白木船，五只红船。大家原都是同行熟人，正在饭后谈闲天，说起近来峡中船不好走，大半都是回家的空载，没有生意。不想他忽然走来，挨船细看了看。想是看出没有带得银子多的，不曾看中了意。眼看他要回身走去，偏巧下流头来了一只官船，也不晓是哪里上任的知府。那船夫子又是汉阳帮中新出道的毛头，不知道厉害，他上船附载，不但不肯，反轰他下来。待不一会儿，便见船头上有粉漏子印的七个骷髅，那就是他打的记号。我们知那船今晚不走，恶道定是就地下手。因那年轻船夫不懂事，自己闯了祸，还见人就打招呼，说长问短，我们怕蹚他的浑水，大犯不上，假说乘风还赶一站上水，都开了上来。所说都是实情，二位尊客不信，等船开到前面，一问便知。"

吕伟道："哪个不信？你与我仍将船往下流头柿子滩开去，如在那官船出事以前赶到，加你五两银子。"船夫子迟疑道："二位客人想和那恶道打么？听他们说，有本领的人也不是没和他交过手，因他不但武艺高强，一口宝剑使出来，周身都是电光围绕，更发得好几样厉害暗器，凡想除他的，从无一人活着回去。哪个不想银子？我们先时见了他不开船，装作不知。二位尊客走了，我们偷偷报了信，只要不被他看出，胜败或者与我们不相干，这去而复转，就不惹他，也明明是瞧他不起，肯放过么？其实出了事，我们推说是路遇客人强逼着连夜开来的，还可以脱身。二位尊客如若打他不过，却是苦啦。"

张鸿闻言，两道剑眉一竖，正要发话，吕伟知道船夫胆小，明说不行，忙用眼色止住张鸿。喝道："他是我们多年未见的老朋友，此去寻他相会，谁和他打？"船上人因为适才说了几声恶道，闻言想起二人独挽逆舟，飞越江面的本领，怎会不信？不由吓得屁滚尿流，慌不迭地诺诺连声，一面开船顺流赶路，更番来赔小心。说家中俱有妻儿老小，适才无知发昏，说错了话，务请不要见怪。见了那位道爷，千万不要提起，多多美言两句才好。二人只管分说，决不见怪，船夫仍是不放心，只管不时进舱絮聒。恼得张鸿性起，喝道："对你说是不会，偏来咕噜。再麻烦时，我便不饶你。"船夫才行吓退。

因二人催快，把吃奶的力气都使出来，船行下流急浪之中，真个似利箭脱弦,快马狂奔。只见两旁危崖树石飞也似顺船旁倒退下去,迎着半江明月,习习清风,煞是爽快。

张鸿道:"人怕凶,鬼怕恶,真是不差。以前我见川江船夫勒索舟客,好些恶习,还打过不平,不想出了一个毛贼,就这么害怕,真也可怜。"

吕伟道:"他们整年在惊涛骇浪之中,拿性命劳力换饭吃,遇见险滩,一个晦气,身家全丧,怎不想多赚客人几个?如今又是世乱官贪,年景不好,正不知怎样过日子呢。你只见他们畏盗如虎,到底他明知有盗,还敢载客往来,不过多加小心罢了。还没见他们遇见贪官时,畏官吏更有甚于畏盗呢。恶道所劫官船,不知是好是坏,我们到了那里,不可莽撞。那官如是个贪的,率性让恶道杀了他,再杀恶道,以便一举而除双害。不除了恶道,不过多每隔三五日失些人命财物,有时还可伤财不伤人,受害者还较少;如是救了一个贪官污吏,走一县,害一县,留着个不操戈矛而拿印笔的亲民大盗,那才是贻祸无穷呢。"张鸿点头称善。二人又商好下手时步骤。

下水行舟,不消个把时辰,已达柿子滩。还未靠岸,船夫便来报信,说官船还在,船头上七个骷髅粉印也未涂去,道爷已走。看神气,船中的人尚未觉察,道爷少时必来。问将船停靠在哪里。这时已是半夜,吕伟命将船靠上游一箭之地的一个山坳里,灭了灯光,少时若有响动,不可出声张望,天明必有好处。船夫子留神二人话语神气,不似和恶道是旧交,不禁心里又打起鼓来。不敢再问,只得各人听天由命,如言办理。

吕伟嘱咐已毕,便同张鸿不等那船停好,便双双飞身一纵,到了岸上。细看了看岸上,只几户卖酒食的人家,业已熄灯关门,静悄悄地不闻声息。恶道也不知何往。再看官船头上,躺着几个船夫。船舱内灯光犹明,侧耳听去,似有呷唔之声。二人施展飞行绝技,如鸟飞坠,纵落船上。二人就舷板缝中往里一看,靠窗一张条桌旁坐着一个丰神挺秀的青年,不过三十左右年纪,秉烛观书,正在吟咏。那边设着一具茶铛,茗盘精致。铛旁一个垂髫童子,手里也拿着一本书,已是沉沉睡去。

细看那少年,眉目清俊,神采秀逸,并不带一毫奸邪之容,衣饰也朴实无华,不像是个坏人。只是文房用具、茶铛茗碗却甚是精美,颇有富贵人家气派。吕伟暗忖:"这人相貌不恶,如此年少,千里为官,却也不易。一旦死在恶道手中,岂不可惜?"刚刚有些怜惜,猛一眼看到船榻旁高脚木架上,堆着十几个上等木箱,外笼布套,看去甚是沉重,分明内中装着金银珍宝贵重的物品,落在久走江湖人的眼里,立时便可看出。再加箱外俱贴有湖北武昌府的封条,舱外官灯又有新任云南昆明府字样,料是由湖北武昌交卸下来,转任云南昆明。箱中之物定是从任上搜刮来的民脂民膏,无怪恶道将他看中,不肯放过。

吕伟正在寻思,忽觉张鸿扯了自己一把,便一同飞回岸上。张鸿道:"这明明是个贪官污吏,管他闲账则甚?乐得假手恶道杀了他,我们再来计较。"吕伟道:"这官所带行李箱物太多,虽然可疑,看他举止端详,眉宇英朗,不似恶人。我们还是摸清了底为是,不要误杀好人。"张鸿道:"大哥的心太慈了。你想天底下有从家里带着二十几箱金银财宝出来做官的么?"吕伟道:"箱子固然沉重,万一我们看走了眼呢?反正时已深夜,他这船也没法开走,我想趁恶道未来以前,进舱去盘问他一回如何?"张鸿道:"天已不早,该是恶道来的时候了。这等贪官污吏,见我们忽然进去,必要做张做致,拿出他那官派来,叫人难受。虽说他死在眼前,谁耐烦去看他的鬼脸子?"吕伟因张鸿执意不肯,只率罢休。二人便向船旁高崖寻了一个可以避眼的所在坐好,静等恶道回来发动。

等了个把时辰,眼看参横月落,官船上灯火早熄,仍不见恶道回转。正猜恶道许是先打下记号,明日开船以后,再跟往上流头下手。忽听身旁土坡后面虎吼也似有人大喝道:"左近人们,各自挺你们的尸,不许乱动。你老子七首真人毛霸来啦。"人随声到,早从土坡上纵落一条黑影。二人定睛一看,正是晚来川江中踏波而行的那个恶道。一落地,朝着大船略一端详,便拔出宝剑,往船上纵去。真是轻如落叶,连一点声息全无。

恶道并不进舱,朝着船头上睡着的仆人、船夫,一脚一个全踢醒,可怜那些人睡得正香,哪知就里。内中有一个原是官船中请的镖师,被恶道一脚踢伤,疼醒过来。看见一人手持明晃晃的宝剑,认得是黄昏来求附载的道人,知道来意不善。刚喊得一声:"有贼!"要站起来抵敌,被恶道反手一掌,径直打落江中,逐波而去。

吕伟见毛霸伤人,对张鸿道:"官纵是个贪的,这一船二十多口,就没一个好人?"一句话把张鸿打动,二人便纵下崖来。船头上人见素称本领高强的镖师还未与人交手,只一照面,便被人打入水中,余人哪里还敢抵抗,各自负痛跪在船头,纷纷哀求饶命。

这时中船后舱中还有数人,俱都惊醒。因为船停离岸不远,有两个刚从船窗爬出,连滚带跌逃向岸上。被恶道看见,一声断喝,纵向岸上,一把抓住后颈皮,似拎小鸡子一般,往船上掷去。然后大喝道:"你们哪个敢动,休想活命！快将狗官连那小鬼崽子提来，所有箱筐行囊一一搬出，待你老子自己搜检。"说时指定四名船夫连喝："快去，惹得老子生气，鸡犬不留！"那四名船夫一进舱，首先将那少年官用索绑了出来，毛霸戟指喝骂道："你这狗官，你老子日里看见你儿子生得有点鬼聪明，好心想收他做个徒弟，留你们一船人的活命，上船搭载，你们一个个俱都瞎了他娘的眼。现在且不杀你，等将你贪囊取出，查问明是怎样来路，照你害人的罪孽，一桩桩教你好受。"那少年官已吓得通体抖颤，只见嘴皮乱动，像是求告，又像分辩，只是声音甚低，听他不出。毛霸也不去理他，径坐在船头定锚桩上，看船夫们搬取箱篋。一会儿，二三十口又大又沉的箱篋俱已搬出。

吕、张二人一见这等情形，早住了步。暗忖："这恶道行劫颇有条理，倒不像随便冤枉杀人的神气。既未再下手妄杀，乐得看明再说。"便躲在离船不远的一株大树下面，看他如何做作。

只见箱篋搬完以后，毛霸喝问："狗官之子为何不捉出来？"那四名船夫战战兢兢地答道："我们到处都已搜遍，不见小少爷踪影，想是适才害怕，投水死了。"那少年官闻言，痛哭起来。毛霸也暴怒道："你这狗贪官，也不该有这等儿子，死了也好，免得你老子亲自动手。哭啥子，还不将钥匙献出来么？"那少年官带哭答道："这里头并无甚金银珠宝，全是我祖父遗留下并不值钱的东西。你不信，只管打开来看。那钥匙藏在郑镖师身上，已被你打下江中去了。"船上人也异口同声说是实情。

毛霸怒喝道："你说的话老子也信？等我看明了，再来慢慢杀你。难道你老子没有钥匙，就打不开，还会看走了眼？"说罢，照准一只大箱的锁皮上就是一剑，立时连铜削去一片。伸手扳起箱盖一抖，哗啦啦散了一船。低头一看，大大小小，粗粗细细，俱是些砚台与石块、小刀之类。毛霸接着又连打开了几只，箱箱如此。

毛霸怒喝道："你们这些酸人，都有癖好。莫非你刮来的地皮，都换了这些废物了么？"少年官哭诉道："哪里是搜刮百姓的钱买的。这都是我家祖传三辈人都喜刻砚，越积越多。我更爱它如命，嫌家中无人料理，走到哪里，带到哪里。除第七口木箱中略有几块家藏端溪古砚略微值钱外，别的拿在市上，每块俱值不了一二钱银子。"言还未了，毛霸狞笑一声道："老子问你别的箱子是不是尽这些残砖乱石，哪个管你这些闲账？你简直把老子骗苦了，我杀了你这狗官再说。"

毛霸开箱之时，吕伟一眼看见船篷上伏着一个小孩，正是适才舱中茶铛旁隐几而卧的童子。手里像拿着东西,伏身往下偷看。刚讶这孩子真个胆大,见毛霸越说越有气,举剑朝那少年官要砍。张、吕二人已看出少年官不是贪官一流,见恶道伤人,喊声:"不好!"正待赴救,那小孩突然在篷上一长身,一声不响,左右手连连发出两件暗器,对准毛霸面门打去。

毛霸剑还未下,忽觉冷风劈面,料是有人暗算,忙将头一低,第二件暗器又到。毛霸事出意料之外,小孩又早料到他要往下低头,第二下又来得低些,想躲已经无及,只见眼前黑影一晃,正打在毛霸额当中肉包之上,若稍下一点,必将双目打瞎无疑。那暗器滚落船板之上,却是两块三角石头。毛霸不由怒发如雷,口中大骂:"何方小辈,敢伤你老子?"随骂,正要往篷上纵去,张、吕二人已双双飞到,各举兵刃便砍。

毛霸也久经大敌,先时受伤,不过一时疏忽太甚。一见两条人影飞到,悬空举剑一转,便是一团剑花,恰巧将二人兵刃格住。只听当啷金铁交鸣之声,三人各就手中兵刃一格之势,纵落地面,动起手来。

双方通名之后,张鸿喝道:"无知毛贼,这里太窄,敢随我往岸上交手么?"毛霸正因船上逼窄,不好施展暗器,喊一声:"好!"一个解数,拔地十余丈,往岸上纵去。身子还未落地,已将暗器取出。料定敌人必要跟踪追来,脚才着地,一回头,乘着敌人身子悬空,不易躲闪,将手一扬,便是五支连珠飞镖似流星赶月,一个紧似一个,朝张、吕二人打来。

张、吕二人已是成名多年的大侠,见毛霸纵得甚远,疑他要使暗器,身虽跟踪纵起,暗中已有了防备。吕伟当先,他那九十三手达摩剑,原经过异人传授,变化神妙。见毛霸一回首,便有几点塞星连珠飞到,喊声:"来得好!"悬空一横手中宝剑,往前一削,剑锋正对镖尖,铮的一声剑鸣之声,恰好借着来势,将那支镖劈为两半。

头镖甫破,接二连三的飞镖又到。后面张鸿连手都未动,便被吕伟不慌不忙,紧接着几个勾、挑、劈、削,铮铮铮几声响过,都坠落地上。快落地时,相隔毛霸约有丈许远近,正值毛霸末一镖打到。吕伟喝道:"毛霸留神,看我回敬。"说时迟,那时快,早把剑一偏,剑背朝外,对准镖尖,用力往外一格。那镖倒退回去,直朝毛霸胸前打到。毛霸刚用剑拨过,张鸿已将连珠袖箭取出,喝道:"无知毛霸,没有你的废铁,也招不出我的真金。躲得过,算你有本领。"说罢,扬手一按弩簧,那十二支袖箭,便分上中下三路连珠发出。

张鸿当年外号活李广神箭手,他这弩箭,俱有极巧妙的章法。无论敌人往哪边躲,早已算就,由你身法多么敏捷,善于接让,也休想逃得过去。毛霸也是内行，一见箭来的异样，情知不妙，如果胡乱闪避，稍一疏忽，定必打中要害。豁出糟却珍贵道袍，连忙用剑护住头脸，一用气功，周身除了眉目眼口和那七个额前的肉包外，俱都坚如铁石，箭打上去，只能透袍，不能穿皮伤肉。张、吕二人见箭发出去，除上路的被毛霸用剑挡开，余者支支打中，知道他用了气功，再发无用。正待停手上前，忽听毛霸喝道："两个老贼，枉称四川双侠，却凭四手来敌双拳么？"

二人哪知毛霸是想匀出手来暗使邪术。张鸿刚喊了声："大哥！"意欲上前独战，吕伟已看出妖道不是易与，张鸿本领究不如自己，唯恐万一失手，伤了他一世英名，忙喝："老弟且慢上前，你的手辣，我要生擒他问话呢。"说罢，不俟毛霸还言，纵上前去，当胸一剑刺到。毛霸见那剑寒光耀眼，知是一件宝物，不比弩箭可以硬抗，忙一闪避开，一摆手中剑，架住说道："老子和你交手，你那同党可不要鬼头鬼脑，暗箭伤人。"吕伟怒道："无耻毛贼，未曾动手，自己先放暗器，反道别人暗算。此贼既然吓破了胆，张贤弟可去船上，将少年官儿的绑解开，安置他们，不要害怕，待我生擒此贼。"说罢，双方各将手中剑一举，又动起手来。

吕伟暗中留神一看，毛霸的剑法竟是武当派内家传授。吕伟当初原也是武当门下，再加先听船夫说，毛霸劫杀行旅也还分人，并未犯有淫过，不由动了惺惺相惜之心。这一念仁慈不要紧，竟给日后种下杀身之祸。这且不言。

二人动手，约有数十个回合。比时毛霸初拜妖人为师，刚学会了一点粗浅法术，用起来颇费些事，不能随手施展。加上他为人好胜，虽用话激开张鸿，以便少去一个敌人，容易乘虚下手，可是不到有了败势，仍不肯使将出来。毛霸先见吕伟剑法虽然精奇，自己还可应付，打个平手。斗到后来，吕伟那口剑竟是出神入化，一剑紧似一剑，只见寒光闪闪，上下翻飞，渐渐只有招架之功，不禁心寒胆怯起来。暗忖："这厮真个不负他多年盛名，再打下去，定然凶多吉少。自从前师死去，隐迹苦炼多年，如今刚刚出道，准备单人匹马横行东西水旱两路，创立一些名头威望，要败在这老匹夫手内，日后何颜立足？"想到这里，连忙改招换式，转攻为守，一面谨慎防卫，一面暗中行使妖法。

吕伟见他忽然转攻为守，并不知他另有诡计，还在暗笑，以为毛霸无非是又想抽空施放暗器。借着一个闲招，把自己拿手暗器月牙刀也取在手中。然后喝道："毛霸，你战不过时，急速跪下服输，还可饶你不死；要是在我面前卖弄,简直是自找晦气。"言未了,毛霸已发出一道灰蒙蒙的光华,带起一股黄烟,朝吕伟当头飞来。吕伟何等眼疾手快,见毛霸忽然纵出老远,将手一扬,只当是件暗器。心想:"今番且给你尝点厉害。"当下便将三把月牙飞刀分中左右也发出去。

那飞刀由吕伟费了无穷匠心打造,形如月牙,里外开锋,上有三个锁口,三把刀算作一套。发起来,中左右三把,连珠斜列同进,名为三环套月。在敌人发暗器时发出,更是有妙用,无论你是飞弩镖箭,只要与月牙上的锁口一碰,便被锁住,真个巧妙非常。吕伟三刀刚刚出手,一眼瞥见对面飞来的是一道灰光黄烟,知道不是邪法,便是散布毒烟的暗器。暗道一声:"不好!"正要往后纵开,那当中的一把月牙刀原是对准敌人暗器来路而发,刚巧迎个正着,一碰便断成两截。光外黄烟反倒爆散开来,如飞射到。吕伟眼看危机顷刻,猛觉眼前一亮,一道银光自天直下,看去甚是眼熟。围着那道灰光一绕,黄烟散处,银光卷起灰光,径往斜刺里高处飞去。侧眼一看,高崖上站着一个人,正是川峡中所见道者,一晃便不知去向。

再看毛霸,业已倒在地上,正待爬起欲逃。吕伟连忙一个箭步,纵上前去,飞起一退,先踢落他手中宝剑,点了穴道。解下带子捆起一看,才知毛霸双臂俱受刀伤。暗忖自己月牙刀虽准,毛霸也非等闲之辈,怎会两刀俱中得这般巧法?心中很是奇怪。情知异人不肯相见,助了一臂之力,便自飞走。遂提了毛霸,径上舟去。

这时那少年官儿已被张鸿解了绑索,手携着那个发石头打毛霸的小孩,同了船中诸人,正在船头等候。一见吕伟擒寇回来,便都转忧为喜,纷纷上前下拜,叩谢救命之恩。

吕伟见张鸿不在,船夫说是上岸解手,猜他定已发现异人,前去追赶。吕伟和那少年官一谈,才知他姓陈名敬,还是同乡,本为四川巴县世族。新由汉阳知府卸任,转任云南。小孩是他儿子,名叫陈正。父祖三辈俱精篆刻,收藏奇石古砚甚多。又喜收买书籍,爱之如命,行必随身。此次打算绕道回家,接了妻女,同去赴任。不想因这二十多箱砚石书籍,几乎断送一船性命。

久走江湖的人一看人家行囊,便知有无黄白之物。唯独箱中藏有石砚,却分不甚清。在旱路上走,如是高眼,由马蹄轮脚上带起来的尘土,仔细分辨,还可略微看得出来。偏偏是个船行,世上有几个带着一船砚石走的?休说新出道不久的毛霸,连吕伟、张鸿那等多年惯走江湖的大侠,俱都猜是金银贵物。陈敬又是个转任的知府，彼时正当乱世，有吏皆酷，无官不贪，落在盗贼的眼中，哪里还肯放过。

吕伟见陈敬言谈气度温文尔雅，虽然茗碗精良，文具精美，有些士习，可是那些箱箧行囊，因张鸿说先时自己也错看了人，都经他命人打开，与张鸿过目，三年知府所剩俸银，不过五六百两。船中仅有一名镖师和三四个家丁，余者都是些穷官亲和船夫子们。略一观察，便知是个清廉之官。那陈正年才十二三岁，不特相貌清俊，二目有光，不类常童，最难得是那般胆大心细，沉着勇敢，不由越看越爱。差一点就被张鸿疾恶之心太甚所误，害了他父子，想起前情，好生惭愧。

吕伟回望毛霸，绑在一旁一言不发，一双怪眼红得都要泛出火来。吕伟颇惜他那一身本领，再加剑法学自武当，和自己多少必有点渊源，念头一转，便起了释放之心。喝问道："你这厮一身本领，甘为贼盗，岂不可惜？我见你是条汉子，如能改行归善不再劫杀行旅，我便放你如何？"毛霸闻言，低了头只不作声。陈正在一旁答话道："恩公，这强盗万放他不得。适才恩公和我们说话，他咬牙切齿，把恩公恨透了，放了他，不怕报仇么？"毛霸大喝道："如不为你，老子还不会跌这一筋斗呢。姓吕的，这小畜生有些鬼聪明，话说得是，你放了我，虽不会再在川江中打劫，做没脸的事，让江湖上人笑话，可是今日吃了你的大亏，也决不甘休，早晚终须寻你算账。省得到时你又卖口，说我忘恩负义，还是杀了我的了当。"

吕伟闻言，喊得一声："好！"玱的一声，拔出宝剑，朝着毛霸头上便砍。毛霸自知难活，刚把双目一闭等死，忽听吕伟哈哈大笑道："我纵横天下三十余年，江湖上的英雄豪杰也不知会过多少，十有七八是败在我手中，从来不曾怕过有人寻仇。你既说出这样的话，足见你还有这胆量，我倒是非放你不可了。但只一节，陈朋友是个清官，你是亲眼见过的。今日之事，只算你眼力太差，时运不济，该当好人有救，须怨不得他父子。你如真是个英雄好汉，只管去寻名师，练了武艺，再来寻我。如等我走后，再便去寻他们的晦气，那便下作了。"

毛霸一则看出吕伟心性，二则认错走去，面子难堪。拼着冒险一点，特地说出那一番话去激吕伟。先见吕伟真个拔剑来砍，好生后悔，知再求饶，已是无及，于是便索性强硬到底，一言不发。却不料吕伟竟为他所动，暗自心喜，没有倒了架子，哪敢再生别的枝节。忙大声答道："吕朋友，你放心，冤有头，债有主。陈官儿父子文弱无能，我也不再去寻他。便是你今日放了我去,总算你手下留情,他年相遇,我也一样回报不杀的好处。"

说时,吕伟便解了他的绑索,把穴道拍活。答道:"盛情心领,但愿你有志竟成。如觉得本领胜过我时,再入川打听我的行踪,敢说无人不知,我在哪里,自有人领你前去相会。否则便在云贵苗疆山中寄迹,只管前去寻我就是。你身上还有两处刀伤,我身旁带有很好的金创药,一发做个整人情,送你一包,你自己医治去吧。"说罢,取出一小纸包药粉,递与毛霸。

毛霸适才性命危在呼吸间,也忘了两臂刀伤疼痕。被这两句话一提醒,才觉出两臂有些痛楚,略一抬手,疼痛非凡。低头左右一看,两臂虽然未断,业已切肉见骨,满身血污淋漓。两条袖子已断,仅剩一些残布余缕挂住。心想:"自己一身内功,刀枪不入,他这暗器怎这厉害?"暗中把牙一咬,也不作客套,伸手接过药包。

正待往岸上纵去,倏地一条黑影蹿上船来,定神一看,正是张鸿。见面一横手中剑,照准毛霸便砍。毛霸此时两臂和废了差不多,手中又无兵刃,怎敢迎敌。刚将身一躲,吕伟已将张鸿拦住道:"由他去吧,我已放他去了。"张鸿因吕伟话已说出,不便反悔,只得恨恨地说道:"我迟来一步,大大地便宜了你这瞎了眼的狗贼!"说时,毛霸早双足一点,纵到了岸上。回向张鸿道:"姓张的,休要狐假虎威,他年相见,也是短不了你的。"说罢,拾起地上宝剑,如飞而去。

张鸿悄声埋怨吕伟道:"大哥真是糊涂,大恶就擒,为何又放虎归山?我二人这些年来极少遇见敌手,适才你和他相斗,论真实本领,还不易胜他,何况又会妖法,若非异人暗中相助,恐还要败下来呢。"吕伟忙问他下船去可是追那异人。

张鸿道:"谁说不是?你和毛贼才打二十多个回合,我便见他二人站在崖上。我比时见毛贼只守不攻,只当他是想班门弄斧放暗器呢。知你足可应付,并没在意。一心还想用甚法儿,去与那异人相见。谁知毛贼已将迷魂化血刀放出。这东西我曾见人用过,甚是厉害。休说被它砍上,难以活命;便闻见那股子毒烟,也是昏迷不醒。正在着急无法解救,你那三环套月刀也发去出。我明见毛贼左边一刀业已避开,那厮内功必好,正拿右臂去挡右边的一把,矮的一位异人忽说一声:'刀歪了,也砍不进去,我帮他一手。'那两把刀忽然自己往正中一挤,正砍在毛贼双臂之上,倒于就地。同时那位穿道装的手一扬,便飞起一道银光,将毛贼的飞刀裹走。

"那崖和你们交手处斜对着,我看得甚是清楚。我知你必胜无疑,又见那异人神气像要走的样子,顾不得招呼你,假说解手,纵上岸,悄悄绕向崖后,想冷不防跟上去见面。矮的一位已在崖下相等,见我一去,撒腿飞跑。我不该以为上面还有一位穿道装的,他二人是一路,在川峡中诛怪时已然见过,只要见着一位,那位也好见了。身刚往上一起,不料这位更不客气,便是一道光华升空,晃眼不见踪迹。再看矮的一位,仍在前面行走,连忙拔步就追,当时错过,哪里还追赶得上?可是相隔又并不甚远,害我追出二十多里地,好容易看他伏在前面山石上用手乱画。等追近前,忽然没了影子,那石上却给我二人留着这一纸条。"

吕伟接过一看,一张白纸上,也不知用什么颜料,写着几行紫色的狂草。二人虽通文墨,却不甚深,只认出张、吕等七八个字。断章取义,猜是为己而书,不能成文。只得请过陈敬一看,才认出是"有缘者吕,无缘者张。灵娃归来,莽苍之阳。冤孽循环,虎啸熊冈。勿昧本来,吾道鸿昌"八句。下面写"书寄灵娃",款落"矮师"二字。猜详了一会儿,吕伟猛想起爱女名叫灵姑,又有"有缘者吕"字样。闻得云南有一莽苍山,洪荒未辟,方圆数千里。自己已久有卜居南疆之念,莫非女儿异日还有一种仙缘不成?想到这里,心中便打了一番主意,暂时也没和张鸿说。

放了毛霸,天已将明,吕伟原想同了张鸿返回自己船上,略微歇息,进点饮食,便即起程,往下游头而去。陈敬因感二人救命之恩,又万分佩服二人的侠义,苦苦挽留,再三要在前途择一村镇,留住盘桓些日。张鸿也说:"毛霸那厮凶横狠毒,心术不正,保不定前途又来加害。"力主护送一程。陈正更是跪地苦求,不应不起。吕伟一则难却陈氏父子盛情;二则又爱陈正小小年纪,天资颖异,听陈敬说他自幼爱习武,想借船中数日勾留之便,给他一番造就。便笑对张鸿道:"那毛霸虽然凶恶,决不至如此下流,做那没廉耻的事。如真前途加害,除非我二人永远不离陈兄父子,才得保住;否则即使我们护送到了任上,只一离开,仍是无用。此事尽可无虑。既承蒙陈兄不弃,我等出川本为闲游,原无甚事,哪里不可勾留。依我之见,也无须在前途觅地停船,官船仍走他的,命我们的船随在后面,送陈兄一程,借以盘桓些日,省得误了任期。"张鸿自无话说。陈敬父子连忙谢了。

当下吩咐好了两船的船夫子。陈敬早命下人端整好了酒饭,入舱饮用。一面是襟度开朗,儒雅谦和;一面是豪情胜概,侠气干云,彼此越谈越投机。陈敬问起二人出川缘由,便说:"川中当道是年谊世交,尽可斡旋,使所犯案情平息。二位恩公既喜山水,云南虽然是个瘴雨蛮烟之域,闻说山川灵秀,岩谷幽奇,更有八百里滇池之胜,何不同往一游呢?"吕伟知陈敬清廉,川中当道大半贪顽,虽有世谊,恐仍非钱不行。自己行贿,既非所愿,如累及陈敬,更为可耻。便以婉言再三谢绝,说:"此行尚有多年旧友,打算乘便往晤。出川只恐误牵戚友,否则官府爪牙虽利,并无如己者。倦游归来,定往云南相访,此时实无须托人向官府关说。陈兄如为请托,反有不便。"陈敬知他耿介,不喜干托,只得作罢。

陈敬又说道:"小儿好武,苦无名师。二位恩公武艺如此高强,可否收在门下,传授一二?"吕伟笑道:"令郎不但聪明过人,而且至性天生,胆大心细。论起资质,足称上驷,怎有不愿收他为徒之理? 惜只惜行旅匆匆,聚无多日,仅能传授一些入门的粗浅功夫而已。"陈正早有此心,不等吕伟把话说完,便口称"恩师",跪在地上叩头不止,吕伟连忙含笑扶起。因大家一夜未眠,上流滩水多急,船人也须安歇些时,才好着力抢滩,席散之后,各自睡了一会儿。已牌时分,才行起身,船已开行些时。陈敬嫌适才席间匆匆拜师,不甚恭敬,要在晚间另备一席,点上香烛,重行拜师之礼。吕、张二人拦阻不住,只得由他。

二人便在官船住下,盘桓了三四天。便中传授陈正武艺,互相披肝见胆,快叙平生,不觉交情逐渐深厚。休说陈氏父子依依惜别,二人也不舍就走。行到第七天上,眼看快到重庆,陈敬重申前请,又请结为异姓兄弟。吕伟慨然道:"送君千里,终须一别。前面沿途俱为大府州县,往来人多,有我二人同行,于你官声大是有碍,彼此无益有损。你我客途订交,一见如故,虽只数日之聚,情同骨肉,道义与患难结合,原不必拘此行迹。明早便要分别,重逢还得些日月。既然贤弟执意一拜,愚兄等从命就是。"陈敬大喜。当下三人便点起香烛,结拜了盟兄弟。

第二日早起,吕、张二人坚辞要走,说是趁船未靠岸,船人共过生死,不怕泄露,正好分手;以免到了前途靠岸之所,惊动官府耳目。陈敬再三挽留,还想多聚半日,晚间再行分别。吕、张二人已走向船头,各道一声:"珍重!"脚点处凌空七八丈,从惊涛骇浪之上跃向原船。陈敬见二人朝官船略一拱手,张鸿便走向舵后,相助船夫子将舵一扳。恰巧上流一个浪头打向左舷,船便横了过去,头尾易位。吕伟随在舵稍出现,船上的篷跟着扯了个满,船行下流,又是顺风,疾如奔马,转眼工夫,那船越来越小,仅剩一点帆影出没遥波,几个起落便即消逝。父子二人想起前情,宛如梦境一般。呆立出神了好一会儿,才行回舱,催促船夫子赶路上任不提。要知后事如何,且看下回分解。

第二十三回

大泽深山　频惊怪异
奇人神兽　同荡毒气

话说吕、张二人乘船到了汉阳，上岸会了两个朋友，便往各地闲游。名山胜水，到处勾留，高人异士逐地结纳，不觉过了年余。这日行至湖广地面，闻听人言，川中当道已然易人，流寇渐有西侵之势。想起家中妇孺，连夜赶回原籍时，一路上见流寇土贼势如蜂起。吕伟料出大势已去，川中不久必遭大劫。再看中原大地，民乱日甚，大乱在即，便是天人也无法遏止。身不在位，故乡仇家又多，除了离川往云贵一带暂避凶焰，更无良策。张鸿家中人口不多，只有一子，年已十三，一招便来。商妥立即约地相会，分手自去。

吕伟抵家一看，病妻业已奄奄一息，正在垂危，待没两日，径自身死。只剩爱女灵姑依依膝下，悲泣不止。吕伟自不免痛哭一场。刚刚殓埋好了，准备上路，忽见张鸿同子张远急匆匆跑来，说各地烽烟四起，驿路已断，纵有本领，不畏贼侵，带着贤侄女在贼盗丛中行走，终是有些不便。陈贤弟现在任上，闻得那里倒颇安静。自己因算他尚未起程，特地抄路迎来商量，舍了原约官路，抄川滇山径野道同行。虽然食粮用具要多带些，但比较安心一点，路程还要近些。吕伟点头称善。张鸿见灵姑穿着重孝，含泪上前拜见，问起缘由，自不免走至灵前哭奠一番。

吕伟因有许多戚友都须顾到，不忍独顾自己父女避祸，已然分别通知。村人都是安土重迁，祸不到面前，大半不动。内中只有一家姓王名守常的，知道吕伟见识高远，虑患知危；加以人口和吕家一样不多，除本人外，只有一妻一子，而且都会一点武功，同去并不怕。原与吕伟约定，回家安置好了田园产业，收拾行李，张鸿到了第二日，准来结伴同行。吕伟便留张鸿住下。

第二天黄昏时分，王守常果然带了妻子前来赴约。因听风声越紧，吕、张二人的行李早就收拾好了，大家一见面，只待了大半晚，次日天还未亮，便即起程。吕伟素常谨慎，做事严密，故乡戚友虽曾一一苦口相劝，并未说出自己行期。众人因大帮的流寇相离本县还有一两千里路途,官府已曾派兵堵截,以为动身决没这般快,所以都未来送别。吕伟的产业,在回家的前几日,推说近年在外亏空甚多,又要备办妻子身后,早用廉价换了金银现钱。一行之中,凡是妇孺都骑着一匹上好的川马,兼带随身行囊。吕、张、王三人暂时步行。共是三家七口四匹马,静悄悄的,依仗着人熟和素日名望,叫开城门,抄着山径野路,绕穿苗人居住的区域,往云南进发。

人强马壮,沿途虽不断遇见一些剪径占山的毛贼草寇和那豹虎之类的猛兽,可是有一个王守常便能发付,哪放在双侠的心上,俱是一见即便败逃消灭,无甚可记。又是四五月天气,南方天暖,随地可以露宿,除食粮较多而外,行李甚少。双侠均通苗情苗语,无论生苗熟苗,只要不遇见那专嗜残食生人不可理喻的野猓,要费手相敌外,余者均可和他以物易物,投宿借食,亲如家人。虽在荒山深谷之中穿行,并无甚阻拦艰险之处。

因为常有一些奇景可看,反倒不忍遽去。各人俱会武艺,不时大家追飞逐走,就地支石为灶,折枝为炊,烧鹿烤兔,聚饮快谈。转觉野趣盎然,比从驿路行走舒服爽畅得多。老少七人,个个兴高采烈,顿忘乱离颠沛之想。

似这样流连光景,一路无话,行了月余,方出川境。遥望前路,已入万山之中。吕伟道:"这些日我们所行之路虽是荒山野径,一半还能见着人烟,所遇苗人也以熟苗居多,就有几处生苗,性子也还不甚野蛮,如能懂得他们的语言习忌,均可过去。前面不远,过了南山塘,便是由永宁去木子关、玉龙山的路。这一带虽是往大理去的捷径,可是沿途俱是高山峻岭,乱峰杂沓,往往数百里不见人迹。有人的地方,都是生番野猓的巢穴。这类番猓,天生蛮野凶悍,专以嗜杀生人为乐。个个身轻足健,纵跃如飞,所用箭矛均经极毒之药喂制。不过他们多半愚蠢,能胜不能败,败了拼命逃窜,各不相顾。虽然厉害,凭我七人的本领,力智兼施,尚可应付。但是山中毒气恶瘴、猛兽蛇蟒到处都是,真个险恶非常。

"我还是在十年前,相助一个姓崔的朋友,由永川保着一趟十万银子的镖,顺金沙江水路到大理去。快到牛眼冲,接到他伙友的密报,说大理恶霸屠伯刚与那客人有仇,听说镖来,与一姓郑的土豪勾结好了滇南大盗戴中行,在洪门渡埋伏下数百名水寇,内中有不少能手,准备劫镖杀人。一则他们有官府暗中助纣为虐;二则那客人共是五只大船,除银子外,还有一家妻儿老小二三十口,保镖的只我们两个能手,余者都是镖伙计,无甚本领。好汉敌不过人多,恐到时人货不能兼顾。又加那客人再三苦求,不愿与贼对拼,他虽是商人,上辈原是大理世家望族,只要到了家,仇人便没奈他何。

"我当时想了个主意,半夜将船停在离洪门渡百十里外一个不该停船的镇上,连夜出重资,雇了车轿,将人货起岸,由我单人带了四个镖行伙计,冒着险,绕道抄出木子关,经由玉龙山到鹤庆,才转入驿路,到得大理。那崔镖头坐着空船前进。戴中行为人颇光棍,也素来打劫不吃回头货,一见便看出虚实,知道走漏了风声,也没动手,径上船去找崔镖头答话。

"问出是我护送的,他冷笑了一声,说我既称西川大侠,知他在此,就该公然投帖相见,也没不抬手相让之理。否则也该明白过手,一比高下,不应做此偷偷摸摸的举动。崔镖头不忿他出语奚落,也还了他几句。话一说僵,便约我回去时,在洪门渡相待。

"我得信后,过了两月,径去赴约。他已盛宴相待,手下和约来的各路朋友何止千百,我们只两人。三杯酒后,各自交代完了,先和他水旱两路各种武艺一一比罢,再行交手。直打了一天一夜,不曾停手,也未进一点吃食。其实我原胜他一筹,只因爱惜他的本领名头,不忍下手,他偏不知趣。打到第二早上,他固不必说,连我也累得力乏神疲。我见他还是不肯休歇,才用八九玲珑手法,在他身上做了三处记号。外人虽未看出,他却是一点就透,低头说了句承让,便即收手,请我二次入席,宾主尽欢而散。

"别人还只当我们比个平手,彼此爱慕,因打成了相识。谁知他真个好强顾脸,自那次别后,不久就听说他解散了党羽,渐渐销声匿迹。我只那次走过,也只走得一半的路。那时还是秋末冬初,路上所遇的种种艰难,就不知多少次。何况如今正是夏初之标,瘴气自必更重,真是一些都大意不得呢。"

众人行没两天,便走入玉龙山里,层峦叠嶂,高出云表,山势益发险峻起来。云南地面虽然也是民不聊生,盗贼四起,可是有的地方还算平静,行旅尚未绝迹。

众人出了川境,原可改走驿路,只因吕伟别有用意。心想:"陈敬虽是生死之交,因为路途遥远,久未通信,不知他还在任上没有。居官的人哪能看长,即使见面,也不过暂时有一落脚之处,以后仍须别寻适当隐居之所,滇省山中,气候温和,景物清嘉,正好趁着行路之便,沿途留意寻访。"又想起巫峡所遇仙侠留柬。入山时听一老苗人说,玉龙山面积广大,山中有一风景绝佳之处,名叫蟒当岩。

吕伟原只前多年依稀听人说过莽苍山,并未身临,年来逢人打听,其说

134

不一,也未打听出真所在来,以为音声相近,蟒当岩或许是莽苍山传闻之误,打算顺便一访仙人踪迹,再加众人多半好奇,荒山穿行,并不怎样困苦,反有不少野趣。虽然知道前途瘴岚之毒甚于毒蛇猛兽,但是众人久在江湖,又有两位见多识广的前辈老英雄做识途老马,知道趋避解救之法,说只管那么说,均未把前路艰危放在心上,谁也不肯提议改途,径照原路穿越下去。

刚入玉龙山,除峰高路险而外,还不觉出过分艰难。及至行入山深之处,路越难走,蛇兽也逐渐增多。众人因吕伟随时叮嘱,也都稍存戒心。这日行经一座高岭脊上,眼望岭那边高原如锦,满布许多不知名的奇花异卉,万紫千红,争妍斗艳。那远的去处更是烟笼雾约,灿若云锦,加上扑面山风吹来一阵阵的清风,益发令人心旷神怡,目迷五色。

大家原想到了岭上歇息片时再走,一见下面这般好的景色,俱都忘了劳倦。正等往岭下纵去,灵姑眼尖,猛见最前面花海中那些彩烟蓬蓬勃勃,似有上升之状。刚喊了一声:"爸爸快看!"吕伟已看出有异,喊声:"不好! 大家快顺回路由这岭脊往高处跑。前面毒瘴大作,去路已断,少迟片刻,便来不及了。"

那四匹川马,在路上业已被蛇虎之类伤了两匹。仗着都有武功,可以步行。马行山中,遇着险恶去处,还须费好多手脚才能通过,有时要人抬缒,转觉麻烦,所以没有向苗人添买。剩这两匹,只用来驮行李,极少有人乘骑。灵姑闻言,首先牵马朝岭上跑去,众人跟着前进,吕伟殿后。还算岭巅高旷,路径斜平好走,众人不消半个时辰便到上面。

回头往岭那边花海中一看,那些毒瘴已变成数十股彩烟,笔也似直挺立空中,有数十丈高下,一个劲往上升起,毫不偏斜。升到后来,内中有一股较为粗大的,忽然叭的一下,响起清脆无比的破空之声。那彩烟立时似开花弹一般,爆散开来,化为许多五色弹丸,各带着一股子彩烟,八下飞投。碰到别的彩烟上,也都纷纷爆裂,叭叭之声连珠般响成一片。那五色弹丸彼此一碰,便似团团彩云散开。不消顿饭光景,彼此凝成一片,远远望去,密密层层,五色缤纷,横亘在遥天远岑之间,浩如烟海,漫无际涯,那彩丝彩弹仍四外飞射不已。真个锦城霞幛,也无此宏广奇丽。

灵姑年幼,直说好看不置。张鸿道:"看倒好看,人只要被它射中一丝,立时周身寒战,发烧而死,休想活命呢。"吕伟道:"这瘴一起,往往经月不开,少说须三五日。前面瘴势蔓延甚广,看神气去路已被遮断。还好,瘴头尚不算高,那一片地方又是低洼之处,还可抄出顺风,绕越过去,否则就难说。昔年我走此路，曾听人说由此岭往东南，有不少猓猓巢穴，既有人居，必可绕通前面。适见那边山势异常险恶，时有腥风刮来。我和你张叔父多年江湖，久惯山行，一闻便知那里定有猛兽虫蟒之类潜伏。便是这些野猓，也是凶蛮不可理喻。但除此之外，别无道路，说不得只好多少冒一点险。你们可将兵刃暗器取在手里，小孩子要放机警些，不可再似前些时那般大意了。"说罢，站往高处，仔细端详好了前途形势向背，吩咐速速起行，以免少时转了风向，中了瘴毒。

当下改由吕伟当先开路，灵姑牵马，与众人紧随身后，鱼贯前行，朝东南方寻路下岭，再上前面一座山麓。沿崖贴壁，攀越险阻，互助呼应，往前走去。行约数里，转过山脚，进了一条夹谷。那谷两边危崖高耸，不见天日。右崖下是一条幽深的洞壑，壑中尽是藤蔓灌木之类遮蔽，时有阴风鼓动，声如潮涌，望下去黑沉沉不能见底。众人靠着左边崖壁行走，路仅二尺，高下起伏，蜿蜒如带，人马不能并行，蹄声得得，山谷回应，益显阴森。

入谷不到半里，路径虽然宽广好些，两崖却越发低覆起来，势欲倒压而下。走了一阵，且喜无甚恶兆，吕伟忽然内急欲解，便命众人缓缓前行，自己解完了，随后就到。

一会儿工夫，谁也没料会有什么变故。谁知灵姑在前走出去不过十余丈远，手牵二马忽然齐声长嘶，再也不肯前进。灵姑将门虎女，力气本大，见马倔强，骂道："懒东西，好好的路也懒得走么？"随说，手中用力一拽。那马吃不住劲，跟着走出，还没一两丈远，仍是昂首奋蹄，嘶鸣不已。灵姑着了恼，正要用刀背朝马背上打去，刚一回身，倏地眼前一花，壑底沙的一声，抛起两条红紫斑驳的彩练，直朝人马卷来。那东西头上各有一个倒钩子，无眼无口，来势异常迅疾。灵姑见事起仓促，左手一松马缰，身子一纵丈许高下，避开来势，朝那头一条彩练奋力就是一刀。

灵姑的刀新从苗人手中得来，锋利无比，刀过处，那东西迎刃而断，削下四尺多长坠将下来，正落在一株断树根上，被它只一舒卷之间，立时缠了个结实。前半一斩断，后半便自掣电一般收回，洒了一地紫血，腥臭无比。同时那靠边的一匹马，早被第二条彩练钩住马腹，带入壑底，只听一声惨嘶，便即不闻声息。那东西退时，后面张鸿等人也都看见，不及使用兵刃，各将随手暗器发出，件件虽都打中，那马已自无救了。

后面吕伟刚解完手站起，听出马嘶有异，连忙赶来，已然出了乱子。只得把人马引向比较安全的地方一查看，独单那匹马上驮的又是干粮、衣服等食用之物。另一匹马虽然也驮着一些，但是数量无多，只足一二日之用。休说前途茫茫，绝食可虑，就是打算中路折回，也须行上七八日崎岖的山径，方能有苗蛮的寨子。俯视壑底，阴风怒啸，藤莽起伏，青枝绿叶，如掀碧浪，杳杳冥冥，不见底际，更不知下面怪物藏有多少。烦恼之中，还得随时留心着怪物二次出现，这焦急实是非同小可。

大家一商量，均主前进，等过了这一段险路，只要遇有鸟兽的地方，便可得食。何况前面还有苗人的寨集，无论好说歹说，智取力夺，总可想出法来，也比折回去强些。主意既定，因有前车之鉴，越发加了一番戒备，便把另一匹马上所剩余粮分将开来，各人带好，以免再有同样的事发生，立时断了粮食。

那怪物身子似蛇而扁，脊上生有倒钩。上来时，被灵姑用刀砍落的半截，紧缠在断树根上，层层胶合，宛如生成，怎样用树枝挑拨，皮肉划成稀烂，始终未分开来。头上是一个双叉的卷钩，已然深嵌入木，无目无口，也不知是头是尾。连吕、张双侠那般见多识广，仅猜是一种极恶毒的蛇虫之类，也不知它的名称来历。这东西死后力量尚如此惊人，如被缠住，那还了得。

众人都是侠肝义胆，虽然事后思量，犹有余悸，仍想把害除了再走。屡次提着马鬃，使其嘶鸣，俱无动静。估量怪物一条被灵姑所斩，一条身上中了许多暗器，而这些暗器，吕、张二人事先防到，怕在深山穷谷之中遇见厉害猛恶的东西，一时制它不住，均用极毒之药喂制过，大半见血封喉，或者下面只有这两条，全都身死。等了片刻，不见出来，只得起程。

走了一阵，两崖渐向左右展开，现出明朗的天日。路径虽然在半山之上，一边是无底深壑，却甚宽广。遥望前面森林高茂，路现平阳，方喜出了险地，忽从林中跑出数十匹花斑野马，满山飞逃，俱往高处蹿去。末后有两匹大的已跑出林来，忽又回身站定，朝林内长嘶了两声，然后回身，缓步跑去。路出没有多远，忽又从林中冲出八九只水牛般大小的金钱豹，马一见豹，四足一起，连蹿带蹦亡命一般沿崖边跑去，口中仍长嘶不已。

众人入山以来，还是头一次见着这般长大凶猛的豹子。经行之处，离崖有二十多丈，正当豹的侧面。吕伟因见那豹来势猛恶，林梢风起，恐那豹是大群出来，为数太多，不便轻与为敌，正命众人暂避，不可妄自上前。忽见那几只大豹出林之后，虽然目泛凶光，口中咆哮，却不去追那沿崖跑的两马，意思想往高处跑去，刚转身纵得一纵，前面马见豹不来追，二次又回身长嘶，向豹引逗。等豹一追，却又沿崖跑去；豹一停足，马又回身来逗。众人俱知马非豹敌，追上必死，何故拼命引逗不已？正自不解。那几只大豹经两马几番引逗，先时马群俱已逃净，一下把豹逗发了急，倏地震山动谷一声怒吼，各把长尾一竖，一跃十丈，朝两马沿崖追去。马前豹后，刚刚几个纵跃，眼看首尾相衔，前面两马跑到一处，忽然互相引颈一声长嘶，将头一低，四蹄一蹬，箭一般刚平穿出去，后面的豹也齐声咆哮，一跃数丈，追将过来，两下里相差只一起一落之间。

当头共是五只大豹，正往下落，倏从崖下抛起三条尺许宽，数丈长的彩练，掣电一般直甩上来，正搭在那些豹的身上，五只大豹竟被缠住四只。头两条彩练各缠一豹，当时便拖下崖去。还有三豹，内中有两只较大的，原是并肩而行，同时落地。第一只近崖沿的在前，第二只靠里在后，相差约有二尺。那第三条彩练一下搭在第二豹的头颈上，再一钩将过来，恰好将近崖的一只拦腰卷住，往下便拖，这条彩练较细较短，所缠的又是两豹，力量本就稍弱。内中一只又只缠住头颈，便于着力，便拼命挣扎，想逃脱束缚，四足据地乱蹬，口里呜呜乱嘶不已。另一只也随着狂啸，乱挣乱抓。爪过处，在地上便是一条条的沟子，后面共还有五只大豹，也自赶到，一见同类失陷，便纷纷上前，朝着那彩练乱吼乱抓，满地扑滚。那彩练更是死也不放松，越缠越紧。沙石飞扬，血肉纷溅中，再加崖上群豹的怒吼与崖下两豹的惨叫汇成一片。只震得林木风生，山谷皆鸣，声势真个惊人。众人才知两马用的是舍身诱敌之计，好生骇异。

灵姑想绕过去，给怪物一毒镖。吕伟忙拦道："这般毒物猛兽，俱是山中大害，正好互相残杀，同归于尽。豹有这么大，恐还有不少同类在后，千万躲开为妙。它不来侵害，犯不着再去招惹。那条怪物，身上业已被群豹抓成稀烂，这半截无眼无口，许是怪物的尾巴，它吃不住痛，另一半截定蹿上来，与群豹恶斗。先落下去的两条，也许上来相助。我等纵要除它，须等二恶交疲之时，方可下手，此时切莫妄动。"

正说之间，那彩练竟被群豹抓断落了下去。可是那被缠的两豹身子，被那半条断彩练越发束紧，两豹身子差不多并成了一个。束腰的那只还略好些，束颈的那只已被束得凶睛突出，血口开张。俱都横卧在地面上，不能转动。好容易经那五只活的又是一阵乱抓乱咬，等到弄成断片，去了束缚，两豹早遍体伤痕，力竭而死。这时崖下二豹的惨叫已歇。两马借刀杀敌计成之后，早逃得没有了踪影。群豹犹自据崖怒啸不已。

不到半盏茶的工夫，群豹来路的那片森林中忽然狂风大作，林木起伏如潮。吕、张二人知有大群野兽出现,忙命众人快快准备兵刃暗器,将马放在山脚洞内,用石堵上,另觅大树躲藏。众人身刚上树,便听万蹄踏尘之声,千百大小豹子,从林隙中冲将出来。

内中两只较大的吼了两声,崖口五豹只回应了一声,便住了狂啸,迎上前去。这千百只豹子一出来,俱往林外空地上聚拢,好似受过训练一般,大的在前,小的在后,数百个一行,排成两个半圆圈,朝林而立。除了兽爪踏地之声,一只也没吼啸。众人在树上刚自觉着稀罕,倏地又从林内跳跳纵纵跑出两个怪兽来。两兽似猴非猴,一红一黑,周身油光水滑,长才三尺,脑披一缕金发,圆眼蓝睛,人立而行,掌长尺许,指如钢爪,举动甚为灵活。这两怪兽刚一出现,千百豹群立时四脚趴伏,将头紧贴地上,动也不动,看去甚为恭谨。

不多一会儿,从林内冲出一只比水牛还大的黑虎,背上坐着一个身穿白短衣,腰围兽皮,背上插着一排短叉,手执一根两丈来长的蟒皮鞭,年约十七八岁的英俊少年。出林之后,用手一拍虎项,虎便横卧在地,少年也改骑为坐。两个猴形怪兽便迎上前去,举掌膜拜,分立两旁。少年口里吼了两声,声如兽啸,也听不出吼的什么。先前五豹先伏行过去,也朝少年回吼了几声,然后立起身来,走向崖口,共同衔着那只死豹的头尾,往少年面前跑来。刚跑出没有几丈远,崖下倏又飞起两条彩练,因为五豹转身得快,已将死豹衔去,一下落了个空,叭的一声打在山石上面,恰好将那十余段怪物尸身搭住,顿时被它全数卷起,往崖下甩去。

那少年见了这等怪物,只把两道长眉皱了一皱,好似不曾在意。那几只豹子将死豹拖到少年面前放下,重又伏地吼啸起来。少年将手一摆,止住豹吼,口里作了几声呼啸。旁立的两个猴形怪兽走上前去,各将死豹提起一只,带着那五只豹子,走往林侧山麓之下停住。内中一兽用前爪往地下一指,五豹便顺它指处,各用前爪一阵乱抓,只听沙沙之声,尘土扬起多高。等到抓成了一个丈许方圆的深穴,二兽才将两只死豹端端正正放了下去。少年再用手一指,嘴皮微动了动,五豹各自掉转身来,用后爪将前抓出来的泥土往坑中拨去,顷刻工夫,将坑掩好。二兽早各取来两根比它身量高出两三倍的大石笋,照准上面便筑,一会儿工夫与地齐平。仍率五豹往回走来,动作甚是熟练。尤其是那两根筑地的石笋,少说也有数百斤重,二兽举起来,竟和一根木棍相似。

众人先见那少年能统率这般猛恶的野兽,觉着稀奇,对这两个猴形怪兽,谁也没料到有此神力,益发骇异。吕、张二人因一时间还看不出少年的性情好坏和他的路数,眼前吉凶诸多不测,所幸藏身之处掩蔽尚好,忙即示意众人谨慎戒备,不可出声。以免被他发觉。正在各打手势,忽听少年一声长啸,接着便听群豹骚动起步之声。再往前面一看,广原上千百群豹俱都立起,掉转身躯,仍照以前行列排数,往崖口那一面缓缓进发。

少年骑虎殿后,两只猴形怪兽一边一个。前面豹群行离崖口约有二十余丈远近,少年又是一声长啸,群豹忽从中间分开,排向两旁,蹲在地下,让少年与二兽过去。少年到了群豹前面,将虎项一拍,虎便转过半边身子,横卧在地,依旧改骑为坐。少年才把手一招,那两只猴形怪兽便躬身凑近前去。少年只低声说了几句,二兽便走向豹群中,挑了两只小豹出来,用两条长臂捧起,给少年看了看。少年又微一低头寻思,将虎项上挂的刀拔出,站起身来,一个纵步,飞身十余丈,到了左侧坡上面。挑了一株半抱的大树,齐根砍断,削去枝干,弄成了一根四五丈长的直木。用手举起,纵下坡来,放在离崖近处。然后将手一挥。二兽捧了小豹,飞也似跑到崖前,将豹放在木头后面的中间,各用前爪,一扯豹耳,两只小豹便怪啸起来。

这时众人方看出那少年是想诱那怪物上来,为死豹复仇。少年除力大身轻,能役使群兽外,并不似会什么法术。俱不知他预先砍那大木是何用意,方自猜想,说时迟,那时快,少年站在横木后面数丈远近处,口里一声低啸,两只猴形怪兽便松手跑向两旁。

两只小豹刚拼命一般往回逃窜,同时崖下面彩练也长虹一般飞起,往上搭来。就在这疾如电掣之际,两只猴形怪兽已一头一个,将地下横木举起,恰好将两只小豹放过,接个正着,那彩练双双都搭在横木之上。二兽再用力往后一带,益发当作是个活东西,只一晃眼工夫,便缠绕上几匝。少年早把背后精光耀目的钢叉连珠般发出,根根都打在彩练身上,深透木里,钉了个结实。那彩练想是知道不妙,未卷在木上的一段不住往回掣动。

偏生那攀住木头的二兽力大无穷,一任它怎样抖颤伸拱,不能扯下一点。正在相持不下,少年的叉已发出来十把,倏地一声大吼。二兽也各自发威,身子一抖,脑后长发似金针一般根根直竖起来。四只前爪扳住大木,哞的一声怪叫,往里一带,那两条彩练便似裂帛断绢一般,随着二兽紧抱的那根大木,拉向前去十几丈,直往崖上抛来。晃眼现出全身,乃是两条怪蛇,先上来的竟是它的尾巴。

那蛇生相甚是狞恶难看。通体前圆后扁,上半身有小木桶粗细,皮色和烂肉相似,头如蚯蚓,一张圆嘴喷着黑烟。额际生着七眼,目光如豆。齿如密锥,生在唇上,已有好些折落,血点淋漓。因为下半身缠在木头上面,全身一上崖,便朝前横折过去。再将头左右一阵乱摆,那颗长头便粗大起来。

少年知它要蓄气喷毒,吼一声,手中又是两把飞叉照准二蛇头上打去。眼看打到,二蛇各将头颈往后一缩,大嘴一张,咬住叉头,只一甩,那把叉便被甩向空中数丈高下,映着阳光,亮晶晶和陨星一般,直落蛇后绝壑之中。少年见势不佳,忙吼一声。扳木的二兽刚自松了前爪,往后纵开,那蛇已将身一拱,各顺大木的一头箭射一般穿去。二兽退得甚快,二蛇下半身又缠在大木上,被飞叉钉紧,自然是追赶不上。二蛇一下穿空,益发暴怒,折转身又朝少年穿去。少年早有防备,已自往后纵开。连那千百只豹子俱都纷纷后退,让出一片空地。少年这一次舍了飞叉不用,径抓起地下石块,照准蛇头便打。那两只猴形怪兽也跟着学样,却比主人还要灵活得多。仗恃纵跃高远,力大身轻,各捧住大小石块,存心和蛇逗弄,不时蹿东跳西,挨近蛇身,等蛇将要作势穿来,迎头就是一石。接着身随石起,一纵便十余丈,那蛇休想伤它分毫。

少年手上颇有功夫,石发出去又沉又稳。饶是二蛇目光锐利,闪躲迅速,也经不起这一人两兽三下里夹攻。还算是蛇嘴皮紧肉厚,富有弹力;蛇又心灵,一见石块打来,知难闪躲时,便用嘴巴拱挡。虽没有伤中要害,近头一段已是皮破血流,伤痕累累了。少年见那蛇只能用身子凭空抛甩飞蹿,不能顺地游行;而且各不相顾,不能带着附身大木来追;毒烟不能及远,立处恰又是上风,益发放心。也不近前去,只管把手中石块发个不休。那两条怪蛇也是急怒发威,不肯后退,仍在乱石飞落之中左闪右躲,此穿彼逐,欲得仇人而甘心,兀自相持不下。

这时吕伟、张鸿藏身处正当人蛇相斗右侧的一株古树空腹之内,离崖不过四五十丈。几番谛视少年,体格相貌,并非野番种族。生相虽然雄壮,脸上并无戾气,只是啸声如兽。但他率领着这许多虎豹异兽,自己带有妇孺,如被发觉,好了便罢,一个不好,岂非自取其祸?好生踌躇。后来看出蛇信甚长,蛇头经打,尤其那七个蛇眼厉害,少年和异兽这般打法,决不易将蛇打死。休说傍晚风势一变,只要蛇口中毒气喷出,凶多吉少。便被它逃了下去,少年叉上不似有毒,那蛇如此灵巧,必能拔叉脱身,岂不仍留大害?

想了想,吕伟打算冒险,施展多年藏而不用的绝技,助他将二蛇除去。便悄悄对张鸿道:"今日我等处境颇危,除非蛇死,兽群退去,行动方保无虞,否则吉凶难卜。看神气，蛇如不死，少年决不甘休，两下里相持到晚，于我们大是不利。这次恰好我因恐蛮山多险，将业已收手不用的百步飞星神弩带了出来。我意欲冒一点险，绕向前面，去打蛇头怪眼，或者能以奏功。不过这等野性人，终是难测，但能不见为妙。如我行踪被他发觉，不问他相待好坏，哪怕他错会了意将我困住，他手下有这些虎豹灵兽，人力绝难取胜。我如不出声招呼，大家千万不可上前，以免差池。我一个人即使不幸，自信还能脱身。虽不一定便会这样，总是谨慎些好。烦劳贤弟代我约束他们。"

说完，吕伟便绕到坡上，用手端着百步飞星神弩，略一端详远近，朝前比了比，觉着甚为合适。正待遇机下手，那两条怪蛇连受石块击伤，势子业已渐衰，忽然身子往上一拱，直立起来。吕伟见是机会，手中弩箭一紧，正要乘少年发石之际朝蛇头上的七只怪眼连珠射去。那蛇倏地同时将头急摆了两下，再连身往后一扬，立竿倒地般往崖底直甩下去，那带着大木的下半截身子，也跟着往崖下回卷。

吕伟因想避那少年耳目，略一审慎，弄得时机坐失，那蛇已连身逃走，方自惋惜。不料那猴形怪兽竟似早已防到，蛇的上半身刚往后一倒，下半身拖着木头卷走没有多远，二兽早一纵身，疾如投矢，飞步上前，伸出那钢一般的前爪，一头一个，将那根大木抓牢。只跟着往前滑出丈许远近，便即收稳势子停住，一任蛇身扭拱不歇，休想扯动分毫。可是蛇力甚大，二兽也拉它不上，两下只管相持。那少年急得无计可施，几次走近前去，用刀在蛇身上作势欲砍。想是知道斩为两截，蛇仍不死，更没法善后，俱未下手。

过有顿饭光景，吕伟居高望下，隐隐见崖中忽有三四条彩影闪动，猜是那蛇勾来了同类。那等厉害恶毒的怪蛇，休说是多，如有一条蹿上来，也非易事。何况今番不比上次，有了防备，并非预先用大木乘势卷住蛇尾。如任其自在游行，少年和二兽虽是力大身轻，恐也难讨便宜。吕伟正替少年担心，那大木已被二兽一下拉过来两三丈远。少年见状，方自喜啸，见崖下彩虹掣动处，四条同样怪蛇互相盘纠，直甩上来。一上崖便自分开，朝少年和二兽分头蹿去。吓得二兽丢下大木，回身便纵。少年知道厉害。忙即纵退，一声长啸，千百群豹与那只大虎，立时纷纷逃散开去。

吕伟定睛一看，内中两条仍是缠在大木上被叉钉住的。其余两条，俱只有半截身子。大的一条，正是适才被五豹抓断身子的那条，近尾一截满是兽爪抓裂的伤痕。断处仅去蛇头四分之一，举动犹自灵活。另一条比以上的三条要小上三倍，身子已去了一小半，像是齐半腰被人斩断，血迹淋漓，行动也比较缓慢，不知是否灵姑先前所斩。

这四条蛇一上来，那两条断蛇俱都将挨近颈腹那一段贴地，竖起下半截残躯有好几丈高下。并不头前尾后顺行，乃是尾巴在前，昂首后顾，朝着前面倒行，去追那少年和二兽。盘旋滑行于草皮石地之上，疾如飘风，几次追近少年，便将下半截身子朝下打去。还算那少年纵跃矫捷，又有两只猴形怪兽冒险救主，不时拿着石块上前去打，引它来追，才得没击中。

蛇身落处，只听叭的一声大响，地面上便是一条印子，有时山石都被打出一条裂痕。少年一面纵逃，一面拔出身后飞叉投掷，无奈近要害处俱被蛇嘴拱开，等到把叉发完，虽然蛇身上中了几支，除了引得它益发暴怒，来势越急外，并不见有甚效用。

同时那被少年飞叉钉缠在大木上面的两条，正各低了头，去衔住叉柄，往外一阵乱拔。因为叉上都是倒须刺，先时蛇身护痛，那蛇随拔随止，时常舍此就彼，中道而废，一支也未拔出。反因利口将叉柄咬断两根，益发嵌入肉里。内中一条，不知怎的一忍痛，衔着半截叉柄，头往上一扬；一根短钢叉带着一大片血肉随口而起，抛有数十丈高下。这一开始，二蛇俱都不再顾惜皮肉痛苦，紧接着又去拔那第二根不迭。

吕伟因四蛇齐上，先两条有大木绊住无妨，不得不弃缓就急，先除那两条断了尾的。谁知那少年和二兽竟不朝坡这面避来，越逃离坡越远。弩已多年未用，恐难命中，只得停手等待。正想再不过来，便绕追上去，忽从崖口那一面飞起一柄带着血肉的钢叉，映着日光，摇摇晃晃落下来，斜插在前面草地之上。侧回头一看，原来是蛇身上的钢叉，已被它用嘴拔起。断了尾巴的已如此厉害，一被脱去束缚，那还了得。

这一惊真是非同小可。吕伟端弩朝二蛇一比，恰好左面一蛇衔住叉柄，正在忍痛上拔，全神贯注于叉上，刚刚拔出半截，头渐昂起，真是绝好下手的良机，哪肯放过。忙一按弩簧，用十成力，将一排十二根毒药飞星弩箭朝蛇的七只怪眼打去。

那蛇万不料到仇敌已被同类追出老远，还有人暗算。那弩箭俱是纯钢打造，只比针略粗，尖头上灌着见血封喉的毒药，发时一些声响俱无。吕伟因恐蛇身太长，皮粗肉厚，打上去无用，专心打它的眼睛，只要有一支打中，也难活命，何况十二支连珠发出。

左蛇刚一受伤，吱的叫了一声。右蛇不知就里，昂头去看。吕伟正在打第九支箭，准头略微一偏，右蛇眼中也分别连中了四支。吕伟还恐药力不够，又取出一排安上，准备再找补两箭时，忽闻虎啸之声。回看少年，已被两条断蛇追急，又从远处往回逃遁。两只猴形怪兽跟在后面，虽然用石块去打二蛇，二蛇这一次竟似认准少年是它仇敌主脑，一毫也不作理会，仍是紧追少年不舍。

二兽见主人危在顷刻，连引蛇两次未引开，一时情急，赶上前去。为首的一个竟不顾厉害，伸出钢一般的左爪，照着大的一条七寸之上就是一下。二蛇原是大半身子竖起，用靠近颈子的一段贴地，再将头部昂起数尺，扭颈反顾。成一之字形，以后为前，两下分列盘桓，倒行而追。虽各断去小半截，也有好几丈长短。加上是两下夹攻，游转如飞。所以一任少年身手多么矫捷轻灵，也是不易躲闪。

那大的一条追离少年最近，身子一拱，正要往下打去，恰值怪兽一爪向要害处抓来。那蛇一护痛，不顾打人，忙即张开那水桶大小，密牙森列的利嘴，正待回头朝仇人咬去，就在这间不容发之际，吕伟恰好看到。因见二兽如此忠义，急于相救，慌不迭地觑好准头，一按弩簧，把刚上好的一排弩箭接连发了四支出去。刚巧那蛇张口回顾，两支中在眼里，另两支俱打在大嘴之中。那蛇觉着嘴里一阵奇痛，将嘴一闭，将头一摆，紧接着将竖起的身子往后反打下来。

那怪兽原极机警，一爪刚抓向蛇头，便知危机瞬息，蛇必回头来咬，并且还要防到那另一条断蛇。身子又矮，如往上纵，恰好被它咬着。于是一面收回左爪，一面将身子往下一蹲，避开来势，准备往侧面无蛇的一方纵去。主意想得虽好，无奈那蛇回首也是飞快，眼看两下相对。这一来，休说被它咬上，难以活命，便是被它拱上一口，也未必吃得住。多亏吕伟这四支神箭，那蛇受不住痛，略一迟顿，怪兽已似弹丸离弦般斜纵出去。

就在此时，另一怪兽原向较小这条断蛇追去，还未下手。少年所骑黑虎先时被少年喝开，只是蹲伏在附近高岗之上，朝着下面眈眈注视，后见少年危急，一声怒啸，便从斜刺里追将过来，正待作势扑去。那蛇见同类为仇敌抓伤，刚舍少年旋身去追，怪兽和黑虎也双双纵到。黑虎先扑上前，身子还在空中不曾下落。

吕伟头四箭得了手，一见小的一条断蛇也旋过身来，觉着机不可失，当下舍了前蛇，一偏手，又发出三支毒箭。偏巧那蛇闻得虎啸，便不再问同类死活，正在昂头张口待敌之际，三支箭连珠中在嘴里。一护痛，闭了嘴，将身子一阵乱摇，便朝下一倒，意欲朝虎打去。这时怪兽也自纵起，大约是怕伤了黑虎，趁势一伸两条坚如钢铁的长臂，就空中抱紧蛇身，拼命往外一拔，然后放手纵落。那蛇骤不及防，不由往外一偏，落将下去。因为身子刚横过来，正压在前蛇的身上。

二蛇此时本是急痛攻心，又加这类钩尾怪蛇照例是身子一落地，只要挨着东西，立时就卷。前蛇是一下打空，怒极奋力上窜，后蛇是怒极奋力下打，都是情急拼命，势子猛烈；又值药性发作，神志渐昏之际，这一击一迎之力何止数千百斤，只听咔咔两声，二蛇身子悬空，略一停顿，又是吧嗒一响，两蛇长身同时落地。互相往回一卷，便纠缠起来。彼此毒性大发，哪还认得出是敌是友，只略微屈伸了两下，便和大木上两条死蛇一般双双死去，蛇头搭不上来。

这时那虎和二兽已被少年喝住。少年见四蛇先时那般凶狠，后来竟会无故死去，好生不解。坐在虎背上喘息了一阵，便独自往大木前去。到了一看，两条怪蛇的头都向下垂搭着，只额上七只怪眼有睁有闭，一时也看不出致死之由，疑是暗中得了神助。因为奇腥触鼻，不耐久立，正待回身，忽听二兽悲鸣之声与虎啸相应。知道二兽从不轻易这般鸣啸，不禁大吃一惊。回头一看，适才用爪击蛇的一个，用左爪捧住一只右爪，浑身的毛根根倒竖，由另一怪兽半扶半抱，并肩悲鸣而来，忙即迎上前去。

少年见它那条抓蛇的右爪业已肿起两三寸厚，皮色由黑变成了红紫，皮肉胀得亮晶晶，似要渐渐往臂腕上肿去。知是适才拼命救主，爪裂蛇颈，中了蛇毒。这一急真是非同小可。刚伸手要向伤处抚弄，却被没受伤的一个伸臂挡住，不令近前。口里叫了两声，将受伤的同党放倒在地下，径去少年身后，将那未发完的短钢叉抽一支，拉了少年的手，往两条断蛇前走去。

少年因自幼生长兽群之中，颇通兽意，知有缘故，以为或者能从蛇身上想出救法，便随了走去。快到之际，怪兽忽然松了少年的手，一步纵向断蛇身前。先朝蛇身上定睛看了又看，然后用叉尖旁枝照准一只蛇眼眶上两边划了两下，再往里一按，轻轻往外一挑，一颗蛇眼珠便整个挑在叉尖之上，递与少年。少年接过一看，那蛇眼眶不大，未死以前，七只怪眼虽然星光闪闪，都不过和龙眼一般大小。这一挑将出来，整个眼珠竟比鹅卵还大，滴溜滚圆，通体都是紫血筋网包满。本质为灰白色，和一块石卵相似。只正中有大拇指大小的一点透明若晶，乃蛇眼放光之处，已不似活的时候那般光明，上面还聚着米粒大小的一点紫血珠。

少年反复仔细看了两转，看不出有何用处。方自焦急，那怪兽忽又将叉夺了过去，将那眼珠甩落地上，用叉尖一阵乱划乱挑，微闻丁的一响。低头注视，乃是一根两寸多长，比针粗不了多少的钢箭，血肉附在上面，俱成暗紫，这才明白那蛇致死之由。但是四顾山空云净，西日在天，只有满山虎豹凭临游散，哪有一点人神的踪迹。

少年方自愁急寻视，耳听黑虎啸声犹自未息，起初听出虎啸与平时不令群豹妄动之声相同，不似有甚变故。因一心惦着中毒受伤的怪兽，明明自己家中藏有解毒治伤之药，二兽却不愿回去，只拉自己手跑，知它素具灵性，必有所为，无暇再过问那虎。及至寻那放箭来源未得，虎啸兀自不止，刚猛然心中一动，身旁怪兽忽又拉了自己，纵身越蛇而过，径朝虎卧之处跑去。

少年随着怪兽且走且看，见那黑虎半趴在那前坡上，朝着一株大树不时摇首摆尾，做出亲热示媚之状，口中却啸个不住。暗忖："放箭杀蛇的救星莫非藏在树上不成？"想到这里，足下一加劲，只几个纵步，便离树不远。那虎见少年飞跑过来，刚转身来接，猛听树上有人大声说道："那位骑虎朋友，且慢近前，老朽这就下来了。"

原来吕伟这些时工夫，越看那少年容貌动作，越不像甚歹人，本就有了爱惜之意。无奈蛮荒远征，携有妇孺，终不便和山中野人交往。连杀四蛇之后，虽然自负老眼无花，当年神弩毫无减退，仍本着多一事不如少一事的主意，不愿和少年相见。方喜手法敏捷如电，行藏未被那一人二兽所见，四蛇一死，少年必不致久停。正要悄悄绕道回去，与同行诸人相聚，等少年率领群兽走去，即行觅路起身。

念头刚一打好，忽闻一虎二兽鸣啸之声，吕伟以为毒蛇又来了同类。击蛇救主的怪兽，一只右爪已然中了蛇毒，疼得乱叫，吕伟原藏身密叶浓荫之中，又掩着半边崖角，本极隐秘。谁知往前看时，未受伤的一兽正抬起头来，那精光流射的怪眼竟与吕伟目光相对。心刚一惊，二兽朝黑虎又啸了两声，回身朝少年走去。同时那只黑虎却往坡上走来，先在树下摇头摆尾绕行了两转，然后伏在坡前，举头向着吕伟鸣啸不止。

吕伟方知黑虎和两猴形怪兽俱是灵物，杀蛇之时，业已看出自己踪迹，树并不高，那般大虎不难一跃而上，见它神态不似含有恶意，否则休看那么厉害的毒蛇倒好除去，虎虽一只，射死极易，可是虎后面还有一人二兽与那千百大豹，却是招惹不得。再加那些豹群闻得虎啸，也渐渐往坡前缓步走来，在相隔一二十丈处散落蹲伏，恰好挡住去路。如果下去，必然惊动这等猛兽，毕竟不妥。吕伟再看二兽相抱，去找少年，并未见有什么解毒之药取出应用。自己身旁现带有好几种解毒神效之药，只是这半日工夫，听少年口音非汉非苗，颇与兽啸相似，是否能懂自己的话，尚说不定。树下猛兽环伺，相隔又远，一个不巧，还许为好成恶。

吕伟正在踌躇不决，那怪兽已拖了少年跑来，知道无法隐藏，只得出声。刚把前两句话说完，便听少年用云南土话答道："放小箭帮我们杀七星钩子的就是你家么？"

吕伟闻言大喜，存心卖弄身法，镇他一镇，不等少年把话说完，拿出当年绝技，脚抵树干，从浓荫中两手平伸，往左右一分枝叶，一个黄龙出洞之势，穿将出去。再用双足交叉，右脚贴在左脚背上，借劲使劲，用力一蹿，身子一绷，悬空斜升好几丈高。倏地将头一低，鱼鹰入水，头下脚上，双手由合而分，直射下来，眼看离地丈许，再使一个俊鹘摩空的身法，微一旋侧，便双足落地，立在少年面前。这一套身法解数，使得人在空中真如飞鸟一般。

那少年虽然天赋奇资，似这等能手，却是从未见过。不由又惊又喜，抢步上前，伸出一双铁腕，拉着吕伟两条手臂说道："那么厉害的七星钩子，寻常要杀一条小的，也要费好些手脚，才能整死。被你小小一根短箭就送了终，你家到底是人还是神仙呢？"

吕伟被他一拉，觉着手力绝大，知他质美未学。存心想收服他，忙将真气暗运向两条手臂之上，微微往外一绷，少年便觉虎口胀得生疼，连忙松手。睁着一双虎目，呆望着吕伟，面现惊疑之容。吕伟含笑答道："哪来的神仙？还不是和你一样，都是凡人，不过学过几天武艺罢了。"少年道："你说的我不信。这里方圆几百里的苗人汉家，个个都说我力气大。我这手要抓住时，休说是人，便是多大力气的猛兽也挣不脱。前面有一汉家朋友，武艺着实精通，几次想收我做徒，动真气力，还是比我不过，至今也没拜他为师。适才我想试试你的力气，先怕把你捏伤，只用了三成劲。见你没在意，刚把劲一使足，也没见你怎样用力，我手都胀得快要撕裂了。不是你在使法儿，还有啥子？"

吕伟因内家功夫妙处，专讲以轻御重，以弱敌强，四两之力可拨千斤，和他一时决解说不清。便岔开道："那是你自己用力太过，论我真力，决不如你。我看你带的那两只伙伴，有一只用爪抓蛇，穿透蛇皮，染了毒汁，甚是严重。这等忠义之兽，你还不想法救它，尽自说这些闲言闲语则甚？"少年闻言，方着急道："我两个猴儿，并不是真猴子。一个叫康康，一个叫连连，从小和我性命相连。今日连连为救我中了毒，本想带它回去，向那汉家朋友求药。它想是因见去年我和汉家朋友比力时,有一苗人中了七星钩子的毒,前去求药,没有治好,所以不肯回去。却教康康拉了我,先寻出蛇眼里的小箭,然后再拉我前来寻你。你如治得它好时,我洞里面有的是你们汉人家喜欢的金银珠子。便是你们爱的那些采不到的药草,也能叫康康带你去采下来相送。"

言还未了,吕伟忙拦道:"我并不索谢。但是蛇毒恐怕太重,我虽带着药,不知能否收效。那边腥秽之气太重,我和你去至坡上顺风之处相候,可命你那康康,去将它背了来试试。治好了,莫欢喜;治不好,也莫怪。去时切莫要沾它中毒之处。"少年大喜,回顾康康,闻言早就如飞而去。

少年便随吕伟上坡,席地而坐。吕伟先拾了些枯枝击石取火,准备烘烤膏药。火刚点燃,康康背了连连来到。二兽见了吕伟,先一同跪倒,拜了两拜。连连已是痛得支持不住,倒卧在地,咬紧牙关,哼声不已。吕伟见它伤处已然肿到手背上面,亮晶晶的皮色变成乌紫。知道蛇毒甚烈,再延片刻,恐难于救治。因知那兽力大无穷,自己凭力气,未必对付得了。忙对那少年道:"此兽中毒不轻,所幸毒只延到手背,没有蔓延到脉中去。它又是个灵奇的兽类,我的解药或者能够生效,不过这片皮肉须要割去一些。适才见它甚是勇猛,恐治它时怕痛,不听约束,你能看得住它么?"

少年道:"这个猴儿比人还要精灵,有我在此,必不敢相强,你只管动手便了。"连连也好似解得二人言语,两眼噙着泪,不住朝吕伟将头连点,做出十分驯顺之态。吕伟终不甚放心,仍命少年紧按它的肩头,以防治时犯了性子。一面嘱咐,一面早从腰间镖囊内将应用物件药膏等取出。剪了一条粗麻布,比好伤处,将膏药摊好。又从贴身兜囊内将吕家独门秘制的清氛散和太乙丹取出,二药各装在一个小瓦瓶以内,封藏甚固。

一切准备停当,吕伟猛想起还没水,仍不济事。偏巧一大瓶山泉在张鸿身边带着。虽看出少年粗直无他,到底还无暇问及他的来历根脚,暂时尚不愿使众人相见。偏又事在急迫,再延更不好治。想了想,只得对少年道:"现在就缺一点清泉,便可下手,急切间无处取用。我有一同伴,现带得有,请你喝住这些虎豹,待我唤他前来。"少年忙问:"你同伴在哪里,他如害怕,我将这些东西喊走远些就是。"吕伟道:"他也和我一般,胆小不会留在这里。不过怕他性子不好,野兽无知,万一吃他伤了,当着你觉着不便罢了。"

少年闻言,便引颈长啸了两声。那些豹群自四蛇伏诛以后,便随少年纷纷往坡前聚拢,各自游散坐立,姿态原不一致。少年啸声甫歇,由那黑虎为首，都立时蹲伏在地。吕伟知家人现时仍藏原处，只张鸿一人在树上相候，便高声喊道："贤弟张鸿一人，快将那瓶山泉带来应用。"原意以为这般喊法，张鸿定然明白单人前来，不会再带别人。谁知从适才存身的树上竟飞下来男女二人：一是张鸿，另一个正是灵姑，俱都带着水瓶，迈步如飞，顷刻便到。那些虎豹果然连头也未抬。

已然露面，吕伟也不便再说什么，只瞪了灵姑一眼。见张鸿所带的一瓶水只剩下一半，灵姑的却未动过，便将整瓶要了过来，走近连连身旁，放在当地。一面嘱咐少年留神；一面先将连连手背挨近肿处的皮，用刀斜割了一个二寸来宽的口子，再用左手备就的长镊，紧夹上层破皮，在破口前面系上七根红丝。吩咐少年把连连的手腕平伸，伤处横斜向外。另取一把三寸多长，装有两截活柄的玉刀，顺着掌背往上朝破口处轻轻一刮。连连尽管疼得毛脸变色，牙齿发颤，竟能瞪着泪眼忍受，毫不动转，心中益发赞美。

那肿处经这一刮，便有一股似脓非脓，似血非血，红中带紫，奇腥刺鼻的毒水顺破口流出。玉刀刮过数遍，毒水流约碗许，手臂浮肿虽消去了些，可是那破口的皮初割时厚仅分许，此时竟肿有半寸以上。吕伟忙对少年道："今番它更痛了，你小心按它紧些。"说罢，放了玉刀，将适才小快刀在地上磨擦干净，镊子伸入伤口，挑起上层浮皮，用刀朝前一割，那皮便迎刃而解。两刀过后，由手背到手指缝为止，一条二寸多宽、尺许长的手背皮便挂了下来。跟着毒水淋漓，洒了一地，皮下面的肉已呈腐状。

吕伟将备就的麻药洒了些上去，对少年道："此兽能如此忍受奇痛，真乃灵物。它周身筋骨多而肉少，禀赋特厚，看去虽然可怕，此时我已能保其无害，并且敷药之后，痊愈必快，只管放心吧。"随说随又用刀将中毒之处存筋去肉，一一用刀割去。放些特制药粉，和入清泉，将手背一片连皮冲洗干净。灵姑忙送上火旁烘好的膏药，吕伟接过，搭向自己腕上。先洒些清氛散在伤处，连皮用镊子夹起，将伤处贴好。那片破皮割后已然缩小，三面露着裂口，不能还原。

吕伟就裂处上匀了太乙丹，再将膏药搭上，齐裂口外盖严，用数十根红丝扎紧。然后说道："这等毒蛇，生平未见。适才虽有救它之心，尚无把握。因想起那蛇以尾取食，逆首倒行，忽然触机，知此兽利爪胜逾坚钢，是它天生奇禀。虽见它以爪击蛇，然而指爪前半截不肿，却从第三骨节往上逆行肿起，必是那一节指骨以上肤纹略松，不似前半截坚密，故而毒透进去。此兽明知蛇毒，敢用爪抓它要害，也必因此，不想却上了大当。割时见毒头竟在近破口处，我如照平常治法，从开始中毒处下手，其毒必往上蹿。好便罢，不好，毒一侵入腕脉和骨环血行要道，便无救了。如今重毒已去，又敷我秘制灵药，再稍割治，便竣全功了。"说罢，便命少年将连连扶起，以免腥气难闻。

连连经过割治之后，过了一会儿，面上竟有了喜容，迥非适才咬牙痛呻欲绝神态。地方换过，吕伟重取刀镊，又将连连爪骨皮用刀割开。见那指骨比铁还硬，蛇毒业已凝成几缕黑色的血丝，附在筋骨之间，不住往前屈伸颤动，细才如发，难怪指外不显甚腥。暗讶这东西真个天赋奇禀，如此重毒，竟被它本身精血凝炼，逼着顺皮孔往上蹿，居然没有蔓延到经脉要穴中去。否则纵有灵药保得活命，这条爪臂也自废了。因那蛇毒凝成的血丝柔中带刚，镊子挑起一夹，便扯了下来，比起刚才治掌臂时容易得多。一会儿便将指爪的毒去净，敷上药，包扎停当。

吕伟一切药和用具还未收拾，刚在山石上坐定，待问少年名姓来历，连连倏地纵将过来，趴伏在吕伟脚前，口里柔声直叫。吕伟知此兽通灵，定是知恩感德。见它面上苦痛神色俱都消失，只一条前爪还不能随便舞动。便温言抚慰它道："你因救主情殷，几乎中毒废命，幸遇我在此，得保残生。山野蛮荒，毒物甚多，你生长此间当能辨识。你此时爪臂的毒俱已消尽，至多十日八日便可复原如初，以后须要留神些。"连连仿佛解得人言，不住叩首点头。康康原蹲伏在侧，也跟着上前，跪叫了几声，才行走开。

吕伟把话说完，正打手势吩咐康康站立，一眼望见连连走向放药具的山石前，伸爪便取。吕伟恐它无知，拔了瓶塞，洒了灵药，忙和灵姑赶过去时，康康业已拾起一物，回身走来，口中呵呵直叫。吕伟一看，正是适才用的镊子。那血丝附在上面，和蚯蚓一般，还是颤动不休，业已绕成好几周，缠得紧紧的。吕伟当时因为连连五根指骨上都附有这种血丝重毒，匆匆没法清洗消毒，一共用了五把镊子，才算挑尽，随手放在山石上面，径去歇息问话，不想这东西活性犹存。先想把它烧化成灰，以免入土成虫为害。后一想："天生毒物，俱有妙用。蛇毒本就奇重，再受这灵兽全身精血一凝炼，简直同活的一样，异日如有用得着的机缘，灵效必然更大。康康特地赶来提醒，必有原因。"

吕伟想到这里，一找身旁革囊，恰巧有一个以前装置毒药的空瓶。便取将出来，削了一根细木签，搭在那血丝的头上，顺着它那弯曲之性，如绕线般绕成一卷，放入瓶中。再齐绕处切断，将瓶口塞紧，放入囊内。再看那五把镊子，不但血丝缠绕之处变成乌紫色，便是自己捏着镊柄的两个手指，也觉有些麻痒，知道毒已侵入，便是火炼水煮，也恐难以去尽。好在囊中还有几把未用完，便命灵姑用树枝挑起，连那柄割皮的小快刀，一齐扔入崖底。

那少年看他父女动作施治，一言不发，只管注目寻思。直到吕伟将一切药品用具收拾入囊，才开口道："你果然是个大好人，还有这等本事。你将我连连医好，可肯去我洞中，容我谢你们一谢么？"这些时工夫，吕伟一面给连连医治，一面暗中留神少年举止神情，看出他虽然行动粗豪，却是满脸正气，并非山中生番野猓之类，分明汉人之秀，不知何故流落蛮荒，料他身世必有难言之隐，颇想知其梗概。反正女儿已然出面，余人也无须再为隐藏，荒山难越，到他洞中暂住，上路时正好相须借助。便笑答道："谢谈不到，到你洞中拜访，原无不可。只是你我相见好一会儿，彼此尚不知名姓，岂非笑话？我名吕伟。这是我贤弟张鸿和我女儿灵姑。余外还有几个同伴和马匹行囊。我们是由川入滇访友。你且把你的名姓来历说出，再去好么？"

少年道："我无名无姓，虽有真名姓，被我藏了起来，还不到告人的时候。这附近还有一个邻居，手下有几百人，都会武艺，射的好箭，却没你本事大。因我常骑黑虎游行，又能降伏野兽，都叫我做虎王。你们也叫我虎王好了，就是叫我老黑也很喜欢。至于我的来历，他们和一位道爷也都问过，你是第三回了。提起来，话太长，这里离我家还远着呢，到家再说吧。太阳都快落山了，我走惯了不妨，你带有女娃子，山路怕不好走。你把你的人都叫来，同我骑着豹子回去吧。"吕伟心想："你有降兽之能，生人如何骑得？"见天果然不早，知道群豹不会起立，便命张鸿和灵姑回转原处，去将众人和行囊马匹接了来，一同上路。

两地相隔原只数十丈远近，吕伟忽听张鸿惊喊之声，知道出了变故，心中一惊，不顾和少年说话，连忙赶将过去一看，见张鸿、灵姑满脸惊疑之色，正在四下观望，高声呼喊。除洞中藏马、行囊尚在外，人却一个没有。问起灵姑，说是因见蛇兽相斗才酣，便和众人离开，去至张叔父所待的古树之上观斗。离开以前，还见众人在洞侧僻静之处取食干粮，可是一直未曾回看，也没听到过一点声息。一听爹爹呼喊，便随着张叔父同去等语。

吕伟细查地上，并无血迹，石地上又不留脚印。登高四望，岗岭回环，峰峦杂沓，乱鸦归巢，夕阳满山，一片苍莽之象，并无一丝一毫迹兆可寻。料失踪已久，众人俱会武艺，出事时怎能全没声息。方自焦急不解，虎王和康、连二兽也自赶到，见三人惶急神气，便问何故。吕伟猛地心中一动，便和他说了。

151

虎王闻言，两道剑眉倏地往上一竖，大怒道："这里猛兽只豹子最多，都有我吩咐过，只许吃兽，不许吃人。并且我所到之处，别的野东西全都躲开，此事定是花皮蛮子做的无疑。你只管放心，他们吃活人，都是在半夜有大月亮时候，此时还来得及。你三人只管跟我回家，我叫连连带几个大豹前去，将他们背回到家，包还你原人就是。"吕伟仔细想了想，无计可施。见虎王意诚自信之态，平时必受蛮人拜服，或者有挽回之望，除此之外，又别无善法。只是去的都是野兽，两下言语不通，方觉为难。张鸿心痛爱子，却愿随往。虎王道："你们去一人也好，可骑着豹去，好快些。"说罢，对连连叫了几声。

连连将头一点，径往豹群中纵去，一会儿便带了七只金钱大豹走来。虎王挑了一只最大的，走向张鸿面前说道："这些豹子虽然长得猛些，倒还听话，你只管骑它无妨。康康、连连常和我在一起，那些花皮蛮子都认得它们，天大的事也不要紧。"张鸿见那豹子足有水牛一般大小，自己当然不能胆怯，道声："多谢。"便腾身而上。那豹只微微抖了抖身上的毛，站在当地，动也不动，果然驯服。

康康也骑上一只，又带着三只。虎王口里一声呼啸，康康一豹当先，余下一人四豹跟在后面，便往前面高岗上纵去。只见前途林薄风声，尘沙四起，展眼的工夫没了影子。还剩下两豹，虎王对吕伟道："我骑的黑虎要驯善得多，小姑娘一人骑豹恐骑不住，还是你带她同骑这黑虎吧。那些行囊兵器，可分一多半绑在豹上，省得马累。"

那匹川马，先前藏在石洞里面，本就吓得战战兢兢，连声音也不敢出。适才被张鸿强拉出来，再一放眼看见这么多的猛兽，益发吓得浑身乱抖，拼命想挣脱缰索逃去，不住顿蹄哀嘶。及至三人商定同行，灵姑到石洞内将适才存放的行囊取出，分了一多半与虎王，由他用索去绑在豹上。想把几件紧要一点的东西，仍是由马驮着。正待扎放之际，那马系在树上已挣扎了好一会儿，不知怎的一来，竟被它将勒口嚼环挣断，四蹄腾空，亡命一般直往灵姑身后坡下面森林中纵去。吕伟正助虎王往豹身上扎绑行囊，没有顾到。灵姑一把未抓住，只揪下几缕马尾。那马一逃，连连左爪捧着那受伤的右爪，正坐在山石上面，早跳下去拔步追去。面前群豹各自昂首吼啸，大有作势欲追之概。

虎王和吕伟也赶将过来，虎王问吕伟："还要那马不要？"吕伟先见那马悲嘶可怜，不由动了恻隐之心。再加跋涉不易，这等家畜决不敢与虎豹同行，本有放它之意。便答道："说也可怜。此马共是四匹，一入滇境，先被野兽偷吃了两匹,今日又被毒蛇吃了一匹,只剩这一匹。九死一生之余,见了这么多猛兽,想必是害怕亡魂。适才从高处下望,前途路越难走,留也无用。这一路上它也是死里逃生,就由它去吧。"虎王闻言,回顾连连不在,笑道:"如今连连已追下去,既是这样说,索性看你面子,给它留一条活路。要不的话,这些豹子,因我没说话,不敢去追,改天遇上,仍是口中之物,放它白放。"言还未了,便听马蹄得得之声,连连已将马擒住,骑了回来,交与吕伟。

吕伟见那马满口流着鲜血,毛发皆直,呆呆地站在当地,知已吓破了胆,竟不顾疼痛,将勒口挣断。便取了伤药,与它敷上。然后说道:"你不必害怕山路难行,今日我放你一条生路。只是这里不比蜀中有城镇的所在,就说虎王开恩,手下虎豹不敢伤你,山中别的毒蛇猛兽甚多,望你随时留意,勿为所伤。你自在山中优游,以终天年,也不失我放你一场。"

那马年口尚幼,通体白如霜雪,行起来稳健非常。灵姑最爱它不过,只苦于当时不能带去。心中忽生痴想,取了一根丝绦,将自己一枚玉环给它系在颈上,以为异日寻觅之证,虎王看了好笑道:"你父女放一匹马儿,也如此唠叨。等我招呼一声,就放它走吧。"说罢,刚张口一吼,连连想已明白就里,先指着那马朝群豹吼了两声,又从脑后拔一缕长发,径去结系在灵姑玉环以内,朝马股上一拍,那马拨转身,仍朝坡下面丛林中缓缓跑去,去时回首反顾,竟似有恋主之意。吕伟父女也觉难过。

虎王又将另一小半行囊择了一只豹子绑好,才请吕伟父女二人上虎。灵姑因虎王先时颇有小觑女子之意,还想独骑一豹。吕伟虽知无碍,到底毛面之物,性野难测,爱女年幼,忙低声喝止。灵姑性孝,虽然不敢违命,终究有些不快。当下吕伟父女同骑黑虎在前,连连骑在绑有行囊的豹上,后面随着虎王和豹群,一同往虎王洞中进发。

下了坡,走进虎王来路那一片森林之中,林中尽是合抱参天的大树,杂草怒生,浓荫蔽日,阴森森的,往往十里八里不透一丝天光,又当落日衔山之际,阳光被来路一片高岭挡住,越发显得幽晦。所幸经行之路,丛草已被群豹踏平,人又骑在虎上,还不显得难走。若是步行,休说丛莽载途,不易通过,那草际里往来跳跃的蛇虫之类也不知有多少,如若误踏上去,被它咬上一口,不死也带重伤了。

吕伟在虎背上刻刻留神,深恐蛇虫伤了爱女,命灵姑将佩剑出匣,将足搁向虎项,自己再搂抱着她,以防万一。灵姑素来胆大,却是毫不在意,不时回首与老父笑言,左顾右盼,野趣横生。吕伟想起同伴失踪,心甚烦忧,深悔入滇以后,不该仍走山路,以致闹出事来,张鸿此去将人平安救回还好,万一遭了蛮人毒手,怎样问心得过?

心中只管盘算,忽听灵姑手指后面喊道:"爹爹快看!"吕伟回顾,这一带林木相隔渐稀,只见千百豹群绕树穿行,随定虎王身后跑来。万蹄踏地,枝叶惊飞,树撼柯摇,尘沙滚滚,声如潮涌,真个是生平未见的壮观。不由雄心顿起,暗忖:"这里景致雄奇,风物幽美,只是榛莽未辟而已。此番如将虎王收服,到了大理,要是寻访不着陈敬,索性便回到此处隐居。仗着他有这役使群兽之力,任什么事业兴建不起?管保一二年工夫,便能做到安居乐业的地步。那时再招来一些亲友,造一个世外桃源,长为避地之人,岂不是好?

"不过虎王说他附近还有数十家乡居,俱是会武艺的汉人,能在此间居处,定非庸俗一流。这西南半壁,三十年来有名的英雄人物,不是好友,也和自己通过声气,竟没听说有这么几十个归隐深山的人。想了好一会儿,也未想起,自信是一时遗忘,其中必有熟人在内,就是当面不识,提起来也必知道。只奇怪虎王天真未凿,看去极易网罗,这些人怎不把他引为同调?且等到了那里,命虎王领去拜望,看他们布置设施,怎能与虎豹同处,便知明白。"

吕伟一路寻思,那片森林已快走完。康康和虎王在后面忽然对叫了几声。吕伟回望,虎王面上似有不悦之容,以为他用兽语责备连连,并未在意。刚一出林,便见前面是一条平坦宽广的草坪,万花如绣,杂生在繁花碧茵之间。左面小山头上立着一伙短衣草鞋,手持弓矢刀枪的汉子,约有八九人,有几个膀上架有鹰雕之类,正站在一处说话。一见吕伟和虎王先后出林,内中两三人倏地拨转身,如飞往小山后跑下去。余下还有六人,俱向虎王举手为礼。

虎王喝道:"我对你们说了几次,不许你们过山南来。我的豹子,要到山北去伤了你们鸡牛羊猪,也由你们打死,决不过问。上次你们的人偷偷过山伤了那么多的豹子,休说他们,康康、连连都红了眼,向我哭诉,要寻你们头子算账。我看在你们头子面上,没有去说。你们怎这般不知趣,又来打什么猎?今日没见你们打死我的豹子,权且放你们回去。再不听话,我便要你们把上次偷偷过山杀我豹子的捉来,给它们生吃。如再恼得我性起时,我连山南的虎豹野骡都带到你们山北去,由你们去杀,省得再偷我的。一句话,看是你们杀了它们,还是它们吃了你们。"

那六人闻言,俱都羞愤得面红过耳。内中一个强颜答道:"上次三当家的杀了你五只豹子,并非无缘无故。也是你那豹子偷吃了我们的耕牛,又将大象抓伤，我们追下来，才过山界。不然，谁愿和你无事生非呢?"虎王还未答言，连连便怒啸起来，作势要朝那人奔去。虎王喝止道："你说的话我上次已问过，康康、连连它们都说豹子自被它两个吓过一回，我不带去，从没私自过山，你的话我决不信。事已过去，从今日起，除了有时还请你们头子，许你们来外，再如偷偷过山打豹，我也不和你们计较，一任康康、连连它们随便处置，伤了人时，休怪我不讲情面。"那六人闹个无趣，悻悻然往小山后走去。

吕伟方要问时，虎王一声长啸，胯下黑虎早如飞往前跑去。穿过平原，又走不远，便是一片摩天峭壁挡住去路。虎王在后高叫道："吕老哥，我的洞就在峭壁顶上。平时只我空身一人和康康、连连能够上下。如骑着它们时，还得从干沟子里跑下跑上。沟边路太陡，它们跑起来都要跳，你把小姑娘抱紧，两腿夹紧虎肚皮，留一点神，看把小姑娘颠了下去。"吕伟还没答言，灵姑已回首娇嗔道："我只不认得路才骑这虎，别的都不劳费心。"说时，那虎已沿壁跑去。

越往前走，路越窄，宽不及丈，排云高崖，下临深涧。回顾后面，千百群豹顺着圆曲窄径，大部鱼贯贴壁而行，上下盘旋于峻壁危栈之间，和走马灯相似，煞是好看。绕行里许，路径渐向低处展开。又行了半里，见前面崖中腰突出一块怪石，形势奇峻，约有数十丈高，上丰下锐，宛如一柄绝大的斧子悬空嵌在壁里，将路隔绝。

灵姑正算计如何过去，那虎忽然停步，连身磨转，头朝涧口，蹲伏在地轻啸了两声。虎王带了康、连二豹同驱，已赶向前面，说道："吕老哥，我到对岸接你们去。"说罢，双双一拍豹颈，两只水牛大小的金钱花斑大豹，已离岸往涧底纵去。灵姑低头往下一看涧中没有水，这一段地势又降下许多，由上到涧底最深之处不过三丈高下，对岸比这边还低得多，加以两岸相隔十数丈，近岸处还有坡道，看去虽然有些险陡，自问不骑虎也能随意上下，暗笑虎王太轻视女子，这样一个平常地势，也拿来吓人。方在沉思，涧底一人三兽已连纵带跳，上了对岸。

虎王点手一招，喊声："吕老哥留神些。"黑虎便站起，往后倒退，到将近崖壁的地方，猛地竖起长尾，身子朝下又是一蹲。吕伟方以为它也和二豹一样，作势要往涧底纵去，刚把两腿一夹，两脚往下一钩虎肚，双手一搂灵姑时，那虎已凌空而起，一跃十余丈直往对岸纵去。二人在虎背上如腾云一般，只觉耳际风生，头眼微晕，身子比飞还快，转瞬之间，那虎已直落对岸。灵姑原想到了涧底，出其不意离开虎背，一试身手，不料胯下黑虎这般猛力，不由吃了一惊。未得卖弄，只好暗自生气。

接着，群豹也纷纷由洞底纵上。这次改了虎王当先，绕向前崖，同下坐骑。虎王的洞正当崖顶之中，崖左一片广场，大有百亩，用合抱的大木做成栅栏，里面兽骨零乱满地。崖右是一片盆地，比左面广场大得多。虎王也不知从哪里移来千百种奇花异卉，种在里面。草本也有，木本也有，每种占着一片地，大小不等。崖壁上下也尽是藤萝布满。万紫千红，斗艳争芳，微风一过，繁馨扑鼻。

虎王一到，连连一声长啸，豹群便争先恐后往栅中跑去，一个不留。仅剩那只黑虎蹲踞崖前奇石之上，雄瞻俊瞩，神气威猛。通崖顶的道路乃是用许多块大小山石，就着崖这面原有的坡角危径，沿壁堆砌而成。那石最小的也有三五百斤，重大的竟达千斤以上。

虎王说："我自幼能沿着光壁攀行，何况满壁俱有老藤盘纠，足可上下，原用不着这等布置。只因发现山北近邻以后，彼此时常用米粮兽角鹿皮交易，日久相熟，不时宴请。自己无处购物，只好用山果野菜鹿肉和猴儿酒做回敬。一则来人到此，无法上来，二则近邻手下颇有不少恶人。处长了，知道了我的底细，豹群每晚入栅便不准再出。康康、连连虽比虎豹还凶，可是好酒，多饮便醉不知事。于是结了伙来偷杀豹子。有一次，来人被崖前黑虎咬死了两个，可是有两只大豹被来人打死抢去，黑虎也受了点伤。自己去寻近邻头子理论，始而推说不知，后来赖不过，又经不起一味软语赔话，只率罢手。

"从此方有了戒心。豹子死去几只无妨，那虎自幼相随，情如家人，又咬死过两个对头，恐暗中寻仇，将它害死。这才和康、连二兽计议，一同役使群豹，从别处搬运了些石头来砌成石径，以便黑虎和来客可以上下。自己每晚一归洞，由它和康、连二兽轮流在洞前值夜。近邻手下又来过两次，俱都吃亏。如非自己不愿伤人，几乎被康、连二兽抓死，这才不敢再来了。这些话提起来很长，我极想留你们在这里住上几天，等我叫康康、连连到山里去采些黄精药草，再亲送你们过山，这一路的野东西和瘴气甚多，免得受害。"

说罢，便请吕伟父女上岸。行至崖半，见洞中火光甚亮，一问，才知是连连乘三人说话时跑上去，将火把、石灯一起点燃的。一会儿到了崖顶，这时日已落山，暝岚四合，一轮大半圆的明月刚从东面山头升起，四外犹是暗沉沉的。

吕伟因失踪的人尚无影响，张鸿未回，虽然不算绝望，虎王又说得那般结实，心里始终在悬念。刚一张口询问，忽见虎王和连连指着崖西对叫了几声。虎王两道剑眉倏地往上一竖，对吕伟道："那花皮蛮子的巢穴，就在西边暗谷里面，由这里去不甚远。如由来路弯转过去，差不多要添上半个往返。虽然离这里远些，但是他们一出谷，这里崖高，连连能在黑夜看东西，今晚又有月亮，更是一眼可以看见，刚问说是并无他们踪影。山周围数百里，除了近邻数十家是种地打猎、采黄精药材与山外交易过日子，从不害人外，只有崖西的花皮蛮子人又野又多，专一劫杀生人。可是那几个有力气的头子，自被我打过两次，休说我的朋友，连这里走出去的豹子，他都不敢动一根毛。去年雪天，近邻有一个长工误被他们捉去，我还没有打发康康、连连，只叫近邻来人骑了黑虎去要，立时鼓乐送回，还贴了好些金砂，算作赔礼。今天这事奇怪，要不是他们做的，又是哪个呢，好在月儿未上，等一会儿，他们如还不回，你父女在洞中等候，留连连做伴，我自骑虎前去，不消一个时辰，定给你将原人找回便了。"

虎王和吕伟正说之间，连连忽然对着山北那一方昂首长啸，声音清越，响振林木，四外山谷俱觉起了回音。灵姑闻声回顾，见山北那面是一道高岭横卧，长达百里，中间还隔着一条大涧，离崖不到十里，望过去草木甚稀。戏问连连道："他们来路在山西，你朝这面喊啥子？"连连用左爪朝西面指了指，再由西往北，画一个半圆圈，口里嗡嗡嗡又叫了几声。

虎王走将过来说道："小姑娘你不懂它的话。它是说你们那几个同伴，也许被花皮蛮子劫到半路，被山北近邻手下人救去。这是它胡猜，如是这样，更该早回来了。"话刚说完，连连用爪拉了虎王一下，又朝山北指了指。三人猛听岭那边也似有了与连连相同的啸声，吕伟父女还当是山谷回音，余响未歇。后见虎王侧耳细听，月光照在面上，有了喜容。再静心一听，竟是越听越真，料是康康归来无疑，不由又惊又喜。

三人一同立在崖顶，向山北注视。接着连连又朝北山啸了两声，益发听出是两个异兽互相应和。吕伟问虎王："啸声可是康康？"虎王点了点头道："是倒是它，不过人没全回来，这事情还是奇怪，其中必有缘故。我虽懂得兽语，无非是从小和它们在一处长大，见惯听惯，知道一些，不在面前看它神气动作，终要差些。它在山那边吼，听不甚清，反正免不了有事。好在不管是花皮蛮子不是，只有了准实地方，人又好好地留在那里，便不怕他们敢动一根汗毛。你老哥放心，等他们到来，见面问明再说。"

吕伟这时对虎王又添了几分信赖，闻言心宽了许多。暗忖："他说那数十家近邻,定有江湖上老友,或是彼此知名之人在内。想是适才从蛮人手中救去他们以后,问出彼此交情匪浅,恰值张鸿赶到,想来看望。偏和虎王有隙,不放,又惹他不起。唯恐自己一宿即去,不得相见,故此留下一二人,以便约去一叙。"灵姑因虎王小觑自己,屡想乘机施为,只是不得其便,另是一番打算。

父女二人正自凝望寻思,忽见虎王手指前面笑道:"你们的同伴来了。"接着又道:"这狗东西,也跟来做甚,当真不怕死么?"吕伟父女只听一声"来了",底下的话还未听清,忙双双定睛随虎王手指处一看,对面岭脊上跑下来五只大豹,上面分坐着男女五人。豹行如飞,虽然看不清面目,恰好月光已上岭脊,已认出康康、王氏夫妻和那个半大小孩,人数恰是五个。正对那一人,当是张鸿无疑。岭底月光被高崖挡住,来人跑下岭半,便没入暗影之中,只微微见着五团黑影绕崖飞驶,耳听豹蹄踏地之声,顷刻便越过干沟,到了崖下。吕伟正要下崖去接,忽听灵姑道:"这是谁? 张叔怎么没来?"

吕伟闻言,定睛往下一看,果然张鸿未到。五只大豹,一只背上坐着王家妻子,一只上坐着王守常和张鸿之子张远,一只上坐着异兽康康,空着一只,另一只坐着一人,身材与张鸿相似,却穿着来时在山南高坡上所遇那几名短装壮汉的打扮,年约四十开外。

众人一到,康康首先朝虎王奔去,口中连声叫啸。那人也跳下豹来,未容吕伟说话,便举手为礼道:"吕老英雄,可还认得愚下么?"吕伟见那人并不面熟,想不起在哪里见过。方要答言,虎王已气冲冲地飞纵上前,口里骂道:"该死的狗东西,我叫去的人,怎不放回? 你还有这大胆子到此么?"说时,伸手抓将过来。那人身手也颇敏捷,忙一纵身就是两三丈。一面避过虎王的手,一面口里说道:"虎王不要生气。他们都是我们的朋友,留他并无恶……"底下"意"字还未说出来,不料虎王好躲,异兽难当,连连右爪虽然受了伤不能动,那只左爪依旧非人力所敌,见主人发怒伸手,早不等吩咐,纵将过去,月光底下,只见一条黑影,如鸟飞坠,倏地腾空下落,早将来人右臂膀抓住,举了起来。

那人任是英雄,也经不起这等神力,立时觉着奇痛彻骨,如非久经大敌,几乎痛出声来。幸而素常知道这东西的厉害,不敢抗拒,以免自取杀身碎骨之祸。方在胆寒,以为不死,必带重伤。幸而吕伟料出来人定是故友,一见情势不妙,连连手狠,顾不得劝止虎王,慌不迭地纵身过去,大喝道:"连连快放手! 虎王也快请息怒。等问明这位朋友的来意之后再说。"连连原懂人意,见是恩人相劝,才行放下。同时虎王也追将过来,余怒兀自未息。吕伟再三劝阻,才气愤愤地停手道:"上次偷杀我豹子,便是这厮为首。今日把你同伴留住,还敢大胆前来。且听他说些什么,如伤了张老哥半根头发,我叫他整块回去才怪。"

那人也颇似个汉子,虽然被连连铁爪一抓,疼得臂骨欲断,仍然强挣着,不露丝毫。略微缓了缓气,等虎王把话说完,便哈哈笑答道:"你的豹子过山吃我们猪羊,又伤了小村主的爱狗。他每日吵着报仇,追过山来,又有你护庇,我们不暗中下手怎的?这般猛恶的野兽,别人杀还怕杀不完,没见你成千的招来当家畜养,时常放出,伤人害畜。你不过倚仗养了两个恶兽做爪牙,有什么本领出奇?

"今日我们往西大林打猎回来,遇见十多个花皮蛮子,生劫了一对夫妇和两个小孩,没有回到他们巢穴,便打算就地先生火,烤吃那两个小孩。我们原也不愿多事与蛮子结仇,无非见被难人都是我们同种汉人,激于义愤,按捺不住,上前将蛮子打走,还伤了一个同伴。身旁都没带着解药,才搭回村去,由村主用药将他们救醒。一问这位王朋友,才知是吕、张二位老英雄的亲友。

"村主与吕英雄自从当年一别,便隐入此山,享尽清福,常感吕老英雄的好处。难得有重逢之机,怎肯错过。又知往大理去得心急,恐怕邀请不到,特地将四位亲友留在村中,正要派人前往青空洞一带,寻找吕、张二位老英雄的踪迹,以便接他二位到村中叙上几日,再送上路。不料张老英雄带了你的恶兽前来要人,说是吕老英雄助你除蛇,已和你交成朋友。

"后来知道同伴失踪,你猜是蛮子所为,先命恶兽同张老英雄去寻蛮子。到了蛮窝,才知人被我们中途救去,两个蛮头还要寻我们的晦气哩。于是康康又领了张老英雄抄小道近路赶往我村,才知经过。村主本想全数留住,请张老英雄修书来请,你那恶兽执意不肯,一味逞凶胡闹。村主看你面上,又不好意思伤它。末后,由张老英雄做主,命恶兽将四位亲友护送回来,他本人暂留我村。村主嫌不恭敬,命我前来致意,请你明日陪了吕老英雄与诸位亲友同去赴宴。原是一番好意,怎么我一到,不问青红皂白,便仗着你有恶兽助纣为虐,人兽齐上,算得了什么汉子?

"对你说,如要真和我们为敌,我村中也有两个朋友,同样养着披毛戴角的异类,明日正好回村,有本领的,明日陪了吕老英雄同往,到时人与人比,兽与兽比,分个高下存亡,岂不胜败都说得出去,如若只逞强暴的话,我只一个人，天大本领也打不过成千的畜生。想要杀我容易，那你便把收养的虎豹都放出来好了。这般颈红脸涨，也像是与畜生同了宗，要吃人的样子，摆将出来能吓哪个？"

虎王性直，先听来人口出不逊，两次要扑了上去，俱吃吕伟阻住。后来听出是吕伟之友，爱屋及乌，气方平些。不料来人又说出那一番挖苦话来，自己拙于辞令，无话回敬，只气冲冲地说道："老杨你既敢说这话，我容你多活一天，省得说我站在门里方狠。就依你，明日准同老哥到你村里去，人和人比，兽和兽比，只是不要说了不算。你仍骑着豹子去，跟村主报信吧。"

那人冷笑道："来时为的是好与王朋友做一路，否则这些孽畜遇上我便难活命。我自有脚，谁耐烦骑它？我还没向吕老英雄致意呢。"吕伟忙上前，举手为礼道："在下实为眼拙，想不起在哪里和杨兄见过。贵村主既是在下旧交，但不知贵姓高名？还望宽恕愚妄，明示一二。"

姓杨的道："在下杨天真，与吕老英雄只有一面之缘，当时又未交谈，难怪老英雄想不起来了。至于敝村主，他来时曾经嘱咐，这厮只知他的假姓，不说出真的，未必能想得起。故意要留个疑团，让老英雄猜，以博见时一笑。他又不比在下是个无名之辈，说出来也无人知道，暂时未便相告，尚乞原谅一二。张老英雄现在敝村，原意想请老英雄今日便同了诸位高亲贵友前往敝村，看这厮神气，必要坚留。你我俱凭当年江湖上的义气，无须多说套话。只请老英雄和诸亲友明日一早光临，与敝村主畅叙些时，以解渴望，就便看在下等和这厮一见高下，想是不吝教益的了。"说罢，将手一躬，未容吕伟答话，道声："再见。"径往来路上走去。

吕伟见那姓杨的谈吐犀利，言中有物，江湖上的过节极熟，而且毅力坚强，穿山过涧，纵跃如飞，武功颇有根底，料非常人。只是近数十年，江湖上姓杨的朋友虽有几个，都是熟人，决不会见面不识。除此之外，只当年滇中五虎，有两个姓杨的弟兄在内。但是多年前自己相助友人保镖入滇后，便好似没多听人说起，以后更不闻五虎声息。算是闻名，也没有见过，怎会相识？若说是个无名之辈，又焉能有此身手？尤其那村主，连虎王也不知真姓，更是可疑，料有缘故。便详问王守常夫妻被险遇敌经过。

王守常说是日里在观蛇兽相斗时，正用干粮，灵姑因嫌看不真切，刚去至张鸿藏身的树上，众人只觉一股香中夹着骚臭的气味吹来，便失了知觉。醒来人落在一个大村寨内，为首一人年约五旬左右，看去甚是英雄。手下人甚多，个个矫健非常。一边木榻上还卧着一个受伤的，一问才知被花皮蛮子用迷香将人迷倒,准备劫将回去生吃。幸遇见他手下打猎的人救了回来,用解药救转。内中一个还被蛮子梭镖打伤,蛮子也死伤了好几个。问他姓名没说,反问众人姓名来历。王守常先猜他是深山隐居的高人,对人这等义侠,又有救命之恩,因知西川双侠交情素宽,天下知名,便对他说了实话。

那为首的闻言,先似脸色微变,末后又改了喜容,除盛待众人外,并说吕老英雄是他平生知己之交,难得过此,请恐请不来,意欲众人暂留,吕老英雄少时失了同伴,必要寻来。他一面再派人迎上前去,以免迷路,如此方可相见等语。余人都在交头接耳,议论纷纷,正不知是何意思。张鸿便同了康康,带着五豹从蛮窝得信,赶去要人,村主立时恭礼请进。刚商量连张鸿也一同留在那里,异兽康康便暴跳示威起来,庭前两根合抱的短石柱吃它钢爪抓得粉碎。还算好,没有真个伤人。张鸿觉着难以为情,忙大声拦阻,与康康比手势商量,仍非一同回此不可。最后说好众人由康康护送回来,只张鸿一人独留才算完事。

那些人都管为首的叫二哥和村主,并没提名道姓。便是张鸿,也不认得他。走时,又派那姓杨的护送来此,并代致候。那村寨建在高峰半腰,高约十丈,下用巨木支住,背山临水,甚是雄险。还有二三十所人家,散置在壁崖危岩之间。下面是一湾清溪,良田数百顷。有一条人工的盘路,以备车辆通行,可以由下面绕到崖后的大石坪上去。山田也不在少,遍处都有果树桑麻。必是洗手归隐的江湖上有名之士无疑。

吕伟问了一会儿,问不出所以然来。见虎王犹在生气,又劝了几句,才一同二次上崖,径入虎王洞内。见里面甚是高大,所有用具多半是用二兽采得的金砂,向山北村寨中换来。虎王坐定以后,便和康、连二兽去弄饮食,众人也跟着相助下手。饮的虽是山泉,吃的除鹿肉外,一样也有羊鸡猪牛和从邻村学种植的菜蔬。饭食是用青稞谷、山芋制成的糍粑和粥。盐是本山天生岩盐,甚是鲜美。还有二兽向绝顶猴子强逼贡献,用各种花和果子酿成的猴儿酒。众人饥乏之余,吃得更是香美。

酒饭用罢,连连又用竹兜盛着半不知名的鲜果奉上。吕伟给连连换洗了一次药,然后归座叙谈,渐渐拿话去套虎王的身世。虎王对自己姓名来历原极隐秘,连那北山后的近邻和他相识多年,俱没有吐出他的底细。这次和吕伟父女等虽是萍水相逢,不知怎的,合了他的脾胃,再经吕伟话中引话,竟一一说了出来。众人一听俱都惊叹不置。要知后事如何,且看下回分解。

第二十四回

同是避秦人　异域班荆成宿契

别有伤心史　深宵促膝话前因

　　原来虎王姓颜,乃祖颜浩,文武全才,又精医理,在明熹宗时官居御史,因参逆党,落职被害。乃父伤心父仇,暗思自己不能报仇,觍颜偷生,改名颜觍,携着妻室逃往云南。原准备暂避逆党凶焰,遇机再行报仇。谁知逆党网罗密布,到处搜捕严紧,稍大一点的地方便存不得身。仗着会点医道,自幼学过一点武功,便逃往云贵深山苗疆之中,隐起姓名,为苗人治病,糊口度日。

　　此时颜妻业已怀着虎王,因为平日跟着丈夫辛苦逃亡,未免劳顿一些。这日打听出一处赶集,又值空乏之际,相随出去行医。颜觍算计乃妻相隔临盆之期,至多不过一二月光景,又值春夏之交,蛮烟瘴雨,暑热郁蒸,天时阴晴,一日数变,既恐动胎,又恐染了瘴毒,原再三劝她不要偕往。颜妻因为苗人粗野,不知礼节,不愿孤身一人在家,执意非去不可。少年患难,彼此自多爱怜,颜觍不忍违拂,只得同往苗墟中走去。

　　走入万山之中,行经一个极险峻的山崖之下。二人初来路生,不知那崖左右惯出奇禽猛兽,连苗人通行都有一定时间,因为行路疲劳,少坐歇息。一会儿觉着口渴,颜觍自去寻水,让颜妻坐在崖前山石上等候,去了好一会儿未回。颜妻虽知那一般地方的苗蛮最敬走方郎中和买卖杂货的行客,乃夫又有一身武艺,不致出甚乱子,只是口干舌燥,热得要喷出火来,再也忍耐不住。欲待跟踪寻去,又恐乃夫从别处绕回,彼此相失。

　　颜妻正在焦渴无计,忽见遥天高处有一片黑云移动,先未怎么在意。过有片刻,猛觉一阵暴风扑面吹来,眼前一暗,似要变天神气。忙抬头一看,一片黑影,正从后头上天空中往身后崖顶飞越过去,疾如暴风吹云,一瞥既逝。飞过时,地下面的日光竟被它遮蔽了数亩方圆之大。也没有看清那东西的全身,黑影中仿佛见有羽毛翻动,鸟爪隐现,猜是怪物之类。

颜妻心刚一惊,忽又听崖顶折枝之声微响两下,接着便听骨碌滚坠下一些石块。颜妻身在崖下,恐被打伤,忙将身往崖凹中一躲。又听噗噗两声,那石块正落在身前不远。定睛一看,哪里是什么石块,乃是两枚不知名的山果,其大如碗,业已迸裂稀烂,汁水溅流,芳香四溢。休说是吃,闻那股气味,也觉心清神爽。

颜妻来自北方,南疆佳果多不知名,以为是崖顶产的好果实,被适才怪物带起大风吹落。可惜跌得稀烂,恐地上留有虫蛇盘踞过的余毒,不敢轻易拾起解渴。方自惋惜,一阵山风吹过,崖腰又有响声。抬头一看,正是同样一枚异果,方才坠至崖腰,被一盘藤蔓络住,风吹藤动,松落下来。心中大喜,连忙伸手一接,恰好整个接住。取出身旁佩刀,划开了皮,里面整整齐齐攒聚着十二瓣果肉。揭下一尝,真个甘芳凉滑,汁多味美,无与伦比,立时心旷神怡,烦渴尽去。连吃了六瓣,打算把余下的六瓣留给颜觎。

颜妻正在跷足凝望,忽见颜觎披头散发,身带弓刀全都失去,从前路上跌跌撞撞,亡命一般往斜刺里山径之中跑去,边跑边朝自己摇手,隐隐似闻:"还不快逃!"再往他身后一看,相隔十丈左近,一条比水牛还大,吊睛白额,乌光黑亮的大虎,正跑步跟踪,追随不舍,不禁心惊胆裂。日前山行,颜妻曾遇见两个大豹,俱被乃夫打死。并且所带弓箭,又是苗人所赠,箭头有毒,无论人兽,当之必死,何以不在手内?知道那虎必定厉害,乃夫自知无幸,不敢往回路逃,以免与己同归于尽,后见力竭势穷,难逃虎口,夫妻情重,恐那虎伤了她,又撞来伤自己,不知逃避,特地拼命逃向近处报警,将虎引向别处。

颜妻一时伤心情急,也没计及自己身怀有孕。平日虽也略习武功,还不及乃夫一半,去了也是白饶,竟然一路哭喊着"救人"拔出防身佩刀,拔步追去。还没追到山径拐角之处,那黑虎倏地回身,缓缓跑来。遥望乃夫尚未膏虎吻,本向山径下跑着,见虎一回身,想是怕它来伤妻子,也回转身来追。手中举着两块石头,口里喘吁吁地吆喝着,脚底跟跟跄跄,简直不成步数。颜妻见夫未死,猛地把心一横,决计以身相替,高喊:"你还不乘机快逃,要做颜氏不孝之子么?"喊着,人早朝虎迎去。

那颜觎在取水时遇虎,连用刀箭,俱被虎用爪抓落,知道厉害。果如颜妻所料,恐伤妻儿,与虎绕山追逐了好些时,委实筋疲力竭,才拼命赶回示警。这时一见妻室喊哭迎虎,看出是愿代夫死,越发伤心难过。并没听清喊的什么,也把心一横,大喝道:"我夫妻要死,做一处吧!"说罢,贾着余力,朝虎追去。

颜妻见喊他不听，那虎离身越近，狂喊一声："我与你拼了！"正要拔步举刀上前，那虎相隔丈许，忽然横身停步，蹲伏下来，长尾摇摆不已。颜觋见虎离妻室越近，一着急，忙用手中石块打去。那虎把左边前爪一举，便已扑落。颜觋见虎已停步，满脸惊惶，气急败坏，顾不得再和虎拼，不问死活，纵将过来，一把将爱妻抱住。这一双并命鸳鸯，彼此都非惜死，只是你顾我，我顾你，在这性命交关之际，互相急遽张皇，关心太切，受惊过度，一见面，都吓呆了，一句话也说不出，只呆呆地拥抱着喘息，反把身侧伏虎，咫尺危机，忘了个干净。及至残息微苏，惊魂乍定，正该软语询平安的当儿，颜觋忽然想起还有虎呢。忙回头一看，那只比水牛还大的黑虎，就伏在离身四五尺的地上，目光如电，精芒四射，竖着一条比臂膀还粗的长尾，正左右摇摆呢。身临切近，越显得庞大凶猛，雄威逼人。不禁脱口喊了一声"哎呀！"

颜妻在情急欲死之时，拖着一个大肚子，拼命急跑，力气用过了度。等到与乃夫相见拥抱，说不出是惊是喜。当时势子一缓，气一松，不由神昏力竭，四肢绵软，口噤无声。

她原是面虎而立，神志稍定，首先发现那虎就在眼前。怎奈不能言动，只伏在乃夫肩上，干睁着眼着急，休说拉了同逃，连话都藏在喉腔里吐不出口。后来她听乃夫一声惊呼，心里一惊，把神提起。猛然一动灵机，才觉出那虎自夫妻相见就伏在那里，始终一动未动，不时摆动长尾，生相虽然猛恶，神态甚驯。又想起它适才追人时，也只缓缓跑步，并不和平时所遇的猛兽，只一见人便连声怒吼，一跃十来丈，当头扑去那等凶狠神气。

常听人说起，虎称山君，最是通灵，专吃恶人，不吃好人。莫非不该做它口中之食？颜妻念头刚转到这里，忽然腹痛欲裂，通体汗流，再也支持不住，一歪身便往地下蹲去，颜觋回头见虎，明知空身一人尚难脱虎口，何况还扶持着一个将要临盆的妻室。

不过人在急难之中，俱是求生心切，仍是扶着爱妻同逃，死活都在一处，见爱妻睁着两眼望定自己身后，一阵惊呼，竟如无觉，知她吓得神志已昏，不能言动。颜觋正在担惊害怕，打算奋力抱起逃走，忽见她面容骤变，身子顺手弯往下溜倒。百忙中，刚伸手去扶时，猛又听脚底呱的一声。原来颜妻惊吓劳累过度，竟动了胎，将小孩生产下来。颜妻又是头胎，百苦交加，当时便痛晕过去。

颜觋处在这种境地，再也无计可施，当时一着急，几乎站立不住，也随着晕倒。一交跌坐在地上，战战兢兢不能转动。眼看那虎站起身形，往身前缓步走来，自念不免一死。暗忖："虎非极饿，不吃死人。"便往前爬凑上去，一心只想拼着一身，去将虎喂饱，以冀万一神佛默佑，妻子因此得脱虎吻，便是万幸。谁知那虎竟擦身而过。颜觌仍想以身相代，存心激怒那虎，一把虎尾未抓住，虎已往身后绕行过去。忙偏转头一看，那虎头也未回，业已走出四五丈远近。刚庆有了一线生机，虎到崖侧，忽然止步，举起左爪，去抓那布满苔藓的山石，只一两下，便听吧嗒一声大震，一块五七尺方圆的大石块竟被虎爪抓落在地上。这一震，竟将颜妻已死惊魂震醒过来，喊了一声："哥哥，你在哪里？"

这时颜觌，也再说不上什么害怕忧急，慌不迭地凑上前去，温慰道："妹妹莫怕，你生了孩子了。"颜妻道："你还是在这里，我知道它是山君，不吃人的。如今怎不在这里，走了吧？"一句话把颜觌提醒，想起那虎还在近侧，不由激灵灵又是一个冷战。忍不住再往前一看，那石倒之处现出一洞，虎已往洞中钻进，只露出一点尾尖。不一会儿，倒身退出，动作却甚敏捷，出洞之后，一横身，又往回路走来。

颜觌看它越近前越走得缓，大有蓄势待扑之状，以为这次决难免了。心痛妻儿，目注危机，口里却故作镇静道："那虎走了，我给你到那边寻一个安身所在。少停一停，你自用刀切胎儿的脐带吧。"边说边站起来迎将上去，仍想舍身喂虎。虎见人来，便往回走；人不走时，虎又转身来追。如是者再，渐觉有异。心想："反正身有处，死有地，这虎如此庞大，又是黑的，莫非是个神虎，并不吃人？否则再添几个，这时也没命了。"

想到这里，胆子一壮，率性跟去，看它如何。脚底下一快，那虎也跑得快，尾巴连摇，状甚欢驯。转眼跟到崖前，那虎转身往洞中倒退而入。颜觌把生死早置度外，也迎头跟入。阳光正斜照入洞，见那洞是一石穴，大约三丈方圆，甚是平洁。还想再看，那虎已用头朝自己顶来，意思似要自己进来。试一抚摸虎额，高竟齐颈，毛甚滑韧。虎仍缓缓前顶，意极驯善亲昵。

颜觌这才宽心大放，喜出望外。想起妻儿脐带，危急之中尚未忙得去剪，一阵酸心，不由流下泪来，拨转身出洞便跑。到了颜妻跟前，悲喜交集道："妹妹莫怕，那虎是个神虎，不但不伤人，还带我们找着好地方，可以安身呢。我抱你进去再剪脐带吧，省得着了山风，种下病根。"说罢，不俟答言，将颜妻双手抱起，往洞前走去。

这次那虎并没跟行，只在洞侧蹲伏，看见人来，立起摇了两下长尾，仍复卧倒。颜觌朝它道："适才是我不好，虎神莫怪，少时再来赔话。"说罢，入洞放下妻室,先出洞寻了些枯枝,生了一堆小火,将带的一床草席铺好,算是地铺。落难之中,也顾不得血污,帮助颜妻剪了脐带。因是热天,行囊无多,把上身衣服垫在产妇身下。再脱了一件短衫,裹了婴儿,浑身只剩了条裤子。幸而天气和暖,洞又向阳,暂时还不致冻着。

颜觑汲水的瓦罐,业在遇虎时跌成粉碎。幸而他是走方郎中,又久惯山行野宿,饮食用具都带得有,药箱中药也大半现成。安置好产妇婴儿,跑回原处,将药箱、用具取来。拿了路上煮饭的小锅,朝洞外伏虎长揖道:"内人刚刚生产,不能行动。在下去汲水煎药,与她弄些吃的。荒山野地,难保不有蛇兽之类盘伏,还望虎神代我守护些时,为我颜氏留一点骨血,感恩不尽。"那黑虎竟似懂得人言,把头点了一下。颜觑大喜,连忙跑向水源处,汲了一小锅水回洞,放在火上。先将干粮掰碎,熬成粥糊,端去与产妇吃了个饱,自己也将剩余的吃了。然后跑出去取水煮药。产妇虽然受了惊吓,脉象还算良好,吃一两副产后照例的药,便保无事。

等到颜觑把药配好,下在锅里。才想起婴儿仅在落生时哭了两声,这半日工夫忙昏了头,也没听见啼哭。忙又跑向产妇身旁,俯身朝她手腕里卧着的婴儿去看。那婴儿是个男孩,身躯健硕,两只眼睛又黑又亮,悄没声躺在娘怀里,攥着两个白胖溜圆的小拳头,正在舞弄呢。知道结实,心中略喜。

一会儿把药煮好,递与产妇服了。温语低问:"人觉怎样?"颜妻说:"除头晕身软,肚子发空,下部疼痛如割,是头胎初生应有的一些景象外,倒还不觉什么。"颜觑嘱她安卧静养,不要说话劳神。又去取了一锅水来,放在火上备用。然后坐在草席上边,望着那火出神。暗忖:"目前虎口余生,虽然得逃性命,但是地处万山之中,距离墟集都不下六七十里。转眼日落黄昏,休说山窟阴寒,非产妇婴儿所宜,便是食粮,带得也不多,怎能多延时日?就算明早能用衣席裹起产妇母子,拼命挣扎,赶到有人家的去处,怎奈空囊如洗,又要照看妻子,不能孤身串寨行医,也是莫可如何。"

颜觑正在心中烦急,打不出主意,忽听虎爪抓壁之声。一抬头,正是那只黑虎,身未进洞,只把一只右前爪伸了进来,朝壁间乱抓,出洞一看,那虎见颜觑走出,倏地轻啸一声,翻转身来,肚腹朝天,扬起两只前爪,不住招摇。颜觑知有缘故,定睛一看,虎肚脐上长着一个火疔,中心业已溃烂,四外红肿,坟起寸许高下。右爪心有一豆大黑点,也肿得亮晶晶的。这才恍然大悟,那虎追逐了半日,竟是为了求医。颜觑外科医道原得过秘传,知那疔疮好治,虎爪中毒甚重,治时难免奇痛。意欲先得那虎信任,以免惹出意外。

166

便对那虎道："虎神有病,要我治么?这个不难。只是你爪上中了毒刺,须要你能忍痛才敢治呢。"那虎点了点头。

颜觊便悄悄进洞,取出药箱,拿了应用东西和药。先用银针挑破虎肚脐中疮口,两个大拇指由轻而重,将脓血挤空。用布条蘸了些水,给它拭净血污,上了药粉,贴了一张大膏药。那药清凉止痛,才一贴上,那虎便将尾连摇,意似欣喜。颜觊等过了一会儿,才过去坐在虎旁,将虎的小腿放在膝上。刚用手指往伤处一按,那虎便有负痛之状。颜觊随用小刀围着黑点一划,见虎咬牙闭口,目中含泪,知它痛苦已极。更不怠慢,觑准退路,拿起一把镊子,等一刀顺划处斜刺下去,紧接着镊子早钳着那有黑点处往起一拔。用力一抬膝盖,甩开虎腿,就势两腿一绷劲,脚在地下一点,倒纵出去丈许远近。这一下只疼得那虎连声悲啸,满地不住打滚。路旁半抱的松树,被它一爪抓上去,立时便倒折下来,走石飞沙,惊风四起,声势甚是骇人。

颜觊先还担心着把它治恼,及见它虽然疼极如狂,却不往自己身前滚来,知它识得好歹,便站在一旁等候。那虎翻滚了一阵,方行停止。颜觊等它卧倒,才走近前来,照样贴了药粉,贴上膏药。从灰尘中拾起那把镊子一看,拔出的黑东西非金非石,长有二寸,颇似一枚怪牙。上面满是倒刺,挂着许多黑脓紫血腐肉,奇腥刺鼻。忙连镊子一齐扔入山洞之中。正待向虎嘱咐,那虎已站起身来,抖了抖身上的尘沙,倏地长尾一竖,一声低啸,四爪扬处,腾空而起,直往崖脚岔道之中纵去。夕阳影里,只见一条黑影,蹿山越涧,疾如星飞,展眼工夫便出现在对面高坡之上,一晃不见。

颜觊起先很盼它回来,因为那虎生得威猛,必为群兽所畏,好仗它护卫,也放心些。谁知等到月上中天,仍是不见回转。颜觊因久候那虎不归,渐知绝望。产妇饮食要紧,虽然食粮不多,也不得不给产妇准备。偏生那洞相隔水源约有半里之遥,唯恐离洞之后,被别的野兽侵入,伤了产妇、婴儿。万般无奈,费了好些力气,搬了几块大石,勉强将洞堵住。匆匆跑去,汲了一锅水。路上渐渐闻得猿啼兽啸之声,不时还杂着鬼叫般的枭鸣,夜静山空,分外显得凄厉。忙赶回洞,且喜妻子无恙,俱已熟睡。

颜觊又出洞添拾了些山柴。加些石头,把洞口封闭,觉得野兽无法走进去才罢。等把干粮下在水内煮成稀的粥羹,经过一日夜的艰危困苦,惊忧劳顿,人已累得不成样子。见产妇母子未醒,便不去惊动。将粥靠在火旁,手足一伸,喘了一口气,便仰身躺在地上。山中气候虽是昼热夜寒,幸而那洞在向阳一面,面积不大,再一生火,暖和异常,赤身躺在地上都不觉冷。连按产妇母子的脉,均甚良好。只是粮食无法觅取而已。

　　颜舰躺在地上,身逢绝境,满腹俱是怨愤悲苦。今日九死一生,勉强度过,明日又当如何?左思右想,无计可施,哪里还睡得着。烦忧了一阵,又想起日间那只黑虎,看去颇似通灵,畜生终是畜生,不懂得什么情义,刚把疮伤治好,便跑没了影子。它先不将刀箭抓落,或许明日还可打点路过的野兽充饥。匆忙中逃了几十里山路,也不知被它甩落何方,其势更不能前去寻找。仅剩爱妻的一把小佩刀,济得甚事?悔不该来时自恃武勇,不信人言。又因囊中空乏,急于到达地头,贪图近路,抄行这种没人经过的荒山野径,以致爱妻早产,闹得万分狼狈。为今之计,除了盼明日午前万一能有赶墟苗人经过,求救而外,只有拼着死中求活,舍了行囊用具,背了妻儿冒险上路,免得坐以待毙了。

　　这时已当深夜。颜舰正在情急呼天,欲哭无泪之际,忽闻虎啸之声远远传来。啸声住处,邻近一带许多兽嗥猿啼之声全都停歇。接着一阵山风吹过,又听远远有人语喧哗之声,随风吹到。侧耳一听,却又寂然。明知荒山深夜之中哪能有此,必是神散心昏结成的幻想,说不定还许是山魈木客之类故弄玄虚呢。想到这里,益发悬心吊胆,手握那柄断脐带的小刀,瞪眼望着洞口,以防不测。

　　过没多时,果听洞外有了响动,益发情虚害怕。方自失惊,便听洞口上层一块栲栳大的山石被外面东西抓落。紧跟着又是拳头大小两团碧荧荧的鬼眼电一般射进洞来。洞火渐熄,月光又照不进来,越显凶焰可畏。心想:"绝境之中,偏来鬼魅,夫妻父子定同归于尽了。"反正难免于死,末后把心一横,也不再害怕,率性定睛注视,看看到底是什么怪物。暗中连用全身之力,表面装作镇静,等怪物进来时,照准要害拼命刺它一刀。成功固好,不成功,只好算是命该如此。便和那双怪眼相持有半个时辰,俱无动静。忽又听风送人语喧哗之声,由远而近,那双怪眼又来晃了一下。

　　这次颜舰因婴儿落地至今,未听再啼;连那产妇也是吃了一顿落生食以后,只是一味酣眠,不言不动,与常理有异。连按几次脉象,却是上好的,越想越觉稀奇。趁着怪眼退去,忙趄近产妇身前审视。这地方恰当洞口的斜侧面,刚巧怪眼又来窥探。退时,一眼看到怪眼四围乌茸茸的一团,月光照在上面又黑又亮,微闻鼻息咻咻之声,不禁心里一动:"日里见那只黑虎也是一双蓝睛,莫不是它去而复转?"轻悄悄走近洞口,还不敢就从上面去望,先就下面石缝中往外一看,果然是那只黑虎,心中大喜。同时人声喧哗也越来越近，分明就在日里遇虎奔逃的那一带山径之间，只是被侧面崖角遮住，看它不见。有了这只黑虎，虽然胆子一壮，毕竟这般深夜，怎会有人结队山行？那喧哗之声来得太怪，不得不加慎重，还不敢遽然出洞与虎相见。欲待等那喧哗之声走过，看看来的是人是怪，再打主意出去。

颜舰正在惊疑，忽见左侧林薄中火光明灭，闪烁不定，好似有多人持着火炬在林中穿行。同时人语微闻，与林木摇风之声相为应和，已离洞口不过二十多丈远近。方料来人是汉人与苗人合组而成，往深山中采办珍贵皮革的猎队，方在替黑虎忧急时，那黑虎忽然长啸了一声，两只前爪起处，堵洞的石块全被抓落，抛向一旁。接着，又听多人欢呼之声。

颜舰刚一怔神，那伙人已到了洞前，朝着黑虎伏地跪拜。定睛一看，约有百十多个，俱是山中常住的半熟苗人，各持火把刀矛弓箭，有的头上顶着竹篓。那黑虎又轻吼一声，众苗人才行立起。黑虎也缓步走入苗人队里，用口衔着一个老年苗人，扯了一下，回身便走。老人跟着黑虎来到洞里，一眼看见颜舰，慌忙下拜，口中说道："原来你家就是黑王神的朋友么？今晚差点没把我们吓死。"

颜舰连忙扶起老苗一问，才知道那一带地方名叫虎神峰。苗人所居地名青狼寨，离此地还有一百多里的险恶山路。苗人相传，百十年前本山便出了这只黑虎，起初都不知它是虎神，还集人打过。谁知那虎通灵，无论多少人，使用多少刀矛箭石，全被纷纷抓落，不能损伤分毫。最奇的是，它并不吃人。人如犯了它，它只将为首的人扑倒，或是咬断他一手一腿，或是抓破面门，大小带一点伤，便即放其逃回。有这么两三次，苗人立时改了念头，事之如神。那虎不吃人，见人尊敬它，从此便不再伤人。

过没多时，青狼寨不知从何处蹿来了千百头青狼，大的竟有驴子般大，爪牙犀利，厉害非常，寨中人畜不知被它们伤了多少。正在惶急无法，这日来了一个老和尚，说是贵州黔灵山圆觉寺的长老。因为上年寺中跑了一只猛兽，四寻无着，听说在这一带山中。那猛兽听经多年，业已通灵，恐它危害人世，昧了本性，特地跟踪前来度化，路过求宿。问是何兽，却又不肯明说。寨中苗人便对他说青狼为害的事，问他有什么法子。

正说之间，千百青狼忽然蜂拥而来。众苗人一见不好，纷纷逃入寨中躲避。只把老和尚丢在外面，救他不及。方以为他必为青狼分了尸，谁知老和尚舞动一根竹杖和狼打，口中大声念咒，看去颇有本领，狼连被他打死了好几十个，无奈那狼又大又凶狠，越来越多，一面抢着分吃死狼，一面纷纷向老和尚扑去。

眼看危急万分，忽听一声虎啸，接着便见那黑虎蹿山越涧，如飞跑来，纵入狼群之中，连咬带扑。那狼倚仗狼多势众，兀自不退。虎神更巧，保着老和尚假装败逃，先退入寨左死峡谷之内，等把狼群全数诱进谷中，然后驮着老和尚一纵数十丈，接连几纵，从狼群头上飞身出谷。一人一虎，在谷口一拦，再一步一步前进。那狼上前，自然是死；不上前，被它赶近身去，也是个死。

谷口不过五六尺宽，两边是满布青苔，油一般滑的排天峭壁，既深且窄，又没有退出的道路。只听群狼惨嗥怒啸之声，震得山鸣谷应。约有两个多时辰，上千凶狼全被那虎抓死，一个不留。众苗人慌忙出寨，打算朝和尚、黑虎跪谢，请进寨去供奉。刚出寨门，便听和尚对那虎道："这里正是你等人的地方，不过还得多年，我师兄才能转劫到此。今日虽然与人除害，只是杀孽太重了。我不久即去，再见无日。趁此余时，随我回山忏悔些时，再来等候机缘吧。"说罢，跨上黑虎。那虎吼了两声，便蹿山跑去，由此不见。

苗人俱当和尚是庙中菩萨化身来此除害，那虎定是虎神无疑。事后把狼皮卖给汉人，得了不少东西。过了三年，那虎忽又在山中出现。因有这些神异之事，益发把那虎奉若天神，平日都叫它作黑王神。每值初一、十五，必集人抬了果菜前去供奉。青狼寨与虎神峰的得名，俱由于此。

自从那虎去而复转，青狼寨数十里方圆以内，便绝了虎狼之患。可是虎神常住的虎神峰这一带地方，毒蛇猛兽却是比前增多。除了赶上四季六个大墟集，偶然有一两帮汉商行客，仗着人多，贪着路近，顺便还可采些野生药材，趁日午前后，赶过此峰外，平常休说三两人，便是十人八人拿着刀箭，也不敢轻易闯过。

青狼寨的苗酋，名唤黑头仡佬岑高，是前寨主蓝大山的女婿。大山死后无子，继为寨主。人甚精明强干，武勇非常。这日晚饭后，正在寨前草坪上与手下苗人吹笙击鼓，练习舞蹈，准备日内往明月坝去赶第一个夏墟，忽见一只绝大黑虎走来。岑高来只三年，乃岳便死，接位不久。原是熟苗招赘，对于虎神显圣；独除千狼之事，虽然也听说过，并曾随众供祭过几次果蔬，只是耳闻，并未亲眼见过。偏巧虎神到时，又是他头一个看见，匆促之间，忘了前事，仗着武勇，也没和别人说，张弓便射。虎神通灵，怎会被他射中，一纵十丈，一照面，便用爪抓落弓箭，将他扑倒。等到岑高的妻子蓝马婆和别的苗人发觉赶来，人虽未死，一条持弓的左膀已几乎被虎压断。

170

蓝马婆和那些年纪略大的老人，认出那虎是黑王神。因它业已多年不曾在寨中出现，夜间到来，又将寨主扑倒，先疑是日前供祭之物有了缺点，前来问罪，连忙伏地跪求宽恕。谁知虎神虽将岑高放起，仍是朝着众人连声吼啸，不肯退走。蓝马婆吓得不住许愿，虎神兀自将头连摇，一会儿又去挨次往回扯了扯众苗人的衣角。

众苗人正无计可施，岑高身受重伤，又恨又怕，本想查探那虎的巢穴，见虎不退，知有事故。又疑虎神久受供祭，或者有甚好处。便高声说道："我等连问许多，黑王神只是摇头，不肯回山。莫非虎神峰虎王洞内有事？或是有甚东西要命我们去取么？"话才说完，虎神果然将头连点。岑高派出多人，拿了弓刀扁担跟随前去，虎神又横身拦住。毕竟岑高机警，几经指物指人问询，连人带虎，俱费了不少的口舌和表情，直到众苗人除随身器械外，又带上火把、食物、箐子、竹笼等用具才得起行。蓝马婆因要医治丈夫的伤，不曾跟去，只派了那向颜觑答话的老苗率领众苗人前往。

虎神当先开路，不时回望。山路奇险难行，又有猛兽毒蛇之患，平日虽是畏途，因有虎神同行，众苗人俱都胆壮起来，一路呼前抢后，兴高采烈，巴不得早些到达神洞，为神效力，以求福佑，就这样奋力前赶，还走了好些时，方离峰脚不远。虎神见众人比较上了坦途，不致失坠，才长啸一声，朝前纵去。颜觑在洞中所闻，便是虎神的啸声。虎神到达洞外，又过了片刻，众苗人相继赶到。颜觑与老苗相见，得悉经过，不由惊喜交集。

颜觑因知苗人素畏鬼神，自己正在穷途，难免需助之处甚多，便把为虎医疮，以及初次跟虎追逐之事俱都隐起。只说自己久惯在苗疆走方行医，初经此地，误入深山，妻子忽然分娩，刚生下一子，虎神便来垂佑，代自己抓开崖壁，成了一洞栖身，随即走去，不想竟将诸位请来相助。又说虎神神通如何广大，一声长啸，毒蛇猛兽纷纷逃窜，不敢打洞门前经过等语。众苗人因见颜觑夫妻留在荒山古洞蛇兽众多之地，又生了一个婴儿，居然无恙，未受侵害，不但信服异常，便连所产婴儿也疑是天神下界投胎，否则虎神怎会这样出力保护？当下忙将备就的箐子以及竹笼中的食物果子一齐献上，任凭颜觑食用。

颜觑心神略定，正觉有些腹饥，因为忙着使产妇离开险地，匆匆取了一块糌粑、一块牛肉，要了一根火炬，边吃边往洞中走进。拿火一照，产妇、婴儿脸色甚是红润光亮。尤其颜妻，绝不似初生产的神气，只是熟睡未醒。一按脉象，比前更好。微微推了几下，连喊多声，终未醒转。婴儿也是如此。

怀疑此地非善地，不宜久延，只好抬到青狼寨，再行细心诊治。于是便将兜子等拿进，匆匆将产妇母子抱置箩子以内，用衣服盖好，搭上草席，由两个苗人用竹竿抬起。又将药箱、行囊、用具收拾好，出洞放下，先朝黑虎拜谢。那黑虎竟懂谦逊，跑向一旁避开。众苗人见虎神都不肯受礼，越当颜觎必有来历。

因他赤着上身，各自抢着脱了粗麻制成的上衣要他穿，哪里还肯容他自背东西，早分把药箱、行囊背上了身。又抬过一个箩子，与他乘坐。颜觎一则劳乏过度，前途险峻遥远，恐难步行；二则洞外不比洞中，深夜山风甚寒，委实也觉得有些冷。知道这伙人敬畏神虎，因屋及乌，休说他们自己情愿，就是任意役使也不妨事。便也不作客套，乐得舒舒服服让他们抬了起身。

颜觎上箩以后，那虎仍是前行开路。众山人持着火把，抬人携物后随。行经山深之处，也有各种猛兽，见了火光，吼啸来扑。还未近前，那黑虎好似故意卖弄，先只一声悲吼，立即辟易，不闻声息。有时走到比较平广之地，又有吼啸，那虎懒得再吼，那些猛兽便赶近前来。有的望见虎影，便已吓退；有几只豺狼之类求食心急，由转角处迎面赶来，恰和那虎对上，等到见虎欲逃，已经无及，只一照面，虎爪扬处，立时尸横就地。苗人便赶上前去，用长矛挑起，回寨分食，无不兴高采烈，欣喜欲狂。

渐渐行离青狼寨只有里许之遥，为首老苗计点所得野兽，竟有二十多只，此行可谓不虚，好生快活。正行之间，那虎忽在道旁停步，放众人过去。颜觎看出它将要别去，连忙住了箩子，下来低声哀祝道："我颜觎劫后余生，正值患难之中，内子深山产子，穷无所归，如非尊神相救，父子夫妻三人纵不为山中蛇兽所吞，亦必饿死沟壑。大恩大德，不特身受者没齿不忘，便是我那死去的列祖列宗，亦当衔结于地下。不过此时虽仗神力，得有栖身之所，但是初到苗疆不及一年，平日蓬飘梗浮，行踪无定，对于各种苗族的情形习惯均非所谙。闻得他们避忌甚多，人复野悍，汉客少有触忤，便无幸理。人皆异类，举目无亲，倘有忧危，何从呼吁？明知尘俗苗寨非尊神所宜居，怎敢相求同住？唯望不时存临，惮有依恃。彼辈素重神命，见神常至，必加厚遇。但俟婴儿足月，可以负而行医，便即他处谋生，并非长此渎扰。不知尊神允否？"

那虎闻言，不住将头连点。又走向产妇箩旁，将头伸进去闻了闻婴儿。然后朝着颜觎，把那只受伤贴有膏药的右足扬了两扬。长尾摇处，扭转身子，一声轻啸，双足一蹬，便飞也似朝着来路，翻山越涧而去，晨光疏微中渐渐没了影子。颜觎见虎扬爪，才想起它还得换药。又见它恋恋婴儿，仿佛关心甚切，料它日后必要再来，心中略放，重又上筅起身。

老苗因将到达，早分出两人前往寨中报信。走没多远，青狼寨女寨主蓝马婆已得了信，带了一子一女和全寨苗人来接。说："寨主因为恼了黑王神，身被抓伤，正在床上调养，不得亲迎，望乞黑王神的朋友不要见怪。"虽是苗女，说话极为谦恭。当下把颜觎夫妻接进寨去，款待甚优，并拨了四名苗女服侍，先在寨中居住。一面命人在寨外近山口处搭盖高架竹屋，以为颜觎住室，等落成之后，再为迁居。

颜觎在寨中匆匆安置好了妻子，照俗礼向女主人答了谢。回来见产妇、婴儿兀自不醒，不时按脉，仍是好好的，心中益发疑虑，以为奇症。想了许多方法，灌了好几次药，终是无用。他哪知产前服了异果之故。似这样目不交睫，昼夜守护，等过了三日三夜，婴儿自先醒转，啼哭索食，声音甚是洪亮，又是妻子胸前鼓胀，两乳翘挺，不知何时奶汁已将前后胸衣服湿透。忙把小儿抱近身去，正待让产妇凑上身去喂，说也奇怪，初生才只三日的小儿，不特筋骨坚硬，体格健壮，竟能爬行伏在乃母身上食乳，咕咕有声。

不多一会儿，产妇也渐渐醒转。颜觎这才放宽心，将备就食物，端过去与她吃了好些。重按了按脉象甚好，产妇身子也甚安适，一些也不显产后柔弱之象，只不知三日昏睡是何缘故。颜妻问起前事，怎得有了栖身之所。颜觎把经过奇遇说了，俱都感谢神虎不置。

颜妻见颜觎饱经忧患，一连累了数日，好在室中有苗女服侍，自己行动自如，精神健康，再三嘱咐安睡些时。颜觎担心妻子，一直忘了拜谒本寨寨主，疲极之余，一着枕便睡了一整天。第二日早起，还未醒转，颜妻忽见蓝马婆情急败坏，跑将进来，因为走得匆忙，没有看见屋角竹榻上安睡的颜觎，一直奔到颜妻床前，急喊道："你的丈夫呢?"一言未了，虎王虽是初生婴儿，一则生具异禀奇资，二则连吃了异果化成的灵乳，天生神力，灵敏非常。彼时正趴在乃母身上吃乳，忽见一个气势汹汹的面生妇人跑来，小心眼里以为她要和乃母相打，哇的一声，一侧身，伸出坚硬结实的小手，对准蓝马婆脸上便抓。蓝马婆骤不及防，竟被他这小手抓得生疼，心中大怒，想回手打，又觉不好意思。偏巧颜妻震于来势，忙着应付，更不料小儿有此大力，也未安慰道歉。又恰巧颜觎闻声惊醒，走了过来，便疏忽过去。由此蓝马婆也不喜他母子，以致日后闹出许多事故。不提。

颜觎一问来意，才知他夫妻入寨以后，第二天起，黑王神连来了三次。

因它从不走进寨门，苗人见无甚表示，供它果菜又不吃，谁也没想到它是前来查看颜觎夫妻待承安全如何，也就罢了。谁知今早有两个寨中的百长采了新瓜，坐在寨前石上，连吃带谈龙门阵。一会儿谈到颜觎夫妻的事，不知哪一句话说错，稍有冒犯神客的地方，黑王神忽从石后出现，纵身怒吼，一爪抓死了一个，另一个也被抓断了一只臂膀。接着便向寨门怒吼不去，谁也不敢走近。蓝马婆夯着胆子走出，连着朝它祷告许愿，挨样询问，才知是要颜觎出去相见；如今黑王神还在外面等候，务请颜觎出去打发它走，以解神怒。

颜觎闻言，忙和蓝马婆一同赶出，远远闻得虎啸之声传来。到门一看，果然神虎当门而踞，目光如电，神态威猛，正在怒吼，震得木叶惊飞，四山都起了回音，钢针一般的黑毛根根直竖。苗人甚多，俱都不敢近前，远远围跪在地，喃喃祝告许愿，叩头如捣。满地俱是蔬菜山果，零乱践踏，爪痕处处。知是苗人所供，被神虎发怒抓落。另一旁山石上躺着一个抓断了膀臂的苗人头目，也在呻吟呼痛，哀求黑王神饶命。

说也奇怪，那虎怒发甚猛，一见颜觎走到，立时停了怒吼，身上的毛全都倒下，缓缓站起来，将长尾摇了两摇，朝颜觎身前挨挨挤挤。颜觎伸手摸摸他的身上，竟动也不动，仿佛家猫见主一般，温驯无比。颜觎知它来意，一半是唯恐苗人对自己有了怠慢；一半是因虎爪虎腹两处伤还未愈，尚待医治。那两个头目一死一伤，弄巧就许有对自己不利之言，所以神虎发怒。否则先时那等咆哮，何以见面后又如此温驯柔善呢？苗人反侧，其心不定，经此一来也好。便低头默祝道："大神如此厚爱，粉身难报。只是自己身在异地，人非族类，举目无亲，诸须谨慎，方无远害。大神不能常在此地，他们即便有什么不对，总望宽恕一二，以免苗人迁怒自己，爱之适以害之，反而不美。至于医伤一事，因是匆匆走出，未携药具，请在外少候，等入内取了药具，再陪大神同往僻处医治如何？"那虎闻言，将头连点。蓝马婆见颜觎朝虎低声说话，不由又起了疑义，颜觎却未在意。

颜觎刚转身要走，那虎忽然衔住衣角不放，不走，虎又头顶促行。颜觎先不知何意，如是者两三次，忽然想起婴儿体力健壮，生有异征，神虎如此呵护，必非无因。这般情景，莫非它还不放心苗人，想见婴儿一面不成，试一问询，那虎果又将头连点。颜觎借此卖好示威，便对蓝马婆和众苗人道："黑王神前生和我父子是好朋友，所以今生如此保佑。适才那两位百长因犯神怒，虽然一死一伤，现在我已与神言明，从今以后不再伤人。我父子夫妻三人暂借宝寨栖身，待机一到，得便自去。不特黑王神诸多降福，便是自己，日后也

174

必设法重报,只管放心就是。"除蓝马婆一人因有乃夫先入之言将信将疑外,其余人亲见如此神异,俱都畏服不置。

颜觑又说黑王神要看小孩,便径自奔回屋去,和颜妻说明,拿了药包藏在身上,用被抱起婴儿,二次跑出。那虎自在寨门前蹲伏,等颜觑近身,方行站起,用虎头向胯下拱了两拱,重又蹲下。颜觑知虎要他上骑,连说不敢。经不起那虎连拱不休,颜觑还想把婴儿送了回去,或是托蓝马婆代抱,转交颜妻,那虎却咬紧婴儿包布不放。婴儿生时匆遽,事先未备小衣服,幸值天热,只用一块被单撕下来的旧布齐胸包住。那威猛的大虎只管在颜觑身旁挨挤衔扯,婴儿竟似素识一般,睁着两只精光黑亮的眼睛,把露在被单包外的一只小肥手,不住在虎头上拍打,笑嘻嘻一丝也不害怕。休说旁观诸苗人,便是颜觑也觉稀奇。知神虎要婴儿偕行,必有原因,便恭恭敬敬告了得罪,骑上虎背。

那虎只将大嘴一咧,掉转身子,一声也未出,四足一蹬,便穿出去二三十丈。颜觑怀抱婴儿,稳坐虎背,双足扣紧虎腹,一任它登山渡涧,纵跃如飞。只听两耳风生,林木山石如急浪奔涛一般往后倒去。不消片刻工夫,已是跑出老远。回顾青狼寨,已隐入乱山之间,不见影子。虎行生风,又是骑虎急行,颜觑觉着山风甚劲,身有凉意,初生婴儿恐怕受寒,想解开上衣,把婴儿的头面包藏起来。谁知婴儿却是不耐,口里大声啼叫,手足乱挣,力气又大得出奇。颜觑恐一个闪失,抱不稳从虎背上坠将下去,小命必然断送,反而不妙,只得由他把头脸露出,冲着前面。婴儿这才老实了些,胖手招摇,迎着山风,欢笑不已。

颜觑因婴儿遇虎而生,取名虎儿。这时见了他这些异状,怀念先仇,怅触身世,不禁悲从中来。探头含泪,面向婴儿道:"虎儿,虎儿,你爹爹身负血海深仇,我与你母流亡在外,受无尽的艰辛困苦,难中产你,九死一生,幸得虎神垂佑,才保无事。如今仇人势盛,图报无日。见你具异禀奇资,又得虎神呵护,好似生有自来,莫非将来报仇之事还应在你的身上么?"颜觑不过是有感于中,自然流露,明知婴儿也不会懂,随心发泄。那么大的风,休说倾吐出来,语声说得甚低。便真个向着成人大叫疾呼,也未必听得分明。谁知婴儿仰望乃父泪容,竟有感触,立时不再欢笑,扭身用手去抚摸颜觑的泪眼,状若安慰。

颜觑方在惊异,虎步一缓,业已停在一个山谷之中,蹲伏在地上。颜觑知到地头,刚一跳落虎背,还未及观望谷中景物,忽听虎低声一啸,接着便听谷顶崖壁树枝窸窣作响。方疑有蛇，猛见眼前白影一闪，从崖上飞落一物。退步定睛一看，乃是一只半人高的小白猿，生就一身银雪也似的白毛，油光水滑，闪闪发亮。两只火眼，一双金瞳，光射尺许。一落地，先向那虎叫了两声，便往颜虬身前人立走来，伸出两条长臂要接婴儿。

婴儿更似和它熟识，张着两只小胖手往前伸扑。颜虬见白猿生得那般异样，知是灵猿，不由将手一松，虎儿已扑入白猿怀里。颜虬终有些不放心，刚要伸手接回来，谁知那白猿接过婴儿，忽然朝着黑虎一声长啸，便飞身而起，离地数十丈，往崖腰上纵去。后爪抓着那么峭削的崖壁，如履平地一般，只见一条白影在崖壁上电闪星掣，飞转了几下，便即不见。也没听婴儿哭叫之声。这一惊真是非同小可。知道那猿捷逾飞鸟，万追不上。忙看那虎，竟若无其事。心想："婴儿生下来就有许多奇征异事，白猿又是神虎叫来，婴儿生命决然无害。但恐白猿将婴儿抱走，隔些月日不归，不特爱妻面前无法交代，自己只此一子，也难割舍。"

颜虬忙问那虎道："灵猿将我儿抱去，少时能回来么？"那虎将头点了两点，即仰面躺在地下，扬起那只受伤前爪。颜虬才明白那虎因治伤时小孩无人抱着，特地唤来白猿代抱。适间那虎点头，想必不消多时，自会回转，便不再着急。见虎肚脐和虎爪上膏药仍在，先代它揭了下来，将带来的药包打开，就左侧崖上飞瀑灌了一水瓶山泉，将伤处冲洗干净。然后用小刀修去伤处腐肉，二次用水冲过，上了生肌药粉，贴上膏药。对虎说道："大神原来疮毒很重，上次挑去那根毒刺，以为总得再医几回，不料好得这般快。今天已上了末次化血生肌的药粉，再有三日，膏药自落，便可复原如初，无须再看了。内子新生体弱，难禁忧思，来时没有对她言明，恐回去晚了不放心。望大神怜佑，急速唤回灵猿，送愚父子回去吧。"

那虎翻身坐起，只摇了摇头，也不叫，也不动。颜虬见它一摇头，不禁又着起急来。忙问："婴儿少时归不？"那虎又将头连点。知道去的地方决非近处，虎既不允叫回，急也无用，幸而没有表示当日不归之意，只得权且宽怀。要知后事如何，且看下回分解。

第二十五回

有心弭祸　巧语震凶苗
无意施恩　灵药医病叟

话说颜觊坐在虎侧静候,等了老大一会儿,眼看日色偏西。从起床到如今,腹中未进食物,忙中又未带有干粮,饥肠雷鸣。灵猿终是异类,心里悬念着爱子,业已问过那虎几次,俱无甚表示。恐将它招恼,反而不美,不敢多渎。正在饥渴愁急,那虎扬头看了看天色,倏地一声吼啸。颜觊心中一喜,以为白猿一定闻声跑来,又等了一会儿,并无动静。那虎已接连吼啸过几次,最后起身,踞地长啸,看神气,好似也有些等得发急,白猿仍是未归。颜觊方猜凶多吉少,正在忧急,那虎忽然摆出姿势,要颜觊骑了上去,颜觊连忙跨上虎背。

那虎掉转身,转出谷口,竟择一较低之处,一纵数十丈,接连几纵,到了崖上。一路纵越绕行飞驶,跑了好一会儿,还未到达。崖顶形势绝险,危石甚多,大小错落。短树森列,棘草喧生,仿佛刀剑,犀利非常。两边俱是悬崖,窄处不容跬步。休说亘古以来未必有人走过,便兽迹也不见一个。那虎好似怒急,跑纵起来,口中连声吼啸,和疯了一般,比来时着实还要快出好几倍。

正飞跑中,前面崖势忽然裂断,中隔广壑,下临无地,眼看无路可通。那虎势子绝猛,又收不住,转眼便有粉身碎骨之危。就在这惊心动魄,闭目不敢直视的当儿,只听两耳生风,别无动静。微微睁眼一看,崖势忽又向前展开。再一回顾身后,业已飞越过来。山石草树,像是急浪流波,滚滚倒退,瞬息已杳。

又跑不多一会儿,那虎方纵落崖下。前面孤峰独峙,清流索带,景甚幽绝。刚一及地,便听猿啸儿啼之声起自峰腰,只不见人。那虎驮了颜觊纵上峰去,往左侧一转,才看见峰腰上现出一片草坪,森森乔木,亭亭若盖,疏落落挺生其间。靠峰有一个石洞,洞外一株大果树上,倒吊着那只白猿。婴儿也被人用春藤绑在树上，正在啼哭发怒，将手向白猿连连招摇。虎、猿相见，便互相吼啸起来。颜觑见婴儿无恙，喜出望外，只不懂他和白猿何以俱都被绑在此。连忙爬上树去，将婴儿解将下来。

那白猿吊处离地不下十丈，比婴儿高得多。按说那虎纵上去，一爪便可将绑索抓落，虎却不去救它，竟来衔扯颜觑的衣服。白猿也在树上连叫带比，颜觑会意，只得把婴儿放在山石上面，爬上树去一看，大为惊异，那绑吊白猿的并非春藤，乃是几根蝇拂上扯落的马尾。树枝上还挂着一片大芭蕉叶子，上有竹尖刺成的几行字迹。

取下一看，大意说：留字人名叫郑颠，带了两个新收门人，由北岳归来。中途经此，将二门人留在峰麓暂候，自己往峰顶上去访一位多年不见的道友未遇。下峰时节，忽闻门人呼救之声。赶近前去，见一只白猿已将两个门人身上抓伤，正在行凶，当下将白猿擒住。一问门人，才知因见峰腰草坪上放着一个初生的婴儿，啼声甚洪，以为别人遗弃，心中不忍，意欲带回山去抚养。刚抱在手，便见一只白猿如飞跑来，将婴儿夺去。二门人虽会武艺，竟非那白猿之敌。当时如晚到一步，二门人必遭毒手。

先以为婴儿是白猿从民间盗来，本想一剑杀死，为世除害，后来寻到婴儿，见资禀特异，凤根甚厚。白猿不能说出他的来历，一味哀鸣求恕。正审问间，恰值青城山朱道友经过，说起婴儿前身来历，并算出白猿是受神虎之托，因与峰顶道友有三年献花果的因缘，曾受度化，抱了婴儿，前来求取灵丹，并非从民间私自盗来。因初生胎儿污秽，不得峰顶道友允许，不敢径直抱上去相见，才放在峰腰草坪上面。偏巧峰顶道友云游未归。下峰时见二门人抱起婴儿，彼此误会，才动的武。

虽然事非其罪，情有可原，但是此猿额有恶筋，定非善良通灵之物。更不该婴儿已夺过了手，又放在地上，仍去行凶，意欲将来人置于死地，实属凶暴可恶。为此抽出它的恶筋，又打了三十拂尘，吊在树上，以示薄惩。那婴儿已经朱道友给他服了一粒灵丹，他年自有奇效。因他无人领抱，绑在树上，静等那神虎驮了婴儿之父到来解放。此虽佳儿，刑克凶煞甚重，务须随时留意，以免惹祸招灾，危及全家。行时并在草坪左近行了禁法，不是亲人到来，自解其绑，无论蛇兽，皆不能近前侵害。白猿本应吊它三日，知道来人必代苦求，可将马尾上符结缓缓抽开，其法自解。下写郑颠留字。

颜觑知是仙人经过，还赐予爱子一粒灵丹，忙跪在树丫上，望空默祝，虔诚叩谢。然后仔细轻轻地去抽马尾上的活结。结刚抽开，便见眼前光华电闪般亮了一亮,白猿已坠落下地。跟踪缘树而下,抱起婴儿,又向白猿称谢。白猿见了颜觊,低着头若有惭色。

颜觊见夕阳在山,天色不早,黑虎正伏地待骑,重向白猿道别,跨上虎背。那虎长啸一声,缓步下峰。然后放开四只爪,风驰电掣,直往回路跑去,约有个把时辰,到了青狼寨,蓝马婆和许多苗人俱在寨门前延颈而望,见颜觊骑虎回来,好生敬畏,连忙伏地迎接,颜觊刚下虎背,未及道谢作别,那虎便已如飞跑去。

颜觊因到此以来,还未见过男寨主,才想起初见老苗所说之言,他为虎所伤,尚在调养。自己外科拿手,正可示惠,便请蓝马婆一同先到自己房内。颜妻已知神虎将父子二人驮走,前日死中尚且得活,知不妨事,并未忧急。颜觊见状才安了心。当着外人,不便明说,只用目示意,将经过事情略为增减,说了一些。便对蓝马婆道:"愚夫妇多蒙寨主夫妇解衣推食,借地栖身,深惭无以为报。闻得岑寨主为黑王神所伤,尚未痊愈。在下本通外科,少谙医道,本想借着面谢之便,略尽心力,代为诊治。前日求见未得,彼时正值内人新产,又当山行疲乏,一个打岔,也忘了向女寨主提起,此时才得想起。我想岑寨主不过被黑王神抓伤,又压了一下,极易痊愈。适听寨中人说病势沉重,业已不能下床,心中甚为悬念,意欲前往医治,不知可否?"

蓝马婆闻言,似甚惊喜,答道:"我也曾见尊客箱子,像个走方郎中的药箱,因不见串铃、鼓板和箱上的行道旗,不知真会医病。再加连日心烦意乱,没和尊客夫妇多谈,无心错过。我丈夫极好强好胜,自从那日被黑王神所伤,因那是神,只怪自己无知冒犯,没法报仇。当着全寨人等吃这么大亏,又悔恨,又生气。再加伤又受得重,除肩膀上的肉爆裂了好几条缝,深可见骨外,近屁股处的大胯骨也被压脱了位。再压上去一些,肋巴骨怕不压断几根才怪呢。

"本地没有好医生,几条通山外的路惯出虎狼蛇兽,连我们的人出山去采办货物,趁墟赶集,都是多少人结伴同行。我们又是本地人,老虎不吃人,恶名在外,走方郎中不易请到。有甚病伤,全凭有限几样成药和本山产的草药医治。连日天热,他伤处已然腐烂。大胯骨脱臼处,因未正位,也肿胀起来。他好强,虽不喊痛,可是脸都变成了紫色,每晚不能合眼,整天头上的汗都有黄豆般大,手臂和腿不能转动,想必是疼痛到了极处。

"以前他打猎爬山,也曾受过两回伤,都是拿寨中配现成的药去擦。虽然伤比这轻些,可是一擦就好,至多才两三天,不像这次又烂又肿。定是黑王神罚他受苦，不肯宽恕，才这个样子。也曾向神苦苦哀求过好几次，连睬都不睬。他又倔强，甘心受罪，不肯亲自许愿。我急得无法，又想也许黑王神不能显圣，使他痊愈。正打算明日派几十个人出山到铁花墟，去请走方郎中。尊客能够医伤，又是神的朋友，自然再好没有。不过我丈夫性情古怪，我须先去问他一声。就请尊客同去，他如不医不见，仍自回来，莫要见怪！"说罢，便站起相候。

颜舣见蓝马婆一张口便是一大串，汉语说得甚是流利，心中好生惊异，正要提了药箱随着同行，忽听颜妻唤道："你怎不把我身上带的那包金创药带去，省得用时又回来取一趟。"颜舣也甚机警，知道自己秘制金创药有一大包在药箱里，颜妻身上所带，只有平日上路，照例夫妻各带少许，以备临时应急之需的，一样的药用不着都带了去，必是有甚背人的话要说，连忙应声走过去。

颜妻果朝他使了一个眼色。颜舣会意，假装在她衣袋中找药，将耳朵凑向她的头前去听。颜妻低语道："那苗妇甚是诡诈，她丈夫因祸由你起，颇有怀恨之意。适才你父子骑虎走后，她便走来向我打听你和那虎是甚缘由。我先和她说是中途无心相遇，见她神色不对，便说我儿是神人下界，所以虎神保佑他，她才无言而去。等你大半日未回，她又走来，将那四个服侍的苗女唤出两个，鬼鬼祟祟，在外面低语。进来时我装睡偷看，她指着我，嘴皮直动，神色甚恶。我夫妻受了人家待承，理应为她尽力。不过苗人心狠，神虎做得太凶。听说早上还有两个苗人，因为说我们闲话，一死一伤。你医道我知道的，决能治好，但要诸事留神，见了男人，把神佑都说在儿子身上。话要少说，以免弄出事来，凶多吉少。等我满月之后，还是走了的好。"

颜舣点头称善，一抬头见蓝马婆站在门侧，正睁睛望着自己动作，好似极为注意。知她看不到妻子的脸，自己又未开口，不致招疑，便仍装作找药，口里故意对妻子道："你将药放在哪里了？怎这般难找，找不着？莫不是在你身下压住了吧？我扶着你，翻身看一看。"颜妻会意，不再言语，故意呻吟，由颜舣扶着，往里微侧。颜舣早将药拿在手里，故意笑道："我说在这里不是？我见寨主去了。虎儿只吃了仙人赐的一粒灵丹，一天没吃奶，不知饿不饿，莫忘了喂他奶。"说罢，将药包放在药箱子里，用手提起，随了蓝马婆直奔后寨而去。

这座青狼寨倚山而建，后面恰巧是一条数十丈深的峡谷，地颇宽大，还有许多岔道支谷。当年老寨主蓝大山从别处迁居到此，就着谷的形势，将谷顶用木料藤泥盖上，当成寨顶。留出好些通天光的地方，作为天井。再用整根大木平插至两边壁上，铺匀了泥土筑紧，建起三层楼房。全家居上，下面喂养牲畜。谷底无路，是一广溪，里面也喂些水禽。谷口地势最宽，外面用山石堆砌成一个堡寨，仅留一个丈许宽，一丈六七尺高的寨门。由门进到谷口那一段，盖有三列平房，住那较有勇力的苗人。平房后进开有几个小门，当中一门稍大。门内不远，有一条石路，长约三丈。走到尽头，便是一架竹梯，直通楼上。余下小门，有的通藏粮食、兵器所在，有的通到楼下面养牛马猪羊牲畜的地方。另有两门，却不往直平去，一进去，须顺着木梯，走向沿壁木石交错的栈道上去，由此可以通全寨苗人所住的家室以内。

这些苗人的住宅，都是就着两边崖壁掘成的土穴石洞，密如蜂巢，全谷峰上到处都是，又狭小，又晦暗，全家住在一个洞穴里，极少有得到天光的。因为酋长多以力胜，性情凶暴，全体苗人仰息而生，予取予求，生死祸福，任意而行，已成习惯，视为固然。到了蓝大山父女手里，已是凶恶勇猛，性情乖戾，只知有己，不知有人。这位承继的寨主，更是阴鸷险狠，智足济恶，哪里还把这些处于积威之下的苗人当作人待。偌大一座楼房，无非是蓝大山役使群苗建筑的。但是除了他夫妻全家和手下千百长以及一些心腹恶党，连供役使奔走的男奴，一共不过数十人外，房子虽多，只是空着。一到关闭寨门，竹梯一撤，内门紧闭，休说是住，就连上也上不去。

齐谷口处，除那五个门外，通体俱是卵石堆砌的高墙，直达谷顶。石缝里有土，种了些藤蔓花草在上面，年数一多，苔满藓肥，全墙如绣。远视近视，俱当它是片崖壁，与两旁的山一体。青狼寨不过是倚壁砌成的罢了，看去极小，绝不似供千人以上居住的大寨。

颜虬所居便在谷口外石堡寨内那片平房里面。先还以为这么多苗人，又不见他们有别的住处，并且一遇灾患，立即全体藏入寨内，仅这有限数十间小房，人挤人，也未必装得下，不知他们平日是怎样居住的。寨前和四山上颇有许多好地势，何不建造上些宽大的房屋？一则居人，二则还有个呼应。似这样蚁聚而居，一旦遇见敌围，连个救援出路都没有。并且寨前不远还有溪涧，地势也较高，万一山洪暴发，此寨首当其冲。岑高虽未见面，据说他们都是一味凶蛮，又蠢又懒，他妻子蓝马婆看去机智非常，听说苗人祖惯山居，别的都蠢，对于天时地利都有独到的见识。何以这般蠢法？

颜虬一直都存着这般心思。自己从小爱习医道外，对于兵法堡垒等杂学也极喜涉猎。知他们以前受过青狼围困，因自己受了人家好处，无以为报。正打算日子一久，宾主无猜之时，给他们出点主意，将大寨改建，相山度水，依势为垣，星分井聚，人皆散居；再教他们耕织土木之法，使其日臻富庶，以酬收留食宿之德。

这日同了蓝马婆去见岑高，算计走进三层石房，已到尽头，只见到有限几个苗人。不但那么多苗人不知何往，而且每间房内，食宿用具俱极简少，至多只供三五人之用，并不似群居共食神气。方自奇怪，忽见蓝马婆引他走向靠着山壁的一扇木栅门内，进去一看，里面竟是别有天地。虽然楼宇建筑粗野，不甚精善，却是坚固结实，犹胜天成。才知这里苗人不但不蠢，而且饶有心计。

上了竹梯，便入楼里，一连经过了好几处复道曲楼，竹桥木阁，忽见前面一座大天井对面，楼形越发宽广。由一条飞桥通过去，那桥是活的，可以任意收悬，两端俱有八名执矛的强壮苗民把守。楼门紧闭，门外也有十多名苗女侍立。见蓝马婆引客来，俱都举矛伏身为礼，面上似有惊诧之容。沿途所经诸楼，相隔处也有竹桥相通。虽然桥上都有两人把守，却没这里威武严肃，知是寨主岑高所居无疑。只不知他寨门尽管坚固，如果敌人能够攻入，也非区区高楼吊桥及十几个防守的人所能抵御，对自己人也如此防范周密，是何居心？

方在难解，蓝马婆已引客过去。颜虬刚过长桥，楼前十多名苗女立即飞步上前，先伏地跪迎，起身用土语向蓝马婆叽咕了几句。蓝马婆将手一摆，众苗女刚一起去，忽听轧轧之声。颜虬回头一看，通两楼的长桥已被楼这面的防守苗人扯起。知神虎已将他们吓破了胆，料不致有甚不利举动，故作未见。内中两名苗女便过来接了药箱。

那楼甚大，一排七间，共有九进，岑高住在第四进的居中大间以内。沿途所经，十九都是空房。蓝马婆先引颜虬到了第一进紧靠山谷的一间小屋内坐定，留下两名提药箱的苗女，匆匆自去。颜虬等了好一会儿，不见回来，觉着腹饥异常，才想起骑虎走了大半日，未进食物。回来便遇蓝马婆，跟着进屋一打岔，说起治伤之事，立即催着同来，当时饿过了劲，只顾周旋，竟忘了进食。这时二次又饿，好生难受，其势又不能向那两名苗女索食。幸而药箱内还有前日留给产妇吃剩下的两块干馍和一点咸菜。取出一看，业已干硬，那咸菜更干得枯了，一根根直和箱中泡制过的草药相似。还算没坏，趁蓝马婆未来，一口气吃了，因为饿极，吃得一点不剩。吃完，蓝马婆仍见不到。那两名苗女见他吃东西，不时看着他窃窃私语，颜虬也未作理会。

颜虬闷坐无聊,见室中两面俱有窗户,扇扇洞开,探头往外去看。见那楼离地已有数十丈高,正面还好,侧面山崖壁直如削,与楼相隔不及丈。楼顶上另有一层盖搭,益发看不见天光,甚是阴暗。隐约见那崖壁上俱是苗人居住的窟穴,密如蜂窝,小到人不能直身进去。穴外只有一条尺许宽的木板或原来石板做栈道,以为通行之用。那些苗人的妇孺个个污秽已极,大半探头穴外,或是坐在栈道边上乘凉。却看不出一点忧戚之状,大有乐天知命的气概。

颜虬不禁嗟叹同种人类,高低不平,只因强弱之差,分出了尊卑上下,便落得一个拥有千间大厦,只让它空着,放些不三不四,汉不汉土不土的陈设摆样子,却令数千同种之人禽居兽处。山中有的是木石材料,又有的是人力,放着寨外许多空旷形胜地方,都不容他们自去建房。区区一个苗人小部落,已是如此,无怪乎拥有广土众民、大权大势的暴君奸臣,更要作威作福,陷人民于水火了。

颜虬正自出神,一阵微风吹过,把壁上洞穴中许多恶臭气息吹将上来,甚是难闻。不愿再看,猛一回身,瞥见蓝马婆已不知何时走了进来,站在自己身后,满脸强笑假欢,仿佛怒容乍敛神气,心中一动。未及张口,蓝马婆已先说道:"我丈夫周身肿痛,已有两日未曾合眼。适才进去,见他睡熟,不忍心惊动,等他醒了,才和他说的。他听说黑王神的朋友肯给他治病,高兴极了。晚来一会儿,千万不要见怪。"

颜虬见她说时目光不定,知道所说决非真话,不知又是闹什么鬼,只得虚与周旋道:"女寨主太客套了。医生有割股之心,只有迁就病人才是正理。何况愚夫妇身受寨主厚礼相待,正苦无从报答,问心难安,怎说得上见怪两字?"蓝马婆闻言,微喜道:"尊客为人真太好了,说话叫人听了多么舒服。请就随我进去吧。"颜虬随她走到第四进当中大室,见门内外服役苗女不下百名之多,个个身上都佩有刀箭,与楼房口外所见苗女不同,心中甚是好笑。

那岑高也是受了活罪,因为肩胛背骨被虎抓碎压伤,疼痛非常,不能卧倒。只盘着双膝,在竹榻上两手扶着面前一个大竹枕头,半伏半坐地趴在那里。见人进去,头也不抬,只斜着眼睛看了一看。蓝马婆跑到他面前,用苗语向耳边说了几句,岑高把头一点。蓝马婆才过来低声对颜虬道:"我丈夫心烦火旺,不能不和他说一声,尊客请莫见怪。"

颜虬已看出岑高凶狠躁急,对自己颇有厌恨之意。此次延医,乃蓝马婆的主意,事前必还费了些唇舌。同时岑高也实忍受不了苦痛,虽然应允医治,事出勉强,必不爱听自己多说话。也不再作客套,略一点头,便走前去仔细一看,伤并不算甚重。肩肿处只被虎抓裂了些皮肉,并未伤筋动骨。倒是背脊近股骨处,有两根筋骨被虎压得太重,错开了一些骨榫;又被虎爪带了一带,裂开两条口子,其实都没什么。

照理初受伤时,只稍把脊骨拍还原位,就用那苗人平时治伤的草药,这几月穿行南疆考验过的,曾有奇效。自己药箱中还配得有,敷上去便可治愈,本非难事。偏生虎爪中了毒刺,刚经拔去不久,余毒未尽,那草药一收敛,毒更聚而不散,于是肿胀化脓,溃烂起来。再迟数日不治,毒一串开,尚有性命之忧。那脊骨又不知拍它还原,天气又热,再经这几天骨裤口处发肿,休说卧倒,动一动就疼痛非凡,幸而遇见自己是祖传外科能手,复经多年勤苦研求,极有心得。如换旁人,不问能治与否,先要痛个死去活来。这厮为人必非善良,款待全系怵于神虎威势,一旦有隙,难保不起歹意。于是安心卖弄,借此机会一下把他制伏,免得异日生变。

颜觑便改了沉静之态,闭目掐指算了算,忽作吃惊,大声说道:"寨主因为平日虐待手下,本已犯了天忌,日前又触忤了山神,二罪俱发,才受此伤。如今脊骨左边痛中带酸胀,肩上伤口虽没背上那条伤口肿烂得厉害,可是骨头里像虫钻一般,奇痛中还带着奇痒。如今山神因为寨主表面上虽然顺从,心中却在怨恨,不怀好意,越发犯了神怒,冥冥中施展神法,要使寨主将肩背两处烂尽而死。除了虔心悔罪,立誓不再为恶,忤神害人,或者能得神的回心饶恕,我再从旁虔心苦求山神开恩,赐我神力以便医治外,无论多好的医生,使甚别的法子,都不能治愈了。"

一面说,一面暗中偷看岑高神色,见他先听颇有怒容,听到中间便改了惊恐,末后简直变脸变色害怕起来。知他外强中干,正说中他的心病,苗人素畏鬼神,怎得不惧?心更拿稳,又大声道:"现在死生系于寨主念头一转移间。果能听我良言,将心腹话当众说出,向神求告,如获神允,我治时,便可立时止痛;否则即便我因寨主夫妻留住衣食之情,愿干神怒,勉强尽力医治,治时也必奇痛非常,难以忍受呢。"

岑高本来怀着一肚子鬼胎,不想被颜觑这席话说中,不由通身骇汗,以为真的神要他死。心中一害怕,越觉伤处疼痛难忍,立时气馁,心想悔过,求神宽宥。无奈起初打算伤痊之后,连虎带颜氏夫妻一齐设法害死,别的尚可,这话怎好当颜觑说出?便唤蓝马婆近前,用苗语商量。蓝马婆虽没他凶恶狠毒,心眼比他还要刁狡,先还将信将疑,及见丈夫首先屈服,不由也有些气馁。暗忖:"他说如得神允饶恕,治时连一点疼痛都没有。小时随着父母常在各地来往,见的郎中也多了,无论多好,俱无立时止痛之理,并且伤又如此重法。这人看似忠厚,汉客多诈,莫要被他蒙混过去。"想好主意,便用苗语对岑高道:"你怕这人听见,不会用我们的话祷告吗? 如他不允,便是他看出我们破绽,或是日里黑王神驮去告诉他了。不过你只管虔心求告,事后可以叫他再算上一算,到底神允饶恕没有。免得他医时依旧疼痛,治不好却说山神没有答应。"

岑高一则比较心实,二则身受其害,疼痛难当,闻言微怒道:"你如此说,仍是不信神,还求有甚用处? 汉人虽刁,他来不久,言语不通。我们两人的悄悄话,连身边人都不知道,他是如何知道的? 好在我没和他交谈过,你去问他,就说我对汉语能懂不能说,看是行否?"蓝马婆便向颜觊说了。

颜觊这时已是看清他二人行径,智珠在握,日后或者还要长处,不便过逼,故作喜容答道:"寨主能洗心从善,必愈无疑。适才我不过算出山神因他虐待手下,存心不良,又不信服,要他自责改过,与我无干。再者山神常居此地,自然仍用本地方言为宜。快请寨主就伏在榻上祷告,只要心诚,也无须下来。我也在一旁跪求,算上一算,便知允否了。"这几句话使得岑高夫妻大喜,益发深信不疑,岑高立时伏枕祝祷。蓝马婆想起平日自己许多残暴行为,不由得害了怕,也不管屋里服役苗女听了,传说出去丢人,跟着跪在榻前,随同乃夫,互用苗语祝祷起来。

颜觊也跪在一旁,口中喃喃,装模作样地做了一阵。偷觑岑高夫妻祝告将毕,先掐指一算,忽然起立,惊喜道:"山神见你夫妻悔过虔诚,业已宽恕。快取一碗干净山泉过来,待我请神赐些神力,好用这水和药。我还得脱去衣服,以便施治,失礼之处,寨主莫要见怪。就用这碗洗净了取水应用吧。"说罢,打开药箱,取出一只日常吃饭用的碗,交与近身苗女。然后把上身衣服脱去。要了三支棒香,拿在手里。请蓝马婆陪着,同往楼外走廊上向天求神,口中装作念咒,喃喃不绝。念了一阵,然后命苗女去通知岑高,伏在榻上虔心祷告。自己和蓝马婆先后跪祝起身,叫蓝马婆从苗女手中要过那碗山泉,顶在头上,跪求神赐仙药在内,或是赐些仙露,自己便拿那三支香在水面上画起符来,一会儿,又用两手中指甲挑水向天弹洒。事先并嘱蓝马婆正心诚意,目不斜视。神如降福赐丹,水当变色。又命旁立苗女看定水碗,看自己手指弹处有无动静,即时禀告。

这时蓝马婆因他所说少时须有凭证,自然是深信不疑,顶着那碗水跪在那里动也不动。实则颜觊哪会什么法术，只因想借神鬼之名降伏岑高，又知他夫妻诡诈，唯恐稍有不信，反而有害，开箱时早将京中逃难带来改变容貌的易容丹，嵌了一小粒放在指甲缝里。又故意脱衣祷告，命苗女注视水碗和双手的动作，以示无私。却乘挑水时将药弹在水里。那易容丹小如米粒，不经水是淡白色，一入水转瞬消融，水便渐渐由浅而深，便成了碧绿。别有解药，等治创时，还有一番妙用。

颜觊明知众苗女随定他双手注视，不会想到碗中有变，就是看到碗里，也看不出来，不过是慎之又慎，以免日后万一想起生疑罢了。他这里画符念咒，那水也由淡而浓。先时苗女还不觉得，后见水忽变成淡青，忙对颜觊说："水变色了。"颜觊心想："率性让她们信到死心塌地。"便高声说："神人已赐灵泉。"一面请蓝马婆将水碗放在楼板上，一面随了她一同向神叩谢。

蓝马婆一看，一碗清泉果成了青色，不由又惊又喜。等到拜罢再看，一会儿工夫，渐由青色又变成了深碧，越发惊异。正要捧水起立，颜觊说："灵泉只限岑寨主一人使用，别人不得沾染。岑寨主用它洗创配药，顷刻止痛。别人无病的沾上一点，便成青色，七日才退。"说着，到了屋中，先沾了一点在一个苗女手上，立即浸入肉里，青光莹滑，鲜明非常，拭之不去。岑氏夫妻益发惊奇，不住口地称谢，请速施治。

颜觊这才二次打开药箱，又命取来大盆山泉，充作神水，将秘制止痛药粉洒了些在岑高伤处。将神水兑了山泉，再用棉布蘸了去洗。岑高只说出诸神力，哪知其中妙处。先时那般奇疼酸痒，烧得要发出火来，神水洒上去，立觉清凉透骨，疼痒全消。虽然伤愈还早，就这一点，已令他喜谢不尽，深信不疑。

颜觊先用药止疼，安了他夫妻的心。然后逐一施治：用小刀割开了伤口，挤出污脓淤血，上了药粉；又将背骨轻轻拍好，骨榫肿错虽免不了有些疼痛，一则手法高明，二则比起先前总强得多，只略疼过一阵，也就不疼了。前后经有两个时辰，才行毕事。岑高如释重负，疼止倦生，不觉卧倒。夫妻二人千恩万谢不绝于口，全屋的人无不视为神奇。

颜觊早又暗中将解药下在水内，对众说道："寨主的伤，如果三日能愈，七日生肌还原，余下神水无处应用，少时山神必然将它收去，仍还你半碗白水。否则也不过再多治上一回，迟上几天，也不妨事。寨主新愈，业已几夜未睡，让他好好安歇。我也回房，明早再来看望。"岑高又感谢了几句，仍由蓝马婆亲送出来。颜觊坚请留步，并说："寨主刚上了药，须人照料安眠。此后亲如一家,打扰之处甚多,只命一侍女领送回屋已足,何须如此客气?"蓝马婆执意不肯。颜觇见她固执。好似别有用意,并不是出诸客套,知道苗人习忌甚多,只得由她。一路暗中留神,见过了大楼前长桥以后,每经一楼,总有一二十个手执刀矛毒箭的强壮的苗人防守,与初进来神情不同。那些苗人见了蓝马婆,总是由一个为首的上前举手为礼,后面诸人随着。初见时并无一个搭理颜觇,有的竟怒目相看,必由蓝马婆用苗语向众宣示,说上几句,才纷纷过来朝颜觇礼拜,面转喜容。连经诸楼,俱是如此。

快出寨墙时,蓝马婆忽朝众中一个小头目说了两句苗语。那人立时举着双手后退了几步,倏地拨转头,往外奔去。颜觇朝前面一看,寨墙门外黑暗中,似有无数人影矛光,从门右往左闪了过去,隐隐闻得苗人赤脚杂沓行地之声,好生疑虑。这时蓝马婆忽然将脚步放慢,故意向颜觇说长问短。颜觇早看出一条路盛布兵卫,颇似自己适才入门之后才设下的埋伏。又听她语不由衷,想起先后经历都非佳兆,又不便形于颜色,只得故作镇静,和她且谈且行。暗忖:"他夫妻虽然凶狠,但是刚治愈了他的创伤,又假神力恐吓,即便就是天良丧尽,也不会速然忘恩反噬。所怕的是他夫妻本有害人之心,等自己一进去,一面埋伏相俟,一面去伤害自己妻儿,万一手下莽撞,不等事完先下了手,就算他目前感恩知悔,错已铸成,也来不及了。"

颜觇正在焦急,已然走出寨墙门外。偷觑两边,并无一人,知已退去。及至走到自己门前,见有两名服役的苗女正探头外屋观望,见蓝马婆和颜觇走来,内中一个忽然迎上前来,低声说了几句。蓝马婆立时面有难色。颜觇也不顾再作周旋,乘她二人说话之际,首先迈步进了内屋。见爱妻面带惊恐,手中抱定婴儿,已在床上坐起,枕头边放着一个小包袱和那柄小刀,有两名苗女,一个叫兰花,一个叫银娃,仿佛正在交头接耳,低声说话。一见颜觇好好进来,颜妻机警,侧耳一听,外面还有脚步之声,忙把包袱、小刀往被中一塞,和颜觇使了个眼色,翻身卧倒,装睡起来。兰花抢近头前低声说了一句,便和银娃轻轻纵向一旁,脸上也带着惊疑之色。

颜觇见妻儿无恙,虽然略为心安,可是见了这般情形,未免生疑。当时不便追问,只得故意说道:"这半日工夫,你觉得好了些么?"颜妻装睡不答。颜觇还未问第二句,蓝马婆已带了门前那两名服役苗女,面带怒容,进屋说道:"这些鬼丫头崽子真是可恶!我因丈夫身受重伤,不及常来照料,老怕她们服侍不好。适才我在门外再三盘问,才知她四人这几天果然没有好好服侍你们。今天恩人进内给我丈夫医病,她们竟敢引了些人来看小娃儿,闹得坐月子人不能安睡，真是可恶已极！现在我要责罚她们，将这四个鬼丫头娃子带去责打。另外换几个勤快的来服侍恩人了。"

颜觎未及答言，颜妻也装作被蓝马婆说话声音惊醒，有气无力，唤着颜觎的号道："辱生呀，请你快对女寨主说，她四个人并没什么不好。适才有人要看小孩，虽然争吵了几句，也与她们无干。我们彼此风俗习惯不同，兰花、银娃刚处得熟些。我很感激女寨主的厚意，不过我们也无须用那么多的人。如一定要留人，请把兰花、银娃留下，感恩不尽，也不必再叫人来了。"说罢，喘个不住。颜觎知她脉象甚好，半日之间，不会变得这般衰弱，其中必有缘故，忙代四女求情，又坚请把兰花、银娃二女留下。

其实蓝马婆已无害人之念，只因起初邀颜觎入内时，因痛夫伤，怀恨那虎，并及颜氏夫妻。以为颜觎果是神友，必能手到病除，自无话说；否则，连日岑高伤势加重，百求不愈，那虎既肯让他骑走，必非山神。黑王神虽然自己小时见过，事隔多年，不曾出现，恐它不真。目前这般突如其来，焉知不是汉人诡诈，特地把养好的一条黑虎前来伤人需索？当时蓝马婆只管答应请去医治，一面早去和岑高商量，不问是否山神，反正不佑自己，定下诡计，层层埋伏，一个医不出道理来，便叫颜觎自行出去，由众苗人将他杀害。又命人埋伏颜觎屋外，如听见芦笙吹动，便入内，连同那四名假充服役、暗做奸细的苗女，一齐动手，杀了颜妻母子，暂泄心头之愤。同时命人掘下极大虎阱，内置枯枝，四外埋伏好了火箭，准备杀虎，以报夫仇。如真个那虎连火也不怕时，再把动手杀害颜氏夫妻母子的几个苗人献出去抵命。

谁知颜觎居然用计谋取了神水，药到回春，岑高立时止痛，再也不由他夫妻不怕不信。虽然泯了杀机，偏生要她在旁捧水跪求。后来又看出了神，忘却撤去埋伏。因有她本人同行，不发号令不会动手，尚可遮掩。那埋伏寨墙外和颜妻屋外的人较多，直到快达寨墙，才得想起。连忙派人传语吩咐速撤时，苗人躁急无知，屋外埋伏的一拨因久等无信，不耐烦起来。又加四名苗女中，有两个最是刁狡凶顽，已引人进去啰唣了几次，一会儿又要将婴儿抱走。多亏兰花、银娃两名苗女因日里受了一点恩惠，仗着也是蓝马婆身边宠信的人，再三力阻，才保无事。

蓝马婆到时，一问那两名苗女，知道她们性急，将事做错，又愧又急。恐颜觎生疑见怪，才故意这般说法。一听颜氏夫妻要留兰花、银娃在彼，此时已是敬畏不遑，怎肯违忤，立时应允。并说二女不敷应用，还须再派两名勤谨的来。颜氏夫妻仍是再三不要，只得罢了。因时已不早，想起颜觎累了一日,尚未饮食歇息,诚诚恳恳安慰了颜妻几句,一再称谢,作别而去。

颜妻先见情势不佳,凶多吉少,向着兰、银二女求救,已有相约偕逃之意。只是屋外有了埋伏,别无出路,正想由兰、银二女去将他们赚开,拼死命冲出逃命。不料这般好结果,知是医药有效。正和颜觌互相述说前事,谈不多一会儿,蓝马婆忽命人抬了许多酒肉果品前来。颜觌先时匆匆吃了一点干粮,本未吃饱。颜妻产前服了仙果,也是体健食多,只因心悬丈夫、爱子,虽有兰、银二女尽心服侍,不似那两名苗女悖谬可恶,心中有事,也未吃饱。当下强唤过兰、银二女,夫妻主仆先饱餐了一顿,方行安歇。

第二日,颜觌入内医治,岑高夫妻自然敬礼逾恒,不但全无仇视之心,连他手下男女苗人见了颜觌,也都下拜为礼;迥不似前两日见了他们,大半面带厌恶之容的神气。治完后,当日岑高已能起坐。又命人去将他手下千百长等唤来拜见,历述昨日神异。问颜觌愿在寨中居住与否,请说出来,如若不愿,便催手下人连夜将那谷口新居建好。

颜觌嫌寨中气闷,自然愿意在外面住,但故意说假居两月即要告辞,寨主不要费事。岑高惊问何往,颜觌说:"我向抱救人之志,打算妻子满月,身体复原,仍去行医。"

岑高笑道:"我道恩人有甚要事,本寨人约有二千,平日生病,或受虫兽咬伤,寨中草药一治不好,便即送命,伤重残废的更是随时都有。并且在每年春秋都有重病流行,一是出天花,一是瘴疫。深处山中,正苦无法延请名医。恩人医道如此神奇,又是神人好友,真是天赐福星,我们请也请不到。如说行医,我们照旧治一个有一个的谢礼。如说为了救人,这里每年有的是病人和受伤的,何必到远的地方去,每日奔波劳苦呢?看恩人意思,是想在外面住家。我命他们连夜兴工赶造,不消三五日便可建成。恩人并无别的要事,已然自己口里说出,就是想走也不行了。"

颜觌原因携妻抱子到处飘零,不特备尝困苦饥寒,诸多不便,一个不小心露了马脚,被阉狗手下爪牙捉去,就有性命之忧。难得遇到这等机缘,岂非绝好藏身待时之处?而且受人敬礼,衣食无忧,真是再好不过。先说的话本不由衷,一见他夫妻虔诚挽留,略为谦谢了几句,便即答应暂住半年,再行他去。蓝马婆笑道:"恩人既然应允,真叫人高兴。好在离半年的期还早呢,且住下去,到时再说吧。"当下岑高一面催手下人速建新居,一面又叫蓝马婆陪了同去,看看建屋的地方和形式好否,如不合意,拆了另建。

起初岑高因为黑虎所伤,当众出丑,虽然当时惜命跪下求饶,后闻黑虎并不是有甚宝物发现，只领了一对贫穷的汉客到来，女的又是一个刚生子的产妇，想起因为这两个人身受重伤，越想越恨。渐渐疑心黑虎并非寨中传说的黑王神，以为是汉家豢养熟了的虎，穷途生产，纵它出来需索。依了他的心思，恨不能立刻杀死泄愤，几次叫蓝马婆召集手下亲信人等商议。

还算好，蓝马婆小时见过黑虎，力说不可造次。那亲身迎接颜觌夫妻的老苗，昔年曾经目睹灵异，也帮同劝阻，说这等办法，山神必降奇祸，说时，仗着自己是前寨主的至戚，又是帮助他岳父兴创基业的巨功，以为岑高不好把他怎样，便借着这场事把岑高规劝了一场。意思说他如非平日凶暴骄横，决不致干犯神怒，再要恃强不悛，死亡无日。岑高正在愤怒之中，如何能忍受讥嘲，虽听爱妻之劝，暂缓些日，等看出破绽再行下手，却把那老人恨极，命手下爪牙绑起，就在病榻前毒打了一顿，如非蓝马婆挡住，几乎废命。蓝马婆因为乃夫伤重苦痛，对于颜氏夫妻亦有些愤恨，只是心中畏神，无可奈何。

等到第三日早起，那两个与岑高预谋异日杀害颜氏全家的百长坐在寨前石上，正自商谈，忽被黑虎听见，由石后发怒冲出，一死一伤，黑虎兀自不依，踞地怒吼。蓝马婆得信，忙着去寻颜觌打发。不料看错了人，走至颜妻榻前，被婴儿在脸上抓了一条口子，越发怒恨，当时未便发作。及见后来颜觌抱着婴儿骑了虎去，又骑了虎回来，越想越不对："哪有山神肯被人骑之理？况且那虎多年未见，自从颜觌来到，每日必来寨前一两次。"

当日更因见颜觌不在场，老虎发怒伤人，不禁为乃夫之言所动，看动作是家主自养的老虎。蓝马婆正在将信将疑，欲下手又不敢之际，颜觌命不该绝，忽被请入内给岑高治病。这一举恰好是个试金石，因为医术神奇和应付得法，才有了这暂时诚心善意的款待。谷口建屋，本是初到那天蓝马婆的主意：因为怕神，又怕引鬼入室，不放心外人住在寨内。唯恐日后真是山神的好友，遣之不去，所以才想出这法子，在寨外谷口建上一所竹屋，与他夫妻居住。第三天见颜觌骑虎，起了疑心，已命人停工候信。这时虽然变敌为友，可是他夫妻狡诈多疑，当时留住虽出至诚，仍不喜外人住在寨内，一听颜觌口气，正合心意。

高兴头上，不知怎的，强盗也会发善心。想起那老人被打得周身伤重，自己处置稍过，并且蓝大山死时又曾嘱善待。见颜觌正要起身出去，忽然动念，将蓝马婆唤回，用苗语商量。蓝马婆说："本族苗人素来记仇，这老家伙是老人，素得众心，既然伤重待死，莫如由他死去，省得将他治好了，异日暗中报仇。"岑高素来恃强，以为一个衰老之人造得出甚乱子，执意要叫蓝马婆就便陪了颜觑，先去给那老人医治。岑、蓝夫妻情爱甚浓，见他重伤初愈，不便违拗，只得依了。

蓝马婆当下陪了颜觑，带着手下几名苗人，出了楼门，往寨内走去。刚走到寨墙，便说那苗人做错了事，受责打得甚重，如今不能起床。他夫妻仁慈，为了寨规，当时不能不打，打后又觉不忍，意欲请往医治，不知可否？颜觑一听是那接自己的老苗，想起来的那一两天还是好好的，忽然被打甚重，说不定还许为了自己。正打算市恩，接纳下几个岑高的苗人，以便平时多个耳目，闻言立即应允。蓝马婆笑道："尊客能给医治甚是感谢。不过他们多不爱干净，石洞很脏，人不能走进，不比我夫妻楼房干净。待我命人将他搭出，在这里等候，容我们看完屋子回来，再给他医吧。"颜觑忙道："那人年老，精血已衰，既然伤重不能起床，搭将出来着了风，岂不加重痛苦？我在各处行医，多脏的地方都去过，本来一半为救人，脏点怕什么？看房何时都可，还是先给他医治为是。"蓝马婆并没把老苗生死看重，无非因为丈夫再三说给他医，不便不允。因知众人住处污秽异常，恐颜觑不快，才这般说法。既是颜觑愿去，便也乐得省事。

等到蓝马婆引了颜觑顺内层寨墙台阶下一拐，转向崖壁栈道上去，忽然想起那老人挨打正是为了颜觑，难保不心中记恨，向他诉苦。况且他的住处极脏，自己从未涉足，不愿一同进去，然而已将走到，又说不上不算来。正在盘算进去与否，业已到了老苗住的穴门以外。蓝马婆素常私心最重，以为穴中不定怎么污秽，实不愿进去闻那股子臭味。

先怕老苗泄机，此刻倒另有宽解。暗忖："现在我夫妻对于颜觑甚是敬礼，老人如说出什么话，他也未必相信。即便他有些不快，只要再待他好些，也就挽回他的心来了。何况还有提药箱的亲信人跟着，老苗不说便罢，说了，过去这一时，再要他的老命。"

于是故意问颜觑要不要自己入内相助。颜觑说是无须，只命人通知他一声，取些山泉备用足矣。蓝马婆还没命人通知，老苗婆正从穴中出来取东西，红着两眼，见了蓝马婆，照例跪倒行礼。从去的苗人说了来意，老婆子自然欢喜感激。蓝马婆推说里面地方不大，只命那提药箱的人随了进去，自己和余人都在外等候，并请颜觑医完速出。

颜觑见洞穴外果然用具堆积甚是零乱，以为里面也和昨日楼上所见苗人洞穴一样狭小污秽。及至随了苗婆子走进去一看，穴中乃是一明五暗的石室，除进口明间较小外，余下五间都不在小。像是一个天然的石洞，用竹篱间隔而成。里面品字形三间，点着火炬和油蜡，照得甚亮。更是净无纤尘，除有些油烟与松柴混合的臭味外，并不污秽，什物榻几也都井然有序，左首最里一间，才是老苗卧室，颜虬微闻呻吟悲泣之声。苗婆子早抢先揭开门上挂的皮帘，抢步进去，说了两句，才行走出。内帘启处，忽见一个苗女的影子从后帘缝里闪过，看去背影衣着甚是眼熟。及至到了室内，只见老苗一人，遍身伤痕，瘦骨支离，赤身卧在竹榻之上，不见那苗女踪迹。靠墙那一边却有一个小洞，约有二尺方圆。估量里面还有一间洞穴，苗女必从此中隐去。这般避人，不知是何缘故？

等颜虬到榻前一看，老人伤势虽重，可是有的地方已然结了疤。伤处有一小半敷着药膏，细一辨认，那药竟是自己秘制的万应白玉膏。心中一惊，猛想起那苗女背影颇似在自己房中服役的银娃。爱妻昨晚曾有帮她小忙之言，因为累了一整天，上床倒头便睡，没有细问。这药专治跌打损伤，蛇毒兽咬，自己药箱中藏有两大瓶。余外还装有一小瓶放在爱妻怀中，原为临时取用方便。看起来银娃必是老人的亲人，见他受伤，向妻子讨药，只给了这一小瓶，受伤之处太多，不敷应用，所以没有擦遍。自己是老人接来，又为自己受此重伤，越该尽心医治才对。因有蓝马婆的人随在身侧，颜虬不便询问。先诊了诊脉，知他内伤也不在轻，幸而年纪虽迈，体质尚好，还不大妨事。便命取来山泉，用棉花连旧擦的药一起洗去。洗到腐肉上，老人负痛，不禁呻吟。颜虬道："你如想好得快，这些腐肉还要用刀削去呢。怕痛不妨，我洗完，给你上点药，立时就可不痛了。"这一句无心之言，却给日后种下祸根，几乎一家大小俱遭毒手。此是后话不提。

那老人也是有一肚子话想说，不便出口。颜虬昨晚入楼医治岑高，原已得信，深知他医药灵效。便说："我哼是无心，巴不得早日痊愈，情愿多忍一会儿疼，恩人只管下手割治无妨。"说完，又看了那提药箱的苗人一眼。颜虬会意，答道："你内里也还须服药呢。我先给你上好止痛药，再治吧。"说着，洗净他伤处，先上了定神止痛的药粉。

稍停了停，等药性随血水浸到肉里，才用刀挨次去起那腐烂之处。刀下去，老人一丝也不觉疼痛，心中感激，不住口地夸赞。颜虬将他腐肉修尽，上好生肌化毒的药粉和那万应白玉膏。又给他配了一副汤药，吩咐煎来吃了。安睡一日夜，明早再来看一遍，便可逐渐痊愈。老人夫妻自是感激异常。老人不便起身，由老婆跪下叩头，千恩万谢地恭送出来，又向蓝马婆叩头称谢。

蓝马婆在洞外早等得不耐烦了，正眼也没看她，径直含笑举手，揖客同行。那一段栈道甚窄不能并肩。颜觑在前，回头谦谢之际，见那老苗婆正对蓝马婆身后戟指怒视，咬牙咧嘴，神态甚是丑戾凶恶。只一瞥，便缩入崖洞之中。颜觑知他夫妻对人忌刻太甚，众叛亲离，早晚必有发作不可收拾的那一天，不禁起了一点戒心。又想起自己是在此做客，平日还可用医道来和他们接纳。况又有神虎为助，苗人素畏神鬼，即使叛了岑高，也不致危及自己。再说眼前实没安身之处，念头略转了转，也就罢了。

颜觑当下随了蓝马婆等顺栈道出了寨墙，先命一人将药箱送回房中，交与颜妻，然后一同往寨中走去。刚出寨门，忽见一个短发披肩，腰围麻裙，赤足赤身的小孩跑来。跟着一个年老苗婆，手中抱定一个年约两三岁的女孩，跑得气喘吁吁，口里说不出话，两手向着蓝马婆等连摇，意思是想众苗人代她截住。

那男孩生相甚是粗野，跑起来一只右手背向身后，看去不过七八岁，脚底下却是飞快，晃眼工夫，便离众人不远。蓝马婆刚伸出双手，用汉语叫了一声："乖娃。"想要去按，那孩子把头一低，再往前一蹿，竟从她肋下穿出，飞也似直向颜觑奔去。颜觑以为孩童淘气，没防到他这点年纪会下毒手，见来势太猛，方要让他过去，以免撞上。那男孩一声不出，倏地对准颜觑，将背后藏着的那只手一扬，一连气便是三支连珠小箭，由弩筒内射出。幸而颜觑武功也曾得过高明传授，一见日光之下有三点星光先后射到，忙将身微偏，一伸右手，先将头一支齐箭杆抓住。更不怠慢，就用那箭一拨一挑，余下两支也全都失了准头，往斜刺里打落在地。

这时众苗人俱都大惊，齐声鼓噪喝止。那孩子身后还插有一把小苗刀，正要拔出前砍。蓝马婆着了大急，早跑上去拦腰一把将他抱住，劈手夺过弩筒，扔向远处。后面老苗婆也抱了女孩赶到，一同下手，才将他制住。那孩子已急得暴跳如雷，怒骂道："该死的汉狗，竟敢勾引黑王神害我阿爸么?"急得蓝马婆一面用手捂紧他嘴，一面喝问带他的那个老苗婆："好端端出去，这些话哪里听了来的?"老苗婆便说了经过。

原来那孩子先并不知岑高受伤和来人底细，颜觑初来时，他还随同众人前去迎接。今日随了老苗婆，往寨外闲游，用了一张小弓射虫蚁玩，遇见昨日因背后述说害人计谋，被黑虎抓断了一只臂膀的百长。他因为迁怒颜觑，心中痛恨，听说颜觑昨晚入内用法术请来神水，将岑高那么重的伤当时治愈，这一来愈发奈何仇人不得，越想越气。又恨岑高夫妻没有情分，一转脸便把仇人当作恩人，不问他的闲账。一见岑高之子猪儿到来，知他年纪虽

193

小，颇有一把子蛮力。尤其素得父母钟爱，平日任意欺凌全寨小孩子，硬抢强夺，凶横已极。稍一犯了脾气，不论对方是大人小孩，动手就打，举刀就劈，并且还射得一手好连珠箭。如将他说动，让他出其不意射死颜觎，岑高夫妻见来客已死，自己爱子所做，莫不成还杀了与他抵命？岂不把仇报了？

当下百长把岑高受伤之事，添枝带叶加上一大套，硬说那虎是颜觎引来，日后还要咬死他全家。现在他父伤重待死，这两日未让他进去看望，所以他远不知道底细。小孩子哪经得起蛊惑，并且那孩子性情又是十分暴烈，立时大怒，拔步往寨中追来。原想到颜觎室内行刺，不想寨前相遇。一见乃母在侧，越发胆壮，知道射得死人固是快意，如若不敌，有母在侧，也不会吃亏。便不问青红皂白，张弓便射。那老苗婆子知那百长之言闯下大祸，一把未拉住，连忙追将下来。无奈上了年纪，手上还抱着一个，也是天生劣根，一路挣闹，走起来更是费事，容她追到，已经无及。

蓝马婆闻言，既恐子犯了神怒，和百长一样，又恐将颜觎得罪。勃然大怒道："这两个该死的畜生！自己不好，起了奸心，触犯了神的好友，才惹了大祸。他侥幸没有送命，还不知道便宜，赶紧诚心悔过求神饶恕，竟敢捏造些鬼话蛊惑我儿。他一个小娃子，晓得些什么？就是恩客不见怪，要被黑王神知道，岂不把一条小命送在它手。"说罢，朝手下苗人先使了个眼色，然后一迭连声，命去将那百长抓来，打死治罪。又向乃子耳语，说颜觎已将乃父创伤治愈，是个会仙法的神医，又是山神的朋友。快听娘的话，上前去叩头赔罪，以免山神动怒，降下祸来。又自己先向颜觎恭礼赔罪。

小孩性质恶劣，又刁钻，又倔强，自从降世，无论对谁，从没吃过下风。不但不听哄劝，见乃母向前赔话，反用苗语乱骂，过去拉她。偏偏无巧不巧，远远传来两三声虎啸。众人平时尚且谈虎变色，何况在这小孩刚刚得罪神友之际，不由大吃一惊。最厉害的是蓝马婆，因为心疼爱子，更吓了个魂不附体，一时情急无计，竟朝颜觎跪下求饶。小孩本是占在自己门前欺人，平素惯出来的强性，一闻虎啸，本已心惊；再见乃母和众人吓得那个样儿，更为先声所夺，害怕起来，立时住口不骂，拔步想往寨中跑去。

这时颜觎正将蓝马婆拉起劝慰，力说自己承她厚待，决不会怄小孩子的气；再者他为父报仇，足见孝思，只有嘉佩，决无见怪之理。请她千万不要介意，蓝马婆见他虽是词诚意美，无奈神怒难犯，解铃终须系铃人。儿子不肯认错，惹了神怒，终无幸理，仍是担惊害怕。一见乃子欲遁，急得一把将他拉住，抱在怀里，含泪急喊道："乖儿子，小祖宗，这不比别人，好由你性儿打骂着玩不要紧。你听黑王神怒吼之声越近，跑有甚用？躲得了今日，躲不了明日。你又不愿在寨中待着，镇日在外四下乱走，一旦遇上还有命么？你阿爸因为不信，几乎死去。前天那两个不过是在背地里说了两句悄悄话，还没像你这样拿箭射人呢，一个送命，一个残废。你怎好大意得的？还不快跪下求饶么？"

小孩闻言，虽然格外害怕，侧耳一听，虎声忽止，以为是近处路过，不到黄河心不甘，哪里还肯输口。正自和乃母倔强拌嘴，倏地一阵大风吹过，众人眼前一闪，寨侧广崖之下黑的白的黄的花的，飞蹿起数十条猛兽，直扑过来。吓得蓝马婆和众人纷纷跌趴在地，大半骨软筋麻，动转不得。

颜虬首先看见当头一个正是那只黑虎，心中好生惊讶。暗忖："难道那虎真个通神，凡事都能前知不成？"连忙将身一纵，越过众人，迎上前去大喝，躬身说道："尊神少停贵步，看在下薄面，莫要惊吓他们。"那虎果然闻声不再向前，吼了一声，蹲踞在地。

颜虬定睛一看，这次来的野兽真不在少，除黑虎外，还有六只大金钱豹，十来个猴子，日前所见白猿也在其内。各衔着拖着许多已死的獐狼狐兔野猪之类的野兽，听虎一吼，全都放落。仅白猿一个依旧人立，余者都各自蹲伏不动。颜虬猜是那虎不愿自己白受苗人待承，特地送了许多野货来当酬谢，却又不敢拿稳，正在踌躇。回望众人吓得跪伏在地，不敢仰视。适才行凶的小孩，已吓得倒在蓝马婆怀中，母子二人乱抖作一处，面无人色。见颜虬一回看他，以为将要不利于己，更吓得失声惊叫起来。

颜虬情知那虎不是为此而来。暗忖："这小畜生受母纵惯，实在凶横。如不乘机将他降住，日后终为隐患。"想了想，顿生一计：故意向众人摇手示意，有自己在，决无妨害。人却向虎走去，先向虎耳边问道："恩神带了这许多野味到此，如是送给他们，可点一下头，以便转述德意。"黑虎果将头点了一下。颜虬又低声说及小孩凶横，请恩神相助，稍加恐吓，只是千万不可伤他，脸上却做出哀求神气。那虎也点了点头，忽朝颜虬低吼了几声。颜虬借此，装模作样跑向蓝马婆身前说道："黑王神今日处置山中群兽，行经此间，得知小寨主行凶之事，本欲降祸。经我一拦一劝，念他年幼无知，已然宽免。并将那许多野味送给在下。一则感贵夫妻相待之厚，二则也吃用不了许多，意欲全数转赠。不过神仍有些怪小寨主，须由在下保了他带向神前跪求，日后相遇，方保无害。"

蓝马婆知颜虬不会诳他，否则神如见怪，不上前也是一样受害，自然巴不得有此一举。可是那小孩这时已吓得胆裂魂飞，哪敢随同上前，赖在娘怀中不走，直喊："汉客救我，下次再也不敢啦。"颜虬见他畏服，本想作罢，那虎却似不肯轻放，忽然怒吼起来。颜虬想："虎倒真心相助，何不做像一些？"便着急道："你再不去，神发了怒，你们这些人都难活了。我是为你好，如伤了你一根毫发，情愿让你父母将我杀死，还有错么？"蓝马婆听虎又怒啸，越发心寒，不住口直劝小孩快去。

小孩无法，才战战兢兢地站起。刚一离开乃母，走没几步，一眼望见那虎威猛之态，不由心胆皆裂，身不由己，扑通一声，跪倒在地。颜虬连哄带劝，力保无事，将他半抱半拉地拖至虎面前不远跪下，然后装作代他求情。小孩原先闭着双眼，后听颜虬不住口代他求情，那虎无甚动静，偷偷睁眼一看，那虎蹲踞在地，就有四五尺高下。阔口开张，白牙如剑，朱舌乱吐。约有尺许，腥涎四溢。再衬上那比水牛还要粗壮的虎躯，钢针一般的长毛，端的神威赫赫，凶猛非常。

双方相距远不及丈，方在害怕，那虎忽将那双精光闪闪的眼睛朝他直射过来。惊急迷惘中，仿佛虎口突地大张，似要起立扑向身上来的神气，不禁哎呀一声，吓得晕死过去。颜虬本想事完，随虎去看看它的受伤之处。见做作过度，小孩吃不住吓，其势不能舍了小孩近前，还得抱着他。急切间又无台阶可下，只得向虎祝告道："此子胆小，尊神既然恕了他，就请先行带了猿仙和部下诸神兽回山去吧。"那虎真也听话，闻言果然站起，轻啸一声。那只白猿便纵上虎背，率领同来猴豹，掉转身躯，往崖下纵去。风声起处，遥望崖下林莽中烟尘滚滚，转眼不知去向。小孩无法，才战战兢兢地站起。刚一离开乃母，走没几步，一眼望见那虎威猛之态，不由心胆皆裂，身不由己，扑通一声，跪倒在地。

蓝马婆遥见儿子吓晕过去，倒在颜虬怀中，早心疼得要死。见虎一去，便哭着跑过来，抱起小孩，心肝肉儿乱摇乱喊。哭说："娃儿的魂被黑王神勾走了。"颜虬劝她不听，拉她不开，急道："他不过一时吓晕，我包还你一个好人就是。女寨主这般哭闹，时候一久，就是救好，人也变成呆子，岂不反害了他？那可不要怪我。"又命旁立千长速代自己去往房中取来药箱，并带上一碗清泉，以便施治。

蓝马婆原是连吓带急，神昏意乱。闻言略一定神，想起颜虬是神友仙医，又有保他儿子无事之言。见乃子手足渐凉，仍未苏醒，一时情急，又要向颜虬跪下求救。颜虬道："女寨主快请让开，我好救他，死了将我抵命如何？"

说罢,就蓝马婆怀中将小孩抱起,前心贴后心,放在自己怀中坐下。将他双腿用力弯转,口中做喃喃念咒之状。然后觑准他身上两处气穴,中指用力一点。接用左手抓住他后颈,往前一推。右手抡圆,照着脊梁上就是一巴掌,立时将他闭住的气穴一齐震开。小孩哇的一声,吐出一口浊痰,人便缓醒过来。睁眼一看,虎豹猿猴俱都不在,地上散放着许多死兽,身子却坐在颜觎怀内,隐隐有好几处作痛。初醒神志不清,还当颜觎是对头,吼一声便要纵起。

颜觎早料及此,成心要使人知道自己的力量,不可轻侮。口里大喊一声:"万动不得!"两臂早一用力,将他上半身抱紧,束了个结实。蓝马婆见小孩回生,惊喜交集,越把颜觎之言奉如神明。忙也下手紧紧按住,流泪劝慰道:"乖儿子,多亏恩客才活转来呢。他说动不得,你快不要乱动呀。"小孩闻言,这才想起虎神发怒,要吃自己,还是颜觎保救的。不想力气还这么大,身上被他束得生疼。忙喊:"恩客下手轻些,乖乖不动了。"说罢,一眼看见亲娘满脸急泪,忍不住也张口大哭起来。颜觎把手一松,心想:"你这小畜生,知我厉害就行了。"一会儿药箱、泉水取到,颜觎取了一副安神药丸与他服了,又给他身上揉按了一阵,说声:"好了,起去吧。"小孩顿觉疼痛立止,不由他不信为神奇,从此皈依服低,死心塌地地敬畏起来。

蓝马婆贪心本炽,见儿子吃了一场无恙的大亏,却得了不少奇珍野味,转觉苦去甜来。也曾再三辞谢,颜觎执意非转赠不可,只得满面堆欢收了下来,命人送回寨去。

这场乱子原是那百长一人惹出,蓝马婆心中虽是痛恨到了极处,却恐他照直反讦,只能事后处罚,不便当时抓来拷问。口里毒骂了一阵,说是少时定行责罚,并未派人去抓。那百长已然得了消息,猪儿射那仇人未成,几乎送命。知道岑氏夫妻心毒手狠,当时纵未便发作,日后决难免死,竟乘蓝马婆陪客看房,未回寨来传以前,偷偷带了妻子,收拾随身刀矛细软,连日连夜逃出山去不提。要知后事如何,且看下回分解。

第二十六回

追逃人　三熊中巧计
惊蠢子　颜觎种恶因

　　且说蓝马婆痛骂那百长和老苗婆一场,仍然带了子女和众人,陪颜觎去看新居。颜觎见那新居就建在昔年神僧、神虎同灭千狼的死谷口上,依山面崖,旁有清溪。屋下面用海碗粗的木竹搭成高架,上建层楼。下栖禽畜,设有栅栏,可供启闭。楼外复有三二丈长方形的平台,高约十丈,足供远眺。西边设有竹梯,以便上下。楼共三间,正在动工,虽然甫具规模,已觉形胜舒畅,兼而有之。心中大喜,连向蓝马婆谢了又谢。蓝马婆定要颜觎铺排添改。颜觎逊谢不允,只得说了两项。蓝马婆见诸均合意,也甚高兴。当下看毕,一同回寨。

　　那猪儿经这一场惊恐,竟和颜觎化敌为友,亲热起来。猪儿的妹子才得四岁,也不时伸手索抱。颜觎因猪儿毕竟年幼,咎在乃父母的娇纵,适才那一吓也够他受的,乐得借此收场,一一敷衍。到了寨前,已该是吃饭时候,随行的千百长,各自礼别散去。颜觎也向蓝马婆母子们作别归屋。猪儿还要当时跟去,因岑高在病榻上,闻得爱子听信手下人的蛊惑,箭射神友,触犯虎神,如非颜觎求情,几乎送命,很不放心,已命人探看了两次,蓝马婆亟欲带他回楼去见岑高,连哄带劝,才将他兄妹二人引走。

　　颜觎到了自己屋中一看,妻子睡得很香。两苗女只有银娃一人在屋守侍,面有泪痕,青稞粥和糌粑菜肴酒果之类已备办齐整。见颜觎进屋,便跑向颜妻榻前,低声唤道:“大娘,主人回家来了,请起来吃饭吧。”颜觎忙跑过去,低嘱:“产妇未满月,不能下地。反正她是坐在床上吃,由她自醒,不要惊动。”颜妻业已醒转。银娃拭了拭泪痕,笑道:“这是大娘招呼我唤她的。今早主人一走去,大娘便下了地。这有两样菜,还是她亲手做的呢。”颜觎惊问:“才产数日,又是头生,月子里如何便可下床做事?”

　　颜妻笑道:“我自那日吃了那崖上坠下来的半个奇怪果子,除产时下面痛了一阵外,人总是发软爱睡。自从睡醒过来,精神体力不但没觉亏损,好似比没怀胎以前还健旺些。因你再三嘱咐,恐产后失调,坐下老病,脉象虽然极好,仍以不动为是,也就罢了。我睡在这里,常想身子如此好法,吃的定是一个仙果。只可惜留给你那半个,被虎一吓,也不知扔落何处。早知虎不吃人,还是救星,让你吃下去多好。今早你走后,想起昨天先凶后吉那场虚惊,苗人心理终是难测,万一出事,还不是因我累赘。既能下床,何苦还躺在榻上受闷罪?不一会儿银娃回来,说起你因去看新建的房子,小孩用箭射你,恼了虎神,差点又出了事。后来听说事情平息,又想起你连日所受的磨折,心中难过。知你爱吃烧烂羊肉,恰好女寨主送有上好一条肥山羊腿。银娃说这山里羊大半野生,一点也不膻气。又见还有几大束野菜,都是你逃到云贵苗疆之中才尝到的美味。左右闷着无事,嫌她两个做不好,特地下床亲手做来,与你打牙祭,我也跟着尝点新。"颜觊含笑称谢。过去一摸脉象,竟是好得出奇。

夫妻二人正在温存体贴,颜觊见妻子使眼色,回头一看,银娃口角笑容犹自未敛。猛想起山寨洞中医伤时所见苗女背影好似银娃,怎的倒是兰花不见?便问:"兰花何往?"话才出口,银娃脸上忽改了忧容,匆匆跑向外屋看了,一见无人,才进屋来,跑向颜觊面前跪下,极口称谢主人活命之恩。

颜觊唤起一问,才知那老苗不但是寨中功臣,还是前寨主蓝大山的总角患难之交。大山未死时,除了寨主,就得数他的声望。自从招了岑高为婿,夫妻二人见大山老病缠身,恐他死后老苗权势太重,不时谋蘖其短。老人却也知趣,竟然向大山告退,辞去千长职司,把所辖手下苗人让给岑高率领。大山以他多年劳苦功高,给他拨了三顷山田,十名苗人代为耕种,使他老夫妻和子女们坐享其成。死前数日,并召集全寨苗族,令岑高折箭为誓,以后不得稍有虐待,除有关系要事请他出来相助外,平时也不许岑高夫妻任性役使。

及至岑高嗣位,见他那三顷青稞山田甚是肥沃,按时撒种,一年三熟,坐待收获,几可不用什么人力。心下垂涎,叫蓝马婆和他商量,推说人多,寨中吃的不够,另拿三顷山田和他相换。老人看出他不是东西,反正自己吃不了那么多,余下还是散与大众,一句话不说,立时应允。岑高偏是贪心不足,见他遇事谦退,好说话,只拨了一顷能耕的寻常山田和两顷生地与他。青狼寨一带山地石多土少,生地开辟起来极为费事,又是山阴不见阳光的恶地,名为三顷,还抵不住原来一顷。老人倒未在意,苗婆子因子女逐渐长大,每年富余的粮食正好与山中来往的汉客换些用物牛马，无端被人夺去，心中自是不甘，却也没敢说出。

岑高见老人由他予取予夺，先倒不甚憎嫌，彼此相安。当颜舰来的前一年，山中忽然奇旱。老人的十名苗人早还了岑高，三顷山田变成一顷，还得夫妻子女亲自耕种。偏遇旱年，所种青稞齐都枯死，以前被岑高夺去的那三顷仍是极好收成。老苗婆因那两顷土石夹杂的废田生地正当泉源水路，宜于种稻，便带了一子二女前去开垦。谁知那里上面是一层浮土，下面全是山石，简直没法弄，分明原来并不是预先测定的生地，乃岑高随便指来欺人的。越想越有气，口中一路咒骂。并打算把两顷地全都掘通，好歹也开它二亩三亩出来，种一些山芋麻蛋子之类。掘了几日，通没一丝指望。老人再三劝她不要徒劳，老苗婆兀自不听。眼看两顷地试掘了三分之二。

银娃年轻气盛，见乃母不肯住手，又恨着岑高夫妻不讲理，才闹得这样。心中没好气，两手握着铁锹一阵乱掘，起落不停。只见石火四溅，沙砾纷飞。兰花年纪稍长，性情也较温和。见老母口骂手挥，泪汗交流；妹子又在那里一味使性子，气得疯了一般。想起寨主势盛心刁，老父年迈，兄长蓝石郎懦弱无能，自己和银娃虽有点力气，偏生在青狼寨女人不吃香的苗族以内，好生难受，正想过去劝住银娃。

这时因银娃一发怒，加上她力猛锹沉，一落下便是一二尺深的洞穴，那一片地面上被她掘得东也是窟窿，西也是坑坎，和马蜂窝一般，到处都是洞穴。兰花又走得忙了些，一脚踏虚，陷在银娃所掘的石穴里面，脚被拐了一下，又踏在穴底碎石上面，扎得疼痛非凡，仓促中往上一拔，未拔出，不禁哎呀一声，坐倒在地。

老苗婆母女们闻声奔过来一看，那穴不大不小，刚够一脚，下去是个猛劲，因被石旁震裂的棱角所限，略一转动，便觉奇痛，上来却难。如将后侧面再用铁锹将石穴掘大，又恐裂石震伤腿足。费了半天事，兰花怎么设法，想将腿脚缓缓拔出，俱不能够。知道皮肉已被锋利的石棱刺破，受伤不轻，恐再延下去，更难拔出，只得拼着忍受一点痛楚，命银娃仍用铁锹轻轻旁敲侧击，碎一块，扳一块。约有半个时辰，费了无穷气力，好容易才将四周的穴口逐渐向下开大，兰花还算没过分受着伤害。刚刚拔起那只腿脚，因另一只脚横坐地上太久，业已酸麻，不由将伤脚往地上一站，觉着被一块尖石在脚板心扎了一下，其痛彻骨，重又坐倒。搬起一看，除脚背鳞伤，血污狼藉外，脚心还贴着一块黑中透红的碎石，已然扎进肉里，连忙忍疼拔出。

兰花正要扔开，老苗忽觉那石块有异寻常，以前年轻时似在哪里见过。忙要向手中一看，乃是一块比拇指略大的生山金，心中怦的一跳。算计穴中还有，跟着将身伏倒，伸手下穴一捞，抓出一把来看，见沙石夹杂中，果有不少碎金块在内。不由心中大喜，悄和二女说了，再和银娃用铁锹将穴掘大了些。仔细一看，离地面一尺五六寸以下，竟然发现了金层。老苗夫妻以前常和汉人来往，知道这东西虽然饥不可食，寒不可衣，在山中毫无用处，汉人却拿它当宝贝。只要有，无论什么东西，都能用这个掉换。只要有一斤半斤的，不论是零块，是沙子，都可以换上一大堆极好的吃用穿戴，真比药材皮革粮食之类要强得多。这一喜，真是非同小可。

老苗唯恐被岑高夫妻知道，又来夺去，就着原穴一口气直掘下去。先还分辨，看准是金块才要。掘到黄昏，也不暇再问是金块是沙石，掘起来就用大筐盛起，上面铺上沙土，往屋里运。无奈所居在寨内崖壁之上，回家须得经过寨门，难于隐秘。山金这类东西不比煤炭，只一发掘出来就一大堆，多半与沙石夹杂，成块的极少，须要运将回去，细加选择。掘时极费心力，运也不是三两次可以运了。第一天母女几个运回了十来筐，人有问起，尚可推说是些石沙，修理居室。第二天再运，人都知老苗所居崖洞，虽比别的苗人要大得多，但是穴居的人上不怕渗漏，下不畏缺陷，如有坍塌，只有由内往外运沙石的，即使要用沙石堆砌什么火池炉灶之类，也用不了许多，未免起了疑心。有两个岑高手底下的心腹爪牙便去禀告。

岑高未入赘前，专给汉客做通事，时常经手买卖黄金，虽非个中行家，却也能猜出几分。原打算治他全家私行盗掘公地之罪。乃至一查看，乃是前数年用压力硬换给他的生地，掘处正当中心，没有超出一点界限，人所共知，原是他家个人私有。前次强换，已闻有多人不服，再要强压，知道说不过去。留待徐计，又恐金子被他掘完。想了想，暗派两名心腹去和老苗商量，仍用他原地二顷换回，已掘得的决不要他献出。

老苗笑了笑道："当初原不是我们要换。这掘到的都在屋角堆存，还未及选择出来，我们也不知究竟能得多少。我有一子二女，只要寨主肯念老人情面，时常照应，有这三顷好地，已经够吃用的了，也用不了许多金子。既承寨主好意，不肯追回，这样吧：请回去上复寨主，说我愿得原地，并非为了出产，只缘是当初老寨主好意，不忍割舍。如今能换回两顷，甚感大德。除自请金穴换回原田外，并愿将这山金献出一半。请二位不要都走，留一人在此看守，以表我没有私藏起来。另一人一面去给寨主回信，一面教我那老婆婆

201

带着女儿们回来,我将这堆夹有沙石的山金子分成两起,任凭寨主挑选,立时两下交割。二位我也另有一份谢礼如何?"说时,兰花姊妹正挑了一筐夹金砂石回来,老苗立命倒在堆上,再当着来人分成两起。银娃因这一筐成分越少,正要张口,被老苗以目示意止住。

来人闻言,自然高兴,忙着一人速去依言办事。一会儿老苗婆回来,得信自然满脸怨望之容。老苗却是神色自若。来人俱都看在眼里,岑高因是理亏,万不想如此容易得手,又愧又喜,忙和蓝马婆亲来点收完毕。在堂上当众说明出于老苗自愿,照老例双方交割清楚,并命亲信人即日前往开掘。

老苗回洞,见老妻甚是愤怒,便命一女在外巡风,以防有人窃听。然后悄声说道:"你怎么这样骇法?我们在他势力之下,休说将原田来换,便是硬要了去,又饶上全家的性命,还不是白死么?纵因他凶暴无理,使人心不服,将大家激变,可是我们还是死了,有什么用处?

"我和蓝大山从小就淘掘金砂、荒金来卖给汉人,受过多少年的艰难,又学会过提炼,哪一样不晓得?那穴中金的成分有限,头一筐还好,第二筐起,便一筐不如一筐,今日这两筐更寻常了。适才亲去一看,果不出我所料。昨晚我叫你们只拣那成块和易取的,或是含有金子多的悄悄收起,余下一齐堆向屋角,早料到事情非穿不可,也必要前来强索。想不到他夫妻天良还未丧尽,居然肯用原田来换,这真是求之不得的事。

"我算穴中金已无多,下面俱是沙石。他弄巧成拙,心不甘愿,若再换回好田,又实在对众人说不过去,必另想毒计暗算。我为破财免灾计,已想了个绝妙主意:当着来人把挑剩的分成两起,送一半与他。穴中虽无所得,有这一半,也足抵得原田二三年中的出产。我精华已到手,更是不用说了。就这样,还恐他万一生疑。过些日,我再劝他熔炼出来,再与汉人交易,要值得多,同时再把我外面这一半,也当着众人,在寨外场坝上去熔炼。比他多时,送些与他,以求免祸。另再分出一多半,向汉城中采买些东西,分送全寨人等,以结人心。

"这两起,看去连沙石一大堆,提出来还不及昨晚所藏净生金块三分之一呢。几辈子也用不完,何况还有田哩。如非将来想走的话,真是再好都没有。我们有了命才能享受,不是么?"老苗婆方始恍然大悟。

岑高带人一掘那金穴,上面半尺许,还略有一点金砾,再掘下去俱是沙石。心还不死,又往宽里去掘,枉费了许多心力,把那一片地面都掘成了深坑,渐至一无所获,得不偿失。哑巴亏是吃了,口里又说不出来。早知如此,单取那分的一半，不再换田多好。

岑高正在悔恨，老人乘机进言，愿为提炼。岑高夫妻正想看他那一半多否，又知炼出值价得多，自是愿意。人多手众，只半天便搭好沙炉。炼到结果，两家相差不过十几两。岑高所得较多，共有三千余两纯金。一估价，足抵百十年三顷肥田的出产。若不炼，当作荒金连同沙石一齐换与汉人，还值不到原数十分之二。心中甚为高兴，不但没疑心老苗私藏，连那两顷肥田，暂时也不再计较了。

老苗照着原定的方法，将提炼所得的三千余两纯金留下一半自用。提出一千七百余两，交给采办货物的苗人带出山去，往城镇中换来了好几十担苗人心爱的布帛物品。取下两成贡献岑高夫妻，八成分给全寨苗人，真是人人有份，个个欢腾。老苗见众心已定，疑忌全消，这才命人去将乃子蓝石郎由山外喊回。

那石郎在苗人中虽比较文弱善良，却有一肚子的好算计。老苗原因岑高嗣位，恐不见容；又因苗人尚武，乃子气力不济，在寨中时常受人轻侮，心中难受。恰好山外寨集中有一家戚友，那里又是个山寨集墟，便命石郎去随那戚家学习与汉人交易的方法，以免万一不幸，玉石俱焚。三数年的工夫，已学到全副的生意诀窍。到家之后，老苗悄悄和他说了前事。借口将自己所得的金子送往汉城购买货物为名，乘人不觉暗中却将那藏起的金块带出山去。由那戚家相助，陆续在别的山寨墟集间购买田产，兴建房舍。原准备一切就绪，相机全家弃了岑高而去。山寨荒山，消息难通。老苗父子又做得机密谨慎，岑高等一个知道的也无有。

这日老苗已然得着石郎由野花墟新居托穿山汉客带来的口信，说诸事俱办停妥。就在这全家迁移之际，偏巧日前黑王神晚间来到寨外伤了岑高，大肆咆哮，蓝马婆要他随神同去。他一见颜觌，便知所生婴儿得虎神护庇，必非寻常。因岑高意欲加害，知他逆神害人，定遭奇祸，一个不好，还要累及全寨，自己是要走的人，他夫妻虽然刻薄刁狡，诸般可恶，但是以前蓝大山相待甚厚，实不愿坐视危亡，一言不发。当时看在死人份上，劝说几句。不想竟把岑高触怒，一顿毒打，闹得遍体鳞伤，悔恨怨艾，已是无及。

兰花姊妹一则因生得伶俐秀美，二则因前番乃父献金之功，蓝马婆将她们选充了近身的侍女。在她以为是加恩，二女却因此不易脱身，着急不已。先原是表面上派来服侍尊客，暗中却和其余二名心腹苗女一般，奉命监视。这日得知老苗挨打受伤，自然焦灼担忧，不觉面有泪痕，被颜妻看出询问。

兰花年长一些，早从乃父口中得知大概，便和盘托出。颜妻闻言，方知危机四伏，存心施惠，把身带的一些伤药给了她。兰花偷偷回家，与老苗一敷，颇有奇效。只惜伤多药少，不敷使用，正想和颜妻再要，颜觊业已骑虎归来，被蓝马婆逼同立即入内医病，药箱也随手带去。不一会儿，风声紧急，埋伏四布。

二女见形势不佳，忙向颜妻告急，商量要抱了婴儿，由她姊妹保住一同逃出。同时先分人去与老苗送信，自己全家也乘此逃出山外。颜妻为人慎重，知她姊妹年轻，不敢造次，正打听有无别的出路，颜觊医术通神，已转祸为福，由蓝马婆撤去埋伏，护送回来。夜间颜觊睡后，二女才得说起讨药之事，颜妻又取了些与她。因内层寨门已闭，没法送去。

第二日一早，颜觊入内看视岑高疾，银娃才抽空把药送回。颜觊也受了岑高之托，去给老人医伤。银娃怕被随去的苗人看见，躲入石壁内穴中藏起。颜觊走后，老苗全家自是感谢非常。银娃回来，又换了兰花前去看望，所以不在房内。

颜觊听完经过，才知先见的苗女子后影，果是银娃。想不到二女俱是老苗所生，多了好几个心腹，暂时可以免去许多顾虑忧疑，心中甚喜。过没几天，便由寨内移入新居。

岑高已然复原，供张甚盛。老苗伤愈之后，借着拜谢为名，去与颜觊相会，再三力说岑高夫妻狼子野心，不可共处。自己不久全家同逃，恩人如无安身之处，可相随同往，情愿奉养一生。颜觊也曾动念，但一则因老苗新立的家业与城市相隔太近，恐住久了，为仇人爪牙侦知；二则书生结习未忘，颇爱新居形胜，四时咸宜，不舍弃此他去。以为黑虎每隔三五日必来看望，苗人敬畏，胜如天神。岑高夫妻虽然险诈，重创之余，业已畏服无地，既怕神祸，又感相救之恩，必不敢再生异心。便用婉言谢了老苗，推说异日相机行事，稍见不妙，再投奔他不迟，此时不便同行。老苗告辞出来，由此便不再去。过有月余，二女忽来泣别。黄昏时，闻得人言，老苗弃了家业田产，只带着随身刀箭，全家逃去。

蓝马婆知他与山外寨子苗人都极熟悉，此去必是记恨月前打他之仇，勾引外寇前来报复，好生埋怨岑高说："他在老寨主手里从未受过责罚，你既然打了他，就该将他弄死，不应婆婆妈妈，反请神医给他医伤治病。伤愈以后，偏又信他父女一味花言巧语的假奉承，不加小心，如今弄出这事。老家伙以前是有名的奸鬼，一肚皮坏主意，叫人防不胜防，看是怎好？"岑高因近年老人无声无息,轻视已惯,闻得逃走,并未放在心上。

这时听蓝马婆一说,才想起乃岳蓝大山何等英雄,在日也曾屡次称赞他的谋勇双全,已非其敌。临终时,还再三叮嘱不可稍微慢待。不由也动了心,立时派了手下心腹,分率数百名强壮苗人分头追赶,赶上便将他全家杀死,一个不留。

那老苗早就防到有此一着,动身绝早,又未带着东西。一切细软金珠和路上必需之物,早在前一日,由兰花姊妹运出寨去,存放在去路上的洞穴之中,事前未露一丝痕迹。黄昏前,岑高有事寻他,才得知道,已然走出了一整天。再加老苗心计周密,知自己和老婆子年老力衰,恐被追上,除沿途故布疑阵而外,又加了一些有力的接应。但追的那些心腹,因岑高性如烈火,若追赶不上,恐归来有责,俱都穷追不舍。

无巧不巧,内中有一个百长,名叫蓝三熊的,最是矫健多疑,为人诡诈,常时出山办事,路又极熟,别的苗人都把路径追错,独他追对了方向。先也受了老苗两次疑兵之计,跑了许多冤枉路。追到第二天早上,忽然被他猜透路径,心想:"老苗不打此路走便罢,否则非由此走不可。"便照他所料方向,不停地苦苦追赶下去。快追出山界,还未见逃人影子,方自着急,先时途中耽搁,追晚了一步。忽然走向高处往下一看,老苗一家四口,正在前面谷中挑着行囊,缓步往谷口外走去。知道一出谷口,便入了别的苗族地界,老苗既然打此经过,事前必有勾结。同追的人一出寨,便都分开,自己只带了四十多个手下,擒杀逃人虽然易如反掌,如和异族对敌,未免势孤力单。幸而逃人行处离出谷还有三里多路,看神气甚是暇逸,尚未觉出后有追者。如此刻急速抄山顶上近路赶去,还来得及。

蓝三熊想到这里,忙率手下苗人,由山顶抄近路往谷底追去。并令只要追到箭矛能及之处,即时动手发射,不必临近生擒,先射死他四人再说,以免被他发觉,有一个漏网逃出谷外,诸多不便。令发出后,一面顺着山岭前追,一面留神注视下面。见老苗在谷底正走之间,忽从挑担上取了一根箫向耳边挥着,好似听了听音,嫌它不好,又取了一个芦笙,放在口边吹将起来。老苗神气还看不出,苗婆子和兰花姊妹似现急遽,各把挑上刀矛弓弩取在手内,不时交头接耳,脚底步法也加快了好些。三熊哪知他的行踪已早被老苗用他秘制的传音听筒听了去。先还以为被他看出行迹。后一想:"他四人始终没见回顾。再者上面是山路,靠下一面满生丛莽,树石繁杂,由上望下还可,由下望上决看不见;相隔又高,山风又大,再加林叶萧萧,蝉声聒耳,也决

205

听不了去。不过是娘儿三个因为将要出谷心慌,要不然老苗怎的未见慌乱?"一心还恐逃人脚步加快,不等追上,便出谷去。由上到下尽是林木修篁,参差阻隔,不到适当地方妄发矛箭,反倒打草惊蛇。

三熊方在挥手作势,率众山人纵高跃矮,飞步急行,山顶地势忽断,两山相隔数十丈,双峰对峙,崖壁如削。下面的路成了一个没钩的丁字,逃人正在那一横上跑。追得两下里已将并肩,忽然无法飞渡,如何不急?前面不行,再看侧面,往谷底的山形是一斜坡,看去似可下落,只是林密菁茂,荆榛丛集,并无道路。除了由此纵跃而下,从逃人身后明追上去,便无善法。先想抄上前去堵截,暗算已经无用。及至率众下甫一半,不特坡道愈更险陡,林莽看去一片平芜,底下却是有深有浅。加上竹箭荆针,大小怪石,剑一般森列,稍有失足,便有碎体裂肤,洞胸断足之祸。逃人影子已看不见,自己人先伤了好几个。好生后悔刚发现逃人时,如由彼处下去,路要好走得多,不该弄巧成拙,步步艰危。哪敢快走。好容易咬牙提心,下到三分之二,见下面山脚突出,形势险恶,遮住前面谷径。

三熊方愁逃人已远,忽然老苗同了长女,空着身子,手持弓刀,从前面往回走来。猜是丢失了什么东西,返身寻找。正自心喜没有被他逃走,只要再下去一些,林木稍疏,即可下手。老苗父女忽然立定,手指上面大骂道:"不知死活的狗东西,敢来追我! 快些现出原形,看都是谁,平时留过情面没有,好放你们活命而去。"

三熊欺他只有父女二人,匆促间没想到敌人如无所恃,怎敢轻回。接口大骂一声:"老狗看箭!"一支毒箭刚从林隙往下发去,猛听前侧面轰的一声暴噪,长矛短箭雨点也似发来。知道中了埋伏,喊声:"不好!"不敢再下,连忙率众蹲避时,左臂已被一支长矛打断。因有崖石挡住,也不知敌人有多少。还待忍痛拼死应战,耳听底下芦笙起处,矛箭忽止。老苗大喝道:"追我的原来是三熊么?如是别人,必不会如此穷追。看你平日那般凶恶,本该杀了雪恨。想起你与我终是同族,又看在死寨主面上,不与你一般见识。现在我埋伏的人比你多好几十倍,莫说和我打,便是逃也逃不回去。听我好话,快将手上刀矛丢下,即时与我滚下来,我只要你们与岑狗崽夫妻带几句话,决不伤害,否则莫怪我无情无义,谁不下来,都免不了死。"

三熊手下的苗人大半都受过老苗的好处,又当计竭势穷之际,早不等吩咐,轰的一声,齐口答应,将手中弓刀纷纷往下面抛去。三熊无法,也只得随风转舵,跟着弃了手中兵械。老苗父女便喝道:"你们既不愿打,也慢慢下来。无须着急。坡上面尽是狗棘子和刺藤，不好走呢。"说罢，又朝崖石后喝道："石郎儿，我已看清来的有多半是好人。你带着他们，仍在原处拿箭比着内中几个坏东西，不要大意离开。只派出二十个人来，将这些刀矛弓箭收去便了。"崖后石郎答道："你们这几百人仍在原地埋伏，不要离开。雷哥快带二十个人搬兵器去。"崖石后轰的应了一声。内中一个说道："这崖也不甚高，我们都跳下去吧。"

三熊闻言，一看那崖，正当两山断处，一大片危石从山脚斜伸出去，离地少说也有四五十丈高下，居然说是要跳。素知石郎孱弱，哪里去弄来这些出乎寻常的生力军？正自惊疑不信，耳听崖后靠断壁的一面叽叽叽连声响动，从下面山脚转过二十来个身材高大的苗民，每人都着一身青，包头短裤，足踏草鞋。背插一把明亮亮大而且阔的腰刀，腰佩连珠弩筒，手持鸭嘴红缨的矛杆。个个衣械鲜明，神健身轻，步履如飞。先跑到老苗面前，口称主人，拜伏在地。行完了礼，然后回转身，各将地上兵器拾起，往崖后跑去。

三熊哪知老苗总共只有石郎统率的这二十个苗民，诸般做作，全是假的。不禁心惊胆寒。暗忖："幸而自己忍辱负痛，没有逼迫手下和他对敌，这样有本领的人，休说数百，便是这二十人，也非对手。"哪里还敢再生异志。其余随去的众人畏威怀德，更不用说。一行互相扶持攀缘，费了好一会儿时候，才由丛莽棘中顺坡而下，见了老苗，俱都带愧跪倒。

老苗一一唤起。指着三熊说道："那两处埋伏，俱在你们来路的头上，一射一个准，全都可以了账。只因这事都怪岑高狗崽一人可恶，难怪你们，想起以前又都是一家人，所以不愿伤害。你虽可恶，适才如不先动手骂人，也不致将你左臂打断。

"如今我放你们回去传话，给岑高夫妻说他们背义忘恩，欺人太甚。我久想要离开，暗中布置已非一日。如今忍无可忍，才遂了心愿。你看我这许多手下，俱经我派人相助石郎一同在山外招募训练来的，就应知我厉害了。如不看在已死老寨主份上，今日擒了你们，便带了我自己的手下等赶回山去，硬夺他夫妻的青狼寨，又当如何？从今以后，他如改恶向善，对人放宽厚些，我也不再寻他的晦气；如还是和从前一样，我定带人前去报仇，为全寨人等除害了。

"我现时已在菜花墟金牛寨另创基业，我儿石郎便是一寨之主。这事在数年前已起头布置，去年又得了无数金块，益发助我成功。可笑他岑高夫妻几次三番弄巧成拙。先是倚势逞强，用没出产的荒地夺去老主人给我的三顷肥田。等我掘出金子，又来强行换回。却不知山金已被我妻女当日掘尽，早料他要来恶夺，成块的早连夜挑出，只把挑剩未尽的大堆沙石与他平分，其实还不到我原得的十分之一二。直到我一切成事，全家出走，他连鬼影子都不知道，真是蠢得可怜。他如不服气时，随时都可到菜花墟去寻我，就怕他没有这大胆子罢咧。

"还有他这人反复无常。日前新来那位姓颜的贵客，又是神友，又是我的恩人，叫他务要好好侍承，始终如一，稍存坏心，必遭惨祸，那时悔之晚矣！

"你们刀矛弓箭本应发还。只是我父子新寨建成，这是第一次在外得的彩头，须要全数带了回去。我也不愿白拿你们的东西，每人送你们一匹上好的汉绸，一大包盐茶。今日忙中却未带着，可在半月之后，我父子命人送来，仍在此地交割，作为和你们换的，总比你们和汉客交易要合算得多。青狼寨窑坑里铁有的是，只需你们再费点手脚力气罢了。

"我今日因不愿多伤自己人，所用矛器都没毒。你臂膀虽断，我这里有止血的好伤药，给你上些，包扎好了回去，再求颜恩客给你一医，也许能够接好。照你平日为人，本不应放你活着回去，总算第一次碰到我的手里。我事先嘱咐手下留情，放的都是空矛空箭，难得你们也知好歹，未和我拼打，除你一个外，全无死伤，索性保全到底，才容你活命。此番回去，如巴结岑高夫妻，拿弟兄子女们出气讨好，不消多日我必知道，那时相见，休怪我心狠手辣。"

老苗说罢，取了伤药布条，将三熊断臂包扎停当。将手向崖石上一招，石后一片纵落之声，又过来了二十名与适才一般的勇健的苗人，装束器械与前相同，只上衣却换了黄色。老人吩咐押了三熊等，无须登高跋涉，径由自己来路送过山去。三熊平日虽然凶顽，这时身受重伤，利器全失，已成了丧家之狗，站在旁边垂头丧气，任凭老苗发付，一言不发。那二十名强壮苗人，近前向老苗行礼之后，由两苗人在前领路，余人手持矛弩，在后督队押着三熊和他手下人上路。

三熊哪知此时老苗基业新建，金牛寨新买到手，共总才招雇了数十家苗民。仗着他那亲戚是个好帮手，精于训练，这次前来接应的，除乃子外，实在只有那二十名苗民。因是众中挑选出的健者，事前调度有方，所择的地势又绝佳。每人随身器械外，俱带有好几套各色的衣服，以惑敌人眼目，先原不在崖石后埋伏，俱前后分开，在高处隐身探望。因为老苗父子地理原熟，又有秘制的听声筒，敌人在十里内外便可听出多寡动静。

当三熊发现老苗时，老人用听筒听出有人追来，忙命妻女加紧前进，又用芦笙发暗号，将接应人召集拢来，利用断崖形势赶向前去。匆匆授了乃子一番机宜，然后返身回来诱敌。一切部署，胸中早有成竹，所以三熊一照面便落了圈套，见老苗指挥从容，怵于声势，始终以为敌人埋伏至少要比自己多两三倍。当时由敌人押送过了山，抱头鼠窜，惨败而归。

三熊见了岑氏夫妻，为遮羞脸，事先和同行的人说好张大其词，说老苗埋伏众多，声势如何浩大，同去众人全被生擒。自己力战不屈，致受重伤。并闻买了金牛寨，以乃子为主，早晚带人来报日前毒打之仇。因念众人前是一家，才夺了器械，放将回来报信，指名与寨主作对。

岑氏夫妻本知老人厉害，又知金牛寨是菜花墟孟王寨主孟菊花所有。孟菊花是汉时蛮王孟获之后，虽是个未嫁女子，但本领高强，族人有好几万，久为各山寨之长，最是难惹。既将此寨田产卖与老苗，必然和他同党。这一惊真是非同小可，闻言半晌说不出话来。想了想，只有关门保守，严加防御还好一些，如去寻仇，简直是自找晦气。当下传令，吩咐早夜派人巡探，严加防范，准备老苗带人前来寻仇。连过了两三年，并无音信。

岑高因老人曾有善待颜觊之言，他人本疑忌，心想："颜觊如不将他的伤医好，任其死去，怎有这场隐患，这一来。真应了老婆的话。"一面暗怪自己当时何故发此善心，一面对颜觊也未免有些迁怒，偏生三熊那年受伤，求颜觊医那断臂，颜觊说主要筋脉已断，再加伤后奔驰，用力流血过多，伤虽可愈，臂却难以恢复如初。三熊一心信他是个神医，岑高和老苗的伤势那般沉重，尚且能医，为何自己这条断臂独不能治，又想起老苗带话，不许岑高慢待之言，疑心他和老苗一党，存心与己为难。暂时怯于神威，还未敢怎样现于辞色，心中却恨他不亚于切身之仇。加上蓝马婆虽然刁狡凶顽，却与岑高恩爱，专信夫言，不论是非，也跟着岑高一同生心。

颜觊因日子过得甚是安适，山居清趣，四时咸宜，除常时给寨中人医病而外，每日专心习武。准备在青狼寨寄居三数年，将全寨人从岑高以下都结纳成了至好。那时官中搜捉必然松懈，再独个儿出山，身怀利刃暗器间关变服，前往京师，刺杀奸党，以报父之仇。以为苗人不再反复，可以无事，全未晓得危机已伏，时到即要爆发。

三年过去，岑氏夫妻见他仗着医道，竟使得全寨归心，苗人敬畏如神。又加三熊不时进谗，每次提起老苗咒骂，颜觊又未加可否。益发忌恨在心里。只苦于那一虎一猿常来寨前相访，有时颜觊竟携了幼子骑虎偕游，连虎、猿护了虎儿，独自出游之时都有，灵异之迹甚多。并且每隔半月，虎、猿必送死野味前来，看去甚是亲密。猿还不说，那虎的苦头以前已然吃足，怎敢妄动。就此罢休，又恐颜觑得了众心，万一勾结老苗入寇，报那前仇，岂非心腹之患？岑高暗中派人去往金牛寨打探，回山报信，俱说老苗父子财多势盛，粮足人众，看神气必有寻上门来的一天。他不知老苗成心恐吓他，又加部署周密，所去的人不是被擒了去威迫利诱，使其与己同谋，依言回话；便是以前受过老人好处，再一略加小惠，便为之用。所以闹得异口同声，传来不好消息。原本无事，他却每日自己和自己捣鬼，既惧外患，复虑内忧，好生难过。

岑高好容易挨了三年，日夜筹思，纵因畏神不能把颜觑怎样，为安全计，也应将其遣开，才得安枕。这日夫妻二人正为此事发愁，三熊忽同了一个串行山寨的汉客到来。青狼寨几条通路极为险阻，轻易也没个汉客穿行，有来的可换许多需用之物，自是高兴招待。

那人名叫韩登，因奉省城大官之命，冒险往各地苗寨采购几种极珍贵难得的房中淫药。同行结伴原有三人，俱会武艺。因那两个同伴居然在离青狼寨三百余里的荒山之中未花分文，由崖壁间得到两种极珍贵药草，韩登心术不正，便说入山以前虽然言明全凭时运，各自为政，但是既同甘苦，仍应三一三剩一，一体平分，才算合理。偏那两人小气，执意不肯。当时又挖苦了他几句，说他小人贪利背信，不许同行。韩登负气离开那两人，心中越想越恨，连药也不再寻，悄悄尾随两人身后。乘内中一个出去取水时，用射猛兽的毒箭，将留守的一个射死。然后潜伏在侧，等取水的回来经过，跃起一刀，也立即了账。

采药客人入山遇险乃是常事，尸首只需扔落山涧，轻易决无人敢来寻找。何况韩登药草已到手，有那大官维护，也不妨事，放心取道归途。不知怎的走迷了路，在乱山之中窜行了好几天，一个失足从山畔跌下。当时见伤并不重，取了点随带的金创药，用水敷上，以为数日可愈。不想那溪水毒重，第二日半边肩臂等敷药之处全行肿溃。身上又挑着货箱行囊，眼看危在旦夕，恰巧三熊带了人出寨打猎遇上。

那时候的汉客，因为民俗淳厚，坏人不多，诚信尚未全失，所带俱是苗人心爱和日常必需之物，除了触犯禁忌，或是误入深山，遇见惯食生人的苗族而外，所到之处，常受欢迎礼待，并不仇视。再者韩登老奸巨猾，熟知苗情，并不明向三熊求援，只说自己是入山采药的大帮汉客，因取水迷路，落了单，忽然臂伤遽肿，难以行路，请他派人扶往寨内调治，借与宿食，愿以重礼酬报。三熊因近年汉客不常到来，全寨中人都不方便，正好借他回去，带口信引人入寨交易。当下将他扶了回来，向岑高夫妇一说，果然立命进见。

韩登知苗人贪货，一到首先从货箱中取了不少件苗人心爱之物，送与岑高夫妻和三熊，再行请求安置宿食。岑高自然高兴，见他肩臂祖露，肿烂之处甚多，面容甚是愁苦，便止住他道："客人且慢休歇。莫看你伤重，我这里住有一位神医，准给你一治便好。"说罢，便命人去将颜舣请来。

韩登原以为荒山山寨，有什么好医生。况且自己所带伤药乃是多年精研配制，灵效非常，因溪水中有毒，才落到这般光景，只想得地调养，仍用原药慢慢洗涤敷治。一听说是神医，先还猜是巫公巫婆之类，明知未必有效，但是苗酋好意，不便拒绝，只得任之。强忍着痛坐等了一会儿，医生请到，竟是一个汉人，大是出乎意料。及至彼此通名礼见之后，要下手治时，暗忖："既是良医，怎的长久居此？"恐药有误，不甚放心。便用言语支吾说："我自己也带有药，刚刚敷上不久。请颜兄看完，将药留下，到晚来我自己调敷吧。"

颜舣知他用意，笑答道："小弟不才，医道出诸祖传，业已数世。韩兄伤处烂肉尚须割治，小弟先上些药，必能止痛，只管放心就是。"韩登听说还要开刀割治，益发胆怯，禁不起岑高夫妻和三熊再三称赞颜舣医药神奇，并举前事为证，韩登无法，只得答应。但说自己怕痛，先上点药试试再说。

颜舣先见他是汉人，空谷足音，颇为心喜。后察觉他言谈粗鄙，面目可憎，完全是一个市侩小人行径，又那等胆怯神态，不禁心中冷了一半，好生不耐。答道："话须讲在前面，如此时不肯开刀，药下去痛虽立止，但是伤处不特治愈需时，非十天半月可了，而且每年逢春必发，那时休来怨我。"韩登见他辞色不善，又恐得罪不便，不住口赔话支吾，也不知如何是好。颜舣不再理他，取了山泉，倒些药粉，用木棉浸了，先给他把伤处洗净，再将秘制伤药与他敷上，便即坐过一旁。

韩登先还惴惴不安，刚一洗伤，便觉伤处清凉。等药一敷匀，果然疼痛若失。这才信心大起，惊喜交集。看出颜舣有些恼他，所说开刀割治之言，定然不假。自己巴不得早些将所劫药草带回省去，献功受赏，伤处自然是除根的好。慌不迭地跑过去跪在颜舣面前，请求割治，口里"恩公""神医"喊个不住，连说："愈后小弟必有重谢。"颜舣见他做作卑鄙，又好气，又好笑。只得拉了起来，再去给他割治。韩登见刀下去，如摧枯拉朽一般，所有腐肉淤血成片成块般地坠落，自己竟一毫不觉痛苦，心中益发惊奇。暗忖："此人谈吐举止，均是书香仕宦人家出身，非江湖郎中一流。不用说别的，就拿这一手医道，无论走到哪里，也吃着不尽，怎单跑到这种荒蛮地界来长住？如说是隐居避地之人，又不应托庇在苗酋宇下。"心中好生不解。当时自然未便探问，满口都是感恩图报的口头话。颜觎始终懒得搭理，上完了药，便自告辞而去。

岑高正对来客说那医术怎样通神，恰巧那日随颜觎去给老苗医伤的一个百长在侧，无心接口道："要说他也真奇怪。去年老苗被寨主打得伤势那么重，拉回去躺在床上，只差断了气，我们都料他必死。也是这颜恩客给他治的，药面子才撒上去，立时就不疼，比起当初老寨主留传的伤药还灵效得多呢。"一句话把岑氏夫妻提醒，俱想起适才颜觎给来客医伤。明明见他药到疼止，何以去年初来时给岑高医伤，却那等张致？要受伤人向神前起誓发愿，力改前非，得神允许，赐下神泉，才能止痛痊愈。莫非其中有诈，那泉水变色也是他故意闹下的鬼？

当下安置好了来客，互相提说前事，越想越觉可疑。蓝马婆道："近来因为老贼逃走，像是与他同谋。我夫妻对他表面上虽未做出，心里早和从前不一样了，我有时想起，背地常在骂他。三熊更屡次对我们说就不杀他，也应将他全家轰走，以免日后为老贼做内应，留下心腹之患。我还恐被黑王神知道，又生祸事。后见半年多全无动静，老在奇怪。

"今日一想正对，那黑王神常来，我们看惯了，不觉得有甚神奇，不过比别的老虎凶猛长大些罢了，如说是神，怎的以前知道我们要害他，却又不管呢？况且那日他取神水时，叫我跪伏在地，由他一人捣鬼，没叫我亲见。旁边虽还有几个娃子，都是蠢东西，晓得什么？等我起来，水已变颜色，焉知不是他闹的玄虚。

"依我想，那虎或许是他家养，定然懂得人话。那早我们的人不该在外面说起要害他的话，被虎伏在石后听去，白送了一个心腹人的性命。他看出我们心事，又仗着能医，故意如此做作，好在这里过活一辈子，省得到处乱窜，找不到衣食。要不的话，他也是人，我们也是人，那虎要是真神，常保佑他也就是了，为什么三天两头来陪他解闷，由他骑着满山闲跑呢？

"我们上了他这么久的当，你和我儿都差点被他送了性命，此仇怎能不报？不过那虎甚是厉害，恐我们的人敌它不过，一个不巧，受害更大。这事只可打慢主意来除他，最好先将那虎害死。仍是不能明来，你先莫露在脸上，由我来做，免得万一弄它不死，又反害了你。只要真留了神，不愁下不了手，迟早与你出气就是。"

且不说岑高夫妻又生阴谋。只说那韩登在寨中调治了三四日，创伤逐渐痊可。按说颜觑对他也无异于救命之恩，理应真心感激才是，谁知此人天良早丧，感谢固然是句虚话，反因颜觑对他辞色冷淡，心中怀忿。认为医伤出于苗酋所命，与姓颜的无干，无须承情。又看出宾主有些不投性情，不特未送一丝谢礼，反因颜觑行藏隐秘，猜来猜去，竟猜出他不是朝中罪臣子孙，便是犯了大罪的逃犯，官府定然还悬有赏格。行时再三向岑氏夫妻借话引语，盘问其根脚来历。

岑高夫妻何等奸狡，以为他也是汉人，又受了颜觑好处，虽因收了许多礼物，不便慢待，心中却还防着。及见他对颜觑甚是虚假，伤好后既未登门拜谢，也无馈赠，却又送了自己一些心爱之物，口口声声说此次得救，全仗寨主夫妻命人医治，并不提起颜觑。先颇奇怪，后来才想起汉人最爱讲过节，定是初来时颜觑得罪了他的缘故。这一来正合心意，随问随答，把颜觑怎生来寨经过一一说出，语气间对颜觑自是不满。

那韩登老奸巨猾，哪还有看不出的道理。一听神虎等情，便力言其假。说道："这些事只好骗骗你们。那只黑虎定是平日教练纯熟，因苗人信神，特地带出来诈骗衣食。知道这里有黑王神的传说，他那虎又是只黑的，正巧相合，于是便称了心意。不然他既行医，就该走那热闹墟集才是；若无猛虎仗恃，怎会带了临月的妇人，走此穷荒僻险的所在？只看他闹些鬼把戏，哄得人们相信，便赖在这里不走，就知道了。我疑他是个逃犯，此次回转省城，只须略为打听，定可查出底细根由。寨主如嫌猛虎难制，可仍稳住了他，等我二次来时再作计较。他案情加重，简直还无须我们下手，官中自会发兵擒他，我们还有很大赏格可领呢。"

岑高夫妇闻言，不禁大喜。彼此计议停妥，韩登方行别去。颜觑见他愈后不曾来谢，小人忘恩负义乃是常情，一笑置之，全未放在心上，万没想到他会恩将仇报。要知后事如何，且看下回分解。

第二十七回

信奸谗　苗酋背德
承重嘱　捕快泄机

　　光阴易过，不觉又是一年。颜子虎儿虽然年纪还不足六岁，因为生具异禀奇资，已长得有十一二岁孩童模样。最近一两月，猿、虎常来引他骑虎同去，并不要颜氏夫妻随去，也不知到甚所在。只觉他上下山崖，步履如飞，本山差点的人，都跟他不上。

　　岑高夫妻见乃子猪儿枉有十多岁年纪，还比不上对头乳臭未干的幼子。寨中人又爱和颜子逗弄，时常在山前看他纵越为戏，欢笑如潮，赞不绝口。因猿、虎来得益勤，尽管不信是神，到底有些奇迹。就是小孩，也有种种怪处，与众不同。惊弓之鸟，仍是不敢妄动。偏那韩登行时，原说至迟往返不过三四月，定即重来，却过期不至。除数十个心腹外，全寨人大多都敬爱颜氏全家。未决裂前，为防走漏风声，和上次一样出事，又不便禁阻他们与颜子嬉戏。相形见绌，只有心中越发忌恨。

　　这日岑高夫妻正在寨中生闷气，忽见手下人来报，韩登来到。一问，颜觐尚不知道，因天近黄昏，寨门将闭，自己人也不过是十几个人看见。岑高闻言，传令下去：不知道的人，无论对自己人对外人，俱不准提起来客只字。然后将来客引进，延往后寨居楼款待。三凶见面，比前更是投缘。

　　一谈经过，才知韩登回省交了差，便向官府中详细打探，近年各项犯罪中，有无颜觐名字，俱都回报没有。初闻此言，心气冷了一半。偏巧他劫来药草甚符所期，得了官府一份厚赏。那两同伴的家属见三人同去，只他一人独归，两人却无下落。问他，说是因意气不投，行至途中，便即分手。他们走的是熟地方，不像自己肯冒险，想决无差错，过些日，自会得了彩头回来。那两家闻言，俱都疑信参半。隔不久，便在县衙门告了一状。仗着他手眼通天，工于弥缝，事情全无佐证。同时那些向他购药的当道，得药后用飞马传驿入京，献与奸党，如法服下，大见奇效。除重加奖赏，各有封赠外，又来信索取,自然仍须借重于他。于是,示意县官把他放出,还将两家苦主责罚了一番。

他因颜觐的事查不出端倪,也懒得再往青狼寨去,二次带了人径去采药。也是合该有事,不但一入山便将药采到,而且回省复命时,那当道官儿忽然传话说,京里王爷派下来一位催取药草的差官,因听人说苗人采药颇多异闻,最是艰险不过,要传他入衙问话。韩登何等奸狡,为了表功,重提起上次采药所受奇险经过,又格外加了许多油盐,绘影绘声,又将肩腹等伤痕现出为证。

那差官原是奸党手下得用的太监,平日奸谋俱所与闻,一听到深山苗疆中有一姓颜的医生,触动前事:当初颜浩颇有医名,自被谗害后,他子颜师真携妻逃亡,行橇天下,穷搜未获,已逾五年之久,自今尚存悬案,猜是对头儿子改名潜隐。那大官因他一提,也想起前事。因恐自己闹下失察之咎,便说事尚难定,探山险阻,苗人凶悍,官兵少了不济事,多了还未入山,他已得信远扬,难再搜拿。韩登既和苗酋结有好感,正好不动声色,命他二次前去,极力与姓颜的结纳,探出实情。如若不虚,再以利诱,将苗酋说动,擒献上来,方为稳妥,差官点头称善,连说"好计"不迭。

韩登想不到有此巧遇,既可建功取媚权奸,以得重赏,又可联络岑氏夫妻,于中取利,日后更有大用,闻命下来,高兴已极。因当道官儿又背了差官再三叮嘱:"昨日话虽如此说,可是此番前去,不问姓颜的是否原案人犯,俱要设计擒到。"再加与岑高相约之期早过,须要速去。韩登于是当日便告辞起身。官府除优给盘川外,还派了四名精通武艺的教师,数十名干捕,随去相助,俱都装作大帮入山采药的商人模样。由省城去青狼寨,如抄近路,恰须打从菜花墟边界上乱山丛中经过。韩登前两次因那一带山中野兽太多,俱绕着路走,不敢通行。这次仗着有武师能手同行,为了求快,忽然决定抄近。

这一日行到离墟二十里的杨柳山,日已偏西。全程只那一带最险,又是野兽虫蛇出没之所,便将行帐支起,饮食安息,准备明日午前再赶过山去。夏日天长,有两个年轻干捕,因在路上闻得人言杨柳山出产黄兔,烤来吃肉,作松子香,甚是肥美,自恃武勇,背众商量,相距兽区还远,乐得在附近打上几只就酒。谁知走出行帐不足半里,便见一条未涸尽的干溪,白沙如雪,底甚宽干。仅有当中凹处略有几条尺许、数寸宽窄的流泉,激石飞驶,水声淙淙,既清且浅,正有七八只大小黄兔在那里跳逐饮水为欢。二捕心中大喜,忙跑下去捉时,那黄兔最机警不过,一见人影,便自四散逃避。二捕俱在高

215

兴头上，哪里肯舍，自然紧紧追赶。可恨那些黄兔闻声即逃，逃不几步便又停歇。似这样追来追去，不觉追出四五里路，好容易打中了两只，余兔已逃得精光。

二捕嫌太少，不够大家一顿，还要再往前搜捉时，忽听轰轰之声，山摇地动。回头一看，来路上流头一片白光，疾如奔马卷来。知是山洪暴发，归路一面正在悬崖之下，无法攀缘。只对岸略低，刚一爬上，洪涛骇浪已如万马奔驰，从眼底一闪而过，当前潮头，其高何止十丈。身上衣服全被飞流溅湿，溪中的水立时涨平。水深溪阔，无法飞越，忙沿溪回跑。未及半里之遥，归路忽为绝壁所断，意欲绕将过去，不料越前行，离溪越远。急遽之下，不觉走迷了路，窜入乱山之中，连那条大溪都找寻不到影子。

不一会儿，腥风大作，兽啸四起，声势甚是惊人。惶骇却顾之间，忽从前面山坡上飞也似跑下三只花斑大豹，凭空十余丈直扑过来。二捕见那豹又长又大，来势凶猛，哪敢迎拒，一个惊慌失措，想往旁窜避。三豹已当头扑到，相距不过数尺。危机瞬息，哪里还躲得及，不由同喊一声："死啦！"各将手中腰刀往头上一举。二捕身子正待往下矮去，猛觉眼前一圈黑影一闪，腰间倏地一紧，身子好似被什么东西套住，往旁一扯，再也立脚不住，顺着那扯的势子，头重脚轻，撞了出去。

就在这呼吸之间，只听耳畔风声，身早离地凌空而起。百忙中眼看下面，三只花斑大豹分成品字形，刚向身边擦过，往下扑落。稍为延迟须臾，必死于爪牙无疑。魄悸魂惊，未容思索，忽又听两三声惨啸，震得四山都起了回音。同时嗖嗖连声，似有好几件暗器由上往下飞落。

二捕奓着胆子，一手攀定腰间悬索，偏头往下一看，见上升之处乃是一座悬崖，崖口站着几个熟苗，各用矛箭向下投掷。身子已被索圈套住，仍是上升不已，不消片刻，拉上崖顶。见苗人共有十七八个，都是一色整洁灵便的短装。为首一人，是个二十余岁的清秀少年。大半腰挂弓矢，背插梭镖，手执长矛。有的空手持弓，站在崖口拍手欢笑。见将二捕拉了上来，忙将套索取下，由一人引过去，与那为首少年相见。二捕忙谢了少年相救之德，匆匆彼此通了姓名。因苗人正忙着打豹，未便多说，便在旁立候。

惊魂乍定，听崖下群豹悲嗥怒啸腾扑之声，兀自未歇。崖口苗人梭镖箭矛，仍然纷纷往下投射。暗忖："久闻莱花墟各寨苗人手法极准，标矛弩箭多半上有见血封喉药。这崖又不算很高，怎么凭高下掷，还制不了三只豹子的死命？"好生不解。

二捕正疑想间，忽一人向少年行礼回话。少年道："还剩多少了？总要除尽绝了，后日才好动工，丢的矛箭，等都杀完，再下去取吧。好在出来时各人都带得多，没有用完。何必在这时候忙着下去，白费气力则甚？"那人诺诺连声而退。

　　二捕闻言，才知下面豹子还不知多少。不禁惊问道："寨主今日是安心出来打猎的么？"少年道："你猜对了。这里是菜花墟最险恶的两处地方，下面山沟子叫断魂沟，惯出野兽。尤其豹子最多，从来无人敢走。因爹要在此办一桩事，新向孟寨主买过来才几个月。想了好些法子，命我隔三五天来此打豹，单豹皮我得了千多张。后日便是兴工吉日，今天必须除完，所以带得人多些。分好几处将豹群赶到沟子里，打算一下子杀尽，今天幸是汉客早来了一步，被我看见，知下去救已来不及了，忙叫他们用套索拉了上来。再晚一步，事情就难说了。如今豹子已死得差不多了，他们还在动手，分上下三面夹攻，一只也走不脱。

　　汉客要看，还看得见。这里豹子因从无人敢惹，越生越多，比哪里的都凶。如不是我爹想的法子，回回都占着顶好的地势，我们的人恐怕也不免于受伤呢。"

　　二捕走至崖边，往下一看，那谷径似个大半截葫芦形。来路那一段最宽，蔓草丛生，树木疏列，已被人放火隔断。由此过了里许长一条宽路，越往前越窄，出口处已用大石堵死。两边崖壁一高一低，俱都伏有人，据崖下射。那豹群大大小小，果然有百多只，被苗人用毒矛毒箭杀死十之八九，零零落落，横尸于林蔓陂陀之间。初见三豹纵落的土坡，原是崖壁间一个缺口。口外也有不少人，各持丈七八尺长的三锋长矛与极锋利的钢钩，密集如林，冲着谷里，防豹冲出。想是早就埋伏在外面，等将豹群全数诱进，才行现身。因是三面夹攻，防堵周密，手头又准，所以一个也跑不出去。

　　剩下的俱是些大豹，个个吼跳如狂，凶猛非常。无奈成了网中之鱼，有力也无处使。初看时还有二十来只，不消片刻，又倒了一大半。只剩下六七只，和疯了一般，蹿前扑后，啸声动地。有两只最大的，似欲拼死，猛然狂吼一声，四足腾空七八丈，径往缺口外人头上扑去。眼看临头不远，口外众人全不闪避。内中有七八人，各将左手端起长矛，右手握了矛柄，往后一抽。猛的一声呐喊，双手用力，斜着向上，朝来的豹扎去。

　　这时恰好那豹扑到，两下里迎个正着，七八根长矛，轻轻巧巧，正分扎在两豹胸腹之间，攒着挑了起来。那些执钢钩的人，更是手疾眼快，一见刺中两豹,立时便分出四人,伸钩上去钩住,往里一带一甩,那八个矛手借势一扯,便将长矛拔出。同时一声惨嗥,七八股鲜血飞射处,两只比鹿还大的花斑大豹,俱被甩落后方去了,动作敏捷已极。再看场中,又有五豹被杀,仅剩一豹,在落日暗影中悲嗥乱窜。跑出没多远,崖上一矛飞下,立即了账。

跟着缺口外三十多个人纷纷跳入谷中,往来路火场奔去,钩矛齐施,火后也纵起四人相助一齐动手,将火路钩断,残火约束在一起,任其自熄。然后往前开路,将口上石块移开。二捕见火后还堆有不少柴薪,才知那火也有人掌管。放火之处,两边石崖绝高,至多将那一片蔓草杂木烧光,不至蔓延成为野烧,设想布置,真个周密异常。方自叹服,忽听身后少年苗酋发话,命手下苗民将大小豹配匀,两人合抬三四只,分班抬回寨去,交与未出行猎的人去开剥。

二捕见那苗酋甚和易,便恳求派人引路送回。苗酋问二捕:"水性可好?"二捕答言:"不会。"苗酋长笑道:"这么说,今晚就难走了。"二捕问故。苗酋道:"并非我不肯派人相送,实因这里两个险地,除了断魂沟水,便是两位汉客来路,名叫可渡溪。每当天明日出,水便流干。一到午后申西二时中间,就洪水大发,最深的地方足有二三十丈,浅的也有七八丈。两边悬崖峭壁断断续续,只中间三五里,水未发时有几处浅石岸,人能上下。一发水也都渐渐淹没,而且水猛流急,非绝好水性,还得知道一定上下地方,才勉强可以渡过。要不的话,被水冲到尽头水口那里,地势忽低,下面是一座大悬崖,水流到此,化为飞爆,直落千丈,人下去怎有命在?名为可渡,实实艰难,除非等它水干,别无法想。汉客来时,必是当水初发,恰巧遇到上岸的好通路,才得到此。此时要想回去,怎能办到?如是绕路,要走过一条不见星月的暗道,就不怕蛇虫野兽,也须绕行二百多里难走路径,不走到天明也回不去。照着今天情形,我替二位汉客打算,只有下崖,随我们回转金牛寨,见了我爹,住上一夜,明日一早,溪水渐干,再派人护送过去,才是稳妥。"二捕一听无法,只得道了谢,随定苗酋回转金牛寨。

那少年苗酋便是老苗之子蓝石郎,人虽文弱,机警处正不亚于乃父。所说两处险地,虽是实话,实则仍有渡溪之法。只因以前惯和汉客交易,看出二捕并非寻常客商神气,先疑是官军,想对菜花墟一带寨子生事,扮了行客,来此窥探。后听所说的去路又是青狼寨,不禁心动,特地设词引入寨内,探他口气来历。二捕人还未到,石郎已早派人赶回去与老苗送信去了。

老苗接报,暗忖:"青狼寨并无甚上等药材与珍贵出产,未逃来以前,往往二三年不见一个汉客,怎会有人结帮结队前往?必有缘故。"老苗忙传令,准备好酒、食物款待来客,自己径往离新寨三里的山口外寨之中相候。一会儿,石郎引了二捕到来,主宾相见,二捕重又谢了相救食宿之恩,老苗父子悉知汉俗,极口谦谢之外,款待甚是优厚。

二捕本来心中感激,老苗再乘他们酒酣时拿话一套,二捕俱是年轻,心直口快,以为山中苗人无关紧要,渐渐把此行机密吐露出来。老苗一听,果是官军改扮,并非前往消灭青狼寨,竟是岑氏夫妻勾引外寇陷害恩人全家,不由惊忿交集。当时也没说什么话,安置二捕睡后,父子二人筹思密计了一夜。

第二日天还未明,石郎受了乃父机密,将二捕唤醒,先每人送了五十两黄金和一些珍贵物品。然后说那姓颜的是自己一家大恩人,平时为人行事最是仁厚光明,此次定系岑氏夫妻恩将仇报,勾结外贼,向官府告密陷害。如蒙相助脱难,指引他夫妻来此暂避,还当不吝重酬相谢。并说:"颜氏一家都有虎神保佑,人不能近,那全寨人俱畏虎神,纵有官兵相助,也必不敢明去捉他。二位也无须怎样出力,只要在事前暗中与他报一警信,或是遇上之时背人点醒,指明路途,叫他骑了虎神直奔金牛寨。我等二位一走,便选出千名精壮,分赴青狼寨三处要口接应,无论如何,也不能让他全家受了恶贼的暗算。"

二捕昨日亲身历险,以为这里人尚且如此武勇,其酋可知。再一听张口就派遣千人,拿自己这面的人一比,相差太远,即使此去得了手,中途也必被他劫去,反倒不美。自己既受了救命之恩,又承他如此优礼厚赠,也须有份人心,此去不过随声附和,因人成事。上赏还隔着好几层,决没他送得多。不如结个人情,日后说不定还有大用。一转念,满口答应。先还谦谢,不肯收那黄金,禁不住石郎再三相强,没奈何地收了。

石郎再三叮嘱,事要机密,不可泄露。又将颜家所住方向位置及父子夫妻三人的相貌说了。二捕一一记在心里,方行谢别。由石郎带了四人亲自护送,绕到昨日溪边,那大洪水已差不多退尽,只剩下几泓浅流,跬步可越,看着二捕过了溪,方才回转。要知后事如何,且看下回分解。

第二十八回

指挥若定　深峡藏兵
恩怨分明　元凶授首

话说二捕回到行帐，因昨日他二人久出不归，寻到溪边，见急流阻路，不能飞渡，以为不会过去，在附近找寻了半夜，终无下落，俱猜是葬身蛇兽腹内，正准备今早起身沿途寻去。二捕假说过溪水涨，幸遇一打山柴的苗人，得知水退须在明日，自己不能和他一般泅水而归，只得寻一石洞安身，候至天明水退方回。并没提起老苗父子只字。石郎所赠诸物虽然珍贵，俱都不是大件，二捕回时早已藏好，谁也没有看出破绽。韩登一行万没想到一夜之间，起了内叛，以致遭报惨死。

那些官兵派来擒捉颜舰的人们，都经三熊安置在寨外岑高新建的一座瞭望楼内居住。倚山而建，居高临下，地势僻险，离寨原只三数里之遥。当岑高夫妻与韩登密计之时，二捕也一心想给颜舰送去密信，无奈山中情形不熟，又恐被同行诸人看破，不敢造次。正想不出善策，恰值那四名教师中有一个名叫陆翰章的走来。

这人原是抚衙镖师，本领不高，性情却是古怪乖张。自恃本官信赖，恃强逞能，目空一切。这次因为人地不熟，事由韩登做主，心中本已不快。再加上韩登也是贪功自大的小人，以为官府授了应付机宜的全权，同行诸人俱应听从指挥。除向捕役们擅作威福，隐然以统帅自命，进止唯心，做张做智外，对那四个官派的武师，也不过是假意客套，不论大小事儿，都非强自做主不可。每经一处，事前必要粉饰铺陈，说得前途道路如何艰险，苗人又是如何凶悍，应如何如何才能平安渡过。起初众人还不觉得，走了几天过去，一行人没一个不厌恶他到了极点。其中尤以陆翰章为最，两人已拌过几次口舌。只因奉命差遣，韩登老狯，心中记恨，口里却善收风。虽没有闹起来，可是两人相处日久，嫌怒渐深。

此时他也是因为韩登遇见三熊越发装模作样，把众人引往安置，甚话未说,趾高气扬地同了三熊一去不归,心中气愤,下来闲踱。见二捕在此坐谈,便走将过来答话。三人拿韩登乱骂了一阵,眼看黄昏月上,还未回转。忽见三熊同了几个人,携带着许多酒食来,说是寨主所赠的犒劳。并说:"韩差官今晚要住在寨内,与男女二位寨主共商擒捉要犯机密,不回来了。吩咐带话给众人,早些安睡,养好精神,等明早虎神走开,再行传令入寨下手。"众人一听来人传话神态,分明他把一行人都当作了他的属下,个个气愤,当时不便发作,勉强把酒收下。二捕见来人俱通汉语,早乘机探问了一些寨中的形势和颜家住处。并知天一黑,寨门便闭,须要明早才行开放,除几处远近要口,瞭望楼上轮值的防守人外;全数人均须归寨安歇。只颜家住在寨前谷口,内外隔绝。一一记下,好生心喜。

二捕见三熊等方走,陆翰章便提起韩登名字大骂起来,忽生一计。悄悄和他使了个眼色,将他引向一旁说道:"陆武师何须生此大气?休说诸位武师名震江湖,便是我们吃多年的公门饭,什么大案子没办过?个把犯人,余者还是妇人小孩,又还有那么多苗子做内应,就算他养着一只老虎,有什么了不得?却这般装腔作态,又不要我们进去。分明勾结苗子,故意把事说得凶些,明早动手出力还是我们,回去却由他一人去冒功。真是又可恶,又气人!今晚我两人意欲偷偷混进寨去,见机行事,如可下手,便乘黑夜偷偷把主犯擒住盗了出来,连夜分人押送出山,明早再和他算账。我两人实是气他不过,回去功劳情愿奉让。只是少时走后,有人问起,须要隐瞒一些。你看如何?"

陆翰章素来嘴硬骨头软,最爱找便宜,真遇上事,却又畏难。知道苗子凶悍,不好惹。和韩登又不对劲,虽承客礼相待,此去事若成了固是妙不可言,万一犯了苗子禁忌,韩登再借机报仇,吃了大亏,回去还要受本官的处分,太不上算。一听他二人自告奋勇,并不要他同行,只需代为遮掩,心想:"有功可图,还可泄愤,成败都于己无伤。哪里去找这般好事?"当下极口应承。

先由二捕借词屋小人多,天气太热,要携行囊到楼下,另择适当的山石展铺安歇。陆翰章也从旁边附和。众人不知他三人有了算计,因地方不熟,几个防守的人都在高楼上居住,恐受虫兽之害,俱未随往。三人又携了酒食,同到楼下,假意高声谈笑劝饮。

到了夜深,算计楼上诸人业已安睡,有几个防守的苗人,目光也都注在外山口一面,二捕才携了防身器械,悄悄沿崖贴壁避开苗人眼目,照日里探得的路径往青狼寨走去。过了瞭望楼前半里多长一段险路，便是入寨大道，因终年修治，石路虽陡，倒也宽洁。

松杉夹道，蔓草不生，加以月光普照，甚是好走。二捕本来矫捷，脚底一加劲，三四里程途，不消片刻便到了青狼寨广崖之下。沿途除宿鸟惊飞，虫鸣草际外，连野兽也未遇见一个。

二捕伏身侧耳往上一听，并没什么声息，略一定神，便顺崖坡疾行而上。到顶一看，那崖地方绝大，左边矗立着一座大寨，偏右相隔百步之遥是一条夹谷，谷口崖腰上满生竹树，浓阴丛密，风动影移中，时有一点灯光明灭隐现，四外静荡荡地不见一人。料那灯光必是颜家所居的竹楼，且幸寨门紧闭，未被人发觉，忙往谷口跑去。行近数十步，地略一转，月光照处，已看出危楼一角，心中大喜。

二捕刚待跑过，忽听脑后风生，似觉有异。猛回头一看，身后一条白影已从头上疾飞越过，晃眼工夫，便投入前面崖腰竹树丛中去了。疾同箭射，全未看清那东西的面目，也不知是鸟兽是怪物。不由吓了一大跳，急忙紧握手中兵械，觅地藏起。因那东西去处彼此同一方向，一捕胆子较小，来时初意本就不定，一见有了怪物，便想退回。另一捕名叫赵兴，力说："受了人家救命之恩，怎连一个口信也不带到？况且我们行后，老少苗酋已派了上千人，分路在各要口拦截，归途相遇，何言答对？岂不凶多吉少？韩登为人又那等可恶，成了也不见得有我们的份。乐得救个忠良子孙，结交有用朋友，还消了连日闷气。已然走到，只差一点路，哪有回去的道理？适才见那影子，必是这里的大鸟被我们惊起。要是鬼怪，不早把我们害了么？"说罢，又等了一会儿，不再见有甚响动，二捕又戒备前进。

二捕走出去还没二十步，忽听前面竹楼中有脚步声音微微响了几下。刚自揣测，便见两片白光带着两条人影，一先一后，从竹楼中飞身跃下。二捕身在险地，又受了适才一个虚惊，心神本不安定，再加来时蓝石郎只说颜觐是个神医，并没提起他夫妻会武，一见白光人影，一疑怪物去而复转，一疑颜觐被擒，来的是本山苗子。心中害怕，不约而同拔步往后便纵。原想避开来势，看清来的是人是怪，再定行止。谁知刚一纵起，身子还未落地，猛觉眼前一花，一条白影一闪，二捕各被一条毛手似铁箍一般束紧，手中刀械也被压住，一些转动不得。刚喊了一声："哎呀！"人已被那毛手夹着，凌空而起，往谷口内如飞纵去，只瞬息间，已到谷底，身子一松，忽然落地。

二捕回身一看，面前站定一个白猿，身量不过半人高下，遍体生着雪白猿毛,油光水滑,映月生辉,火眼金瞳,光射尺许,两条臂膀却有七八尺长,看去似可伸缩。二捕见它身量不大,兵器又在手内未失,胆子略壮,意欲死里逃生,互相一使眼色,冷不防举刀便劈。那白猿好似并未在意,眼看刀到,只听叭的两声,刀砍在白猿臂上,竟是不损分毫,那白猿反龇着一嘴白牙向二捕直笑。二捕知道厉害,不敢再砍,立时抽身,回头便跑。

逃出十余丈远,不见后面追赶,百忙中回头一看,月光之下,那白猿仍在原处,挥舞两条长臂,一纵七八丈,正朝他们两个怪笑呢。二捕不解何意,脚底哪敢迟疑。方在亡命急奔,猛见前面危崖阻路。定睛一看,原来那谷竟是死的,已到尽头,无路可通。以为白猿明知就里,存心瓮中捉鳖,暂时不来追赶,那崖又高,陡峭不毛,无可攀附,少停仍然难逃毒手。

这一惊真是非同小可。正在惊心骇汗,四下寻觅逃生之处,忽听脚步之声。再回头一看,前面一男一女各执腰刀,如飞跑来。那白猿却缓步而行,跟在二人身后。二捕看出来人俱是汉装,才想起:"这里除颜家外,并无汉人。来人颇似适才纵落的两条人影,白猿怎不伤他? 莫非便是颜觌夫妻不成?"

想到这里,反正无可逃避,赵兴首先强着胆子迎上前去,高声问道:"来的可是颜公子么? 小人赵兴,受了金牛寨少寨主蓝石郎所托,冒险入山来报机密,为何这等追逼?"言还未了,来人已四手齐摇,连令噤声。

双方相见,一问来人,果是颜觌夫妻。因今日黄昏闭寨门时,猪儿到颜家玩耍,不知怎的把虎儿逗急,当胸一把,抓裂了三条血口。颜觌知道岑高夫妻珍爱乃子如命,大吃一惊,连忙给他上药安慰,又将虎儿打了几下。虽幸虎儿年纪太幼,猪儿颇为爱他,当时一哄,止痛止哭,口说回寨绝不告知父母。那随行乳母又受过自己好处,也许不敢回去告诉。无奈伤痕宛在,任是神医灵药也不能立即复原,况在热天,无法遮掩,难保不被发觉,心中终是有些惧祸。

偏巧当日神虎已然归去,无可为恃。闭寨后,恰值白猿前来献果,颜觌便和白猿说了前事,求它去请神虎,以防不测,白猿点头自去。如照往常,至多不过个把时辰,猿、虎必一同赶至,谁知候到深夜未至。颜觌近日因官府查得不紧,日久疏忽,破绽逐渐显露,岑氏夫妻相待不如从前,处处都显示着疑忌之状,哪经得起又闯了祸。又知岑氏夫妻狠毒奸诈,翻脸不认人。寨中虽结纳有不少人,事急之时怯于岑氏积威,未必就敢倒戈相助。如乘猿、虎未来以前发动,自己老小三口独立无援,怎放得下心去? 夫妻二人怀抱幼子,将苗刀放在手旁,望定寨门,哪敢合眼,越想越怕。

二人正商量当地已难再留,莫如乘他未公然仇视以前离去虎穴,另谋善地,忽见寨旁出口路上有两个短衣人各持着明晃晃的苗刀向谷口走来。方在惊疑,猛的又是一条白影从竹叶丛中穿入,落在露台之上,定睛一看,正是白猿。知它生相虽没神虎威猛,可是长臂多力,一纵十来丈,矫捷处更胜于虎,苗人未必是它对手,而且此来或者已将神虎寻到,不禁宽心大放。刚要招手唤入楼窗,见那猿朝着楼外连指。二人跟纵出楼一看,适才所见两持刀人已走离楼前不远。心想:"这里更无汉人,看来人不叩寨门直奔这里,好似专为自己而来。莫非岑高因畏虎神不敢下手,勾引外人来此伤害不成? 否则月夜荒山,人又不多,怎敢深入山寨?"

正寻思间,白猿忽将长臂比了几下。颜觎明白它是要自己放下睡熟的虎儿,夫妻二人持刀下楼,悄悄擒捉来人,益知所料不错,忙即依言行事。刚刚跃下,白猿已从头上飞过,跟着来人往死谷中飞去。跟踪追到一看,来人已逃向谷底,被危崖挡住,仓皇乱窜,欲逃无路,以为定是岑氏所遣外贼无疑。及至追临切近,来人忽然发话。颜觎夫妻听是老苗父子所遣,因受猿惊误会,当下一块石头方落地。

经二捕一说经过,二人不禁大吃一惊,知道事在紧急,当时拿不定主意,忙把白猿找过一问。白猿又比手势,知令逃走。岑高夫妻已引来外贼韩登,明早便要发动,哪敢稍延片刻。匆匆谢了二捕,慌不迭地跑回竹楼,收拾好了细软、药箱及平日所得酬金。由白猿随定护送,趁着夜静无人,寨门未开,下楼逃走。二捕报完了信,业已逃回,便也不去管他。径由寨侧小路,避开瞭望楼,取道金牛寨而去。

他全家老小一走不要紧,第二天岑高夫妇黎明起身,连寨门还未开,便命随侍人去请韩登。照昨晚计议,原是等午后神虎回山之时,假装请宴,将颜氏一家三口诱进寨来,用酒灌醉,绑好,堵了口,装入麻袋,当货物一般连夜送出山去。因那虎日间一来,虽然也有连来几天之时,但是交午即去。除颜觎父子要骑它出去游玩外,当日决不再至,十有八九要第二天才到。有这一天时间,足可抄小道赶出山境。人走后,便在颜觎楼前掘下一个大陷阱,里面安上硫黄烟硝和引火之物,四面上下埋伏。第二早那虎到来,必照惯例,去至楼下吼啸,一旦入阱,便发火将它烧死,永除后患。

一会儿,韩登到来,正要派人出去与同来武师、捕役们送信,叫他们去至前站,准备接人。这里一切都由韩登与岑氏夫妻率人下手,好独膺上赏。按说发动还早,偏巧带猪儿的婆子,昨晚见猪儿被颜子抓伤,当晚回寨时想起颜家平日的好处,又加岑氏夫妻正与来客欢会,没有前去告诉。后见猪儿伤痕颇深,虽然药有灵效,没听喊痛,不过事非小可,这夜里如不平复如初,迟早要被寨主夫妇看见,这一顿苦打如何能受得住?本就越想越怕,拿不出主意。第二早刚起身,便被猪儿的妹子和一个引带的苗婆子看见。

自被上次虎吓以后,猪儿兄妹早就分别有人照看,两人本是不和,情知不能再为隐瞒,为了卸责,只得先去告诉。岑氏夫妻最爱乃子,一见伤痕甚深,不由怒发如雷,仇恨更大。又担心颜舰被擒走了,无人医伤,意欲先将他所有的药方、用法骗到手里。忙请韩登回避,命人去唤颜舰来问。

一会儿,去的人归报,在谷口竹楼下连唤数声,并无回音,许是全家骑虎出游。岑高大骂为何不上去呼唤。正喝命再去,蓝马婆忽然心中一动,止住道:"这厮昨日伤了我儿,今日便喊不应声,莫非出了变故,惧祸逃走?还不领人前去看来!"一句话把岑高提醒,忙率众苗人出寨,往楼下跑去。

其实,虎儿如昨日不伤蠢子,照着平日光景,众人俱畏神虎,不等午后虎去,轻易也无人敢在谷口一带走动,岂不正好从容逃出山去,哪有许多周折。也是合该韩登等遭劫,无巧不巧,偏在隔夜闹了这场乱子,将岑高激怒,以致死伤多人,闹出许多事故。这且不提。

岑高到了楼下,也连唤数声,不见答应。命人上楼一看,房中空空,并无一人。因在夏日,颜舰走得虽忙,所带只包裹、药箱,房中什物并未移动,乍看好似全家出游,不似逃走神气。后经岑高自己上楼查看,也未想到那只药箱,拿不定是否逃走。知神虎将至,心想:"万一真个逃走,那虎来了,不见那父子在楼,难免不出乱子。"正待率众暂且回寨,蓝马婆也同了韩登赶到。一听这般情景,想起那只药箱,又命人上楼重去查看。归报无有,才断定是全家逃走无疑。这样往返查看商议,不觉又延了半个时辰。

韩登见要犯逃走,心想:"不该昨晚贪功,没让同行诸人入寨。自己又与他们不和,回去岂不疑是卖放?"好生焦急,立时便要岑氏夫妻派人四处追赶。偏生岑氏夫妻吃过那虎苦头,本来想设计暗算,并不敢明里下手。及见颜舰举家逃走,暗忖:"昨晚韩登来后不久,便闭了寨门,又在密室计议,几个心腹俱在面前,不曾离开,只三熊偷偷出寨送了一次酒食,无论如何,决不致有人走漏消息。他是怎生得知,走得这般快法?如说为了他子抓伤猪儿畏祸逃走,一个乳臭小儿知道什么,大人怎好公然计较?再者自己表面上对他礼遇未衰,他又有那黑虎作护身,决不疑心有人敢与他为难。莫非真个神异,未卜先知,事未发动,便由那虎保了逃走不成?"一会儿又想起早年吃亏之事,不觉首鼠两端,悔惧起来,恐黑虎寻来撞上,只说回寨再议。

回寨又待了半个多时辰,韩登看出岑高心意不定,只得半骗半吓他说:"此事已惊动省城大官,死活总要擒到方可,否则必疑寨主与他暗通消息。国家要犯不比寻常,万一派遣大军前来剿寨问罪,如何是好,我们虽带得有人,无奈地理不熟,寨主如肯相助将要犯擒回,官家必有重酬。寨主不可自误。"岑氏夫妻闻言,果然又动了心;三熊更在旁怂恿。当下岑高便派三熊为首,带了三百名精壮苗人,相助韩登一行往各山口追拿颜舰。又暗中传令与附近山口瞭望的苗人,如见黑虎,急速吹起芦笙报警。

众武师、捕役早经韩登派人送信赶来,一听犯人隔夜逃走,俱称心意。其中只有向颜家告密的二捕明白,连与二捕同谋的陆翰章,都被二捕用谎语瞒过,转疑韩登做了手脚,当着众人不便明说,只朝着韩登冷笑。韩登自知理屈,也无法辩白。

众人起身时,岑高忽想起颜舰本意在此久居,除了往金牛寨去投老苗父子外别无逃处,便和韩登背人一说。韩登贪功之心仍然未死,一听犯人有了地头,好生欢喜。又知黑虎来路正是山北一带,恰与相反,欲令同来诸人扑空,再遇上虎更妙。便特地把兵力分成两路,众武师、捕役带一百人往山北追赶,自己同了三熊带二百人往山东南去金牛寨的路上搜寻。人已派定,陆翰章却说:"这次犯人已逃走,还由你独断,却不能行。我们来人也须分匀,彼此回去好有个交代。"执意要将同来诸人分些在韩登队中同去。又经过一番争议,末后韩登强不过,只得由他和其他两名有本领的武师带了二捕等人随往,别人仍旧。几经耽延,约到了辰巳之交才行起身。

韩登还以为既打听出犯人有了落脚之处,无论金牛寨主与他是什么交情,只须加上一番势迫利诱,总能就范,将犯人献出。至于那虎,不过苗人素来疑神疑鬼,说得厉害罢了,真要遇上,凭自己所炼见血封喉的防身毒弩,一下便可了账,因此全没放在心上。

众人因人逃已久,个个脚底加劲。苗人本来矫健,韩登等久惯山行也自不弱,走到午时已追下老远。一行人等因烈日当空,天气炎热,俱打算找一个阴凉地方喝点山泉,凉快歇息一会儿再走。韩登虽然不愿,因三熊也是那等说法,一不压众,只得应允。经行之处原是一个石梁,寸草不生,只侧面山涧旁有水有树,须要斜退着绕行下去,相隔还有二三里路,众人赶到,便纷纷下涧取水。韩登见那里地极僻静,一边通着一条峡谷。

谷里林木蓊翳,草莽怒生,高的过丈,低的也有数尺。加上危崖交覆,谷径又窄,越显阴森,估量是一个人兽绝迹的死谷。一问三熊,果然以前只在石梁上经行看到,并无一人往谷中去过。

韩登正在说话闲眺,忽听陆翰章与众人在洞底惊噪之声。以为发现了虫蛇之类,忙和三熊赶下。见众人俱立在洞旁浅滩之上,围着两个倒地的苗人,在那里呼唤;陆翰章手里拿着一顶小凉帽,与同行武师、捕役观看,面现惊讶之色。近前一问,才知众人见洞水发源前面山瀑清甜无毒,正在痛饮,内中两个苗人忽然看见洞壁上有一朵从未经见的奇花,一面喊大家来看,一面向花走去。众人在后,见那两人走到花前,头才往下一低,立即晕倒,当是触犯了花神。连忙抢抬过来,业已人事不知了。退时,陆翰章又在花侧不远拾着一顶小凉帽,越发疑神疑鬼起来。

韩登要过那小凉帽一看,乃是当地细藤所编,有镂空的花纹,甚是玲珑精致,决非出诸苗人苗妇女之手。只形式甚小,不似大人所戴。那洞一边是高崖,一边却是平坡。洞水水清见底,看去洞中心极深,数尺以外,便渐渐往两旁高了上去。小凉帽就在洞旁近壁之处拾得,那一带水痕宛然,犹未全干,分明遗留不久。韩登再走过去,见那奇花生在离洞底数尺高的崖石缝里。花只一朵,独干挺生,大如车轮,形似放大的芙蓉。又劲又厚的花瓣,长逾径尺,五颜六色,妖艳无比,却闻不见一点香味。不敢再走近前,方欲回身相询,三熊已用特制解瘟去瘴的闻药,将二人救醒,走了过来,说二人因爱那花好看,闻得一股子古怪的香味,头脑一闷,人便昏倒。

韩登正听之间,一眼看到花那一面湿沙中有几处足印。众人齐说取水在花这一面,前行沙软蓄水,俱未去过。韩登猛地心中一动,忙招众人堵鼻屏气,越将过去。一看,那脚印还有女的,零零落落,隐现沙中,顺斜坡直通上去,到了洞岸以上,走出十来步,方行绝迹,料是被追夫妻所遗无疑。无心绕道来此歇息,不想竟会巧得线索,观察行迹,离洞必然不久。尤妙是,除他夫妻外,并无那虎爪痕,可知不曾同行。以为天助成功,不禁狂喜。悄对三熊道:"犯人就在前面,我已看出,并且没带着那虎。你可带着二十名精壮手下,假装先走一步,随我跟踪追上前去。如能拿到要犯,休说省里官府有重赏,便是我也有重礼相谢。"三熊为利所动,立时应允。

韩登先想好了言词,故意向众声言自己要先走,问谁同去。众人在热地里跑了一早晨才得歇息,自是不愿。陆翰章更是存心作梗,朝大家一使眼色,这一来越发无人理会。

韩登暗自得计,假装负气道:"你们要是都不走,我可走了。万一遇上犯人,休说我占先抢功。"陆翰章见三熊也未答言,以为和自己是一样心意,不愿冒暑急行。冷笑道:"昨晚我们要一同进寨,还不致让要犯逃走了呢。人家昨夜就得信逃出,今早我们才起身追赶,这半天工夫连个影子都没追上,犯人不是死的,难道还在前途等我们去捉他? 你暂时总是个头目人,我们什么事也不明白,功罪都是你的。我们又热又累,好容易才歇歇腿,要罚我们苦力,也须等上一会儿。你只管先请,成了功,决没人与你争抢,放心吧。"

韩登明知言中有刺,自恃成竹在胸,也不发怒,说声:"失陪。"便要走去。三熊忽从地上起立道:"那厮手头着实有两下,韩客人双拳难敌四手,莫要真个遇上,又被他夫妻逃去。我现时水已喝够,待我分几个娃子与你同去,率性将人做两拨去。"说罢,便问手下人哪个愿往。苗人最敬畏头目,起初三熊不发话,所以没有答言。及至三熊一问,轰的应了一声,全立起来。三熊道:"用不着你们都去,只挑出一二十个,余下的可随陆武师他们做一拨,随后起身抄小道过去,在钵子口会合,先到先等便了。"说罢,假装挑人,却用苗语发令,命众苗人沿途故意耽搁,不令追上,以免和韩登争功。

三熊共挑出二十个强壮的,与韩登一同起身追赶。众人方想起韩登与三熊交头接耳,这等行径颇似商量好了一般,才知又上了他当,好生气愤。依了陆翰章,当时也随后追去。赵兴劝道:"陆武师,算了吧。他这里人地都熟,苗民都帮他。昨晚我二人往竹楼探看,不见一人,还当犯人不在那里。今日一看,分明早就被他放走,他只是做过场罢了,哪里还会追? 由他独断独行,回省无法交代,自有报应给我们看,这时睬他则甚?"赵兴原知颜氏夫妻逃走已远,又有老苗父子接应,追上也是麻烦,见韩登抢先,正合心意。免得同行时遇上,不动手不好,动手又恐非老苗父子之敌。陆翰章还不肯听,等一说起身,三熊所留数十人,俱推说天热口渴,不肯就走,要歇一会儿。自己人数不多,路又不熟,苗人性野,又不便得罪,同行诸人一劝,只得愤愤而罢。

且说韩登、三熊带了二十个人,往前追赶颜觎,追了十七八里,还没一丝朕兆。三熊说:"再有五十多里便是本山出口,口外岔道甚多,就不好追了。"韩登听了,越发心急。正赶路间,众人忽见前面有一座山峰阻路。韩登知峰前是一片平阳,再往前,山势渐合,方是出口。心想:"高处可以望下,拼着多跑点路,或者能查出一点踪迹。"便请三熊命众人从峰底绕行,自己同了他往峰上走去。那峰孤立乱山之中,本不甚高险,二人一会儿便到了顶上。往前面岔道上一看,绿草平芜,杂生花树。两边山势如长蛇蜿蜒,直向最前面山口聚合。一眼望过去,静荡荡的,全没一点人兽之迹。

韩登心中正在失望,猛一回头,看见峰右隐现一条峡谷,仿佛与适才溪涧旁的暗谷通连,隐藏在右侧长岭后面,逶迤曲折,随着山势往前通去。虽然前头山势展开,看它不见,可是那条山岭较它后面的山脉稍短,未达山口,便即截止,前后两层,缺口分明,不禁心中一动。暗忖:"那涧不当正路,凉帽和男女足印却在涧底发现,当时断定逃人离开不久,这般急追并未追上。适才涧旁谷径阴森,林莽繁茂,问起苗人,均未去过,一时大意,以为是条死路,没有入谷观察。莫非另有捷径,被他由此穿越不成?"想了想,忙请三熊招呼众人暂缓前进,二人下了峰,径往侧面那条长岭上跑去。

那岭原从来路溪涧旁斜行弯转过来,相隔有三四里路。中间奇石森列,丛莽怒生,其是难走。再加上岭虽不高,却是高离地数十丈,壁立到底,寸草不生,阳光又极酷烈,炙石如火。

众苗人见韩登越众先行,路上时东时西,乱出主意,白受了许多辛苦跋涉,虽然畏惧三熊凶焰不敢违抗,心中都是老大不愿。韩登率众赶到岭壁之下,也看出众苗人面有忿色。因知犯人如不能擒到,回省不好交代,结果必致求荣反辱。再加上同伴们一说坏话,弄巧还有一场大罪享受。事已至此,悔之无及,只得仍以利诱。便当众声言,无论犯人擒到与否,同来的自三熊以下,每人例有酬谢。不过遇事得听自己调度。这一番话,才将众人说动,重振精神,又沿着岭壁穿越险阻。

众人前行里许,找到生着藤蔓较易攀缘的所在,费了好些手脚,才一一援壁而上。三熊等苗人还好,韩登平日虽惯在苗山中行走,似这等极难走的险径危壁,毕竟经历还少,又在心慌情急之际,等到了岭脊之上,周身皮肉已被荆棘尖石刺伤了好几处,累得口干舌燥,气喘吁吁,两太阳穴直冒金星。再看下面夹谷之中林深草长,两壁藤阴交覆,遮住目光,望不到底。看去又是静静的,不似有人走过,依旧一无所获,好生失望。已然上来,不好意思又说不去。一则急切间打不出主意,二则心中还存万一之想,略歇了歇,只得忍受痛苦,沿着岭脊往前赶去,边走边往谷中查看。

约有里许之遥,韩登见路侧一株绝大的桃树由石缝中长出,大半株斜向谷中,往外伸出,结桃甚多,又肥又大。三熊已命众人停步,要去采食。心想:"这倒用得着。"正要上前采摘,行近树下,忽见地下桃核零乱,约有二三十个,有的还未啃食净尽,背阴处的几个核上余肉汁水犹润,分明方食不久,并且看出吃时甚是匆忙，连忙唤住众人。韩登细查树上折枝，俱是新的痕迹。心想："如是猿猴之类采食，决不会采得那么整齐，定是人为无疑。可是这里素无人踪，不是逃人经此采食解渴还有哪个？"心中欲望顿起。料定前行未远，必可追上，催着大家各采了些，且食且追。他却没想到：靠谷一面岭壁削立，有数十丈高下，凡人怎上得来？再者碗大桃子，差不多十一二两一个，颜觊只夫妻二人，带着幼子逃亡之际，略吃一两枚解渴，采些带走尚可，怎一口气吃得下二三十个。

韩登因二次逃人又有迹可寻，当下又鼓起精神，往前快跑，不一会儿，追出了十来里路。岭势愈低，渐见谷中现出一条野路，虽然丛草繁茂，人并不是不能通过。不时更发现荆棘丛里，有兵刃砍断与攀折的痕迹。益知所料不错，心中大喜，只管毫无顾忌往前追赶。反是三熊昔年吃过老苗父子大亏，走了一阵，看出下面峡谷虽非上次老苗经行之路，可是峡谷后面，高岭盘亘，形势险恶，由斜刺里蜿蜒而来，与谷平行，颇似前回惨败之地。再加上相隔山口越近，逃人犹无踪影，出口便是菜花墟。各峒蛮的地界，事前没通款送礼，却过界追人，无异挑衅。不禁起了戒心，越想越不妥，便和韩登说了，要他到了山口，如未追上，须要放谨密些。韩登笑道："这是国家钦犯，闻得菜花墟寨主多半是蛮王孟获的子孙部属，虽然勇悍，却极怕汉官，每年向官府还有贡献，比别的苗族要服王化得多。我身旁带有公文，料他不敢作梗。为防万一，等到走完这条长岭还未追着逃犯时，到了山口，先派两人与他答话，许他酬谢，请他相助我们，还可省事呢，怕他怎的？"三熊闻言也放了心，奋力率众前追。

那岭路已快到尽头，地势忽往左侧弯过去，恰将前面里多长一段谷径掩住。韩登本不时遥望最前面的山口，始终没见一个人影。从种种情形来看，断定逃人决未逃出，定是下逃上追，尚未碰面。弄巧已快追上，先后同时出谷，此刻必还在谷尽头转弯之处。

贪功心盛，真恨不能插翅飞向前去拦住谷口，迎头堵截。偏生身上有好些伤痕，又冒着暑热奔驰多时，又疼又累，渐觉力气不济，拼命急跑，只跑不快。韩登见三熊和众人仍是轻轻健健的，因为等他同行，未免也走得慢了些，唯恐犯人逃出山口，到底口外歧路太多，不知苗人是否助力，终要费事得多。一时情急，忙对三熊道："你们快向前去，把住下面谷口，不必等我同行，省得误事。不问人捉到没有，我到之后，再定行止。"三熊也巴不得捉住颜觊解恨，闻言，领了手下二十人如飞跑去。

韩登在后面见三熊离开自己，果然格外矫捷，步履如飞，不消片刻，已追离岭头不远，方自心喜。这时两下相隔不到半里，韩登眼看前面三熊和二十人已跑到了岭下面，刚把众人散伏两旁，倏地从谷口内飞起一个白东西，一纵十余丈，疾如鹰隼，一晃眼便到了三熊面前。定睛一看，颇似一只半人多高的白猿。三熊那么矫健多力，竟斗那白猿不过，才一照面，手中苗刀先被打落。紧接着，人也被白猿抓住，纵起老高。韩登方骇异间，只见三熊身在空中略一挣扎舞动，便被白猿顺着下落之势，长臂甩处，掼将下来，倒栽葱撞落在谷口岩石之上，料已无有活理。下面人登时一阵大乱，纷纷散避，各举弓矛射掷时，白猿跟着飞落，跑入人群中，兔起鹘落，纵跃如飞，不到半盏茶的工夫，众人所用刀矛弓箭，全被夺去，一折便断，掷落地上。苗人纷纷顺着岭麓，往回路逃窜不迭。

韩登见状大惊，以为谷中既有怪猿，颜觊一家必难幸免。侥幸自己没有与众人当先同行，得免于难。正欲返身逃避，忽听谷口内有人大喝道："此事与众人无干，仙猿切莫伤害他们，快拿仇人要紧。"韩登参着胆子往谷口一看，谷中出来一伙短衣苗人，约有二十来个。当先发话的一男一女，手拉着一个小孩，正是颜觊夫妻父子三人。

可笑韩登死到临头，还不自省悟。因见来人不多，好生后悔适才不该贪功，用计支开同行诸人，分却多半力量。否则，有一二百名强壮苗民同来，岂不立时可以成功？心想："相隔岭下还有半里，这末一段岭头上，到处都有奇石大树，尽多藏身之所。苗人俱都沿岭逃跑，敌人必在岭下搜索，决想不到自己藏身岭上。何不暂避不走，探查逃人虚实动静，看准他打从何路逃生，等后面大队救兵到来，仍可追上。纵然那只怪猿厉害，适才三熊只是事起仓促，误遭毒手，如果先有防备，一阵乱箭，便可将它射死，也无足大虑。"

他正打着如意算盘，想起存身之处绝险，怎不先藏将起来？刚要隐入左侧树底下去，还未举步，忽又听一个极洪亮的小孩声音大喝道："爹爹快看，土山上那鬼头鬼脑的，不是我们的仇人么？"韩登一看，正是颜觊带的那个小孩。经这一喊，敌人已齐声呐喊，作势要往岭上追来，再想藏躲，已是无及。暗骂："该死的小畜生！"正想拨头逃走，猛觉脊梁上被甚尖锐东西扎了两下，很痛。刚一转身，只觉眼前一花，人影刀光闪处，不知何时身后竟来了十几个敌人，俱是一色葛布短装，赤足草鞋，腰悬弓刀，各持手中长矛，指定自己，围成一个半圆圈。那尺许长，寒光耀眼的矛尖，离身不过数寸，稍为前进一步，怕不刺穿一二十个透明窟窿。同时身后呐喊之声，也已觉渐渐逼近。

韩登前后受敌，两面俱是十数丈高的悬崖削壁，怎不吓得亡魂皆冒。昏愦惶骇中，知道这些人无可理喻，解铃还须系铃人，除了哀求颜觑饶命，别无逃生之望。想到这里，两眼觑定那些明晃晃的长矛，先一步步缓缓后退。韩登见那些短装苗人，只端着长矛一步一趋，紧紧逼他往岭下走去，并不刺来，越猜是受了颜觑嘱咐，要想生擒。只要能容自己说话，或者还有一线生机。偏生自己事情做得太过，拿甚说话？好生暗恨岑氏夫妻无知蠢人，不知保守机密，被他逃走，画虎不成，白害了自己一条性命，太不值得。眼前除把主谋一切都推在岑氏夫妻身上外，委实无词可借。

韩登正打不出好的主意，耳听身后颜觑所率苗人呐喊之声忽止，只剩对面苗人持矛逼近。求生心切，意欲偷看动静，不禁把脸一侧。头还没有扭转过去，猛觉脑后风声，后颈皮和右肩胛毛茸茸一阵奇痛，身子已被人抓起，凌空往岭头那一面纵去，两三起落，才行及地。睁眼一看，颜觑夫妻不知何时已回到岭下，坐在谷内大石之上，身旁站定一个少年苗酋。那抓自己的，正是那只白猿，已然放手，睁着一双金眼，露出满口雪牙，笑嘻嘻指着自己，引逗颜觑的幼子又跳又笑，意似说话。

韩登身落仇敌之手，心胆皆裂，哪敢细看，身不由己，跪了下去。小孩跳跳蹦蹦，拉着白猿长臂，上前伸出小手，劈脸就是一掌。虎儿生具神力，韩登又在胆落魂惊，精疲力竭之际，这一下，如何能忍受得住，立时满嘴鲜血直流，牙齿被打落三四个，疼得用手按住左脸，啊啊连声，说不出话来。白猿见虎儿打人，跳得越欢，口中连连长啸。

虎儿明白它的意思，抡圆了巴掌，二次又打上去。头一下，韩登出乎不意，吃了苦头，知道厉害，早防他又来第二下。一见掌到，在仇人势力之下，又不敢出手抗拒，只得将上半身往侧一偏，意欲闪过。谁知虎儿手疾眼快，见一掌打空，立即一拳对准韩登的肩胛打去。紧接着，底下又是一脚。韩登原本半伏半跪在那里，闪躲不得，两下全被打上。

肩胛一拳，虎儿就着余力打出，还不甚重，下面这一脚，正踢在膝骨之上，硬碰硬，委实着了一下重的，几乎骨断筋折，痛彻心髓，连嘴也顾不得再按，啊啊呀呀直喊饶命。旁立苗人见状，俱都哗笑不已。虎儿越发高兴，还要再打，多亏颜觑喝止。韩登已万分支持不住，一歪身，倒在地上，晕死过去。

颜觑正要用药将他救醒，一眼看见地上许多折断了的刀矛弓矢，不禁心中一动。忙和蓝石郎说，吩咐派上二十名苗人，去将适才逃走的青狼寨所派之人一一追回，又命白猿随去相助，只是不可伤害。众人与白猿领命去讫。

三熊手下人先见二熊身死，俱各沿岭逃跑。后听颜觐发令，只擒首恶韩登，不与别人相干。那些人大半俱受过颜觐好处，平日敬畏如神，此次追赶原是岑氏夫妻与三熊所迫，不敢违抗，并非心愿。再加长途冒暑疾驰，都有些疲乏，一见不追，韩登早已被擒去，以为无事，乐得歇息，俱各站在远处观望。忽见敌人追来，二次想跑，已经无及。白猿上下纵落，疾如鸟飞，无论往何方逃跑，俱被追上。派去的人更说："颜老爷只要你们回去问话，并不杀害。"那些人明知逃跑不了，手中兵刃又全失去，只得乖乖地相随回去。

众苗人到了颜觐夫妻面前跪下。颜觐含笑吩咐起立，说道："我与你们无仇无怨，不必害怕。只是现在有几句话要你们带回去，可能应吗？"众人闻言，齐声欢呼。

颜觐道："回去可对岑高、蓝马婆说，三熊、韩登二人追我到中途，便带了你们与大队人分手。追到此间，被黑王神与神猿抢折了你们的刀矛弓箭，将他二人杀死。还要将蓝石郎前来接我之事隐起不提，便不与你们相干，如何？如有泄露，休怨黑王神降祸。"众人同声允诺。颜觐便向石郎要过箭来，命他们折箭为誓，站过一旁。

这时，韩登神志稍清，一听颜觐那等说法，知道不能容他活命，吓得战战兢兢，忍着疼痛，膝行上前。正在哀声求告，忽听远远虎啸之声。众人刚是一怔，那白猿已当先跑去。

原来颜觐自从昨晚携了妻子逃出寨来，因赴金牛寨那条山径只平日听寨中人说起，并未走过；而且还得避开瞭望楼上苗人耳目，绕着路走。夜静山荒，跋涉险阻，虽然爱妻习于武事，幼子非比常儿，毕竟也非容易。加以神虎未寻到，只有灵猿随行，如有少数苗人追赶，自信还可合力应付；万一大队来追，便无办法，心中好生不安。只管加急前行，恨不能当晚便逃出险地才好。路上几次问起神虎何往，白猿只把两条长臂挥动，乱比乱叫，也猜不出是甚用意。

行至中途，天已微明，颜妻、虎儿忽然同呼口渴。颜觐四望近处无水，那取水的溪涧在山冈右侧之下，相隔还有许多远近，己身尚未脱离险境，本不愿再作拖延。无奈大人口渴还能忍受，虎儿却急得乱嚷乱蹦，非喝不可，倏地挣脱颜妻怀抱，往白猿身上纵扑。白猿原本提携行囊药箱，便匀出一手接抱，口中连啸几声，往下走去。颜觐忙喝止时，虎儿摇着小手直喊："爹、娘快来，白哥哥它说前头没水，就这里有呢。"颜觐心想："白猿甚是通灵，虎儿有时颇明白它的意思。前行既然无水，现在大家口渴，率性喝些再走。此时寨门已开，如照往日，正该虎来之际。自己不进寨门，轻易无人向竹楼走近，或者未被发觉。倘真发觉追来，也不争多走一二里路，少时路上加些劲也就够了。"想了想，便拉了颜妻一同赶往。

二人到了涧边一看，涧水清浅，水流潺潺，涧旁并无虫兽之迹，看去甚是洁净。白猿已把虎儿和箱囊放下，顺着涧底浅滩往上流头跑去。颜觊取出竹筒汲了水，试出无毒，递与妻子先喝，自己也跟着喝了几口。颜妻奔走半夜，喝完忽思小解。颜觊说："左旁涧底无人，不妨就在当地解完了好起身。"颜妻不肯，定要择一僻静之处，便带了虎儿往下流头涧崖下去找地方。

颜觊恐白猿心野，走远难以寻觅，又不便过于高声相唤，便往上流追去。跑出没有四五丈，白猿已采了几枚山果回转。颜觊刚立定相待，忽听虎儿惊呼了一声："爹爹!"回身追去一看，爱妻、爱子全都倒卧地上，不省人事，不禁大吃一惊。细一查看，身上无伤，地下又无蛇虫之迹。

方自骇异，白猿也赶了过来。长臂指向崖壁间啸了两声，又朝地下躺的颜妻一指，径将虎儿抱起，走过一旁。颜觊抬头一看，原来离头不远，生着一朵绝大的怪花，形如芙蓉，有车轮般大小，独干挺生，五彩花瓣又劲又厚，看去甚是妖艳。这才恍然大悟，知是中了花毒。不敢再近，忙把妻子抱起，随了白猿走至涧边，将妻子扶卧涧石之上，由药箱中取出解毒之药，用涧水调好，撬开牙关，连灌了两碗，未见苏醒。一按脉象，却是好好的。

颜觊方在忧急，忽见白猿倏地侧耳凝神，仿佛听见有甚响动，心疑敌人追近，越发惊惧。幸得涧中地势幽僻，只要不出声，绝难被人发现。正拉着白猿不令走开，以免上涧招惹，闹出祸事，忽听步履奔腾之声由远而近。又一想："妻子尚在昏迷，无法逃避，万一敌人也来此饮水，岂非坐以待毙？这暂时隐避甚是不妥，还不如将人藏起，悄悄走上岸去，探看一个虚实动静。如果能躲更好，不能躲，率性给他一个迎头堵，将来人引向别处动手。那时或胜或败，妻子总还可以保全。"想到这里，低声和白猿说："此番上去，如果形势不妙，请它及早抽身回到涧底，等候妻子醒来，护送往金牛寨去投老苗父子安身。自己万一得脱罗网，再行赶往相会。"说时，白猿只把毛掌连摇，意似说不至于此。颜觊也不管它，匆匆和白猿分抱着妻子，往上流头寻一石穴藏好。待要上涧，听那步履奔驰之声已越来越近，只是并非来路，好似另一方向传来。恐被闯下来相遇，不敢再缓，纵上涧去。刚跑向高处，正待留神查看，忽见斜刺里暗谷丛莽中钻出一队苗人。

颜觊大惊,刚把身往近侧树后一闪,为首一人已是高声喊道:"颜恩人莫怕,我是石郎,爹爹命我来接你的。"颜觊闻言一看,果是老苗之子监石郎,率领着百十个葛衣短装的强壮苗人如飞赶至,不禁大喜。那白猿在旁也欢喜得直蹦。

二人见面,颜觊先谢了他父子命二捕送信之德。后又说起妻子中毒之事,现在岑高追兵必已发动,施治无及,请石郎急速派人扛着中毒的人上路,等赶出险地方好施治。

石郎答道:"任他追来无妨。我爹爹恐事经官家,不得不加小心。又料定他们既把恩人当作要犯,决不敢中途伤害。这条路和我爹爹从前逃走的那条路平行,是我父子早年打通的,给它起了个名字叫父子谷。里面弯弯曲曲,有宽有窄。中间石崖隔断,有一极隐秘的石洞通连。外人都当是条死路,除我父子,从无第三人走过。岑高夫妻近来设了好些座瞭望楼,打从别路深入,容易被他看破。再者我爹已与菜花墟孟寨主说好,各出口均有埋伏,他们无路怎走?插翅也难飞过。为了机密,特地命我带了二百人由谷中走来。

"算计路程,恩人如若被擒,他们打从正路走,有我爹亲身在那里拦堵,固是无妨;如早得信逃出,我们抄出这谷,恩人也还未必走到。除非骑了神虎逃出,那他们又不敢追了。算得好好的。适才在谷中,命两个快腿脚的人上谷顶探看,才知恩人已来涧中饮水。上面居高临下,那两人带了爹爹做的望筒,看得很远,说追兵影子还没有呢,只管放从容些。这里离谷口极近,又不当路,我们只一进谷,他们就看不出来了;万一真个追进去,无非送死,我已命人迎上前探看去了。不过恩人医道和神仙一样,怎会中点毒便救不转来?那大花我虽未见过,好像是我爹爹说的烟云莲,那是山涧中瘴气所结。如是那花,现带有解瘴毒的药,一闻便好。"

二人边说边往前跑,刚到涧下,白猿已当先跑到石穴内,两条长臂分挟着颜妻与虎儿,迎上前来。石郎一眼看到壁上那朵大怪花,果与乃父昔日所说的烟云莲一般无二,忙从身边取出解瘴毒的药粉,塞些在病人鼻孔之中。不一会儿,便打了个喷嚏,各自清醒,颜觊才放了心。一问昏迷经过,乃是颜妻解了手起立,看见壁上生有一朵大花,爱其鲜艳,无心中凑上前去,一闻香,立时觉着头晕。忙喊:"此花有毒,虎儿快喊你爹来。"末一句没说完,人已晕倒。虎儿见娘倒地,着了急,想纵上去将花折断。不料力大年小,手脚俱没有准,那花看去鲜艳,却极坚韧,一下没捞着花干,头正碰在花上,闻着那股子怪味,立觉头脑发昏,落到地上。未容二次纵起,只喊一声:"爹爹!"也便晕倒。

颜觎将妻子救醒以后,见那药粉颜色乌黑,闻去还有草腥味。据石郎说,此药名为丞相散,乃汉时诸葛武侯征蛮所遗。可是知道配制的苗人绝少,这还是蓝大山在日,老人和他深入云南极边魔蛮峒,在一个八九十岁的老猓猓手中得来的方子。青狼寨中人只要是个小头目,俱带得有,装在小瓦瓶内,随身备用。专治瘴烟之毒,其效如神。药方只老苗一人记得。自从那年神僧、神虎除了青狼去后,本山便绝少毒瘴之气出现,就有也不厉害。再加内中有两样主药生在山中绝顶猿猱难渡之地,极不易找,配时很费时,用它之处又少,除因蓝大山在日曾有吩咐,带惯了外,全无人把它看重。

颜觎这才想起:"常见寨中苗人身边带有一个小瓦瓶,原来内中藏的竟是此药。自负医道高明,没有细心考究,老人和一干相近的苗人又把自己当作治病的活神仙,也未提说,以致几乎把这等千金难买的解瘴圣药错过。可见学问之道没有穷尽,虽是蛮乡僻壤,一样也可增长见识,寻求异宝。现在亲仇未复,还须滞迹苗疆,以行医自给,此药大有用处。等见了老人,定将药方抄来,看看内中有何妙药,这等灵法?"

颜觎因妻儿无恙,接应已来,胆子顿壮。正在寻思想走,没说出口,忽见两个苗人如飞跑来,说道:"适才在左侧长冈岭上用望筒瞭望,远远看见一百多人顺山路赶来,大约至多还有小半个时辰便来到了。"石郎闻言,便问颜觎如何处置。颜觎道:"我一家三口死里逃生,全由贤父子所赐。适才曾说,事已经官,须要慎重。我不知贵寨与菜花墟情形,一切还是请你做主。只求得当便好,个人之仇不妨俟诸异日。"

石郎接口道:"我父子与恩人全受过他们的害。三熊昔年曾受我爹恩义,受伤又是恩人医好。还有那汉客韩登,更是可恶。这些人专以恩将仇报,如不杀他们,天理难容,再者也留后患。我原想就此埋伏,中道截杀,恐他还有别的援兵,人数不止这些,难获全胜;又恐两个仇人万一是分途追赶,不在其内,打草惊蛇,被他逃走,此恨难消。这谷藏在山道侧面,从来无人去过,他过时必不知恩人走这条路。莫如我们退进谷中,请恩人夫妻先走,分出多半人伏在谷口以内,同时命人爬上崖去探看虚实。等他们顺山道下到平地,走近山口再过时,必不知恩人由他们背后抄将出去截杀,恩人所领的另一小半人再由前面谷口抄出堵截,前后夹攻,较为稳妥。"

颜觎道:"这主意倒很好。只是那两个捕头不肯贪功背信,尚有天良。

我在寨中日久，深知岑高仅有一二十个头目是他亲信死党。去年全寨时疫蔓延，十有八九经我治愈，大家对我俱颇敬爱，此来无非为暴力所迫，情不得已。上天有好生之德，何必多事杀戮？我看暂时先不分开，且去谷中，等看清他们虚实，再照计斟酌行事如何？"说时，又有瞭望苗人报信说追兵渐近，不用望筒已能看见行踪。石朗便下令全体退进谷去。

虎儿戴的一顶凉帽原是颜妻日前新制，虎儿性急，不受羁束，嫌它稍紧，在路上已有几次想脱了去。颜妻恐日头毒热，再三拦住，虎儿好生不愿。上涧时，竟乘父母忙着起身，偷偷将它丢弃。这时行囊、药箱已改了苗人挑担，白猿抱着虎儿紧随颜氏夫妻身后，任凭它去没有管，全无人作理会。等到大家进谷，颜妻见凉帽不在，一问白猿和虎儿，一个比，一个说，才知失去。颜觊想命人拾回，忽听谷那边涧底人语喧哗之声，出去必要碰上，只得作罢。早料此帽如被发现，必有事故。

一会儿，攀壁探看和谷口瞭望的人归报说："敌人俱来前涧饮水，因冒着暑急追，天热口渴，要歇息片刻再走。内中几个汉人，有一个与三熊一同起坐，在涧上未下来。隔远听不清他们说话。"颜觊闻言，忙攀藤蔓上到谷顶，往下一看，三熊正和两人说话，一个正是仇人韩登，手中拿着虎儿丢的凉帽。一会儿，抛下一人，韩登与三熊沿着山涧往上流头走，边走边往地下查看，不时交头接耳密语。先还以为他得了线索，将要入谷追踪，忙和下面石郎打手势准备。又看了一会儿，才看出韩登是想贪功，与三熊只带了二十个人分兵追赶。暗骂一声："该死的狗贼！"忙即退身下来，与石郎重一商议。

石郎道："合该二贼要落在我们手内。前面谷口，便是那路的尽头处，相隔山外出口颇近，这一段路野草又高又密。再过去一二里，草树虽少，可是两边的崖壁都往里凹进，即使爬上谷顶，也看不见我们在底下走。况且他们中途还要绕越过一两座峰头方到平地，我们由谷里抄出去，比他们要近上一小半。青狼寨的苗人不是亲戚，便是同族。我爹爹以前对他们都有过好处，又知金牛寨的威名。只消把岑高的心腹擒走，嘱咐他们一番话，把事情都推在黑王神身上，他们怕极了岑氏夫妻，除这般说法，回去也无法交代，定然无妨，倒是那同来的几个人，除两捕头外，务要生擒回去，好好商量处置，或是杀却，或用金银买通，才能免却异日官家的隐患。我手下还带有六个青狼寨投来的族人，俱是我爹爹设法约了逃来的，此事足可办妥。"

石郎当下便从众人中喊出两个大头目和那六名中年苗人，吩咐带了大队仍伏谷口，等三熊、韩登等二十二人走远，如敌人还未起身，可就势冲将出去包围，务要将那几名汉人一起擒住。同时晓谕青狼寨人等，回寨推说黑王神所为，不许泄露，日后当有重赏，否则，异日相逢，休想活命。除对上次到过金牛寨那两个汉人，与他们说明此事，另眼相看外，如遇有岑高亲近心腹，便即杀却灭口。众人闻命应诺。石郎只带了四十余人，与颜家大小三人起身前行。另命两名最矫捷的翻上谷顶，一路潜行，用望筒探查敌人踪迹。

众人行至中途，虎儿又喊口渴，偏又无处觅水。颜觑正在喝止，白猿忽将虎儿递给颜妻抱着，一两纵便到了谷顶，顺上面如飞朝前跑去。颜妻哄着虎儿又朝前走了老远，还不见白猿回来。那两名在谷顶探望的强壮苗人却分了一人下来报信，说白猿上去几晃便纵没了影；三熊等人业已行近侧面峰脚，落在我们后面。石郎刚命他再去探看，忽然一条白影一晃，白猿纵身飞落，两条长臂夹捧着许多又肥又大的桃子，先将两个给虎儿，余者再行分散。众人走了一会儿，也正觉有些口渴，桃少人多，两三人才得分吃一个，俱嫌不足。石郎因来时未见谷中有桃树，便问神猿何处采来。白猿用手指了指前面谷顶，又飞身往上纵去。颜觑一把未拉住，空谷传声，不敢高喊惊敌，只得任它自去。

众人又走了一段路，两个瞭望的苗人忽又分人来报，说："三熊、韩登到了峰上，略为观望，便又改道，沿谷追来，似有攀壁而上之势。谷那边崖壁陡削，一路俱是刺荆、尖利石块，看去走得甚慢。白猿现在前面谷顶一株大桃树下，采了好些桃子放在身旁，还在采呢。"石郎知敌人必是由高望下，见前面平地无有人迹，看出这条峡谷可通出口，起了疑心，舍彼就此。忙命两人放仔细些，休被敌人看出。如见追兵爬上崖来，急速退下。颜觑也因三熊认得白猿，恐被看破，正要命人赶去唤它回来，白猿已夹抱了许多桃子跑回。

等到走近桃树下面，白猿又上去采了好些下来，大家各吃了两个。众人再走一程，两健苗三次来报，后面敌人业已爬崖上来，韩登神态甚是疲惫。

石郎算计他必顺谷顶追赶，与颜觑略一计议，决定给他一个措手不及。于是把人分出一半，留在当地，派了一个小头目，指示了机宜，仍用两健苗为耳目，等敌人过去，沿着下面谷径尾随在他身后，相机发动。余人跟自己前行，先往谷口埋伏相候。一前一后，互相呼应合围。他如援縆下来，固是死路一条，便由上面走，也是进退不得，难以幸免。

计议定后，各自分途行事。当韩登发现那堆桃核时，一行人等业已陷入双重埋伏之中去了。

颜觑、石郎等人赶到谷口，又等了一会儿，才见三熊带了二十个人，从崖坡上跑下。因为不见首恶韩登，虽知后面多人跟踪他，他一行人行走迟缓，未必逃脱，但他奸猾异常，万一中途看出朕兆，故使别人入险，他却藏在隐僻之处观望，以便见机图逃，偌大一片崖坡，平原上草木繁茂，搜寻起来，岂不费事？正商量命人赶退回去，传话后拨人等防范，还未发作，白猿倏地一声长啸，从谷口内纵身飞出，只一照面，便将三熊抓住。

三熊一见形势不佳，忙举刀朝猿臂砍去。那白猿长臂一格，三熊刀便脱手。未容两三挣扎，人已被白猿抓住，飞起十余丈高下，倒栽葱坠在山石之上，死于非命了。要知后事如何，且看下回分解。

第二十九回

沙飞石走　神虎斗凶猱
雾涌尘昏　仙猿惊怪鸟

　　话说这里韩登、三熊出发不久，那父子谷旁溪涧上歇息的众镖师、捕役，因众苗人奉了三熊之命作梗，迟迟不肯起行，又不敢过于相强，知道韩登又在闹鬼。陆翰章首先破口大骂，余人也都随声附和，你一言，我一语，正骂得高兴。

　　谁知谷中左近埋伏的那些金牛寨来的人，早等得不甚耐烦。尤其三熊所留几名头目，俱是岑氏夫妻心腹死党，平日在寨中强横凶暴，无恶不作。石郎派来查探的六名苗人，恰都与这几人有仇，躲在旁边，仇人见面，越看越眼红。便和统率众人的头目商量说："他们只管逗留，不往前面追赶，是这般骏等，等到几时？小寨主走时又命我等务要杀却岑高的心腹和生擒那些汉人，万一青狼寨第二拨派出的追兵来此会合，我们总共不到二百人，岂不误事？回去还要受老寨主的责罚。这里地形甚是有利，我们偷偷抄向岭上，把住去路，恰好将他们全伙围住，岂不是好？"

　　老苗寨中法令严明，有赏有罚，那两个头目巴不得立功回去。一商量，便将手下苗人五六十个一拨，分作三队。命一队由岭脊抄向前面，一队把住青狼寨来人归路，俱借丛莽隐身，由草花中爬行过去。等二队到达地头，第一队人才从正面现身，到了近前，同时哗噪而上，三面合围。

　　主意原想得好，谁知那几名镖师俱是曾经大敌，久闯江湖之人，耳目甚灵，不比苗人粗心大意，头队人还未到达岭前，便被察觉。先是陆翰章看见侧面谷口一带丛草无风自动，起了疑心。赵兴刚猜是有什么野兽之类潜行，众镖师已看出那草由谷口起连成一长条，似要往长岭下面通去，好生奇怪。侧耳一听，竟听出有兵刃触石之声。情知有异，忙用手一招，将青狼寨头目招了过来，指给他看。又互相悄声嘱咐，速取兵刃准备。那头目仔细往前看了看，忽然一声怪叫。众人大多散坐涧岸上下，一听有警，也都跑了过来，纷纷张弓取箭,准备抢上前去,往丛草中发出。

金牛寨众人见抄袭之计被人看破,便先发制人,头目一声号令,众人各自舞动刀矛,纵身喊杀而出。后面两拨跟着变计,飞步从谷中跑出,抢上岭去。青狼寨众人差不多有一半前回随三熊追老苗,吃过他父子的苦头。一见来人葛布短衣,穿的是那一样打扮,气先馁了一半。再听喊杀之声震动山谷,丛林密叶中到处都有矛影刀光掩映,也不知来人有多少,越发胆寒,无心应战。

那几名头目犹是强撑,见手下众苗人畏缩不前,方自发怒喝打,忽然飕飕风声,几支连珠箭飞射过来,三个头目早有两人中箭倒地。接着便听对面来人齐声大喊:"我们奉了金牛寨蓝老寨主之命,前来杀那狗崽三熊和他几个同党,与这些汉客和你们无干。暂时放下刀矛弓箭,等候事完取还,便可免死。"随说,众人早冲上前去,刀矛乱下,将那余下的一个头目也都刺死。

青狼寨众人一看,对面发话的原是旧日自家人。上回老人擒住三熊等追兵,一个不伤放了回去,早已传遍全寨。震于平日声威,又感念当年的德意,况且三个头目俱都身死,哪里还肯抗拒,纷纷放下兵器,坐于就地。那六个苗人便照前策,用苗语去嘱咐他们,不提。

那些镖师、捕役们俱站在青狼寨众人身后土坡之上,先因自己的人不多,对面声势太盛,打算由两方苗人见上一阵,看清虚实,再定进止。后见三个头目身死,来人高喊此来专杀岑高的党羽数人,与汉客、余人无干,还当是山中苗族复仇争杀。正恨这几人与韩登一气,违命作梗,心想:"反正不是与自己为仇,身在苗疆重地,人少势单,他手下众人既都不敢抗拒,想必厉害,保住自己就是,何苦去蹚浑水?"便没有动手,一个个紧握手中兵器,正自观望,忽见青狼寨众人坐地降服。来人只留下六名中年苗人,在用苗语向众人高声谈说。余下的人仍是四面八方向自己如飞拥至,不禁着起急来。众镖师、捕役正待迎敌,为首一人似是内中头目,已摇摆着双手飞奔近前,用汉语高喊道:"汉客莫怕,我们有话和你们商量。"说罢,一声断喝,那些苗人突然立定。

为首一人近前说道:"我等俱是金牛寨蓝老寨主派来的,一则因与青狼寨狗崽岑高和外贼韩登等有仇,二则为了接老寨主的恩人颜老爷夫妻全家过去。现奉少寨主之命,只杀岑高手下这几个狗党,别的人只嘱咐几句话,与诸位汉客更是全没相干。不过少寨主也有几句话要和诸位说,命我等请诸位暂往前面一谈。等见了少寨主把话说完,自会满酒块肉,金珠彩礼,好好待承,再行送走的。"

众镖师、捕役听来人汉语说得非常流利,神气也颇谦和,虽不似有加害之意,但来人称颜觑为恩人,又说要与岑、韩二人为难。心想:"自己毕竟是官中所派,与韩登做一路,如非敌视,放走便了,何以还执意请去与酋长相见?"想了想,多觉凶多吉少。

其中有两个自恃武艺较精,意欲乘机冲出重围逃走。刚转念间,来人见众人面面相觑,似已有些觉察,笑说道:"诸位,此事不消疑虑,我家寨主请了诸位去,实在只为说几句话。只要诸位不起奸心,我们决无恶意。如不信时,我也是寨中的一个千长,情愿当着诸位先行折箭为誓,以表无他。诸位要是执意不去,我们来的人多,都拿得有连珠毒药弩,一旦动强,有甚得罪地方就难说了。"

众人闻言,偷眼往四外一看,就一会儿工夫,已被苗人包围。眼前看得到的,为数虽只百人左右,可是四面八方,高高下下,山坡树林之间,到处都有刀光矛影隐现,也不知来人有多少。暗忖:"青狼寨一伙人,同来时见他们个个勇悍,纵高跳矮,步履如飞,虽是一味蛮勇,不见得有甚武艺,但如果我们和他们混战,也未必能以少敌众。怎么一遇金牛寨来人,连打都未怎打,人家只杀了几个小头目,便即全体降伏?来人厉害,可想而知。闻得苗人毒弩见血封喉,射法奇准。声势如此之盛,青狼寨苗人一不能战,自己这面只剩有限几人,真能交手的还只半数。身在险地,山路不熟,翻脸必无幸理。还不如由来人折箭为誓,随了同去,比较还有脱险之望。"如此想法,十九相同。彼此正在低语商量,来人面上已现不耐之色。

二捕早知应了老人父子之言,仗与颜觑通风报警之功,料无妨害,只缘有镖师们在前,不便自作主张。及见众人已无斗志,来人又有不欢之容,赵兴便对陆翰章道:"依我二人之见,此去必无凶险,必是关乎韩登,有话嘱咐。陆武师你做个主,就随他们去吧。"一言甫毕,来人转怒为喜道:"这位汉客好生面善,像在哪儿见过。他说的话最有理。这时三熊和韩登两个狗崽,必在前面遭了报应。我们还得赶上前去见少寨主,回话交令,不能再等。诸位如放痛快些,就这样随了同走,连兵器都不须交了。"说罢,把手一挥,四外苗人俱都围近前来,簇拥着众人便走。众人无计可施,只得随行。

这时青狼寨那伙人已由六苗把话说完,各坐坡下,等金牛寨众苗人一起身,便假装遇见神虎逃了回去。那头目见事已就绪,又问出追兵路数,心里还想贪功。不由谷中退走,径由正路往前追赶,去断三熊、韩登的归路,以防他万一中途漏网逃脱，正好堵截。便向几个小头目一打暗号，虚张声势，假装自己带的人多，把兵分向谷内外几路前进。实则还只原有那些人，押拥着众镖师、捕役们，顺着岗岭上大路追去。

金牛寨这一队人刚走出十来里路，忽然后面远远传来虎啸之声。那六名青狼寨苗人听出是神虎之啸声，料是前来追寻颜觌，忙和众人说了。先因那虎是山神，众人俱为应援颜觌而来，定然不会伤害，虽是有些心惊，并不十分害怕，仍是前行。走不一会儿，后面神虎怒啸之声竟是越来越猛，中间不时还夹着几声从未听见过的怪吼。那头人甚机警，虎神灵异只是耳闻，没有见过，渐觉吼啸之声有异，忙命众人加急飞跑。自己带了两名青狼寨人，择一高崖飞跑上去。

三人取出望筒，往来路一看，只见相距五七里的岭脊下面，风沙滚滚，尘土飞扬，烟雾中不时有一黑一黄两条影子，在那里跳跃追扑，仿佛是大小两个怪物在那里恶斗。先前放走的青狼寨众人已逃得没了影子。各自细看了看，断定那条黑影是神虎，那黄影看去个子不大，不知是何怪物，竟是这等厉害，敢与神虎为敌。

三人正看之间，神虎似觉不支，要顺岭路跑来。偏那怪物兀自纠缠不退，才一纵开，便即像箭射丸掷一般从后扑到，神虎只得回身迎敌，双方动作俱是转风车般迅速非常，才一接触，便卷起好几丈高的风沙，又将身形隐住。似这样几个起落追扑，三人乘它两下里先后纵落之间，渐渐看出前面黑影果是黑虎，后追那怪物通体金黄，好似一只猴子。却是矫健如飞，力大无比，纵跃起来更比黑虎还高。每一落下，地上沙石泥土全被抓起，满空飞掷。加上吼啸之声越来越近，一个巨大猛烈，一个尖锐长厉，震得山鸣谷应，声势委实惊人。

三人忙跑下崖，追上众人，再用望筒一看，二兽已追逐到了岭上。估量相隔不过三里左右，不禁胆寒心悸，不住催促众人快跑。好容易绕过那座孤峰，到了平原之上，耳听后面吼啸之声渐歇。望筒内远远望见前面近山口处，断崖之间似有人踪，路上又未遇见一个青狼寨的逃人，料知石郎等人必已大功告成。

正待少歇顺路赶去，喘息方定，猛听后面孤峰上震天价一声虎啸，就在众人张皇骇顾之间，从半峰腰上飞落一条黑影。落地一看，正是那只黑虎，长尾已断了一小截，血迹淋漓，身上皮毛零乱，也有好几处伤痕。那虎落到地上，略一喘息，便作势蹲踞，竖起长尾，朝着峰上怒啸两声。接着峰腰一声哑啸，飞落下一只似猴非猴的怪物。那怪身长才只四五尺光景，形如猿猴，遍体生着油光水滑、亮晶晶的金色长毛。圆眼蓝睛，精光闪闪。脑后披着一缕其白如银的长发。一只长臂，掌大如箕，指爪锐利若钩。右肩、前胸也带着伤，皮毛扯落了两片。人立落地，动作轻灵敏捷，微一纵跃，未容黑虎扑到，两条长臂往地上一插一扬之间，便是两大把碎石沙土朝虎打去。转眼工夫，双方便抓扑到一处，恶斗起来。彼此都是拼命急扑，谁也不肯退让。那虎一面和怪物苦斗，口中连连长啸，一抽空，目光便朝众人队中射到。

这时人兽相隔不过十余丈远近，那虎还是神物，不怎伤人，怪物却大是可虑。加以平原广漠，无可掩藏，众人多半心寒胆战。正想往侧面长岭一带逃跑，一名青狼寨苗人，忽然看出神虎意似求助，和头目一说。那些镖师、捕役们只管随着众人赶跑，心里却怀着鬼胎。路上本就埋怨陆翰章不该提头同来监察韩登，闹得如今身落人手，进退两难，此去见了苗酋，谁能保得住吉凶祸福？人少势孤，路径又生，逃都没有逃处，偏又遇上两只怪兽恶斗，真是前狼后虎，危机四伏，益发絮聒不休。陆翰章性本粗率，正受不住众人埋怨，一闻此言，暗忖："这些苗人异口同声，都说那虎通神，是颜觑的好友，只那怪物难说。看它身子不大，只是比虎纵跳灵活，两爪尖利罢了。何不借着茂草矮树隐身，偷偷掩上前去，用自己的毒药钢镖给它一下？如若打中，不特首先得了众苗人信服，因救虎之德与颜觑、苗酋化敌为友，还可在人前显耀一番。即使不能成功，两兽都是彼此追扑，拼命纠缠，谁也没有一丝空隙，决无暇来追人。只要隐藏的地方择好，料无妨害。"因头目正催前行，恐他疑心图逃，便去和他一商量。

那头目胆也极大，被他一句话提醒，心想："怪物如此厉害，若是得胜，难保不赶来伤人。虎神既然求助，正好乘它两下相持时上前将它除去，以免后患。"当下便问大家，谁愿一同下手。金牛寨这伙人原极勇猛，平时对于虎神灵异有了先入之见，哪知怪物的真正厉害。听了头目之言，胆子一壮，竟有好些人应声愿往。一点人数，共有三十余名，箭法俱都极准。头目见六苗人没有应声，知他们胆怯，匆匆也没有细问，便命他们带了余众，沿着侧面岭壁直奔谷口，去向蓝石郎等人送信。自己同了陆翰章和三十多名苗人，鹭伏蛇行，借着广原上丛草矮树隐身，分成两路，向怪物斗处分抄上去。

那头目满拟这些人全带有毒箭毒镖，一任那怪物捷逾飞鸟，也禁不起连珠射法几面夹攻，谁知事竟不然。众人身临切近，刚刚觅地潜伏，忽见那虎一个穴中擒鼠之势，前高后低，朝怪物直扑过去。身才纵起，怪物已是腾空一跃,超过虎头,两只长臂舞起,比蒲扇还大的利爪一分一合之间,径向虎颈上抓去。众人方在替虎担心,不料那虎来势竟是虚的,未容怪物两爪抓到,倏地一个大转,整个身子翻滚过来,仰面朝天,脊项朝地,四只虎爪先往胸前一拳,猛地怒吼一声,四爪齐发,连身往上抓去。怪物见势不佳,知道中了算计,忙将双臂往回一收,身子往后一仰,意欲一绷劲,退避出去。无奈去势太猛,骤出不意,身又凌空,相隔虎身不过二尺,想躲哪里能够。加上忙中有错,两爪分抬,前胸凸露,全没一丝障蔽。势子还未及于收转,地上黑虎已腾身而起,一声怒吼,四只虎爪连抓带扒,早打中了怪物的前胸,皮毛抓脱一大片。

众人只听怪物惨啸了一声,日光之下,一团金黄色影子离却虎身,飞跃出十余丈高下,落入丛草之中。同时黑虎也就乘势翻身跃起,蹲踞地上。想是用力太过,一身乌光黑亮,钢针也似的健毛,根根倒竖,二目如电,精光闪闪,注定怪物落处,一眨也不眨,神态越显威猛,只管蓄着势子,却不追扑过去。那怪物也似受伤太重,不见二次纵起。两下各自停斗,迥非适才此起彼落,追逐不舍之状。似这样,耽延了半盏茶时。

"苗人在山中打猎惯了的,深知兽性。先见两兽恶斗,怪物虽然负伤纵落,可是落处丛草不时摇动,那一双蓝光四射的怪眼兀自还在眩眛闪动,知道它伤重未死。这种猛恶无比的困兽,如有敌兽纠缠,前去招惹,必然无幸。连神虎尚在那里伺隙而动,有所避忌,不敢径直扑去,何况是人。就算毒箭将它射中,怪物未死以前,必然拼命如狂,也难保不有多人受伤。因此都想等那虎二次赶将过去追扑,再行下手,谁也不敢首先发难,只是徘徊观望。

也是陆翰章平日倚官倚势,欺害善良,这时该遭恶报,怪物落处偏离他这一帮人相隔最近。先见怪物倒入草里,卧地不动。一会儿,又蹲了起来,两条长臂不住上下屈伸,也看不清是在做些什么,暗忖:"此来本为助虎除怪,如今这东西已受重伤,怎倒不去下手?"想了想,胆气一壮,将劲一提,施展轻身功夫,悄悄往前跑去。

那头目原和他做一拨,与众苗人分开埋伏,正对怪物注视,忽闻身侧草动之声。回脸一看,他已跑出老远,相隔怪物只有两三丈之遥。知他必要涉险,冒昧从事,拦阻已是无及,不禁大吃一惊。忙和身后众苗人一打手势,各持弩箭镖矛往后退,分布开来,以防不测。

这里众人准备停当,那陆翰章行离怪物越近,也未免有些胆怯,见身侧有一株半抱矮树,正可掩蔽。刚把身隐向树后,左手持了苗刀,去时镖囊早

245

已解开备用，右手托着三支毒药钢镖，觑准怪物前身要害，蓄势用力，正待打出，猛听身后极洪亮的一声虎啸，震得两耳嗡嗡直响。陆翰章日常临阵只凭一时气盛，照例先勇后怯，没有后劲，这一来，心先寒了一半。方自骇顾，又是两道蓝光从脸旁闪过。定睛一看，丛草中怪物已是人立起来，一双电光也似怪眼正朝树侧射来，看神气，人已被它发现。胆子一寒，不禁有些心慌意乱，急不暇择，端起手中连珠飞镖便朝怪物打去。

其实，怪物目光敏锐，陆翰章和众苗人行动早都看在眼里。只因新伤之后，全神贯注前面的仇敌，急于蓄势报复，全没把这些人放在心上。陆翰章如若藏身树后不去惹它，那虎正作势欲起，怪物一心对敌，顾不到别的，本可无事。他这几镖，却惹了杀身之祸。

头三镖打到，怪物只把大掌爪一扬，便即接住，看了看抛去，只对陆翰章咧了一张大口，哑啸了一声，仍睁着两只怪眼四面乱看，并未扑来。陆翰章见三镖陆续全被怪物接去，益发着了大慌，也没顾得细看怪物动作，匆匆把刀往身后一插，两只手伸向镖囊，连取了七八支钢镖，施展平日练的绝技，把劲全运在手指上，分上、中、下三路，同时向怪物身上打去。

这时，那虎又是震天价一声怒吼。怪物也在那里运用全力作势欲起，目光注定虎的动作。陆翰章镖到时，两条长臂正向里外屈伸，没有去接，镖镖都打个正着。头几镖虽然打中怪物身上，竟是坚韧非常，只微微听得噗噗几声，便即纷纷弹落。怪物先似无觉，全没作一丝理会。末后两镖，陆翰章原是声东击西，想打怪物双眼，不知怎的，怪物忽然纵起，眼睛未打着，无巧不巧，打在被抓破的伤处，两镖仍然被它绷落，并未打到肉里。这一下，却将怪物惹恼，立时目闪凶光，一声极难听的哑啸，竟舍了原有敌人，飞身向树前纵来。

陆翰章二次发镖之时，原就准备逃遁。一见怪物飞起，大吃一惊，一纵身，便往斜刺里蹿去。怪物飞跃何等神速，陆翰章纵起时，怪物已是飞到树前，一伸长臂，早把那株矮树连根拔起。头一下，陆翰章没有被它捞着，那树根上带起来的泥沙却打了个满头满脸，不由吓了个亡魂皆冒。脚刚沾地，哪敢停留回顾，二次忙又朝旁纵开。因为心里慌急，气力大减，不能及远。身才纵起，怪物已抛了矮树，飞扑过来，夹颈背一爪，将他抓了个结实。怪物双爪比钢叉还坚利，大半嵌进肉里，人如何承受得住，陆翰章只哀号了一声，便疼晕死去。

怪物刚把人捞到手，未及落地撕裂，那头目早激于义愤，一声号令，四外苗人的毒箭雨点也似纷纷射出。同时黑虎早已蓄足十成势子,第三次一声怒吼,抖擞神威,朝它扑去。怪物见四外仇敌甚多,虽然暴怒,怪啸连声,怎奈虎已扑来,无暇他顾,长臂摇处,先将陆翰章半死之躯甩落一旁,飞身上前与虎恶斗起来。

陆翰章背受重伤,在怪物爪上抓着时又误中了两支毒箭,再被怪物一甩七八丈高远才行落地,任是铜筋铁骨也吃不住。那头目见他落处不远,忙和几个人追去救护,近前一看,已然身死。总算人虎俱来得快,留他一具全尸。这且不去说他。

众苗人见怪物镖箭不入,如此凶恶,俱都心寒胆战,哪里还敢上前。各自退身站得远远的,相好逃路,仗着弩强弓劲,不时伺隙照准怪物的要害发射。准备虎势稍弱,再乘它两下追扑难解难分之际,四散觅路逃走。这时,虎和怪物斗势越来越猛,双方抓扑到一处,在场中风车一般滚转。所到之处,只搅得尘土飞扬,弥漫高空,草木断折,满天飞舞,夹着泥块碎石,乱落如雨。后来益发激烈,但听风声呼呼,一黄一黑两团影子只管在尘沙影里上下翻飞,起落不停,一味拼命恶斗。除有时受了一下重伤,禁不住吼啸一两声外,好似连气也喘不过来。这等凶恶猛烈的声势,众苗人虽然生长蛮荒,惯在深山穷谷之中追飞逐走,也是从未见到过。个个目眩神惊,心慌手战,箭已不敢再射。

头目见先后射了许多毒箭,一下也未射中,知道怪物厉害,决非人力所能克制。再延下去,只有危险。正准备招呼众人退走,寻见了蓝石郎等人,再打主意,忽听远远又是一声极清亮的兽啸。接着便见前面谷口上飞来一条白影,其疾如矢,星飞电掣,晃眼近前,看去好似又是一只猿形怪物,一到便直落烟雾层中。众人因它形状动作与先前怪物仿佛,疑是同类赶来相助,不禁替黑虎担心。定睛一看,那白影落将下来,只闪了两闪,便听一声惨嗥,立时尘雾中飞起一条黄影,约有二三十丈高远,似金星飞坠一般,摇摇晃晃,往斜刺里直射下去,扑通一响,落到地上,和先前怪物负伤落地一般。

众人也没见那虎追去,斗处尘飞雾涌,宛如一团极浓的烟,虎身全被遮住,仅微微看出那条白影停立雾影里,看不清有甚动作。仍估量是后来怪物合力将虎弄死,越发害怕,不敢再看下去。且喜怪物落处相隔遥远,不挡去路,又知它斗乏,又要歇息些时。

方欲加紧脚步,乘机逃跑。忽又见前面许多黑点闪动,取望筒一看,竟全是自己的人,忙着赶步上前。双方脚程都快,不消片刻,望筒中已看清来人面目,正是石郎为首,率领头一拨顺谷径先走的人赶来。那头目摇着双手,正要迎上前去止住石郎等人不要前进,倏地又是一条白影从身后越过,直往石郎队里飞去。认出是后来的那只怪物,不禁大惊,以为祸事发作。谁知看它凌空飞行那等神奇,竟是一只白猿。一落地,便走向众人队中,拉着石郎身侧一个生人,不住指着前面比画。石郎等人也不见一点惊惶,好似那人家养的一般,神态甚是驯熟善良,众人才放下了心。

众人耳听蓝石郎一面高喊令他们返身,一面催着他带的人前进,惊弓之鸟,不敢遽然回走,只得停了脚步,等到见面问明,再定行止。迟疑中,回头一看,适才恶斗之处尘沙渐渐平息。那只神虎已将侧面全身现出,周身浴血,黑毛根根倒竖,圆睁虎目,神光如电,蹲踞地上,咧开尺多长一张大嘴,吐出一条血也似红的大舌微微颤动,在那里喘息,远远听去,似闻咻咻之声,竟未将头向着怪物那一面。

上次怪物落地之后,虽然没有纵起,仍稍稍看得出它在草地里长臂屈伸,不时动转。这次时间隔得较长,众人都走出了好远一段路,及用望筒去看,怪物身隐丛草之中,只从草树隙里窥见一点黄影,好似躺卧在地,不特未见起立,连身侧草树都纹丝不动。自飞起时那声惨嗥而外,更听不到一丝吼啸声息,也不知是死是活。

一会儿,石郎、颜觥父子、白猿与众苗人到来,头目随着同行,一面告知经过。石郎因听颜觥解释白猿所比爪势,意似怪物已死,黑虎受伤,要众人前去看望,一听头目说起怪物那等凶法,并未看准真的是受伤身死,人兽言语不通,只凭爪势,万一颜觥误解,岂是玩的,不由起了戒心。便与颜觥商量,准备怪物如若未死,作何应付。

二人正说之间,白猿倏地抱起虎儿,如飞往黑虎身旁跑去。颜觥遥见那虎蹲踞地上,势态虽仍威猛,好似力已用尽,关心安危,急于探看。一面请石郎自行做主分配众人,以备不虞;一面命二苗人赶回谷口,将药箱取来。说完,开腿便跑。石郎不放心,忙分出十名健苗随后追去。要过望筒一看,怪物落处还在虎的尽前面,远远望见黄影似在草中闪动,更料颜觥误解白猿之意。石郎虽然多智,却无勇力。暗忖:"神虎许多灵异之迹早已耳闻目睹,尚且吃了怪物的亏,被抓得周身伤痕,怪物厉害可想而知。怪物如真身死,怎能飞起那么高远?分明彼此力竭,停斗歇息。初来时原以为神虎在此,凡百无虑,谁知与虎斗的是个怪物,虎尚如此,人怎能敌?但是颜觥父子已然向前,如若畏缩不进,不特显出胆怯,倘有差错,伤了恩人,回去怎见得老父?"

想了想,无法,只得吩咐众人四散分开,各持器械,远远接应。自己挑出二十余名多力善射的健苗,用望筒觑准怪物落处动静,冒险往虎前走去。

苗人素畏鬼怪,先那头目带的一拨人,早成了惊弓之鸟;后一拨人虽未亲见恶斗,听他一说,也都心里害怕,不敢冒昧走近。这一来,不由耽延了些时机,以致怪物身上一粒内丹至宝被恶物夺去。这且不提。

且说颜觑到达虎前,白猿业已先到,正伸长臂抱紧虎项,身子仰卧虎腹下面,嘴对嘴在那里渡气。虎儿却趴在背上去抚摸它的伤处。那虎目瞪口呆,一任白猿对嘴呼渡,动也不动。周身都是伤痕,血毛模糊,虽然神威如昔,鼻息已由洪而细。知它力竭伤重,离死不远,凭自己医道决难回生。想起它数年救护之恩,不禁伤心落泪,哭出声来,虎儿闻得乃父哭声,忙喊道:"爹爹莫哭,白哥哥说它就会好的。"颜觑知白猿灵异,闻言心中一动。仔细往虎口中一查看,见白猿的嘴紧凑在虎口上,似有一般白气吞吐不休。渐渐闻得虎腹隆隆微响,一会儿竟若雷鸣一般。方在惊异凝视,那同去的十名强壮苗人本离有两丈远,没敢近前,忽说:"少寨主来了。"

颜觑回望,石郎已率众人赶来。刚想招他近前,忽听空中风声呼呼,由远而近,其声甚洪,人却没感到一丝风意,四外草木也不见吹动,天上又是日朗云空,没点迹兆。

正观望间,白猿忽从虎项下匀出一条手臂,朝着侧面怪物落处乱比乱指,好似救虎正在要紧关头,不能分身,势甚急遽。看怪物仍隐草中,也未动转。众人正不明它的用意,虎儿已高声喊道:"爹爹,它叫你们到那边去呢。"一言甫毕,耳听空中怪声越大,猛地狂风大作,眼前一暗一明。日光之下,乌云也似一片黑影,从众人头上飞过,云中两点豆大红光,隐隐似有鸟爪隐现,众人方看出是只硕大无朋的怪鸟,齐声呐喊时,耳中又听一声极难听的惨嗥,那怪鸟也直向侧面飞落,伸出两只大鸟爪抱起怪物,腾空飞起。

石郎猛然省悟,忙命快放镖箭。才射上去,眼见怪物在鸟爪上不住腾跃挣扎,怪鸟胸前还吃怪物钢爪抓了一下。同时怪鸟身上也中了几箭。想是知道不能抱了同走,倏地昂起头来,身上羽毛一抖,像洞萧般叫了一声,照准怪物头上用力一啄,便松双爪将怪物丢了下来。又叫了两声,阔翼盘空,风卷残云般往北方飞去,展眼工夫,没入青冥,不见踪影。

众人这时已看清那鸟飞在空中,少说也有七八丈大小。遍体灰毛,长的几及二尺,短的也有尺许,迎风抖起,和孔雀开屏一般,根根直竖如针,甚是刚劲有力。一条蛇颈长有三尺,头大如斗,生着一双红眼。嘴似两只分歧的钢钩,前锐后丰。头上朱冠高耸,映日生辉。朱冠后一束其白如银的硬毛,顺颈上直沿到脊背。奇形怪状,凶猛非常,真是从未见闻过的怪鸟。

那怪物本负重伤,再经此鸟连抓带啄从空下掷,哪里有活理。石郎待了一会儿,见它落地毫不动弹,才率众人拿着器械跑将过去。见怪物仰翻地上,双目紧闭,大爪上各抓着一把油滑光亮的灰色鸟毛。头上命门被鸟爪连皮盖抓去,裂开一个大洞,只有些微白浆外溢。身上到处虎爪伤痕,凡是皮开肉绽处全有鲜血流出,独这里不见一丝血迹。

石郎正查看间,忽听身后神虎喘啸与颜虬父子欢呼之声。回头一看,那虎被白猿救醒回生,业已站起,屈伸游行,喘啸连声。白猿也从地上起立,伸了个懒腰,将长臂一比,啸了两声,抱起虎儿,拉了颜虬,往怪物身前缓缓走来,仿佛力乏之余,迥非先前轻快。一到,便指着怪物的头脑,又比又啸。比了一阵,见众人不懂,又将一只细长前爪往怪物脑海中一捞,捞出几十块白色的残脑,哒的一声,甩落地上。捞了两三回,业将怪物脑海掏空,仍然捞个不已。

颜虬乍见那怪物身材虽然不大,却生得皮毛刚劲,猛恶非常。尤其是那两只比蒲扇还大的前爪,用刀试砍了几下,不特没有砍动,末一次用力稍重,那么快苗刀竟缺了口。再试身上,亦复如是。难怪神虎都几乎斗它不过,两败俱伤,不禁骇然。

颜虬见白猿只管在它脑窟窿里摸索,一会儿又放了手,定睛往里注视,好似极为细心。刚要问怪物已死,仙猿还掏摸些什么?言未出口,白猿一声欢啸,手起处,从怪物脑中红线头一般扯出两股子极细的血经。经头上像一个小网,亮晶晶各网着一粒明珠般的东西。白猿小心翼翼将它放在左前爪上,再用右爪一扯一剥之间,血经扯尽,突地眼前蓝光一闪,两粒大如龙眼的明珠,像天上蓝星般精光耀目,流辉荧荧,在猿爪上不住流转滚动。白猿看了又看,先似要将二珠授予虎儿,未容去接,又用爪搔头,做出凝思之状,朝虎儿上下一打量,摇了摇头,竟放入自己口里。

石郎笑道:"难怪适才白仙着急,原来怪物脑壳里还藏有这两粒好宝珠。幸喜没被怪鸟夺去。"白猿闻言,又指怪物的头怒啸起来。虎儿道:"白哥哥说,怪物头上有一样宝贝比这珠子还好,吃那飞的大鸟抓去了呢。"颜虬、石郎先见怪物脑裂无血,本觉有异,闻言才知怪物脑中有宝。当时白猿急于救虎,不及分身来取,众人又都胆怯,不敢挨近怪物,以致被怪鸟夺去。虽然可惜,不过怪鸟那般庞大凶猛,恐比怪物还要厉害,众人绝非其敌。再者彼时怪物也还未死，怪鸟尚且被它抓伤，人早近前，难保不为困兽之斗，伤害必多。这次神虎得生，人只伤了一个敌党，总算万幸。

彼此略一商量，准备招了神虎回转谷口，去发付韩登等人。回顾那虎，已然缓步走来，状甚疲惫。虎儿一看，首先抢步上前，一跃便上了虎背。白猿指着怪物死尸对虎叫了几声。那虎意似犹有余愤，也对白猿吼了两声。白猿便伸出两条长臂，就地下抓起怪物尸身，飞也似往来路高峰上跑去。众人才知那虎是要白猿将怪尸搬走。等到颜觎想起怪物两爪利逾钢钩，兵矛难伤，大有用处时，那白猿业已走远，只剩黄白相间不大一点小影，出没于峰头林莽之间，转眼不知去向，只得罢了。

众人前行不远，取药箱的苗人回转，说起六苗人所带人等业已与大队会合，俱在谷口等候，并无变故。并说："只有韩登可恶，虽然手脚都受了重伤，不能转动，因见少寨主与颜老爷、白仙不在跟前，想乘机逃跑。先用苗语劝众人分出几个人，背了他由谷中小径逃回青狼寨，凡是在场的人俱有重酬。吃我们的人打了他几藤杆，疼得他狼嗥鬼叫。

"还是颜夫人怕将他打死，少时寨主不好问话，才停的手。末后他见几个同党到来俱都没有上绑，还各带有兵器，又听这里出了厉害怪物，二次又生诡计，说那不是怪物，是天神庙中的神兽，因知颜老爷有神虎、猿仙相助才请来的，怎样怎样厉害，如不放他逃走，少时飞来，定将我们咬死，一个不留。说了一大套鬼话，见无人理睬，又哭着用汉语说他家有老娘、妻儿全靠他养活，看今日神气，同党尚能活命，只他没救。求颜夫人说情，准他与那几个同党说几句分手话，给他家带个口信。颜夫人给他哭得心软，便应了他。

"偏巧他叫的是前回到我们金牛寨去过的两个汉班头子。他的意思是，因见青狼寨一干人都坐在近侧听信未走，人数不少，目前少寨主和仇人都不在侧，又出了厉害怪物，正好乘机逃跑。喊他几个汉人，冷不防抢了颜夫人和他，跑入青狼寨来人队里，拿颜夫人做押头，边打边走。不被少寨主追上便罢，追上便拿人作抵，折箭讲和。事成之后，情愿倾家荡产，变十万银子做酬谢。

"他却不知道这两个汉班头子，便是向颜老爷报信的人，颜夫人早对他说了，决不伤害他们，事后还有酬谢，哪肯上他的当？等他把话说完，朝他冷笑了两声，说道：'我们这些人上你的当也上够啦，事后功劳归你，我们只陪着受罪，一个不巧，连小命都饶上。如今报应到啦，你就放安静些，闭了你那张狗嘴等死，不要乱想主意胡说，来牵连我们吧。'他听话不对，还想花言巧语,嘴刚张开,内中一个没等他出声,先抓了大把土塞了他一满嘴,急得他瞪眼乱吐。众人看了,正哈哈大笑,我恰巧回去取药,告知大家怪物已然停斗,似已被神虎、仙猿抓死。他才死了心,叹口气,躺在地下,不言不动了。"

取药箱的苗人说时,颜舰早打开药箱,取出灵效疮药,唤下虎儿,用药膏、药粉敷洒在虎身上受伤之处。颜舰见那些创伤虽然无一不重,所幸神虎通灵,一身钢筋铁骨,目前只要能活转,便无致命之虞。除胸前一处被怪物抓得最重,毛扯落在一大片,肉碎皮开,几乎深入脏腑,伤势极恶,须用多量药膏敷治,用布包扎外,余者未上药以前血早停止。预计旬日之内,如胸前一片不震动过甚,必能痊愈。便对那虎说道:"尊体伤痕经我药治,必然止痛,少隔旬日即可复原。只是胸前受伤太重,休说再遇恶物猛斗于事有害,便照神虎平日那等纵跃如飞也非所宜。未愈以前,一受猛烈震动,势必危及内脏。尚望善自珍重,暂时平静从缓,方可早痊。好在大敌已死,此去金牛寨乃你好友,亲如一家。到了那里,只静养一二十天,尊恙告痊,再行随意来去就无妨了。"神虎闻言,点了点头,将身挨近颜舰父子,意似依恋。行时仍伏地作势,要虎儿骑了上去。颜舰知它神物,一个孩子累不了它,就也不拦了。

众人走近谷口,仍未见白猿归来影子。当下由石郎唤过青狼寨众人,教好了一套话,把事情都推在神虎身上。约定地点时日,领取银子犒赏,但必须私自来取,不许泄露机密。众人齐声欢呼,允诺而去。石郎命人埋了陆翰章。看青狼寨众人走远,又挑出两名健苗绑了韩登,用竹竿抬着。然后率领手下苗人,陪了神虎、颜氏全家和赵兴等几个被俘的汉人,一同起身。又派人给老苗接应人等送信。每走一段路,另留两人哨探后面有无动静,以备不虞。颜舰见他调度极有条理,心思细密,动合兵法,甚是钦佩。

一路无话,加急赶行,深夜才赶到了金牛寨。老苗早得信抄道赶回,摆下盛筵相候。

只白猿仍是未见回转。颜舰与这一猿一虎,已是性命相连的患难之契。因为黑虎前车之鉴,不知怪物有无同类,不禁反担心起来。屡次问虎是否遇见怪物,或是走迷,虎俱摇首,示意无妨,正自悬念,老苗已从寨中迎出。宾主相逢,各道想念,彼此情真意厚,喜幸非常。老苗一眼看到黑虎在侧,忙率众人上前拜见。又谈起受伤恶斗之事,众人俱都惊叹不已。

一会儿,摆上酒宴,老苗父子请颜舰全家,连那几个镖师、捕役等人,俱都入座。酒至半酣,老苗才命人将韩登推至筵前,拷问经过。韩登到了这时,自知难于活命,只得说出怎样受伤,误入青狼寨,因颜舰给他医伤,看出他形迹可疑,知道岑氏夫妻也正怀疑忌,回省百计打探,知是官家严拿重犯。到了青狼寨,本可率众入寨,当日下手,只因一念贪功,打算愚弄同去诸人,孤身入寨,与岑高夫妻、三熊三人密计停妥。满拟人不知,鬼不觉,第二日等神虎去后,将颜觊全家诱进寨去,一下打翻囚起,连日连夜赶回省府报功。便是追时,也想借苗人之力,卖了同伴,独自前往,不想天网恢恢,害人不成,反害自身。并说如今饥渴劳乏之余,身上迭受重伤,便是放他,也逃走不了。话已说明,但求少受折磨,给他一个速死。

石郎闻言,笑向众镖师、捕头道:"诸位想已听这厮说得明白了吧,遇上祸有诸位去挡,功劳却是他的。这等恶人,与他共事有甚好处,今番我父子因见诸位奔命差遣,身不由己,才用客礼相待。少时席散,我只请诸位写一字据,上写怜念忠良,又恨此贼贪功,在中途杀了他和三熊,放走颜氏全家。写此一信,请我父子收留。回省之后,向官则说此贼中途卖放,后又回去追赶,遇见神虎和一怪物,杀死他和三熊,惊走苗人。连搜数日,颜家三口不知下落。如此便没诸位的事,我父子另有金银重礼相谢。再过三两日,便护送诸位出境。好在青狼寨苗人我已嘱咐言语,官也查问不出。似这样大家都顾到了,诸位心意怎样?"

众人在他父子势力之下,再者,不如此说法,回去也无法交代。各想了想,异口同声答道:"颜先生是忠良之后,我等实是官差无法。多蒙二位寨主只诛首恶,不与我们为敌。人都有个良心,况且照此说法,不特好交代,还顾全了我们的面子,自然是好。不过我等斗胆,想加上一句,说颜先生也被怪物抓去,岂不绝了后患?还有我等已承认厚待,事可照办,礼物万不敢领。"

老苗知道他们已然胆寒,恐官府命他们再来擒捉,事不好办,笑答道:"我们话意如此,任凭诸位变通行事好了,些须礼物,不必挂在嘴上,反显寒碜。诸位还有许多同伴上了狗贼的当,走的是相反的路,越走越远,还要回转青狼寨才能出口。他们必先听逃回去的人传说,与诸位话一样,不愁官府不信。再等两日,恰好赶到,半途相遇,同回省去交代,且等到日再说便了。字据一层,石郎实是多虑。我等已是一条线上,看诸位颇有江湖义气,也不是无义之人,不写也罢。"

众人原无反噬之心,反恐苗人泄露,闻言益发感激,答道:"写了可以明心,原无什么。今承寨主如此见重,我们也学贵寨折箭为誓如何?"老苗父子连说无须,众人已向箭架上取箭在手,立了重誓。老苗方命人将韩登用乱刀分尸,扔入山涧之中去喂禽兽。

当夜饮至天明，宾主尽欢，各自安歇。

连日无话，只赵兴心敬颜觎，颜觎情切父仇，也巴不得省城中多两个耳目，随时报告仇阆动作，于是两人相交成了朋友。余人也相契。

第三日，老人父子备办重礼，送众镖师、捕头们起身。众人辞谢不允，只得收下，殷勤订了后会而别。老人所指的路，归途不远，果遇同伴多人。互谈前事，一方是照计对答。一方说是空追了一整天，第二天青狼寨派快腿苗人追来送信，才知三熊、韩登刚追上逃人，忽遇怪物、猛虎和白猿，丧了性命，另外还丧了几名头目。犯人不知下落，想已被虎救走，叫大队回去。众人回转青狼寨，又问过寨主，写了一张字据。岑高夫妻每日紧闭寨门，严加戒备，怕虎、猿回去报仇，意甚沮丧。因恐官家怪他，对众人倒是好待承。行时，还送了好些贡献官家与众人的礼物。

众人一算同去诸人，只陆翰章为怪物所杀惨死，余人均在，还算不幸中之幸事。彼此一商量，回省把话略为改变，只说逃犯已然追到，先遇怪物杀了颜氏一家及三熊、韩登诸人，又遇虎、猿二怪杀了怪物，伤了好些苗人。众人侥幸脱逃，只陆翰章一人被虎追上杀死。后来虎去以后，曾将陆尸埋葬当地。恐虎再来，匆匆逃回。如此说法，可以略遮颜面。众人俱是省里武师、名捕，自无异词，当下一同回省复命。要知后事如何，且看下回分解。

第三十回

蛮徼投荒　苦心寻良友
仙山疗疾　无意得丹经

　　且说颜觇送赵兴等走后，见白猿仍未回转，神虎需要在寨中静养，又不能派去寻找。怪物如有同类，遇上必为所伤。想起它平日服役，以及今番逃亡相助相救之德，甚是焦虑。

　　石郎见他夫妻闷闷不乐，问起前情，便安慰道："仙猿甚是灵异。听说那日我们未到以前，神虎和怪物正打得乌烟瘴气，难解难分，忽见仙猿从空飞落，晃眼工夫，便听怪物惨叫一声逃走。后来怪物被怪鸟抓落，我们去看，两只眼眶俱有抓破伤痕，定是仙猿已将它抓瞎。那怪物似猴子不是猴子，恩公是读书人都不知它的名和来历，仙猿却能知它身藏宝贝明珠，即使再遇上它的同类也决不妨事。另外，金牛寨入寨路径虽然曲折，又有深谷高崖，岩窗复道等许多险要，外人的确难以走进，但像那样有神通的仙猿，单看它一纵数十丈，和飞一般，又懂得人语，明知我们由哪条路走，哪里有走迷找不到的理？恩人不说怪物双爪有用处吗？它抱着怪物尸首一去不归，必是怪物身上还藏有别的宝贝，它弄到僻静地方再去收拾也说不定。这里方圆千百里地面，我父子差不多都走过，从未听到有那样的怪物。那日怪物边打边吼，如有同类，岂不寻来？恩公只管放心。如若烦闷，左右没事，我陪你去往前山高处闲玩一回如何？"颜觇闻言，便喊来虎儿，同石郎去至寨外高峰上，顺来路眺望。

　　颜觇那日来时，老苗父子因还不知被俘诸人心意，为防后患，走的是另外一条极幽僻迂回的山径小道，时间又在夜里，只随着众苗人举着火炬上下攀缘，还不知金牛寨的妙处。这次见石郎由后寨门出去，先穿过一个半里多长的山洞，又转向侧面绕过两处依山而筑的大寨，方达寨门以外，迥非来时的路径。及至留神观察，才知自己所居和前几日宴息之所，乃石郎所居的偏寨，另有出入之道通向山外。正寨紧傍黄牛山，分前后两大寨。连石郎所居

255

和左右两旁,另外有七个小寨。均就原有地形,穿崖叠石,筑土立木而成。高低错落,远近不一,互为犄角。大寨前面群峰刺天,崇崖高矗,绝壑深谷,蛇径盘纡。除当门石坪平广,为众苗人祭告宴乐之地,四外林木包围,其中设有望楼防守,外人决不能到。真个雄深隐僻,险要无比。

一出后寨,却又是平原,人尽耕作,鸡犬桑麻,别有天地。妙在是通往山外有一大一小两条道路。大路可容驷骑并驾,中经一座两里长又极宽大的石洞和一条危崖交覆的峡谷,出谷只十余里,左通菜花墟,右可绕出驿路官道。无事时随意出入,一旦有事,只将石洞门一堵塞,再在峡谷之上设伏,便成天堑。那小路尽是羊肠鸟道,奇危绝峻。有土地处均辟山田,立有屋舍,兼代守望,远观山外来人了如指掌,由外视内却看不见分毫。一遇有警,芦笙传吹,顷刻立集。泉甘土厚,出产殷富,农渔畜牧,般般齐全。老苗父子刻意经营,闭门自给,尽有富余,苗民俱都安乐非常,无殊世外桃源。比起青狼寨,就强胜远了。

颜觎先经前寨,已惊形势之胜。及见后寨外还有这许多好处,又听石郎说起种种设施,益发叹为奇绝。如非亲仇未报,几欲终老是乡,不再出而问世了。

三人行有七八里,抄着田边近路走,才将那一大片田原走过,走向出山之路。沿途均有苗人见了石郎礼拜。中间走到一处,石郎和路人说了几句苗语,那人匆匆走去,颜觎也未理会。等到攀崖沿壁走出山外,忽见侧面高岭横绕。石郎说:"那岭名为盘龙岭,又高又长。龙头最高,直对那日来路,虽然还隔有山峰,如用望筒,大可望见山谷情景。今日特为恩公散心,来日方长,以后再玩,已命人在岭上飞花坪设下酒宴了。"颜觎见他如此情隆,好生感谢。

上岭走不多远,便见前面岭头上最高处,突现出十数亩方圆一大片平地,满生花树。上去一看,那岭自侧面蜿蜒而来,长达数十里,高下低昂,宛若游龙,势极雄伟。通体石质,秃山濯濯,草树不生。只有这龙头上广坪满是肥土,上面花树罗列,五色芬芳,多不知名。内中有几十株形若玉兰的大花树,苗人叫作铁干仙莲,又名铁莲花,每株高达十丈,铁干虬枝,亭亭若盖,红白紫三色花开千万,竟吐幽馨,因风袭人,芳沁心脾,最为奇绝。余者多半矮树。就连草木也生得异常鲜茂,丛丛杂植,疏密相间,别饶清趣。每值一阵山风吹过,满天落红如雨,五色翻飞,急飐轻扬,半晌不住,汇为大观。加以上润如膏,碧鲜浓肥,不见微尘,只闻花香,尤令人目眩神移,心清意远。

不禁拍掌欢呼,叫绝不止。虎儿更喜欢得直跳。颜舰问道:"有此好地方,何不早说?"

石郎道:"我知恩公喜欢这里呢,酒食已命人摆在坪心一株大花树下面,有几块大小石头能坐人摆东西,且到那里坐定再玩吧。"

石郎随说,邀了颜氏父子往坪心树下走去,果然那树比别株都大,花大如拳,开得甚是繁盛。树下顽石上面已设好了杯筷、酒肴、山泉、糌粑之类。石旁还有一座现砌的火池,上支铁架。树梢上挂着半截鹿肩和几只山鸡、一方生羊脯,预备烤吃。那服役的并非路上所遇诸苗民,乃三名苗女,看见人来,便即上前跪接。落座歇了一会儿,苗女将火生好,奉上酒肴。

颜舰用了些酒肉,便携了虎儿起身凝眺。遥望日前逃亡的山口就在前面不远,峰岭回环中现出一大片盆地草原。出口处两山对峙,宛如门户。口内更有三条长短平行的长岭如蛇屈伸,由平原侧面来路上奔赴而来。中间隐现两条峡谷,便是昔时老苗与颜氏全家逃亡之路。再从石郎手里要过望筒一看,到处都是恶山怪石,丛莽荆榛,怪物与猿、虎相斗处历历可指。蛮境实荒,广原漠漠,四处静荡荡的,除偶见一二鸟飞外,更不见丝毫人兽之迹,哪里有仙猿影子。颜舰悬想了一阵,也是无法,只得仍回原座。这时天清云净,山风冷冷,置身万花丛里,把酒临风,指点烟岚,凭陵下界,几疑人在仙都,非复尘世,不觉思虑悉蠲,转忧为乐。

二人正在有兴头上,忽见岭侧下面转过一个汉装的孤身行客,背插长剑,肩系一个小包裹,神气疲顿,行时左右张望,意似觅取水源。石郎说道:"这一带乱山丛杂,并无路径,各地寨洞俱无可通行,便去青狼寨也要打隔岭的山口进入,中间还有一条十来丈长的绝崖大涧隔断,走不到岭下来,这人怎会走到涧这面盘龙岭来的呢?"二人正觉奇怪,忽听虎儿嚷道:"你说得他可怜,快喊上来给他些酒肉吃多好。"二人回顾,原来虎儿先觉好玩,吃喝了一阵,便拉着两名苗女爬向旁边树上采野果,这时正和苗女指着下面那人在嚷呢。

石郎猛地心中一动,便把两苗女唤过来,问道:"你们家在近侧鱼腹涧,离此最近,不时又到飞花坪来采花,可曾见过这人么?"内中一个答道:"将才我们和小官人说的便是这事,那还是在颜老爷来的前两天,我家人都砍柴去了,只我一人在家。因涧壁上原住着四家,那三家人都在涧旁晒网结绳,我走开也不打紧,便想到坪上把隔朝送大寨的花采回去。不想才一走出我们山口,离盘龙岭还有六七里路,便遇上一个孤身汉客,靠着树根坐在地下,累得直喘。身旁不远倒卧着两只比牛小一点的大花豹子，一只头已砍落，洒了一地的血；另一只身上受了好几刀，俱已死去。我见他不像货郎，又没带着大行包，偏又有那么大本事，像是一个独脚棒客。我身上虽带着快刀毒箭，但怕打他不过，正想回去喊人，早被他看见，说着好话，求我给他取点水喝。我见他杀死两只花豹子，力已用尽，说我们的话，很中听，不像有甚恶意，便取了泉水给他，又把花篮里糍粑给他一块。他吃完才有了精神，说是两天一夜未进饮食了。

"我问他孤人来此则甚。他说他有一个亲人，在云贵一带边山里做医生，他从四川得了点信息，几千里路赶来寻找。凭着一把宝剑、九只飞叉，遍寻各地墟集、寨峒，遇到了无数的艰难危险，也曾寻到过好些行医、货郎，都不是他亲人。辗转打寻，逢人逢地打听，哪里有行医的汉人，便去寻找。

"日前过了菜花墟，问了两处无有，跟着又找夜宿岩洞，谁知刚走入岩洞，放下行李，便听见山石崩裂之声，连忙跑出，洞已整个坍塌。忙中逃出，只随手带了一个小包和没有摘下的宝剑、叉袋，所有行李、干粮俱已葬埋在山洞里面。他路上原绝过几回粮，因随地都有果子、黄精、兽肉充饥，并不妨事。况在这草木茂盛的时候，天又不冷，石山难掘，便由它丢了。他原意往青狼寨去，谁知当日走入乱山之中失迷了路，不见一人，到处穷山恶水，找不到一点饮食。今日闻得水声，还未寻到水源，便遇两只恶豹追扑，饥渴交加，人又极累，差点送了性命。

"我又问他青狼寨可曾去过，可有人熟识。他说是初次前往，不过前去碰碰运气罢了。我知他不是歹人，更与青狼寨人不相干，要不是怎会在田螺湾里瞎跑了这两天一夜呢？连我们地名都不知，何必回去大惊小怪。后来他问我既住这里，可知附近各寨有甚中年行医、贩货的汉人没有。我说菜花墟汉人最多。他说已细寻过，都不是。问他和那亲人名姓，又不肯说。人倒真是好人，因我替他做了点事，吃了块糍粑，便送我一条包头汗巾。

"我见他人好可怜，此去青狼寨平常要走两三天山路，没有干粮怎能行走？叫他坐在原处等候，我回家取些干粮与他带着路上吃。他似忙着赶路，连问我离家多远。我说来去至多不过个把时辰。我到家后，偏巧糍粑都被爹娘带走，昨晚又忘了磨青稞，等向别家借了做熟，耽延了好些时候，忙忙赶回，人已走去，只把豹肉切了些去。我赶到岭上一看，也不见他影子。当时我就想起，他问去青狼寨路径，只对他说了方向，没说详细和怎样走法，中间还隔着那么宽的崖涧，外人不知上流涧底石路，怎过得去？沿涧寻找，又没有足印。早料到他定要走岔回来,仍到田螺湾里乱窜。那天见他虽没多少行李,身旁花锞子却很多。如到青狼寨去,必买办好了干粮带着。今天他还是那个旧样子,定是又走迷了路,人还未到过青狼寨呢。"

石郎与苗女问答之间,颜觑一面在旁静听,一面仔细朝岭下观看。见来人已渐行近岭下,步履甚是匆忙,左顾右盼,始终没见他抬头。看样儿,似要沿岭东去,不似要往岭上走来。暗忖:"此女所说那人情景,颇似与己有关,但自己昔日亲故大半凋零,纵有几个还在宦途,也都依附了阉党。老父被祸之日,也曾投过几处最亲近的戚友,他们不是害怕连累,婉言谢绝,便是闭门不纳。自己见势不佳,才远窜遐荒。仅有两个总角交亲,同学至契,俱是家寒力薄,决难为助。当时因世态炎凉,人情浮薄,已然经历过来,受了几回气,非常忿慨。至亲父执尚且如斯,何况儿时同学,决计不再求人,没去找他们。彼此音息不通,怎的事隔多年,会有这般热肠古谊的人,万里山川,备涉险阻,踏遍蛮荒,来寻一个孤臣孽子的踪迹?"

越想越不对。又因吃了韩登的暗算,更不愿再惹是非。本意不去睬他。继而又想:"那人如此艰苦卓绝,行迹又极隐秘,必有难言之隐。况在饥疲交困之际,助他一臂,也是阴功。此时身在金牛寨,与老苗父子相处情谊无殊骨肉,一切皆可随意而行,与寄身青狼寨迥如天渊。况且本寨山高路险,防卫谨严,健苗如虎,武勇非常,就算来人是韩登一流,也做不出甚事来。平日既以任侠自命,坐视孤穷,终觉于心不忍。何不把他延至岭来,款以酒食,盘问根底?那人历经城镇,也许从他口中得知一点仇人动静。"

颜觑想到这里,正要和石郎说明,起身上前招呼,猛听远处一声猿啸,甚是耳熟。接着便听虎儿大声欢呼道:"爹爹,白哥哥回来了!"说时回顾,已见隔岭对面山头上飞射下一条白影,电闪星驰,捷逾飞鸟。眨眼工夫,已飞落山下。再一晃眼,便从岭下丛草中一连几隐几现,飞越过两山之间那条阔涧,三人虽未看清面目,见那飞跃情形,已断定是白猿无疑。一时喜极,如获奇珍,也忘了岭下还有生人,都唯恐白猿没有看见自己,齐声欢呼起来。

一会儿工夫,算计白猿将到岭上,却不见影,忙同跑至岭边。往下一看,见来人手持一口寒光耀目的长剑,已和白猿斗在一起。一个剑术精奇,一个神速矫捷,兔起鹘落,龙飞凤舞,杀了个难解难分最奇怪的是,日前白猿爪裂三熊,力诛怪物,俱凭长臂钢爪,这次两爪上却拿着一长一短两样东西。因双方争斗猛烈异常,虽看不出是何器械,却是光华闪闪,照耀林石,知是两件宝物。只不知白猿为何与那人恶斗。

颜觇先以为白猿灵异，那人定非其敌，唯恐误伤好人，打算喝止，留下活口，好问他的根底、姓名，再作道理。后来细一观察，那人想是知道功力不济，身子没有白猿轻灵迅速，一任白猿纵跃飞腾，疾如鹰隼，他只封闭住了门户，以守为攻，伺隙而动，白猿兵刃始终近不了他的身。稍见破绽，他便是腾空飞跃，上下十丈，相机进击。真个得过名手真传，变化无穷。不禁又是惊赞，又是爱惜，越发不愿其受伤。情知仙猿神力耐斗，那人长路跋涉，饥疲交加，斗的时候久了，仍是难免吃亏，连忙高声大喝："白仙且退一步，那位兄台也暂请停手，俟小弟到来有话请教。"边说边往岭下跑去。

　　颜觇一言甫毕，白猿先纵出圈外。那人本已觉得此猿厉害，大出意料，一听有人喝止，那猿立即停斗纵开，竟好似家养的一般，知来者不是常人，心中也甚惊异。连忙循声侧顾，只见岭头上飞也似的跑下一人，远看身法、步法并不怎样出奇，不知怎的竟能收养如此灵猿。方在寻思，来人已跑离岭脚不远，再定睛一看面容身材，不禁心头怦怦跳动，等到双方相隔丈许，忽然同时脱口喊了声："哎呀！"各自抢步上前，互相拥抱在一起，半晌作声不得。石郎也拉了虎儿随后赶来，虎儿喊问："爹爹，这是哪个？"颜觇才含泪放手，招呼石郎、虎儿上前相见，互道姓名。

　　原来那人乃是颜觇的一个至亲表弟，名唤黄潜。幼丧父母，孤身一人，曾与颜觇同师学艺。颜觇随父宦游出门的前一年，他才十六岁，因为少年气盛，与一个名叫七煞头陀的恶僧私自订约交手，吃敌人一阴掌震伤肺脏要害。等颜氏父子得信赶去救援时，听路人说恶僧伤人以后口出狂言，又被一老道出面将他吓跑，只剩黄潜一人躺在地下，口吐鲜血，人事不知。颜氏父子俱是会家，又精医道，看他伤势甚重，知老道是个异人，无奈遍寻不见，只得命家人抬了回去，想尽方法医治。一连七夕，朝夕端整伤药，颜觇更是衣不解带，尽心看护。

　　黄潜性气刚强，一听颜父说自己伤重致命，纵仗颜氏家传内伤灵药，加上像颜觇般的骨肉至亲长期调护，经过三年零六个月之久，在养病期中还须镇日安卧服药，不劳一点心神，不发一毫性气，仅能保得命在，今生休说再寻恶僧报仇，要想再习武艺都不能够。想起恶僧许多横行不法，一时仗义，路见不平，自问本领，决无败理，不料初经大敌，稍为疏忽，中了他的毒手。此仇不报，活也无味。当时强忍着气愤，把舅父敷衍出去，便把报仇之事重托颜觇。话刚说完，一阵急怒攻心，狂喷鲜血，晕死过去。

　　其实，颜父原是因他受伤卧地过久，胸有淤血，借着告诫为名，存心说些反话将他激怒，以便将淤血吐出，当时人虽吃了大亏，还可救他一命。此时颜觌医道不精深，哪知就里，见乃父语太切直，病人急得目光都快冒出火来，情知不妙，又不敢深拦。乃父一走，病人果然说没两句话，便已急晕死去。知他伤势沉重，无此一急尚难望痊，这一来更无生理。敌忾同仇，越想恶僧越恨，便朝病人耳边说道："表弟，你如回生，好好将养服药，好歹请放宽心，我不代你报仇，剐了贼秃驴，誓不回来了。"说罢，取了兵刃暗器，往外就跑。

颜父正在隔室料理夺命灵效伤药和蒸病人的药笼，准备听见儿子一出声惊呼，即行端去，灌治之后，抬入笼内去蒸。见半晌没有声息，暗忖："适才明见病人脸上怒脉偾张，血已上涌，才连忙出来端药，以备急治，这会儿怎无声息？如在此时因求活灰心改了性气，此子性命休矣。"方惊疑间，忽听家人来报："少爷适才佩剑跑出大门，行走甚速，不知何往。"颜父闻言大惊，料知出了变故，赶往病人房中一看，血喷满地，病人已晕死过去，血吐过多，又被颜觌出走耽误，白蒸了七日七夜的药笼和药，没赶上当时端来应用，气血大亏，元气耗损。纵仗他元阳未破，生来禀赋奇厚，勉强救醒过来，也只苟延三数月的残喘，反倒增他苦痛。一面深悔不该事前恐防泄机失效，不告一人；一面又料儿子必代表弟寻仇，恐又饶上一个，更是祸事。匆匆给黄潜灌了一碗安神养命汤，也带了兵刃，率领家中人等出门追寻。

刚一拐过巷口，便听手下喊道："那不是少爷么？"颜父定睛一看，果是乃子站在街心，正和一个苍颜鹤发的道人在那里相持。听路人说："少爷行经此地，忽遇道人挡路，先以为是无心，打算让过。谁知道人竟是存心怄气，左闪左拦，右闪右拦。少爷想打他，又怜他年老，几次怒声警诫。道人说：有本事的自能纵了过去，要人让路则甚？这点事儿也犯不上动武。少年连纵数次，仍旧被他拦住。

颜父闻言，猛想起惊走恶僧的也是一个老道，不由心中一动，猜是异人。忙即分开路人，首先喝止颜觌，走向道者身前深深一揖道："犬子无知，冒犯仙长，请勿见罪。此地不是讲话之所，请临寒舍一叙如何？"道人点首微笑道："尊官是位忠臣义士，大名久闻，正欲拜访，既承宠召，敢不唯命。"颜父见道人神采飘逸，谈吐从容，益发恭礼有加。又强命颜觌赔了罪，一同延往家内，看热闹的人也都散去。颜觌见乃父追来，不敢违抗，只得相随同返。

颜父陪道者到了厅房，正欲请问姓名，道人更不落座，竟直往病人房中走去，路径甚是熟悉，仿佛来过多次一般。颜觌此时情切伦好，心乱如麻，一到家，早先往病人房中跑去，见黄潜醒转，正和他哭诉心志。忽见乃父陪了道人进来,忽然省悟,忙着重又施礼,问道:"适救舍表弟时闻听人言,贼和尚被一位道长现身惊走,可就是仙长么?"

道人掀髯笑答道:"你休管我,只问你平日艺业不过与黄潜伯仲之间,凭甚本领代他报仇。再者,你乃单传独子,老亲在堂,为何以身殉亲?设有不幸,死后也只做个不孝之鬼,有甚好处,漫说仇人已然逃避,即使你能追上,不过白饶一条小命,你的仇能报得了么?"颜觎一听,不但惊走恶僧的就是他,并且事事未卜先知,猜是神仙无疑,忙又跪下谢罪。道人伸手拉起。

颜父躬身道:"仙长降临,病人必然有救。此子幼遭孤露,更无兄弟,从小寄养寒家,只为好武气盛,遭此毒手。弟子虽略谙医道,无奈伤中内脏要害,又被犬子一时差误,错了施治之机,血气两亏,至多不过还有数十日苟延。弟子智力已穷,如蒙仙长赐以灵丹,得保残生,功德无量……"

颜父还要往下说时,道人接口答道:"此子资禀甚厚,如此横死,实为可惜,贫道实为救他而来,请放宽心。不过他的病状实如尊官所言,寻常药方已无用处。便是贫道所带灵丹,也只能保得他的命在,要想痊可复原,唯有先给他服下丹药,稍息数日,相随贫道去至山中将息数载,方能复旧如初。就便再略传一些保身立命的艺业。不知尊官和他本人以为然否?"

黄潜服了颜父之药以后,神志渐清,只是周身作痛,不便转动。及闻道人所言,料定是仇人克星,巴不得有此一举。当下不等颜父答话,忍着痛楚,将气一提,挣扎着滚下榻来,纳头便叩。颜觎见他滚下床来,忙去搀扶时,只听黄潜喊了一声:"恩师!"因为衰敝过甚,强自用力,再也支持不住,二次又复晕死过去。

颜氏父子万不料他有此一举,正自手忙脚乱,道人连说:"无妨。"便从颜觎手中将黄潜接过,先塞了几粒丹药入口。将他抱起,放在床上,仰面平卧,手足一一伸直。再将双手合拢,微一搓揉,立时便见热气蒸腾。然后用手按摩他的全身,不消半盏茶时,便听黄潜腹中作响,渐渐有了声息。道人又嘱黄潜醒来不要言动,任凭施为。黄潜原本周身酸疼异常,二次回醒之后,只觉道人双手按处,俱有一股奇热之气透肌入骨,舒适无比。等到通体按罢,痛楚若失,只胸前伤处隐隐犹有微痛,比起先时不啻天渊了。

颜氏父子看出他脸上颜色已转,过去一按脉象,虽然仍有败征,已经不是死脉,不禁喜出望外,齐向道人拜谢不置。

道人扶起说道:"他已自愿拜贫道为师,贤乔梓当无异词吧?"颜父知道人乃神仙一流,黄潜已是待毙之人,侥幸得遇仙缘,转祸为福,本人已然拜师,哪有阻止之理。不过黄潜与己至戚世交,又是孤子单传,恐就此出家,斩了宗嗣。刚想用话试探,道人已是觉察,笑道:"尊官休得疑虑。此子资禀虽佳,可惜尘缘未尽。贫道救他也是怜他善人之后,至性孤苦,心有不忍。至于修真了道,休说是他,便是贫道多年苦修,也还落了下乘。此番随去,不过病愈之后,略学一些防身本领,人道初基,以便他异日入世,多积外功,为转劫后地步,不致昧却夙因而已。"

颜父闻言,方始释然。倒是黄潜自遇道人,起了向道之心,恨不能由此相从,出世修真,先蒙收录,甚是欢喜,闻言顿觉美中不足。因遵师嘱,不许言动,不敢多说,只打定主意,入山以后努力修为,只要心坚,终能得师父真传,不必忙在一时。

大家忙乱了一阵,颜父方得请问仙长法号。道人道:"贫道久居终南山阴绝尘崖明夷洞,出世多年,俗家姓名早已忘却。因在明夷洞中隐居,同道都以明夷子相称。现贫道尚有一俗事未了,约需四日。病人服了贫道丹药,伤口不致有炸裂之虞,有此四日调养,恰好同行。另有丹药十二粒,请分早、午、晚,每日给他服上三粒。第五日天明前,贫道自来领他同去。荒洞背阴高寒,他又是病躯,暂时恐难支持,棉衣务须给他带上两件。此后复原,便无须了。"说罢告辞。

颜氏父子哪里肯放,再三恳切挽留,就在家中下榻,有事随时外出,仍是归歇。明夷子执意不肯,说山野之性,不惯居此;并且实有他行,离此甚远,也非当日所能往返;烟火之物更是久已断绝,盛情唯有心领。颜氏父子无法留住,只得罢了。

明夷子走后,黄潜依言服药,果然病有起色,三日后已能下地行走。第五日黎明,明夷子果至。此时颜舰见表弟得遇仙缘,也颇有相随同往,学成道术再归之意。明夷子道:"令尊忠臣,你是孝子,将来还有许多事做,如何去得?"

颜舰也不舍远离老父,息了念头。便问:"表弟病躯,长行千里,可要车马?"明夷子道:"无须。"遂将颜父所备赠的两件行囊打开,只挑了几件衣服、一床被褥和百两散银,以备黄潜日后下山之用,余物俱都不要。共打成一个小包袱,命黄潜斜挂肩上,然后师徒二人向主人告别。

颜舰哪里肯舍,一直追送到了城外,明夷子迭次催归不听。这时天已大亮,行人渐多。明夷子道:"送君千里,终须一别。如再牵连,贫道要少陪了。"颜舰正欲告罪,明夷子已将手扶了黄潜,道一声:"疾!"往前走去。颜舰意欲再送一程，先未觉得，只一晃眼工夫，相隔已远，连忙拔步快追，哪里还追得上，不多一会儿，没入朝烟林霭之中，不见踪迹。

二人由此一别，便无音信。颜氏父子日久自然系念，颜觋不免亲去终南山阴寻他师徒一回，遍问苗民樵夫，俱不知绝尘崖明夷洞的地名，也没人见过那般身容的一位道长。山阴地面更是荒寒，到处都是蛇虎豺狼的窟穴。颜觋连寻了月余，全山几于踏遍，终未寻到。无心中却在一个极小的石洞壁间，得到一本古篆文的医诀。颜觋先时看不明白，不解何书，因见文字奇古，茂密遒劲，颇为爱好，当下包好，藏在身旁。又找了几天，委实绝望，才怏怏而归。

颜父也不认得书上文字，便向通习古篆的人求教。几经考译，约有年余，遇到一个有道医僧，方知是一部医道中的圣书，乃汉代医仙何生所著，共分四册，颜觋所得乃是第四册。册后附有一篇题志，说本书参通造化，妙道无穷。第一册是千百种灵药、仙草的名称和服食功用、配制烧炼之方，以及出产的仙山福地，无不详载其上，可以按图索骥，以求驻颜不老，不死长生；第二册是借灵药神力改形易貌，变换性情，使服药之后启茅塞而豁心胸，移下愚为上智；第三册是内科要经，象经精微，力挽沉疴，功深起死。凡万三千七百诸症，治法一一俱载。第四册是外科秘术，无论五劳七伤、各种恶疮、无名肿毒、疑难诸症，无不药到回春。

可惜颜觋前三册没有得到，有许多外科圣药第四册上只载有药名、治法，至于药形、产地俱在第一册上，没有深悉，无法取用。加以文辞古奥，难于通解，不能尽悉。颜觋终年捧书勤习，恒废食寝，也不过略知梗概，十通三五。可是就这样三两年后，颜觋已是医道大进，成了外科圣手。

因为黄潜音信渺渺，颜氏父子俱当他随师仙去，年时一久，渐渐把他忘却。后来颜家被祸，几于灭门，颜觋夫妻流窜蛮荒，虽也偶然忆及谈起，仅是眷言伦好，回忆仙踪，当成一种谈资罢了。日前颜妻还向颜觋取笑说："你既有这样仙人戚友，怎不代你报仇？这多年来也不看望你一次，莫非仙人只要自己一成仙，便什么恩情都不论了么？"颜觋闻言，只有苦笑。暗忖："妻言虽是无心取笑，倒也有理。表弟如真成仙，坐观多年，危难冤苦，不一存问，这神仙也大薄情了。"又想起自己大仇在身，阉竖势盛，报复无日，视天梦梦。连日心中方在怨望，万不料黄潜竟自数千里跋涉相寻，居然在此巧遇。不由惊喜哀乐，一时并集，抱头悲痛了一阵。

众人相见时，白猿想已看出来人是颜觋亲人，站在一旁，嘻嘻直笑。虎儿拜见表叔之后，早奔了过去，要过白猿手持的两件器械，喜跃不已。颜觎喊道："虎儿，快同白仙过来，陪表叔到岭头上去。"白猿听唤，便抱虎儿走来，不等颜觎招呼，咧着凸嘴，笑嘻嘻朝黄潜叫了几声，又朝他身侧不远树丫上一指，意似赔罪。黄潜会意，忙将树杈上挂的东西取下。

颜觎一看，乃是一个小包裹，还有一株灵芝般的异草，便问："此草何名？小弟从未见过。"黄潜笑道："为了一株灵草，小弟差点没被仙猿所伤。这原是仙猿之物，名曰兜率仙芝，小弟不合贪得。如今既是一家，理应珠还合浦。"说罢，递与白猿。白猿接过去，从芝草心里摘下一粒红豆般的果子，塞入虎儿口中吃了，仍将原草还给黄潜。

虎儿喊："这小果儿真甜真香，白哥哥再给一个我吃。"黄潜道："难怪仙猿情急拼命，这灵药原是为了表侄采的。里面的兜率珠只有一粒，吃完便没有了。"

颜觎细看那草，金茎翠叶，叶如人手，共是五片，中心是灵芝般的奇花，花心有一粒红豆，已被白猿摘与虎儿吃了。但翠叶时发的异香清馨透鼻，沁人心脾。黄潜一面向白猿道了谢，与众人略看了看，仍插入包袱缝里，意甚珍惜。颜觎料是仙草，因为至亲至友，劫后重逢，彼此都有一肚皮的话要说，不暇多问，只代白猿略为引见，便一同到达岭上。石郎忙命苗女斟酒烧肉。黄潜一面吃喝，细说别后之事，以及与白猿争斗经过。

原来黄潜自随明夷子出家，先在终南山阴只住了半年。因所受内伤仗着明夷子的丹药，虽能保得命在，要想学成剑法，去寻恶僧报仇却是难事。有一天晚间，随师在终南绝顶玩月，忽遇明夷子的好友大呆山人带了两个新收的门徒路过，命向明夷子献艺求教。两门人一姓姚名鼎，一姓金名成秀，年纪比黄潜还小一二岁，从大呆山人不过年余光景，本领却是不凡，舞起剑来直似翻飞虹霞，寒光凛凛，幻为异彩，明夷子大加赞许。大呆山人便问："师侄资禀甚厚，既从名师，剑法必定高明，为何身上似有内疾？"

黄潜顾己顾人，本觉相形见绌，闻言不禁触动满腔悲愤。正自怏怏难受，忽听明夷子道："此子资质着实不差，我初见他时早欲引归门下，偏因小事耽延。等我事完，中道折回赶去，已被恶僧所害，身受内伤。我将他救回终南，生命虽可无忧，但是急切间寻不着银肺草与兜率仙芝，不能修炼气功，入门半年，至今还未怎样传授。昨为占算，机缘应在今宵，特地来此等候。幸遇道兄驾临，闻得近年遍历名山胜域，可曾见到这两样灵药么？"

大呆山人道："道兄真能前知。日前携二门人前往北岳，试剑云海，途经九华,偶上金顶,恰巧见着一株兜率仙芝。因此草不但芝中一粒兜率珠是仙家服食的灵药异宝,便是芝花、茎、叶,俱有妙用,意欲移植荒山,以备他年不时之需。现连根采得在此,野游不竟,尚未携归。至于那银肺草,去年在太行山三折崖后绝洞之中曾见一株,可惜不曾长全。此草不能移植异地,出土不久,便会枯萎。暂时既不需要,又未成形,算计长成约在五七年后,当时恐被无知之人损坏,或落入妖人孽党之手,经我行法禁制,外人决难寻着。不料事出无心,却成了师侄七年之艾,足见缘分不浅。仙芝现在小徒法宝囊中,立时可以奉赠。银肺草尚存原处。那一带风物幽绝,气候清嘉,宜于修养,其他灵药异草尚多,从无人迹,愚师徒也是无心发现。崖腰更有纯阳真人旧居,洞府高宏,丹炉药灶,玉几云床,设备井然,净无纤尘,小弟曾有辟作外洞之想。道兄何妨令师侄移居太行,坐守灵药长成应用,岂非绝妙?"

明夷子道:"当年纯阳真人辟有七处洞天福地,后人只发现六处。中有一处洞名函虚,洞门有纯阳朱书篆额,自古迄今无人知晓。传闻洞内仙迹甚多,还有两部丹书、一函剑诀,道兄可曾见到么?"大呆山人惊道:"不是道兄提起,弟还不知底细。那洞深藏崖腰藤蔓杂花之中,陡削峻险,猿猱难上。因见全崖壁立,独中腰一石突出,广约亩许,面对群山,下临绝洞,松涛泉声,交相掩映。石侧两条飞瀑,如玉龙倒挂,直下百丈。石上更是繁花如绣,碧苔浓肥,将石包没,仿佛崖上挂着一个锦墩。因喜该地清丽雄奇,形胜独绝,一时乘兴,带了二门人飞身上去,意只登临,并不知壁间隐有仙宅。后见壁上离石两丈藤蔓中藏有四处凹进去的石坑,大如栲栳,深近数尺。并且四坑上下间隔,大小如一。再一拨视,竟发现了斤斧之痕,仿佛石壁上原来刻有字迹,被人用利器凿去得一般,好生奇怪。率性细看盘藤后面,也是空的,斩断藤蔓,居然现出一座洞府。入内一看,石室宽广,布置井井,四壁珠璎翠珞,莹澈晶明,顿呈奇观。行到后洞深处,见有一座丹鼎,上有纯阳题志,方知是吕仙旧宅。别的却未发现。照道兄所说,洞壁上原有的必是'函虚仙府'四字。连那藤蔓、苔藓也许是掘字的有心做作,用来灭迹隐形的了。但不知这人既能寻到此洞,当非恒辈,何以据有仙府而不自居,却这般鬼祟行动则甚?"

明夷子想了想,笑道:"愚见与道兄略有不同。那人必是一个左道旁门,虽非庸流,却也不是什么真正高明之士。推测当时情形,他定从别的高人口中窥听出一点来历,入洞之初,本欲窃居,将仙册、异宝攘为己有,无奈所知不详,丹书、剑诀俱有禁法密封。自己既得不到手,又恐别人攘夺,道行浅薄,防御无力,才行此拙计:用法宝将洞口篆额掘去,移来千年藤蔓与浓苔肥藓将洞门隐蔽,只留下出入道路。他本人仍装作不知,在左近觅一崖洞暂居,以备穷年累日,每日潜往洞中探索研讨,冀于必得。每当出入之时,洞口必还另有禁法遮掩,使人到了近侧都难觉察,如此方能隐蔽得住。他自以为千妥万妥,谁知异派中人多行不义,住了不多时,便在洞外遭劫伏诛。死时当然不会向仇敌吐露。行法之人一死,所行禁法随以失效。年代久远,再来无人,空山寂寂,苔藓自肥,直到道兄近抵洞口,方始发觉。如果所料不差,丹书、剑诀当仍在内。此乃旷世仙缘,岂可漠视?况且此洞忽然发现,宝物出世之期已届。恰巧小徒现须前往坐守银肺草,承道兄假此仙居,实深感谢。明日便当移去,就便探寻。如借道兄仙福得到手中,那时道兄也倦游归来,你我一同研讨,岂非绝妙?"

大呆山人闻言甚喜道:"道兄明教,如开茅塞。惜乎尚有两处要约,不能立时陪往。道兄法力高深,宝物如在,此去定能成功,弟亦得以坐享其成,即或仙册已落人手,洞府仙居,景象万千,也正好做我二人的别洞,栖息其中。弟借此时常领教,幸何如之。"当下计议停妥,大呆山人取出仙芝交与明夷子,率了二徒别去。

第二日,明夷子师徒便即起身往太行山,迁入函虚洞府。明夷子一到,在洞中细心探索了多日,见鼎灶安然,四壁无恙,每日遍寻全洞,详审机兆,越发断定先前所料不差。直到大呆山人师徒云游归来,又一同探索多日,用尽种种方法试探,都查不出丹书、剑诀藏处。连卜数卦,却又都有必得之朕。这日二人相对计议,方疑朕奇,哑然失笑,忽见黄潜从洞门外奔来,高喊:"恩师,师伯,仙书有了线索了。"明夷子闻言想起一事,不禁心中一动,不等说完,便拉了大呆山人往洞外走去。

原来黄潜、姚鼎、金成秀小弟兄三人自来仙府同居,情感甚是莫逆。黄潜因银肺草尚未长成,须待服后方能学道,每见姚、金二人练习剑法,虽因日浅,还未能到飞行绝迹出入青冥的地步,比起自己所学,却已胜强十倍,不禁又羡又爱。心想:"恩师常说他的剑术与大呆山人师徒殊途同源。现既因病不能传授,趁着养病清闲,向他二人讨教,留意观摩,等异日病体复原,学起来岂不容易些?"于是暗地留意,每值姚、金二人在洞外危石上练剑之时,必定在旁潜心注视。他天分本来绝顶优异,日子一多,自然领悟,只没有亲身持剑尝试罢了。

明夷子、大呆山人每日访查藏书秘钥,小弟兄三人原也跟着搜寻,终无朕兆。后来姚、金二人功力大进,往往练习剑法舞到醋处,把人影、剑光融会一片,直如电掣龙翔,化成两道寒光,在悬崖危石上面上下飞流,滚来滚去。看得黄潜定目艳羡,无可奈何。照例将功课做完,或是攀萝扪葛,上至崖顶,掇拾芳华,同搜异果,相与采食,言笑为欢,或是共下危崖,借观灵药,沿溪访胜,入谷探幽,就着绝涧惊湍,临流濯足,逆瀑嬉泉,激水同升,共为赌胜。直到夜色冥冥,林没飞鸟,才同赋归来,再理夜课。

这日,二人因见黄潜忽然想起心事,神志不属,便拉了他同坐危石边上,闲谈解闷,渐渐谈到剑法精微。黄潜自从有了悟境,连日观剑十分技痒。闻言大为欲动,坚欲借剑一试。姚、金二人均在年少,童心未敛,先因师长嘱咐黄潜肺脏受伤,仅服灵药保命,用不得力,有时上下危崖,须要留心将扶,尤其不可任其相随试剑,以免创处再裂,不易复原,故每当黄潜跃跃欲试,还能守戒,从旁劝止。嗣见他山居既久,早晚打坐养静,病容全去,气体日益康健,也就不大在意。又加黄潜再三相嬲,只求背师略试能否,浅尝辄止。姚鼎还在迟疑,金成秀比较心粗胆大,又是脸软,一时情不可却,便允了他。

黄潜高高兴兴接过金成秀手中剑,先也只想略试即止,缓缓练上几套解数,看看自己剑境如何,将来能否出人头地。谁知仙传剑术与寻常武家传授不同,招招相连,变化无穷,非内功有了根底,不能轻举。先走两三式,还不觉怎样,心中一喜,便加了点劲,七八式后,渐觉吃力,胸前发胀微痛。当时休歇原可无碍,偏又心高好胜,不肯示弱,强忍着舞下去。以后式益微妙,耗费精力也更甚,猛然一阵头晕,觉着旧病复发,想要收住势子,力不从心,哪还能够。一个雁落平沙之势,从离地两三丈高落将下来。

这一剑本暗藏着一个变化,须在将落未落之际,化成一个蜻蜓戏波之势,再一微起,方能落地。可是黄潜人在空中已然头晕,再也不能变招收式,眼看头下脚上,身子折不转来,快要撞在危石之上。刚暗道一声:"不好!"忽然急中生智,两手一合,紧握剑柄,把剑尖朝地直冲下来,意欲借着剑尖着地,避开危险,略缓下落之势,再行翻身,纵过一旁,免得头触危石。

旁立姚、金二人先见他无师之传,居然神会,还在拍手相赞。后见他越舞越急,脸红筋胀,已恐有失。刚要唤止,黄潜身已纵起,由上而下。二人见他手足乱伸,使不上劲,情知不妙,连忙一同飞身上前接应,已是略为迟慢了一步。刚刚飞近身侧,只听铮铮两声响过,火星四外飞溅,黄潜手受巨震,虎口崩裂,业已力竭神散,将剑脱手。因是宝剑着地之势,头脑虽未撞在石上,身子已斜横过来,纵不坠下悬崖,也必身受重伤无疑。

还算好,姚、金二人双双抢到面前,姚鼎首先一把将他抱住,金成秀也帮同将他扶向一旁坐定。二人既恐良友病危,又恐师长怪罪,连剑也顾不得去拾,各自从囊中取出所带的灵丹,忙着塞入黄潜口内。又嚼碎了一粒,敷在他虎口上。

　　过了一会儿,黄潜神志渐定,除觉胸前微痛,与初上终南时相仿外,尚无别的痛楚,以为不致碍事。正说无妨之际,忽见金成秀一口宝剑不在,只佩着剑匣,忙道:"金师弟,你的剑呢?"姚、金二人闻言一看,危石坪上藓厚苔肥,哪有剑的踪迹。这一急又非同小可。尤其黄潜因失却良友宝剑,更是难过。

　　姚鼎宽慰他道:"师兄不必忧急。此剑乃师父当年炼魔防身之宝,别人拿去,不能久用。即使失落,拼着受点责罚,前去禀告,只消师父运用玄功,立时便能收转。不过我二人入门不久,道力浅薄,不能到此地步罢了。这石坪虽然自崖腰突出,孤悬天半,却是其平若镜。宝剑若在石上,必然放光,隐匿不住,想是适才被师兄失手坠落崖下去了。师兄旧病新发,不宜劳顿,请在上面守候,待我二人急速下崖寻找。如果真个被人无心拾去,收回到底也要费些手脚。"说罢,匆匆同金成秀援崖而下。

　　二人去了一会儿,不见回转。黄潜心中老大不安,走至石边一看,二人已往涧壑中寻找去了。静心细一寻思,记得撒手丢剑之时,那剑明明刺到石上,虎口受震崩裂,觉着奇痛难握,立时松手,借劲刚一翻身,便被姚、金二人赶来抱住,扶向一旁,并未将剑带起,怎会甩落崖下? 心想:"神物锋利,碎石如粉。彼时曾见石火星飞,莫非像飞将军没羽箭,被自己无心中刺入石中去了么?"想到这里,便信步走了过去。那剑刺到的地方,碧藓中裂成了一个一尺多长、三寸来宽的石缝。因为苔藓肥厚,三人脚底又轻,四外并无伤损。

　　缝隙不大,远观仍是平匀一碧,非身临切近看它不出。黄潜见石已刺裂,四外不见一点零星碎石,很似天然生就,已经奇怪。及至俯身往石缝一看,见裂痕深达三尺以上,上丰下锐。暗影中再一定睛注视,似有一件数寸长的东西插在隙底,仿佛剑柄,连忙俯身地上,伸臂探入,果然是个剑柄。知道所料不差;心中大喜,手握剑柄,往上便拔,仙剑锋利,业已深入石内,被石夹住,拔不出来。旧病新发,不敢过于用力。正要起身去唤姚、金二人,忽觉剑柄有些活动。试稍用力顺手往上一带,微闻下面石裂作响,锵的一声,一道青光,剑已随手而起。

　　黄潜正欲持剑起立,猛见隙底光华耀眼。再一低头审视,石中裂痕顿阔了些,隙底现出一个苍玉匣子,匣子上现有四个朱文篆字,光华璀璨,照得隙内通明,耀人眼目。猜是丹书、剑诀出现,不禁喜得心头怦怦跳动,立即如前探取。无奈那玉匣横置缝中,两头还有些许紧嵌石内,急切间取它不出。中间一截石缝稍狭,又不能伸向两旁削刺,更恐毁损仙书,不敢造次。匆匆赶向石边,探头一看,姚、金二人不知寻向何方,不见人影。知道仙书出现,非同小可,恐惊动外人,前来攘夺,不敢高声呼唤,略唤了一两声。一时欢喜忘形,也忘了胸前胀痛,拨转身便往洞中跑去。

明夷子和大呆山人正在后洞深处闲坐,相隔洞外约有半里之遥,黄潜跑去报告了喜信,明夷子连日本疑洞外危石是吕仙当年施用仙法所设,不是原生崖石,正在揣度下手之法,没有出口。因而不等黄潜说完,已知梗概,忙即跟踪追出。行时看黄潜脸上神色有异,只把眉头一皱,也未多说。及至黄潜随后赶到,明夷子和大呆山人已行法开石,将那青玉匣取了出来。同时姚、金二人因在崖下遍寻不见,又疑那剑甩落洞底,正在壑底穷搜,闻得黄潜在崖上相唤,也赶了上来。一见二位师长手捧一个玉匣审视,黄潜持剑旁立,知剑已得。未及询问,黄潜早迎上前来,将剑还了金成秀,告知因寻失剑,从石隙中发现玉匣经过。

姚、金二人闻言自是大喜。正要过去拜见二位师长,忽听明夷子对大呆山人道:"连日和道兄遍搜全洞,全无仙册踪迹。后来静心细想,我二人占算虽未能穷究天人,深通造化,上下数百年间过去未来之事,尚能如应斯响,何以每次在洞中占算,俱若有极微妙的仙法禁制,任是虔心静虑,终不能返虚生明,洞彻详因? 只能算出事为吉兆,仙册近在眼底,早晚期于必得。究竟密藏何处,何日能得,应诸何人,迄无分晓。心中虽是惊奇,始终未曾离开此洞算过。

"那日在此闲眺,因见苔藓肥厚,密如碧毡;左右飞瀑,宛如玉龙倒挂,天绅下坠,分界仙洞,不特长大如一,更无丝毫偏倚,绝似有心造作。偶一动念,仙册如藏洞内,以我二人智力,穷日累月那般细心研讨,不致毫无形迹显露。

"纯阳真人道妙通玄,法力无边,所居七座洞天福地,只这里最为隐秘,洞外危石坪过分奇突,或许便是仙册锁钥也未可知,当时曾疑石中有宝,还未断定,今早偶往洞底,用丹药化水浇灌银肺草,俾其速为成长,以遂黄潜向道之诚,又想起此事,便在洞底默占一卦,果与往日洞中所占大不相同。不特卦相明显,玄机透露,并算出所料不差,仙册应在今日出世,由他们小弟兄三人自去发现。不过卦中还藏有别的玄机,意欲等验后再说。

"晨间拦阻道兄,不必今日在坪上加传二师侄心法,约往洞中闲谈,由他小弟兄三人自然迎会,以免因我二人在侧,错了事机,便由于此。如今居然应验。虽是幸事,只苦了黄潜一人,为了此事,犯了旧疾,内伤加重。即使银肺草今年借灵药培养之力先期长成,也只能略习防身本领。不等服药之后,经过数载时间,不能学习飞剑。可见事有前定,欲速终于不达,随你用尽心机,仍要经过难中定限的了。"

大呆山人笑道:"黄师侄质禀优厚,胜似小徒,只惜气盛心刚,非修道人所宜。大器本应晚成,借这数年长久岁月,来磨炼他的浮躁刚猛之气,使其归于纯静,再好不过。道兄不惜以灵药仙珍浇灌银肺草,无异宋人助苗之长,本来是多事呢。"说罢,相与抚掌。

二人都料石中还有别的宝物,但细查无着。知道玉匣开时还须费一番手续,纵有余宝,也必等开匣后方知取法,此时仍是徒劳。彼此一商量,由明夷子行法禁制,封闭石隙。携了玉匣,师徒五人同往洞内。到后,明夷子又给黄潜服了几粒丹药,保身止痛,命在云床上安卧养神,以防加重。将玉匣供在桌上,明夷子与大呆山人师徒先向吕仙通诚,一一拜罢,然后行法开匣。

那匣玉质晶莹,仙书册页隐隐可见,只是外观一体浑成,宛如一方整块美玉,仅四角有一圈长方形的丝纹。明夷子和大呆山人用尽方法,纹丝不动。又不愿使用飞剑,将匣损毁,只得改用火攻。由明夷子与大呆山昼夜轮流,将玉匣抱在怀中打坐,用本身纯阳真火锻炼。经了七天七夜工夫,明夷子抱匣打坐,正在神仪内莹,真火外宣之际,匣上忽焕奇光,知是时候了。益发用志不分,潜阳吞吐,精光灼灼,包向匣外。不消半盏茶时,锵然一声,匣盖倏地拱起。大呆山人在旁守护,立时接了过去。

明夷子将神一敛,起身下立,二次将匣供好,一一拜罢,手扶匣盖,轻轻往上一举。盖起匣开,彩华耀眼。匣中严丝合缝,现出两册丹书,两册剑诀,均分上、下两卷。打开首卷丹书一看,果然附有一张绢条,朱书狂草,如舞龙蛇。除注明仙册出现年月外,并说洞外危石坪中,还藏有纯阳真人一玉瓶丹药、一柄药铲、两口炼魔宝剑。但这三桩宝物均另有人借用,唯铲、剑将来尚可珠还。大呆山人便要赶出,探视宝物失未。明夷子道:"纯阳真人既有仙示,宝物恐已被人乘隙取去了。获赐仙册已属望外,怎敢还要贪得?何况日后二宝仍将归还呢。此宝如应为我等所有,那日早随玉匣出现,何待今日?我二人连日为取匣中仙册,昼夜轮流守护锻炼,不能离开,才致此宝得而复

271

失。可见事有前定，徒劳无益也。道兄不信，只命两位师侄往观，自知分晓。"

姚、金二人在旁闻言，早不等吩咐，往外跑去。到了洞外石坪上一看，原裂石隙封锁依然，碧藓丰茸，全无动静。方喜宝物未失，尚可寻取，猛一瞥见右侧石边上苔痕较淡，心疑有异。过去仔细一看，竟是几个人手攀缘之迹，越发心动。再低头朝下一看，边沿上裂有一个石缝，大小与日前现书缝隙相同，只是深极。还当宝物犹存，忙削了一枝长藤探将进去，再将宝剑放入，借剑上光华一照，其深竟达两丈，隙中空空，并无一物。隙口微现人手掌印与兵刃钩划之迹，来人好似攀着石沿，用长钩之类兵器伸入下手窃取。二人四顾云山苍茫，岩谷幽深，静荡荡地不见人踪，只有飞鸟。知道逃人已远，无可追寻，暗恨自己不该终日在洞中看两位师长取那仙书，不曾留意洞外，已致宝物失去，后悔无及，只得废然归报。

明夷子笑对大呆山人道："如何？我早料到此了。这取宝的人未必是甚高明之士，大约无心经此，见石隙自裂，宝物呈现光华，立时下手捡了便宜而去。否则，必要寻根究底，探索来源，岂会一获即行，对于别的所在全未留意？就算他不知仙府来历，洞外石坪孤悬崖腰，突出大半，左右飞瀑映带，明眼人一望而知有异。不近前还看不出，既已身临此洞，因他们小弟兄三人时常出外练剑游散，用的不过寻常封锁，来人稍为细心，便可看出。据姚、金二师侄所说，石边苔藓俱被手攀残损，宝穴里面也有钩裂之痕，不特洞前，连石坪上俱都未到，可见粗率识浅。纯阳真人既先将此数宝暂借与他，穴内预藏至今的灵丹全凭取用，来人当非左道旁门，定是正派道友门下末学新进无疑。再者，那日我等将石坪上下四围全都寻遍，并无一毫线索可寻，等一离开，便即发现，可知专为此人而设。由此看来，前辈真仙的玄妙精微真不可测了。事已过去，只合静俟珠还。我们还是敬览丹书，勤习剑诀，暂时不必再作得陇望蜀之想了。"

大呆山人仍欲观察来踪，亲自出外详查了一回，果然来人只将穴中丹宝取走，坪上并未到达。看形迹，又似算准时地，有心专意而来；又似无心经此，做来却又不甚干净，心中好生奇怪。便命姚、金二人随时留意，回洞与明夷子同参剑诀。要知后事如何，且看下回分解。

第三十一回

往事怆神　故人第宅招魂祭
锐身急难　长路关山仗剑行

　　话说晃眼三年,明夷子及大呆山人师徒道行、剑法自然愈加精进,取宝的人却从未见他再来。内中只黄潜一人志壮心苦,眼看师长、同门日益精进,自己每日只能打坐习静,徐养气机,休说飞仙剑法不能从学,连寻常武术都不能习练,还得徐压盛气,强自敛抑,以免旧病加剧。先是真个苦痛已极,直到三五年后方将锐气挫平,归于纯静,把以前躁妄之气磨去个干干净净。

　　好容易盼到第七年上,这日明夷子忽然取出半葫芦丹露,与一百零八丸丹药,命分三次一日服完,黄潜本来常服仙药,自从矜平躁释以来,明知银肺草早已长成,兜率仙芝移置洞中,经乃师日用灵药培植,更比从前肥茂,也不再像从前时常过问,一心静等时机之来。这日服药三次,夜间打坐,忽然腹痛欲泻。便后归座,猛觉脏腑空灵,气机流畅,迥异平时。当时还不知数年苦盼的灵药仙草,已经乃师炼制成了丹露,自己已在日间服用。正自奇怪,明夷子忽然走来,笑对黄潜道:"这些年,着实难为了你,今日是你难满之日。今日所服何药可知道么?"

　　黄潜闻言,惊喜交集,慌忙下拜请问道:"弟子自从受伤以来,多蒙恩师赐救,得保残生。嗣由终南移居太行,本已无多痛楚。不料一时疏忽,练剑犯病,幸得恩师灵丹,虽未大碍,但是平日稍为过劳,胸前便自胀痛。今早起连服三次灵丹、仙露,先是胸前胀痒,抓捞不着,适才走动了一次,立觉脏腑空灵,迥异从前。听恩师之言,那灵丹、仙露定是银肺草和兜率仙芝所炼制的了。"

　　明夷子道:"此二灵药已早成长,别的配药也早炼制备用,只缘你灾厄未满,迟迟至今,昨晚方将二药化为丹、露。因纯阳真人丹书也载有此药制伏之法,较我所知尤为精美,此药服后,立时便要化腐生肌。你肺腑受伤震裂,全仗我的丹药培养,苟延性命,诸凡劳顿不得。学剑首重炼气之功,肺司吐纳,至关重要,更难学习。服药以后,肺叶生长,才得萌芽,又当它化腐分淤之际,怒固不宜,喜亦有害。你多年魂梦悬念,无非此药,一旦如愿,即便近来躁妄之气已平,当时也难免欣喜如狂,新肺脆弱,怎禁得起? 一时如不能平心静气,喜极而肺叶大开,将所化血污吸入肺内,或是稍有伤损,不特服药费事,或者还有大碍,故此事前不使你知。

"如今残肺淤血俱已下尽,新肺成形,病体复原。如自明日起便即练剑,日后成就只能与你姚、金二师弟相伯仲,报仇仅够,要想传我衣钵却不能。不如借新肺成长之机,仍照往常一样,譬如未服灵药,每日还是打坐静养,学那上乘内家功夫。你这几年来初步坐功颇有根底,再由此精进,只须年余,根基便能坚牢。那时你将旧日武艺温习,由我从旁指点,略传一些防身剑法,暂且做个人间能手。率性下山,不辞艰苦卓绝,受尽跋涉艰难,径去利物济人,使新生灵腑依次磨炼,不假人力,逐渐自然坚韧。你有此禀赋,又因祸得福,去腐朽而生仙肌,无殊脱胎换骨。等两三年外功圆满归来,重新向道,做我传人,岂非绝妙? 有此二途,由你自择回话。"

黄潜闻言,略一寻思,躬身答道:"弟子近年心平气敛,已知万事有定,欲速不达。既承恩师明教,弟子情愿甘受苦难,不敢急进,以负师门厚期了。"明夷子闻言,喜道:"适才见你闻说服了仙药,病已痊愈,虽然不免喜形于色,神态却甚沉稳,今又这等说法,足见涵养功深。吾道不孤,好自为之,我不患没有传人了。"

黄潜见师奖许,益发心中谨慎自勉,以期大成。第二日,大呆山人师徒也向黄潜道贺,又各劝勉了一番,过了些日,黄潜方得温习旧业,本是会家,又得明夷子指点,自然突飞猛进。

一年后,明夷子说黄潜的武功人间已是无敌,足可下山行道。因为近来各异派广收门徒,与峨眉、青城诸派相抗,到处横行为恶,恐狭路相逢,不是对手,除赐给一口仙剑用作防身之具,另传了两种临危应变法术。黄潜闻命,一一谨记,临行拜别,向明夷子请问,下山之后应往何处。

明夷子笑道:"滔滔天下,哪里都有不公平之事,苦痛声吟,待救之人正多,只要留心,随时可遇,你只任意所如,自有遇合,无须指定。吾门最忌贪盗,即便遇着奸恶豪强,移富济贫则可,也不能分润盗泉,沾染分毫。你当初上山时带有一些散碎银两,省俭度用,足敷你一半年的用途,过此即有遇合。留此无用,可全数携去。外功圆满,为师自会接引,中间也还有相逢之期。你姚、金二师弟不久也当奉命下山行道,不出一年,即可谋面,你一人先行吧。"

黄潜闻言,猛想起那银乃姑父所赠,暗忖:"自已从小寄养他家,多蒙恩育,爱如亲生,与表兄情好,尤为莫逆。多年未见,也不知他家光景如何?以前屡次请师占卜,俱未明言。此去下山的途径方向,师父既未指定,何不先往京城探问他家行踪,一叙渴想,也免他父子挂念;就便沿途行道岂非一举两全?"便和明夷子说了。明夷子只说:"由你由你。"并无他言。黄潜知道师父要使自己多受艰难,饱经磨炼,如问颜家此时究竟在籍在京,踪迹近况,必不肯说。只得拜别师长,与姚、金二人依依判袂,独自离了太行,往京城进发。

黄潜才一出山到了城镇,便见四民疾首蹙额,憔悴声吟,仿佛灾厄甚重。问他们却又不肯明言,吞吞吐吐。先还以为天时不顺,偶值饥馑。后见茹苦含愁之状各地皆然,一查年岁并不荒旱,而官贪吏酷,民不聊生,饿殍载道,盗贼群起,人心惶惶,恍如大难将至。细一打听,才知奸逆阉竖权势日重一日,官吏希颜承旨,竞建生祠;贿赂公行,几于市中交易,计官论值;加以横征暴敛,刑赋繁苛。闹得人民敢怒而不敢言,所以造成一路上的阴霾凄苦景象。

黄潜暗忖:"姑父为人正直忠义,昔日权阉初用,尚未过分横行,尚且疾首痛心,不欲与之并立,如今阉焰高涨,积恶已极,岂能容忍?即使不批逆鳞,为国除奸,也必归隐故乡,以远危难。看神气,此时绝不会还在京城留恋,去了也是白跑。"又一想:"一路行来,离京只二三百里,凭自己脚程,如不途中流连,半日即至。就算姑父、表兄归隐,京寓总还留有家人,也可打探出一个踪迹。等打探出他父子或是还乡,或是外任,再行赶去,也可早见些日,省得又扑个空。自己既以利物济人为念,阉狗如此奸恶,纵因形格势禁,不能立时下手将他除去,也当一探虚实,为异日下手之地。"想了想,还是走一趟为是,便把脚步加紧,仍往京赶去。

这时魏忠贤正是权倾朝野,势力滔天。义子干儿,朋比为奸,自不必说;连门下家奴厮养,也都倚势横行,无恶不作。路上自然免不了打些个不平,做些个侠行义举。仗着一身本领,办得甚是顺手,倒也无甚可记。

这日,黄潜走到京城颜家旧宅。一打听,宅已易主数年。一问颜家踪迹,人都掩耳疾走,不敢闻对,情知凶多吉少。后来,遇见一个卖零食的老年小贩,黄潜幼时随姑父游宦京城,常和颜觐背了家人买他的食物,往往给钱甚多,谈起来居然认得。不等黄潜再问,便大惊失色,拉向僻静之处,说了颜家遭祸之事，并说："当时只颜公子两小夫妻逃去，至今未获。不特家产查抄，还要访拿余党。听说颜公子夫妻二人逃往四川一带，至今不曾捕获，公子怎还到此寻他？如被他们知道，那还有命？趁无人知，快逃出京城为妙。"

黄潜闻言，不由悲愤填膺，如非这多年涵养功深，几乎当时便要寻阉狗一拼死活。暗想："姑父虽死，表兄尚避祸蜀中。他为人孝义，数年不报父仇，必有难处。再者，市贩传言，语焉不详。此事关系不小，自己还须慎重。莫如找到旧日姑父几家同僚至好家中，问了详情，再定行止。如表兄真在四川，便立时寻去。等寻到以后，问明详情，再助他同报父仇不晚。"主意打定，便谢别了那小贩，径寻旧日颜家的几处同僚至友打听。

黄潜连寻了十数家，有的吃奸党陷害，已不在原处居住，无从寻访；有几家却做了大官，等寻到一问，俱支吾其词，休说探问颜氏父子踪迹，连面都见不到。连去数次以后，家人渐出恶声，说黄潜是地痞流棍，要唤坊里捉去治罪。黄潜知他们俱已投在权阉门下，好说相见不成，当时隐忍退走。候至晚间，率性施展轻身功夫，夜入内宅，先礼后兵，强探颜家被祸之事。对方当时惧怕他的声威，只得把前事略说大概。除颜觊夫妻逃往四川云贵一带，官府至今尚在严缉未获比较稍详外，余皆吞吞吐吐，和小贩所说差不了多少。

黄潜本想给他一个警诫，恐张扬出去打草惊蛇，于事有碍，只略为指斥了几句，便飞身走去。因所闻不如意，还待第二晚再向别家询明再走。谁知这班奸党声气相通，头一家等黄潜一走，便连夜命人往各地面官送信，又亲去权阉家中告密说：日前出了飞贼，乃颜氏戚党，来去无踪，恐将来难免乘隙行刺。权阉原养有武师打手多人，内中还有两个旁门妖道。一闻警报，立时召集党羽，传下密令，穷搜全城，广设陷阱，引敌入网。

黄潜次晚去探的一家姓胡，以前曾受颜氏大恩，又是同官至好，颜氏被祸以前做了权阉走狗。颜觊夫妻当年望门投止，不但不肯容留，反去向权阉告密，说出行止。颜觊夫妻如非会点武艺，生性机警，几乎遭了他的毒手。此人本知黄潜出家养病底细，小时又见过多次，一得信息，不等人到，早设下埋伏相候。黄潜如在往昔，也许上了他的大当，如今却活该恶人遭报。这天黄潜刚飞身落下，那姓胡的已在庭中相待，口讲："贤侄，日里两次不见，实为避人耳目。算计早晚驾临，已然候了两晚。令亲家事，我所尽知，且请书房接风，宴后一一详告。如不弃嫌，便请下榻我家，暂住些日，再设法去寻颜贤侄的下落如何？"黄潜见他说得诚恳，知与颜家情非泛常，先也未疑。及至入席，见他劝饮劝吃，甚是殷勤，正经话却不提起。一问，却说："此话太长，还有机密,贤侄远来,酒后奉告不晚。"黄潜渐觉有诈,故意停杯不饮。

姓胡的虽然老奸巨猾,毕竟做贼心虚,强笑问道:"老贤侄不肯进酒,莫非还疑心老夫么?"偏偏埋伏窗外的几名厂卫是些蠢货,等得不耐,前往窗下窥探,尽管脚步放轻,怎能瞒过高明人的耳目。黄潜侧耳一听步声有异,当时还未深信,立即站起往窗前走去,欲待探头一观动作。姓胡的久闻他武艺颇好,请了厂卫埋伏,犹恐不济,黄潜到时又命人飞马驰报。同时稳住黄潜,等上菜家人一个暗号,报知援兵到来,便即设词退走,由伏甲上前捉人。伴虎同饮,本来就是强作镇定,一见黄潜神色微变,突然起立走向窗前,当是看破机密,慌忙站起,往里间便跑。

这时,黄潜业已看见窗外刀光隐现,人影幢幢,又听步履匆忙之声,回望主人,离座而起,不由大悟。骂道:"无知阉党,敢害我么?"略一垫步,早飞身上前,提小鸡一般将人抓住举起。拔出腰间佩剑,加在姓胡的颈上。怒骂道:"你这忘恩负义的老狗!我姑父从前对你何等厚待,今日不过探问他家的行踪下落,被祸缘由,说不说在你,竟敢瞎了狗眼,下此毒手。快快说了实话,还可饶你狗命;稍一迟延,休怪我心辣手狠!"

那姓胡的自从媚事权阉,昔年恩友早已置诸九霄云外。事前一心害人,全未准备对答之词。此时吓得魂魄胆落之际,哪里还应答得上。急喘吁吁,刚喊得一声:"黄贤侄。"黄潜已劈脸啐了一口道:"你这等丧尽天良的阉奴走狗,谁是你的黄贤侄?"言还未了,窗外人声喧哗,几名厂卫连同后来的官兵已蜂拥而至,将那间书房围住,墙外面更是人喊马嘶,搅成一片。

来人待要闯进,见姓胡的被敌人举起,白刃加颈,因是权阉宠信之人,未免存了投鼠忌器之心。方自观望,姓胡的见救兵大至,以为黄潜如杀了自己,他也难逃活命,一寻思,又生恶计。低声悄语道:"此时四外俱有重兵,你与我同在危境。我对令表兄踪迹,除知他逃往四川外,实无所知。你有此好身手,一人还可逃走。莫如将我放下,由我在前领路,他们见我在前,怕我受伤,必不敢上来拿人。你出其不意,仍可照来时办法越墙而走。否则,他们布置一定,你就杀了我也逃不脱了。"

黄潜哈哈大笑道:"你当我把阉狗手下这群奴下之奴,放在眼角里么?看你这老狗今日行为,当初陷害我姑父全家必也有份。我不杀你,情理难容;杀你,罪状尚未证实。我先给你留一点记号,等我寻到表兄,问明前情,那时再寻阉狗一干狗党算账。留你残命,且在旁看我怎样走法。"姓胡的听话不对,一时情急,刚喊了声:"救命!"便见黄潜手举处,光华耀眼,闪了两闪，同时耳际微凉，身子便被放开。

房外众人见黄潜放手，一声呐喊，首先各举镖箭向房中发来，满以为准可将人射倒。忽听黄潜叫一声："来得好！"手中宝剑一舞，立时连人带剑化成一团光华，从门内飞射出来。屋外伏兵立时一阵大乱，纷纷各举刀矛，一拥而上，哪里还有人迹，张皇骇顾间，又听黄潜在屋上怒骂道："我不杀你们这群无知蠢奴，归报阉狗，叫他早晚留神首级！"众伏兵举箭欲射，剑光闪处，人已不见，连忙追出。一问墙外埋伏的马队，只听墙内喧噪拿贼，连刺客影子也未见。众厂卫人等无法，只得垂头丧气回去复命。

姓胡的惊魂乍定，微觉耳边作痛。用手一摸，两耳已被削去，方觉奇痛难忍，晕倒在地。人走之后，家人齐集，将他救起，一寻残耳，早被刺客取走。身上还中了一支流箭，幸不甚重。侥幸得保首级，自去养伤，咒骂仇人，向权阉哭诉。不提。

黄潜离了胡家，越想越觉权阉奸党可恶，竟不及等候寻见颜觊，径于次日晚间往权阉家中行刺。去时自恃仙传本领，以为取阉狗首级无殊探囊取物。谁知对方有了准备，并且权阉因知多行不义，怨满天下，平日不惜重金厚礼，早就豢养着有好几个异派中会剑术妖法的人近身保护，日夜不离。加以昨晚厂卫归报，黄潜又从容逃走，正悔一时疏忽，轻视敌人，没派能人前往。除密令九城一体严拿外，断定黄潜既是颜家戚党，早晚必来行刺，防备异常周密。黄潜一到，便有两妖人上前应战，几乎为邪术所中，自投罗网。幸仗明夷子所传脱身避难之法，才得遁走。黄潜方知事非易与，表兄缓报亲仇，必也因此。

知难当退，再留无益，只得买了些冥镪祭礼，寻了一个冷僻寺观，招魂设祭，痛哭了一场。祭毕，又往权阉家中试了一次，仍是防卫紧严，无法下手。只得连夜离京，赶往四川，一路无话。

黄潜先由旱路取道成都，到后，连访数月，并无朕兆。又去川东、重庆一带寻访，仍问不出一毫端倪。夜入各地官署暗查案卷，翻出当年卷宗，也只是阉狗以前风闻表兄嫂逃往川中匿迹，命地方官严缉解京治罪的话，大半捕风捉影，查不出所以然来。不得已，返回成都一带，日里遍搜岩壑乡野之间，夜晚又去衙署探查。

这一夜，黄潜前去，正遇官和幕友拿着权阉第三次严缉刺客的催令说黄某既闻颜氏孽子在川潜伏，定往寻访。屡经开具年貌，严令缉拿，何以久缉不获？殊属玩忽等严加申斥，仍着务缉归案之言。黄潜暗中好笑。心想：

"自己行踪飘忽,一身绝艺,即遇官府捕役,也拿我无可奈何。况且自在阉狗家中受挫,益发谨慎。入川以来,大半昼伏夜动。寄居之地,不是受过恩惠之家,便是岩栖野处。任你严限查缉,有甚用处? 不过阉党爪牙密布,搜查如此严厉,表兄嫂是外乡人,倘在此潜居,日久不会不露一丝行藏。这里近接滇黔,想已逃入蛮荒。反正找到方休,何不前往一试?"正欲起行,第二天青羊宫集会,黄潜也不畏官府耳目,意欲一观盛会,再作长征,看看是否与传说相符,有无神仙异人出现。

次日,天色微明黄潜便赶了前去,随时随地留心物色。一直游到下午未申之交,除了肩摩背接人多拥挤而外,毫无所遇。仅殿旁有两个江湖道士,在那里弄花巧捣鬼,也引不起自己兴趣。暗忖:"世俗所说的会神仙原来如此。这等喧闹尘嚣所在,神仙原也不会到来,我本多此一举,还是走吧。"信步出宫,且喜无人识破。正欲起行,忽听有人笑语道:"这个人也是呆子,既知亲戚隐在苗疆,却只管奔驰全川,到处瞎撞乱跑。前边放着明路却又不去打听,任他踏破铁鞋,有甚用处?"黄潜闻言心动,忙回头一看,乃是一个身背大红葫芦的中年道士,吃得酒醉醺醺,正和一个同行的道童且说且行。忙跟过去,欲待寻他攀谈。偏值散会之际,宫中游人如潮涌一般退出,急切间挤不上前,只得遥遥认定那个红葫芦尾随。

黄潜行离宫门才十余步,又听道旁有人问答。内中一个说道:"可惜这一对行医的夫妻,已有好久不到我们墟里来了。这就是当时用剩的药,各墟集上都没处配,又无法认得,才几千里路赶到这里来,往各大药铺寻访。不料这么大地方,竟也配不出,也是没人认得,找更找它不到。我那亲娘必是活不成了。"黄潜闻言,刚一回首,猛听耳旁有极细的声音说道:"问他好了,不必寻我。"心中奇怪。再一寻那道人师徒,就在这晃眼工夫,竟在万人丛中失踪,不知去向。那道旁问答的乃是几个熟苗。不禁触动灵机,暗忖:"姑父乃世传外科名手,表兄也从小医理极有悟性。闻他夫妻逃时匆忙,带钱不多,如隐苗疆,必以行医自活。我枉自寻访经年,怎未想到这上头来? 料那道人师徒定非寻常,两次所说,似乎有心指点,末次所说尤为暗合我心事。既然隐去,必不肯见,寻也无益。且从苗人口中一探,莫要顾此失彼。如问非所答,再寻访道人踪迹未晚。"

想到这里,便闪出人丛,往苗人身前凑去。越听苗人所言,越觉有望。故意闲立到人散将尽,苗人也语尽分手,便认准问药的一个,尾随到了田野无人之处,上前唤住,问道:"客家先说有甚药儿,可能给我一看么?"苗人惊问道："官人能识这药？那太好了。"黄潜接过那药一看，乃是一粒银衣朱丸，看出与颜家制法相同，便问来处。

苗人答道："我家原住云贵交界的菜花墟，只因我爹是个多年痰喘，数年前遇一走方汉客，夫妻二人医道都好。先时无人信他，我用五分碎银买了他一包治喘的丸药，我爹还不肯吃。他夫妻见生意不多，无人上门，不久也便走去。过了些时，我爹喘得要死，一听族人说他药颇有奇效，我才瞒了我爹，假说别一个走墟名医的药，早晚照他法子共吃两回，便止了喘。等药用完，即断了根。这时，他夫妻已渐渐有人信服。按说我们那里是大墟大集，人多富足，他夫妻能做常年的好生意。不知怎的竟没了影，一直也未再到墟里来。去年我娘忽然也害了喘病，什么方法都用尽，只是不能好，今年越发厉害。

"只恨当初没将他药都买下，这一粒还是当初我留的样子，原想等他来时比着买来，准备我爹犯病用的。不料我娘也害这病，到处打探，只打探不到。我急得无法，心想他夫妻说家原住在四川，虽然口音不大像，丸药不比草药，总是从四川贩去的。谁知连问多少医生、药铺，俱不能识。官人如能识得，代配一料，将我娘病医好，我家金砂甚多，情愿送你两升如何？"

黄潜见那熟苗孝心至诚，便笑答道："谢倒无须，少时我送你点药，包将你妈病治好就是。"苗人闻言，慌忙跪倒拜谢，连问那药可是身带。黄潜道："我不但给你好药，还可同你前往包医。只是那行医夫妻，颇似我的亲人，你可知他姓名么？"苗人道："官人原来和他有亲么？这太好了。他夫妻初来时没有人理会他，事后我曾向人打听，说他姓严，不知是不？"黄潜知"严""颜"音近，或是传闻之误。暗想："表兄既然亡命奔逃，怎连姓都未改？就改也无须用这与本姓相近之音，难怪阉狗得知踪迹。听苗人之言，他此时虽已离去，必仍在远近苗疆中以医自隐。"略一寻思，决计不再寻那道人，取出明夷子所赐在外济人的灵丹与苗人看了，相约同往医治。只路上要苗人教他土语；假如中途有事离开，必须前途相会，不许盘问，并向人说起，苗人一一应诺。黄潜见天已黄昏，于是同返那苗人寄居的地方共宿一宵。

第二早，天色微明，便即起身。苗人惯于跋涉，走不两天，便弃了官驿大道，改抄荒野捷径，所遇都是苗、蛮之类。那苗人与菜花墟孟峒主同族，沿途苗民多来延款。加以步履轻捷，一天往往能走二三百里的山路。由成都上道南行，沿岷江驿路越过大凉山，走入屏山、野家山这一条赴滇捷径，虽是苗、蛮杂居之所，风景却极佳妙，山清水秀，涧谷幽奇，仡鸟蛮花，山光如沐。

280

原生野林遍地都是,常在林中走一两天不见天日。到处俱值勾留,不舍遽去,所以路上一些不觉迟缓。因山野辽阔,常断人烟,除偶为苗人用灵丹治病外,更无别事耽搁,始终也未离伴他去。那苗人见黄潜用的只有一种丹丸,却是药到回春,越发敬服感戴。

二人行约半月,相隔菜花墟只有一二日途程,忽然又遇到一个半熟苗,与孟苗一见面,便笑道:"我报你一个喜信,那一对神医现在青狼寨当长年医生呢。"黄潜路上本不断留神打听,闻言大喜,忙问究竟。那苗人说:他与孟苗交情最好,因闻孟母病,寻访神医不到,也帮着打听。前日无心中在金牛寨山口上遇着一个青狼寨的旧人,说他寨主多疑性暴,女寨主也凶得很。他因犯了点忌,恐怕送命,连夜逃出避祸,意欲投奔他一个先逃走出来的同族。无心中谈起前几年黑王神给他们引去一对会医病的夫妇,一盘问,竟是以前来此的那两个神医。没等说完,便忙跑向孟家,孟苗已赶往四川去了。因为青狼寨主夫妇为了金牛寨,与孟峒主有仇,不敢冒失抬了孟母去求医。此事只有等孟峒主回来,求峒主设法向他硬借。如今有事须往前山,不想途中相遇等语。

黄潜问知青狼寨相隔仅百里山路,越发心喜。当下别了那苗人,第三日赶到孟苗家内,黄潜给孟母服了灵丹。因当地俱是苗民,不时来往城镇买卖,恐宣扬出去,泄了自己和颜氏夫妻行藏,再三叮嘱不可泄露于人。丹药也暂时停施。等病治好,问明了去青狼寨的道路,便要别去。孟苗自然千恩万谢,送了许多土物、金砂。黄潜一概不收,只取了三天的粮食,做一口袋装好。

孟苗说:"青狼寨主夫妇凶狠诡诈,又与本墟有仇。此去要穿行螺盘湾,便是我们认路的人,也常常走迷,只一疏神,将湾中谷套数错,就一月半月困在湾里不得出来。恩人没走过,只凭我口说,哪里行得?"执意要伴送同行。黄潜一则恐泄机密,二则知道两方不合,万一同行遇见青狼寨人寻仇,动起手来,表兄现正寄居对方,相助同敌,恐伤人不便,反多累赘。自己一身本领,只要认得方向,岂惧山岭阻险?执意不许同往。

孟苗无法,只得说道:"我家恰在本墟最远最偏僻的所在,往青狼寨须走螺盘湾,恩人路生,实不好走。既不要我陪去,请恩人退回来路,改走前路。虽然中隔两座高山,仍要穿过螺盘湾,但只是湾的尽头,决不至于迷路,多走百十里,却放心得多。"黄潜应了,问好改走前墟的路,便即起行。孟苗送了一程,方行别去。再走一二里,到了两路分歧之处,黄潜暗忖:"前墟人多热闹,路既要远得多,山路更是峻险,何必费这些事?"想了想,仍往后路走去。

黄潜步履迅速,行至中午,已到螺盘湾。只见两崖高峙,中通峡谷,觉得并无甚出奇。谁知入谷走不三二里,路径便难走起来。两边俱是危崖峭壁,其高排天,光滑如镜,猿猱也难攀缘。再加谷径弯曲错综,歧路百出,互相重复颠倒。黄潜心中有事盘算,一个不小心,忽然数错了两个弯套,将谷径记迷,误走入不该进去的谷套之中。等到尽头被危崖阻住,看出有误,连忙回身时,来路方向、途径全未留神记住,又错入别的死谷之中。

黄潜虽知走迷,仗着一身轻功,先还不甚发慌,以为所见湾中崖壁虽然都是危岩低覆,日光全隐,看不出方向,拼着踏遍全湾,总不至于找不到可攀缘之处,一达高处,即可辨明。再者,先前来路也还有两处记得,只要找到,便可推测。谁知越走越不对,走到黄昏,始终未将路寻到。好容易寻到两个略可攀登的崖壁,攀缘上去一看,下面山连山,山套山,两山相间,成了一条条的峡谷,千头万绪,好似千百条龙蛇盘纠其下,哪里分辨得出来踪去迹。

黄潜试返下来,略为定了定神,取出干粮,饱餐一顿。猛想迷径,姑且往下再走。天已昏黑,斜月挂崖,星光闪树,下面却是暗沉沉的。仗着练就目力,虽然不畏谷中昏黑,无奈湾中谷径阻塞的多,偶有几条可以通连,过后细一辨认,枉自绕了许多弯转,多半仍然回到原处。

黄潜连走了一日夜不曾停脚,未免有些劳乏。一赌气,寻了一个地方,坐眠到了天明。满拟少时日出,总可辨明方向,偏又是危崖交覆,谷径阴森,日光不能透下。想再攀上崖顶去看时,昨日那两处较可攀缘之所,已不可复得。耐着性子,一面试探前行。静候到了日中,方向虽已辨明,可是照方向走,路均不通,仍须弯曲绕越,照旧是进退两难。尤其有一桩最难受的事:照孟寨主说,谷中泉水原有两三处,这一走迷,更找不到一滴水,口渴已极。幸是黄潜学过多年坐功,能调气生精,如换常人,渴都熬不过去。

黄潜似这样往来乱钻乱窜,在谷中走了两天两夜,心中未免烦乱。第三日早起,忽经一谷,有一面崖壁虽高,却满生藤树,可以攀升。连忙施展轻功夫,援升到顶。细看那一面也是一条峡谷,离地百丈,上半截溜斜可行,下半仿佛陡峭,隐隐闻得流水之声,心中甚喜,好在下跃比上纵要容易得多,便走向半崖,往下纵去。身刚纵起,落未丈许,腰间干粮口袋忽被一块锋利突出的石角挂住。人正下落,事出仓促,难以挽救,粮袋立被扯碎,挂在石上,内中所贮干粮、肉块纷纷坠落,扑扑之声直响。

黄潜行时虽只带三日之粮,孟苗感恩心切,暗中多塞了好些在内,黄潜

282

首次检视,足供七八天之用,虽然失路,食粮暂时尚可无忧。先还以为落在地上,东西仍在。及至到地一看,靠崖脚的一面竟是一个小溪涧,相隔落处不过尺许。适才下望,因有藤草遮住,又有突崖掩护,没有看出,那些糌粑、干肉沿壁直坠,不比自己是择地飞纵,业已全数坠落涧中,不禁着起慌来。见涧水汤汤,沿崖而流,却又不长,尽头处水忽成淤,如有无底深洞在下,巨吻吞波,汩汩不已,意欲取水,先解了渴再说。贴身伏地,刚刚悬脚涧岸,哪知腥腐之气,中人欲怄。知苗疆山中常有毒泉恶水,又想起适落干粮沉底无一浮起,连行三日不见一鸟一兽,可见地之险恶,不敢造次,只得作罢。

黄潜知道危难将临,一半日还好挨撑,再若日久不出,恐难逃死。想了想,无计可施,只得仍旧乱窜,只盼或者误打误撞,冲了出去,此外别无善策。黄潜是早本未进食,挨到夜间,仍然没有出路。接连已是三天,脚底又是不停地飞跑,路仍迷无头绪,腹中饥渴已极,越往后越难忍受。身上虽还剩有百余粒丹药,那是师父救人之物,不到生望已绝,行将待毙,又不愿拿它充饥。正自饥疲交加,走投无路,忽然行经一座断崖之下,仿佛走过。攀升上去一看,正是那丢失粮袋的所在。此时因袋裂未落,估量袋中必有余粮,无心得此,宛如绝处逢生。提气沿壁下到崖腰危石之间,将破袋取到手中,居然在里面寻到大小四块糌粑,一条熟腊肉。如节省充饥,尚敷一二日之用。便仍沿崖纵下。不知何日脱困,哪敢饱餐,只取了小许糌粑略为充饥,吃完将余粮包好又走。

黄潜因屡次绕越,终仍不离原处,反正难走出去,姑且见谷就钻,见弯就拐,不问道路相反与否,乱走一回试试。行到黄昏,虽未寻到出路,所经已与往日不同,重复之处甚少。暗忖:"这里不但鸟兽绝迹,溪流毒秽,连黄精、野菜之类都发掘不着。自己年来惯走蛮荒山野之区,几曾见过这等穷山恶水行次?"一眼瞥见崖缺新月斜照之处有一岩洞,猛想起:"来时孟寨主曾说,此湾沿途有三个岩洞,内有泉瀑可饮。莫非误打误撞,寻到出入正路不成?"想到这里,心中一喜,便拔出宝剑,借剑光华映照入洞。

入洞一看,洞内沙石洁净,大可栖身。洞角沙地湿软,壁间似有水痕,水却无有,料水源业已干涸。原拟余粮分成数日之用,一天只吃一顿,未再取食。随便择了块大石,枕着粮包卧倒,意欲睡至天明。看岩洞形势与孟苗所说是否相合,再行端详出路。

黄潜连日眠食均乖,精神不济,着枕便即酣睡。睡了好一会儿,忽听洞顶山石爆裂之声,惊醒转来,借剑光往上一照,顶石已成冰裂,摇摇欲落,地皮也在摇晃，似要坍塌。知道不好，连忙飞跑，往外纵去。身刚离洞纵向空旷之处，耳听轰隆两声大震，黑烟冲起，沙石惊飞，全洞竟自崩裂，稍迟一步，怕不压为齑粉。黄潜惊魂乍定，想起粮包当了枕头，逃时匆迫，没有携出。还算好，山行已惯，随身衣包和剑匣不曾摘下，没有失落。白日费了好些手脚寻到余粮，只少进了一些点饥，连半饱都舍不得吃，万不料二次又会失去。

一会儿，地震停止，黄潜心烦了一阵，无法，挨到天明，见昨晚岩洞连山根整个塌陷下去，成了一个巨穴，穴中直冒黑水，知道余粮绝望。决计再挨走两日，若不能脱险，人也委顿难支，即以丹药提神。既然见了岩洞，且照孟苗所说，往洞左反走，用三进一退之法再试试看。走至午后，居然见了第二岩洞。越往下走，越与孟苗所说途径相似，由此也未再走重路。才知昨晚所经乃第一洞，距离入口并不甚远。以前数日所行，始终在左近数十里湾中胡乱转圈，不离原处，不禁又好气，又好笑。连日疲劳，行得较缓，到第三日早晨才行脱险。

黄潜出了螺盘湾，自忖："食粮虽绝，前去随地都有黄精、山果、兽肉之类充饥，当不妨事。"沿途发掘探索，食物尚未找到，又误入乱山之中。直到越过盘龙岭，方又见不是正路，忽听水声潺潺，溪流聒耳。黄潜本来断了好几天的水，况且有水之处每多果树、野菜可食，立即振作精神，循声跑去。跑没几步，忽见阔涧前横，阻住去路。饥疲交加，强用平生之力，刚一飞身纵过，喘息未定，便听耳后风生。回头一看，一只花斑大豹从身后崖上直扑过来，势绝猛恶，又在仓促之间，不及拔剑，连忙提气飞身纵过。脚才点地，顺手将剑拔出，那豹也跟踪扑过来。

如在平时，再有几只，黄潜也不放在心上。此时正当连日饥疲，力竭气弱之际，知道不耐久战，忙使一个应急的解数，不但不再退避，反倒迎将上去。眼看那豹飞身扑向当头，两下快要撞在一起，危机瞬息，倏地双手握剑，往上一举，由朝天一炷香化成鱼游顺水之势，由豹腹下平穿出去。那豹虽猛，怎经得住仙家宝剑，这一剑，正刺进豹的颈腹之间。一个借劲使劲，一个负痛往前急窜，恰似利剪裂帛，由颈到后阴，不偏不歪，豁然迎刃而解。当时狂吼一声，腹破肠流，死于就地。

黄潜气不过，跑去连砍了好几剑。正待割些豹肉，取火烤来充饥，不料那豹原是两只，俱伏崖上猎食，相隔不远。头一只扑来时，第二已发现有人，轻悄悄由斜刺里赶来，意欲与前豹争食。黄潜用宝剑杀了前豹，这只业已追近，又恰在黄潜身后，不声不响，起爪飞身便扑。这只豹本由隐处潜出，大出意外,扑时相隔也更近,如换旁人,不死必负重伤。总算黄潜练过多年静功,虽当危难,耳目仍是聪灵。刚刺破豹皮割肉,微闻身后有了声息,一转脸,那豹来势迅速,又见同类惨死,更加猛烈,黄潜只觉眼前一花,豹已临头。这时如往前纵,脚底又被死豹阻住。情知不妙,心里一着慌,急不暇择,不禁大喝一声,奋起神威,一纵身,举手中剑,直朝那豹横截上去。情急用力太过,这一剑虽然砍中,人却被豹身撞了一下,吃不住劲,撞出两三丈远。当时耳鸣心跳,头晕目眩,身子晃了两晃,方行站定。一看,那豹比前豹还大,业已身首异处,死时连声都未吼出。

黄潜自觉力已用尽,见身侧有一大树,便倚树坐下,暂时喘息。歇不一会儿,遇着那个采花的苗女,给他吃了几块糍粑,又给寻了些山泉。黄潜饥渴一解,精神立时大振。也没多吐实话,一问路径,知又走了岔路。当下先从衣包内取了一条花汗巾,送给苗女,当作谢意。苗女见他人好,请他在崖前少待,回去多取些糍粑与他做行粮,原说至多个把时辰即行回转。后来黄潜久候苗女不至,心想:“据苗女说,当地赶往青狼寨不过二三日的途程,说的定是寻常人的足力,如照自己走法,岂不当日可到? 前后连断数日饮食,早夜奔驰,尚且能支,何况适才业已饱餐足饮,还怕什么,螺盘湾中已然冤枉耽延了多日,好容易才访出表兄下落,现成的豹肉可用,还不及早赶去? 在此久候下去,势必又要多延一日见面,实在不值。”想到这里,便割下一块豹肉,用树叶包好,系在衣包之上,余剩的留赠山女。自己按照所说途径,往青狼寨山口里赶去。行时已是中午。

黄潜脚程虽快,无奈沿途山径崎岖,一过山口内大草坪,便即难走。苗女照本山苗人的脚程说话,并不算慢。黄潜到底路生,虽然不致再走迷路,当日怎到到达? 行至黄昏,见暮霭苍茫,山风凛冽,宿鸟归巢,兽嗥之声四起。凭高下望,还看不见青狼寨的影子,知道相隔尚远。只得趁天未黑,择了一处山洞安身,就山泉将豹肉洗净,拾些枯柴,准备在洞口外烤食。火刚点燃,忽听洞侧树抄微响。侧脸一看,一条白影,仿佛是只猿猴,疾逾鹰隼,穿越林丛,一闪即逝。黄潜沿途所遇山中猿猴不知多少,如这般周身雪白,举动神速轻快的,却也少见。因天将黑,也没跟踪追视。略烤吃了些豹肉与途中采得的山果,寻来石块,堵好洞门,静坐了一会儿,便已卧倒睡去。

半夜,黄潜为兽啸之声惊醒,洞外黑沉沉的。山风呼呼,夹着湿气,穿隙入内。由石缝外视,长空星月光华全部隐去。侧耳一听,兽声愈厉,中间似有猿啸,仿佛两兽恶斗方酣,呼啸不绝。听出相隔犹远,天阴欲雨,不愿出视。意欲再睡片时,已难成梦,又不知时辰早晚,在黑洞中坐等。好容易挨到天明,兽声始住。出洞一看,天色澄清,石凹积水,草木肥润,山光如沐,方知昨晚醒时正当小雨初晴之际。略进饮食,便趁着朝暾就道。

黄潜行不数十里,一眼瞥见路侧大树梢上金辉映日,毛茸茸挂着一团东西。近前取下一看,乃是一丛金黄色的兽毛,像是新被扯落,上面还带有血迹。用手一扯,不用十分力竟扯不断。心想:"这样柔中带韧,又长又亮的金毛,生平从未见过。昨晚兽斗,必是此物无疑,只不知是何野兽,这等猛恶?此处既有遗毛,兽迹当不在远。"顺眼往林中一看,林梢树底又发现了两处,不禁动了好奇之想,信步往林中走去。

那片树林只有数亩方圆地面,越往前,扯落的毛片越多,丝丝缕缕,牵挂林木之上,金色湛然,随风飘动。等将树林走完,乃是一座山峰,并不十分高大,形势却异常陡峭,撑空矗立,宛若石笋,上面洞穴甚多,寸草不生。峰脚长着数十百株大果木树,就中半是红桃,实大如碗,鲜肥悦目。峰左高山巍峨,中隔绝涧,峰右长岭遥横,上连云汉,恰好做了峰的两面屏障。峰前却是一大片盆地,细草蒙茸,隐现血迹,到处都有践踏之痕,知离猛兽窟穴已近。昨日几乎为恶豹所袭,不敢大意,便将宝剑拔出,一提气,径往峰上面走去。

黄潜快要走到峰头大石洞前,忽听吱哇一声兽啸,从洞中飞纵出来一条白影。定睛一看,正是昨日傍晚所见到的那只白猿,手里拿着一株异草,颇与自己在太行所服兜率仙芝相似。心刚一动,正要劫取,那白猿动作绝快,身刚飞纵出洞,脚略一沾尘,便凌空数十丈,往峰下飞去,穿树登枝,只两三个起落,便越涧往对山而去,晃眼不见踪迹。

黄潜知是灵猿,就追也未必追上。只不知那扯落金毛是甚怪兽,仍欲走往洞内一穷其异。见洞径光滑整洁,四壁钟乳已折去,仅剩遗迹,不时闻见腥腐之气。猿猴不吃肉食,估量藏有别的猛兽,不由加了几分戒备。

黄潜深入约有十丈,由一石甬路转出,忽见天光透入,照见洞壁边堆着好几具虎豹等猛兽的尸骨,虽然头破脑裂,大半俱是整具尸身,皮肉俱存,并未残损。细一查看透光之所,那山峰宛如五丁开山,从中裂成一个巨缝,洞当峰腹,恰巧分成两截。洞里面望去颇深,洞口净无纤尘,比前洞还要干净得多。黄潜刚行进后洞口外,迈步欲入,才一举步,隐闻兽喘声息,知道有警。

就在这按剑却顾之际,忽见两点蓝光射向脸上。刚往后一退身,下摆衣襟已被那东西抓住,登时觉得后腿上被钢爪挂了一下。仓促中也没看清面目,举剑往下便砍。不想剑又被那东西捞住,觉得力量绝大。同时剑光指处,也看出怪物的形状。忙一稳气,移步换形,改退为进,就着那东西抢剑前夺之势,运用全力将手中剑一拧,对准怪物分心刺去。只听一声惨啸过处,怪物两爪松剑,不再动弹。

黄潜因为初退时力猛,下衣被怪物抓裂,脚上皮肉略带着了些,也被抓伤见血,隐隐作痛。暗讶:"是何怪物,具有这等神力?自己内外武功俱臻绝顶,身上皮肉如铁一般坚硬,竟会被它抓伤。这口宝剑出诸仙传,无论钢铁、玉石,挨着便碎,竟敢用爪来强夺。既然这般厉害,怎又一剑便即刺死?"随想,随用剑试了试,不见动静。用剑尖挑到明处一看,那怪物似猴非猴,比先见白猿略大一些。生着一身金色长毛,脑后披着几缕金发。一双长臂,掌大如箕。因为夺剑,前爪已被剑尖拉断了好几根,连皮搭下。身上皮毛有好些地方俱已扯落。那未扯落的却是亮晶晶的,油光水滑,又密又繁,与先见残毛相类。

黄潜这才明白昨晚啸声便是此物,与白猿斗了一夜,身受多伤,力尽精疲,仙草必原生洞内,也被白猿夺去。躺在洞侧喘息,看见生人进来,已不能纵身起斗,仗着利爪来抓。不料是口仙剑,等往回一夺,爪断负痛,爪刚一松,吃自己顺势一剑,刺中要害,立时了账。否则,看它种种厉害神气,如在平时相遇,死得决无如此容易。要知后事如何,且看下回分解。

第三十二回

卧薪尝胆　苗峒练仙兵
出谷迁乔　蛮山驱兽阵

话说黄潜惊心初定,好生侥幸。试探着往后洞内再一搜寻,除比前洞整洁外,只有好些怪物采得未食的肥桃山果。还有一块光滑大青石,想是怪物卧处,并无别物,当下取了桃果出洞。这一来,又耽延个把时辰。忙着赶路前进,一路飞跑。

快到青狼寨山麓,日色又已偏西,忽听飕的一声,崖顶下飞来一支东西。黄潜出其不意,吃了一惊。纵开一看,乃是一支梭镖颤巍巍斜插地上。知道崖上有人暗算,抬头一看,危崖耸立,山石崎岖,并不见一个人影。料是藏在暗处,正待喝问,猛地飕飕连声,又是四五支长箭往下射来。黄潜喊声:"来得好!"随使出一身本领,一面手接脚踢,将箭拨落;一面朝那发箭之处寻视,才看出乱草蓬蓬中隐现着几个苗人影子。忙用苗语大喊道:"我是汉客,孤身一人往青狼寨送货物,寻访亲友的。与你们无仇无怨,有话下来说,决不伤害你们,射我则甚?"说罢,上面果然止住了射,好似有数人在互相商议。

待不一会儿,从蓬草中钻出一个苗人,朝下喝道:"你这汉客可是从菜花墟来的么?要往我们寨里寻找哪个?快说。"黄潜来时已知青狼寨岑氏夫妇与邻近各寨俱都有仇,如说实话,必有阻难。便答道:"我从省里出来,寻访一家姓颜的亲人。沿途打听,说他夫妻二人在你寨中行医,一路只在山中绕行,幸得一人指路到此,并不知什么菜花墟。"黄潜言还未了,那苗人脸上顿做失惊之状,将双手连连摇摆,意似叫黄潜不要再说。接着身子往下一俯,援着丛中隐着的一条藤蔓,便往崖下缒来。身后还有四个苗人,也都由草里现身,相随援藤而下。为首一人说了句:"汉客且随我来,有话对你说呢。"

说罢,将黄潜引向崖后隐僻之处。行约半里多地,走入一个石洞,里面陈设苗人卧具和食饮之物。先请黄潜在一竹榻上落座,余人便端上糍粑、山泉请用。

黄潜见他们意态不恶，行了半日，正用得着，也不作客套，拿来便吃。方要询问颜家踪迹，为首苗人已经说道："汉客你真大胆，敢一个人到此。这几日因黑王神恨了我们，虎豹到处伤人，遇上就死，再加上寨主夫妇又与金牛寨结了大仇，恐金牛寨主勾引莱花墟孟峒主前来报仇杀害，近寨一带添了好些瞭望防守，见了生人，先发一标，答不上话，立时便放毒箭射死。这还不说，偏你寻的又是寨主的对头冤家。幸是我们这几个，如遇见寨主心腹近人，包你没有命在咧。"

黄潜闻言，不禁心惊。想了一想，问道："我听说我那姓颜的亲人在此行医，你寨主不是甚为敬礼的么？怎的又是他的对头？如今他夫妻在这里么？"苗人答道："颜恩客如在这里还说什么？你说的是从前的事啦！"

当下便把颜觇因神虎入寨，产子行医，先友后仇，以及岑氏夫妻日久疑忌，勾引韩登陷害，颜氏全家知机先逃，由一神猿救护，到了山口，吃金牛寨主父子预先派人埋伏接去的经过，一一详说了一遍。并说青狼寨恐老苗父子不肯甘休，又惧神虎为祸，防御甚严。自己和诸同伴俱曾受颜氏医病之德和老苗父子厚待，对岑氏夫妻虐待也是敢怒而不敢言，无奈妻子、田业俱在青狼寨，暂时不能逃走。今知汉客是颜家亲人，为此实说。如要见他，可往金牛寨去，必能相遇，还受礼待。

黄潜知表兄嫂已脱险，才放了心。犹恐有误，再细一盘问颜氏全家名姓、容貌，除名字改去，添生一子外，无不与表兄嫂年貌吻合，料定无差。并问清遇见苗女的地方便是金牛寨境，只怪一时没有耐心，未等苗女送粮回来细问。事已经官，恐其金牛寨存身不住，又避往别处。因扰了苗人饮食，又问出颜觇真情，心中甚喜，意欲取些银物作酬。

苗人却是执意不受，说："汉客是颜恩客的亲人，哪能要你谢礼？那日我们原受寨主逼迫，随三熊追杀恩客夫妇。后来三熊被白猿抓死，韩登同随去的官人死的死，捉的捉，一个也未逃回。我们俱受金牛寨小寨主蓝石郎之托，回来只说业已追上恩客，忽被黑王神和怪物抓死，没对岑氏夫妻说出实话。事隔不多天，恩客必还在金牛寨内居住。汉客去到那里，可请颜恩客向老少两寨主给我等说个好话。就说我们本是一家，如今都受岑氏夫妻虐待，听他寨中甚是安乐，十有九个都想投奔他去，只苦暂时走不脱身，稍有一点缝子，立时逃往。求他务必在寨口附近常派些好手瞭望，遇上我们逃去的人，随时打个接应，免得被狗崽追上送命，就感恩不尽了。"说完，又送了些食物。

黄潜自然满口答应。当下略问路途，别了苗人，忙着上路。

青狼寨出山的路本有好几条，虽不似螺盘湾那般迂曲盘绕，容易走迷，生人也不易走。黄潜行时因见来路弯转，心想抄近，向苗人问路，走的是昔年老人初逃的峡谷，未由原来途径经行。满以为天刚昏黑，借着星月光辉连夜赶行，脚底多加点劲，第二日午时前后便可出山，到金牛寨与表兄嫂相会。谁知入谷一深，路便难走起来。先时目光虽被崖壁挡住，仗着练就目力，还能辨路前行。走出百十里，到了半夜，谷中忽然起了浓雾，伸手不辨五指。山风四起，虎啸猿啼，隔山应啸，石飞树舞，都成怪影，碍足牵衣，如有鬼物伺袭。荒山独行，越显景物郁暗阴森，凄厉可怖。有时行经雾稀之处，天上星光隐约可辨，可是谷深崖峻，黑暗之中，难以攀越，还得留神豺虎虫蛇潜伏伤人。

黄潜无奈，只得借用剑光照路，偏生那雾越来越浓，剑光不能及远，仿佛一条银蛇在暗云中闪动，离身二三尺仍是茫然。鼻孔中更时闻腥湿之气，恐雾中含有毒瘴，取了两粒灵丹咽服下去，高一脚，低一脚，往前急走，只盼走出雾阵，得见星月。不料一个忙中有错，又走入了歧路，直到山雾渐消，天色向明，见了日头，才行发觉方向偏出东南，又把途径走错。

黄潜暗中奔驰，一夜无休，甚觉疲倦，一赌气，坐在路旁石上歇息，取出苗人所赠干粮略吃了些。暗忖："连日慌张，如撞见鬼一般，到处迷途差误，冤枉路不知走有多少，难道这也是命数注定？"方自想起好气好笑，忽见谷旁尘土掀起，扒掘成一大坑，坑中似横卧着一个东西，五色斑斓，正对着初升朝日闪闪放光，烂若云锦。首尾俱被丛草挡住，看身躯粗大平扁，不似蛇蟒之类。

黄潜心中一惊，立即站起，不敢招惹。先端详好了退步，定睛再视，丝毫不见动转。试取小石遥掷了三次，仍不见那东西丝毫动作，如死去的一般。试探着近前一看，那东西身长丈三四，生得与穿山甲相似。首尾俱已断裂，身上尽是兵刃之伤，残鳞断甲，坑内外到处都是，血迹犹新，像是刚死不久。用剑一刺，扑哧一声，虽然破甲而入，并不甚深。暗讶："这东西不知是何怪兽？形态如此凶恶，鳞甲又极坚，必然厉害非凡。看伤痕，分明昨晚有人用兵器将它杀死。这蛮荒穷谷之中，哪来这等有本领的异人？"越看越奇怪，只想不出个道理。腥血污秽，异人已杳，无可逗留。

黄潜正要寻路出谷，走不数十步，猛听野兽微微喘息之声发自头上。仰面寻视，危崖高耸，峭壁千寻，只离头两丈处一石突出，方广丈余。估量兽在石上,绕向前面较高之处一看,上面卧的正是昨日所见的那只白猿。周身银毛衬着好些血痕,红白相映,越显鲜明。一只长爪握着那束兜率仙芝,平置石上,仿佛睡时恐将灵药残损,故此将爪平伸,不使相近。一爪压在胸前,俯身贴石而卧,睡得甚是香甜。

黄潜不禁大喜,忙用轻身功夫平地一纵,到了石上。见石上碎石罗列,白猿卧处似有裂痕。黄潜哪知白猿昨晚和适见怪兽喷云神狨斗了一夜,中毒疲乏,特地裂石藏宝,身卧其上,下面穴中还藏有两件异宝,一心只想把兜率仙芝取走。因知昨日洞中怪物是此猿除去,身上血迹又与坑中异兽相似,必然又死它手。为世除害,大是可嘉。看它动作、形象,似已通灵。如在此时乘机杀死,虽然容易,未免有乖好生之德。就此取草,将它惊醒,又必难于对付。想了想,便右手举剑,左手拿了仙芝轻轻一提,居然得到手中,并未将猿惊觉,好生庆幸。

黄潜正要走去,继一想:"此猿毛白如雪,已是灵物,它如此珍惜仙芝,必知仙芝妙用,得时定也不易。这两晚连除二恶,便为此芝也说不定。自己不劳而获,殊觉于心不安,似应少酬其劳为是。恩师曾说,所赐两种灵药,一种只是医病而已;另一种仙效神奇,凡人服了,可以起沉疴而致修龄;如给稍有灵性的禽兽服了,足可抵它数十年苦修之功。自下山以来,所遇都是寻常病人,尚未用过,何不给它一粒,以尝其劳?"当下把灵药取出一粒,轻轻塞在白猿爪内,然后纵身下石而去。

黄潜去时高兴,未免疏忽,举动稍微重了一些。白猿原因昨晚杀死喷云神狨时,中了毒雾,勉强飞纵石上,先想取走那先藏的一株兜率仙芝。后来觉着四肢酸软,头晕欲眠,一着急,刚把石头裂开,将所得二宝放入裂穴,已支持不住。手握仙芝,伏身卧倒,将穴遮蔽。它已是多年通灵神物,耳目心性何等机警敏锐,只不过暂时昏迷。睡梦中早就防到仙芝失盗,经过两个时辰昏睡,毒已断解,闻声便已惊醒。白猿一觉察爪中仙芝失去,立即暴怒欲起,无奈毒气未解,身仍疲软,不能转动。勉强侧过脸来一看,见一人影飞下石去,手持一剑,寒辉四射,迥非凡品。知道此时体力未复,来人厉害,动必无幸,尽管咬牙切齿,连丝毫声息也未出。

白猿等人去较远,强自挣扎起立,觉爪掌中有一小物。拿起一看,乃是一粒丹药,清香扑鼻,知是灵药。暗骂:"恶人!你盗了我辛苦得来的仙芝,一粒丹药就抵过么?上天下地,且难饶你呢。"连忙吞服下去。再仔细查看,且喜所得二宝未失,便从穴中取出,分持在手。见盗芝人由东北退出旁谷,已转向峡谷山路，脚不沾尘，飞也似往前奔去，越知不是常人，这时初服灵药，四肢仍是疲软，哪敢贸然追去。只得爬上高处，干瞪着一双金睛火眼，望着前路发急，无可奈何。

还算好，明夷子百炼灵丹，乃仙家至宝，白猿禀赋又与常兽不同，仅过了半个时辰，便有了灵效。一阵腹痛过去，将毒下尽，体力虽不似往常矫捷，业已逐渐复原。再看盗芝人已跑出数十里外。仗着神目敏锐，凭高下视，目光所及，便能望见。当时急不可耐，唯恐其逃脱，立即飞身下石，顺路尾追。追到后来，双方相隔不过二十来里。

白猿机智，前回因抱虎儿出游，遇见能人，几乎吃了大亏，从此有了戒心。尽管心中愤恨，紧随不舍，因恐又遇仙侠一流人物，一到将要追近，反而踌躇起来。心想："先查看出敌人虚实，再作计较。如是能手，自忖敌他不过，便不上前自讨苦吃，等跟到落脚之处，暗中盗取回来。"此举虽然稳妥，又恐敌人行至中途，将那粒兜率仙珠吃去，好生委决不下。

谷径迂回，不时绕道，纵往高处前望，见仙芝仍系在敌人背上包袱外面，才放心下地，接着再追。它这里随地绕越，观望迟疑，黄潜脚程本快，且因途中耽延，愈发加紧急赶，所以中途未被追上。

后来将出山口，白猿追了多时，渐觉敌人无甚出奇之处，同时体力已复。暗忖："那人宝剑虽利，不似能飞，脚底不过比常人快些，毫无异处。自己手上也有两件宝物利器，适才是身软无力，容他走脱，此时怕他何来？"当下胆气一壮，便飞速追将下去。

白猿自然比黄潜要快得多，不消片刻，相隔便只十里左右。黄潜行经峰侧，因知入了金牛寨地界，意欲寻人问路；又加一口气跑了小半天，也想歇息歇息，过涧以后便将脚步放慢，不一会儿便被白猿追上。

白猿身步轻灵，跑起来声息全无，快要临近，黄潜还未觉察，黄潜因见前面有极清泉水，刚把包裹取下，待取待粮，猛一回头，见白猿追来，知它醒来失盗，跟踪报仇。手中还拿着一长一短两件兵器，精光映日，来势厉害，不可轻敌。忙一纵身，先将包裹挂向道旁大树枝上。刚把宝剑出鞘，说时迟，那时快，白猿已长啸一声，右手一件三尖两刃，旁带三个如意钩环，长约五尺的怪兵器首先刺到。黄潜将剑一迎，锵的一声，刚挡过去，白猿左手一支形似判官笔的兵刃，又复纵身当头点到。

白猿身体矫捷，急如飘风，加上那一长一短两件兵刃形式奇特，光华灿灿，宝剑竟削它不动，黄潜剑法虽然出诸仙传，仅仅敌个平手，斗到后来，黄潜渐觉气力不加,恐斗长了吃亏,正待暗中施展法术防身取胜,颜觇已是赶下岭来唤住。两人互说前事,好生伤感。

那白猿到了岭上,便和虎儿在一处玩去。二人见虎儿拿着那两件奇怪兵器不住摆弄,要将过来一看,短的一支,都认得是武当内家最有名的兵器九宫笔。闻说当初武当派名家铜衫客最擅用此笔,专破敌人真气,能发能收,与飞剑相似。那三尖两刃,附有三环月牙的一件,黄潜虽然学艺多年,平时常听乃师明夷子讲说各门派中仙剑利器的名称用法,多所闻识,也说不出它的名来,这两件怪兵器都是光华闪耀,照眼生撅,冷气森森,侵人肌发,知是宝物无疑。

先当白猿送给虎儿,及至颜觇一问,白猿却又打着手势,意似不然。虎儿接口道:"它适才和我说,这两样宝贝连那仙果,原是给我找来的。因为这个,还和怪物打了两夜,它几乎被怪物抓死。等我向它要,它又说我年纪太小,爹娘不久要上京里去,剩我一人,怕被恶人抢去,只给我先玩上几天。等爹娘走了,它就拿这个送到我师父那里去,长大仍旧归我。到时,这东西还会飞。它现在想见黑哥哥,要爹爹回去呢。"黄潜见虎儿一点小人,竟通兽语,大是惊异。颜觇又把生时许多异状,以及神虎、仙猿日常做伴护救之事,一一说了。

颜觇亲仇时刻在念,与黄潜相见,得知京中逆阉情形,本就跃跃欲试。再一听虎儿之言,知道白猿灵异,既说自己要往京师,必有缘故,益发动了复仇之念,只不知虎儿怎生不去。便问白猿:"我夫妻与黄表弟去京办那事能成么?"白猿点了点头,又伸手往金牛寨那方连指。颜觇知它要自己回去,加上至戚好友化外重逢,也须倾吐心腹,石郎虽非外人,到底有些不便,当下便倡议回寨。四人一猿回到寨内,石郎知他有话要说,先自别去,准备酒肉,为新客接风。不提。

颜觇先引黄潜见了颜妻。虎儿、白猿自寻神虎去讫,颜觇夫妻与黄潜商量,逆阉声势日盛,近几年服了妖人丹药,体魄强健,虽说君宠已衰,究属传闻,不可置信,这样耗将下去,耗到几时?难得黄潜武艺高强,又学会临危脱身之法,正好出其不意,同往京师相机下手行刺,报了亲仇,再作打算,黄潜也觉父母之仇,该早报为是,艰危行险,均非所计。

颜觇原意将妻子留居金牛寨。颜妻因自己也会武艺,不比寻常妇女。一则患难恩爱夫妻,不愿相离;二则同往,还可相助,有益无损。因此坚持欲往,只虎儿去留大是为难。颜觇因白猿曾有虎儿独留之言,忖道:"仇敌势盛,到处都有网罗,爪牙密布,又有妖人相助,此番前去全凭天佑,万里行险,侥幸一击,成败利钝实难预料。虎儿前往,不特孺子无知,徒多累赘,设有不幸,颜氏岂不绝了后嗣?石郎父子情深义重,托付与他,决无差错,何况又有神虎、灵猿日夕伴护。行刺成功,异日归来,父子重逢,自不必说;即使事败身死,此子天生异禀,大来也必能重报两世之仇,终以留此为是。"便和颜妻说了。颜妻虽然不舍爱子,利害相权,也就无可奈何。

正说之间,虎儿已一手拉了白猿,一手用一根长索系了虎颈,连跳带蹦跑将进来,要黄潜观看神虎。黄潜见那黑虎生得那般威猛长大,也甚骇然。因听颜觊说起虎、猿许多异迹,便起立致了几句谢词。虎、猿也各点首微啸示意。颜妻嫌虎儿侮弄神虎,忙过去将虎颈长索解了,说了虎儿几句。那虎微一转身蹲卧在地,虎儿便纵上身去骑了。

黄潜见虎与人如此亲昵,宛如家畜一般,问虎儿怎不害怕?颜妻笑道:"老表弟,你哪里知道。虎儿天生是野孩子,一身蛮力,有时犯起性来,大人都拗他不过。这里人家娃儿,大的小的都很多,前日石郎引了几个来,他都不爱和人家玩,独和神虎、仙猿在一处,形影不离。这还是神虎的伤刚好,须要调养些日,暂时不能劳顿呢。前在青狼寨,竟三天两日,独个儿和仙猿骑了神虎出游,一去大半天,到黑方回,也不知去些什么所在。有时连他爹都不叫跟去。这神虎也真和虎儿有缘,打降生那天起便佑护他,直到如今。这次还为我们受了重伤。平时任是多厉害的猛恶野东西,闻声望影而逃,不敢近身,挨着它便即送命。青狼寨上千苗人刀矛齐上,毒箭乱射,也未伤它一点皮毛,反吃它扑伤了寨主。这样威猛,却和虎儿亲热得驯羊相似,随他怎样侮弄,决不在意。我常恐虎儿无知,招神虎、仙猿生气,每每喝止,它还不愿呢。"

黄潜闻言,猛想:"逆阉门下豢养着许多异派中的能手,便是厂卫、家将,也都大半精通武艺,此番前去,利器必不可少,三人中仅自己有一宝剑,如何济事?"又想:"白猿现有两件宝器,长的一件虽不知名,内家功艺触类可以旁通,看形式,大约与内家七宝中的月牙钩连刃用法相同。短的一支明是九宫笔,更听恩师指点过,当时因手边没有此笔,不曾练习,用法还全记得。听见表兄嫂说,这多年来因一心复仇,常背人勤习,武功并未荒废,只未经高明人指点,遇见大敌,恐难必胜罢了。何不将这两件宝器借来,按照恩师传授,略加变化,教他夫妻练上些日,学会了再走,岂不要好得多?"

当下忙叫颜觊去和白猿商量。白猿闻言,先是搔首沉思,颜、黄等三人看出它作难神情，以为不允，又不便勉强，方在失望。隔了些时，白猿忽朝虎儿连叫带比。虎儿喜叫道："爹爹，白哥哥答应借啦。等爹、娘、表叔一走，他随后还跟去呢。"颜、黄等三人闻言大喜。这两件宝器原插在虎儿背上，便取了过来。

一会儿，老苗父子过访，说已备酒肉，来请佳客前去接风洗尘。三人谢了，携了虎儿，同往大寨。当晚尽欢而散。

第二日早起，黄潜因兜率仙芝中一粒灵果为虎儿吃了，下余芝草已不能移植。此芝功能益气增力，轻身明目，自己服过，知道用法，正好与表兄嫂服用。便向颜妻要了一块玉牌，将芝草碾碎为泥，加和了两粒灵丹，盛入瓦罐，吩咐用细绢将口密封，交与随侍苗女，依法九蒸九晒，以备服用。然后老幼四人带了猿、虎同往寨侧僻静空旷之处，教颜氏夫妻练那九宫笔和月牙钩连刃。石郎昨晚得信，练时也走来旁观，并备酒食助兴。

因忙着练成好早起身，率性连饭都未回去吃，夫妻二人轮流演习。好在原是会家，又都聪明坚毅，自然一点便透，一学便成。虎儿见父母相随表叔学艺，兔起鹘落，纵跃如飞，周身寒光闪闪，不禁心喜，强磨着黄潜教他。黄潜情不可却，趁着闲时，意欲引逗为乐，略为教他几手。谁知虎儿天生奇禀，初生不久便服仙丹，前随猿、虎出游；多食灵药异果，体力、精气本胜常人十倍，加以昨日又服了一粒兜率仙珠，身子益发轻灵，适才旁观，早已心领神会。见黄潜只教了几手容易的，憨嘻嘻地笑道："表叔，这个我会呢。"接过九宫笔，一个黄鹄冲霄之势，一双小脚一点，便凌空飞纵起三五丈，施展开来。

黄潜虽知他不是凡儿，却也不料竟是如此神异，好生惊赞。暗忖："此儿有此身手，如非恐万一事败，同归于尽，将他教好武艺带走，这倒是个绝好帮手呢。"正在心动，虎儿练未几下，方在起劲，旁蹲白猿忽然一声长啸，纵越空中，将虎儿接住，抱将下来，将九宫笔夺过，递与黄潜，指着虎儿连啸不已。虎儿性强，头一次受白猿强制，气得要哭，伸着一只小手，朝白猿头上不住乱抓乱打。白猿也不发怒，仍是连叫带比，只不放他下地。颜妻见状大惊，刚出声喝止，虎儿已解白猿之意，紧抱猿颈，喜笑颜开起来。

颜氏夫妻见状奇怪，喝问虎儿是何缘故。虎儿刚说了句："白哥哥不要我跟表叔学，他有好……"言还未了，白猿将手一摇怒啸了两声。虎儿又说了句："白哥哥不许我说呢。"便不往下再说，径拉了白猿，骑虎往林谷中走去。

虎儿起初看得那般起劲，自经白猿这一来，从此三人练时，他自和猿、虎四处游玩,除有时与父母同食饮外,绝少在场之时。颜、黄三人俱不知白猿不许虎儿从学之意何在。人本太小,三人又忙着用功,每早起身练到黄昏日落。为求深造,回去又由黄潜传授坐功练气之法。又知虎儿有此神虎、灵猿随护,决无差错,俱没留神他的行止,也没再向他盘问。

只石郎细心,见虎儿自第一日学九宫笔被白猿禁止之后,每次骑虎出游,多半由寨侧林谷中出去,却由后寨僻径中回来。知道寨前后一东一西,相差太多,路更绝险,完全背道而行,绕越往返不下六七百里,而每出却只有一整天的时候,有时仅只三四个时辰。虽然有些奇怪,因猿、虎灵迹久著,虎儿又是生有自来,以为颜、黄二人一个能通神会算,一个是仙人门徒,会有仙法,既然置之不问,想必无关紧要,略想了想,也就未提。因此颜氏夫妻始终没问虎儿在何处游玩,相隔金牛寨多远。

忙里光阴易过,不觉便是半年多光景。颜氏夫妻进境神速,居然分别将两件宝器学得精通纯熟。方在筹议行期,恰巧老苗派赴省城办货的苗人归报逆阉逆迹大著,党羽已遍天下,风闻有谋朝篡位之举,不久就要发动等情。三人闻言,益发心急。加以虎儿生长快得出乎情理,数龄黄口孺子,在黄潜来金牛寨这半年工夫,竟长得和十五六岁健童相仿,身轻似燕,力猛如虎。石郎爱他已极,常命寨中苗人逗他角力为乐。数十健苗合拉一条长索,竟拉他一个小孩不过,大可放心,委之而去。依了颜妻,还恨不得带走才好。颜黄二人因他毕竟年幼性刚,又未学过武艺,终是不妥而止。因虎儿年幼无知,颜氏夫妻只说随黄潜入京访友,办一要事,并未明言报仇。

行前特地做了一个锦囊,用白绢将家世和乃祖被害,父母逃亡,如今方得报仇情由,一一详记在上。末后说:"仙猿不准学艺,必然有待。我三人此去,如果十年以内不归,也无一人有音信,定为仇人所害。彼时你已然长大成人,学会武艺。你有此资禀,定非凡物,可急速赶往京城,将逆阉全家杀死,报这两世奇冤大仇。不过去时早也在七八年间,得遇名师,学成之后,不去与不到学成年满前去,均为不孝。"写完,连虎儿祖父颜浩死前托人偷寄颜觊,命他速逃,为异日报仇除恶之计,勿徇小节的一封血书,一并包藏囊内,密缝,与虎儿贴胸带好,切戒不许失落。颜觊并说:"我儿平时顽皮,不爱文事,从母口授,识字无多,此囊须要小心谨藏。我此去也许当年回转,否则,欲知父母身世,须在五年之后,或是得遇名师,请师拆看,或是请石郎大哥拆看,外人前不可泄露。"

颜氏夫妻告诫完毕,又再三拜托老苗父子和白猿、神虎照护虎儿,然后起身。全寨人等俱都送出寨外老远。父子天性，临歧洒泪，自不必说，连老人父子也哭出声来。

颜、黄等三人走后，石郎因见虎儿当时孺慕依依，牵着父母悲哭不止之状，恐他年幼不舍父母，性又倔强，倘或一旦想要跟踪寻去，岂不为难？后来见他只当日晚饭未吃，拉抱着猿、虎，思亲垂泪哭了一阵，便自睡去。第二日起身，便仍欢欢喜喜，并无异状，每日照旧骑虎携猿出游。石郎见他每次都是早出晚归，绝少在寨中吃饭，一问说出游在外多由白猿采来山果充饥，有时还给石郎带回许多珍奇果品，看惯也就不以为意。

石郎刚放心没有几天，这日虎儿晚间回寨，忽要服役苗女教他学做糌粑、生火煮饭等杂事。石郎因受恩人重托，每早晚都来看望，见他如此，以为小孩学着好玩，抚慰谈笑了一会儿，便自归卧。虎儿学起来却极认真，恨不得当时便要学会。先让苗女挨次做给他看，跟着如法炮制，不对便又重做。虎儿虽然聪明，举动却极粗豪，柴米琐屑之事素不经心，未能一学就会，反复学做了好几回，不觉到了深夜，生熟糌粑堆得到处都是，仍然没个准头。苗女劝他安歇，明早再学，说："这也不是急事，何必忙在一时？"虎儿执意不听。要是故意偷懒不教，虎儿看出固是不依，那猿、虎也跟着在旁怒吼怪啸，吓得服侍他两名苗女不敢违拗。

一直学到快天明时，虎儿才勉强学会了些。当下便命苗女取来两个装青稞的大麻袋，将那生、熟各半糌粑，连父母与他留的腌腊肉、咸菜，还有铁锅、支架、刀、叉、水瓢等供食用的器具，一齐胡乱装入，用索系好袋口，扎在一起。白猿跟着动手，搭向神虎背上。虎儿又取了两件衣服，跨上虎背，往外便跑。

苗女俱经石郎挑选而来，也颇仔细，到此方明白虎儿要离此他去。一见情势不好，连忙追出，取出身旁牛角哨子，正要吹起聚众，报与石郎知道，群起拦阻，虎儿已经觉察，便即喝道："我同白哥哥要搬到好地方去，怕石郎哥哥拦我，才不要他晓得。他原拦我不住，无奈有爹妈的话，我不敢和他强。你不等我走，敢吹哨子把他喊来，我叫黑哥哥咬死你。"

苗女哭求道："少寨主恐你想爹妈，追去惹祸，来时再三嘱咐好好服侍你，一举一动都和他说，早晚多加留神。如怠慢了你和出甚事儿，便要揭我们的皮。你走不妨，我们却是活不成啦。小爷爷，你可怜可怜我们，就是要走，也等过了明天好不？"

虎儿笑道："如是明天，他知道就要拦我啦。康康、连连也快饿死啦，爹

297

爹不在,找谁给它们药吃？这个不能依你。我走后,可对石郎哥哥说:他和老大伯待我爹妈真好,我拜了师父学成了仙,定来谢他。我不是找爹妈去,搬的地方也离此不远。"还要往下说时,白猿似已不耐,一声长啸,将虎屁股一拍,那虎便折转身,驮了虎儿,如飞往寨侧林谷之中跑去。

苗女情急,知虎儿此去不归,一个拿起牛角哨子狂吹,一个拼命往大寨跑去。这时天渐明朗,苗人已多起身,闻警齐集,石郎也赶了来,闻报大惊,忙率众人往谷中飞赶,连跑带喊,直追出二十来里,也未见猿、虎踪迹。前面谷路到头,尽是悬崖峭壁,鸟道蚕丛,人极难上,知已去远,不可追寻。勉强攀缘到了崖顶一看,下面绝壑千寻,相隔不下数十丈,势难飞渡,十分懊丧。

归来查问了二苗女虎儿走时情状。自己昨晚也曾亲眼见他学做糍粑饭食,以为童心好弄,不曾想他有此一举。此子本有来历,虎、猿又是仙兽,真走谁也拦他不住,其势难怪苗女疏忽。揣测他行时取物用意,并非赶往京城寻找父母,必是同了猿、虎移居深山穷谷之中。照他每次早出晚归的时候来看,或者就在近处也未可知。但是寻不回来,日后见了恩人怎生交代？心中难过已极。

老苗也得了信,又将石郎和二苗女唤去责骂一顿。无计可施,只得多派手下健苗四处探寻,如若见人,千万不可惊动,急速归报,再由石郎亲自寻去,用好话安慰,劝他回来。

且不说老苗父子着急。只说虎儿自从白猿回来,服了灵药,兽语日益精通,身体也跟着暴长。那日因想跟随父母向表叔学那两件宝器,被白猿强止,正犯牛性之际,白猿忽用兽语说道:"你将来是仙人徒弟,本事要比姓黄的胜强十倍,现在跟他学这人间的武功,没的耽误了你,学他则甚？前些日子我给你捉到两个神猱,是那天被我们弄死的那怪物金发神猱的儿子,如今关在一处石洞以内,已然饿了好些天。你将它降服收养,异日长成,大是有用。这两天虎伤已好,小猱火气也杀下许多。那里风景地势甚好,等你父母走后,便可搬去居住,静等有缘仙人到来拜师。何不瞒了他们抽空随我骑虎同去看看,岂不比待在这里强得多哩？"

虎儿闻言,立时转怒为喜,上了虎背,往寨侧林谷之中走去。谷径奇险,从无人打此通行。虎儿仗着猿、虎之力,穿山越涧,上了悬崖峭壁之间,相隔大寨约有五六百里的山路。虎儿在虎背上,先和白猿谈说小猱,还不在意。后见沿途尽是危峰怪石,峻崖峭坂,不是丛莽塞途,荆榛遍地,便是森林阴翳,不见天日,除了草间怪蛇乱窜,树底毒虫鸣跃而外,休说人迹,连鸟兽都找不到一个。但觉虎行如飞,风生两耳,走了好一会儿还不见到,与往日青狼寨骑虎出游迥不相同。

虎儿正在心焦,回头向白猿询问,黑虎脚步倏地放慢许多。所经之地,左边是碧峰排天,望不到顶;右边是无底绝壑,黑沉沉不知有几丈深。低头一看,脚底并没有路,只是峭壁当中有无数突出的怪石,棋布星罗,高低平斜,参差相间,长短大小也不等。虎行其上,易跑为纵。小的突石只比拳大,窄处更是不容践步。那虎却和跳蚤一般,时上时下,忽高忽低,由这石跳向那石。前脚抓到突石,身子往前一起,后脚跟纵继至,再忙往后一蹬,便又换到第二突石之上,迅速前进,毫不停留。实则也无法停留,稍一疏失,连人带虎,均要坠入壑底,有粉身碎骨之险。虎儿刚失声惊呼:"哎呀!"白猿已从背后伸过一只毛手将嘴捂住。虎儿知道危险,不敢挣扎,索性连眼也闭上,一任那虎纵去。

虎儿似这样在虎背上跳跳纵纵约有数十次,猛觉白猿不再捂嘴,虎步加速,到了平地。再睁眼一看,那段危壁业已过完,转入一条广谷之中。两壁山花秀媚,五色争芬,异香扑鼻。地上是竹林弥望,参天挺立,一片萧森,青映眉宇。加以细草平铺,丰茸如褥,翠筱摇风,声如鸣玉。虎儿年幼心粗,虽不懂什么雅趣,才离危径,忽入佳境,也觉气爽神清,心开气逸,自然发动天籁,喜叫起来。幽谷传声,空山回响,余音袅袅。

虎儿叫声未绝,左边谷壁忽然中断。那虎往右一拐,出了竹林,高山在望,绕山回旋。又行了一截崎岖路径,走到一条阔涧旁边。白猿先下虎背,越涧往前飞跑。黑虎也驮着虎儿平跃过去,行到一座圆崖之下,便即止住。虎儿下虎,正张望间,白猿已从左近桃林跑来,两只毛手捧着许多肥大桃子。虎儿拿起吃了一个,甚甜,方要再吃,白猿摇手比画示意,轻悄悄将虎儿引到崖后一块丈许方圆大石旁边。先侧耳听了听,面现喜容。然后对虎儿招手,叫他上前。自己将石旁一块小石搬开,纵过一旁。

虎儿来时路上已受指教,那小石封处是大石的凹处,恰容虎儿一人。刚走近前,忽听咔啦一声,从小石缺处闪出两点蓝光。走到眼前一看,石隙有碗大,里面现出一个小毛头,生相似猿非猿,黑毛漆亮,圆脸如人,滴溜溜圆一双蓝眼睛,光射尺许。才一见人,倏地一闪隐去。虎儿手上本拿着一个大桃子,觉这小猱好玩,意欲凭穴观望,设法逗它出现。头刚往前一探,白猿忽从旁边伸过手来,将他拉住。就在虎儿却步退立之际,猛觉小穴中长蛇出洞般飞出一条黑影,直射胸前。虎儿一害怕,忙纵开时,手中一动,那个大肥桃已被劈手夺去。来去迅速，其疾如矢，只到穴口时稍慢，这才看出那黑影是那小猱的一只长爪。接着便听穴中跳跃争夺，康康连连叫了一阵。

啸声甫歇，穴口毛影一闪，又现出一个红毛头，红得油光水滑，比起头一个黑的，还要来得可爱些。虎儿越看越喜欢，又拿了两个大桃引逗。因上次被夺，加了小心，相隔也远些。那小猱被白猿困闭数日，已是饿极，馋得口水直流，一双圆眼珠滴溜溜乱转。

隔了一会儿，虎儿见它不肯来夺，故意把桃伸近了些。小猱又看了一会儿，倏地隐去。这个红猱比黑猱还快，早就觑准地方，小毛头刚一闪开，长臂利爪便跟着飞抓出来。虎儿虽然有备，还几乎没吃它夺去。那猱抓了个空，好似发怒，又在穴中扑腾跳跃，叫啸起来。

一会儿，露面来窥。这次竟快得出奇，略一露面，爪便飞出，却又抓了个空。二猱依旧在穴中扑腾叫啸一阵，又换了黑猱来，终未夺去，引得虎儿哈哈大笑。

末次，红猱出现，想是智力已穷，更不再隐，一味口张眼眨，面现哀乞之容。虎儿把桃伸向穴口，也不来抢，不住口直叫康康。虎儿见它可怜，便把桃塞入穴口。小猱一口咬住，退了下去，也未再扑腾，二猱边吃边叫。

隔了一会儿，换了黑猱出现，口中直叫连连。虎儿故意捧起桃子与它看，用手连比带怒骂道："谁叫你抢我桃子，等你关在洞里饿死，偏不给你。"黑猱听着似有愧容，后来眼中竟现泪痕。白猿原教虎儿每次只给一猱一个，多的与看，不使吃饱，杀它火性，以便制伏。见状不忍，又给了它一个。二猱以为有求必应，更不再叫，黑猱得桃而退，穴口又换了红猱，也不再抢夺，只流泪哀乞，轮流索取。虎儿又要给时，白猿藏蹲石旁，摇手禁止。虎儿心爱二猱，哪知此物机智厉害，虽然幼小，猛恶非常。越看越难过，不由出声向白猿道："白哥哥，毋拦我，今天头一回，多给它们吃两个吧！这几句话一说不要紧，小猱看出神情，来人有同伴在侧，但还不知是对头冤家。等虎儿给完这个又给那个，把十几个桃子给的只剩下一少半时，白猿伸手拉他不要再给，促令退下，封石回寨，手扬处，恰被小猱一眼瞥见，立时目露凶光，钢牙乱错。虎儿逗惯了，不知进退。一面向白猿央告再给红的一个，才显公平；一面将手中桃往穴口伸去。

谁知小猱桃已吃饱，看出是仇敌，竟从穴中暗下毒手，嘴刚将桃咬去，利爪便飞射出来，照着虎儿脸上便抓。幸得白猿灵警，一听小猱错牙之声，知道不好，早就留神这一着，桃刚递出，便伸长臂将虎儿抱出石凹，差点没被抓坏面目。红猱一见抓空,怒目来窥。白猿也知看破,挺身起立,先指着小猱,隔穴口怒啸了一阵,然后用石封了石凹,一同回去。

路上,白猿埋怨虎儿,大意说:二猱父母都死在白猿爪下。杀母猱时,如非乘其无备,先抓伤了它一只眼睛,几乎没被抓死,即此还恶斗了一整夜。母猿先因公猱未归,又不舍小猱,恐有闪失,特地将二小猱藏在隐秘石洞之中。此物乃天生怪兽,灵异非常,早晚必能寻到仇敌。它藏好小猱,正要起身,双方便即相遇。斗时原在洞侧不远,小猱在洞中看得清楚,知道白猿是乃母仇敌。后来母猿恐小猱被发现,特地引白猿斗向所居本洞,双方相持,连翻四个山头,母猱周身皮毛扯落,连受重伤,才逃入洞内。白猿知它气未绝,但因它臂长爪利,最后难免拼死来抓,如若近身,被它抓住,难免不两败俱伤。因知婆湾谷中石穴之内,连夜有宝气上升,该有宝物出现,意欲取来之后,再结束母猱性命,以免后患,当时便不与死斗。又闻异香,知有灵药在洞内,遂径入后洞,将母猱新采来留等公猱同食的兜率仙芝取走。出洞时遇见黄潜,匆匆也未在意。嗣因寻宝,遇见怪兽喷云神猱又苦斗了一夜,杀猱得宝,中毒昏卧。黄潜盗芝,跟踪寻仇。等明白是一家,同到岭上,听说母猱已死,才放了心。白猿原意,不久将远行,去见旧日恩主交宝复命,暂不与二猱相见,任其禁闭穴中受饿,连穴外见光的石凹也用石堵塞。过些日,俟其火性稍杀,再由虎儿出面以恩相结,每日用山果前往引逗。照它策划,不消旬月,便可收服。异日虎儿拜师,再请恩主以佛力解冤。此猱恩怨心重,这一来,它发觉虎儿是仇人引去,不特多费数月光阴,还须另使他法,恩威并用,才能放出。否则,它爪利如钩,力逾虎豹,不能为用,反有隐患。

虎儿也说不出道理,只是想着好笑。见回时未走原路,方在诧异,一会儿那虎已往高山之上跑去。山尽是崖,下面虽是平地,可是那崖壁立千仞,由上至下,少说也有百丈之高。那虎沿崖飞跑,转瞬到头,还不收势,方在心惊,虎已往下纵去。虎儿心刚一惊,身子已被白猿抱紧,在虎背上如腾云一般,晃眼及地。略一转折,便见广原,路径仿佛曾经走过。顷刻出山,才知是那日走过的青狼寨外山口。虎儿问白猿为何往返不走一条路,才知所游之地三面俱不通人迹,只山南百里有一条秘径可以行人,也绝少人知由金牛寨去。按说走这条路近而好走,但有那座高崖是天生阻隔,离地太高,去时虎不能飞跃而上,不比回时可纵落。如由山南那条路走要绕一千多里,中间还经好几处苗寨墟集,诸多不便。所以去走林谷险径,回来改走危崖飞跃。

虎儿由此每日必往,半年多工夫,只初起头有两次是由原路险径回来。

去时骑虎，回时虎却离开，走向别处，由白猿抱着攀萝援葛，沿壁纵跃而归。每问白猿，神虎何往，白猿说是给虎儿去找异日伴侣，虎儿也未在意。

三月后，两个小猱逐渐长大，因受虎儿长期喂养，驯服了许多。虎儿又和白猿说情，将那堵塞石凹的一块山石去掉，使其通风透明，可以瞭望。二猱每当虎儿将至，总是争着由石隙外望，康连之声叫个不已。虎儿与二猱相处日久，彼此均能闻声知意，甚是亲昵，只仍见不得白猿，偶从隙中望见，依旧磨牙怒啸，伸爪作势，意欲得而甘心。虎儿因二猱灵慧解人，便教它们说话，虽然发音与人不同，仍是兽叫，虎儿生有异才，竟能懂得。照它叫声取名，红猱叫康康，黑猱叫连连。每去，不是采些山果、松实、黄精之类，便是从寨中带些糌粑、青菜与它们去吃。

半年过去，颜舰夫妻同了黄潜进京，虎儿仍照常前去哺喂二猱。去到第二次上，白猿忽说时机将至，教虎儿先不给它吃的，暂时饿上几日再作计较。虎儿早就要放康、连二猱出洞，白猿总是不允，那块封洞大石重有万斤，自己又弄它不动。当下闻言大喜，立即应允。照白猿计策，故意找个错儿，断了二猱食物。二猱先颇倔强，继以怒啸。到第三天，始觉难耐，变作求恳。虎儿只不睬它。过有十来天，二猱实在忍不住饿，见了虎儿，竟向隙流泪哀号起来。

虎儿虽是于心不忍，无奈白猿说："再一两天就该放它，你也要搬到崖上石洞中来，在此等你的仙师。这东西野性，难驯已极，如不由你亲身制伏，我在无妨，我一离开，纵有神虎随侍，二猱同上，也奈何它们不得。莫如将它们先饿个够，然后和它们说：如听话顺从，永远随你为奴，才可将它们放出，日后拜了仙师，还有大好处；不然，它两个年纪还小，不比它父母力大，推不开这块封洞大石，关在里面，早晚活活饿死，哀求无用。这东西爱发如命，天性生成。你只看它们，不用你说，自己将脑后金发拔了一根给你，便永远降伏，死活由你，决不再叛。出时它们必向我寻仇，我须将它们制个半死，不到我出声示意，你切莫要阻拦劝解，这样方保无患。"当下又教给虎儿一条妙计。

第二天，虎儿出游回寨。白猿说："明早移居，并放小猱出来，此去暂时不再回来。事要机密，勿使人知，将用具衣物带去。"虎儿一想："自己平日吃得多，新居虽好，但是无有饭食、糌粑，吃的只是山果，恐解不了饿，自己又不会做。"想了想，便逼着随侍苗女教生火、煮饭、蒸糌粑等家居杂事，乱了一夜，勉强学会。

次早，虎儿不别而行。到了地头，白猿早把崖顶巨洞整治洁净，搬了些石头做几榻。

虎儿先将用具、食物一一运将上去安置，便催着移石放猱。到了崖后一看，连连已饿得有气无力，满脸泪痕，眼巴巴朝着石隙外望。一见虎儿到来，宛如见了亲人，又哭又叫。

一会儿，换了康康，也是如此。虎儿便问道："日前因你们抓伤了我的手臂，我才把你两个饿了这些天。我有心将这大石搬开放你两个出来，如肯一生一世永远跟随我在此，我就放你们。为了你们，我连家都不回去，静等我的仙师来了学本事。你们肯服我么？"

康康闻言，脸上顿现惊喜交集之容，叫了起来。连连也跟着在洞内哑声应和。虎儿听出二猱叫声直是喜出望外，万分愿意，特地先给甜头，递了两块糍粑、两大捧山栗过去，吩咐分食，不许争抢，吃完再说。

这时二猱已有人性，不过性情猛烈而已。多日饥饿，忽得美食，喜欢到难以形容。忙接过去，又伸出头面，把虎儿的手亲了亲，才退向洞中，边吃边喜啸不已。一会儿吃完，从隙中现出毛脸，面露感激希冀之容，不住口曼声媚叫，意求虎儿践言，去石开放。虎儿笑道："关你们受苦的并不是我。要不是白哥哥和我说，天天多老远到此看望，给你们吃的，怕不早饿死了呢。放你们不难，你们要是出来，会听话，不怄人吗？"连连闻言，连叫两声："一定永远相从，死生唯命。"便退下去，和康康低叫相商了几声，倏地伸爪，递出两根金发。虎儿见果如白猿之言，忙向白猿示意。又朝石隙喝道："现在我就放你们，但这石头太大太重，你两个可躲向洞角，将脸朝里，不要来外边看，免得我弄它不动。"二猱应了，立即退下。这里猿、虎同时从旁用力，一阵轰隆之声，竟将那万斤大石移开了些，回到母猱未移时的原来地方，现出一个一人来高的洞穴。

虎儿高兴已极，刚喊得一声："康康、连连，你两个东西还不出来我看？"二猱便飞也似蹿出，伏向虎儿脚底，各捧一手，不住乱亲乱闻。虎儿见二猱生得一般高矮，一红一黑，都是油光水滑，一身细茸毛，脑后长发灿若黄金，闪闪生辉，煞是灵巧好看，不禁大喜。

二猱正喜叫不休，猛一回头，看见白猿拿着一根去掉枝叶的长藤，蹲踞石上。大仇对面，分外眼红，无奈敬畏虎儿，不敢上前，只急得把满嘴钢牙直错，不时窥视虎儿脸色。虎儿见状，笑道："你两个莫这样。你们的妈是仙人杀死，不是我白哥哥。真要不信，讲打，你两个也打不过它，不信就试试。可是，今朝要打不过时，就永不许再争打了。"二猱闻言，康康首先起立，奔了过去,将身一纵,伸出长爪,往白猿脸上便抓。

白猿更是灵活,身子微闪,让开来势,两手持着长藤,当头套下去,往起一兜一甩。刚将康康甩出去二三十丈远近,跌落地上,说时迟,那时快,连连见虎儿没有出声喝禁康康,也跟纵继至,白猿就着甩出余势,反手一兜,又将连连双足兜住,跌了个仰八叉。

二猱就地纵起,怔了一怔,互相怒啸两声,同时齐上。白猿将身一纵,二猱也忙跟着纵起,谁知上了白猿的当。白猿猛地将长藤由上套下,恰将二柔同时套住,套近腿际,又是用力一兜。二猱身在空中,用不得力,这一兜,连翻了好几个筋斗,才行跌趴地上。

白猿借这一兜的劲,却从它们头上一个鱼鹰入水之势,斜穿出老远去。二猱吃了亏,益发暴怒,猛力上前。白猿身法真个神妙莫测,摇晃起那根长藤,连纵带舞,或上或下,或前或后,单来单兜,双来双套,从不空发。二猱被它兜上,便是一交跌落。似这佯斗有个把时辰,白猿仍是从容应付,二猱却被兜得手足慌乱,不知如何是好了。

虎儿看得有趣,忽听白猿一啸,知是时候了,忙喝道:"康康、连连,你这两个东西,打些什么?你们怎打得过我白哥哥呢?你爹妈又不是它杀的。它要是生了气,你两个就没命了。"康、连二猱先时那般猛恶,闻声竟然停住,满脸带着羞愤之容,走将过来,趴伏在虎儿脚下。虎儿便道:"以后你两个就跟我用的人一样了,不听话,我是要打的。放乖些,给我做事看家采果子,等我长大拜了仙师,自有你们的好处,晓得么?"

虎儿又取了好些东西与二猱吃,一会儿看看这个,一会儿摸摸那个,心里真说不出来的喜欢,坐在山石头上,也想不起做甚事好。

待了一会儿,白猿走近虎儿身侧,往高崖上一指。二猱怨气未消,虽未敢公然扑斗,却把怪眼圆瞪,牙齿错得山响。虎儿见状正要喝骂,猛想起神虎不知何往,方欲询问白猿,忽然山风大作,西北角上万马奔腾之声震动山岳,由远而近。二猱倏地一声长啸,便要迎声飞纵前去。白猿在侧早有防备,不等二猱纵去,由侧面一探身,夹颈皮一爪一个,将二猱抓了起来。再向虎儿一声长啸,往崖顶当先跑去。虎儿跟踪追上。二猱冷不防吃白猿抓紧,身子悬空,施展不得,一路乱挣,怒啸不已。一人三兽同到崖顶,白猿才行放手。二猱自然激怒,一落地便张牙舞爪,怒啸连声,欲与白猿拼命。虎儿喝道:"连我都听白哥哥的话,你两个再要这样,我仍把你们关在山洞里去饿死,不救你们了。"二猱见虎儿发怒,恨恨而退,同蹲一旁,交头接耳,低声微语。虎儿也未在意。

这时,骚动之声渐微,白猿指着下面直喊:"来了!"虎儿顺它指处一看,只见西北方陂陀林莽,起伏如潮。遥望草际林隙之间,似有黄黑相间的影子闪动,此窜彼逐,仿佛为数甚多,却不似往崖前走近。林莽深密,也看不出是甚野物。隔了一会儿,忽听震天价一声虎啸,那些黄黑色的野物才聚作一群,缓缓迎面走来。这才看出是大小数百只花斑豹子,有的口中还衔有山羊、野鹿之类的野兽,神虎却在豹群后面督队,渐行渐近。

康、连二猱天生是各种猛兽的凶煞,忍不住在虎儿身侧一声怒啸。豹群闻声,立时一阵大乱,纷纷拨转身往后飞跑。神虎见状大怒,也是一声怒吼,爪起处早扑倒了两个,神虎虽然威猛,无奈物各有制,群豹早已胆寒,终是不敢再进,有的还在觅路亡命奔逃,有的竟伏地哀鸣起来。白猿知道就里,便和虎儿一说。大意说:这些豹群为数不下千百,原生息在金牛寨附近深山穷谷之间。因吃苗人毒箭火攻猎取,死亡大半,残余的四散潜伏。白猿知道邻近有人群居,恐异日自己去后,虎儿虽有二猱、神虎为助,毕竟势力单薄,又知虎儿最爱野兽,特地由神虎几次前去召集拢来。一则托庇虎儿羽下,免受猎人伤害;二则给虎儿闲居解闷。驯练起来,以壮声势。二猱有伏兽之威,所以群豹闻声害怕,不敢近前,连神虎都禁喝不住。只需命二猱前去生逼过来,便可收服。

虎儿一听这许多雄壮威猛的野兽,俱可收养来玩,不禁大喜。忙唤:"康康、连连快来。下面那么多花豹儿俱是我收来玩的,它们怕你们,不敢近前。快去将它们赶到崖底下,只不许伤它们一个。"二猱见了群豹,早就跃跃欲试,欢啸一声,凌空百十丈,往崖下纵去,转眼及地,比飞还快,相隔里许,接连十几纵便到了豹群之中。说也真怪,二猱那般小的身量,豹群中最大的与水牛差不许多,起初闻得啸声还在想逃,只一见二猱的面,竟是全数吓倒,趴伏在地,动也不动。二猱也没怎样扑击,只在豹群中转了几圈,挨个用长爪在豹头上摸了一下,等到摸完,群豹齐如待死之囚,瞑目趴伏,声息全无。二猱又朝前一指,啸了两声,群豹一个个垂头丧气,摇着长尾,慢腾腾站起,由连连在前引导,康康、神虎后面督队,雁行鱼贯般走至崖前,又复闭眼,趴伏在地。

虎儿见那么凶猛的豹子,竟被二猱不知怎样制得服服帖帖,驯善非常,比起神虎专以威力制伏群兽要好得多,当时心花怒放,一迭连声夸好,并拔步往崖下跑去。二猱见主人高兴,也是欢呼不已。

虎儿一点，共是大小一百零三只。便问白猿："这么多花豹儿，给它们吃点糌粑好么？"白猿摇首说："它们俱能自觅野兽充饥，吃的无关紧要。倒是要给它们寻一个住处，好陪你玩，给你打野兽，免得分散了，被苗人毒箭伤害。"虎儿想了想，一看地势，崖侧恰好有一个凹洞，甚是宽大，足可容纳，便与白猿说了。又命神虎教给群豹住处，不打发出去捕兽时不许离群乱走。虎、豹原是同类，神虎先朝群豹吼啸了一阵。

按着神猱残杀野兽惯例，先是将兽群聚在一起，然后挑肥拣瘦去摸。被摸中的自知难活，唯有伏地待死，任其生裂头脑。不过神猱天生灵兽，性喜素食，以灵药草根及各种山果为粮，一年生食兽脑只有几次，各依定时，所取无多。每当时至，山中群兽闻声望影而逃，遇上一被看中，便无幸理。今天群豹全被摸遍，战兢兢趴伏等死，忽然皇恩大赦。人有人言，兽有兽语，俱都喜出望外，纷纷抬头朝着虎儿欢啸，响成一片。虎儿闻声知意，益发心喜。神虎又一吼，二猱也跟着挥动长臂，作势指了地方，百余野豹竟如驯羊一般，乖乖地走向崖凹之中伏下。神虎又奔向前去，将所有豹口中衔的死兽陆续取来，给虎儿留了半只肥鹿腿。余下有三四十只野物，都投入崖凹，仍给群豹自去受用。

虎儿高高兴兴玩到天黑，留下神虎看守群豹，自己带了白猿、二猱，上崖顶洞中安歇。第二日起，又仿照苗人关养牲畜之法，与白猿、二猱折木插地为棚，做成豹圈。要知后事如何，且看下回分解。

第三十三回

乌桕山　奇童诛恶道
锦鸡谷　孝女孕灵胎

话说光阴易逝,晃眼年余。人兽甚是相安。二猱也不再向白猿寻仇,并且颖悟解人,灵慧无比。虎儿每日驯兽为乐,时率群豹出游,身材也逐渐长成大人模样。屡问白猿,父母何时可见,又要它往金牛寨去探看父母归未。白猿说归期遥远,非等拜了仙师之后不能相见。虎儿虽然极信服白猿的话,无如思亲情切,每隔些时日,忍不住要向白猿絮聒,白猿总以前言对答,虎儿想念一阵,也就罢了。

这日,虎儿因天气渐热,又嫌旧日带来衣服大小,紧绷在身上难受,赌气一脱,忽然看见胸前所佩锦囊,不由触动孺慕之情,想起前事。除照前向白猿追问父母下落外,并要神虎驮了他往金牛寨查询一回。

白猿吃他纠缠不过,怒道:"我和黑虎原是你恩师门前听经灵兽,只因一时淘气,引你出寺,误伤后山修炼千年的灵狐,以致害你转劫;我和黑虎也受了重责。念你平日相待甚厚,又知灵狐必要报仇,向你恩师苦求了七昼夜,才承他老人家说明前因后果,命我两个去至青狼寨守候。又过好些年,好容易使你离开尘世,接引到此。仗着这里天然的地势和你恩师神符,将两道山口封锁,以免灵狐跟踪寻来,难以抵御。又知此狐最怕神猱利爪,才费了若干心力,代你将康、连二猱收服,以为护卫。你须在此待满十四年,耐过灵狐寻你的年岁,你恩师践了昔日与灵狐的诺言,方始前来度你入门。这期中你避祸还来不及,还敢离山他去? 你爹妈现在京中,不久跟着仇人出京,一得手后便另有机缘遇合。所借去的两件法宝乃仙家降魔利器。再有旬日,我便要赶去取回,送交你恩师行法淬炼。此去归期难定,弄巧就许随你恩师同来。我走后黑虎还有两次灾劫。你如不听我的嘱咐,随意强它引你去往金牛寨,万一与灵狐相逢狭路,无异自投罗网,休想脱得性命。不等你重拜恩师,学成剑仙,你爹妈仍是见不着。你又不知途径,瞎跑乱走,有何用处?"

虎儿一听白猿不久要走，大是惶急，再三央告留下，情愿事事听从，不再违拗。白猿又道："我走也是为你将来地步，方有此行。你不出山，灵狐寻你不着，自是无忧。即使万一相遇，它和你一样，转劫后法力道行也非昔比。除了防它乘隙暗算而外，你现有黑虎与康、连二猱为助，更有群豹可壮声势，它也未必能奈你何。我至多不出十日必行，既然彼此难舍，我每得闲，定来探望便了。"

说到后半截行期时，恰值康康、连连走来献果，相处已惯，人、猿全未理会。虎儿因和白猿分手在即，小孩子心性，当时难受了好半天，经猿虎引逗他一游玩，也就丢开。

一连数日，无事可记。

这日，白猿因时届行期，又和虎儿说，再有两日就要起身，迟恐无及。嘱咐他只可在山中游息，多服二猱所采灵药、异果，日久自有功效，不可远离生事。说时，康、连二猱又在旁谛听。虎儿自是怏怏不乐，知道拦它不住，闷了一阵，一赌气，连饭也不吃，径去睡了。

那康、连二猱蓄志报仇，原非一日，无奈白猿已是通灵，每晚大多静坐吐纳，绝少睡眠，稍有动作，便即惊醒，所以隔了年余，一直未敢妄动。日前一听说白猿要走，愈发报仇情急。借着给虎儿采果之便，不知从哪里寻来一株迷魂草。假装惜别亲近，康康持草，骤出不意，向白猿鼻端一指。白猿何等灵警，闻得异香，知有变故，一伸长臂，夺草过来，也拂向康康脸上。刚厉啸得一声，头脑便觉昏晕，连连已从右侧伸利爪袭来。迷惘中无力迎拒，只得将两条长臂往自己颈间一绕，护住要害，紧闭双目，跌倒在地上。

同时康康也受迷晕倒。连连纵身上前，便去分它双臂，想抓裂白猿头颈，偏生白猿臂长，其坚如钢，其柔如带，一见中计，便向颈间一环，连绕数匝，急切间难以分开。

连连这里正在下手，崖脚卧守的神虎已被白猿啸声惊觉，飞也似往崖顶跑上，不等近前，便已发威怒吼。连连还在不舍。虎儿也被虎啸之声惊醒出来，见状大怒，大喝一声："该死的狗畜生！好大胆子。"奔过去，举拳便打。

二猱与虎儿本有前缘，又处了年余，更是爱服，连连见神虎与恩主同时到来，吓得舍了白猿，抱起地下昏倒的康康，接连几纵，便往崖下逃去。

虎儿过去一看，白猿昏迷不醒，气得直跳，大骂畜生。一面命神虎速将二猱抓回打死；一面扑在白猿身上，连喊带哭，闹了一会儿。还算好，白猿适才见机，应变神速，一照面，先夺过毒草将康康迷倒，去了一个敌手；觉头一

308

昏,立即护住颈间要害;神虎与虎儿又发觉得快,一点伤也未受到,昏迷了没多时,便已醒转。翻身纵起一看,虎儿在侧,二猱不见,略问了两句,飞身往崖下便跑。

虎儿平日极爱二猱,先时虽然痛恨,一见白猿无恙,气便消了一多半。反因神虎未归,恐二猱害怕,从此远逃;又恐白猿追去伤害。急忙在崖上高喊:"白哥哥,你只将它两个捉回来,我自己打它们替你出气,千万不要伤它们。"边喊边往崖下追去。这晚又值阴晦,云雾满山,暗影中,虎儿只见白猿如一条白线也似,疾逾流星,转眼没入崖下浓雾之中。下面崖凹里的群豹也齐声吼啸起来,震得山鸣谷应。暗夜荒山,越显凄厉。虎儿上下崖径虽熟,任是身轻目敏,体力强健,这般浓雾,也是难行。勉强追到崖下,看不出猿、虎追向何方,只得废然止步,站在崖脚,不住口直喊。

约有个把时辰,猿、虎方始一同归来,康、连二猱却未回转。虎儿一问,白猿说它和神虎直追出二百多里,并未见康、连二猱影子。夜深雾重。恐虎儿一人在崖下悬念,或发生别的变故,只得相约回来,明日再去寻找,好歹也将二猱寻回再走。虎儿先因二猱暗害白猿,恨不得打它们一顿。及见它们畏罪逃走,又难割舍。闻言无法,只得同了白猿回洞。累了多半夜,人已疲极,头一着榻,便已睡着。

第二早,虎儿醒来,见洞外阳光已然射入。猛想起昨晚之事,知天不早,跳下石榻,忙往洞外跑去。一看昨晚那株迷人异草尚在地下放着,一找猿、虎,却不见踪迹,连喊并无应声,料是寻找康、连去了。见那草花隔一夜,沾了些晨露,越发鲜艳,并没枯萎。

虎儿从小有爱花之癖,平时还在搜罗,移植崖间,不舍抛弃,随手拿起。跑下崖来,不知猿、虎往何方追寻,正拿不定主意,恰值一头教练驯熟的巨豹从崖侧凹洞中摇尾走来,虎儿心中一动,就问道:"你知今早白哥哥它两个往哪边走了么? 快驮我找它们去。"

豹将头一偏,向着崖西一声长啸,身子往虎儿身前一凑。虎儿解意,一纵身上了豹背,手拍豹颈,喝声:"快走!"豹便放开四足,连纵带跳,飞也似朝西方林莽中奔去。

虎儿初下崖时,原想将那株异草在崖下择一地方种上,心中又惦着寻找康、连二猱,这一忙,没顾得种,也没放下,仍旧拿在手上。骑着豹,一路穿山过涧,飞越险阻。走有个把时辰,见前面现出一条山峡,两旁危崖高耸,藤荫蔽日。峡中还有浅水流出,奔湍激石,音甚幽越。看去阴森森的,竟是一个从来未到过的所在。那豹行近峡口洞边，忽然停住，低头不住闻嗅。虎儿知它寻嗅猿、虎和康、连二猱的气息，便由它去。那豹绕着峡外崖壁来回走了数十步，好似崖高无路，露出为难神气。末后，又转身去寻路，正经峡口，倏地峡内一阵山风吹来。那豹昂首迎风一嗅了一下，猛地一侧身，纵过峡口一条丈许宽的横洞，径踏着峡底浅水逆流而上。峡中山水出没无常，时浅时深。虎儿进时正当水浅之际，还齐不到豹腹。那吃山水冲落的石块，星罗棋布，散在峡底。豹行遇到水深之处，便踏着乱石飞纵过去。走了一阵，又迎着风头嗅了几嗅，不时停顿迟疑。

虎儿渐渐看出它意似畏怯，以为它怕寻到康、连二猱，拿它出气，便拍着豹颈喝道："你只管领我去，有我在，你怕它们则甚？"这一说不打紧，那豹索性停了下来，又望空嗅了几嗅，拨转身，回头要走。

虎儿哪知这老豹已有灵性，迎风嗅味，觉出前面有险，知难而退。只道白在峡中走了十来里，溅了一身的水，临了却又往回走，没好气骂道："该打的蠢东西，我正心急，你却慢腾腾的。它们四个不在此，你驮我跑这些冤枉路，又不好好地走，把我周身都弄湿了。"那豹吃虎儿一喝骂，重又折转身子，缓步前行。

虎儿见它自从到了峡口便未吼叫，始终静悄悄地走着，时进时退，不知是什么意思，忍不住又问道："它们到底是在前边么？"豹点了点头，仍不作声。虎儿怒骂道："蠢畜生，既这样，还不快走，适才又往回走则甚？"虎儿尽自催速，豹却不睬，走几步，嗅几步，一会儿又停了下来，徘徊迟疑。如非虎儿再三督饬，那意思，恨不得退回身才好。

虎儿骑兽出游已成习惯，起先并未想到下了豹涉水自行。后见豹行越迟，一赌气，纵将下来，大骂："畜生，懒蛇一样。反正我身上都湿透了，你既不愿驮我去，我自己莫非不会走给你看？少时寻到它们，回去再收拾你。"越说越气，踢了那豹一脚。正要踏石迎波，飞身前行，刚一举步，身后衣襟忽被那豹一口咬住。虎儿力大，起得势猛，冷不防被豹一扯，哗的一声，将上身一件麻布短衣撕裂半边，人还差一点跌扑峡底，溅得满头满脸的水。近来虎儿身子逐日暴长，幼年衣服已不能穿。仅有这一身短衣裤，原是颜虮的旧衣，行时不曾带去，虎儿移居时收拾衣物，将它携至山中，倒还穿着合身，更无二件，这一下被豹撕裂，不由气上加气，大骂："畜生！"回身便要踢打。豹知他手脚厉害，吓得回身便逃。

虎儿因急于寻到猿、虎、康、连，见豹逃得飞快，不愿再挨时候，只得忍着

310

暴怒，手拿着花，纵跃前行。进约半里，峡道忽然弯转。顺峡径刚往左一拐，前面奇景豁然呈露。正眺望欲进间，倏地眼前白影一闪，连眼带嘴，忽吃一个毛茸茸的东西塞了个密不透风，同时身子也被一条东西拦腰卷住，凭空往上提起，不一会儿，便带了他跑起来，只听耳际风生，迅速已极。虎儿自幼与神虎、灵猿在山中厮混，嗅觉很灵。先因事起仓促，心中慌急，不住拼命挣扎。嗣觉对方力量绝大，自己身、首像被铁箍着一般，挣扎简直无效，刚一松劲，便觉出那毛手气息极熟。只苦于口被塞紧，作声不得。正想出其不意，设法脱身，脚忽沾地。头上毛手去处，睛前一亮，正是白猿在侧。虎儿喜怒交集，跳脚大嚷道："白哥哥，你找着康康、连连了吗？我被那老豹儿该死的蠢畜生气苦了，你还要这样怄我玩。"

白猿等他嚷完，嘻着满口银牙笑道："我就知你见我要高声乱说，才这样做的。你先莫乱，听我细说。你去的地方，正离那妖人巢穴不远，幸而正当午时，他在打坐，如被察觉，你也休想活命。我同黑虎为救康、连二猱，老早来此，用了多少心机，俱都不敢现身近前。后来遥望了些时无法，黑虎便去山北寻找你恩师当年好友清波上人求救去了。我正隐藏峡谷老藤中想主意，并等它请人来，远远听见你在喊骂，忙迎上去。那老豹闻着了我们的气味，想又闻出妖人邪味，知道不妙，想阻你前进，它原是好意，你却将它赶走。我知道你见了我必定高喊，早想提你上来，偏生地势不好，一动手便会被你看见。又跟你在上面走了几步，才伸手下来，将你提到此地。如今康康、连连，已被乌柏山岩洞中妖人捉去，今天晚间就要送命了。"

虎儿闻言，大惊道："康康、连连是我心爱之物，怎舍得它死？你说那妖人现在哪里？快些领我去，把他杀死，不是就好救它两个了吗？"白猿道："你倒说得容易。那妖人会使邪法，我们一伸手，稍微惊动他，他只需将手一动，我们便中迷倒地，由他杀害。除非清波上人肯来，我们简直近他不得。"

虎儿忽然失惊道："都是你不先说一句，就把我抱来，吓了我一跳，又把我一株心爱的草花丢了。"白猿笑道："枉自你前世有半仙之分，一转世，小孩子终是小孩子。康康、连连将来是你膀臂，现在正话没说完，什么花也值这般稀罕？说出样儿，我明天给你采，要多少有多少。"虎儿说："你给我崖上下种的花也多了，这花却是头一回见，真好看极了。也不知它两个哪里采的。可惜有毒，不好闻它。"白猿惊问："你说的可是昨晚康康、连连拿来迷我的异草？你今日闻了么？"虎儿答道："正是那草花。我因昨晚回洞时，你说康康用迷魂毒草迷你，你不留神闻了花香晕倒，当时我要睡，也没细看。今早见那花真好看,根也还在。想起你的话,没敢闻,打算种在崖下。忙着骑豹找你们,无心拿着,路上没舍得丢。适才你往上提我,一着急,举拳打你,随手甩落了。嘴也被你捂住,干着急,喊不出来。"还要往下说时,白猿忙止住他。

白猿微一寻思,面带喜容道:"我正想清波上人白云封洞已数十年,未必肯管我们的事。适才只顾着急,没想到此花用处。如今被你提醒,只要此花能重寻到,妖人这一打坐,要到日落黄昏才完。此花昨晚连我闻了还昏迷呢,只须轻轻到他身前向鼻孔一擦,纵然惊醒,也昏迷过去,就不怕他了。"虎儿闻言,喜得乱蹦。忙叫:"我们快到原地方找去。"白猿先要独往下手,以免虎儿涉险,虎儿不允。后来白猿又想了想,先商量好下手之策,再三叮嘱:"事要机密神速,不可大意。妖道虽在打坐,稍有声息,仍会惊醒,便难免祸。"虎儿应了,仍由白猿抱了他,攀缘纵跃,上下于危壁峭崖之间,一会儿到了原处。那花从虎儿手中落下时,并未坠入峡底,恰巧绊住在壁间藤蔓之上。白猿持花向前,俟将妖人迷倒,再行近身。

虎儿经了白猿指点,才看出那妖人打坐之处。原来一过峡湾,左半边崖壁中间大半截便向里平塌下去,形如一个横立着没有盖的长方匣子,其大约有百亩,平地面上大小怪石森列,宛如剑戟,高低不一。离虎儿藏身的峡湾约有四五十丈,是匣最中心处。每一根石剑尖上,都有一朵碧绿明亮的碗大星花,照得三面石壁都成翠色。妖人打坐在数十根怪石中间的石榻上。因为装束奇诡,非僧非道,衣服又是绿色,星光照处,通体一碧。身子又被怪石挡住,只现出半边侧影,乍看时很难辨认。这时各怪石尖上的星光时暗时明,闪耀不定。

白猿手持草花,蹑足潜踪,掩掩藏藏地往妖人身旁走近。不时回首朝虎儿打手势,叫他不要出声妄动,行止甚是谨慎。一会儿掩到那百十根有星光的怪石下面,便停步迟疑起来。虎儿性暴,先见白猿动作迟缓,迥非平日矫捷神速之状,已是发急、又见它这般光景,越发忍耐不住。他自从出生,几曾遇见过大敌。心想:"我道这恶人有甚了得,原来是这样一个怪人,怕他怎的?"因白猿先后叮嘱示意,虽没出声呼唤,人却从藤蔓中现身,轻轻纵落,跟踪上前。

白猿原是看出妖人身侧事先设有防范,不敢造次,意欲审视好了行事,聚精会神向前探索门户。偶一回首,见虎儿不听招呼,跟踪走来,这一惊真是非同小可,恐将怪人惊醒,必陷罗网,连忙摇手禁止,示意躲向石后隐身之处。虎儿偏不肯,一面用手势回答,一面脚底益发加速往前跑去。白猿知虎儿心性，此时如果回身强阻，必然出声怪叫无疑，只好咬牙切齿，做出痛恨忧急神气。虎儿仍是不听。白猿一着急，猛地灵机一动，刚将主意想好，虎儿已从地上抓起一根茶杯粗细，二尺长短的断石笋，当作兵器奔来。

不料脚底一不小心，踢起一块碎石，无巧不巧，正落在一根上有星光的怪石柱上，当的一声，发为巨响，空穴传声，震得洞壑起了回音，半晌不停。这一来，那还不将妖人惊醒，妖人眼睛睁开，看见对面奔来一个有根基的童子，不由心花怒放，一声狞笑，便下位走将出来，双方恰好迎个正着。

虎儿见那妖人生得又高又瘦，脸色碧绿，鹰鼻拱起，两颧高耸，下面一蓬连鬓络腮胡子，隐隐露出一张阔口，两根翘出唇外的獠牙。圆眼白多仁少，两粒豆般大的黄瞳仁滴溜乱转，闪闪放光。笑声凄厉，和枭鸟夜鸣相似，从百十根放光怪石林内缓步往外走来。真个相貌狰狞，丑恶非常。

虎儿因二猱失陷，痛恨妖人已极。原以为既然他是在闭目坐睡，冲上前去，一下即可打倒，不必像白猿那般费事。及至将妖人惊醒，见了这等丑形怪状，心里一纳闷，不由止住脚步，呆呆地望着，反倒忘了当时动手。等到妖人走近，一望前侧面怪石旁站定的白猿不在，这才想起前事。喝问道："你就是把我康康、连连捉去关住，今晚要害死它两个的妖怪么？快给我放出来，我不打死你；要是不放，我就要打死你了。"那妖人闻言又是一声狞笑，慢腾腾从袍袖中伸出一双精瘦细长，与枯骨相似，带着半尺多长指甲的怪手，向虎儿作势抓来。

虎儿见状，笑骂道："你这有气无力的妖怪，还想和我打么，我这块石头你接得住便算你赢。"嘴里说着，手中石笋早朝妖人当胸掷去。妖人看见石到，也不往旁躲闪，径伸手指一弹，那块数十斤重，数百斤力量的石笋，竟如弹丸一般抛起，从虎儿头上飞过，坠落涧中去了。

虎儿满以为自己两膀神力，妖人行动又迟缓，这石笋一发出去，必将他打倒。不料妖人力气比自己似要大得多，一弹指间石便飞出，哪知是妖法禁制作用。知道不妙，骂声："该死的妖怪！"纵身上前，举拳便打。妖人一身邪术，虎儿全仗天生神力，自敌不过。也是妖人欺虎儿是个幼童，送上门的买卖，轻敌太甚，以为自己手长，举手便抓。

虎儿身刚纵起，一拳打向妖人脸上。见妖人举手来抓，猛想起他手力比自己还大，不可被他抓住，仗着动作神速，未容抓到，倏地双手一收，身子往后一个倒仰，两只铁腿双双蹬向妖道胸腹之间，借劲使劲一蹬，倒纵出去。妖人原以为虎儿身已悬空，只须双手往上一合，便可拦腰抓住，捉个清醒的好问话。不料却中了虎儿的道儿，一下踹了个结实。骤出不备，胸腹间如被巨大铁杵猛击了一下，痛得内腑震动，头脑昏黑，如非有多年苦修之功，几乎伤重身死。当时急怒攻心，忙一定神，将手一摸胸腹，先用禁法止痛。然后行使妖法，朝着虎儿将手一扬。

虎儿倒身纵起，双脚落地。见妖人身子晃了几晃，几乎跌倒，知已受伤不轻，甚是高兴。正在得意，还想再来，作势将起，忽见妖人手一扬，自己便不由自主地朝前扑去。

眼看妖人缩颈躬身，张开两臂，狞目诡笑，聚精会神，做出欲抓之势迎了上来，无奈身子似被大力吸住，转瞬就要被他抓住。正在惶急，倏地从妖人身后大石笋旁，飞也似射出一条白影，只一晃间，妖人立时晕倒，昏迷不醒，自己也跟着跌落在妖人手旁，言动不得。

原来白猿见妖人惊醒，便知虎儿无有幸理。自己不退，也是白白饶上一命，反不如见机藏起，还可设法解救虎儿。不等妖人开目，一闻石响，先已隐过一旁。加上虎儿不该遭害，小孩子心性，只顾看妖人生得异样，临危不进，未入埋伏。这又是个下三门的妖人，道行尚浅。因见来人只是璞玉浑金，未有师承，只当路过误入，把事情看得太易，没想到还有一个厉害同伴潜伺在侧，一心打算吸取他的真灵。偏生虎儿仙根深厚，多服灵药，人虽中迷扑来，本身灵元却未摇动。妖人见状惊奇，只顾全神贯注到前面幼童身上，不料祸发瞬息。

白猿见他被虎儿用脚踢伤，已看出其能为有限，当下出伏来斗，便减了三分畏惧。再一看妖人当时便行法害人，辣手下得太快，迟必无救，一时情急，便不顾危险，如良鹰搏兔，乘隙出击，用手中迷魂异草径向妖人鼻间一按。妖人闻得异香。知中暗算，欲行法解救，已是无及，立即昏迷过去。白猿恐时久生变，妖人一倒地，先用异草将他鼻子塞满，以防回醒。然后一找妖人身旁，从腰间搜出一把碧光荧荧的小匕首，刺向妖人胸前，只一下，便腹破肠流，结果了性命。

虎儿倒在地上，看得清楚，心里也明白，只是不能言动。直到妖人死后，过有半盏茶时，才缓醒过来，跳起身，气得踢了妖人好几脚。拉了白猿，便要去寻康、连二猱。

白猿正对着那百十根上有星光的怪石林中端详，闻言答道："都是你不听话，险些被妖人将你害死。你当事情就这容易吗？适才多亏你还没有闯进这里头么，要不的话，除非清波上人当时赶到，连我也救不了你。它两个

314

就在石林那边岩洞中绑吊着，过去非穿行石林不可。妖人已死，不知怎的，石上星光并不熄灭，只不过无人主持，光稍呆些，不似先前闪动罢了。妖法想必未解，一进去，定又遭殃。最好等清波上人到来，破了妖法，再行穿过。你若性急，宁可回走原路，翻上崖顶，由我背着你绕行后山，再抄到那边去，虽远几十里路，却免得中了道儿。"

虎儿见石林内无甚动静，急于寻到康、连二猱，又因妖人已死，哪里肯信。力说："这些石头都不甚高，白哥哥你怕受害，何不带我纵了过去，也省走许多的路？"白猿怒道："你年轻，懂得什么？如若不信，你站远些，待我来试给你看看。"说罢，将虎儿拦远了些，就地下提起妖人尸首，对准石林空隙，往妖人生前打坐处掷去。

说时迟，那时快，妖人尸首刚一掷入，每根怪石尖上的星光忽然爆散开来，一阵阴风起处，碧焰中似有数十百个恶鬼现出半截身形，各从石尖上伸下一条长臂，将妖人尸首抓住。就在互相争扯之间，地下又冒起一团浓烟，连那百十根怪石和妖人尸首一齐裹住。一会儿工夫，邪烟散尽，恶鬼全隐，石上星光复明。再看妖人尸首，被一条条黑影，像绳索一般绑了个紧。

白猿吐了吐舌头，说道："你看见了没有？石林里面除妖法埋伏外，暗中还藏有邪教中练就的法宝呢。这时行法的妖人已死。尚且这般厉害，你看行得过去么？"虎儿虽然胆大，鬼魅妖物却是初见，这才有了畏心。正要拉了白猿由回路上崖绕到后山过去，忽听远远传来一声虎啸，正是神虎到来。白猿喜道："你且莫忙，这定是它将你清波师叔请得来了，不然它不会叫的。他们来得快，没等我们绕到他们就先到了，忙它怎的？"

言还未了，接连又是两声虎啸。虎儿听末后一声已达崖顶，却不见人、虎下来。白猿听出来意，似还未知妖人已死，在崖上怒吼诱敌，心中奇怪，立即长啸相应。虎儿也跟着乱喊。两边应和，没有几声，一团黑影忽自来路崖口飞将下来。虎儿定睛一看，正是神虎，背上还驮着一个年约十三四岁的小孩，一露面便喝问："妖道现在何处，快领我杀他去。"白猿不等说完，便已上前拜倒。小孩也跳下虎来。

虎儿见那小孩生得还没有自己雄伟。一个拳头般大的头，前发齐额，后发披肩，又黄又密。两道浓眉几乎连成一字，紧压着眉底下一双三角怪眼，闪闪放光。两颧高凸，鼻梁却塌了下去，露出一双朝天的大鼻孔。尖嘴缩腮，暴牙外露，两只兔耳贴肉倒立。上身穿着一件黄葛莲花云肩，下穿白麻短裤，赤腿芒鞋，背插双剑。举动跳跳蹦蹦，活似一个猴子。白猿对他礼数恭敬,却是平生仅见,心想:"这样一个猴头猴脑,比小童不如的丑小孩,难道说就是清波上人不成?"

虎儿正在有些气不服,白猿已用兽语要虎儿上前拜见,说那孩子是清波上人爱徒,叫虎儿称他师兄,并向他述说经过,请他行法将妖人妖法破去,以便救出康、连二猱。

也是合该虎儿结一同道好友,为异日之助。那小孩天生古怪性情,最重恩怨,此时一生嫌隙,异日便难和好。虎儿先本看他不起,及听白猿一说,忽然触动灵机。暗忖:"那妖人看去也不甚打眼,怎会敌他不过?白哥哥从没说错,还是听他话好。现在石林过不去,正好看看他的本领再说。他又不是对头,和他斗啥子?"想到这里,便学白猿的样,也跑上前跪倒,喊了一声:"师兄!"

那小孩本不通兽语,见前面设有妖阵,并无妖人出战。知道虎儿必是师父所说那孩子,见他那般生相,先甚喜爱。只奇怪白猿尚知礼数,他听完自己问话并不回答,却睁着一双大眼朝自己上下打量,颇有轻视神色。正在气愤,欲待发作,忽见白猿朝虎儿叫了几声,虎儿便走过来跪倒,口称师兄。这才看出他能通兽语,先是不知自己来历,所以发呆,并非轻视,益发心喜。连忙拉起说道:"师弟,你今生姓颜么?莫多礼,我承师父教养才十三年,论起来,你前生还是我的师兄呢。"

虎儿哪有心肠听这个,便叫道:"师兄,你来得太好了。妖人已被我白哥哥杀死,偏生石林里有好些恶鬼和怪烟子捉人,我们都不敢过去。我的康康、连连被妖人绑吊在那边石洞里面,师兄快些想个法儿,代我救出它两个来,我给你叩头呢。"那小孩闻言,才知妖人已死。又见虎儿着急神气,便笑道:"我背了师父偷偷跑来,还当妖道活着呢。难怪师父说你一会儿便能脱险。这点小事有甚打紧,你们随我来。"随说,拉了虎儿,走向怪石林前,见妖人尸横地上,满地鲜血,不禁诧道:"这妖人听师父说,是邪教中最下等的披麻教。道行深的,死后尚能还魂。怎他六阳魁首并未斩裂,只破了他肚皮,就人事不知呢?"白猿闻言,知自己一时疏忽,未斩妖人首级,如非给他鼻中堵塞迷魂异草,几乎种下祸根。便叫虎儿将前事转述了一遍。

小孩道:"这就是了。这阵法只是他炼就的恶魂厉魄作怪,他座位前还暗张着九十六根阴索,破它容易。"说罢,吩咐虎儿、猿、虎暂立林外。脚一点,纵入阵内。阴风起处,石尖上的百十恶鬼,又在碧光中出现,伸臂来攫,下面浓雾也同时升起。小孩早有防备,一入内便将双臂一摇,唰唰两声,两道白光，似长虹一般飞将出来，势如蛇惊龙舞，飞向妖光邪雾之中。白光到处，只听鬼声凄厉，雾散烟消，顷刻工夫，星光全灭，恶鬼化为残烟，随风四散。虎儿见状，正喜得乱蹦，忽又听一声断喝，白光敛处，小孩伸手相招。再看地下妖人，业已从头至股斩为两半。

虎儿万想不到小孩有如此大的本领，不禁又是钦羡，又是佩服。忙跑进去拉着小孩的手，满口师兄喊个不住。当下由白猿领路，穿过那百十根怪石林，沿壁而行。走约半里，才见壁凹中现一小洞，高仅丈许，洞外石门紧闭，侧耳遥闻二猱在洞内呼救之声。

小孩放出剑光，向石门一扫，门便开裂。人、猿、虎一同入内，深入几及三重，方到二猱被困的一间石室外面。

白猿在路上又教虎儿问小孩的姓名。才知清波上人自从归隐虔修，久不出洞。十三年前，忽然一日心动，想往滇黔一带游散，就便在莽苍山采些灵药回来炼丹。行经思明山中，忽见一个健足苗女，用红锦包着一个东西，飞也似往左侧山谷中奔去。苗疆之中原多毒岚恶瘴，尤以凌晨、傍晚为甚。毒雾氤氲，浮光红彩笼罩山凹沼泽之间，聚而不散。常人一不小心为瘴毒所中，重则毒发，当时身死；轻亦周身浮肿，久治难痊。无论是汉人、苗人，望见它，没有不躲避的。

清波上人见这时天方见曙，谷中瘴气正浓，那苗女却往谷中飞跑，好似不知死活一般，心中奇怪。忙一纵遁光，飞向谷口，挡住苗女去路，喝道："里面瘴气正浓，看你也是本地人，难道就不知厉害么？"那苗女遇人拦路，忙回头往身后看了看，一言不答，仍往前闯。清波上人见她不应，左闪右避，一味想闯过去，面上神色甚是张皇，料知有事，越发不放。苗女乱闯了几次无效，急得脸涨通红，低声哀恳道："道爷，你行个好，这事关系大着呢，我死当得甚紧，快些放我过去吧，要被他家的人看见，我主仆的命都没有了。"

清波上人先见苗女资禀不俗，手脚矫健，似曾练过武艺，已觉少见。再一听口音，竟是苗妆的汉女，语气中含有冤抑，不由动了恻隐之心。便好言安慰道："你且莫急。我非歹人，你只要把事情说将出来，天大的事我都担当，如何？"女子哪里肯信，口中哀恳放行，仍是乘隙就往前走。又相持了一阵，清波上人一面拦她前进，一面仔细端详她两手紧持的锦袱。见包的是一个圆球般的东西，隐隐在动，微闻血腥气味，疑似人头，又有些不类。便指问道："你红锦包中何物？如说出来，也许放你走。"女子回顾墟烟渐起，朝阳已升，道人力大身灵，实强不过，低头一寻思，又对道人细看了看，叹口气说道：

"道爷，你不该拦我去路。如今人都快起来了，我也赶不回去了。反正是我主仆的性命。就对你说，看道爷有甚法子能救我们。"清波上人笑道："你只管放心，遇着我，你主仆决死不了。"当下女子把清波上人引到谷侧山石后僻静之处详说经过。

原来，红锦包中是个怪胎，女子的主人姓涂，也是个少女。乃父病故于思明知府任上，除孤女琏珍外，尚有继妻朱氏，原是浙东名武师万里飞鹏朱英之女，曾有一身好武艺。涂知府娶朱女时，原因万里为官，道途险阻，床头人有些本领，诸多倚傍。谁知朱女天性淫荡，过了门，夫妻感情尚好，因为无子，对前室之女也颇相安，无事时，还常教琏珍和女婢菱菱武艺消遣，本来一家安乐无事。及至涂知府染病身死，正要扶枢归葬之际，不知怎的孽缘遇合，朱氏不耐孤衾，竟和涂知府所用官亲、前室内弟尤克家苟合起来。这一双狗男女先是支吾，不肯回籍。后来恋奸情热，索性将涂知府多年积下的宦囊，在思明一个大苗墟中置了田产过活，不再提起归字。同时对于琏珍主仆也改了虐待，日常凌践，无所不至。

当时琏珍主仆才只十来岁。先因看不惯那些丑态，又心悬父骨，略形辞色，挨了好些毒打。后来怵于积威，谨慎小心，去仰狗男女的鼻息，又被逼认仇作父，方得免祸。

主仆二人，相依为命。力弱知非仇人之敌，每日早夜背人习武。满心只想将武艺练成，合力将狗男女杀死，报了父仇，再行负骨逃转故乡。无奈朱氏家学渊源，本领高强，自从变节以后，已不传二人武艺。无师之承，除根基扎得牢固，身手矫健外，别无进境。

有一次菱菱冒着险，故撄朱氏之怒，等她打时，微一防御，以试能否。结果白挨了一顿好打，相差仍是太远。主仆二人枉自背后痛哭。

二人正忍苦待时，无可如何，偏又祸从天降。朱氏淫妒成性，一晃数年，琏珍出落得十分美貌，本就防到奸夫染指。幸是尤克家素来怕她，不敢妄动，琏珍主仆也惧狼子野心，防闲周密，未生变故。也是合该魔难。这时，琏珍已积虑处心，将浮厝父骨起出，背人焚化，装在瓦坛之内，准备万一时至，下手后逃去。骨殖坛就藏在附近锦鸡谷内岩凹之中，常借采樵为名，去往谷中哭奠。

朱氏年届狼虎之交，日常白昼宣淫，本就嫌她主仆碍眼，此举正合心意，还当她有心避开，这一层倒没去拘束。那谷中早晚瘴气极重，二人先颇畏避。日子一久，无心中发现一种灵草，不特可御瘴毒，中毒之后也可医治。

琏珍因父骨在彼,又爱谷中景物奇丽,轻易无人敢作深入,如有不幸,还可作为避祸藏身之所。那灵草凹谷中甚多,却无人知,二人各采了些,秘藏身旁备用。近一二年中,几乎无日不到。

　　祸发前半年,二人又去哭奠,因值忌辰,采了些山花供在灵前,痛哭了一阵。菱菱去捉山鸡来烤吃,前往谷底未归。琏珍一时神昏,便在崖凹大石上沉沉睡去。过有个把时辰,忽被狂风迅雷之声惊醒。睁眼一看,暴雨倾盆,狂风拔木,山洪怒泻,谷中都成了河,奔流夹着石沙滚滚流出,势如飞马,声势甚是吓人。菱菱阻雨,未曾归来。所幸岩凹颇深,雨打不到琏珍身上。

　　正悬念菱菱之间,猛地震天价一个大霹雳,离身不远打将下来,雷声猛烈,震得人耳目昏眩。前面暗云低压中,似有一个尖嘴鸟翼,雷公般的怪物影子闪了一下,当时因为受震过甚,精神恍惚,觉着心里跳动了一下,也未怎样在意。迅雷之后,骤雨忽止。谷中地形原本有点往外溜斜,存不住水,雨一止,顷刻之间全都流尽。二女当下忙着回家,虽然归晚,朱氏知道阻雨,也未深问。琏珍饭后安歇,忽然腹中隐隐作痛,转侧了一夜。第二早起腹痛虽止,可是由此吞酸呕吐,不思饮食,患起冤孽病来。其实,此时琏珍如若告知朱氏,延医诊治,或者也能免祸。无如琏珍性情刚毅,认作雨中冒寒,没有和朱氏说。

　　一晃数日,琏珍的病渐好,饮食也复了原。只是腰围渐大,身子总软软的。主仆二人均不知是甚缘故,正疑虑间,偏巧这日狗男女约好去赶苗人墟集,行前,尤克家忽患头风,不能同往。朱氏因要往苗墟中购办一些待用的物品,又带了两名长随相随,任尤克家在家养病。朱氏去时,琏珍主仆正在谷中闲游,不曾在家。等游倦归来,琏珍不知奸夫因病独留,偶往朱氏房内取针线,进房,才看见床上躺着奸夫。正要退出房去,奸夫头风刚好一些,口渴思饮,正要唤人取茶,见琏珍入内,便唤她取。琏珍本来恨他切骨,无奈心怯淫威,恐怕他在朱氏面前使坏,不敢违拗。刚强忍奇忿,将茶端过,放向奸夫床边,恰值朱氏回转,行至院内,闻得奸夫语声,三不知踅了进来。

　　朱氏天性多疑,因琏珍素日不特不和奸夫相近,连话都不肯多说一句,今日竟会背了人给他取茶,虽没看出有甚举动,总觉情形可疑。当时强压着满腔酸眼没有发作,却恶狠狠瞪了奸夫一眼。琏珍见朱氏轻悄悄掩了进来,本就有些吃惊,喊了一声:"娘。"没听答应。偷觑神色不善,益知不妙,忙即避了出来。

　　朱氏何等留神,见琏珍脸色不定,越猜是情弊显然。琏珍一出门,便按住奸夫查究根底。尤克家原也冤枉,急得赌神罚咒,叫了无数声的撞天屈,后来,朱氏又查问二女回家的时刻,经了奸夫种种解释,兀自不肯深信。除留神观察外,又故意出门躲避,放奸夫一人在家,然后拿出当年本领,暗中回来,伏身屋上,准备拿着真赃实犯再行算账。

二女机智,自看出朱氏生疑,无时无地不加小心。尤克家原本不敢妄动,这一来,也更兢兢业业。双方又是深仇,琏珍主仆避之唯恐不逞,哪里会再有同样的事儿发生。朱氏试探窥查了多次,始终无迹可寻,疑云渐解。原可无事,谁知琏珍的肚皮太不争气,定要给她惹祸,一天比一天大将起来,简直像有了身孕一般。日久竟被朱氏看出,想起前事,诬定与尤克家有奸,定要将她置之死地。奸夫知道朱氏心毒,事若弄假成真,自己也脱不了干系,极力苦辩,力说无染,恶咒赌了千万。

朱氏哪里肯信,把琏珍主仆唤来,拷问了数次。二女身受奇冤,有关名节的事,宁被打死,也不肯招认。朱氏认是强词抵赖,便命人去请墟上的走方郎中,来诊断是孕不是。

总算琏珍有救,尤克家料知朱氏有此一着,早暗中用银子买通好了郎中,到来做张做智了一阵,说是大腹臌,并非有喜。朱氏闻言,恶阵仗方始缓和了些。但又屡次声言,且等到了日期再看。如若是臌症,自然生不下来;如若足月生了,莫说两个贱人休想再活,连奸夫也决不轻饶。

琏珍主仆俱是幼女,以为自身清白,好端端怎会有孕? 医生说是臌症,定然不差。想医,朱氏不许,恐二女使了手脚,存心要观察个水落石出。不特不准医治,还时常向墟集中查问,以防暗中就医,将胎打去。琏珍见她禁医,好在除腹大外别无痛楚,也就置之不理。

又过有半年多光景,朱氏默察她肚子近三四月来不曾再大,孕期早过,不见分娩,已觉果然是臌非孕,以前冤枉了她。不料这一天晚间琏珍忽然腹中作痛,一阵紧似一阵,水下甚多,完全与平日耳闻妇人临产情形相似,琏珍这一惊真是非同小可。朱氏以前又说过那些狠话,被她害死还是小事,一则父仇未报,二则冤枉死了还留下一个污名。连气带急,又负着万分痛楚,还不敢哭出声音,以防警觉狗男女,只管抱着被角,蒙了头吞声饮泣,哭了个死去活来好几次。

菱菱在旁也急得眼含痛泪,心如刀割,只恨自己替她不来。后见情形越来越像,无可奈何,只得照着平时耳闻,勉强偷偷准备好了剪刀,盆水等必用之物。好容易挨到亥子之交,琏珍腹中一阵奇痛之后,猛觉下体胀裂,疼如刀割,一个支持不住,疼晕过去。菱菱早脱了她的中衣准备,一见琏珍闭过气去,忙过去掐着人中,轻声呼唤,忽听琏珍哎呀了一声。

菱菱听她大叫,心里一惊,刚伸开手掌去捂她嘴,猛一眼瞥见琏珍两条玉腿伸张处,血水横流,产门已开,露出小半个红里透白的圆球一般的东西,比西瓜小不了多少,紧挤产门,似要脱颖而出。先还当是胎儿的头,惊慌骇乱中,手托琏珍玉股,才说得一句:"小姐,再使点气力就下来了。"那胎皮微一动弹之间,猛然扑的一声,连脐带滚将出来,血水如泉,溅得到处都是。菱菱慌不迭地将脐带如法剪了,凑向枕边,问了声:"小姐,怎样?"琏珍呻吟着说道:"下边有点麻,比适才好得多了。你快想法丢了吧。"

菱菱闻言,略为放心。因知小姐和自己行止坐卧寸步不离,不夫而孕定是怪物。因一心惦着病人,虽仿佛觉着生的不似小孩,并未及于细看。这时才想起天刚半夜,正可灭迹。忙又到琏珍脚边一看,那怪胎果然无头无脚,只是一个圆肉球,好似比初生时已长大有一倍光景。菱菱心中又气又愤,随手取了一片旧红锦,低声指骂道:"该死的冤孽!你害我苦命主仆做啥子?"

随说随包,无意中,指头把怪胎戳了一下,那胎竟有知觉,倏地蹦了起来。菱菱忙用手去按,力猛了些,咻的一声,肉球忽然绽裂一个小孔,孔里面伸出一只鸟爪一般的乌黑小手,四外乱抓,仿佛包中怪物就要裂皮而出。吓得菱菱心慌意乱,连忙包好。琏珍闻声,又问怎样了。菱菱哪敢和她实说,便道:"小姐放心,你生的不是胎儿,是块血团,恐淫妇早起见了又是祸事,趁他们睡熟,天方半夜,我收拾了。你明早用了棉花包垫在肚上,仍装大肚,强挣起床,当着淫妇,装作腹痛,大解回来把棉包去掉,说解了些脏东西,臌病忽然好了。连夜将这东西往谷中涧底一扔,便无事了。"琏珍点了点头。

菱菱虽然精干,身是少女,几曾服侍过月子。血迹又多,心虑忧危,越发手忙脚乱。等到收拾清楚,又给琏珍揩洗干净,才将秽被等藏过,拿了包中怪胎往锦鸡谷跑去。

二女也是少不更事,情急之间没有细想,只欲灭迹了事,却不想寻常妇人产后,污血往往经旬逾月才能止住,琏珍是个未婚少女,生的又是怪胎,下血更多,岂是一揩洗便可干净的?再者,产后身子何等虚弱,怎能行动自如?朱氏狼虎之年,已成老狯,哪会瞒得过去?当晚如果实话实说,一发动便去唤醒淫妇,以表无私,或是生后唤其看视,朱氏原意,即使琏珍真个与人通奸有孕,只要与她奸夫无染,也无关紧要,如见是个怪胎,更去疑心,至多不过骂上几句而已。这一来,灭迹不成,反倒弄巧成拙。如非胎儿仙缘前定,琏珍主仆该当难满，菱菱弃胎之时巧遇清波上人，几乎又惹下杀身之祸。

　　菱菱这里刚把一切经过与满腹奇冤说完，便问："道爷怎生救我主仆？"清波上人偶然侧耳一听，喊声："不好！快随我救你主人去。"说罢，伸手提着菱菱衣领，喝了一声："疾！"便已破空飞起。

　　菱菱人本聪慧，先因去路被道人阻住，不说明原因决不放过，又见其气度不凡，和画上的神仙一般，又有天大的祸他都担承的话，一时触动灵机，忍着气愤，把实情说出。虽望道人路见不平，拔刀相助，但是朱氏勇武绝伦，除了道人真是神仙中人，决非敌手，心中只管希冀，并未敢信。不料一席话刚刚说完，道人便提了自己衣领，光华闪处，凌空而起。知道遇见神仙垂救，喜出望外，连害怕也都忘了。

　　菱菱目视下方山石林木，一排排，一堆堆，疾如骇浪惊涛，从脚底下往后卷去，不到半盏茶时，家门已然在望。迎面天风又急又劲，连向侧面透气都觉艰难，哪里张得开口。心恐道人初来，认不得门户，正发急间，前望家门越近，晃眼工夫，身子忽如弹丸飞坠，直往镇上人家中落去。惊骇昏眩中，也没看清楚是否到家。脚才点地，便闻琏珍悲泣与朱氏怒骂之声。心刚一跳，道人已是松手。勉强定神一看，正落在琏珍卧房外面天井之中。道人恰似来过的熟人一样，一放手，便向琏珍房内走去。

　　这时菱菱救主情急，便不暇再计别的，见房外悬有朱氏旧日用的一支铁杖，放了手中锦包怪胎，随手抄起，忙跟着进房。一看，琏珍伏卧床上，身子缩在被窝里面，虽在悲泣，脸上却带着惊诧之容。菱菱见状痛心，脚底一点劲，从道人身旁擦过，往床上纵去。刚要慰问打伤没有，琏珍含着痛泪，朝外一使眼色，菱菱才想起朱氏怒骂正烈。往前一看，朱氏手持皮鞭，站离床前约有七八尺远近，凶神恶煞一般，手指琏珍，扬鞭恶骂，骂得铁青一张脸皮，却不打将过来。道人就立在她身后，也似没有觉察。奸夫尤克家已打得青一条，紫一条，满头满脸都是伤痕。菱菱心中好生惊讶，暗忖："奸夫实未敢勾引琏珍，朱氏恋奸之情极热，就算多疑，何致没先拷问明白，就下毒手，将奸夫打得这样？"

　　菱菱寻思未已，朱氏在急怒之中，忽然发现菱菱从外奔回，纵向床上，手里还拿着一支铁杖。知她护卫主人，意欲相抗，不禁怒上加怒，口中大骂："该万死的小贱人！你将私娃藏到哪里去了？"随骂，纵身上前，扬鞭就向菱菱头上打去。菱菱一则准备拼死，二则有了仗恃，忙喊："神仙快救我们！"要知后事如何，且看下回分解。

第三十四回

妙法惩凶淫　　电掣雷轰奸夫毕命
宿缘多孽累　　会稀别远孺子思亲

话说菱菱一横手中铁杖,正要抵挡,却不料朱氏的鞭还未接触自己,猛觉眼前一花,耳听得一声惨叫,只见尤克家连肩带脸早着了朱氏一皮鞭,跌倒在地上,疼得满地打滚。

朱氏也是情急暴怒,忘了适才打琏珍时所受教训,殊不知菱菱义婢一样也是打她不得,仇人没挨着分毫,自己心上人反倒又着一下最重的。吓得忙跑过去,就地上将奸夫抱起,扶向椅上坐定,再看两个仇人,一蹲一卧,在床上仍是好好的。这一来,才知道果然厉害。时正清晨,太阳光正从窗棂中斜射进来。大白日里,房中更无异状,不似闹鬼神气,怎会一而再,再而三打人不成,反伤自己人?这时朱氏心情,真是又急又怒又羞,又心疼又害怕。明知不是好兆,只是无法下台,心恨二女切骨,打不出丝毫主意。

琏珍先见朱氏看破形迹,吓得胆落魂飞,以为决无生理,几乎死过去,后见奸夫连吃大亏,自己似有神灵默佑,一下也未被朱氏打上。接着菱菱纵入,又是奸夫挨打,与前一般。再见房中添了一个道人,朱氏是久经大敌的能手,却并未觉察,定是神仙降凡解救,朱氏才会如此颠倒。胆子一壮,心里痛快,不觉止了悲泣,口角微现笑容。菱菱早查看主人并未受伤,奸夫反是重伤狼狈,自然心喜。但震于朱氏积威,又在匆匆之中,虽还不敢细问经过,诚中形外,惊喜之色,也是无形流露。

朱氏哪里容得,立时暴怒,大喝一声:"我与狗贱婢拼了!"鞭一扬,二次又要打上前去。忽然念头一转,强忍怒气,狞笑道:"今天有鬼,姑且容你们多活些日。只要将奸情招出,说出私娃丢在哪里,我便免打。"菱菱方要答言,一抬头,见道人站在朱氏身后,含笑示意,摇了摇头,菱菱心已稍定,想道:"我主仆有仙人相助,怕她何来?如真不行,怕一会儿也免不了死。"便也冷笑一声道:"你做梦呢。我小姐玉洁冰清,多年来和我寸步不离,几曾见有野男人和她说话过？明明是因臌症生下一个肉团，怕你疑心，害她的命，把来扔了。你血口喷人，天都不容，无怪把你心上人打成那个样儿。这是神仙菩萨教你先心痛个够，真报应还在后头呢。"

朱氏听她出言无状，平生未闻，不禁怒火千丈。因恐又蹈前辙，先不动手。忙出房唤来了两个长年，将尤克家扶回自己房内，安置床上养伤。因是急怒攻心，全没丝毫悔悟之意，一面匆匆摘下墙上悬挂着的苗刀、镖囊，一面吩咐长年准备那狗污血备用，又取了一块秽布掖在身旁。原意是二女房中有了邪祟，此去先拿菱菱试刀，砍不到时再用镖打，先杀菱菱，后取琏珍的性命。如还试出不济，使用污血秽物泼向二女床上，然后下手。无论怎样，也须出了这口恶气。

及至奔回二女房中一看，琏珍仍卧床上，菱菱也下床持棍相候，秀眉上翘，满脸忿激之容，全不似日常恭顺畏葸，大有拼死气概。朱氏连骂都不顾得，一横手中腰刀，正要纵砍上去，猛觉身侧冷风，似有人影一闪，朱氏也是久经大敌，加以适才种种怪事，不禁心惊。忙一回头，室中除二女外，哪有第三人影。

菱菱自朱氏扶了奸夫回房，一问琏珍经过，胆子大壮。这时又见道人明明从身侧闪向她身后，动作甚是从容，并不急遽，朱氏却偏往相反的一方查看，近在咫尺，竟未看出。加上见到朱氏连受捉弄，气急败坏，脸色铁青，头如飞蓬，狼狈之状。想起主仆多年来含冤负屈，饱受凌虐，居然也有今日，不禁又好气，又好笑。便指着朱氏喝道："我小姐孝心感动，今天这屋里有神仙降凡，我们看得见，你却看不见。你遭报应的时候到了，看啥子？"朱氏正没好气，闻言怒吼一声，一纵身，摆刀上前，照准菱菱就砍。

原来琏珍当菱菱未回以前，下体由麻转痛，血流不已，忍不住低声呻吟，不料竟被朱氏走来听见，看出琏珍脸色有异，吓得身子发抖，心中起疑，猛揭被一看，满是血迹，知是生产。怒唤菱菱不见，伸手打了琏珍一下。气得跑回房去，就热被窝中拉起奸夫，穿好衣服，持了皮鞭跑来，定要琏珍供招与谁通奸。琏珍被适才朱氏一掌，连惊带急，晕死过去。刚刚回醒，又见朱氏凶神附体般，怒冲冲拉了奸夫持鞭进房，四肢无力，逃遁不得，知无生理，不由心胆俱裂。惊骇迷惘中，似闻一个老婆子的口音在耳旁说道："小姑娘莫怕，有我在此，保她害不了你就是。"琏珍虽觉奇怪，并未想到真有能人解救，仍是伤心悲痛，无言可答。

朱氏见状，益当情实，上前劈头劈脸就是一皮鞭打下。琏珍知她手狠，刚伸手一护面目,没想到皮鞭并未打到身上。耳听哎呀一声急叫,悄悄睁眼一看,反是奸夫连肩带脸挨了一下,疼得狼嗥鬼叫,抱着头肩乱抖,跪向朱氏面前。朱氏明明存心先将琏珍拷打出实情,再问奸夫,并没打他的心思。一见奸夫受伤,又急又疼。先以为气急神迷,打错了人,还想将错就错,就势忍着心疼逼问奸夫。把奸夫吓得负痛跪在她面前,战兢兢没口子叫起撞天屈来。朱氏不舍二次下手真打,只白了一眼,喝退一旁,重又抢鞭照琏珍打去。琏珍也不知有人捉弄,心想:"这淫妇对奸夫尚且毒打,何况自己,这一下打上,不死也得重伤。"谁知朱氏的鞭方用力打下,琏珍仍是好好的。奸夫尤克家却不知怎的,二次又着了一下,疼得杀猪也似惨嗥起来,朱氏忙跑过去,将奸夫抱起慰问,心疼已是无用,这才知道有异。

正在急怒交加,菱菱已随清波上人赶回。琏珍始终不知来了两个救星,见了菱菱,正悲泣间,忽又听耳旁小语道:"清波客来,你更不用害怕了。"接着又见奸夫挨了第三下,而且比前打得更重。一抬头,见朱氏身后立着一仙风道骨的道人,方知神仙垂救。及至朱氏扶了奸夫走出,主仆二人才说经过。琏珍因未穿小衣,便在被上叩头致谢。

清波上人摇头笑道:"我还晚来了一步,另有救你之人。可将胎儿抱来,留神受冻。"菱菱领命,忙下床将怪胎抱进。刚往床角一放,朱氏已恶狠狠持刀奔入。

菱菱虽然有恃无恐,终因积威之下,有些怯敌。一见刀到,勉强举棍一迎,觉着有人在棍上推了一下。朱氏来得势猛,万不料菱菱忽增神力,铮的一声,刀棍相接,朱氏虎口立被震裂。那柄苗刀再也把握不住,撒手飞出。身子晃了一晃,几乎跌倒。不由大惊,脚底摇动,忙即纵开。一情急,左手取镖,照定菱菱连珠打去。菱菱知她飞镖厉害,方在心惊欲避。偏那镖全没个准头,三支直向菱菱身旁穿壁而过。朱氏尚欲再发,忽听后屋长年惊呼之声。心刚一动,便听长年高喊:"大娘快来,尤相公被镖打死了。"朱氏闻言,急痛交加,不知如何是好。慌不迭地正要跑将出去查看,倏地眼前人影一晃,猛听一人怒喝道:"贼淫妇!报应临头,还往哪走?"话言未了,脸上已着了一掌。立时眼冒金花,顺嘴直流鲜血,倒于地上。

二女一听奸夫身死,方在心喜,忽见房门口现出一个瘦小枯干的老年道婆,一掌将朱氏打倒。菱菱恨她切齿,上前一棍。正赶朱氏挣扎欲起,一下子打了一个筋断骨折。

朱氏虽然武勇,多年锦衣玉食,酒色淘虚:菱菱用的力猛,哪能禁受,不由痛彻心髓,晕死过去。菱菱方知屋中还有一位神仙,打倒朱氏之后,忙跑过来跪下叩头,直喊:"神仙菩萨救命!"琏珍也伏枕叩头不止。

清波上人道:"你主仆无须发急,快快起来听这位天缺大师的安排,自然消灾脱难,转祸为福了。"

道婆闻言,笑道:"清波道友说得好轻松的话儿。我昨夜由九华金顶访友归来,今早天明前路经此间,闻得女人悲泣之声甚是惨切,偶然心动,入房查看,见此女虽然临蓐,血污狼藉,室中却无秽气。再一查看她的面目神情,料定所生是个异胎。后听她低声哭诉,得知所受奇冤。方欲现身询问底细,泼妇已拉了奸夫进房拷打。被我略用禁制之法,使奸夫代挨了几下,道兄便救了此婢和胎儿赶回。我不过路见不平,发了恻隐,所救只是为了此女。如今奸夫被镖打死,泼妇也奄奄待毙,我事已了,亟应别去。道兄起意救她主仆,自应救援,怎又推在贫道头上?"

清波上人赔笑道:"话不是这么说。大师法力无边,胜强贫道百倍。在此救善除恶,自是分所应为。既然法驾临降,便是她主仆的旷世仙缘。贫道门下并无女弟子,加以息影多年,不欲多事,纵思越俎为谋,亦属事所不能,适见二女均非凡质,又复孝义感人,仍望大师大发慈悲,救人救彻,功德无量。"

道婆笑道:"道友明明当时激于义侠,想救二女脱难,不过既恐安置费事,又恐胎儿血光污了法体。知贫道所学不是玄门正宗,不畏血污,门下本有女弟子,多收两个也不妨事,乐得都推在贫道身上罢了。就算我生来好事,难道道友救人一场,因贫道在此,就一点不相干?"

清波上人道:"大师明鉴。贫道如救二女,诚如尊言,确有诸多碍难。当时事在危急,不容坐视,正苦无法善后,难得无心巧遇大师,如终始玉成,所有难题俱都迎刃而解。大师既不许贫道置身事外,也不敢就此卸责。谨烦大师将二女收归门下,连胎儿带回山去。等此子离乳之后,大师如与无缘,再赐交贫道收养,或有其他吩咐,无不唯命。"道婆笑道:"无怪同道中人都说你巧,说了半天,还是照你的心意办理,胎儿实实与我无缘。好在他感气而生,本具异禀,无乳亦复可活。我代道友将胎儿取出,略施小术,去了血污,再给他服一粒丹药,助其成长,骨肉坚凝,仍在这里交与道友,携回山去收养,如何?"

清波上人闻言大喜,忙命菱菱抱来怪胎。天缺大师接了过去一看,那胎儿已将皮撑破,露出漆黑鸡爪子一般的两只小手,四下乱抓,身子仍在胞里不住乱挣，一个厚厚的胞衣已被撑得成了长圆形。大师笑道："这小冤孽性子还烈呢。"随说，左手托定胎胞，右手戟指照着胞皮当中一划。胎儿本在里面用力挣扎，嗤的一声，胞皮中分，胞内一个尖嘴火眼，形似雷公般的怪物早一跃而起，伸开两手，径照准大师颈间抓去，一下抓了个结实。紧接着张开那雷公嘴，又照大师面门咬去。

菱菱见状吓了一跳，忙上前伸手抢拉。忽听大师喝令："速取盆水应用。"再看胎儿，已被大师摆脱利爪，抓在手内举起。菱菱忙从床下拉出一个木盆，正要冲出门去取水，大师早随手提了几旁水壶倒了些下去，将胎儿往盆中一按。手指处，一团热气射落盆中，水便自然往上飞起，一股股像温泉喷射般，围着胎儿周身灌注不已。胎儿意似不耐，龀着满口密牙吱哇怪叫，一双火眼精光闪闪，几次想挣出门外。无奈身子被大师禁法制住，只在盆里打滚翻跌，纵不出来。似这样约有刻许工夫。

所有用人俱已知道奸夫镖伤惨死，朱氏也受了重伤晕倒在房内，只当是菱菱由外勾来道人所为。加以朱氏平时极能买惑人心，所用长年又多半苗人，有甚知识？此时看出主人吃了大亏，遂各持器械蜂拥而来，将房门口堵满，无奈大师早施禁法拦阻，众人一味互相推挤喧哗，齐喊："快救出大娘，莫放凶手逃走。"只是挤不进房去。

大师和清波上人看了好笑，也不去理他们，从容在里施为。等到胎儿性气稍杀，大师才走过去夹颈一把提起，硬给口中塞了一粒丹药。又拉过一条干净棉被，包了个密不透风。交与清波上人道："贫道效劳已毕，且喜道友有了传人。只是此子禀赋戾气太重，不得不令他吃点苦头，少时闷死回生，当可变化气质了。"清波上人连声称谢，接了过去。

琏珍因知仙人已允度化入门，喜之不胜，几番挣起，俱被大师拦住。一见事完，又要起来拜师同行。大师连说："你本元已亏，纵服灵药，暂时也动转不得。我既收你为徒，无须拘此形迹，日后再补行见师之礼不晚。"说罢，又取出四粒丹药，一粒赐予菱菱，三粒赐予琏珍，俱令服下。略停片刻，见屋外的人越聚越多，连左邻右舍也俱闻声赶来，大师将眉头一皱，吩咐菱菱："速将你主仆衣物收拾带去，另取两床干净棉被备用。"菱菱忙去收拾。

也是朱氏该死。她被菱菱打伤晕倒，一会儿便已疼醒，睁眼偷觑，见室中添了两个道装生人。她自幼随定乃父闯荡江湖，见识异人甚多，知道菱菱天不亮就出外弃婴，一去多时，又将婴胎带回，必在弃婴之时遇见能人诉苦，搬请来了救兵。自己行为不正，无可讳言。看来人本领高强，兼通法术，决非好相与。他们已被菱菱说动，彼强我弱，情势相差悬远，此刻如不甘认吃亏，稍不知机，命必难保。

朱氏心中虽然痛恨二女入骨，却连大气不敢出，一味忍痛，躺在地下装死，偷偷察听仇人动作。原以为腿上虽受重伤，二女仍非己敌。璉珍新产，不能行动，出家人不见得肯抱了产妇同走，至多再警戒威吓自己一顿。只盼当时能逃毒手，临去不伤害自己，挨到那两个厉害帮手一走，便可相机报仇。或用怀中暗器，或用辣手，先毁了贱婢菱菱。剩下一产妇，命还不是提在自己手上？谁知后来越听越不对，来人竟是救人救彻，连二女与婴儿也一齐带了同走。这一来，不但仇报不成，还有许多后患。想起奸夫多年情爱，心如刀割。认定菱菱是个罪魁祸首，纵死也饶她不得。奸夫已死，身又受伤，难免残废。妖道借镖杀人，那凶器本是己物，还得去打人命官司，纵能脱死，有何意味？

想到这里，把心一横，反正他们临走未必轻饶，一死没有两死，终以报了仇再死合算。虽明知来人精通法术，私心总以为诈死了好一会儿，并未被仇人们看出；菱菱又在收拾衣物，临去匆忙之际必然不知防范。朱氏一面微睁妙目，觑定室中仇人们的动作；一面暗中徐徐伸手入囊，取了一只飞镖握在手内。因为大敌当前，做贼心虚，深恐露出马脚，动作甚慢。等将镖取到手，菱菱已将衣物用具收拾齐备，打成了两个包裹。璉珍服了灵药，也止血住痛，体气渐复，在床上穿好衣服。房外长年人等看出凶手要走，益发喧吵，七张八口，人声如沸。室中诸人却通不理会。

朱氏见那道人怀抱婴儿，目视道婆，神态暇逸。道婆正取了一床干净被褥，将璉珍连头裹好。只那不知死活的菱菱还在忙乱着找东找西，拿起一床新被，待学璉珍的样，要往身上裹，站处相隔甚近，正好下手。时机瞬息，更不怠慢，暗中一错银牙，将周身之力运向手臂，照准菱菱当胸便打。手刚扬起，朱氏猛见那道婆倏地回身，双瞳炯炯，正注定自己。不禁大惊，吓得忙把眼睛一闭。手中镖业已发出，心还想："只要报得了仇，虽死无恨。"一听菱菱并没出声喊，再睁眼一看，菱菱已被道婆用被裹好，与璉珍用带子扎在一起，提向手中。说了句："这恶妇万万便宜她不得！"朱氏方暗道得一声："不好！"猛见道婆手扬处，霹雳一声，立时震死过去。

隔有多时，朱氏醒转，觉得周身骨碎，痛楚非常，耳旁人声嘈杂。再睁眼一看，身卧床板之上，面前聚了不少的人。手足四体好似受伤寸折，动转不得，奇痛无比。强忍着痛，细问就里。原来璉珍主仆已被道婆带走，临去之时,房中一声大霹雳,将房顶生揭去了大半边,屋瓦惊飞,人被打伤了好些。眼看那道婆夹着两个大包,电光闪闪,往天上飞去,晃眼工夫,不知去向。众人才知神仙降凡,吓得个个叩头礼拜不迭。过有好一会儿不见动静,进房一找,见朱氏头破血流,遍体鳞伤,骨头有好几处都被震断,鼻息全无,只胸前还有微温,当她必死,一面分人去向墟里司官禀报,一面用床板将她抬起,准备司官到来验看之后,再行备棺成殓。不料朱氏孽难未满,竟会醒转。

朱氏当初本是一时血气,因奸夫惨死,又被丫头打伤,急怒痛恨,愤不欲生。及至死后还阳,见仇敌已走,虽然遍体重伤,痛楚非常,反倒怕死起来。心想:"留得命在,总还有报仇之日。"忙呻吟着叫身侧长年泡了一碗参汤,用红糖水兑服下去,又将乃父家传秘制的止痛药,吞咽了好些丸,是伤处都敷上金创药。一切弄好,还想移向床上安卧,无奈四肢微一转动,便作剧痛,只得暂时仍躺在木板上面。

仗着她平日驭下甚厚,人也外场,对于近邻都有个人缘。加以苗人素畏神鬼,明见许多奇迹,都当神仙下凡。朱氏所居之处正当苗墟,地方上事惯例都由苗人司官处置。

一会儿,司官率了手下苗兵到来,见众口一词,都说神仙降凡为祸,打死尤克家,朱氏在旁受了连累,被雷震伤。苦主就是本家,又受了重伤,无人出头告状。况且又是寄居的汉人,更有新被大雷揭去的房顶为证。七张八嘴,越说越神,闹得那司官和众人也害起怕来,恭恭敬敬朝着破房礼拜了一阵,竟然走去。

朱氏等司官去后,令人从丰埋殓了奸夫。因自己从小就精通外科,知道伤势虽然奇重,除五官略受雷震,两耳整日嗡嗡外,内里并未受着大伤。苗墟绝少良医,也没延医诊治,就以自身经验,内服补心益气之药,外用家制伤药敷洗,咬定牙关,专心忍痛将养。每日辗转床褥,连便溺都不能自理。

朱氏也算生具异禀,难为她熬煎了半年多,受了无穷的苦痛,才将伤势完全治好。右腿骨节已被菱菱一棍打折,虽经人工和药力,将伤处用生狗皮裹好治愈,无奈当时流血过多,成了残废,仅能扶杖而行。痛定思痛,想起自身成了一个孤鬼,痛恨琏珍主仆切齿。无奈仇人已在异人门下,又不知来历居所,此仇怎样报法?筹思多日,觉着当地再住下去,徒是令人伤心,毫无生趣。便将田地变卖成了金条、珠宝。凡拿不走的产业用具,都分给了家中长年人等。独自一人离了苗疆,往湖广一带走去。

朱氏原意是多年未和老父通信,不知生死存亡,打算先取道湖广,回到

329

江南故乡看望一次。自己仅入中年，伤愈以后，反因床上养了半年多，面容较前丰腴，看去还是花信年华的美妇。虽然左腿微跛。但是还有一身绝好武功，早晚必能练得将杖弃去。手边又有不少金珠，就算报仇无望，总可遇见良缘，图一个后半世的快活归宿。谁知淫孽前定，天缺大师临去时只加重惩，未伤她命，留下后来许多隐患。朱氏一入湖南省境，便有了一番奇遇，异日琏珍主仆几遭毒手。此是后话不提。

且说清波上人抱了婴儿，与天缺大师分手后，也顾不得再采灵药，径直带回黑蛮山铁花坞洞府之中。解开包一看，只见那怪婴已比初出胎胞时长了好些，遍体漆黑，又精又瘦。稀疏疏地长着一头金发，两道浓眉几乎连成一字，紧压在眼皮上面。鼻梁凹陷，两颧高耸，露出一对朝天大鼻孔，下面是一张雷公嘴，嘴里生就两排雪白细齿，两只兔耳贴肉倒立，一双三角怪眼骨碌碌乱转放光。看去相貌虽然十分怪丑，但是骨格清奇，皮肉结实，天生异禀奇资，从来罕见。又是从小随师，不染尘恶，异日造就，大未可量。不禁越看越爱。

因他落地便离母，降生以前又当鬼胎，一切婴儿衣服通未置备，仗着蛮山气候温和，四时皆春，婴儿本非凡物，能耐寒冷。上人又给他服了一粒灵药，助他坚强骨髓，早日成长。取了些豹皮，用山麻缝成一条围腰，一件披肩，权充衣服。下面就任他赤着一双鸡爪般的双足。因对他期许甚殷，认为他今后必是光大门户的衣钵传人，故从小就不给他烟火食吃，每日只用些黄精、首乌之类研碎成糊，以代乳食。

怪婴自从服了天缺大师的灵药，把先天中带来猛恶的气质去了多半，加以与清波上人本有师徒的缘分，竟和寻常婴儿恋乳一般，与清波上人亲热异常。清波上人为了逗弄他，好些次连本身应做的功课都耽误了。他一出生本就能纵跃爬行，再加多服黄精、首乌之类的灵药，又有清波上人教导，不消数日，已能随定乃师进出，满山乱跑，爬树穿枝，绝尘飞驰，身量却不见大长。清波上人见他如此好的资质，自然格外喜爱。过了一年，渐渐传他道家吐纳导引和本门中剑法。因是感雷而孕，相貌又生得和雷公相似，无父而生，从了母姓，取名涂雷。不消三年，已将初步入门根基扎得稳固，清波上人这才将本门道法、剑术挨次一一传授。

一晃十年。涂雷天资颖异，又极好强，任多艰难的修为，一点便透，一学便精，天性更极纯厚。上人爱极，益发加意教导。一面又教他道家各种经典，以及正邪各派修为异同，遇上妖术邪法时如何应付。所以涂雷年纪虽轻,论本领道行,已非常人可比。但他天性纯孝,从三五岁起便屡生孺慕之思,不时朝上人恳求,要寻找天缺大师探母。上人俱说:"你年纪还轻,身剑尚未练到合一地步,你不好生事。目前正邪各派互相仇视,循环报复,外面能人甚多,你虽进境神速,毕竟功候太差,还出去历练不得。"虽再三严阻不许,涂雷仍是不听,隔两日便向上人苦求。

上人被他搅得无法,因说道:"你头上厄纹煞气更重,近数年内终是下山不得。我怜你这一片孝思,天缺大师已有十年不见,不知你母修为如何,等我修书问她一问,如有成就,便着她自来看你如何?"涂雷大喜,并请上人急速修书去问。上人便用飞剑传书之法,给滇边伏波崖上元宫天缺大师送了一封信去。

当日剑光飞回,接着复信。原来瑃珍、菱菱自随大师出家,十年光景,已学会一身惊人道法,还各炼成了二十四口飞刀,当时相偕出山采药行道去了。

瑃珍因当初生涂雷时是不夫而孕,受了无穷冤苦羞辱,生时又差点没送了性命,当他是冤孽,恨到极处。及至因祸得福,明白胎儿来历,随大师入山之后,毕竟是自己身上掉下的肉,渐渐动了母子天性,转仇为爱。心想:"如非此子,怎得巧遇仙缘? 由儿成就,怎便还去恨他?"日常无事,瑃珍背地和菱菱谈起,甚为想念。

旁门道法,入手容易,不消三年,有了点成就。便和菱菱禀明大师,前往锦鸡谷藏骨之所,将乃父骨坛起出,送回原籍,埋入祖茔安葬。归途原想略绕点路,往黑蛮山铁花坞探看儿子,就便向清波上人拜谢当年救助之德。无奈天缺大师虽近旁门一派,与寻常左道妖邪大不相同,家法最是严峻,犯了毫不宽恕。因出来忘了禀明,不敢私自擅专,只好作罢回山。先想禀明而行,屡用言语试探,大师未理。未两次实忍不住,只得率直禀告。大师闻言,眉头一皱,不置可否。二女看出大师不喜乃子,以前又有"此子与我无缘"的话,由此不敢再提前事。

这一天二女新从外面回来,正与诸同门等在宫后制炼救人的丹药,忽然大师命人来唤。二女忙即走去一看,大师又是眉头微皱,面上似有不悦之容,手拿一封柬帖,殿角上停着一道剑光,正往外飞去。大师见二女走来,说道:"适才清波道友飞剑传书,因我不喜见你孽子,不敢命来相见,但是此子颇有孝思,朝夕向乃师絮聒不休。清波道友书中情词颇为谦婉,未便不许。以前你二人和我说,没有明许,实因此子杀孽太重,异日道成,必向我这里无事生非,甚且于我有害。当初本可不去救他。一则事前不知,无心巧遇;二则意欲借这救你母子恩德,解释冤愆;三则清波道友已然先救了他,我纵不救,他也必加援手;再加他已看出此事,盛意相让,使我独成其事,乐得现成人情。我先见你二人痛恨此子,生前冤遭连累,以为或者可以割断恩爱。后见你母子天性日久油然发动,常虑未来,时谋善处之方。清波道友不令他来,也是为了我故。现在我想运数虽然前定,但我自成道以来,除前世孽冤外,从未再犯无心之过,近年外功积得更多。休说各异派旁门中无人似我,就连峨眉、昆仑各正派中道友,对我也一致推许,好些结了方外之交。这次总算与你母子有过一番救命之恩,如若善于预防,人定当可胜天。你此去可不时将当年母子难中遇救之事,不厌求详,加以申说,使他常记在心。此子天性甚厚,或者到时不致忘恩背本,种下恶因,也不枉你随我一场。须知为师并非惧他,也非取巧规避,无奈此中别有好几生的因果在内,令我轻重都难罢了。"

璇珍闻言,吓得跪禀道:"弟子等受师门再造之恩,粉身碎骨难以图报,怎能为了孽子,使恩师心忧未来? 拼着割断母子之爱,弟子不愿再见他了。"大师笑道:"你二人极有至性,我已深知。伦常最重,世无不忠不孝的神仙。你二人如非孝义,怎能到我门下? 前和我说时,我虽未置可否,并非明禁你去,你却不敢背师私往,足见真诚。以后你不必禀告,尽可随时与他相见。我别有谋划,毋庸逆数而行。况我回信已答应了清波道友,言说等你们三日后制炼好了丹药,即行前往,怎能食言? 只管到时去吧。"璇珍只得谢恩遵命。因想:"恩师道妙通玄,又极爱护门人。相随十年以来,无论遇见多凶险的事,从没见她为过难,怎对这小小顽童,反有许多顾忌?"料知事关重大,好生踌躇。如非大师回信已发,坚命前往,几乎不想与乃子见面了。

这里清波上人接了回书,与涂雷看了,自是喜出望外。涂雷孺慕情深,由第二日便站在铁花坞对面山头上面,向东南方盼起,直盼到第四天将近黄昏。清波上人也出洞闲眺,见他目不转睛,痴立呆望,至性天真,诚中形外,不禁暗中点头,甚是赞许。涂雷正凝望间,忽见暝色苍茫,东南方天际密云中,似有几缕青红光线掣动。知来了异教中人,忙喊:"师父快看,来的甚人?"清波上人笑道:"那不就是你朝夕悬盼要想见面的母亲么?"涂雷闻言,惊喜道:"师父,你不是常说天缺大师道法高妙,不在师父以下么? 怎弟子母亲却练这左道旁门中的剑术呢?"

上人本知他的来历因果,闻言微愠道:"为师虽常和你说起各派剑术,但是哪一派中也有正人能手,不可一概而论。你年轻识浅,知道什么？当年你母子如非天缺大师,命早没有,还能到今日？以后下山行道,无论遇见什么旁门之士,首先需要查明他的行径,用邪、正分清敌友,切忌躁妄操切。一个处置不善,惹下乱子,便是为师也护庇你不得。"

这时那青红光线已越飞越近。涂雷口中唯唯答着乃师的话,心头怦怦跳动,恨不得飞身迎上前去相见才好。想和上人开口,还没有说出,晃眼间嗖的一声,一青一红两道光线已如流星飞坠,自天直下,投在山头,现出两个道装女子,走近前朝着上人纳头便拜。上人含笑命起,指着二女对涂雷道:"这个穿黑衣的是你母亲。那一个原是你母亲的义婢金菱菱,如今已与你母结为姊妹,同门学道。快些上前分别拜见。"

涂雷先望见璇珍,便觉心动目润,闻言大叫了一声:"娘啊!"第二句话顾不得说,已是扑上前去,抱定双膝跪倒。因为喜欢过度,反倒流下泪来。璇珍有了乃师先入之见,来时本不想爱他,经这一来,不知不觉中激发了母子天性。遂忙一把扶起,抱在怀中,直喊:"我儿不要伤心,从此可常见面了。那是菱姑,快上前见过。"涂雷遵命拜罢,菱菱忙也扶起。

二女学道十年,已非俗眼。这时仔细一看涂雷,不特生得骨格清奇,迥非凡品,而且一身道气,天性又是那般淳厚,好生心喜。菱菱更是赞不绝口。涂雷好强,性猛如火,自来没听人这般夸奖过,不知不觉对菱菱起了许多好感。

清波上人等他母子见礼后,便命同往洞府中相聚长谈。二女、涂雷遵命,随同入内,重又跪倒,拜谢当年救命之恩与救养涂雷之德。往事伤心,不禁泪下。上人含笑喊起,慰勉了几句,吩咐同坐叙话。涂雷依母、师之侧,真是说不出来的喜欢。二女先向上人禀过别后之事。

末了又向涂雷提起当年感孕遇救情形,反复申说,再三命涂雷不可忘了天缺大师与清波上人再造深恩。

涂雷听到乃母往锦鸡谷取祖父遗骨归葬之时,便道曾往墟中打探,得知朱氏并未被天缺大师神雷震死,调养痊愈,即将家产变卖成了金珠,忽然走去,气得攥紧两个鸡爪般的小拳头,眼孔内都要冒出火来。听完说道:"天缺师祖人这样好,真叫儿子感激,异日恩将恩报,自不消说。只可恨朱氏贱人漏了网,娘和菱姑俱有一身道法,怎不寻她报仇去?"璇珍闻言,猛想起最近由武夷回来,听一同门至好偷偷说起那件事儿,女的颜似当年对头朱氏,名姓年貌,有好些相合之处,如若不差,将来弄巧,还是一个隐患。看涂雷性甚猛烈,知被他知晓,早晚难免寻上门去生事。朱氏不打紧,这里头有好些关碍,还是不说的好。当时呆了一下,话到口边,没有说出。

涂雷见乃母脸上似有忿容,忽又沉吟不语,便问何故。琏珍道:"我想朱氏虽然可恶,论辈分她是你祖父侧室扶正,也算我的继母,总是尊长。现在事隔十年,纵在世间,人已老了,我儿不值与她生气。万一日后出外行道,无心巧遇,装作不理也罢。"涂雷闻言,怒道:"她已背了去世祖父,私通外人,已不算我家人,况又凌虐娘和菱姑。日后不遇上便罢,遇上决饶她不得。"清波上人喝道:"雷儿怎的出言挺撞你母亲?事以顺为孝,你只说朱氏该杀,可知你也有罪么?你母别有苦衷,你哪里知道?就是天缺大师,人虽正直善好,但她门人、侄儿甚多,难免有不肖之人背了她在外横行,她又有护短之习,日后与你难免狭路相逢,难道你也不分青白,不论情面,忘了昔日恩德,径下辣手么?"

涂雷闻训,心中虽然有些不服,因上人规矩严正,并不一味溺爱,当时不得不躬身敛容,口称:"弟子知罪。"并说:"心感师祖恩德,图报尚且不遑,怎敢恩将仇报?异日遇见异派中人,必先问明姓名来历,才行动手。如是师祖门下,但能避开,就吃点亏,也绝不还手就是。"琏珍喜道:"我儿谨遵恩师慈训,我便安心了。"涂雷话虽如此,因上人说乃母别有苦衷,未敢再问,兀自狐疑不解。

菱菱因为涂雷劫后重逢,目前已是他的尊长,仍未免却世俗之见,想不起打发什么东西好,便将自己近三年来炼的一件旁门护身法宝小旁门六戊遁形旗算作见面礼。上人一见甚喜,立命涂雷拜谢收下。说道:"此子天性疾恶如仇,异日出外行道,遇见异派中能手,难免不受挫折。天缺大师防身遁形各种法术有无穷妙用,今得此旗,大可防身免患了。"琏珍也给了涂雷一块古玉符,乃上古修道人压邪之宝。涂雷一一跪谢拜领。传了用法,二女方始起身,向清波上人行礼作别。

涂雷数年孺慕,好容易盼到今日得见生身之母,如何能舍分离,只管依依琏珍肘腋之间,牵衣挽袂,坚乞暂留,不觉声泪俱下,琏珍见状,也是心酸,强作笑容道:"雷儿休得如此。你是个有来历的孩子,又在仙师门下;我也忝列玄门,得勉清修。日后仙缘深厚,相见日长,怎学那世上儿女一般,难舍这片时的离别?况且你师祖已然允我随时可来看望,无须禀命而行。即使勤于修炼,不克分身,依我想,至多隔上三月五月,必和你金姑姑同来看你一次。只要彼此勉力修为,有了成就,我母子得在一处修道,同参正果,也在意中,要这般难受则甚?"

涂雷无法,又再三央恳:"三五月期限太长,务请娘和金姑姑改成每月来此相见一次。"并说:"娘如过期不来,儿便到祖师上元宫找娘去。"琏珍知天缺大师不喜此子,闻言大惊,无奈纠缠,只得允他每月来一次,又力戒涂雷不可往上元宫去。并说:"因祖师家法至严,宫中俱是女弟子,不奉命,任何人不许擅入,门人更不许擅自延款外人。如若犯了,不特你有飞剑之厄,累得为娘也受严谴。弄不好重责之后,还要追回法宝、飞剑,逐出门墙,岂不把十年功行休于一旦? 这事万万做不得。我不时奉命出外采药行道,不必限定一准时日,总在一月前后,不过两个月的期间,来看望你一次就是。"

涂雷闻言,把两只怪眼翻了翻,兀自不解,答道:"想不到师祖家法如此严刻。如不是怕累我娘受责,儿子真想请问她一问:娘是师祖徒弟,我是她徒孙,又有救命之恩,并非外人,就说娘不在那里学道,也应该容我登门拜谒叩谢,怎这般不近情理,拒人于千里之外? 真叫人心里不得明白。"琏珍闻言,无可答复,假装微愠道:"你年轻轻,懂得什么? 各派有各派的家法,岂容紊乱? 你如感恩,只要永记在心,遇机图报,即使暗中默祝,望空遥拜,她老人家也必知道。当初救你,莫非为了你今日登门叩拜么? 如若能去,恩师早就命你前往,我也不必如此阻拦了。"涂雷闻言,不敢再说。恋恋然重申后会之期,方始放开乃母,等其和菱菱拜别完了清波上人,恭送出去,眼看仍驾两线光华破空入云,飞得不见影子,才行回洞。

由此二女每隔一月前后,必来看望涂雷一次。去时必定叮嘱:"迤来正在加紧修为,今日抽空赶来,万一过期不能分身,千万不可冒昧往探,累娘与金姑受苦。"涂雷虽然应允,心里越发起疑。无奈师父也和娘口吻大半相同,不敢多问,老是闷在心里。

一晃过了三年,除母子按时相见外,无甚可记。这一晚,琏珍忽然神色匆匆,独自飞临。这次母子相隔才只半月光景,别期比历来都短得多。一到,先背了涂雷,与清波上人密语片时,方和涂雷相见,再三叮嘱说:"近因奉师命下山行道济世,途遇一人发生要事,须觅一隐僻洞府祭炼法宝。你金姑姑现还留在那里。此去多则半年以上,最早也须三五个月方能相见,唯恐我儿见我到期不来心又念,特地抽空赶来,与你见上一面,略说此事。我并不在上元宫内,那炼宝的地方你也找不着;即使找到,我和你金姑姑已行法封闭洞门,也进不去。这三五月中,务要听恩师吩咐,无论如何想我,也不可往上元宫去给我惹祸,尤其不可下山乱跑。我事一办完,定即赶来看你。我听你恩师说，只等我再来，你也不久就要下山历练，积修外功去了。千万不可毛暴，累我心悬两地。”

涂雷因乃母每次来都是欢欢喜喜的，唯独这次显得神色遑遽，面有忧色，把上项话，反复叮嘱，料出事体重大，暗藏危机，否则不会如此。再一寻思语气，自从与母亲重逢，每日只专心学道，盼母常临，并未有过出山之想，怎会叮嘱到这上头去？来时又和恩师背人私语，此事大有可疑。猜那路遇之人定是母亲的冤家对头，必因我不久下山行道，恐在外得知此事，赶去寻仇，敌不过人家，吃了亏苦，特地抽身赶来。一则禀明恩师，暂缓下山之命；二则告诫自己一番，以免盼母不来，前往上元宫探问，犯了天缺大师规矩。

涂雷越想越不对。心中虽然疑虑，但他为人至孝，这三年中已看出乃母最担心的，便是怕自己前往上元宫去，或与天缺大师门下为敌，此时若稍拂其意，必使慈母格外焦急。闻言想了想，和颜婉答道：“娘既有要事不能分身，儿子怎敢违命往上元宫去探望？况且娘又不在那里。下山的话，自从见娘以后，儿子从无此意，娘知道的。再者，恩师也不准儿乱走一步啊。娘只管放心前去就是。不过娘遇那人是好是坏？为何发生此事？娘有什么妨碍没有？所炼是何宝物？也要请说出来，好使儿子放心呀。”

琏珍闻言，不由颜色更变，因恐乃子看出，忙又定神敛住。说道：“这些事，你暂不用打听。我事忙，即刻要走，也无暇多说。到了半年我如不来，再问恩师，便知详情。我去了。”说罢，把涂雷抱在怀中搂了一搂，便即进入云房，向清波上人叩别，重嘱涂雷勿忘母训，竟自出洞破空飞去。

涂雷何等机警，早将乃母忧急之状，看在眼里，当时不敢深说，满口答应。追送出门，目送乃母去后，心如刀割，拨转身跑进房去，跪在清波上人面前，含泪请问，不肯起立。清波上人原知琏珍有难临身，异日仍得涂雷解围，不过此时说出，涂雷必然违命偷往，转致偾事，贻患无穷。便故作笑容道：“雷儿痴了，你母亲她怎会有甚对头？漫说她为人善良，不致有甚灾危，就有也必逢凶化吉，遇难成祥。我对你母自来关切，如见不了，我就决不至于旁观。何况她师父天缺大师道法高妙，平日最为庇护门人，难道坐视爱徒有难，却漠不关心？不过此事曲折甚多，所炼法宝又须避人。在这封洞炼宝的三五月中，因你近来杀气太重，唯恐思亲情切，久等不耐，到处胡乱寻找，给她惹下事不好收拾，所以托我管束，向你告诫。别期较久，母子情长，难受自所不免，为何胡思乱想起来？快快站起。你目前已能身与剑合，只要从此用功，到了运用变化，无不如意之时，她虽不来，我也必令你下山寻找，就便行道济世如何？"

涂雷闻言，仍是将信将疑，意欲再问，见上人已带微愠之容，只得站起。暗忖："前日师父说，自己飞剑功候已离成功不远，今日又说，练到运用由心便可下山。何不多加苦功，以期早日练成，岂不来去可随意了么？师父从未打过诳语，适才虽略觉含糊其辞，但是母亲就有大难，别说师父，天缺师祖头一个不会不管。想是母亲出了点小周折，发生阻碍，决不至于要紧。"想到这里，心中略宽。虽仍是悬念不已，无奈师父也不肯说出实地实情，急也枉然，只得昼夜加功，苦苦修为。

他那等的异禀天资，又加玄机剑法早已悟彻，所差只是点功候而已，哪消三月，居然练到变化无穷，运行自如地步。末两次和清波上人试剑相斗，差一点便可匹敌。休说涂雷心里高兴，连清波上人也喜爱非常，赞奖频频。

涂雷满拟剑成可以下山，上人只说还差，出外遇敌，尚难以应付。屡问乃母踪迹，仍不明告。涂雷力请先在近处历练一回，找点对头试试。上人笑道："事有机遇。下山行道全为积修外功，济众而须除恶，多是狭路相逢，不得已而为之，岂是容你到处找对头试身手的么？说出这话来，更教人难以放心了。"涂雷又变了话头，婉言坚请遇上事时，命他略试锋芒，以便看看能否应付，为下山之证，并非成心见人就树敌结怨。上人被他纠缠不过，便说："目前无事，且看机遇再说。如见可为，必令你去。否则满了半年期限，也必放行。"涂雷方觉期近为快。

第二日，正随侍上人在洞中论道，忽听洞外有重物触门之声。出外一看，乃是一只绝大黑虎。心想："因为常在洞前练习飞剑，本山猛兽从不敢在近洞一带走动，这只大黑虎从未见过，哪里来的？看它屈爪跪伏地上，向洞微啸，意似有所申诉，并不似平时山行所遇猛兽见人发威之状。"好生奇怪。试上前一揪虎耳，那虎竟毫不倔强，站起身来，随了就走。

虎随涂雷走到上人面前，便照前跪伏在地，将头连点。上人指虎道："你和白猿这两个孽障引人为恶，惹下许多是非，惨死的惨死，转劫的转劫，如今不去深山古洞潜伏苦修，以谋忏悔，却来我洞中则甚？"那虎闻言，竟低声鸣啸起来。

上人屈指算了一算，说道："难得你这两个孽障还有良心，居然敢在你恩主前讨命，挑上这副千斤重担，保定转劫人隐居山野，避祸待时。我看你恩主面上，助你不难。但今日所遇乃左道中无知小辈，又非那孩子自己遇难，不过关系两个异兽在内。适算此人少时便遭劫数，你回去时即有应验。不过他虽受伤破腹,元神未死,草毒一解,仍要回醒,为祸更烈。回去可对白猿说,可用妖人匕首将他六阳之首割裂,便不复为害了。"黑虎又点首连叩,仍不起身。后来上人怒道:"我已多年不出问事,今日之事实毋庸我去,已然明示,为何还要强求?再如不走,妖人毒解回生,岂非误事?"黑虎闻言,这才又叩了两下站起,低头戢尾。缓步退出门去。

涂雷见上人与虎说话直似素识,那虎更灵慧能解人意,不禁动了好奇之心,忙向上人问那黑虎来历。上人道:"这话说起来,恰是你的好榜样呢。"涂雷问故。上人便把虎儿前生学道经过向涂雷说了个大概。要知后事如何,且看下回分解。

第三十五回

誓报深恩　遣归故里
心惊宿怨　独扑妖神

话说虎儿前生原是四川岷山白马坡妙音寺神僧一尘禅师的弟子,俗家名叫陈弃,法名能济。只因禅师宏通佛法,妙讲禅经,感得山中猛兽齐来听经闻道。就中有一只黑虎、一只白猿,本来通灵,皈依更切。偏生听经第二年上,猿、虎闲行山中,遇见红蟒,苦斗三日夜,堪堪待毙。禅师升大殿宏宣妙法,见往日群兽咸集,唯独不见虎、猿到来。默运玄机,内观反视,得知猿、虎有难,便命能济带了灵丹前往解救。行时曾嘱:"那红蟒已有数百年吐纳之功,往救猿、虎,只可解冤惩戒,不可伤害结怨,又种孽因。"

能济到了一看,猿、虎已被红蟒缠住,仗着虎、猿前爪厉害,双双抓住蟒头,死力撑拒,不使近身来咬,虽未送命,已显出精力交敝之状。那红蟒头被虎、猿抓住,毒口中一二尺长火焰一般的红信吞吐不歇,只要虎、猿稍一不支,被它咬中要害,立时准死无疑。能济因虎、猿神情危殆,见自己到来,不住哀啸悲鸣,看去可怜,动了恻隐,又知虎、猿俱是素食,与寻常猛兽不同,从不轻易伤生,又有平日相处的情感,不知不觉先就有了偏向。而那红蟒潜伏山中,虽不曾见它出山害人,但是性极残忍,以前几次见它横山晒鳞,空中如有鸟群经过,它只一昂首,呼吸之间,成群飞鸟便联翩自坠,投入它那火口之中,晃眼间喷将出来,只剩满空毛羽,映日纷飞。这多年来,不知伤害多少生灵。心中痛恨已极,屡欲除它,只恐给禅师知道受责罚而止。这时见它紧缠猿、虎,磨牙吮血,狞恶狠毒之状,越发憎恨。

其实红蟒也是通灵之物,不是不知禅师师徒厉害,见能济走来,自知无幸,本欲逃跑。无奈头被猿、虎抓紧,脱身不得,急得斜眼望着能济,那水桶粗细红锦一般的长大身子不住屈伸鼓动使劲,猿、虎受不得紧束,悲鸣更急。能济不知它是挣扎图逃,以为对自己也存了不利之心,不由怒火上升,顿忘师戒,大喝一声,一扬手,把戒刀化成一道金光,照准红蟒连绕数匝的长躯中间经过，立时将它斩成了数十段。

红蟒身遭剑斩，灵气尚存，蛇头被猿、虎抓着的一段，兀自怒目如火，赤信频伸，口中嘘嘘怪叫不止。恼得能济性起，喝令猿、虎松爪，掷向地上，那蟒竟拼了命，一落地，便向能济纵去，如何能是对手，吃能济一指金光，当头先劈成了两半。接着金光一阵乱搅，把那数十丈长一条红鳞毒蟒，全身斩成血泥，方始收住。再行法禁制，聚石一堆，埋入地下深处。一看猿、虎俱都软瘫地上，动转不得，忙用禅师所赐灵丹与它们服了，候到毒消回醒，才行领回寺去。见了禅师，禀知除蟒之事，说它死缠不舍，妄杀实非得已。

禅师早知就里，宿孽难解，错已铸成，只朝他看了一眼，并未深说。能济随侍禅师多年，颇有道力，偷观师父神色不善，心里吃惊，从此修持益发谨严。隔了多日，见禅师始终不加责怪，也未再提前事，心才略放。

谁知一波未平，一波又起。那黑虎、白猿自从遇救，死里逃生，服了禅师灵丹之后，不消三二日便已复原。虎、猿因感能济救命之恩，知道后山有一灵狐苦炼多年，内丹已成，每岁三五月圆，必向空吐纳，吸取月华。修道人如得了此丹吞服下去，足抵得千百年修为之功，便想由白猿盗来送与能济。知道禅师门下戒律谨严，明说定然不允，每次怂恿能济乘月出游，觑便下手。能济因新犯杀戒，每日勤谨自励，唯恐有失，哪还有闲心出游，俱没答应。

一晃过有半年，虎、猿无计可施，又知灵狐不久满了功候，就要脱体飞升，成为天狐，益发不可捉摸。正打算不告而行，径去盗来献上，偏巧禅师适在望前三日，前往吴门上方山石门寺，应觉照禅师之请，讲经说法，救度众生，不在寺内。白猿忽生一计，乘着月明去见能济，假说："后山新近出了一个妖物，昨晚并亲见它由山外飞回，带了许多新死人头向月大嚼，留下骸髅，望月炼丹。我和黑虎本想弄死它，为世人除害，估量妖物厉害，恐敌它不过，没敢下手。今晚那妖物又从山外带回七个人头，正在大嚼大吃。本山是老禅师恩主清修之所，怎能容妖物在此盘踞猖狂，每晚出山伤生害命？特来报知，请示定夺。"

能济天性疾恶如仇，闻言大怒。暗忖："师父虽有戒杀之命，但是斩妖降魔，为世除害，分所应为，想必不致怪责。"立命白猿引路同往。刚出寺门，黑虎业已迎候路隅，便骑了上去。这时离灵狐吐纳之时尚还未到，猿、虎不料能济如此易于说动，知道先期赶往，难免不被能济看破，故意驮着他在深谷中满处跑，延宕时光，却不往后山跑去。

能济喝问白猿："你适说妖物，已然在后山出现，怎还不去，却引我在这谷中乱跑?"白猿急口分辩说:"妖物虽藏后山,每晚拜月大嚼人头,却多在这谷中一带,此来正为寻它。走完此谷如再不遇,必已回转巢穴无疑。总之,今晚定能除它。不过这东西已然通灵变化,去时最要缜密,轻悄悄的,一掩到立即下手,才可成功;稍微惊动,便被逃走,难再寻踪了。"能济原本精通兽语,只当猿、虎素来忠诚,决无虚假。又因寺中数月苦行,久未出门,见月满空山,清景如画,沿途观赏,颇惬心意。便也不再过问,一任猿、虎驮着他缓步前跑。

一会儿工夫,到了亥末,快交子初。白猿见是时候了,私朝黑虎一打招呼。又朝能济叮嘱道:"妖物不在这里,此时必在巢穴外顶着死人头,向月炼丹。少禅师到了那里,下手必须神速,一惊走就难除了。"能济自小出家,随禅师参修上乘功果,虽有降龙伏虎之能,毕竟没有奉命下山行道。禅师道妙通玄,法力无边,一切邪魔外教,从来不敢轻易侵犯;间或相遇,也有禅师在前驱除诛灭。当初斩蟒,还是第一次出手,因而见闻不多,经历尤少,对于这种踏罡拜斗,采炼月华的异类,哪知底细,便跟着到了后山。忽觉白猿不在身侧,那虎也轻悄悄走上山去,停在一块可藏身的怪石后面,趴伏不动。心知到了地点,探头石外一看,恰值那黑狐炼形拜月到了紧要关头,地下铺着一张人皮,面前大方石上供着六个人头骨,两只前爪还捧着一个人头骨,如转风车一般,正在月光底下舞蹈不歇。

黑狐因为成功在即,又在本山修炼多年,知道禅师慈悲,只要不害人,不但无事,还可仰仗他的法力,任何异类妖邪不敢来此窥伺,因而放心大胆,早晚苦修,毫无顾忌,哪知祸生瞬息。因它舞蹈飞速,能济那目力,先并未看出它的原形。又有白猿先入之言,一见死人皮和几个人骷髅,已证实白猿所说不虚。再一看那东西,只是一团油光水滑的黑毛,中藏火一般的双眼,在月光下绕地疾转了一阵,倏地往平铺的人皮上一个滚打去,立时起身变成一个千娇百媚的赤身少女,粉弯雪股,玉立亭亭,秀发如云,柔腰欲折。月光下看去,越觉得肤比花妍,颜同玉润,珠唇星眸,掩映流辉。端的容光照人,荡心融魄,仪态万方,不可逼视,能济益发断定是个害人的妖物、伤生的邪魅,不禁怒从心起,遽下无情,一指手中戒刀,化成一道清光,直飞下去。

黑狐如不将内丹吐出,也能化形遁走,偏是大劫临身,不能避免。因见自己化身为人,形神完全无异,当时情不自禁,喜极忘形,向天一声长啸,竟将那粒内丹吐出,化成一团透明五彩、荧荧欲活的晶光,向月中飞起。它这里内丹飞高才百余丈,能济的刀光也似电闪一般飞来,不由吓得亡魂皆冒。

惊慌失措中意欲收丹遁走，已是无及，刀光过处，尸横就地，从头至尾斩成两半。

这时只喜坏了石旁窥伺的白猿，赶忙抢上前去，觑准那团载沉载浮正往下降的晶光，纵身一跃，便抢到手内，捧好不放。同时，能济因想看看妖物原形，也从山头飞到。一见是个身披死人皮脸的黑狐，左手上还抓着一个骷髅，仍还当是个伤害生灵的妖狐，并未在意。一回首，见白猿满面欢容跪在地上，双手捧着那团晶光，要请自己吞服下去，知是那黑狐炼的内丹，才明白了黑虎、白猿用意。心想："佛门戒条，最忌贪杀。诛妖为了除害还可，怎能动这贪欲？"便把白猿数说了几句，命将此丹，连同妖狐与死人皮骨等一齐葬埋。白猿正极口劝说不可如此，忽听寺内钟声催动。能济知道师父归来，忙说："谁要妖物的内丹，快给我拿去一同埋了。"说完，便匆匆飞回。

能济到了一看，禅师正升大殿，众弟子和全寺人众，俱都合掌闭目，肃立侍侧，面上若有忧惧之色，便知情形不妙，忙即上前参拜。禅师吩咐起立，说道："能济，你知罪么？"能济惶恐道："弟子自从恩师出门，每日捧经虔修，兢兢业业，实未敢犯戒律。只今晚白猿来说后山出了妖物，每日伤生害命，弟子上体我佛慈悲之旨，及师门降魔除害、救济众生宏愿，前往诛除。果然看见妖物在彼炼形拜斗，被弟子飞出戒刀将它劈死。恩师说弟子有罪，想必指此而言。"还要往下说时，禅师喝道："好个糊涂东西！你说那妖物伤生害命，是你亲见的么？为师自居此山多年，几曾见有甚妖物敢来窥视过？何况明目张胆，公然在此盘踞么？你前次误杀红蟒，还可说那东西虽未害及人类，但也多伤生物，劫数临头，咎有应得。为师见你错已铸成，正借佛法为你解除孽冤，怎奈你道浅魔高，杀戒一开，便难遏止，平白地又种下恶因，犯我本门戒条。你即日便要转劫入世，负我多年期许，还在梦里么？"

能济闻言，吓得战战兢兢跪伏在地，哀声禀道："弟子一心除妖，并无恶念，况且当时明明见妖物身披人皮，面前供着几个死人头，才下的手，以为这等害人精魅，理应诛戮，不能说是有背本门戒条。恩师如此说法，弟子死也不得明白。"说罢，痛哭起来。

禅师道："你真糊涂！你仗我降魔真传，任它多厉害的山精野魅，三百里内不能逃死，何故如此心急，怎不细看看那些人皮头骨，是否新死之物？毫不审视，遽下毒手，可知道家旁门原有炼气变形之法？那黑狐不特得道以来不曾害过生灵，便是那一张人皮、七个人头骨，也是向青螺谷凌真人处明白乞取，得诸妖人囊内，并非偷盗凶杀而来。它因自知无罪，才想仰借佛力，在此寄迹,早夜公然修炼,并不避人。谁知千年苦修之功,败于一旦。休说它不能甘休,便是我也无从宽纵。何况你又是本门传人,如不使你转这一劫,了此冤愆,怎能受我衣钵?那猿、虎只为报恩情切,想夺那粒内丹与你,不想爱之实以害之。还算你未起贪心,未将此丹据为己有,总算是无心之失;否则后患更是不堪设想,只恐转劫再来都无望了。这一来,为师又须多等你好些年,方得完成正果。话已说完,你自己前往后殿荼毗去吧。"

能济知禅师戒律极严,言出法随,无可宽免。略一寻思,把心一横,跪求道:"弟子道浅魔高,此去转劫,又有这两层冤孽,自作自受,夫复何言?所望恩师念在弟子从小随侍,亲逾父子,大发慈悲,施大法力解难消灾,度化接引,以免堕落浊世。"说罢痛哭不止。禅师道:"你荼毗以后,我为你先炼真神,再使入世,便是莫大鸿恩。我迟却数十年飞升,所为何来?这个你可放心。你只要此行不昧夙根,努力修为,自有重来之日。虽说你冤孽太重,一转世便成凡人,狭路逢仇,难以抵御,但你夙根深厚,到了那时,自能转危为安,一切不消虑得。现距托生之期还早,你自去吧。"

那白猿、黑虎见能济执意不收那粒内丹,又闻钟声催动,禅师恰在此时回转,也恐事情败露,必受斥责,万不料能济为此一事已堕一劫。当下由黑虎用前爪匆匆扒地,埋好黑狐,正欲赶到寺中窥探动静,谁知那内丹只是一团光华,又轻又柔软,仿佛吹弹得破一般,捧在手上,虚飘飘的,似要乘风飞去。白猿用两手合拢捧持着没走几步,内丹光华倏地往里一收,立时缩小大半。

白猿深知此物灵异,唯恐化去,刚把手一紧,内丹忽又长大,彩光荧荧,照眼生颖,比起先前还要鲜明莹澈得多。等把手一松,又复往回缩小。似这样,几收几放过去。白猿不知灵狐本身真神已由散而聚,那粒内丹是它千年吐纳苦功炼就的元婴,当时没有将它消灭,此时躯壳虽死,真神犹在,白猿又不谙禁制之法,如何能保持得住。见它消长无定,只料有异,却想不出应付之法。末一次收得更小,长得更大。白猿心里一着慌,把持未免紧了一些,奇彩辉幻中,耳听叭的一声,那团光华立时爆散,化成弹丸大小一点奇亮夺目的银光,流星电射般往上空升起。白猿纵身数十丈,一把没捞住,转瞬它已高出云表。再渐长渐大,往下缓缓落来,流辉四射,照得山石林木都成银色。

白猿妄想失而复得,运足周身力气,还在作势相待,等够得到时向上跃取。眼看那团银光长有栲栳般大小,离地也只一二百丈左右时,忽听黑虎一声怒啸，向来路直扑过去。回头一看，黑虎扑处，有一团黑气影影绰绰裹着一个黑狐形体，身后带起一溜黑烟，其疾如矢，直朝当空银光中射去。两下里才一接触，黑影不见，银光闪了两闪，立时化散开来。晃眼间又由分而合，变成蝌蚪形一道光华，头大尾小，略一拨转，后面带起一条芒尾，无数大小明光恰似长彗飞驰，万点流星过渡，径向东南方投去，一瞥即逝。猿、虎俱看得呆了，白喜欢一场，到手之物又复失去，好生扫兴。

猿、虎再回到寺中，伏在殿外一听，正赶上能济痛哭陈词，行即转劫之际，才知铸成大错，害了恩人，这一惊真非同小可。也不顾禅师责罚，双双跃上殿去，趴伏在地，不住以头撞地，极口悲鸣，愿以身代。禅师早知前孽注定，能济该有这场劫难，并没深责猿、虎。只喝道："你这两个孽畜，才脱大难，不安分虔修，却去诱人为恶，使我门下弟子犯戒遭劫。本当将尔等斩首，永堕泥犁，方足蔽辜。今姑念畜类无知，事由报恩情切，素行无他，暂且免死，还敢代人求恩么？能济犯我家法，咎有应得，自作之孽，谁也不能替他。"说罢，便命旁立侍者："将这两个孽畜逐出寺外，不能再来听经了。"

这时能济已跪谢完了师恩，自往后殿引用本身真火，荼毗转劫去了。猿、虎见侍者持杖喝逐，知禅师意甚坚决，无可求恩。只得战兢兢站起，不住悲鸣哀啸，倒退出去。因恩人为己所误，甚为伤心，虽被禅师逐出，仍然不肯远离，不分日夜，在寺门外伏地哀声鸣啸。口吐兽语，求禅师大发慈悲，宽恕既往，指点明路，许其自保恩人，直到仙缘遇合，引渡入门，以免中途为仇敌所害。

接连几天未离开寺门一步，一片真诚，竟将禅师感动，出寺面示机宜：命黑虎先去青狼寨等待，白猿随后即去。直到能济转生颜家，穷途落魄，朝夕相随，守护不离。白猿更是灵异，知道清波上人是禅师好友，意欲借着搭救康、连二猱为名，将上人请动。事完，再引虎儿前往拜谒，日后许多个支援。所以黑虎虽被上人喝出，仍在洞外徘徊未走。

涂雷听上人说完大概，既想乘机一试身手，又想和虎儿见面，看看这转劫再生的能济是何等人物，故连请求几次。上人明知他与虎儿别有因缘，因受乃母之托，恐明许了他，异日出去久了，又往别处生事，故作不允，拂袖而入。涂雷绝顶聪明，看出乃师意非坚决，又一想："日前师父原答应过，只要有机缘到来，即可往试，今天有了事，偏又不许。反正相隔不远，且背了他去去就回，想必无碍。"便又赶进房去和上人说，要往北山采些果子。上人点了点头。

涂雷大喜。出门时猛想起："路虽不远,却未去过,忘了向师父探问一下,纵驾遁光寻找,免不了仍要费事。"正觉美中不足,一出洞门,忽见那只黑虎仍在门外趴伏,见人走出,不住点首,好似识得自己意思一般。知它通灵,便问:"我现在背着师父,同你去杀死那妖道好么?"黑虎点了点头,挨近涂雷身侧,把前腿一伸,四足趴伏在地。涂雷知要他骑,心想反正得虎引路,便骑了上去。

那虎等人上了背,将头一昂,放开四足,往前跑去。涂雷先还以为骑虎比起御剑飞行相差天地,谁知那虎竟如飞的一般,一路蹿山跳涧,上下于巉崖峻岭之间。只觉耳际呼呼风声,林木陂陀成排成阵,如浪涛起伏,迎面奔来,再往身后倒泻下去。略一回顾的工夫,便飞越了一二十里的崎岖山径,奇景万千,目不暇接,一瞥即逝。自己稳坐其上,迎风长驱,真是又舒服又壮观,比起初习御剑飞行,别是一番情趣,高兴之极。恨不能也收一只虎豹之类的猛兽,来充坐骑,才称心意。

涂雷正寻思间,忽听那虎啸声连连,接着又听崖下猿啸相应,已到了妖人巢穴上面。一会儿转到崖下,一见虎儿生相,先自心喜。后来斩了妖道,破去邪法,一同前往救康、连二猱,路上彼此通问姓名,一说经过,益发投机,由此成了至契。

康、连二猱被困的那间石室,只是邪教中的寻常禁闭之法,本无足奇,妖道一死,不攻自破。当下由涂雷上前放出飞剑,斩关直入。里面地方不大,甚是污秽阴湿。康、连二猱被妖道用蛟筋倒绑,吊在室顶当中,看见主人、猿、虎进来,哀鸣求救。涂雷见二猱遍体金毛,油光水滑,生得甚是异样,不禁喜爱。正欲上前解救,被虎儿一把拦住道:"师兄莫忙,这两个狗东西太可恶了,我还有话问它们呢。"

虎儿说罢,指着二猱发气骂道:"你这两个该死的狗东西!当初如不是白哥哥引我救你们出来,你们早在山窟窿里饿死了。它虽和你娘打过架,你娘又不是它弄死的,你怎不听我话,三番两次朝它行凶?凭它气力本事,弄死你两个,还不是和揹死一个虫子一样?不过因我还喜欢你们,它看在我的情分,不肯动手罢了。你们怎还起坏心,不知从哪个鬼地方弄一枝鬼花朵来,想把它迷倒害死?害它不成,又敢背了我逃跑,偏生报应,被妖道捉来。如不是我白哥哥宽宏大量,打发黑哥哥到清波师叔那里请来我涂师兄将妖道杀死,你们今晚便没命了。该死的狗东西,太可恶了。我也不打你们,仍由你们在这里吊上几个月,我再来放,看你们还弄鬼花样害人不?反正不是我白哥哥害你们吃苦,莫非这也恨他?"

二猱一听这次遇救全仗白猿,这一半日工夫苦头业已吃足,又悔又怕,哪里还敢丝毫倔强,望着虎儿不住哀声乞怜,表示诚心悔过。虎儿本来爱它们,原是故意威吓,显出白猿恩惠,以免日后一个顾不到,又去背地寻仇。假装发怒,又喝骂了几句,经白猿一讲情,这才转请涂雷解救。

涂雷先见虎儿小小年纪,独居深山,有通灵猿、虎为伴,已是惊奇。及听喝骂二猱,不知就里。后来用飞剑解绑,问起详情,才知他不只有此灵猿、神虎常相厮守,还有这两个善解人意、灵慧奇猛的金星神猱,以及千百金钱花斑大豹朝夕服役,随同出入,不禁歆羡已极。等二猱一一跪叩谢罪谢恩之后,便要伴送虎儿回去,认清门户,以便暇中时常过访。虎儿、白猿巴不得日后和他时常来往盘桓,闻言大喜。

两人四兽离了妖窟,因虎儿来时所骑之豹仍在峡外,欲循原路回转。白猿却说:"来路迂回绕远,无须如此。可命康康招豹回去,大家仍由崖上回转。"涂雷本要飞行前去,虎儿因荒山独处,从不见人,不意空谷足音,得此良友,真是喜出望外,和涂雷亲热已极,坚邀一同骑虎回去。涂雷虽恐出来久了,回去招恩师责罚,但一则年幼贪玩,二则生平头一次交到这样好友,又心想主人未归,自己先去了也是无用,立即应了。

二人手挽手臂,并肩骑上虎背,不消顿饭光景,便到了虎儿洞中。虎儿引将进去,一同坐下。白猿和连连慌不迭地献上山果食物。涂雷、虎儿边吃边说,越谈越对劲,俱都相见恨晚。一会儿,康康引豹归来。涂雷要见群豹,虎儿便陪了出来。一声长啸,崖下豹栅中大小金钱花斑野豹千百成群,纷纷跑出,一同拥到崖前,面朝上跪伏在地,似练习有素的一般。虎儿又是一声长啸,群豹俱各昂首,齐声吼啸,立时山鸣谷应,怪风四起,沙石惊飞,山花乱坠,宛如红雨,声势雄壮威猛,若撼山岳。喜得涂雷心花怒放,也跟着引吭高呼,欢跃不已。群豹怒啸了一阵,虎儿把手一挥,轰的一声,戛然顿止。只剩四山回应之声,嗡嗡震荡,半晌不绝。涂雷拉着虎儿双手,笑嘻嘻赞不绝口。

虎儿看出他喜欢这些猛兽,便说道:"康康、连连性子太野,不肯跟随生人,白哥哥要出门找我爹和娘去。黑哥哥从小陪我在一处,永不离开。除开它们这四个,还有这么多豹儿,只要涂师兄喜欢,随便挑了带走,要多少有多少。如怕其野性不听你的话,它们都怕康康、连连,只需吼上几声,也就不敢强了。"涂雷原知虎、猿与虎儿有前生宿契,漫说不肯相赠,纵肯也绝不会跟了同去。心中颇爱康、连二猱,想分它一个,又不便开口。继而一想:"君子不夺人之所好。康、连一母双生,何苦给它拆散?"正把念头转在豹身上,闻言大喜。因虎儿有恐豹性野难制的话,暗忖:"他小小年纪便能降伏群兽,难道自己一身遁法本领还不如他?"不愿示弱,接口答道:"我原有此心,既承兄弟盛意,我此时还不知师父心意如何,且先挑两个大豹和一个小豹崽吧。"

虎儿正要张口呼唤康、连二猱,涂雷忙把手连摇道:"这倒不消,我自会降伏它们。"说罢,朝豹群中仔细看了一看,觑准两只又大又雄壮好看的金钱花斑大豹,一纵遁光,往崖下飞去,满拟手到擒来,谁知物各有制,野豹生性猛恶,凭涂雷本领,尽杀群豹不难,要想驯服它们,却非容易。就是虎儿,如非先有猿、虎与康、连二猱相助,这上千大小野豹,也休想制伏得住。

涂雷刚刚飞起,脚还没有踏地,群豹先是一阵大乱,互相挤撞。先看中的那两只大的,早不知挤向何处。一片金钱花斑锦毛中,千头攒动,挤成一团,简直分辨不出来。等落地收住剑光再找群豹,又各齐声咆哮,纷纷蹿起,同向涂雷扑来。豹是虎儿家养,涂雷是客,又不便真用飞剑斩杀。虎儿偏又过信涂雷本领,想看看他伏兽之法,群豹见主人没有喝止,益发胆大,来势猛恶非常。涂雷无法,只得飞身纵起。因这一迟疑之间起得稍慢了些,将身着短衣抓裂了一大片。如非生就铜筋铁骨,差点没被豹爪抓得骨碎筋裂,闹了个老大不是意思。

涂雷不禁心头火起,在空中盘旋了两转,二次觑准一只大的,想好主意,电射星流般朝豹群中直落下去。就在群豹二次骇乱惊窜中,一伸双手,抓住那只大豹的头颈皮,大喝一声:"起!"便提了起来,往崖上飞去。这只大豹恰巧是虎儿先骑的那只,最是猛烈,加以人小豹大,抓的地方只是头颈一处,急得那豹在空中不住乱挣乱舞,怒吼连声,下面群豹见状,俱各发威怒吼,风起尘昏,声震山谷,比起适才势子还要来得惊人。

涂雷飞到虎儿身侧,刚将手一松,往地一掷,那豹便一打滚翻起,张牙舞爪,恶狠狠向涂雷扑去。涂雷见那豹如此凶猛,喊声:"来得好!"身子往下微俯,让过来势,再略一偏,便闪向豹的左侧。贴着豹腹飞身纵起,一伸右手,又将豹颈皮抓住,奋起神威,口里嗯了一声,往下一拉。

那豹扑时正在情急暴怒之际,势子绝猛,吃涂雷神力逆着势子硬拉回来,两下里都是个急劲,那豹身不由己,两只后腿朝天向上弯转。山中猛兽,豹类身子最是灵活。这只又是多年老豹,群中之王,更为厉害。就着上翻之势,前腿一挣,后腿索性连身反转过来,伸出两只钢铁般的利爪,便朝涂雷身上抓去。这一下力量何止千斤,涂雷纵是生就异禀,如被抓在要害之处,也难保不受伤害。

　　幸是涂雷身灵力大，内外功均到上乘地步，头一次吃豹将衣服抓裂乃是偶然大意。知豹难制，早留了心，一见豹的后半身上翻，手中豹颈皮一扭，便知要出花样，说时迟，那时快，就在这双方动作瞬息之际，人与豹全未落地，未容那豹整个翻身扭转，涂雷倏地右手一松豹颈，身子往上微升，左手早攥住那豹手臂粗细的一条长尾，抢将起来，在空中一连悠荡了好几十下。悠得那豹头晕眼花，张着血盆大口，腥涎直流，吼叫不出。

　　虎儿不忍那豹吃苦，连忙劝止时，下面群豹怒吼之声越厉，已然阴云四起，狂风大作，加上山谷回音，直如惊涛怒卷，地陷天崩，贴耳欲聋，哪里还听得出说话来。还是白猿、黑虎和康、连二猱看出虎儿心意，纷纷往崖下豹群之中飞落，一声吼啸，群豹见了克星，才逐渐静止。等到虎儿唤住涂雷，那豹已乱喷白沫，急晕过去。

　　虎儿笑对涂雷道："师兄，你本事真大。但是这样硬收拾它，就算降伏了，日后也不会好好跟你在一处的。"涂雷问故，虎儿便说："我因承白猿指点，不只能通兽语，并且深明兽性。因为兽类除豺狼等有限几种外，大半义烈。驯养它们，须得恩威并用，尤其是威不可妄发，只要使它们时时刻刻对主人都有惧怕，而又感激非常，则自然驯服，生死不二，任何驱遣，无不如意，硬制未始不可，但是只能使它们当时害怕，心中却愤恨已极，过后不是遇机图逃，便是乘隙报复。似这般只有畏心，并无情义，只能制伏，不能驯养，有甚趣味？这只老豹更是群豹之王，颇有灵性，你如此待它，死也不会归心。

　　"适才群豹怒吼，固由于未加禁止，却也因见豹王受难，奋不顾身之故，如非崖上现有两个克星，早一同拼命扑上来了。还是我来代你另挑一公一母两只大的，再将这两只新生的小豹崽一同带去，本是一窝，使它们有所依恋。再叫白哥哥和康康、连连与它们说明，永远随你，不准离开。它们已见过你适才的本事，一点不用费事，自然害怕，听你驱使了。"

　　说时，那豹已然回醒，怒吼一声，果有想朝涂雷扑去之念。经虎儿喝止，抚慰了几句，命康康领入洞内给些肉食。又问："师兄心意如何？"涂雷正觉有力无处使，便也就此下台。

　　虎儿陪了他，带着白猿和连连纵下崖去，走入豹群，将适才所说大小四豹指与涂雷，问中意否。说也奇怪，起初涂雷单身下来，群豹那等凶威，这次竟是驯善异常，一个个趴伏在地，动也不动。涂雷见那只公豹只比豹王略小一些，周身全是金钱花斑，目光如电，形甚威猛，比前豹似还要好看些，很是中意;母豹也不算小,爪牙犀利,灵活非常;那两只小豹,只有狗大,锦毛细密,身子雄壮,甚为可爱。心中大喜,连忙谢了。因出来时久,告辞要走。白猿又教虎儿随去拜谒清波上人致谢,也认清门户,日后便于来往。

涂雷首次背师行事,来时没有说明,恐跟去受责,但又心爱虎儿,极愿其去。想了想,与虎儿商妥,当日同去只认门户,先不见清波上人,等涂雷日后伺便禀明,再来引去相见。

当下虎儿、涂雷仍乘黑虎,与白猿二猱带了四豹,往黑蛮山铁花坞跑去。涂雷还以为出来时辰比往日差不了多少,师父不致察觉。行近山麓,一眼望见清波上人正在洞外闲眺,知道隐瞒不住。咧着一张雷公嘴,笑对虎儿道:"我们行藏已被师父看破,左右招骂,你前生是他师侄,索性就见了他吧。只骂我时,你们不许笑我。"

虎儿闻言大喜,连声应诺。白猿又叫虎儿速下坐骑,步行上去。快要到达时,涂雷涎着脸,笑嘻嘻先跑上去,高喊道:"师父,我把虎师弟领来了。"虎儿早有白猿叮嘱,也跟着跑近,跪下行礼,口尊:"师叔,弟子颜虎拜见。"清波上人看了涂雷一眼,也没理他。先命虎儿起立,说道:"你虽转劫再生,并未忘却本来,实可庆幸。今日之事,我已尽知。雷儿背我行事,大犯家规,姑念初犯,又看在你的面上,权且记责。再不悛改,二罪归一,一定从重处置了。相见不易,可随我至洞中落座,还有话说。"虎儿领命。清波上人便命虎、豹、猿、猱暂留洞外,径往洞中步去。

涂雷见师父只略说了两句,并未深究,大出意料。上人一转背,涂雷朝虎儿扮了个鬼脸,喜洋洋走过来,拉了虎儿的手一同进入。虎儿到了里面一看,石室修广,洞壁如玉,云床丹灶,陈设井然,通体明朗,净无纤尘。洞甚深宏,石室不下数十间,也不知光从何来,比起自己所居崖洞终年阴暗,真有天渊之别。心想:"几时也找这么一处山洞来住才好。"

正悬想间,清波上人已将二人引入丹房之内,各命坐下。先将虎儿前生因果一一告知。然后说道:"那灵狐因你坏了它的道行,衔恨入骨,寻你报仇,已非一日。只因你荼毗以后,令师将你真灵禁闭内殿,传你炼气凝形之法。过了数十年,形神俱固,才令转世。所以你生具异禀,大异常人。灵狐先时固无奈你何,如今你已转世,宿根虽厚,因令师要使你险阻备尝,历应灾劫,前生法力已化乌有,仅仗虎、猿等灵兽护持,如何能是敌手?尚幸它目前还不知你托生在此,你所居之处又有令师预设禁法,暂时或者不受侵害,但是灵狐神通广大,事颇难料。适才令师托髯仙李元化路过传语:因铁花坞与你所居密迩，嘱我代为随时照应，以防不测。恰值雷儿将你引来，现已将你前生因果说明，少时我再传你入门功夫，以后如有事时，我不亲去，也必命雷儿前往。你来时须要经过斑竹涧，那一带相隔灵狐修炼的北斗坪扯旗峰甚近，如被窥见，便生祸变。回去好好修为，静待仙缘遇合。此地不可常来，平日出游也以山南一带为宜，切忌走过斑竹涧。比如好好天气，忽然天地晦暝，阴风四起，少停风止，现出生人，不论男女老少，俱是那灵狐幻化。此狐得道千年，精通邪术，千万不可使之近前。速将第一道灵符展开，便生妙用。如还不退，再将二、三两道灵符依次招展。纵然不能伤它，也可借以脱身，暂避当时之祸。"说罢，传了坐功与使用灵符之法，命涂雷陪了他在洞内外游散片时，再行护送回去。

涂雷乘间禀说虎儿送了他大小四只野豹，请准留养。清波上人笑道："你师弟能驯猛兽，半由宿根天赋，半由灵物辅佐，你如何也想学样？你不久下山，这类猛恶野性东西不能随带了去，我日常修炼，又没工夫教化。你童心甚盛，一个不好，将来反要惹祸。"

涂雷如何肯舍，涎着脸再三苦求说："这些豹儿都解人意，来时师弟已然告诫，绝不致闯祸。异日师父出门，留它看守洞府也是好的。"

上人见他情词惶急，虎儿又代求说，便答道："你这孩子实是淘气，为了你，不知要添我多少纠缠。你既再三求说，也罢，答应你不难，只你未奉命下山以前，不许骑了它满处乱跑。如若违背，或在外惹祸，连同今日，二罪归一，定然重责不饶。每日还须由你抽出空来教练，使其变得驯善，可能应得？"涂雷原想日常骑着豹出门游玩，闻言虽觉有些美中不足。终归师命难违，只得应了。清波上人适有日课，虎儿先行跪拜谢别，随了涂雷出来。

小弟兄二人到了洞外，同在山石之上落座，畅谈一切。一面叫白猿、二猱用兽语告诫四豹，此后务须长随新主，不许违逆生事。盘桓到了日落黄昏，虎儿兀是不舍言归，嗣经白猿几次催促，方行上路。将四豹留在洞外，仍由涂雷送回。因有上人前言，路过斑竹涧时，虎儿、涂雷俱都留神四处查看，并无异状。涂雷对虎儿道："师弟你不要害怕。那狐精不来惹你，是它福气；它要是动你一根头发，我便寻上门去，非把他斩成肉泥才罢。"

白猿一听涂雷高声口出狂言，大吃一惊，慌嘱虎儿劝止。虎儿虽是幼童心性，但极信服白猿，忙向涂雷道："师兄请勿高声。你话虽好，只是当初还是怪我不该杀它，照师叔说，明明是我不好，怎么能怪它寻我？如今我打它不过，你又不和我常在一起，如被它听见，有你它不敢出来，等你一走，我就糟了。"涂雷闻言，当时虽然住口，心中却存了寻找灵狐与虎儿除害的念头。

虎儿等回崖之后，康、连二猱点起火炬，二次又搬出果品食物款客。虎儿坚留涂雷用完晚餐再走。因清波上人已久断烟火，黑蛮山周围千百里，到处都是穷山恶水，奇峰怪石，铁花坞境极灵秀，可供修道人果腹的山粮却绝少。上人每日闭洞虔修，无暇他去。而涂雷年幼道浅，所学又是降魔出世的功夫，不能遽绝食饮，求粮不易，所以自幼出家，并未禁其肉食。可是上人不欲无故杀生，又不许涂雷远离洞府，经年中除偶猎一两只为害生物的猛兽外，涂雷日常多半以少许松子、黄精之类为粮，难得大嚼一回，至于鹿肉之类的驯兽，简直从未吃过。不比虎儿，自身既无拘束，更能驱使群兽，有猿、虎、二猱随时服侍，好多珍奇的山肴异果，都成了他家常便饭。白猿又给他酿了几瓦罐果子酒，香冽异常，醇美无比。

今日遇上佳客初来，恨不能把所有家当全摆出来待承，罗列满前，殷勤劝嚼。加以猿猱灵慧，争先捧奉，应接不遑，涂雷大半都没见过，吃到口里，更觉腴美非常，不住口开怀食饮，越吃越高兴。涂雷笑对虎儿道："师弟，你小小年纪，一个人住此荒山，竟有许多好东西吃。听你说，这都是白哥哥和康康、连连替你弄来的。我人小食量却大，如非略知服气的话，早饿死了。我那里出产少，师父又不许随便打野东西吃，除师父两三年难得一回去城市上带些米粮回来，能吃上些外，每日只吃一点首乌、黄精。最焦人的是剥松子仁吃，费了好多事，肚皮还是空的，我一赌气，就懒得吃了。虽然因我学习吐纳导引，从不知饿，但总觉极少有吃够的时候。方才你到我那里，连果子都拿不出一个来，真怪寒酸的。几时我也能够有像它们三个这样聪明的猿猱，我就喜欢极了。"白猿便叫虎儿告诉涂雷说，它此去岷山，那里同类甚多，必代他物色一个灵慧之猱带来，供他驱使。涂雷益发心喜。

一会儿，吃了个酒足肉饱，天已深夜。正要说走，又想起洞中没肉食，无法喂那四豹，发起愁来。虎儿笑道："师兄你真想得到。要照你说，我有这么多豹儿，它们肚子虽没虎大，一个大豹儿也和我吃的差不了多少，一只大肥鹿不过够七八只豹儿吃的，我还喂得起么？它虽归你收养坐骑，吃的它却自会去找的。我过斑竹洞时，见近侧不远山坡上，灰的黄的一大片，羊儿很多，那都是它们口里的好东西。这里老豹儿都有点灵性，它们跟随我们不去，一则是怕康康、连连；二则是山外苗子打猎的人多，因我们有本事，遇上时好护庇它们，不许苗子伤害，它们图的只是这一样。要图吃的时，我一个人就有白哥哥和康、连帮助，也找不了许多，那每天不叫人心焦死么？它们自从归我，第一不许它们不听我话就伤人；第二找吃的，得由我成群带了出去，不许单走。因有白哥哥、康、连两个帮助，力大腿快，眼睛又尖，打上一回野物，就能吃上好几天。多余的风干了，防备下雨、下雪不能出门时吃。从没操过一天心。你共总才四个，焦急啥子？我另送你四条肥鹿腿、四条黄羊腿，都是一条鲜的，三条风干的。怕师叔等久，你自驾剑光飞回。我叫康康、连连用草藤扎好，挑两个大豹驮着，由白哥哥随后给你送去。可留一半自吃，一半做你头一回给四豹打牙祭。"涂雷闻言，喜得没口子称谢。出来时久，不便再事流连，方与虎儿握手殷殷，订了后会，出洞驾剑光破空飞去。

白猿忙与康、连二猱将八条鹿、羊腿扎好，连夜押送前往，未明回转。虎儿累了一日，已是睡熟。白猿将他唤醒，说肉送到时，涂雷同了四豹正在洞外守候，见白猿去，甚喜。现在大援已有，二猱从此驯服，诸事就绪，你我早晚终须分手，不如早行。因叮嘱虎儿厚结涂雷，谨守清波上人之戒，静候仙缘到来。自己事一办完，便即归来。纵与禅师同至，也必先期赶回送信。虽然早去数日，却可早日相见，也是一样。

虎儿万不料它当夜就走，闻言猛然惊起，再四坚留。经白猿力说利害，此行愈早愈妙，虎儿知留不住，只得含泪出洞相送。黑虎和二猱已早得信，伺伏在侧。白猿重又向虎、猱告诫，善事主人，勿得擅离，防虎儿日久淡忘，切忌往斑竹涧去。说罢，与虎儿作别下山。这时晨光欲吐，残月初坠，只见白猿化作一条白线，其疾如矢，出没昏林暗影之中，俄顷不见。虎儿目送白猿去后，直到看不见影迹，方始怏怏回洞。

由此，涂雷每隔些日，必来虎儿洞中看望，并将乃母给的古玉符转赠虎儿，作紧急时防身御邪之用，两人成了至交莫逆。虎儿日常无事，便骑了黑虎，带着康、连二猱，驱使群豹满山行猎为乐。一晃数年，无事可记。中间涂雷业已下山两次，往往一去经年。白猿也没归来。虎儿越发觉着不惯。

这日虎儿正苦念白猿、涂雷，康康见主人心烦，劝主人出游解闷。连连又说早起出外采鲜果，因为时当秋暮，附近果林都是桃、李、梨、杏之类，业已过时，想往离此较远的红橘山去看橘儿熟未，就便挑几个红大的橘儿回来与主人尝新。归途因追一只落单的小角鹿，走岔了道。远望邻近高峰上面，花开甚奇，花旁似盘着一条红蛇。同时峰下面还有好些竹楼。天已不早，恐主人起床呼唤，又恐遇见生人，言语不通惹事，赶了回来。主人日前因青稞早吃绝了种，老是想吃。那谷中野人必有主人爱吃的东西，何不前去和他要些？说时天已将近黄昏。

照例，虎儿傍晚归来，即在崖前驯兽为乐，不再出游。只因以青稞、兽肉为粮，久不食米谷，想换一换口味，加以性又爱花，闻言立被说动。忙唤黑虎，却不在跟前。康、连二猱到处寻呼不见。连连一问豹王，说黑虎自随虎儿出猎归来，没隔多一会儿，便往南跑了下去，走得飞快。连连听黑虎所去之处正是同路，才想起适才曾和它说过凌晨往红橘山之事，莫非他已先去？便和虎儿说了。

　　虎儿近来益发身轻体健，神力大长，翻山越岭，其捷如飞，本用不着骑虎，又当望后一二日间，月光正明之际，以为路上可以与虎相遇，便率二猱赶去。恐惊野人，连豹群也不带。相隔约有二百里远近，在一个深谷的尽头处，偏向红橘山西南二十来里。外有茂林密莽掩蔽，内中藏伏不少野猓生苗，田园屋舍，渔猎畜牧，别是一个天地。虽有出入之路，便是谷中野猓，也经年难得通行。外面看去，只是丛草森林，荆榛匝地，密压压连山蔽野，一望无涯，形势险恶异常。

　　虎儿所居较远，除秋冬之际往左近红橘山采摘外，轻易不去。野猓又绝少出谷，所以居此数年，不曾涉足。虎儿行至红橘山，已是黄昏月上。望后明月，分外皎洁，加上秋空晴霁，万里无云，似一个大晶盘低悬于林梢崖角之间。仅有数得出的数十颗明星，稀落落散置天空，与它做陪衬。清光所被，照得近岭遥岑，岩石草树，明澈如画。越觉静旷寂寥，夜色幽丽。虎儿不禁脱口喊了声："好大月亮！"

　　极目四顾，月光下除却来去红橘山的那条山路而外，到处都是林木藉翳，丛莽茂密，随着山势高下起伏，看不见片石寸土，脚旁时有不知名的野花秋菊之类，在微风中亭亭摇曳，淡红浅翠，薄紫浮金，五色缤纷，天生丽色。再被月光一照，花上面又泛出一层异彩，恰似雨花台的五色宝石，浸在玉碗清泉里一般珠圆玉润，更显明洁。有时清风吹动，花影娟娟，因风零乱。紧跟着便是密莽波颤，簌簌有声，林枝舞动，声如涛涌。真是奇景万千，笔难尽举。

　　虎儿虽然久处山中，因守白猿行时之诫，绝少夜出；所居山崖，石多树少，纵然多植奇花，皆由人工布置，加以年幼，胸少丘壑，哪比得上这等天然雄奇幽丽的境界。佳景当前，只觉应接不暇。暗忖："这里以前也曾来过，春夏时满山是花，都不觉怎样，想不到夜间景致这般好法。"由此动了夜游之想。

　　正想把脚步放慢，沿途观赏流连，不舍疾走，康、连二猱忽引虎儿往左一拐,走向树林之中。林森枝繁,尽是松、桧、槐、柏之类的千百年间老树。上面乱柯虬结,互为穿插。下面一株紧挨一株,密匝匝排立挺生,大都数围,小亦成抱。人行其中,最密接处直须斜肩侧背而过。隙地上又时有丛草没胫,荆榛碍路。若在春夏之交,镇日阴暗,冥如长夜,草更高密,几及林枝,休想见着一线天光。幸是九秋时节,山风劲遒,木叶多脱,草莽也渐黄萎,除了几种长春的树木而外,有的地方还能从无叶繁枝中漏下些月光,化为无数条粗细横直的暗影交织地上,略可分辨方向路径。

虎儿入林走没多远,便不耐烦道:"路这样难走,老黑也没找着,多会儿才到呢?"连连道:"这里要抄近些,还不是正路。主人嫌黑,我们绕过去吧。"说罢,领了虎儿,经行之处,尽是松柏等类的长春林木,比先走的一段还要阴森黑暗,丛草荆榛却不多见,路也平坦得多。虎儿正要喝问,地势转高,攀越过一条崎岖的岗脊。再走不一会儿,便走向入谷的幽径。前半截仍在森林之中,路宽丈许、数尺不等,时有危石陂陀间阻。径颇弯曲,如无连连引导,即便得入,照样也要走迷。谷中野狻当初为辟这条通路,曾将当路的林木砍去,道侧虽是老树参天,却不甚妨碍天光。松风稷稷,清荫匝地,人行其中,别有一番幽趣。虎儿不禁又高兴起来,一催二狻,便撒开腿往下跑去。

约行七八里路,进了谷口。那谷上下四方俱有林莽包蔽,隐秘非常。谷口甚狭,谷内却极修广。虎儿见两边山腰上俱有梯田,高低错落,时有竹楼依崖高建,芦棚木架,制甚粗劣,没有青狼寨所居精细。过时屡屡闻见血腥之气。越往里走进,竹楼越多。只是静悄悄的,不见一个野人影子,也没听到一点声息。心想:"苗子爱月,今晚月亮这么大,天黑没多时候,难道都睡熟了?"想唤出人来问话,还没张口,连连在前面想也看出有异,已往一所竹楼上纵去。只探首入门看了一看,便即纵落,又往第二所竹楼纵去。接连几所,俱似不曾见人,一望而下。虎儿追过去问道:"上面都有人么?"言未了,忽听远远传来一声虎啸。虎儿和康、连二狻一听,便知是黑虎被陷,呼唤二狻求救之声,俱都大惊,更不暇再说别的。虎儿忙喝:"老黑吃了亏,在喊我们,你两个还不快走?"

康、连二狻原是神兽,耳目是最精灵敏锐的,又能绕树穿枝,踏叶飞行,捷逾飞鸟,真走起来,自比虎儿要快得多。知道黑虎寻常人欺它不了,这求救之声,尚是第一次听到,必在危难之中无疑。没等虎儿把话说完,各自跃上高处,首先引吭长啸了几声,其音清越悠长,响振林樾。啸罢飞落,空谷传声与四山回响,兀自嗡嗡不歇。二狻向黑虎打了回应,又向家中豹群遥啸,发下号令。便即纵落，脚一点地，长臂向上一扬，身体向前一蹿，月光下便似两支离了弦的金箭，当先往前飞去。

虎儿知道二猱啸声极能传远，多老远都能听见，既然呼唤群豹，路上又见那么多竹屋田舍，料知谷中野人必多，特地唤来以壮声势。黑虎有难，想起白猿行时之言，心急如焚，跟着二猱忘命一般飞跑下去。跑约里许，又听黑虎连啸了几声，越发心慌。这时康、连二猱早跑得没有踪迹，所幸两边山崖谷径虽然曲折，却只有一条，不患迷路。

虎儿加劲狂奔，跑出约有八九里路，虎啸之声由悲壮变为猛厉。渐闻人声鼎沸，夹着妇女悲号，恍如潮涌。听去黑虎已经脱险，因为关切太过，心中尚拿不定准。这时谷径已被前峰阻住，须往左面倒转。身子刚一拐过崖角，地势忽然展开，平畴旷野，竹屋云连，当中一片宽大的广场，直达最前面的高峰之下。峰脚下烈火熊熊，大约数亩，焰高丈许，无数上身赤裸、头插鸟羽的野人，纷纷呐喊，各用刀矛矢石，正向对面山峰隔火掷去。人丛中还有一条黄影，纵横飞跃，中杂哀号悲叫之声，苗人渐有退势。

再赶前几步，定睛一看，黑虎半伏半蹲，倒贴在火对面笔立孤峰腰上。背后康康用双足倒挂树根，一条长臂紧紧捞住黑虎那条长尾，一条长臂去拨落那群野人射掷过去的刀矛矢石。有时得手接了去，还得回敬野人一下。连连却在野人丛中乱抓乱甩。知道黑虎、二猱周身刀箭不入，只要不射中双目便不妨事。二猱在未奉命以前，虽不致多弄死人，但是情势所迫，估量野人受伤的已不在少。虎儿几世善根，见虎、猱无恙，气便消了一半。因不知人虎因何起衅，恐多伤人，忙用苗语连声大喝："你们快些住手，免得送死。"飞步跑去。

虎儿还未近前，苗人妇孺已连哭带喊，跑过了好几起。那些野人先见二猱生相虽奇，体格矮小，并没怎看得起眼。后来吃连连一阵抓打，挨着便皮破血流，骨折肉碎，早已心寒胆怯，疑神疑鬼，纷纷败退下来。虎儿边喊边跑，喝住连连。一看那边已是谷的尽头，当中高峰笔立，两旁崖壁如削，与峰相连，高达百丈，仅比峰头稍矮，峰下就着地势，掘成了一个大坑，深逾十丈，火焰熊熊，兀是未熄。再看黑虎，身上皮毛烧焦了好几处。康康前臂上金毛也燎去了一片。因对峰无可驻足，又有烈火阻隔，非等火熄，除了康、连二猱，人、虎均难往来，只得耐心忍住。

虎儿一问二猱怎得将虎救出？原来黑虎当日回去稍早，无意中听连连说起谷中苗人与峰上异花、红蛇之事。黑虎一听，料定是岷山红蟒转世，既然到此,早晚必寻虎儿报仇。意欲潜往谷中探看,相机除害,免得虎儿出游路遇,骤出不意,为它所伤。谁知那红蟒专好生吃猿、虎与汉人,却不伤害野猓,谷中野猓认为神奇,把它当作天神一般看待,已历多年。便是那条出谷通路,也是为了月望祭献,缺乏这三样祭品时,出谷搜擒猿、虎、汉人而辟。山南森林内猿、虎原多,因野猓逐年搜杀,存身不住,业已他徙,绝迹将近十年。红蟒蓄意报仇,又不要别的祭品。野猓因祭品难寻,时常着慌。有几次不得已,绑了同类活人假充汉人祭献。那红蟒也真怪,竟连面都不照。野猓恐蟒神不享降祸,益发愁急。日久幸无甚事,虽略放心,总觉有些缺欠似的。

这样过了两三年。中间只遇到四个打猎的汉人,因他们均有武艺,死伤了不少野猓,才得擒到。有两个被毒箭射伤,当时身死,还不合用,所以共只祭了两次。然红蟒不知何故,自从前年生下一条小蟒,吃了最后两个汉人外,便不常见。同时野猓连遭瘟疫,死去多人,俱以为红蟒神发怒所致。幸而病过一阵,也就过去,未再蔓延。野猓实在寻不到祭品,又守着祖传仙巫之戒,不敢多出,在自焦急,无计可施。

照例每次上祭,都当月望起始,接连三日,将各种生熟粮肉酒饭等祭品堆列峰前,每晚在广场上向月跳舞,唱歌为乐。等神吞食完了祭品,再将祭余粮肉酒饭分携取食。

本日原是第三夜,因红蟒久未现身,只那条小红蛇在峰上盘游,也不过来享用,野猓方觉扫兴,忽见谷外奔来了一只绝大的黑虎。以为祭品自送上门,俱都喜出望外,纷纷上前擒捉。谁知这虎不比常虎,还未怎样发威,稍一挨近,便被扑倒,周身刀矛不入。野猓正无主意,偏巧黑虎直往峰前跑去。先还想蟒神出来凑现成,比生擒还强,哪知红蟒偏又他出不在。黑虎一见小红蛇生相与岷山死蟒无异,误以为是它转生,纵身跃过去,只一下,便抓落坑底。犹恐未死,跟踪追落,又是两爪,便即抓死。

那深坑靠来路一面,有一个数丈长尺许宽的巨缝,里面满是天产石油,野猓常用此油蘸作火把。一见黑虎把小神抓死,俱都情急,各把刀矛矢石往坑中乱扔。坑深仅十余丈,以黑虎神力,本不难一跃而上。偏虎性慈,见上面野猓密集,这一跃之势,至少也许死几十个人,便在坑中盘旋,向上发喊怒吼。意欲将人惊退一些,稍有空隙,便可纵出。不料野猓俱是死心眼,红蛇一死,认为奇祸,齐集坑边,一个也不肯退。双方相持了一会儿,因月光斜照,坑深黑暗,发射矢石刀矛还恐难中要害,好些野猓持有火把。内中一个拿着火把,正伸手向坑中照去,邻近的人一支长矛从斜刺里飞掷过来,碰了火把一下，持火把的人一吃惊，手一松，火把正顺坑边坠落。残火飞入油穴之中，一下将石油点燃，轰的一声，涌起一二十丈高下的烈火，熊熊直上，吓得野猱纷纷倒退。

幸而油穴深藏凹下，横嵌坑底，只有一面火势冒上来，穴口不宽，火苗被束，顺石罅斜出，到了口外，再朝上喷起，势子先减了一半。坑上面看似被火布满，坑底近峰一面反倒无火。黑虎只被火燎焦了些皮毛，就地一滚，便已熄灭，当时欲待纵出，无奈出路被火阻断。那峰又是笔立百丈，溜光油滑。仅近峰脚处有几块危石错落，三两株老树挺生，但是势绝险陡，着身不得。黑虎发急，向峰上蹿。头一次上来，刚抓住一株树干，无奈身子太重，用力又猛，咔嚓一声，齐根折断，连虎带树坠落坑底。虎忙松爪时，树枝已被火苗燎着，燃烧起来。如非爪松得快，差点又被烧伤。虎知上蹿无望，只得罢休。

坑底虽然有大半无火，无奈火热猛烈，炙烤难禁，延时久了，不被烧死，也被烤死。黑虎实难禁受，想起二猱耳目聪灵，均能及远，这才奋起神威，大声吼啸求救。自知来时没有通知虎儿与康、连二猱，不过情势万分危急，略作万一之想而已，谁知虎儿、二猱早跟踪赶来，才吼两声，便有回应。隔不一会儿，康、连二猱先已追到。

那伙野人把虎视如杀父之仇，恨它入骨。先时还想生擒上祭，嗣见刀箭难中，才想起使用火攻之法，把山柴树枝一齐抛下去，要将它活活烧死。正隔火喧哗，飞掷刀矛之际，一听虎在坑口震天价发出一声怒吼，立时四山大震，狂风怒号，沙石惊飞，连火苗也冒高了好几尺。众野人吃这山君一震之威，俱吓得心摇手颤，不知不觉倒退了几尺。

正惊惶辟易间，黑虎又接连小吼两声，康、连二猱也有了回应。野人看出黑虎声势虽然威猛，仍在坑底绕着峰脚回旋，好似无甚伎俩。虽听二猱啸声有异，深山荒谷异声原多，急于得虎，为蟒神报仇，仍未在意。心中略定，又是纷纷呐喊，拥到坑边，拿起山柴杂草七手八脚往下乱掷，一会儿便掷了不少在坑里。

黑虎见上面掷下柴草，坑中到处火起，仗着地面广大，尚未遍及，人被火逼住，不能近坑对准自己下掷，还有闪避所在。但是野人众多，四外柴枝杂草乱下如雨，时候稍久，定葬身火窟无疑。正惶急窜避间，恰好康、连二猱赶到。先时康、连二猱不知就里，并未伤人。仗着天赋本能，双双一纵身，径从野人头上飞到坑边。一听黑虎在坑口吼啸，略一端详形势，竟拔地数十丈，从火头上似飞鸟般一跃而过，落到对面峰腰一株盘生石隙的老树干上。往下一看，黑虎业已被火包围，正在腾挪扑闪。康康见状，当先飞下，身才近虎，便被上面掷下来的一束带火枯枝燎着前臂上的金毛。康康见势不佳，只得用爪按灭，纵身而上。

黑虎见二猱到来，仍是无法援救，一时情急，便往峰上蹿去。一扑扑在峰腰又光又滑的顽石之上，没有抓住，顺势滑落，石头却被虎爪击碎，成块下坠了好些。康、连二猱见虎上纵时相隔树根不远，猛生一策，便向坑中大叫，教虎再纵高些，康康单足挂紧树根倒垂下去，连连蹲身碎石之处接应。

这时坑底火势越大，黑虎情势危险，此外别无生路，便从二猱之教。运足周身神力，在坑中怒吼一声，朝峰腰上二猱存身所在飞跃而起。这次跃得比前两次都高得多，势子更猛，竟飞过了康康存身的老树。黑虎跃过了头，一发急，两爪一抱，将那古树上半截连枝抱住了大半。黑虎神力何止千斤，树枝如何能吃得住。峰是石体，峰腰一带树只三五株，仅两株年久根固，能够载重。其中一株较小的已被黑虎头一次上纵时齐根折断，仅此一株，如再断落，休想能够活命。幸而二猱机智灵警，康康脚挂树根，见黑虎来势疾骤，不敢当时就接。身子一偏，刚刚让过，便听头上一片咔嚓之声，柯断干折，枝叶纷飞。上半截树身被虎抱住，往下沉落，势将断折。知道不好，口中忙喊："快放！"长臂一伸，已将虎尾紧紧捞住。

当这千钧一发之际，黑虎双爪一卷，擦着乱枝下落，身子往侧一弯，贴着峰石就要滑下。连连早在彼等候，因峰势陡峭，无法下手，只得四面抓紧山石，奋起神力一挡，勉强将虎身挡住。势子一缓，树的上半身已早还了原位，树也不致再受重压折断了。黑虎就势奋起神威，用力一抓，四只虎爪全部嵌入石里，身后再有康康揪住长尾，才得悬伏峰腰之上，脱出险境，不致坠身火窟。

二猱初到时，野猓并未觉察，只见两条黄影从众人身后往前飞坠，落地现出两个似猿非猿的怪兽。因二猱身量矮小，又是那么轻灵，无甚先声夺人，还当是两只猴子和小狒狒之类。哗噪忙乱间，有两个野猓立得较近，手持长矛，正要扎去，二猱已双双隔着一二十丈的烈焰飞跃而起，晃眼便在对面的峰腰上出现。方才有些骇异，谁知二猱一到，不消片刻，便将黑虎救上峰去，隔火吼啸不已，震山撼谷，狂火四起。野猓见状，益发心惊，渐把虎、猱也当成了神怪，大半逡巡欲退。

偏生猓酋麻大拉，前次爱妻偶染时疫，向小红蛇跪求赐药，等蛇归洞，爬过峰去，将蛇盘身所在的枯草取了些来服，居然一药而愈，另外又救活了几个垂死的同族。他不知蛇盘过的草有毒,乃妻之病缘由中了山岚恶瘴而起,以毒攻毒,所以灵效,只当是小蛇神真个垂佑,益发感激敬奉,视为恩物。一旦死在黑虎爪下,哪得不恨,报仇之心既切,又恐大蟒神归来怪罪降祸,见手下群猓有些畏葸,不由愤怒交加。一面督饬群猓加紧使用刀矛石箭上前进攻,不准后退;一面大声疾呼,晓谕厉害。众猓闻言,也想起红蟒降祸可畏。再一想:"两个怪猴虽将黑虎救出火坑,但是峰腰笔立,无处着足,面前又隔着大火,跳不过来。只能互相攀扯,大声怒吼,仍是上下行动不得,并无甚出奇之处。"胆又顿壮,纷纷呐喊,刀矛石箭,隔火乱掷。

麻大拉见山峰那面隔着一层大火,虽然不比常火,除上头浓烟飞扬外,中下截颜色青碧,明比澄波,还能观察对峰仇敌所在,不致挡眼,但毕竟横着穿火飞投,阻力绝大,力量稍弱,便被火冲浮出,还没等落到对峰,凡是竹木制成的全都成了灰烬。两处相隔又远,极难命中。估量虎、猓悬身趴伏,全仗那株古树,非将树弄折,不能奏功。忙即喝令群猓,用苗刀、铁箭、石弩、梭镖之类,连虎带树一齐投掷,不再使用竹木制成的矛、箭,以免劳而无功,反伤兵器。

二猱见野猓飞刀掷向树上,常将枝干砍落,时候久了,那树早晚必被砍折,不禁大怒。康康忙改用一只脚爪去揪紧虎尾,身子改悬在大树干上,用一条长臂攀定,挥动剩下一臂一爪去接挡刀、箭,上护下半截树身,下护虎目。好在虎、猓身上都似精钢一般,寻常刀、箭休想伤害它们分毫。野猓铁箭中有毒汁,只要不被它伤中面、口、眼等可一刺见血的要害,便不妨事。连连飞过火坑,去夺野猓兵刃。连连性情最暴,见黑虎吃了外人的亏,早就跃跃欲试。因黑虎自知注定灾劫,喝止二猱,不令上前对敌。嗣见野猓一任发威怒吼,终是不退,火大峰滑,存身吃力,忙于出困,方始应允。

连连初过来时,犹未忘主人平日之诫,不肯伤人,只在群猓中起落跳跃,乱夺兵刃。野猓偏不知趣,欺它瘦小,毫不退让,反将矛、刀乱砍乱搠。连连身单势孤,虽然所向无敌,爪无空发,身上免不得挨了两下。不禁性起,一声长啸,发挥天生异禀神力,前后爪并用。有时连人一起抓起,便往人群中掷去。野猓纷纷受伤,这才觉出它力大身轻,非同小可。那夹在人群中的妇孺首先害怕,往后逃窜。野猓固是惊心,但一则人数太多,二则赋性猛悍,又有麻大拉厉声督饬,慌乱号叫中,仍将刀、箭往对岸掷去,兀是不肯就退。

连连见群猓此仆彼继,益发暴怒,起落如飞,抵抗群猓。野猓挨着它便筋断骨折,皮裂肉破。麻大拉还在发号施令,连连看出他是群猓之首,飞身过去，一把抓住肩膀，往前甩出去二十多丈远近。尚幸落在一群奔避的女猓身上，将人砸倒了两个，除肩、臂被连连抓伤血流见骨外，没有丧了性命。群猓见状，登时齐声呼啸，一阵大乱。虎儿也恰在这时赶到。

虎儿匆匆刚略问了一些经过，看虎、猱健在。群猓受伤的甚多，有的倒身近侧，还在呻吟哀号，转动不得，动了恻隐之心，本不想再与为敌。正打算唤来为首之人，设法将火救灭，好使黑虎过来，不料这些野猓复仇之心极盛，麻大拉更是凶悍强毅，憨不畏死，群猓在他积威之下，个个畏服。先见他受伤，暂时逃退。等麻大拉从地上爬起，惊魂一定，越想越不肯甘休，又将群猓聚在一起。

遥遥观望了一会儿，竟被他看出黑虎、二猱是虎儿家养的，便用苗语对众喝道："那黑虎只生得大些，无甚出奇。那猴儿却是凶恶，打它不过。我看后来那家汉人是它家主，娃儿们不要害怕。今番带了索圈儿去，能全捉住更好，要不就将它主人活捉过来吊起，叫他喊住猴儿，由我们捉住，不是把仇报了么？"群猓一听，轰的应了一声，纷纷取了藤草绞成的索圈及刀矛石箭，呐喊连天，一拥而上。

虎儿先见群猓二次喊杀而来，本心不欲伤人。便喝住连连少动，挺身上前，正要张口唤人答话。谁知野猓一味蛮横，更不容他张口，手扬处，纷纷先将索圈当头抛起。

野人投索原是惯技，平时用来打猎擒兽，从无虚发。幸是虎儿力大身轻，一见十余个圆圈连同七八丈长的索子似长蛇交舞，当头飞到，估量不是什么好相与，脚一点处，飞纵起十来丈高下，才算躲过。等到双足落地，野猓索圈业已抽回。二次又发将出来，虎儿再想躲开，已是无及，身虽纵起，竟被两个索圈套住。仗着天生神力，纵得又高，不但没有被人拽去擒住，反将两个发索的野猓带出老远，跌趴在地。同时虎儿被套发了急，落下时两手挽住长索，用力一抖，二人握索的手指全被抖折。长索松处，虎儿身上的圈无人拖拽，自行解脱。

连连护主情殷，早不等招呼，径往野猓群中飞去，仍旧四爪并用，专往发索的人扑去。所到之处，众野猓纷纷受伤倒地。立时一阵大乱，互相挤撞践踏，再想发索已不可能。

虎儿忙喝："你们快些住手，便不伤你们，要不休想活命！"连喝两声，麻大拉仍率群猓以死相拼，兀自不退，仍旧刀矛石箭朝着虎儿，连连乱发。虎儿虽然力大矫健，身上结实，皮肉到底没有黑虎、二猱坚韧，刀箭不入，加以群猱人多手众,忘命争先,前仆后继,任是虎儿纵跃轻灵,闪躲敏捷,照样也受了两处轻伤。不由怒起来,大喝一声,便往人丛中纵去,手起处,便打倒近侧两个野猱,就势夺过一柄长矛,打将起来。

连连见主人动手,益发起劲。麻大拉吃过它的苦头,一面督促群猱进攻,一面留神注视,始终避着连连,不等近前,便即闪过一旁,连连几次要想抓他,俱被溜脱,正没好气。及至虎儿一动手,麻大拉不知怎的看出便宜,又见连连与虎儿相隔较远,悄悄从侧面众野猱中绕将过去,纵身跃起,照准虎儿就是一刀。

满以为与人对敌,总比那怪猴子要容易得多。却不料虎儿天赋异禀奇资,两膀神力不下千斤,跳得虽没二猱高,因为受过白猿指点,也有不少极妙的绝招,野猱全部受伤倒退,休想挨近。因是短兵相接,群猱一味混战,矢、石、索圈全用不上,益发放心应敌,手中一柄长矛舞了个风雨不透。麻大拉如何是他对手,刀砍下去,吃虎儿振臂一撩,迎面正着,咔嚓一声,矛尖虽被刀砍断尺许,可是发力太猛,震得麻大拉虎口绽裂,手臂酸麻。手中刀再也把握不住,叮当两声,连同断矛尖坠落地上。麻大拉吃了一惊,方欲纵退,正值身后有几个群猱拥杀上来,撞个满怀。急切间没转开身,虎儿赶过去,一矛杆打在他左肩头上,哎呀一声刚喊出口,那旁连连已由人丛中横跃而至。

连连本意欲与主人会合,一同应敌,身才落地,一眼瞥见为首野猱负伤欲逃,心中大喜,只一捞,便抓在爪内。因恨他不过,顿忘主人不许妄杀之戒,就地飞身纵起,再一把捞住麻大拉的脚,正要匀出原抓的爪,将他撕裂两半。虎儿此时仍无杀人之意,对敌均用矛杆横打直刺,矛尖已经拔去。一见连连欲行凶,忙即喝止时,连连身子悬空,收不住势。百忙中听主人厉声喝令放手,心里一惊,慌不迭单臂一甩,飞掷出去。不觉用力太猛,那地方离火又近,一下将麻大拉从十来丈高处扔到火坑里面,死于非命。

猱酋一死,群猱失了主帅。又见那汉家少年生龙活虎一般,威猛异常;那只怪猴子更宛如神怪,厉害无比,只一飞近身来,便无幸免。心中一害怕,立时气馁,不再拼死上前。当前几个一喊:"猱王死啦!打他不过,快些逃呀!"四处的人便齐声应和,一窝蜂逃退下去。

虎儿见状,忙喝住连连,不令追赶。回身一看,坑内火势更炽,近坑石岸已然崩裂了好几处,大有坍塌之状,虎、猱仍悬峰腰之上,无法飞渡。看神气,非找当地群猱想法不可。无奈这些群猱来时喊杀连天,败时更乱,又夹着受伤人悲号之声,益发震耳欲聋,怎么大声喝止也是无用。正想重命连连超越众猱之前阻止,忽听嗷嗷吼叫之声由远而近。抬头往来路上一看,月光底下,先是四五只大豹,各瞪着一双碧光闪闪的豹眼,从崖脚折转处现身跑来,接着又是十来只成群的大豹跟踪继至。当先跑的数十野猱逃得正紧,一见有豹阻路,有两个便举手中长矛照豹掷去。当头几只大豹,豹王恰在其内,原是听到康、连二猱适才啸声,赶来应援。野猱的矛并未打中,却将豹王激怒,踞地一声怒吼,后面千百群豹纷纷应和,从转角处争先纵扑过来,立时山风大作,尘沙四起。

远远望去,除当头数十豹外,后面只是一片浓烟,夹杂着无数黑影碧星,上下飞跃。加上吼声震天,蹄声动地,宛如万马冲锋,战鼓交鸣,海啸山崩,怒涛澎湃,声势委实惊人。前面野猱躲避不及,早被扑倒了一二十个,后面野猱哪里还敢上前,吓得个个狼嗥鬼叫,忘命在广原中东奔西窜。因为前有豹群,后有强敌,只管互相践踏挤撞,如钻窗冻蝇一般,也不知究竟往哪里逃好。

虎儿见状,猛生一计。忙命连连速赶上前,喝住群豹,不许叫啸聒耳,速向前、左、右三面分散过来,只留自己这一面退路,将群猱圈在一起,遇有倔强动手的,只许扑倒,不许伤人性命。连连领命,引吭一声长啸。神猱啸声不洪,却极尖锐悠长,群豹吼啸立被止住。连连跟着飞起,边啸边纵,一会儿赶入豹群之中,同了豹王,各率一半豹子,傍着两边山麓成一半圆阵式,向众苗人包围上去。群猱粗愚,打胜不打败,一落下风,只知一味乱窜,既无斗志,又无心计。只有限数十个腿快的,得以拼命攀缘上到两边山崖外,十有九全被豹群围住,不住哭喊狂号,欲逃无路。

虎儿见群猱逐渐被豹围紧,往身前倒退下来,知计已成,心中大喜。忙将周身神力运足,觑准两个身材高大、头上鸟羽甚长的野猱,猛地双足一点劲,飞身纵将过去,一手一个,飞鹰捉兔般拦腰一把抓住,擒起回身,再一纵回到原地,将二野猱往地下一掷,高声大喝道:"我叫你们不要动手,你们偏要找死。这么多豹儿全都听我的话,再如倔强,叫你们一个也活不了。快些叫他们跪下投降,听我的话便罢,不然一个也休想活命!"

那两名野猱,一是猱酋麻大拉的兄弟二拉,凶悍不在乃兄之下,并且较有智慧。苗猱尚力只力气稍弱,屈居乃兄之下,心常不忿;另一个是他叔父麻么狗。两个恰都算是众野猱之首。当地苗语与青狼、金牛两寨同是生苗,相差不多,虎儿幼时所学恰好用上。

先时二野猱因为虎儿先声夺人,又有群豹助威,被擒时俱吓了个魂不附体,一毫未敢抗拒,自觉必无生理,及听敌人口出苗语,已有了一线生机。头一遍惊骇中没有听得明白,虎儿又照样说了一遍。二野猓会过意来,才知只有跪地降伏,不仅自己,连全族都可获免。但求死里逃生,早把红蟒神威忘诸九霄云外,立时跪伏在地,叩头不止。虎儿便命二野猓速去召集群猓来降顺,并高呼连连喝住群豹,休要进逼。

这时群猓互相挤作一团,三面被豹围了个水泄不通,正往虎儿这面退避,不料虎儿飞身下落,一下将二拉、幺狗擒去,越发惶急,乱作一片。直到二拉、幺狗回转,连番大声疾呼,才将众人镇住。二拉更乘机欲继猓酋之位,极力向众宣示说:"来的汉人乃是虎王,身有神法,手下养着成千累万的神兽,比红蟒神厉害得多。大家如若跪下降服,不仅免死,还可降福。"群猓本无主见,求生情切,有几个一答应,轰的一下齐声应和。以二拉为首,率领群猓拥到虎儿面前一同跪下,口喊:"虎王饶命。"

虎儿正要喝问用甚法儿将黑虎接引过来,忽觉地底有些摇动,接着便听身后面山崩地裂一声大震,身子震得连晃了两晃,两耳嗡嗡直响。刚一回头,峰前烟飞雾涌中,倏地飞来一黄一黑两条影子,正是黑虎和神猱康康。百忙中再定睛往对峰一看,一二十丈高的烈焰忽然不见,月光下只剩黑压压一座山峰,冒着一股股极浓烈的煤烟气味,令人欲呕。原来火势太烈,已将峰对面高岸烧裂,塌了下去,恰巧将火口堵塞,将火压灭。虎、猱目光何等敏锐,见断崖崩裂,填灭了火路,立即飞身从浓烟中冲越而过。虎儿见虎已脱险,毋庸再要苗人设法,乃改口索要食粮。

群猓经此一来,个个胆战心惊,把虎儿视若天神,要的又是极寻常现成之物,自然唯命是从。虎儿闻知猓酋麻大拉已死,因二拉、幺狗先来投顺,二拉更是首先率众来降之人,便命他做了酋长。二拉喜出望外,忙命人取了不少青稞、糌粑来献。虎儿只取了几藤包,驮在豹身上,自率虎、猱、群豹回转。群猓自去拥立二拉为主,收拾伤亡,按时向虎儿贡献食粮。虎儿从此也改称虎王。要知后事如何,且看下回分解。

第三十六回

巨变识先机　预储山粮驱猛兽
昏林逢大憨　潜挑野怪斗凶魈

话说虎王又在山中住了数月，已是隆冬天气。这日虎王正和双猱、群豹在崖前驰逐为乐，渐觉云暗天低，风也没有，像是要下长雨的天气。虎王笑对双猱道："你们看天要下雨了，老黑怎还不回来？莫不和上次一样，又遭难了吧？快找找它去。"

康康道："它因昨日看见山洞那一对小老虎没奶吃，叫得可怜，近日山南像有了人迹，故今天特意前去查看小虎的妈是不是被恶人打死了。要是的话，便领了回来，交给母豹们喂着。那里路远，它去还不多一会儿。上次如不是火，它也不会困住。红蟒自今不见，想已移去，寻常恶人怎伤得了它？"

正说之间，忽听远远一声虎啸。二猱同叫道："虎王你听，这不是它回来了吗？"虎王纵到崖腰上往来路一看，顷刻之间，山风起处，一条黑影疾逾奔马，一路蹿坡跳涧，由长林密莽之中飞也似跑过来。虎王一高兴，也引吭扬声，与虎啸相应。康、连二猱早跳跳蹦蹦，飞身过涧，迎上前去，不一会儿，同骑虎背而归。

虎王纵下崖去接住，说道："一大清早你往哪里去了，这时才回？叫我好想呢。"黑虎便连叫数十声。虎王闻声知意，先愣了一愣，又笑道："哪有这事？就这样也难不倒我们，愁些啥子？那小虎既被那伙人捉去喂养，不曾弄死，就由它去吧。"黑虎又将头连摇，吼啸了几声。虎王道："我今日有些发懒，不愿出去，你定要去捉那长颈鹿和黄羊儿，那我们就去吧。"说完，立时骑上虎背，带了双猱，驱着豹阵，出发行猎。

黑虎刚才吼叫原意是说今早去寻昨日黄昏在山南所见两只乳虎，看母虎归来否，到时小虎已经失踪。又在里许间发现虎血，料知母虎已死。同类关心，跟踪查看。走了百十里生路，在一个极隐僻的盆地里发现一所田庄。庄前广场上聚着许多人，有的练武，有的做工，另有几十人正用牛肉引逗那两只小虎为乐。黑虎看出他们没有杀那小虎之心，不愿惹事。

正踌躇间，猛觉出天气有异。凭着它多少年来的经验和灵智，知将变天，今明日必降本山从未降过的大雪，不久全山封冻，人兽都难通行，无处觅食。又知近来群豹繁衍，洞中存粮向来至多能管个十天半月，恐山封久了，人兽均有枵腹之虞。恰巧近来山中鹿、獐、羊、兔之类甚多，尚可早办。不顾得再查看小虎动静，慌不迭地赶了回来报信，欲乘雪前及初降雪一二日间，人兽全数出动，多打些野物，以作过冬之用。

南山气候温暖，四时如春，虎王从小至大，从没遇到过大雪。自恃武勇，又有虎、猱、群豹相助，以为就下雪也无关紧要。加以当日身子发懒，意欲缓行。黑虎力说天雪封山，人兽难行，非同小可。身上发懒就是变天之兆，万缓不得。虎王只得答应前往。到了平日打黄羊之处一看，山原陂陀之间残草狼藉，满是羊蹄践踏足印，羊却不见一只，看情形像是不久以前还有大队羊群在此。

山中气候虽是和暖，毕竟隆冬时节，绿草不多，只那一片山原野草丰肥，大好羊群栖息之地。虎王每次猎羊，总是先命群豹四面八方远远将羊围住，不让逃脱。双猱再引吭一声长啸，羊群立时惧伏，绝少逃窜，一任择肥而取。虎王又是扶弱抑强的性情，觉着山中群兽只有羊、鹿性最纯善，又不伤生害命，每当行猎，看见群羊悲鸣恐惧之状，便生恻隐。平日到处搜杀的都是野猪、豺狼、豺狗之类，轻易不去伤它，就去也不准虎、猱多取，尤其不准弄死母羊和乳羊。所以羊群日益繁育，一年中虽免不了受到几次侵害，兀自恋着那一片天生牧场不舍他移。

这次虎王因黑虎力说天将剧冷，一封山无处觅食，急切间获不到大批野兽，只羊群现成，才赶了来。原意只弄个五七百只到手，打好底子，再去寻找别的野兽。谁知一只俱无，这一来大出意料之外。知本山除自己时来骚扰外，别无可以为害之物。况且野羊多力性猛，头角坚锐，又极合群，不比家羊易侮。这上万的野羊势众力厚，差不多的猛兽除乘它走单时，偷偷摸摸弄它两只外，从不敢来侵犯。且地上面又不见有其他猛兽足印。

虎王正在奇怪间，忽听康、连二猱在前齐声呼啸。跑将过去一看，那一片草地中到处都是羊的血迹零乱。一会儿，连连又在前面拾来两三支断箭。仔细辨认，式样灵巧讲究，箭镞锋利，并非野猱所遗。可以断定山中有了生人，羊必被他们驱走。正寻思间，又听黑虎啸声发自坡后，忙带双猱、群豹跟追过去。坡后的血愈多，矮树丛莽中多处挂有扯落下的羊毛。虎、猱嗅觉俱极灵敏，目光尤锐，一同循着血迹残踪搜寻。

行约四五十里，接连穿越了好些僻径险路，最后由密林草棘之间寻到一个崖洞。穿将出去，又经过一条极阴暗幽僻的山夹缝，才在山凹里面发现羊群，人却不见一个。那里地方不大，上万的黄羊密压压挤作一大片。受惊之余，看见虎王率领虎、猱到来，吓得狼奔豕突，纷纷逃窜。被双猱纵入群中振臂引吭，几声长啸，立时镇住，不敢再跑。

虎王仍照以前行猎之法，命黑虎率了群豹守候，二猱挑那肥壮老羊抓死，擒过来放在一处。二猱挥动长臂，纵跃如飞，利爪起处，小驴一般的肥壮黄羊，似抛瓜一般从羊群中飞舞而起。过有半个时辰，虎王见羊已弄到三百多只。适才路上一耽搁，天已不早，又不忍目睹群羊延颈待死的惨状，想乘黄昏以前赶往东山搜寻别的猛兽，去晚了怕寻不到多的。忙和黑虎一商量，喝住双猱。命跟来的野豹，一豹一羊衔着出去。偏生地方太窄，豹群跟进来的还不到一半，已将道路填满，急切间不易退出。嗣经康康由豹身上飞出，绕向前面，领导在前野豹先退。虎王骑虎继出，留下连连和三百多野豹，衔了所擒黄羊押送回家。

分派定后，各自分途。虎王带康康先走向高处，四望群山苍莽，并无人踪。当时忙着寻粮，顾不得再查访那伙人的踪迹，只得乘着日头，率领群豹漫山遍野又往东山赶去。虎行生风，再加上那群野豹万蹄踏地，声如擂鼓，益发震得山鸣谷应，木落鸟飞。哪消个把时辰，便已赶到。

那东山一带山深水恶，林木蓊翳，更有数百里方圆一片原始森林，本是野兽出没之区。虎王平时行猎原有两处：一在森林侧面山坡之上，那里鹿、兔、野豹之类最多，去时多在白天，方法先用群豹合围，与猎羊差不多；另一处在密林深处，有一绝大池塘，塘前地势空旷，大逾百顷。林内各种野兽都有，大半日里潜伏茂林深草里面，晚间便来塘边走动，饮水的饮水，泅泳的泅泳，各自成群，依时进退，分毫不差，尤以月明之夜最为欢跃。虎王也是近数月间才由康、连二猱发现，乘月明去过好几次，无不满载而归。

因林中行猎，月夜最宜，去早了群兽潜伏未出，即使遇上，并非成群出游，恐所得无多。虎王因见当日天阴云低，晚来无日，林中深黑，难以发现，意欲日间入林寻猎野兽。黑虎力说："天变在即，事须从速，最好寻那现成易猎之兽。今日不能寻到大批存粮，豹群太多，日后难免绝食之虞。如实不忍多杀驯兽，便将豹群暂时驱散，任其自去觅食，各凭时运。"虎王还是不肯。想了想，分出一半野豹交与黑虎，率领去猎鹿、兔、狗、豺之类；自己带了康康和下余群豹入林行猎。等连连率豹赶来,再留它在外,由黑虎入林接应。黑虎通灵,知林内惯出猛恶野兽,虽然神猱康康有天生伏兽之能,也不可不加仔细。行时再三叮嘱康康:"此去不可擅离主人一步,如见有大队成群的猛兽,急速长啸报警,以免闪失。"

虎王同了康康,约带着三百多只野豹,豹王也在其内。一进森林,虎王便命豹群散列开来,分中、左、右三面齐向池塘合围过去,自己只带康康、豹王和七八只大豹飞步前进。这时天上阴云越厚,一点风也没有,林中静荡荡的,只听豹群踏着地上落叶草棘之声,沙沙簌簌响个不住。虎王身手矫捷,行甚迅速,等走进去约有二三十里之遥,豹群相隔已远,蹄声渐稀。到处阴沉沉的,不见一只野兽的踪迹。

虎王心中不耐,对康康道:"我们以前白日里也曾来过,多少总弄它几十只花骡、野猪回去,今天怎的不见一只,难道它们都死完啦?"康康道:"适才好似闻到一股子奇怪气味,后来绕过十几株大树,再闻就没了,定有不常见的奇怪东西藏在林里。可惜今天连一点风也没有,树木又大又多,甚为碍事,不到近前,闻不出它的气味,找起来费事多了。我想要有怪东西,定在池塘附近潜伏,这前半截是不会有的了。"

虎王闻言,益发将脚步加紧,一路绕树穿枝,抄近路朝前飞跃。林中本有一条野径,两旁林木较稀,三五只野兽均可并驰。虎王这时心急抄近,所行之处大半虬枝低丫,密林紧接,最狭之处,人不能侧身而过,须由林梢树杪飞身纵跃。野豹身子肥壮,无法跟随,只能依路绕行。一会儿,便将豹王等七八只大豹落在后面,只康康紧紧跟随未离。

行离池塘不远,康康还是且行且嗅,忽然一阵微风,又闻到一股子极腥的怪味自池塘那边一方传来,比先前所闻浓烈得多。一看前面,俱是大约十抱上下的参天老槐,上面繁枝纠结,宛如天幕;下面根干相连,一株紧接一株,稍大的兽类不能走进。因平日行猎,无论什么样的野兽多老远都能闻出气味,唯独适才这股子怪味,竟是出生以来不曾嗅到过。虽知气味越奇怪腥臊的东西越是猛恶,仗着自己生具伏兽之能,天赋神力钢爪,并未放在心上。

康康正和虎王说有了怪东西,虎王也闻到奇腥之气随风吹来。康康更闻出那怪东西还不在少数,不禁有些心动,忙对虎王道:"今天闻见的不知是个什么怪物,又这么多。来时路上不见一只生物,也与往日不同,弄巧就许是林里头有了怪物的缘故。且由我到前边先看看去,因这里树大林密,它跑不进来。虎王你随后跟着,到了前边如不见我回来,又未听见我的喊声,先不要走出林去。"说罢,将身子一跃,便穿越林杪,往前飞去。康康先随虎王,毕竟与人同走,只得慢一些,这时才显出它的本领。只见一条黄影在暗林深处,虬枝盘结之间,见缝就钻,也不着地,似半天阴云中忽有流星过渡,略为隐现,便已消逝。

虎王胆大气豪,不过想早一点寻到野兽踪迹,把黑虎和康康所嘱全没放在心上。康康一走,更是心急,无奈越往前,林木枝干生得越密,天色本来不好,林荫所蔽,晦如黑夜,处处都是阻碍,急也无用。那里相隔池塘只有四五里远近,却走了好一会儿才到达。

眼看密林将尽,从林中看过去,已能辨出一线水光。虎王猛想起:"康康去了好久,怎么没听到啸声?自己先虽走得快,快到时却为密林所阻,耽搁好些时,那几百野豹算计起来,就是还未走到,也该听到一点走动的声音,这般静荡荡的,是何缘故?白猿分手时曾再三叮嘱,说深山幽谷、暗林绝壑之中,往往藏着鬼怪,又有狐、蟒寻仇,如见形迹可疑,便须留神,急谋退路。清波上人赐符时也说,如见天地晦暝,阴风四起,便须当心留神。今日林中情况与往日大不相同,虽还没见阴风,天却这般暗法,莫非林中真个出了鬼怪?"想到这里,不禁心中一动,将身旁所带灵符取出看了看,又将涂雷所赠古玉符摸了一摸。

虎王走到密林尽头,先不出去,闪在一株大树后面。刚要探头往外寻视,忽听远远嗒一声,咔嚓一声巨响,像是一株大树折断的声音。一看林外广原中幽旷空寂,方塘若鉴,并无动静。耳际似闻沙沙沙一片微响发自对岸,再定睛往池塘那边一看,对岸广原平沙之上,正聚着千百成群从未见过的怪兽,一只只生得比水牛还要健壮,俱都聚在一起,或蹲或俯,或卧或立,意态甚为暇逸。靠林边刚折倒一株大树,看时正在摇摇下落,还未及地。树下倒卧着一只怪兽,刚才缓缓起立。后面站着几只同类,各瞪着一双蓝光闪闪的圆眼,愣愣地望着。却不见康康的影子。

虎王看出那株大树是被头一只怪兽撞折,见它起立时神态,只撞得有些头晕,并未受伤,连声也未出。暗讶:"这东西有如此猛力,无怪康康闻着气味便料不是寻常。看起来,还真不好弄呢。康康原是寻觅野兽,对岸野兽这么多,它却往哪里去了呢?"

虎王念头动处,心里一莽撞,刚要引颈长啸,大声相唤,猛瞥见断树后面密林内射出一条黄影,直朝怪兽群中飞落,一看便知是康康。如照平日,无论兽群多少,康、连二猱到时只是一声极尖锐震耳的长啸,兽群立时被这一

368

啸之威镇住，大半动也不动，再去动手挑选，任凭取舍。这次来势甚猛，不知何故，也并未出声。那些怪兽也好似不甚在意，当中几个肥壮的依然摇头摆尾，悠然自适。

虎王方在奇怪，那康康身手也真迅捷，脚未落地，两条长臂伸处，便照准一只大怪兽的头颈皮抓去。按着往日擒兽惯例，待要抓着飞身高起，再朝地上掷去，摔它一个半死，谁知那怪兽不特身躯健壮，力大非常，动作也颇敏捷。一见康康抓到，将头一低，避过双爪。再将头一低，微一偏身，倏地昂首，扬着那支上丰下锐的独角，朝着康康当胸挑去。

康康想是知道怪兽独角厉害，落时在空中一个倒仰，转折过来，正落在怪兽后腿之上，四爪并用，一同抓了一把。二次待要飞起，吃怪兽鸣的微微一声极轻的怒吼，奋身一甩，一个大回旋过来，反将康康甩脱，落到地上。这一来，竟将那近身几只怪兽惹恼，共有七八只，纷纷将前腿低屈，后腿高耸，低头扬角，急如弩箭离弦，并排着照准康康撞去。身后沙土似浪涛一般，卷成急漩，紧紧相随。

康康到底比它轻灵得多，一连两纵，便到密林边际。先前断树旁那几只怪兽，大约早和康康斗过，康康一到，本就在抖毛发威，作势欲上。康康第二纵落地时，正和前几只相隔不远，也各自轻轻鸣了一声，低头往前撞去。同时后面七八只也自赶到。此时康康业已三次纵起，飞入密林之内。

这些怪兽看似身躯敏捷，雄壮多力，心思却是极蠢。跑起来和箭一般，一个劲低了头朝前直驶，其势又急又猛。前面明明有合抱大树相隔，竟如不见，不问青红皂白，仍然猛力照前便撞。先前只断一株，虎王看时还不甚觉出那怪兽的威力，这一来，顿添声色。只听嗒嗒连声，杂以咔嚓咔嚓之声，连成繁音巨响，暗尘惊飞，枝柯乱舞，稍细一点的成抱大树，又被撞断了四五株。折落的粗枝巨干，更是满地飞舞，半晌方歇。撞晕了的怪兽，在地下也躺有八九只。那一带林木繁密，怪兽体壮，本难走进。妙在先时那般强横，不肯收势，一经碰壁，吃了点亏，立时收住势子。躺了一会儿，缓缓起立，仍然摇头摆尾，行若无事。

那未追康康的怪兽为数何止千百，俱围着一只最大无比的主兽，立卧闲步，好似没把敌人放在眼里，一副事不关心神气，怔怔地望着前面，并无丝毫动作。

虎王这时才看出康康和兽斗已非一次，虽未吃了亏，也并没占着丝毫便宜。平日威镇百兽的金毛神猱，那些怪兽竟不知畏惧，不禁骇然。心想："这

369

红牛一般的东西，多而有力。康康既不能取胜，自己过去也是白饶，不如会着康康，再作计较。"当下便没有露面，径由林内绕着池塘过去。路虽较远，还算林边树木较稀，没有先前难走。加以虎王胆大，原意打算定了计策，再行现身猎取群兽，并非全是畏怯，遇到难行之处，便贴着林边外面行走，一路掩掩藏藏飞跑，不过有顿饭工夫，即行赶到。

这时康康已然连出数次。每出去一回，必和上次一样，逗得十来个怪兽拼命追逐，直到林前被阻，撞晕了头，方始停步，那前排成抱林木连被撞折了二三十株。到了后来，林前一片沙地上横七竖八，尽是断木巨干阻碍，怪兽追来，还没撞到树上，便被阻住。好几只气性大、威发得猛的小兽，一味猛进不休，有的脚被地上横卧着的坚实老干的槎枒套上，有的误踏朽木，前蹄深陷在树窟窿内，急得带着残枝巨干乱奔乱撞，哞哞怪叫。

无奈那些前排林木至少也是百年间物，枝繁叶茂。怪兽仗着天生就的蛮力坚角，撞折它固是容易。但是林木上半截牵枝拖叶，何等笨重，又是浮搁在地，一套在脚上，任使多大的力，只能随着拖拽，急切间拔不出来。边拖边挣，索性连其余未陷住的蹄腿也陷了进去。再不就是前边好容易拔出一腿，后面又陷进了两只。彼此一阵乱挣乱拔，不一会儿，又将断木残枝牵连，此纠彼结，联成一片，越发难以脱出。

康康由林内悬空飞跃，一跃数十丈高远。并且身子轻灵，胜逾飞鸟，即便落到乱木繁枝之上，水上蜻蜓般一点即起，绝不碍事。后来更看出这些怪兽专以力敌，无甚大效，索性不去伤它，仗着密林为屏蔽，专一引逗，诱它来追。那怪兽也真是蠢笨，每逗必追，每追必撞，不是撞得木裂头晕，便是陷入乱干残枝之内，不能自拔。竟是刻板文章，一毫不知变换，也不会选择空处，寻径入林。

最奇怪的是，上千怪兽，大半都围绕着一个最肥大健壮的主兽，余者十八为群，没有被康康引逗到的，竟都行所无事，睬也不睬。说是不会合群御侮，但每一群中，康康只要触恼了一个，下余八九个却又一样拼命追逐，只不知它是个什么心理。前后个把时辰，被康康引逗了七八次。到了后来，怪兽前进愈难，陷身林网的已有二十只左右。先还强力挣扎，轻声怒吼，逐渐力竭精疲，倒卧林网残枝之内，大半不见转动。末次康康刚从林外飞回，正遇虎王赶到。

虎王一问情由，才知康康先前在林中闻到那股怪兽的气味，便知林中有了奇特猛恶的东西。走到后来，闻见气味越浓，更见不到一个兽迹，越知事有蹊跷。康康是初生犊儿，出世不久，并不懂得什么叫害怕。不过见天色将晚，如遇大群怪兽，连连、黑虎都不在侧，群豹不知为何一个也没赶到，恐自己上前迎敌，虎王孤身一人受到群兽围攻，应付不开，受到侵害。当时只顾抢向前面去探查兽迹，竟忘了来时黑虎再三叮嘱，不可离开虎王之言。往暗林中走没多远，嫌那一带林木太密，纵跃穿行不能爽利，一赌气，索性挑空阔处往侧后面绕行。仗着天赋本能，真比飞鸟还快，不一会儿绕到正路前面。

眼看出林不远，再有三四里，便是林心池塘。正跑在起劲头上，一眼瞥见豹王同了七八只花斑大豹，忘命一般绕着林木往回路飞跑。情知有异，拦住豹王一问，果然前面有一大群极猛恶的怪兽。豹王未到以先，已有十多只从别径绕出去的大豹赶到，初见那些怪兽，以为蠢然一物，和牛相似，一个个飞扑上前。谁知刚一出林，便被当头几只怪兽迎住，仅止一个照面，几乎全数死于怪兽钢牙锐角之下。再被后面兽群合围上来，一阵争夺吞嚼，顷刻撕成粉碎，咽了下去，皮骨无存。那东西跑得又飞快，内中只逃回一只见机先退的老豹子，仗着密林阻隔，怪兽身大，一味直撞，多半不善绕越，才得免死。

豹王得信，赶去一看，认出那东西乃大雪山所产的一种猛兽，牙角犀利，力大无比。多年前，山里不知从何处跑来两个，一大一小，伤却无数生物，虎豹全奈何它不得，时为所害。过了数月，不知去向，不想这里竟聚着这么多。虎王、神猱又不在侧，如何敢撄其锋。更恐同族赶来受害，又恐惹动怪兽，不敢大声呼啸，连忙飞跑逃回，意欲分路拦阻豹群前进。

康康得知就里，略一寻思，忙命豹王速与林外黑虎送信，豹群暂时不进，四下分伏，听啸声进退，自己仍朝前赶去。一会儿到达，恐虎王不知，闻声前来涉险，并未似往时呼啸。试纵身林外一看，那些怪兽不但不似别的兽类见了金猱就畏缩惧伏，竟嫌它生得瘦小，不足以膏饥吻，没有怎样看在眼里。还是康康先动手，才惹翻了一只，双方斗在一处。余兽仍只旁观，并未上前。

这些怪兽原来是雪域有名的独角红犀，公的多，母的少。别的兽类多半是公的为尊，生得也比母的雄壮威猛，独这独角红犀却正相反。又因母的少的缘故，每十来只公的只拥有一只母的在内，算一小群。另有一只主兽，群犀咸唯它的马首是瞻，也是一只母的。除惹翻主兽，要全数上前拼命而外，便以每一小群中的母犀为主。对方如不将这只母的招惹，无论和群中哪一只公犀恶斗，别的公犀也只看着不闻不问。

康康先和一只公犀斗了一阵，只抓伤了几处皮肉，并未十分得手。后来斗到酣处，无意中纵起，恰落在那一群中的母犀身上。康康就势随手抓了它一爪,将母犀触怒,斗将起来,余下八九只公犀这才忘命一般纷纷齐上。康康已觉出这东西不但力大猛恶,头角尤其厉害,不比别的猛兽易侮。一见敌众我寡,不是路头,忙即纵入林中退避,隐身树梢,往前观察来势,再打点除它之策。只见那些独角红犀来势疾骤,展眼工夫便追到林前,身大林密,本来入林不易,但它却不寻径追入,竟照直跑来,一扬头朝前硬撞上去,全撞到树干之上。林前树木虽没林中古树粗大,也有半抱粗细,况且后面俱是连排密生的大木,红犀头角虽是坚锐,要想撞折冲入,岂非梦想。头一次仅被撞折了一株,红犀已十九撞得头晕,停势子不能再追,那便是虎王初见树断之时。

康康见状,知是蠢物,更放了心。连出几次,又看出群犀以母犀为长,不禁发了顽皮心思,一味飞上前去,触怒母犀,引它率犀来撞个头晕倒地,自己看了好玩。撞到末几次上,惹得红犀追逐的越多。那么粗壮坚实的林木竟吃红犀接二连三地猛撞,折断了二三十株,散乱满地。群犀也被乱木陷住了好多只,康康越发高兴。

虎王童心犹盛,见了也觉好笑。闻言反夸奖了几句,叫它再出引逗,使其自陷,全忘此来用意。于是康康又出去斗了几次,每出总挑一群新的逗弄,以致群犀与它为仇的越众。除后面靠小山围拥着主兽的一大群相隔较远,尚未引动外,在前一点的,都被康康惹恼,一见它出,纷纷率群拼命追逐,虽有林前乱树阻隔,容易受陷,并不畏惧。这一来,却苦了先失陷的那些红犀,本来陷身木网,发急乱挣,闹得力竭筋疲,躺卧在残枝断干堆中动弹不得,再被这么多同类不顾死活急撞上来,一阵胡乱践踏,不消几次,全都了账。只换了有限三五只新被陷住的,在那里拼命。

林前一片已无空隙,尽是乱木,死犀堆满,犀群来势虽众,无奈四蹄大半踏在软处,使不上劲。有时蹄腿被乱木繁枝绕住,冲起来更不得势,只听犀头撞到大树干上啪啪山响,树却轻易不再断折一株。但是林前的死犀和乱干繁枝,渐被犀群踏得寸断,仅剩二三株残缺的大木横卧在地,轻易已陷它不住。所幸林木越往后越繁密粗大,红犀枉自拼命用力猛撞,一只也未被它冲入。

虎王隐身林内,细看那些怪兽,最大的身长有一丈三五,与水牛一般肥壮,看去比牛要坚实灵活得多。一张阔口像锅铲一般翘起,隐现出两排雪也似白的钢牙。头生一只乌光闪亮的独角,形粗而扁,长的竟达二三尺以上。两只滴溜滚圆的怪眼,蓝光闪闪,越显凶威。加上兽群既多,天又阴沉,从暗林外望，只见黑压压一片里，闪耀着数千百点蓝色星光，好看已极，跑起来更是绝尘飞驶，一窝蜂似，奇快非常。带起一片膻风，使得前排林木枝鸣叶舞，声如涛涌，其势端得惊人。

虎王先见康康只能逗它们自陷自撞为乐，不能取胜，也颇惊心，不敢轻出。嗣见怪兽伎俩不断如此，天又越发暗将下来，心里一发急，恰值康康新由身侧飞出，方欲跟出尝试，脚底一点，劲刚纵起，猛觉两耳风生，胸前似有两条黑影一闪。虎王久居山中，惯与百兽虫蟒恶斗，耳目异常灵敏，知道有东西暗算，益发把气往上提，两手一分，穿过林杪，往前纵去。

脚甫及地，又听身后枝叶骚然乱响。虎王忙回过身来一看，一个比自己要高出一两倍的人形怪物，正当自己适才存身的树侧，伸着两条瘦骨难看的长臂分枝拨干，追将过来。看神气，似已早掩到了自己身后，意欲暗算。幸而自己恰在它下手前俄顷纵起，怪物吃了身子太高的亏，乱枝繁密，本多阻碍，自己又是朝前斜飞，所以扑了个空，不曾得手。先见那么繁密的老干乱枝，吃怪物两条瘦长铁臂微一分拨，纷纷折断，也颇惊心。嗣见怪物虽然力大非常，走起路来却是双脚直去，跳跃挪移，除两臂外身子不甚灵活，估量无碍，才放了心。

虎王定睛仔细一看，那怪物生得活似一具死人骷髅。通体瘦硬，其黑如铁，胸前和大腿上全长着一两寸长的白毛。头如栲栳，凹鼻朝天，掀唇突嘴，露出上下两徘白森森的利齿，口角边各有两只獠牙，上下交错。目眶深陷进去，从里面射出豆大两点碧光。一头白发，似一团乱茅草顶在头上。两只蒲扇大的怪手像鸟爪一般。形象真个狰狞凶恶已极。

虎王洞中虽从苗人那里要有一些刀、矛、弓、箭，用来引逗康、连二猱为乐，因每次出猎有神虎、金猱辅佐，山中群兽闻风丧胆，轻易用不着他动手，一向不曾带过兵刃。而那怪物生得长大多力，自己上前，恐够它不着，反被捞住，又有林木阻隔，无法施展身手，只得一面后退，随手在地上拾些石块打去。

虎王那么大手劲，发出的石块最小的也有碗大，怪物身子闪躲不灵，每下都打个正着，按说不死也受重伤。谁知怪物除不时用手防护双目外，全然不惧，石块打在他身上嗒的一响，便被震落。末后虎王拾了两块钵盂大的尖角顽石，双手用力，头一下故意朝怪物前额打去。怪物横臂一挡，无心中将目光遮住。不想虎王紧接着第二块顽石又对准它突出的暴牙打去，一下打了个正着，咔嚓一声，竟将怪物突出的暴牙利齿打折了七八枚，连左右角上下交错的两枚獠牙一起打断。

怪物受到重创，不由暴怒，猛的一声尖锐凄厉的怪啸，挥动长臂利爪，连跳带冲，急追过来。偏生那一带林木较稀，怪物前进较易。虎王一下得手，高了兴，只顾立定身拾石飞掷，忘了退避，直到怪物追离较近，才行知觉，百忙中猛动灵机，暗忖："林外现有许多猛兽，这毛人也凶猛得很，何不引它出去，使其互相恶斗？这里树不大密，不好动手，石块又打不死它，我老和它纠缠做甚？"虎王想到这里，边退边往下一看。适才闻警回身，绕着林木，同怪物且斗且退，没有留神出林道路，不知怎的一偏，错了方向，退了这一阵，反倒相距林外远了一些。再侧耳一听林外面呜呜动静，兽群哞哞轻吼之声汇为繁响，夹着噼噼啪啪撞木之声，响个不已。可是那声音却在远处，也不见康康回来，心中好生奇怪。

虎王眼看怪物相追愈急，欲诱它出林，偏又有一片断崖在前斜列作梗，上面满生荆棘、刺藤、矮树之类，不易攀越。略一端详地势，见左侧林木较密，仗着身子轻灵，仍拾石块去打怪物，引怪往左侧绕去。怪物追临切近，前有断崖阻隔，眼看伸手可得，忽见敌人身子一转，便穿入左侧密林之内，忙也转身追去。虎王见它来追，仗着林木掩蔽，不用现身引逗，手中沙土、石块发个不绝。引得怪物益发暴怒，竟不问前边有什么阻隔，挥舞双臂，一味横冲乱撞。所过之处，只听一片咔嚓之声，乱枝老干纷纷断落如雨，稍细一点的树，挨着便被推撞得不歪即倒。

到了后来快要出林之际，虎王闪在一株大半抱粗细的枣树后面。怪物情急生智，明明看出敌人隐身在侧，故作未见，假意分枝拨干，四下胡找，身子却渐渐往侧面枣树前横移，准备挨到切近，一发即中。虎王也是胆大心粗，因见怪物行动迟蠢，不觉疏忽了一些，手里恰又拾到两块合用的石块，以为怪物尚未发现自己。心想出林在即，容易退走。打了它这一阵，只有一块石头打中，余者俱似不关痛痒。也打算等它走近，重袭故智，再给怪物一下重的。这一来，双方暗想心思，不谋而合，俱在隐忍待发。

虎王见怪物已距离枣树不过丈许，树前恰又比较空旷，只见怪物横着走来，不现正面，恐打不中脸上要害之处，正想出声引它侧转脸来下手。忽然瞥见怪物身后的大树后面，似有两点蓝光一闪，颇似黑虎的双目，心中一动，不禁又延迟了一下，怪物自然走离更近。

还没等虎王出声，怪物倏地旋转身子，往下一矮，伸开两条长臂，对准虎王，连人带树一把抱去，只听树枝折断之声响成一片，其势迅疾异常。虎王骤出不意，大吃一惊，知道不妙，百忙中无计可施，一时情急，双足一踹树根，身子斜着往后纵起便退。因只顾逃脱毒手，竟未想到身后还有林木阻隔，后脑壳正撞在一株大树上面。退时用力过猛，头脑受了剧震，当时撞晕，两眼金星乱冒，跌倒在地，转动不得。怪物近在咫尺，虎王神思昏迷中，自觉只有闭目等死，决无幸理。

待了一会儿，虎王神志少复，觉得脑后胀痛欲裂，耳听身前树声如潮，夹着折枝和怪物乱吼之声，汇为繁喧，沙土暴雨一般打到脸上，怪物利爪却并未抓上身来。虎王心中奇怪，试睁眼一看，面前频现怪状：那一棵枣树已被怪物连根拔起。金猱连连不知何时跑来，躲在怪物脑后，两只脚勒紧了怪物的咽喉，双手抱紧怪物的头，两只利爪业已深深抓入怪物二目之内。黑虎同了豹王蹲伏近侧，作势欲扑，尚未上前。

怪物头吃连连抱住，并未还手，一味抓紧手中枣树乱舞乱甩。多年老树大都根深须密，和上半截枝干差不了多少，林木又密，哪里施展得开，枉自声势浩大，一下也挨不着头上敌人。加以双目已瞎，连方向也辨不出来。怪物到处受着困阻，急得口中连声怪吼，脚底乱跳，神情狼狈已极。

虎王见连连得手，黑虎也同时赶到，胆气顿壮，不顾脑后痛楚，强挣起身，绕向黑虎身旁，走过怪物侧面，才看出它那一双利爪双双深陷木里，拔不出来，难怪它不能用手御敌。便将适才引它去斗怪兽的主意对黑虎说了。怪物眼吃连连抓伤，两耳仍是灵敏，暴怒急跳中忽闻人语，他是起祸根苗，第一仇敌，如何容得，立时手举枣树追踪过来。

虎王忙叫虎、豹不要迎敌，速随自己绕退出林，引它去斗那些怪兽。边说边绕着林木往林外跑，不时发声引逗。怪物在林内双手舞着那株枣树，一路东闯西撞，循声追去，一会儿，居然被它追向林外。

原来事有凑巧，怪物起初去抓树后仇敌时，满以为它的手长，出其不意，一下准可连人带树一齐抱住。抓死之后，再过去吃敌人的脑子心血。却不想螳螂捕蝉，黄雀在后。金猱连连率领群豹押送黄羊刚回转，与黑虎相见，正要替换黑虎入林相助虎王行猎，恰值豹王奉了康康之命赶出报警，说池塘那边出了大群独角红犀。黑虎深知此物习性，皮革、角、爪俱有用处，并且肉极好吃，正愁今日鹿、狼、狐、兔之类的野兽打得不多，难得有这一大群好东西，如能全数得到，岂非绝妙？又因红犀猛恶，人极难敌，恐虎王有了闪失，匆匆留了数十只豹子看守猎得的野兽，同连连、豹王和一百多只大一点的豹子如飞往林中赶去。

连连、黑虎跑得快些,行离池塘只约里许远近,黑虎忽然听到一声极尖厉的怪啸。黑虎通灵识货,一听便知前边林内有了山魈,忙嘱连连:"不可妄动。这东西身逾坚钢,爪利如钩,周身只有双眼和胸前当心一块极小的气穴是它要害。此外除了仙人的飞剑、法宝,多快刀斧都不能伤它分毫。首先是那一双利爪厉害非常,如与之相遇,切忌被它捞着,务要看准要害,谨慎下手。"连连耳目和嗅觉最灵,老远已闻出主人也在那里,料定虎王正和山魈恶斗。

它胆大惯了的,全没把黑虎嘱咐放在心上,一味关心虎王安危,边应边和黑虎往前飞跑,里许的路,晃眼即到,正赶上山魈暗算虎王之际。

它这里双臂刚往树上要抱去,恰被虎、猱看见,并看出虎王好似没有防备。救主情急,不暇再计及本身安危,双双飞纵过去。一个向上,四爪齐施,照准山魈咽喉、眼目下手,一个纵到山魈身后,伸开虎爪,抓紧腰间,往前便抓。两个都是一般急智,意欲乘它未抓到人以前,停它一下势子,好使虎王脱出毒手,主意并不高明。尤其在上面下手的更是危险,一个松手不及,吃山魈回手抓住,连连纵然力大身坚,也未必能够幸免。

也是那山魈合该数尽。它原是侧身移近,猛一回身向树抓抱,只知注意树后敌人,别的通没顾到。吃黑虎、金猱上下一夹攻,既急于要护敌人来攻,又忙着要护它那双怪眼。偏生地窄林密,树老干多,全往上长,铁干纠结。本是想往回收爪御敌,还没收回一半,双目已吃连连利爪深陷进去,奇痛攻心。爪又被那坚韧的繁枝老干阻住,仓促不能全数折断,手抬不起来。神志一慌乱,反倒运足力量,怪吼一声,照准树上抓去。枣木纹理细密坚实,不似别的林木松脆易折。山魈爪长如钩,又是屈抓进去,力用得绝猛,一下将双爪深深插陷木里,夹了个结实,再也拔不出来。

它头上盘踞着的敌人更是淘气,双脚夹紧它的咽喉,前爪陷入它的眼内。见它双爪受制,无法用武,并不忙着将它眼珠挖出,只用双爪不住抓弄,山魈任多厉害也吃不住。因为痛极难禁,越发将树抓紧,始终忘了用力将爪拔出,一味乱跳乱蹦,意欲举树反击头上之敌,林中障碍横生,偏又施展不开。直到追向林外空旷之处,那树的枝叶根须已被它乱扯乱撞,多半折落,舞起来较在林内自然要方便些。

虎王出时,先看那群怪兽已换了追逐方向,仍是十来只一群朝着对面林中猛撞不休,林前地下的断树又倒下好几十株。正端详康康所在,耳听怪物追近,猛一回首,一眼看到怪物并未被地上乱木绊倒,双爪插处,木缝大裂,舞起来渐渐有些活动。知道那爪一松，连连难免吃亏，忙喊："连连仔细！你还不取了它眼珠下来，只管待在它头上则甚？"

话才说完，山魈负痛，恨极了仇敌，手举大树，循声追上来，横着便扫。虎王虽然早已纵过一旁，山魈这一甩，居然甩脱了一双爪，想起头上仇敌，正要往上抓去。黑虎看出连连尚未觉察，恐其不及纵退，一声怒啸，飞纵上去，举起虎爪，照准山魈前爪扑了一下。虎王也在旁急喊。连连方才警觉，双爪用力一挖，将山魈一对碧绿眼珠挖在爪里，两脚一松，就势一拳腿，就着它颈肩上一蹬，飞身纵落。山魈又是一阵剧烈的奇痛，惨嗥了一声，再举爪抓敌时，连连业已纵退出去老远，黑虎更是早已往旁纵开，哪会捞着。

那康康原因林前乱木残枝曾陷倒了好些红犀，可惜后来被犀群踏平寸断，不能再使自陷。黑虎、连连尚还未到，自己又难取胜。末次出林引逗犀群时，忽然想起除了左侧断崖围着池塘，四方八面俱是密林，何必限定哪一个地方？以为虎王见状总会绕着过去，也没回来通知，径从犀群头上越过，直朝相隔二三里的对面密林中飞去，一路之上，专挑群中母犀抓弄，引逗了十好几群红犀，纷纷低首扬角，急追猛撞过去。不消片刻，仍和这边一样，树撞折了十好几根，红犀也有几只被陷乱木之内。

康康方有些得意，猛听对面林中厉声怪啸，方想起主人怎还未见过来？意欲赶回探看。因它屡次三番引逗，无意中将犀群中那只主犀惹怒。只因那主犀怀有身孕，懒得追逐，只轻轻怒吼了一声。虽还未追，可是全体犀群已都把阵列开，纷纷低头耸角，作势待发，只等主犀一开步，便并列急冲上前。这千百猛兽密层层排集起来，势更猛恶。康康虽是胆大，也识得这东西的厉害。见去路已被犀群遮断，一个横飞不过去，身落其中，吃了苦就不是轻的。心又惦记虎王，正想不出过去的主意，又听出了有黑虎啸声，知道无碍，才放了心。于是仍引逗群犀追撞林木，不时朝着对面观望。

康康好容易盼到虎王出林，忽见黑虎身后死犀乱木之上，连纵带跳追出一个手舞大树的大毛人，连连却抓紧在那毛人头上，心里不禁高兴。恰值广原中大队犀群因主犀久无动作，渐渐松懈，收了势子。康康便拼着冒险，想赶将过去，急于要知毛人就里。

这次康康过广原时，本无引逗犀群之意，仗着身轻灵巧，觑准落脚之处，只几纵跃间，已到广原中间。眼看越过犀群，一个不留神，纵到主犀身旁，大队犀群疑它又来侵犯主犀，本就在哼哼嗥叫作势。偏巧康康落地时，旁边一只比狗略大的小犀，不知为何受了惊，从斜刺里急蹿过来，正冲向康康身前，来势异常猛骤，几乎撞到腿上。康康闪身避过去，顺手一把抓起小犀的头颈皮，往犀群中掷去。跟着脚一点飞过，朝前便纵。

此举原出无心，不料这一掷，正撞在主犀怀着身孕的大肚子上，当时负痛触怒，鸣的一声，低着头，昂着三尺来长一支独角，开步便追。场中千百群犀立时全数骚动，纷纷轻声怒吼，软蹄踏在沙上，响起万点轻雷，激起百丈沙尘，似狂潮怒涌，风卷残云一般追将过来。声势之浩大，比起适才小群追逐，何止百倍。

康康闻声回顾大惊，知道不能力敌。又见来势急骤，相隔虎王立处不过一箭多地，恐虎王被兽群撞伤。百忙中一眼瞥见右侧冈尾一带林木分外严密粗大，不过有半里多长的冈尾横梗其间，地势高高下下。若诱引犀群来撞，虽没平地合适，却是藏身闪躲的极好所在。忙将身子一侧，往横里飞去。

这时在前排追逐康康的尽是一些大红犀，跑得极快，双方相隔不过十几丈远近，首尾相衔，一晃即要追上。康康往侧飞起时还长啸了一声，原意是将犀群引向侧面。谁知犀群发起性来，俱是低头急驰，一味照直猛进，收不住势子。前面不远，偏又立着金猱连连，生得与康康一般无二。虽有少数红犀看见仇敌向侧飞去，意欲转身追去，无奈本身既收不住蹄步，身左右又有同类并列作梗，急切间转不开身，后面大小千百犀群又如潮水一般拥至，略一停顿，便会互相撞上。再加主犀未转向，照例不能改途，唯有紧紧相随。

那当先飞驰的主犀看见康康飞起，步还没有收住，一抬头又见连连在前，还有一人一虎一豹同在一处分立。只山魈刚挖去了双目，一抓仇敌没有抓住，一爪抓紧断树，一爪揉眼，在那里负痛惨嗥。它身材本来高大，下半截又被树阻住，犀目仅能平视，看不甚高，只当是一株树木，没有看清。又误把连连当成了适才仇敌，因相隔已近，鸣鸣怪叫，益发奋力追去。

这边虎王同了黑虎、豹王、连连挖瞎了山魈双目，刚刚各自纵开，潜伺在侧，想引逗它去斗犀群，忽见康康由树林飞来，在犀群中一个起落，忽将千百犀群同时激怒，猛追过来，康康又往斜刺里纵去。虽然势甚骇人，但因那里离林甚近，且已都识得红犀习性，全想诱它们到了跟前才退，正在观望。说时迟，那时快，那山魈奇痛攻心，愤怒已极，忽闻喧哗啸声，也误把康康当成了仇敌，以为逃向侧面。再一听犀群万蹄如雷，又是日常随意凌践之物，正好拿它们来杀一杀气。竟忘了双目被挖，身已成了废物，有力也无处使。怒吼一声，爪举断树，纵跳起来便追。

那些红犀的巢穴原来离那池塘还远，只因当地出了山魈，拿它们当作日常食粮。虽然犀群有力，无奈天生克制，见了那山魈就害怕乱窜，不敢冲前去撞。山魈爪利如钩，獠牙似锯，力气绝大，红犀被它抓起，只一撕，立时生裂嚼食。日子一多，死在它爪内的不知多少。后来犀群受不住侵害，好容易挤过密林，逃到池塘广原之上，栖息游泳，安逸了不多几天。

山魈得不到食，满林乱找，身高林密，也费了不少事，才绕寻到此地。路上还在林中捉到一只迷路的红犀，吃了一饱。康康先时入林所闻怪气息，便是那只死犀的遗臭。山魈到后，从林内看见大队犀群正在游散。一则刚刚吃饱；二则因在林中搜寻犀群，绕了许多圈子，颇非容易，恐一出去又将犀群惊走，不太好寻。意欲留着它们，每日乘间纵出捞取，长期享受。正当要出未出之际，一眼瞥见侧面林内有了生人，不由馋吻大动，从虎王身后掩来。不料人没弄到手，竟惹下杀身之祸。

那些红犀两耳不灵，不能听远。先时只顾追敌，并未看见山魈，本来不知畏避，若以犀群之力合撞上来，十个山魈也被踏扁，何况那山魈又失了双目。不料正往前急冲之间，正值山魈厉声怒吼，猛地吃了一惊。主兽首先抬头，看见山魈在前，吓得心胆皆裂，脚底又收不住势，惊慌过度，身子一偏，便往斜刺里飞跑窜去。主犀因是在前领队的头一个，还能闪避，身后群犀却吃了大苦。前两排互相排挤，跟着主犀乱窜；后面的闻得山魈怒吼，个个胆寒，目光被前两层犀群挡住，前犀已改道乱窜，还不知就里，仍旧照直前冲，首尾相接，一个收不住蹄，纷纷撞在前犀腿腹之间。中间犀群再被最后几排冲将上来，也吃了同样的苦头。各自负痛惊吼急窜，前拥后挤，互相践踏，左冲右突，撞作一堆。立时尘沙滚滚，一阵大乱，呜呜怒吼之声，宛如雷鸣一般。

山魈追没几步，便被挡住去路。红犀刚一挨上，先甩了爪中断树，就地下抓起一只，伸开爪向肚腹上一抓，便已皮破肠流。捧起来吸了几大口犀血，胡乱吃些心脏，便又丢开。后来觉着哪里都有红犀碍脚，急得伸爪在地上乱抓一气；又听仇敌长啸之声就在近侧，急欲得而甘心，不顾再取来抓吃，一抓起便扔。那大红犀到了山魈手内，竟如抛瓜掷球一般，丢出老远。

这大队犀群见了山魈原想逃走，因挤在一起，急切间冲突不出。山魈又纵得快，渐渐冲入犀群中心。犀群越发害怕，冲撞得更急。山魈双目失明，纵起身来，大半踹落在红犀身上。红犀负痛，拼命一挣。山魈晃了两晃，几番摇摇欲倒。刚复得踏实地，别的红犀又受同类挤撞，朝它冲来。有这么多猛兽在脚底身侧密集，挤来撞去，刚抓起扔落了一个，又冲来好几个，任山魈多大神力也禁不住，一连好几次跌倒在犀群身上。还算红犀都是死心眼，已成惊弓之鸟,由它自跌自起。山魈压到它们身上,只是一味惊叫挣逃,并无用角相触之意,便宜山魈多活片时。否则不等后来虎王等下手,早就被红犀锐角重蹄弄成粉碎了。

总算犀群向唯主犀马首是瞻,主犀一退,前排群犀略挤了挤,陆续跟去。山魈一纵到犀群中心,前面少了一层畏忌,也陆续向侧面横冈上主犀去路如飞追去。四外一散,中心的也逐渐松动。就这样也乱有顿饭光景,犀群才得顺过身子,紧随主犀身后跑去。可是吃山魈一路乱抓乱甩,连伤带死的也不下好几十只。

这时康康已被虎王命连连悄唤过来,与虎、豹聚在一起。先想让犀群将瞎山魈撞死,再作计较。不料红犀怕它已极,连它跌倒都不敢去招惹。眼看犀群如潮水一般,身后卷起数十丈飞沙尘旋,密压压向横冈之上纵去,遥闻树倒枝折之声响成一片繁音,犀群业已冲进了一半。又见那山魈自康康被虎王喊回,听不到啸声,一连跌倒了几次,吃红犀冲突挤撞,到底仍免不了挨着几下重的。心火无处发泄,不禁又迁怒到红犀身上。冒着沙尘,一路急跳乱纵,往前追赶。虎王忙命豹王唤来群豹,将广原中百余只死伤倒卧的红犀衔回洞去,当日打猎无多,侥幸得了这百余只猛兽,看去又肥又大,足供豹群饱餐多日。

虎王见犀群被追逃走,自然意还不足,也不管天气早晚,忙上虎背,紧随山魈之后,想多捡一点便宜。偶一回头,康、连二猱不知何时离开,竟未在侧。一问黑虎,说已从林中间道抄向前去。虎王嫌前面沙尘太多,迷漫耳目,也想由林内绕过。黑虎摇头不肯。虎王知人过不去,只得少停,等兽阵过完,沙尘稍息,顺路追上冈去。

原来那条横冈上的林木,尽是本山特产的天生大树,与别处不同。其生长甚速,经年成抱,但是虚有其表,树命不长,性脆易折,容易枯萎,冈尾又窄,只前面一片林木尚密。入林不过数丈,逐渐稀少,现出石地,不时发现枯了的断木。此树多是一根根直立生长,中有空隙。远观枝干浓密,互相虬结,底下却可通行。林中野兽平日都从此道来往,犀群远处迁居也由此道而来。不过来时是从容绕越,去时顾命奔逃,势甚疾骤,一味并列照直猛撞,犀多力猛,更易撞折,前排林木撞倒了数十根。林近侧的红犀因撞晕倒地,不能即时起立,被后面千百同类践踏而死的,也不下二十多只。

林中走不数步,一下冈便是山石磊砢,陂陀起伏,寸草不生。因是石地,前面尘土已不似适才弥漫飞扬,只剩腥风膻气迎面袭来。暮色灰茫中,遥望大队犀群密压压一大片滚滚飞驰。康、连二猱却在最前头上下跳跃,不时长啸,回身引逗。山魈又听到前面有了仇敌啸声,追踪更急,无奈地势高低不平。乱石错落,棋布星分,沿途作梗,跑不多远便跌在地。恼得山魈怒发性起,不住怪声怒吼。犀群前有仇敌挑战,后有凶魔追迫,益发往前争先急窜。呜呜轻啸之声四起,杂以山魈和二猱啸吼之声,响动山林。

虎王见山魈踉踉跄跄,狼狈暴跳神情,先时颇觉好笑。嗣见越追越远,二猱老不回转,山魈时跌时起,到处阻梗,又追犀群不止,暗忖:"以毒攻毒,应该引其回斗。似这样在它前头,越引越远,引到几时方止?"欲发声呼喊,又恐将山魈引回,此举更成徒劳。

正踌躇间,忽见前面双峰陡起,宛如门户,中间现出一条广谷,甚是宽平。那谷虎王前一二年在林外打猎,曾经到过,不想竟与森林相通。谷内两边高崖壁立如削,尽头是一个宽阔险峭的百丈深壑,下面原是蓄水深潭,上有极大瀑布。因为谷口来路地势颇高,一进谷口逐渐低下,每当夏秋之交,四外山洪暴发,水势就下,万流奔放,齐注谷内。多少年来,把壑底石地冲激成无数根大小石笋。近年泉流忽竭,又值冬季,壑底的水流向别处,森森怪石似剑一般显露出来。对岸一片平野,草木繁茂,地势比前面稍低一些。两边相隔,倒有四五十丈。两边石壁缝里长着许多盘松老藤,怒出挺生,直延到壑口之上。因谷中暖和,经冬犹密,远望极似相联,却难飞渡。

犀群本欲逃回以前老巢,转折时吃康、连二猱犯险一逗,逗得主犀野性大发,顺势追赶仇敌,往谷中冲去,大队犀群跟在后面,全不知死期迫近。康、连二猱将犀群引上死路,仍然不肯罢休,逗弄不已。这时山魈已更落后,吼声被来路峰壁挡住。红犀耳目不灵,一隔远便听不到山魈吼声,竟忘了身后杀星,追定当前仇敌,不得到不罢休,一味拼命朝前猛冲。要知后事如何,且看下回分解。